英語 *Make Me High* 系列

108課綱、全民英檢中級適用

核心英文字彙力

三版

英文字彙力

2001~4500

丁雍嫻 邢雯桂
盧思嘉 應惠蕙 編著

音檔　習題本　APP

丁雍嫻
學歷／國立臺灣師範大學英語學系學士
　　　國立臺灣師範大學英語學系研究所暑期班
經歷／國立新竹女子高級中學

邢雯桂
學歷／國立中央大學英美語文學系學士
　　　美國新罕布夏大學英語教學碩士
經歷／國立新竹女子高級中學

盧思嘉
學歷／國立彰化師範大學英語學系學士
　　　英國伯明罕大學英語教學碩士
經歷／國立新竹女子高級中學

應惠蕙
學歷／國立臺灣師範大學英語學系學士
　　　國立臺灣師範大學英語學系碩士
經歷／國立新竹女子高級中學、華東臺商子女學校

三民書局

序

英語 Make Me High 系列的理想在於超越，在於創新。
這是時代的精神，也是我們出版的動力；
這是教育的目的，也是我們進步的執著。

針對英語的全球化與未來的升學趨勢，
我們設計了一系列適合普高、技高學生的英語學習書籍。

面對英語，不會徬徨不再迷惘，學習的心徹底沸騰，
心情好 High！
實戰模擬，掌握先機知己知彼，百戰不殆決勝未來，
分數更 High！

選擇優質的英語學習書籍，才能激發學習的強烈動機；
興趣盎然便不會畏懼艱難，自信心要自己大聲說出來。
本書如良師指引循循善誘，如益友相互鼓勵攜手成長。
展書輕閱，你將發現……
學習英語原來也可以這麼 High！

使用說明 ▶▶▶

符號表

符號	意義
[同]	同義詞
[反]	反義詞
～	代替整個主單字
-	代替部分主單字
< >	該字義的相關搭配詞
( )	單字的相關補充資訊
▲	符合 108 課綱的情境例句
💡	更多相關補充用法
__ / __	不同語意的替換用法
_/_	相同語意的替換用法

略語表

1. adj. 形容詞
2. adv. 副詞
3. art. 冠詞
4. aux. 助動詞
5. conj. 連接詞
6. n. 名詞
   [C] 可數
   [U] 不可數
   [pl.] 複數形
   [sing.] 單數形
7. prep. 介系詞
8. pron. 代名詞
9. v. 動詞
10. usu. pl. 常用複數
11. usu. sing. 常用單數
12. abbr. 縮寫

圖片來源：Shutterstock

習題本附冊

1. 一回一卷，每卷共 15 題。
2. 每讀完一回單字，就用習題本附冊檢測實力。
3. 解答可裁切，核對答案好方便。

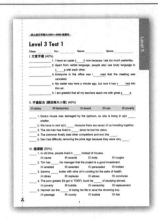

電子朗讀音檔下載方式

請先輸入網址或掃描 QR code 進入「三民・東大音檔網」。
https://elearning.sanmin.com.tw/Voice/

① 輸入本書書名即可找到音檔。請再依提示下載音檔。
② 也可點擊「英文」進入英文專區查找音檔後下載。
③ 若無法順利下載音檔，可至「常見問題」查看相關問題。
④ 若有音檔相關問題，請點擊「聯絡我們」，將盡快為你處理。
⑤ 更多英文新知都在臉書粉絲專頁。

英文三民誌 2.0 APP

掃描下方 QR code，即可下載 APP。

Android

iOS

開啟 APP 後，請點擊進入「英文學習叢書」，
尋找《核心英文字彙力 2001~4500》。

使用祕訣

① 利用「我的最愛」功能，輕鬆複習不熟的單字。

② 開啟 APP 後，請點擊進入「三民／東大單字測驗」用「單機測驗」功能，讓你自行檢測單字熟練度。

目次

序 i

使用説明 ii

Level 3　Unit 1－Unit 40

◯ _____ **Unit 1** 1

◯ _____ **Unit 2** 5

◯ _____ **Unit 3** 10

◯ _____ **Unit 4** 15

◯ _____ **Unit 5** 20

◯ _____ **Unit 6** 25

◯ _____ **Unit 7** 29

◯ _____ **Unit 8** 33

◯ _____ **Unit 9** 38

◯ _____ **Unit 10** 42

◯ _____ **Unit 11** 45

◯ _____ **Unit 12** 49

◯ _____ **Unit 13** 53

◯ _____ **Unit 14** 58

◯ _____ **Unit 15** 63

◯ _____ **Unit 16** 67

◯ _____ **Unit 17** 71

◯ _____ **Unit 18** 75

◯ _____ **Unit 19** 80

◯ _____ **Unit 20** 85

◯ _____ **Unit 21** 90

◯ _____ **Unit 22** 94

◯ _____ **Unit 23** 98

◯ _____ **Unit 24** 102

◯ _____ **Unit 25** 107

◯ _____ **Unit 26** 111

◯ _____ **Unit 27** 114

◯ _____ **Unit 28** 118

◯ _____ **Unit 29** 122

◯ _____ **Unit 30** 127

◯ _____ **Unit 31** 131

◯ _____ **Unit 32** 136

◯ _____ **Unit 33** 139

◯ _____ **Unit 34** 144

◯ _____ **Unit 35** 147

◯ _____ **Unit 36** 152

◯ _____ **Unit 37** 158

◯ _____ **Unit 38** 161

◯ _____ **Unit 39** 167

◯ _____ **Unit 40** 171

嗨！你今天學習了嗎？

閱讀完一個回次後，

你可以在該回次的◯打勾並在 12/31 填寫完成的日期。

一起培養核心英文字彙力吧！

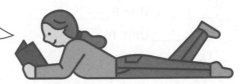

Level 4　Unit 1－Unit 40

○ ＿＿＿＿＿ Unit 1 177
○ ＿＿＿＿＿ Unit 2 181
○ ＿＿＿＿＿ Unit 3 185
○ ＿＿＿＿＿ Unit 4 191
○ ＿＿＿＿＿ Unit 5 196
○ ＿＿＿＿＿ Unit 6 201
○ ＿＿＿＿＿ Unit 7 205
○ ＿＿＿＿＿ Unit 8 211
○ ＿＿＿＿＿ Unit 9 215
○ ＿＿＿＿＿ Unit 10 219
○ ＿＿＿＿＿ Unit 11 223
○ ＿＿＿＿＿ Unit 12 228
○ ＿＿＿＿＿ Unit 13 232
○ ＿＿＿＿＿ Unit 14 236
○ ＿＿＿＿＿ Unit 15 240
○ ＿＿＿＿＿ Unit 16 245
○ ＿＿＿＿＿ Unit 17 250
○ ＿＿＿＿＿ Unit 18 255
○ ＿＿＿＿＿ Unit 19 260
○ ＿＿＿＿＿ Unit 20 266

○ ＿＿＿＿＿ Unit 21 272
○ ＿＿＿＿＿ Unit 22 275
○ ＿＿＿＿＿ Unit 23 280
○ ＿＿＿＿＿ Unit 24 284
○ ＿＿＿＿＿ Unit 25 288
○ ＿＿＿＿＿ Unit 26 291
○ ＿＿＿＿＿ Unit 27 295
○ ＿＿＿＿＿ Unit 28 299
○ ＿＿＿＿＿ Unit 29 303
○ ＿＿＿＿＿ Unit 30 307
○ ＿＿＿＿＿ Unit 31 311
○ ＿＿＿＿＿ Unit 32 315
○ ＿＿＿＿＿ Unit 33 319
○ ＿＿＿＿＿ Unit 34 323
○ ＿＿＿＿＿ Unit 35 328
○ ＿＿＿＿＿ Unit 36 332
○ ＿＿＿＿＿ Unit 37 336
○ ＿＿＿＿＿ Unit 38 341
○ ＿＿＿＿＿ Unit 39 345
○ ＿＿＿＿＿ Unit 40 349

Level 5-1　Unit 1－Unit 20

○ ＿＿＿＿＿ Unit 1 355
○ ＿＿＿＿＿ Unit 2 360
○ ＿＿＿＿＿ Unit 3 366
○ ＿＿＿＿＿ Unit 4 371
○ ＿＿＿＿＿ Unit 5 376
○ ＿＿＿＿＿ Unit 6 381
○ ＿＿＿＿＿ Unit 7 387
○ ＿＿＿＿＿ Unit 8 391
○ ＿＿＿＿＿ Unit 9 395
○ ＿＿＿＿＿ Unit 10 399

○ ＿＿＿＿＿ Unit 11 404
○ ＿＿＿＿＿ Unit 12 409
○ ＿＿＿＿＿ Unit 13 415
○ ＿＿＿＿＿ Unit 14 421
○ ＿＿＿＿＿ Unit 15 426
○ ＿＿＿＿＿ Unit 16 431
○ ＿＿＿＿＿ Unit 17 436
○ ＿＿＿＿＿ Unit 18 442
○ ＿＿＿＿＿ Unit 19 446
○ ＿＿＿＿＿ Unit 20 450

單字索引 457

Unit 1

1 award
[ə`wɔrd]

n. [C] 獎項 <for>

▲Emma has won many **awards for** swimming.
Emma 得了許多游泳的獎項。

award
[ə`wɔrd]

v. 授與，頒發

▲They **awarded** the athlete a gold medal for her excellent performance. 由於這運動員的絕佳表現，他們頒發給她一面金牌。

2 bubble
[`bʌbl]

n. [C] 泡沫，氣泡

▲It is relaxing to take a **bubble bath** after a long day of work.
工作一整天後洗個泡泡浴讓人放鬆。

💡burst sb's bubble 打破…的希望｜bubble (milk) tea 珍珠奶茶

3 cave
[kev]

n. [C] 洞穴

▲There are many bats living in that **cave**.
有很多蝙蝠住在那個洞穴裡。

cave
[kev]

v. 坍塌 <in>；讓步，妥協 <in>

▲Because of the chemical factory explosion, the roofs of the nearby houses all **caved in**.
因為化學工廠爆炸，附近房屋的屋頂都坍塌了。

▲The city government **caved in** to the popular pressure and promised not to build the landfill.
市政府在群眾的壓力下妥協並承諾不會建垃圾場。

4 communicate
[kə`mjunə,ket]

v. 溝通 <with>

▲Many parents find it hard to **communicate with** their children. 很多父母發覺與孩子溝通很困難。

5 county
[`kauntɪ]

n. [C] 縣，郡 (abbr. Co.)

▲The Tropic of Cancer goes through Chiayi **County**.
北回歸線通過嘉義縣。

6 **dine**

[daɪn]

v. 用餐 <with>

▲The Smiths invited me to **dine with** them.

Smith 一家人邀請我和他們一起用餐。

💡dine on sth 正餐吃… | dine out/in 在外／在家用餐

---

7 **enable**

[ɪn`ebl̩]

v. 使能夠 [同] allow

▲The new treatment **enabled** the patient to recover very soon. 新療法使病人能夠迅速復原。

---

8 **hollow**

[`halo]

adj. 中空的，空心的；空洞的，虛偽的

▲The squirrel hid in a big **hollow** tree.

這松鼠躲在大樹的中空洞裡。

▲The politician made many **hollow** promises.

這政客做了許多空洞不實的承諾。

hollow

[`halo]

n. [C] 坑洞

▲The government should do something about the **hollows** in the streets. 政府該對街上的坑洞採取一些行動。

hollow

[`halo]

v. 挖空，挖洞 <out>

▲The green activists were angry at **hollowing out** a tunnel in the mountain. 環保人士對在山上開挖隧道感到憤怒。

---

9 **inform**

[ɪn`fɔrm]

v. 通知，告知 <of, about>

▲The leader held a meeting to **inform** everyone **of** the new sales figures. 領導人舉辦會議以告知大家最新的銷售數據。

---

10 **knit**

[nɪt]

v. 編織 (knitted, knit | knitted, knit | knitting)

▲The grandmother is **knitting** a sweater for her grandson.

這位祖母正在幫她的孫子編織毛衣。

knit

[nɪt]

n. [C] 針織衫，毛衣 (usu. pl.)

▲The latest winter **knits** were snapped up within a few days.

最新款的冬裝針織衫在幾天內就被搶購一空。

---

11 **mostly**

[`mostlɪ]

adv. 通常 [同] mainly

▲The customers of that store are **mostly** women.

那家商店的顧客主要都是女性。

12 ownership

[ˋonɚˏʃɪp]

n. [U] 所有權

▲The **ownership** of the restaurant has changed.

這家餐廳的所有權已經換人了。

💡private/public ownership 私人／公共所有權

13 passage

[ˋpæsɪdʒ]

n. [C] 通道 <through>；(文章的) 段落

▲The reporter forced a **passage through** the crowd.

這名記者在人群中擠出一條路前進。

▲Read the **passage** carefully and answer the questions.

仔細閱讀這個段落並回答問題。

14 patience

[ˋpeʃəns]

n. [U] 耐心，耐性 <with> [反] impatience

▲The teacher always has a lot of **patience with** her students. 該老師對學生總是很有耐心。

💡require/lose patience 需要／失去耐性

15 persuade

[pɚˋswed]

v. 使相信，使信服 [同] convince；說服，勸服

▲The manager has **persuaded** his boss that the project is a good investment. 經理已經讓他的老闆相信這個專案很值得投資。

▲The teacher tried to **persuade** Joe to realize his dream.

老師試著勸 Joe 實現他的夢想。

16 poverty

[ˋpɑvɚtɪ]

n. [U] 貧窮

▲Unable to earn a living, the old woman lived in **poverty**.

這老太太因為無法賺錢謀生，所以生活貧困。

💡a poverty of sth 缺乏…

17 replace

[rɪˋples]

v. 取代，代替 <with>

▲For the sake of health, many people nowadays **replace** butter **with** olive oil in cooking.

為了健康的緣故，現今許多人烹飪時用橄欖油取代奶油。

replacement

[rɪˋplesmənt]

n. [C][U] 替代 (物)

▲In some factories, the **replacement** of human workers by robots has become common.

在一些工廠，用機器人取代工人已經很普遍。

18 risk
[rɪsk]

n. [C][U] 冒險，風險

▲Andy **ran the risk of** losing all his savings when he invested in the stock market.

Andy 冒著損失所有存款的風險投資股市。

💡 **at your own risk** 風險自負

risk
[rɪsk]

v. 冒…的危險

▲You should not **risk** your health by smoking.

你不該抽菸來讓自己的健康承擔風險。

---

19 rough
[rʌf]

adj. 粗糙的 [反] smooth

▲The man's hands are very **rough**. 男子的手非常粗糙。

rough
[rʌf]

adv. 粗魯地

▲The player played **rough** so she was shown a yellow card.

那位球員踢球粗魯，所以她被舉了黃牌。

💡 **live/sleep rough** 餐風宿露

rough
[rʌf]

n. [C] 草稿，草圖

▲The speaker did several **roughs** of the important speech.

講者擬了幾份這次重要演講的草稿。

💡 **in rough** 粗略地，大致上

---

20 sticky
[ˋstɪkɪ]

adj. 黏性的；棘手的 (stickier | stickiest)

▲The glue left my fingers **sticky**. 膠水使我的手指黏黏的。

▲It is a **sticky** problem. 這是一個棘手的問題。

---

21 stomach
[ˋstʌmək]

n. [C] 胃，下腹 (pl. stomachs)

▲Don't swim **on a full stomach**. 吃飽時不要游泳。

💡 **an upset stomach** 腸胃不舒服 |

have a <u>weak</u>/<u>strong</u> stomach 易／不易反胃；忍耐力差／好

---

22 temporary
[ˋtɛmpə‚rɛrɪ]

adj. 暫時的 [反] permanent

▲Gary's house collapsed in the earthquake, so he and his family are living in a **temporary** shelter.

Gary 的房子在地震中倒塌，所以他和家人現在正住在暫時的避難所。

💡 temporary <u>measure</u>/<u>solution</u> 暫時的<u>措施</u>／<u>解決辦法</u>

---

23 **van**

[væn]

n. [C] 廂型車

▲As there are six of us traveling together, we have to rent a **van** instead of a car.

因為我們有六個人一起旅行，我們必須租廂型車而不是小轎車。

24 **vanish**

[ˋvænɪʃ]

v. 突然消失 [同] disappear

▲When Betty heard the bad news, her smile **vanished** immediately. 當 Betty 聽到這個壞消息時，她的笑容瞬間消失了。

💡vanish in a puff of smoke/into thin air 消失得無影無蹤

25 **weekly**

[ˋwiklɪ]

adj. 每週的

▲Sam pays a **weekly** visit to his parents in Taichung.

Sam 每週去臺中探望父母一次。

weekly

[ˋwiklɪ]

adv. 每週地

▲The factory workers are paid **weekly**. 這工廠的工人領週薪。

weekly

[ˋwiklɪ]

n. [C] 週刊

▲*The Economist* is a **weekly**, focusing on political, technological, and business news worldwide. 《經濟學人》是一份週刊，專門報導世界各地政治、科技和經濟新聞。

Unit 2

1 **bamboo**

[bæmˋbu]

n. [C][U] 竹 (pl. bamboos)

▲**Bamboo shoots** are very delicious. 竹筍相當美味。

2 **bucket**

[ˋbʌkɪt]

n. [C] 水桶 [同] pail

▲Mrs. Chen carried a **bucket** and a mop to clean the balcony. 陳太太提著水桶和拖把去清理陽臺。

💡in buckets 大量

3 **cheek**

[tʃik]

n. [C] 臉頰

▲My mother kissed me on the **cheek** and said "Good night."

媽媽親吻我的臉頰後道聲晚安。

4 **connect**

[kə`nɛkt]

v. 連接 <to>；和…有關聯 <with> [同] associate

▲The United Kingdom is **connected to** France by the Channel Tunnel. 英國和法國由海底隧道連接起來。

▲There is convincing evidence to **connect** the politician **with** the bribery scandal.

有可靠證據指出該名政治人物和貪汙醜聞有關。

5 **dairy**

[`dɛrɪ]

n. [U] 乳製品

▲Since Elena has an allergy to milk, the doctor asks her to avoid **dairy**. 由於 Elena 對牛奶過敏，醫生要求她要避免乳製品。

6 **dinosaur**

[`daɪnə,sɔr]

n. [C] 恐龍

▲The museum houses several **dinosaur fossils**.

這間博物館收藏了一些恐龍化石。

7 **erase**

[ɪ`res]

v. 擦掉，去除；(從腦海中) 清除 <from>

▲The teacher asked Ella to **erase** the words on the blackboard. 老師要 Ella 擦掉黑板上的字。

▲Time cannot **erase** the soldier's memory of the war **from** his mind. 時間無法將這軍人對戰爭的記憶從他腦海中抹去。

8 **imagination**

[ɪ,mædʒə`neʃən]

n. [C][U] 想像力

▲The poet has a vivid **imagination**. 這名詩人有生動的想像力。

💡 capture/catch sb's imagination 引起…的興趣

9 **intelligent**

[ɪn`tɛlədʒənt]

adj. 聰明的 [反] unintelligent

▲Life becomes easier with the application of the **intelligent devices** like computers and smartphones.

生活因為使用智慧型裝置如電腦和智慧型手機而變得更輕鬆。

10 **leak**

[lik]

n. [C] 漏洞；漏出物

▲Roger found a **leak** in the roof of his house.

Roger 發現房子屋頂有一處漏洞。

▲The shipwreck resulted in **oil leaks** along the coast.

這艘沉船造成沿海岸周圍有漏油。

leak
[lik]

v. (液體或氣體) 漏出 <into, from, out> [同] seep；洩漏 (機密) <to> [同] disclose

▲ There is some water **leaking from** the pipe.

有一些水從管子中滲漏出來。

▲ We suspected Ann **leaked** the news **to** the press.

我們懷疑 Ann 將消息洩漏給媒體。

---

11 **opportunity**
[ˌɑpɚˋtjunətɪ]

n. [C][U] 機會 [同] chance (pl. opportunities)

▲ The attendees have the **opportunity to** win a free concert ticket. 出席活動者有機會贏得免費的音樂會門票。

💡 seize/grasp an opportunity 抓緊機會｜
miss/lose an opportunity 錯失機會

---

12 **passion**
[ˋpæʃən]

n. [C][U] 強烈的情感；[C] 熱愛 <for>

▲ The councilor spoke with **passion** about what she would do to help the people in need.

這位市議員激動地述說她要如何幫助需要幫助的人民。

▲ My classmate has a **passion for** K-pop.

我同學熱愛韓國流行音樂。

---

13 **pile**
[paɪl]

n. [C] 堆

▲ There is **a pile of** dirty clothes in the corner.

角落有一堆髒衣服。

💡 make a pile 賺很多錢

pile
[paɪl]

v. 堆積

▲ The professor **piled** his teaching materials on the desk.

教授把教材堆在書桌上。

---

14 **practical**
[ˋpræktɪkl̩]

adj. 實際的 [反] impractical；實用的

▲ Your plan is not very **practical**. I am afraid it won't be put into practice. 你的計畫不大實際。它恐怕不會被實行。

▲ This book is a **practical** guide when you are traveling in France. 你到法國旅遊時，這本書是很實用的旅遊指南。

💡 for (all) practical purposes 其實，事實上

practically

[`præktɪk!ɪ]

adv. 實際上

▲**Practically speaking**, there is no rule without an exception.

實際上來說，所有規則都有例外。

---

15 **process**

[`prɑsɛs]

n. [C] 過程 (pl. processes)

▲My company is **in the process of** merging with another firm. 我的公司正在與其他公司合併的過程中。

process

[`prɑsɛs]

v. 加工處理；審核文件

▲The pork is **processed into** sausage. 豬肉被加工處理成香腸。

▲It may take 7 to 14 days to **process** your application.

可能需要七到十四天審核你的申請。

---

16 **puppet**

[`pʌpɪt]

n. [C] 木偶；傀儡

▲Children like to go to **puppet shows**. 小孩喜歡看木偶劇。

▲The military aims to set up a **puppet government**.

軍方意圖建立傀儡政權。

---

17 **situation**

[ˌsɪtʃʊ`eʃən]

n. [C] 情況

▲Frank still stays positive **in** such **a** difficult **situation**.

在如此艱難的情況下，Frank 仍然保持樂觀。

---

18 **stool**

[stul]

n. [C] (無椅背) 凳子

▲Curious about what we were talking about, Susan pulled up a **stool** to sit beside us.

由於好奇我們談論的內容，Susan 拉了張凳子來坐在我們旁邊。

---

19 **strategy**

[`strætədʒɪ]

n. [C][U] 策略 <for> (pl. strategies)

▲The government should work out an **effective strategy for** fighting crime. 政府應制定有效打擊犯罪的策略。

💡economic/political strategy 經濟／政治策略｜

adopt/develop a strategy 實行／發想策略

---

20 **tablet**

[`tæblɪt]

n. [C] 藥片 [同] pill

▲Take three **tablets** a day after meals.

每日服用三片，三餐飯後服用。

💡vitamin/sleeping/indigestion tablet 維他命片／安眠藥／胃藥

---

21 **threat**

[θrɛt]

n. [C][U] 威脅

▲Reckless driving **poses a serious threat to** pedestrians.

魯莽的駕駛對行人造成嚴重的威脅。

💡be under threat of sth 受到…的威脅

22 **tourist**

[ˋturɪst]

n. [C] 觀光客

▲**Tourist attractions** are always crowded with **tourists** in high season. 觀光景點在旺季總是擠滿觀光客。

💡tourist industry 旅遊業

23 **vision**

[ˋvɪʒən]

n. [U] 視力 [同] eyesight；遠見 [同] foresight

▲The boxer lost **vision** in one of his eyes.

這位拳擊手的一隻眼睛失明了。

▲All the employees think the leader is a man of great **vision**.

所有員工都覺得這位領導者是個很有遠見的人。

💡good/poor/normal vision 視力好／差／正常

24 **volume**

[ˋvɑljəm]

n. [C][U] 容積；[U] 音量

▲What is the **volume** of that container?

那個容器的容積有多大？

▲Could you turn the **volume** down, please?

麻煩你調低音量好嗎？

💡turn the volume up/down 調高／低音量

25 **yearly**

[ˋjɪrlɪ]

adj. 一年的，每年的

▲Frank's **yearly** income is US$60,000.

Frank 的年收入是六萬美元。

💡on a yearly basis 按年的

yearly

[ˋjɪrlɪ]

adv. 每年地

▲The interest on my savings account is paid twice **yearly**.

我存款帳戶的利息一年給兩次。

💡grow/increase/rise yearly 逐年增加

Unit 3

---

1 achieve
[əˋtʃiv]

v. 達到，實現 [同] attain, accomplish

▲Jimmy **achieved** great exam results **through** studying hard. Jimmy 透過認真學習得到很好的考試成績。

achievement
[əˋtʃivmənt]

n. [C] 成績，表現；[U] 成就

▲It is an **impressive achievement** for a beginner.

這對一名初學者來說是很出色的成績。

▲As we reached the summit of Mount Everest, we felt **a sense of achievement**.

當我們登上聖母峰峰頂時，我們有一種成就感。

---

2 appeal
[əˋpil]

n. [C] 懇求，呼籲；[U] 吸引力

▲The president **made an appeal to** the international community **for** help after the earthquake.

總統在地震後向國際社會懇求救援。

▲Taiwan's pearl milk tea has **appeal** for most of the foreign tourists. 臺灣的珍珠奶茶對大多數的外國觀光客有吸引力。

appeal
[əˋpil]

v. 懇求 <to> [同] plead；吸引 <to> [同] attract

▲Being sentenced to death, the prisoner **appealed to** the judge for mercy. 當被判死刑時，這囚犯懇求法官開恩。

▲Modern art does not **appeal to** me. I prefer traditional art.

現代藝術對我沒有吸引力。我偏愛傳統藝術。

appealing
[əˋpilɪŋ]

adj. 有魅力的

▲The voice actor has a very unique and **appealing** voice.

這位配音員有很獨特且富有魅力的嗓音。

---

3 attract
[əˋtrækt]

v. 吸引

▲What **attracts** me **to** the job is that I can always learn something new. 這項工作吸引我的地方是我總可以學新事物。

💡be attracted by/to sb/sth 被…吸引

---

4 **bride**
[braɪd]

n. [C] 新娘

▲At the wedding reception, Mr. Chen stood up and proposed a toast to the **bride** and groom.

在婚宴上，陳先生站起來，為新娘和新郎舉杯祝福。

5 **cabin**
[ˋkæbɪn]

n. [C] 小木屋；(船或飛機的) 客艙

▲There is a **log cabin** in the forest. 森林裡有一棟原木小屋。

▲Because of some engine problems, the passengers were asked to leave the **cabin**.

由於一些引擎問題，乘客被要求離開客艙。

6 **cheerful**
[ˋtʃɪrfəl]

adj. 開心的，快樂的

▲May really enjoys Richard's company because he is always **cheerful**. May 真的很喜歡 Richard 的陪伴，因為他總是很開心。

7 **conclusion**
[kənˋkluʒən]

n. [C] 結論

▲Gary and Lisa finally **reached the conclusion** that they would have their wedding in June.

Gary 和 Lisa 終於得到要在六月舉行婚禮的結論。

💡in conclusion 最後，總之 | draw/reach/come to a conclusion 得到結論 | jump/leap to conclusions 草率下結論

8 **considerable**
[kənˋsɪdərəbl]

adj. 相當大的，相當多的 [同] significant

▲Social media has a **considerable** influence on the way people interact with each other.

社群媒體對人與人之間的互動方式有相當大的影響。

9 **definition**
[͵dɛfəˋnɪʃən]

n. [C] 定義，解釋

▲A dictionary gives the **definitions** of words.

字典說明字的定義。

💡by definition 按照定義

10 **dip**
[dɪp]

v. 浸，蘸 <in, into> [同] dunk (dipped | dipped | dipping)

▲The boy **dipped** his biscuit **in** the milk.

這男孩把餅乾蘸一下牛奶。

dip
[dɪp]

n. [C] (短時間) 游泳，玩水；[C][U] 調味醬

▲We **took a dip** in the lake. 我們在湖裡游泳。

▲You can have the fried fish with this garlic **dip**.
你可以搭配這個大蒜醬吃炸魚。

---

11 explode
[ɪk`splod]

v. 爆炸 [同] blow up；(情緒) 爆發 <with, into>

▲A bomb **exploded** on the bus and killed all the passengers.
炸彈在公車上爆炸，使所有的乘客喪生。

▲When my mom saw the mess in the living room, she **exploded with** anger. 當媽媽看到客廳一團亂時，勃然大怒。

---

12 invent
[ɪn`vɛnt]

v. 發明

▲Nikola Tesla **invented** the first alternating current motor.
尼古拉特斯拉發明了第一臺交流馬達。

---

13 journey
[`dʒɝnɪ]

n. [C] 旅行 [同] trip

▲Before **going on a journey**, Helena packed everything she might need in a big suitcase.
出發去旅行前，Helena 將所有可能需要的東西打包在一個大皮箱裡。

journey
[`dʒɝnɪ]

v. 旅行

▲After Ann retired from teaching, she has **journeyed** to six countries. Ann 從教職退休後，已經去過六個國家旅行。

---

14 learning
[`lɝnɪŋ]

n. [U] 學習

▲My part-time job is a great **learning** experience for me.
我的兼職工作對我來說是個很棒的學習經驗。

---

15 leopard
[`lɛpɚd]

n. [C] 豹

▲**Leopards** are under the threat from illegal hunting.
豹正受非法狩獵的威脅。

💡A leopard cannot change its spots. 【諺】本性難移。

---

16 palm
[pɑm]

n. [C] 手掌；棕櫚樹

▲The fortune teller **read** her **palm**. 算命先生幫她看過手相。

▲**Palm trees** are tropical plants. 棕櫚樹是熱帶植物。

💡have sb in the palm of sb's hand
…把…攥在手掌心 (…完全掌控…)

17 permission

[pɚ`mɪʃən]

n. [U] 許可

▲Students must get the teacher's **permission** to leave the classroom. 學生必須徵求老師的同意才能離開教室。

▲give/grant sb permission 給…許可｜
get/obtain sb's permission 得到…的許可

---

18 pollute

[pə`lut]

v. 汙染

▲The river was **polluted by** chemicals drained from the nearby factories. 這條河受到附近工廠排出的化學藥品汙染。

---

19 presence

[`prɛzn̩s]

n. [U] 出席 [反] absence；存在 [反] absence

▲The singer was touched and surprised by **the presence of** so many fans. 這位歌手因為眾多粉絲出席感到又驚又喜。

▲The test revealed **the presence of** alcohol in her blood.
化驗結果顯示她的血液中含有酒精。

💡make your presence felt 突顯自己；對情勢發揮作用

---

20 quit

[kwɪt]

v. 停止；放棄 (quit｜quit｜quitting)

▲Tina has decided to **quit** as CEO of the Taiwan branch.
Tina 決定辭去臺灣區分公司執行長的職務。

▲Brian decided to **quit** smoking for his family and himself.
Brian 決定為了他的家人和自己戒菸。

---

21 staff

[stæf]

n. [sing.] 全體員工

▲This kindergarten has **a teaching staff of** five.
這所幼兒園有五位教學人員。

💡medical/nursing/coaching staff 醫務／護理／教練人員

staff

[stæf]

v. 任職

▲This legal advice center **is staffed** mainly **by** volunteers and law students.
在這間法律諮詢中心工作的主要是志工和法律系學生。

---

22 straw

[strɔ]

n. [U] 稻草；[C] 吸管

▲The little girl is putting on a **straw hat** with a ribbon bow.
這名小女孩正戴上一頂有蝴蝶結的草帽。

▲I drink bubble tea through a reusable **straw**.

我用環保吸管喝珍珠奶茶。

💡clutch/grasp at straws 抓住救命稻草 (不放過任何微小的機會) |

the final/last straw (壓垮駱駝的) 最後一根稻草

---

23 **tap**

[tæp]

| v. | 輕拍，輕敲 <on> (tapped | tapped | tapping)

▲Stacey **tapped** me **on** the left shoulder.

Stacey 輕拍我的左肩。

💡tap sth out 輕輕敲打…的節拍；敲擊鍵盤輸入…

tap

[tæp]

| n. | [C] 水龍頭 <on> [同] faucet

▲Victor turned the **tap** on to wash his face.

Victor 打開水龍頭來洗臉。

💡on tap 隨時可以使用的

---

24 **warn**

[wɔrn]

| v. | 警告，提醒 <about, against>

▲People are **warned against** swimming in the polluted river.

大家受到警告不要在那受汙染的河川中游泳。

warning

[`wɔrnɪŋ]

| n. | [C][U] 警告，提醒

▲The government recently **issued a warning about** cold temperatures. 政府近期發布低溫特報。

💡advance/prior warning 事前預警 |

without warning 毫無預警地，突然間

---

25 **zone**

[zon]

| n. | [C] 地區

▲Both Taiwan and Japan are located in earthquake **zones**.

臺灣和日本都位在地震帶上。

💡in the zone 處於最佳狀態

zone

[zon]

| v. | 指定…為某用途的區域

▲This land **was zoned for** industrial use, not for housing.

這塊地過去指定為工業用地，而非住宅用地。

💡zone out 失神，恍神

Unit 4

1 **aboard**
[əˋbord]

| prep. | 搭乘 (火車、船和飛機等交通工具)

▲ **Welcome aboard** flight BR520 to Paris.
歡迎搭乘 BR520 班機前往巴黎。

aboard
[əˋbord]

| adv. | 上 (火車、船和飛機等交通工具)

▲ The bus is about to leave. **All aboard**!
公車要離站了。乘客全部上車！

2 **adventure**
[ədˋvɛntʃɚ]

| n. | [C][U] 冒險

▲ The speaker is telling the audience about his **adventures** in Africa. 這位講者跟聽眾分享他在非洲的冒險故事。

adventurous
[ədˋvɛntʃərəs]

| adj. | 有冒險精神的，勇於嘗試新事物的

▲ Linda is **adventurous** in trying new food. You can find related videos on her YouTube channel. Linda 勇於嘗試新上市的食物。你可以在她的 YouTube 頻道找到相關的影片。

3 **afford**
[əˋford]

| v. | 負擔得起

▲ The young couple can't **afford** a house now.
這對年輕的夫妻現在買不起一間房子。

affordable
[əˋfordəbl̩]

| adj. | 買得起的，能夠負擔的 [反] unaffordable

▲ The clothes are both nice and **affordable**. 這些衣服物美價廉。

💡 affordable prices/housing 能夠負擔的價格／買得起的房子

4 **background**
[ˋbæk͵graʊnd]

| n. | [C] 出身背景；(相片、畫的) 背景

▲ The company has employees **from different cultural backgrounds**. 這間公司有來自不同文化背景的員工。

▲ In the picture, there is a castle in the **background**.
這幅畫的背景是一座城堡。

5 **campus**
[ˋkæmpəs]

| n. | [C][U] 校園，校區

▲ My classmate hasn't decided whether to live **on campus** or **off campus**. 我同學尚未決定要住校還是要外宿。

6 **carpenter**

[ˋkɑrpəntɚ]

n. [C] 木匠

▲As a **carpenter**, my grandfather makes and repairs wooden objects. 身為一個木匠,我的祖父製作和維修木製的東西。

7 **chill**

[tʃɪl]

n. [sing.] 寒意,涼意;[C] 著涼,風寒

▲Esther could feel the **chill in the air** as soon as she got up from bed. Esther 一從床上起來就有感受到寒意。

▲You should put on the coat or you might **catch a chill**.
你應該要穿上大衣,否則你可能會著涼。

💡take the chill off sth 給⋯去除寒氣

chill

[tʃɪl]

v. 使冷卻,使變冷;冷靜,放輕鬆

▲The pastry dough needs to be **chilled** for 30 to 45 minutes before baking. 酥皮麵團在烘烤前需要冷藏三十到四十五分鐘。

▲**Chill out**, bro. It's no big deal.
放輕鬆點,兄弟。這沒什麼大不了的。

💡chill sb to the bone 寒風刺骨;使⋯不寒而慄

chill

[tʃɪl]

adj. 寒冷的

▲It's really frustrating to commute in the **chill** rain.
在寒冷的雨天通勤真的很叫人沮喪。

💡the chill wind of sth ⋯引起的問題

8 **coach**

[kotʃ]

n. [C] 教練;大型四輪馬車

▲The team has a good winning record because they have a good **coach**. 這支隊伍擁有良好的獲勝紀錄,因為他們有個好教練。

coach

[kotʃ]

v. 訓練,指導

▲Mrs. Ma **coaches** her students **to** interview for colleges.
馬老師訓練學生如何參與大學面試。

9 **creative**

[krɪˋetɪv]

adj. 有創造力的

▲The company encourages employees to be **creative**.
這家公司鼓勵員工有創造力。

💡creative thinking 創造性思考|
creative talents/abilities 創造天分／能力

10 **crispy**

[ˋkrɪspɪ]

adj. 酥脆的 (crispier｜crispiest)

▲May loves **crispy** potato chips very much.

May 很愛酥脆的洋芋片。

---

11 **democratic**

[ˌdɛməˋkrætɪk]

adj. 民主的

▲In a **democratic** society, everyone has equal rights.

在民主社會裡，每個人都有平等的權利。

💡democratic country/system/government/participation/

decision 民主國家／制度／政府／參與／決策｜

the Democratic Party 民主黨 (美國兩大政黨之一)

---

12 **dirt**

[dɝt]

n. [U] 塵土，泥土 [同] dust

▲Ben washed the **dirt** off his rain boots before going into the

house. 進入房子之前，Ben 把雨靴上的塵土洗掉。

💡dirt poor/cheap 赤貧的／非常便宜的

---

13 **extreme**

[ɪkˋstrim]

adj. 極度的，極端的

▲The vase is fragile, so you have to handle it with **extreme**

care. 這個花瓶易碎，所以你必須非常小心處理它。

extreme

[ɪkˋstrim]

n. [C] 極度，極端

▲Climate change has caused **extreme** weather conditions to

become more common these days.

近來氣候變遷已經使得極端天氣狀況變得更普遍。

💡in the extreme 非常，極其

extremely

[ɪkˋstrimlɪ]

adv. 非常，極其

▲The lucky girl was **extremely** excited when she won a new

car. 當這位幸運的女孩贏得一輛新車時，她非常地興奮。

---

14 **inventor**

[ɪnˋvɛntɚ]

n. [C] 發明家

▲Alexander Graham Bell is commonly regarded as the

inventor of the first practical telephone.

亞歷山大格拉漢姆貝爾被多數人視作第一支實用電話的發明者。

15 junk
[dʒʌŋk]

n. [U] 廢棄物 [同] garbage

▲The old man's home is full of **junk**, including broken chairs and old TV sets.

這個老人的家滿是廢棄物，包括壞掉的椅子和舊電視。

💡junk mail/food 垃圾郵件／食物

junk
[dʒʌŋk]

v. 丟棄，扔掉

▲According to the records, millions of tons of clothing are **junked** every year. 根據紀錄，每年有幾百萬噸的衣物被丟棄。

16 litter
[ˋlɪtɚ]

n. [U] 垃圾 [同] rubbish, trash, garbage

▲There is **litter** everywhere in the park. 公園裡到處都是垃圾。

litter
[ˋlɪtɚ]

v. 到處亂丟 <with>

▲It's heartbreaking to see the streets were **littered with** trash after the parade. 看到遊行後街上到處是亂丟的垃圾很讓人心痛。

17 pineapple
[ˋpaɪn͵æpl]

n. [C][U] 鳳梨

▲We grow a lot of **pineapples** in Taiwan. 臺灣種很多鳳梨。

18 precious
[ˋprɛʃəs]

adj. 珍貴的，寶貴的

▲Freedom is very **precious**, so we have to treasure it.

自由很寶貴，所以我們必須珍惜。

19 previous
[ˋprivɪəs]

adj. 先前的 [同] prior

▲If you haven't read the **previous** chapter, you probably will have difficulty understanding the following story.

如果你不曾讀過前一章，你可能無法了解接下來故事的內容。

💡previous to sth 在…之前

previously
[ˋprivɪəslɪ]

adv. 先前

▲Restaurants that were **previously** bustling with customers are now closed or provide takeaway only.

以前擠滿顧客的餐廳現在不是關門就是只提供外賣。

20 probable
[ˋprɑbəbl]

adj. 有可能的 [反] improbable

▲**It is highly probable that** Luke will quit his job owing to his illness. Luke 很可能因病辭職。

probability

[ˌprɑbəˈbɪlətɪ]

n. [C][U] 可能性 [同] likelihood (pl. probabilities)

▲There is a strong **probability** that you suffer from depression if you feel like crying for more than two weeks.

如果你超過兩星期想哭，你非常可能是得了憂鬱症。

💡in all probability 很有可能，十之八九

---

21 **representative**

[ˌrɛprɪˈzɛntətɪv]

adj. 典型的，有代表性的 <of> [反] unrepresentative

▲That building is **representative of** Victorian architecture.

那幢建築物是典型的維多利亞式建築。

representative

[ˌrɛprɪˈzɛntətɪv]

n. [C] 代表 <of> [同] delegate

▲If you have any problems, feel free to contact one of our **representatives** for immediate support.

你如果有任何問題，歡迎隨時與我們的代表聯絡，以提供即時協助。

💡representative of the UN 聯合國的代表 |
Representative (美國) 眾議院議員

---

22 **strip**

[strɪp]

n. [C] 細長條

▲Did you read that funny **comic strip**?

你有看過那篇有趣的連載漫畫嗎？

strip

[strɪp]

v. 剝掉 <off, from> [同] remove；脫衣服 <off> [同] undress
(stripped | stripped | stripping)

▲To renovate his old house, Jerry needs to **strip** all the faded wallpaper **off** the walls first.

為了重新裝潢舊家，Jerry 需要先把牆上所有褪色的壁紙剝掉。

▲Kelly **stripped off** her shirt and threw it into the washing machine. Kelly 脫掉襯衫，然後把它丟進洗衣機。

---

23 **stubborn**

[ˈstʌbɚn]

adj. 固執的 [同] obstinate

▲Don't waste your breath. My brother won't listen because he is very **stubborn**.

不要白費口舌了。我弟弟不會聽的，因為他很固執。

💡as stubborn as a mule 非常固執的 | stubborn pride 死要面子

24 **technique**

[tɛk`nik]

n. [C][U] 技巧，技能 <for>

▲The nanny has a wonderful **technique for** taking care of children. 這保姆照顧小孩很有一套。

25 **various**

[`vɛrɪəs]

adj. 各種的 [同] diverse

▲Annie decided to quit her job and moved to another city **for various reasons**.

Annie 基於種種因素決定要辭掉工作並搬去另一個城市。

Unit 5

1 **admire**

[əd`maɪr]

v. 欽佩，讚賞

▲Tina **admires** Fiona **for** being able to express herself clearly in English.

Tina 很佩服 Fiona 能夠以英語清楚地表達自己的想法。

2 **advertise**

[`ædvɚ͵taɪz]

v. 登廣告

▲The company is going to spend a lot of money **advertising** their new product on television.

這間公司將要花一大筆錢在電視上登新產品的廣告。

advertisement

[͵ædvɚ`taɪzmənt]

n. [C] 廣告 (also ad)

▲I **put an advertisement for** volunteers on Facebook.

我在臉書上登了徵志工的廣告。

💡 be an advertisement for sth 是⋯的活招牌

advertising

[`ædvɚ͵taɪzɪŋ]

n. [U] 廣告業

▲My cousin works in **advertising**. 我的表哥在廣告業工作。

3 **anxious**

[`æŋkʃəs]

adj. 擔心的 <about, for> [同] worried

▲More and more people are **anxious about** the future of the country owing to the decreasing birth rate.

因出生率日益降低，越來越多人憂心國家的未來。

💡 be anxious for sb 為⋯感到擔心

4 **benefit**
[`bɛnəfɪt]

n. [C][U] 益處；補助

▲ It will **be to your benefit** to read the book.
讀這本書將對你有益處。

▲ The company provides **child benefit** for its employees.
這家公司提供員工生育補助。

💡 give sb the benefit of the doubt 把…往好處想 ｜
unemployment/housing benefit 失業／房屋補助

benefit
[`bɛnəfɪt]

v. 得益於 <by, from>

▲ Only the poor will **benefit from** this law. It is not applicable
to the rich. 只有窮人得益於此法律。對富人不適用。

5 **casual**
[`kæʒuəl]

adj. 休閒的，非正式的 [反] formal；輕鬆的

▲ The employees are allowed to wear **casual clothes**.
員工可以穿休閒的服裝。

▲ We talked about **casual** things, nothing serious.
我們閒話家常，沒談什麼重要的事。

casually
[`kæʒuəlɪ]

adv. 隨便地，輕便地

▲ Thomas was **casually** dressed in a T-shirt and jeans.
Thomas 隨便地穿著一件 T 恤和牛仔褲。

6 **chilly**
[`tʃɪlɪ]

adj. 寒冷的 (chillier ｜ chilliest)

▲ I like to wrap myself up in a wool blanket to keep my body
warm on **chilly** winter nights.
在寒冷的冬夜，我喜歡將自己包裹在羊毛毯裡，以保持身體溫暖。

7 **colorful**
[`kʌləfəl]

adj. 多采多姿的

▲ Emma led a **colorful** life after retirement.
Emma 退休後過著多采多姿的生活。

8 **decade**
[`dɛked]

n. [C] 十年

▲ I haven't seen my aunt for over a **decade**.
我已經超過十年沒有見到我阿姨了。

9 **dishonest**
[dɪs`ɑnɪst]

adj. 不誠實的，欺騙的 [反] honest

▲ Joanna sued the **dishonest traders** for damages.
Joanna 控告不老實的商人並要求賠償。

dishonesty

[dɪs`ɑnɪstɪ]

n. [U] 不誠實

▲The politician's **dishonesty** has landed him in trouble.

該名政治人物的不誠實讓他陷入麻煩之中。

---

10 **drunk**

[drʌŋk]

adj. 酒醉的

▲Leo got completely **drunk**, so his friend called a taxi for him. Leo 喝得很醉，所以他朋友幫他叫了一輛計程車。

drunk

[drʌŋk]

n. [C] 醉漢

▲The **drunk** wanted another drink. 這醉漢想再喝一杯。

---

11 **fade**

[fed]

v. 褪色；衰退

▲The dress **faded** after only a wash. 那件洋裝洗一次就褪色了。

▲As my grandfather is growing old, his memory **fades**.

隨著我祖父漸漸年老，他的記憶力開始衰退。

---

12 **fortune**

[`fɔrtʃən]

n. [U] 好運；[C] 財富

▲**Fortune smiled on me**. I won the lottery.

幸運女神對我笑。我中了樂透。

▲Mike **made a fortune** in stocks. Mike 在股票中發了財。

---

13 **jewel**

[`dʒuəl]

n. [C] 寶石 [同] gem

▲The diver was thrilled at the possibility of finding some **jewels** in the sunken ship.

潛水夫想到有可能在沉船中發現一些寶石就很興奮。

---

14 **limb**

[lɪm]

n. [C] (人或動物的) 肢體

▲The patient felt great pain when he tried to move his **limbs**.

這病人試著移動四肢時，覺得非常疼痛。

💡out on a limb (意見) 無人支持或贊同

---

15 **luggage**

[`lʌgɪdʒ]

n. [U] 行李 [同] baggage

▲Please help me put the heavy **luggage** in the car.

請幫我把沉重的行李放進車子。

---

16 **normal**

[`nɔrml̩]

adj. 正常的 [反] abnormal

▲An adult's **normal** body temperature is about 36°C to 37°C.

成人正常體溫大約是攝氏三十六到三十七度。

normally

['nɔrmlɪ]

| adv. | 正常地，通常 |

▲ **Normally**, Gloria is not so late. Gloria 通常不會那麼晚到。

---

17 **perform**

[pɚ`fɔrm]

| v. | 執行 [同] carry out；表演 |

▲ The doctor is **performing a heart operation** now.

醫生現在正在執行心臟手術。

▲ All the dancers **performed** very well in the concert.

所有舞者在演唱會中表演得非常好。

---

18 **profit**

['prɑfɪt]

| n. | [C][U] 盈利，利潤 |

▲ George **made a** big **profit** from selling second-hand cars.

George 靠賣二手車賺很多錢。

profit

['prɑfɪt]

| v. | 獲利 <by, from> |

▲ A wise man **profits by** his mistakes. 智者從錯誤中獲益。

---

19 **proof**

[pruf]

| n. | [C][U] 證據，證物 [同] evidence |

▲ The police have a lot of **proof** against the suspect.

警方有很多不利於此嫌犯的證據。

💡 living proof 活生生的證明｜

the proof of the pudding 布丁好不好，吃了才知道 (空談不如實證)

---

20 **release**

[rɪ`lis]

| n. | [C][U] 釋放；上映 |

▲ The **release** of the three hostages made the negotiators feel a thrill of excitement.

三名人質的釋放使談判人員感到振奮。

▲ The movie is **on release**. You can see it in a cinema.

這部電影上映中。你可以到戲院看。

release

[rɪ`lis]

| v. | 釋放；發行 |

▲ The authorities **released** the political prisoners from the jails under international pressure.

當局迫於國際壓力將政治犯從監獄釋放。

▲ The publisher is going to **release** a new book next week.

這間出版社下週即將發行新書。

21 responsibility

[rɪˌspɑnsəˈbɪlətɪ]

n. [C][U] 責任，職責 <for> (pl. responsibilities)

▲I will **take** full **responsibility for** the failure.
我會對這次的失敗負全責。

💡have a responsibility to sb 對…負責

22 salary

[ˈsælərɪ]

n. [C][U] 薪水 (pl. salaries)

▲Jack **earns a salary of $500** per week. Jack 週薪五百美元。

💡annual/monthly salary 年／月薪｜
boost/raise/cut/reduce salaries 提高／降低薪資

23 structure

[ˈstrʌktʃɚ]

n. [C][U] 結構，組織；[C] 建築物

▲The first two chapters of the book discuss the changing political and social **structure** of the island.
這本書的前兩章討論島上改變中的政治和社會結構。

▲There are many fine marble **structures** in Rome.
羅馬有許多漂亮的大理石建築物。

24 stuff

[stʌf]

n. [U] 物品，東西

▲What is the name of the **stuff** you used to mend the vase?
你用來修補花瓶的東西叫什麼？

💡do your stuff 做分內的事

stuff

[stʌf]

v. 塞滿 <with> [同] fill

▲When I returned from my vacation, my suitcase was **stuffed with** souvenirs. 我渡假回來時，行李箱塞滿了紀念品。

💡stuff your face 大吃大喝

25 tune

[tjun]

n. [C] 曲子 [同] melody

▲The pianist played several popular **tunes**.
這位鋼琴師演奏了幾首熱門的曲子。

💡in/out of tune 音很準／走音

tune

[tjun]

v. (為樂器) 調音

▲The piano hasn't been **tuned** for years, so its pitch is not quite right. 那架鋼琴已經很久沒調音了，所以音準不太對。

💡tune (sb/sth) out (對…) 置之不理

Unit 6

1 **afterward**
['æftɚwɚd]

adv. 之後，然後 (also afterwards)

▲Maria and John went to the movies, and **shortly afterward** they had lunch in a Japanese restaurant.

Maria 和 John 去看電影，隨後不久就去一家日式餐廳吃午餐。

💡shortly/soon afterward 隨後不久

2 **airline**
['ɛr,laɪn]

n. [C] 航空公司

▲Low-cost **airlines** have become popular with the youth in recent years. 廉價航空近年來很受年輕人歡迎。

3 **aware**
[ə`wɛr]

adj. 注意到

▲I hope you **are fully aware of** the possible dangers.

我希望你充分注意可能的危險。

4 **budget**
[`bʌdʒɪt]

n. [C] 預算 <on>

▲Living **on a tight budget**, the student spent little money on recreation. 由於預算拮据，所以這名學生在娛樂上花費甚少。

💡under/within/over budget 低於／符合／超出預算｜
draw up a budget 編列預算

budget
[`bʌdʒɪt]

v. 編預算 <for>

▲Emily has **budgeted for** insurance this year.

Emily 今年已經為保險編列預算。

5 **chat**
[tʃæt]

n. [C] 閒聊 <with>

▲Ian had a **chat with** his neighbor about the new library in the neighborhood. Ian 和他的鄰居閒聊關於社區新圖書館的事。

chat
[tʃæt]

v. 閒聊 <to, about> (chatted | chatted | chatting)

▲The students got together and **chatted about** their idols.

學生們聚在一起閒聊著他們的偶像。

6 clue

[klu]

n. [C] 線索 <to, about>

▲Police are still **searching** the house **for clues to** the identity of the murderer. 警方仍在屋內尋找凶手身分的線索。

💡not have a clue/have no clue 一無所知，毫無頭緒

---

7 comfort

[`kʌmfɚt]

n. [U] 安慰 [同] consolation；[C] 舒適 (物品) (usu. pl.)

▲No matter what difficulty Josh may encounter, he can always **take comfort from** his family's support.

無論遭遇什麼困難，Josh 都能從家人的支持中得到安慰。

▲The hotel offers all the **comforts** of home.

這家旅館提供所有居家生活所需要的舒適設備。

comfort

[`kʌmfɚt]

v. 安慰

▲The father tried to **comfort** his daughter.

這位父親試圖安慰他的女兒。

---

8 dislike

[dɪs`laɪk]

v. 不喜歡，討厭 [反] like

▲Though I **dislike** exercising, I still persist in walking 10,000 steps a day. 雖然我不喜歡運動，但是我仍堅持每天走一萬步。

dislike

[dɪs`laɪk]

n. [C][U] 不喜歡，厭惡 (的事) <for, of> [反] liking

▲Vanessa has a **dislike for** seafood. Vanessa 討厭海鮮。

💡take a dislike to... 開始討厭… ｜ likes and dislikes 好惡

---

9 dose

[dos]

n. [C] (藥物) 一劑

▲A **low dose of** the drug may still have side effects.

這種藥物低劑量仍可能有副作用。

dose

[dos]

v. 使服藥 <with>

▲The doctor **dosed** me **with** sleeping pills.

醫生配安眠藥給我吃。

---

10 efficient

[ɪ`fɪʃənt]

adj. 有效率的 [反] inefficient

▲We want to find an **efficient** method to speed up production. 我們想找一個有效率的方法來加速生產。

efficiently

[ɪ`fɪʃəntlɪ]

adv. 有效率地

▲Ken uses his time **efficiently**. Ken 有效率地使用他的時間。

11 **fancy**

[`fænsɪ]

adj. 花俏的；豪華的 [同] swanky (fancier | fanciest)

▲I don't like this dress because it is too **fancy**.

我不喜歡這件洋裝，因為它太花俏了。

▲Jerry and his date had dinner in a **fancy** restaurant tonight.

Jerry 和他的約會對象今晚在一家高檔的餐廳吃晚餐。

fancy

[`fænsɪ]

n. [sing.] 喜好，愛好 [同] whim

▲Wanting to ride the roller coaster was a **passing fancy**.

想要搭乘雲霄飛車是一時的喜好。

fancy

[`fænsɪ]

v. 想要 [同] feel like；幻想 <as>

▲Do you **fancy** a walk after dinner? 你想要在晚飯後散步嗎？

▲The little girl always **fancies** herself **as** an astronaut.

這個小女孩總是幻想自己是個太空人。

12 **global**

[`globl̩]

adj. 全球的

▲Financial experts worried that the terrorist attack would affect the **global** economy.

財經專家擔心這起恐怖攻擊將影響全球經濟。

💡 global warming (溫室效應引起的) 地球暖化效應

13 **jewelry**

[`dʒuəlrɪ]

n. [U] (總稱) 珠寶，首飾

▲The actress couldn't have retrieved the three pieces of **jewelry** without the help of police.

這女演員若沒有警方的幫助是無法找回她失去的三件珠寶。

14 **magical**

[`mædʒɪkl̩]

adj. 有魔力的；令人愉快的，奇妙的 [同] enchanting

▲The man's **magical powers** allow his followers to listen to him and do as he wishes.

這名男子的魔力令他的追隨者們聽從他，並依他的心願行事。

▲My friends and I spent a **magical** weekend in Tainan.

我朋友和我在臺南度過令人愉快的週末。

15 **mission**

[`mɪʃən]

n. [C] 使命，任務 <on>

▲The general sent the soldier **on a** difficult **mission**.

將軍派給這個士兵一項艱難的任務。

16 **plastic**

['plæstɪk]

n. [U] 塑膠

▲The beautiful flowers are made of **plastic**.

這些漂亮的花朵是塑膠製的。

plastic

['plæstɪk]

adj. 塑膠的

▲Many countries have already taken steps to reduce the use of **plastic** cups. 許多國家已經採取措施減少塑膠杯的使用。

17 **pure**

[pjʊr]

adj. 純的，不摻雜的 [反] impure；純粹的，完全的 (purer | purest)

▲The necklace is made of **pure** gold, so it is very expensive.

這條項鍊是純金打造的，所以非常昂貴。

▲It was by **pure** luck that Dan won the lottery.

Dan 中樂透純粹是運氣。

18 **purse**

[pɝs]

n. [C] 錢包

▲I usually carry money in my **purse**. 我的錢通常都放在錢包裡。

19 **remain**

[rɪ'men]

v. 保持 [同] stay；剩下

▲All the passengers on the plane should **remain** seated until the seat belt signs are switched off.

飛機上所有乘客應保持坐著，直到安全帶警示燈熄滅。

▲After the typhoon, nothing **remained** of the pomelo farm.

颱風過後，柚子果園裡一點也不剩。

20 **sake**

[sek]

n. [U] 緣故，理由

▲Scott quit his job **for the sake of** his health.

Scott 為了健康而辭去工作。

💡 for sb's sake/for the sake of sb 為了幫助…，為了…的利益

21 **scary**

['skɛrɪ]

adj. 恐怖的，嚇人的 (scarier | scariest)

▲Melody prefers **scary** movies. Melody 喜歡恐怖電影。

22 **significant**

[sɪg'nɪfəkənt]

adj. 重要的，顯著的 <for> [同] important

▲The meeting is very **significant for** the cooperation between the two companies.

這次的會議對這兩個公司的合作很重要。

23 suicide
['suə,saɪd]

n. [C][U] 自殺

▲It is reported that the **suicide** rate has risen gradually in the past years. 據報導自殺率在過去幾年已經逐漸攀升。

24 tight
[taɪt]

adj. 緊的，小的 [反] loose；(時間、金錢) 緊的

▲The dress seems to be too **tight**. 這件洋裝穿起來好像太緊了。

▲Sorry, I can't meet you this week. I have a **tight schedule**.
對不起，我無法在這星期跟你碰面。我的行程表太緊湊。

tight
[taɪt]

adv. 緊密地

▲Since a typhoon is coming, please check all the windows are shut **tight**. 由於颱風要來了，請確認所有的窗戶都有緊閉。

25 vivid
['vɪvɪd]

adj. (色彩) 鮮豔的；生動的，栩栩如生的

▲Hebe's **vivid** yellow dress caught many people's attention.
Hebe 鮮豔的黃色洋裝吸引了許多人的注意。

▲The audience was amazed by the speaker's **vivid description of** her life in Africa.
聽眾對於演講者在非洲生活的生動描述感到十分驚奇。

Unit 7

1 ambition
[æm'bɪʃən]

n. [C] 抱負，志向

▲Ryan's **ambition** is to become a famous actor before forty.
Ryan 的志向是要在四十歲之前成為名演員。

💡realize/achieve/fulfill sb's ambition 實現⋯的抱負

2 apart
[ə'pɑrt]

adv. 分開地

▲Harry stood with his feet wide **apart**.
Harry 兩腳分得很開地站著。

💡apart from... 不考慮⋯，除了⋯之外 | tell sb/sth apart 分辨⋯

3 approve
[ə'pruv]

v. 同意，贊成 <of>

▲My father didn't **approve of** me studying abroad.
父親不贊成我出國念書。

4 breath

[brεθ]

n. [C] 吸一下氣；[U] 呼吸

▲Molly took a deep **breath** before she entered the interview room. Molly 在進入面試室前深吸一口氣。

▲The runner was **short of breath** when he crossed the finish line. 這名跑者穿越終點線時，上氣不接下氣。

💡hold sb's breath …屏住呼吸；屏息以待｜be/run out of breath 喘不過氣｜take sb's breath away 美得令…讚嘆

5 capable

[`kepəbl̩]

adj. 有能力的 <of>

▲The old man **is** not **capable of** taking care of himself. 這名老人沒有照顧自己的能力。

6 cherry

[`tʃɛrɪ]

n. [C] 櫻桃 (pl. cherries)

▲Bob picked some **cherries** from the tree in the backyard to make a **cherry pie**. Bob 在後院的樹上摘了一些櫻桃要做櫻桃派。

💡the cherry on the cake 錦上添花之物

cherry

[`tʃɛrɪ]

adj. 櫻桃紅的，鮮紅色的

▲The model has beautiful **cherry lips**. 這位模特兒有漂亮的櫻桃紅脣。

7 column

[`kɑləm]

n. [C] 石柱；(報紙、雜誌的) 專欄

▲The town is famous for a row of Greek **columns**. 這城鎮以擁有一排希臘風格的石柱而聞名。

▲The professor writes the **financial column** for the magazine. 這名教授為雜誌寫財經專欄。

8 cradle

[`kredl̩]

n. [C] 搖籃

▲The mother **rocked the cradle** to stop her baby from crying. 這母親推動搖籃讓她的寶寶停止哭泣。

cradle

[`kredl̩]

v. 托住，輕柔地抱著

▲Most of the parents tend to **cradle** their babies in their left arms. 大部分的父母多用左臂抱嬰孩。

9 dive

[daɪv]

n. [C] 跳水

▲The athlete is practicing her **dives**. 這位運動員正在練習跳水。

dive
[daɪv]

v. 潛水，跳水 <into> (dove, dived | dived | diving)

▲The lifeguard **dove into** the pool to save a drowning boy.

這救生員跳入泳池中救一名溺水的男孩。

---

10 **downtown**
[ˌdaʊn`taʊn]

adj. 市中心的，商業區的

▲Daniel has to go to the office in **downtown** Chicago for meeting. Daniel 需要去芝加哥城區的辦公室開會。

downtown
[ˌdaʊn`taʊn]

adv. 在市中心地，在商業區地

▲Let's go **downtown** to see the movies. 我們去市區看電影吧。

downtown
[ˌdaʊn`taʊn]

n. [C] 市中心，商業區

▲The rents in **the heart of downtown** are extremely high now. 市中心的房屋租金現在非常的高昂。

---

11 **emotional**
[ɪ`moʃənl]

adj. 情感的；情緒化的

▲Parents should care about their children's **emotional needs**. 父母應當注意孩子的情感需求。

▲Peter became very **emotional** when he heard the bad news. Peter 聽到這個壞消息時，變得很情緒化。

---

12 **flash**
[flæʃ]

n. [C] 閃光

▲The child fears the **flash of lightning**.

這名小孩害怕閃電的閃光。

💡a flash in the pan 曇花一現 | in a flash 轉瞬間

flash
[flæʃ]

v. 閃光；突然浮現

▲Lightning **flashes** in the dark sky. 閃電劃過夜空。

▲An idea **flashed through** his mind. 他腦子裡突然靈光一閃。

---

13 **label**
[`lebl]

n. [C] 標籤 [同] tag, ticket

▲The **label** on the product tells people what it contains.

這產品上的標籤告訴人們裡面含有什麼成分。

label
[`lebl]

v. 貼上標籤

▲The doctor carefully **labeled** each of the bottles.

醫生小心地在每個瓶子上貼標籤。

💡label sb/sth as sth 把…稱為 (貼標籤為)…

14 medal

[ˋmɛdl]

n. [C] 獎章

▲The tennis player won the championship and **received a gold medal**. 這位網球選手贏得冠軍而獲頒金牌。

💡gold/silver/bronze medal 金／銀／銅牌

15 motor

[ˋmotɚ]

n. [C] 馬達，引擎；汽車

▲The electric fan needs a new **motor**.

這臺電風扇需要新的馬達。

▲Eddie just bought a second-hand **motor**.

Eddie 剛買了一輛二手車。

motor

[ˋmotɚ]

adj. 汽車的

▲In big cities, exhaust fumes from **motor** vehicles are the major source of air pollution.

在大城市裡，車輛所排放的廢氣是空氣汙染的主要來源。

16 product

[ˋprɑdʌkt]

n. [C] 產品 [同] goods；成果

▲We are going to run a commercial on TV to promote our new **product**. 我們要在電視播廣告來促銷新產品。

▲The scientist was not satisfied with the **product of** his research, so he determined to do it again.

這名科學家對他的研究成果不滿意，因此決定再做一次。

💡dairy/meat/agricultural/commercial products

乳製品／肉製品／農產品／商品

17 razor

[ˋrezɚ]

n. [C] 刮鬍刀，剃刀

▲Brian is shaving his beard with an **electric razor**.

Brian 正在用電動刮鬍刀刮鬍子。

18 remote

[rɪˋmot]

adj. 遙遠的，偏僻的 [同] isolated (remoter｜remotest)

▲Nick lives in a **remote** village far from the city.

Nick 住在離城市很遙遠的村莊裡。

19 republic

[rɪˋpʌblɪk]

n. [C] 共和國

▲The **Republic** of China is a democratic country.

中華民國是一個民主國家。

20 security
[sɪ`kjʊrətɪ]

n. [U] 安全 (保障)

▲The museum **tightened security** when the president visited. 博物館在總統參訪時加強安全措施。

---

21 semester
[sə`mɛstɚ]

n. [C] 學期

▲The first **semester** lasts from this September to next January. 第一學期是從今年九月到明年一月。

---

22 shortly
[`ʃɔrtlɪ]

adv. 不久，很快

▲Usually lightning is **shortly** followed by thunder.

通常閃電過後不久會有雷聲。

💡shortly after/before sth …不久之後／之前

---

23 summit
[`sʌmɪt]

n. [C] 山頂；高峰會議

▲After climbing the mountain for hours, we finally reached its **summit**. 爬了幾個鐘頭後，我們終於到達山頂。

▲The world leaders will attend the **summit meeting** in Saudi Arabia. 世界級的領導人會參加在沙烏地阿拉伯的高峰會議。

---

24 violence
[`vaɪələns]

n. [U] 暴力

▲It is unwise to use **violence** to solve problems.

訴諸暴力手段來解決問題是不明智的。

---

25 wheat
[wit]

n. [U] 小麥

▲The farm workers are harvesting the **wheat** on the fields.

農場工人們正在收割田裡的小麥。

💡wheat farm/field/crop/flour 麥田／小麥作物／麵粉

Unit 8

1 advantage
[əd`væntɪdʒ]

n. [C][U] 好處 [反] disadvantage

▲Being tall is an **advantage** for a basketball player.

個子高對籃球選手有利。

💡take advantage of sb/sth 利用…；占…便宜 |
to sb's advantage 對…有利的

2 **announce**
[ə`naʊns]

v. 宣布 <to>

▲The boss **announced** the new project **to** his employees.

老闆向他的員工宣布新的企劃案。

announcement
[ə`naʊnsmənt]

n. [C] 宣告，公告

▲The government just **made an announcement** that there would be an increase in the fuel tax.

政府剛做出了燃油稅增加的公告。

3 **apron**
[`eprən]

n. [C] 圍裙

▲My father always wears an **apron** when cooking.

我爸爸煮菜時總會穿圍裙。

4 **aside**
[ə`saɪd]

adv. 在旁邊

▲Ann stepped **aside** to make way for an old lady.

Ann 退到旁邊讓路給老太太。

💡 aside from... 除…之外

5 **chest**
[tʃɛst]

n. [C] 胸部，胸腔

▲Logan saw a doctor because he had **chest** pains.

Logan 因為胸部疼痛而去看醫生。

6 **citizen**
[`sɪtəzn̩]

n. [C] 公民

▲Mr. Lin has applied to become a Polish **citizen**.

林先生已申請成為波蘭公民。

7 **compete**
[kəm`pit]

v. 競爭 <with, against>

▲Oliver has to **compete with** other candidates **for** the job.

Oliver 必須和其他求職者競爭這份工作。

8 **complaint**
[kəm`plent]

n. [C] 抱怨 <to>

▲John **made a complaint to** the manager **about** the waiter's rude behavior. John 跟經理抱怨服務生無禮的行為。

9 **credit**
[`krɛdɪt]

n. [U] 賒帳 <on>；讚揚

▲Mr. Wang bought the new house **on credit**.

王先生貸款買新屋。

▲The diligent employee got **credit** for the work he had done.

這勤奮的員工因為他所做的工作獲得讚揚。

credit

[`krɛdɪt]

| v. | 歸於 <to> |

▲Samuel **credits** his success **to** his wife.

Samuel 把他的成就歸功於他太太。

---

10 **doubtful**

[`daʊtfəl]

| adj. | 感到懷疑的，不能確定的 <about> |

▲The manager was **doubtful about** Gail's ability to run the big project. 經理對於 Gail 執行這個大企劃案的能力感到懷疑。

---

11 **drain**

[dren]

| v. | 瀝乾，排空；使筋疲力盡 |

▲The cook **drained** the dumplings thoroughly.

這名廚師將餃子的水瀝乾。

▲The flight really **drained** me. 這趟航程真的讓我筋疲力盡。

drain

[dren]

| n. | [C] 下水道，排水管 |

▲Vicky dropped her car key down the **drain** by accident.

Vicky 不小心將汽車鑰匙掉入下水道裡。

---

12 **flavor**

[`flevɚ]

| n. | [C][U] 味道 [同] taste |

▲Garlic and ginger are usually used to **give flavor** to dishes.

大蒜和薑通常用來為菜色增添味道。

flavor

[`flevɚ]

| v. | 為⋯加味道，增添風味 <with> |

▲Lisa **flavored** the drink **with** lemon.

Lisa 在飲料中加入檸檬調味。

---

13 **flood**

[flʌd]

| n. | [C][U] 洪水，水災 |

▲Several houses were carried away by the great **flood**.

數間房屋被大洪水沖走了。

flood

[flʌd]

| v. | 淹水；湧進 [同] pour |

▲Many homes were **flooded** owing to the heavy rain.

多戶人家因豪雨淹水。

▲Donations **flooded into** the refugee camp.

大量捐贈物資湧進難民營。

---

14 **frequent**

[`frikwənt]

| adj. | 頻繁的，經常的 [反] infrequent |

▲Fred makes **frequent** visits to Europe because he has business contacts with several European companies.

Fred 經常去歐洲，因為他與幾家歐洲公司有生意往來。

frequent

[`frikwənt]

| v. | 常去，常到 |

▲My friend and I met at a restaurant **frequented** by students.
我朋友和我約在一間學生常去的餐廳。

15 **information**

[ˌɪnfə`meʃən]

| n. | [U] 資訊，情報 <on, about> |

▲I want a good deal of **information on** this matter to make the decision. 我需要大量關於這件事的資訊以作出判斷。

16 **lawn**

[lɔn]

| n. | [C][U] 草地，草坪 |

▲Iris is having a picnic on the **lawn**. Iris 正在草地上野餐。

💡mow/cut the lawn 修剪草坪

17 **medium**

[`midɪəm]

| adj. | 中等的 [同] average；(肉) 中等熟度的 |

▲Allen wears **medium-sized** pants. Allen 穿中號的褲子。

▲I'd like my steak **medium**, please. 我的牛排要五分熟，謝謝。

medium

[`midɪəm]

| n. | [C] 媒介 (pl. media, mediums) |

▲The Internet has become a **medium** of advertising.
網路已經變成廣告的媒介。

18 **neighborhood**

[`nebə,hʊd]

| n. | [C] 鄰近地區，住宅區 |

▲We live in a quiet **neighborhood**. 我們住的地區很安靜。

19 **regional**

[`ridʒənl̩]

| adj. | 地區的，區域的 |

▲The local people here speak with a **regional** accent.
這裡的本地人說話帶有地區性的口音。

20 **reveal**

[rɪ`vil]

| v. | 洩漏，透露 [同] disclose [反] conceal |

▲Oliver's facial expression **revealed** that he was lying.
Oliver 的臉部表情透露他在說謊。

21 **shampoo**

[ʃæm`pu]

| n. | [C][U] 洗髮精 (pl. shampoos) |

▲Nick often uses moisturizing **shampoo** for his dry hair.
Nick 通常為他的乾燥髮質使用保溼型洗髮精。

shampoo

[ʃæm`pu]

| v. | 用洗髮精洗 |

▲The hairdresser **shampoos** the customer's hair and then blows it dry. 理髮師洗客人的頭髮並將它吹乾。

22 sink

[sɪŋk]

`n.` [C] 水槽

▲The dirty plates are piled up in the **kitchen sink**.
廚房水槽堆滿了髒盤子。

sink

[sɪŋk]

`v.` 下沉，下陷；降低 (sank, sunk | sunk | sinking)

▲The *Titanic* **sank** in the North Atlantic Ocean in 1912.
鐵達尼號於 1912 年在北大西洋沉沒。

▲The dollar is **sinking** gradually. 美元漸漸下跌。

23 suffer

[`sʌfɚ]

`v.` 遭受，罹患 <from>

▲More and more people are **suffering from** asthma owing to air pollution. 有越來越多的人因為空氣汙染而罹患哮喘。

suffering

[`sʌfrɪŋ]

`n.` [C][U] 痛苦

▲The medicine relieved the patient's **suffering**, so he feels much better now.
藥物緩和了這個病人的痛苦，所以他現在覺得好多了。

24 suspect

[sə`spɛkt]

`v.` 懷疑 <of>

▲The police **suspected** the woman **of** committing the crime.
警方懷疑這名女子犯下罪行。

suspect

[`sʌspɛkt]

`n.` [C] 嫌疑犯

▲The man was the main **suspect** in the case.
這名男子是這個案子的主要嫌疑犯。

suspect

[`sʌspɛkt]

`adj.` 可疑的，不可靠的 [同] suspicious

▲A **suspect** package was found in the railroad car.
火車車廂內發現了一個可疑的包裹。

25 whistle

[`wɪsl̩]

`n.` [C] 哨子

▲The coach **blew** his **whistle** to ask the players to run toward him. 教練吹哨子要球員跑向他這邊。

whistle

[`wɪsl̩]

`v.` 吹口哨；吹哨子

▲Ken used to **whistle** his favorite tune on his way to school.
Ken 過去經常在去上學的路上，用口哨吹他喜愛的曲子。

▲The referee **whistled** as soon as the player broke the rule.
球員一犯規裁判就立刻吹哨子。

Unit 9

1 **advanced**

[əd`vænst]

adj. 先進的；高階的

▲This is the most **advanced** jet plane in the world.

這是世界上最先進的噴射機。

▲Steven decided to take the **advanced** English course.

Steven 決定修讀這個高階英文課程。

2 **armed**

[ɑrmd]

adj. 武裝的 [反] unarmed

▲The boundary disputes finally led to **armed conflict** between the two countries. 邊界爭端最終引發兩國的武裝衝突。

3 **assume**

[ə`sum]

v. 假定，假設；假裝，冒充；擔任

▲The judge must **assume (that)** the suspect is innocent until he or she is proven guilty.

在被證明有罪之前，法官必須假定嫌疑犯無罪。

▲The criminal **assumed a false name** after fleeing to a new city. 這名罪犯逃到新城市後就用了假名字。

▲After winning the election, the new president will **assume office** tomorrow. 贏得大選之後，新總統明天要就職。

4 **attitude**

[`ætə,tjud]

n. [C] 態度 <to, toward>

▲Kevin **took** an unfriendly **attitude toward** me.

Kevin 對我抱持著不友善的態度。

💡positive/negative attitude 正面的／負面的態度

5 **cable**

[`kebḷ]

n. [C] 電纜

▲The government **laid cables** between the two islands.

政府在兩座小島間埋設電纜。

cable

[`kebḷ]

v. 打越洋電報

▲Emma's father **cabled** her some money yesterday.

Emma 的父親昨天利用越洋電報匯給她一些錢。

6	**client**	n. [C] 客戶，顧客 [同] customer
	[`klaɪənt]	▲The restaurant tried to handle the negative feedback from the **clients**. 這間餐廳試著處理來自顧客的負面評價。

7	**concert**	n. [C] 音樂會
	[`kɑnsɚt]	▲The queen attended the charity **concert** to raise funds for the orphans. 女王參加這場為孤兒募款的慈善音樂會。
		💡in concert with sb/sth 和…合作｜classical/rock/pop concert 古典／搖滾／流行音樂會

8	**constant**	adj. 連續不斷的 [同] continual
	[`kɑnstənt]	▲The children's **constant** fighting got on the mother's nerves. 孩子不斷爭吵使母親心煩。
	constant	n. [C] 常數
	[`kɑnstənt]	
	constantly	adv. 不斷地 [同] continually
	[`kɑnstəntlɪ]	▲Stir the curry **constantly** or you might burn it. 不斷攪拌咖哩，不然你可能會把它燒焦。

9	**creature**	n. [C] 生物
	[`kritʃɚ]	▲We should respect all **living creatures** on Earth. 我們應該尊重地球上所有的生物。

10	**crown**	n. [C] 王冠
	[kraʊn]	▲The princess wore a **crown** on her head. 公主頭上戴著王冠。
		v. 為…加冕
	crown	▲Philip was **crowned** king at the age of 20.
	[kraʊn]	Philip 在二十歲時被加冕為王。

11	**dump**	v. 扔下，丟下
	[dʌmp]	▲Bill **dumped** his shopping bags on the sofa as soon as he got home. Bill 一回到家就把他的購物袋扔在沙發上。
	dump	n. [C] 垃圾場
	[dʌmp]	▲All the garbage is taken to the **dump** in the suburbs. 所有的垃圾都會被運送到位於郊區的垃圾場。
		💡(down) in the dumps 情緒低落，不高興

12 electricity

[ɪ͵lɛk`trɪsətɪ]

n. [U] 電力

▲Wind power can be used to produce **electricity**.

風力可以用來發電。

💡provide/supply electricity 供給電力

---

13 fold

[fold]

v. 摺疊，摺起 <up>

▲Steven **folded up** his shirts neatly.

Steven 把他的襯衫摺得很整齊。

fold

[fold]

n. [C] 摺疊；摺痕

▲The bug hid in the **folds** of the curtain. 小蟲藏在窗簾的摺縫裡。

---

14 fur

[fɝ]

n. [C][U] (動物的) 毛皮

▲The cat's **fur** is very soft. 這隻貓的毛很軟。

---

15 harbor

[`hɑrbɚ]

n. [C] 港口

▲Some ships came into the **harbor** to seek shelter during the storm. 暴風雨時，一些船隻駛入港口尋找遮蔽。

harbor

[`hɑrbɚ]

v. 藏匿 (罪犯或贓物)；懷有，心懷 (負面想法)

▲Amy was sued for **harboring** a criminal. Amy 被控告藏匿罪犯。

▲The man **harbored a grudge** against his neighbor.

這名男子對他的鄰居懷恨在心。

---

16 liberty

[`lɪbɚtɪ]

n. [C][U] 自由 (pl. liberties)

▲People in democratic countries enjoy the **liberty** of free speech. 民主國家人民享受言論自由。

💡be at liberty to V 被允許做…

---

17 microwave

[`maɪkrə͵wev]

n. [C] 微波爐 (also microwave oven)

▲It is very convenient to heat up leftovers in the **microwave**.

在微波爐加熱剩菜很方便。

microwave

[`maɪkrə͵wev]

v. 微波 (食物)

▲Customers in the convenience store **microwave** the food.

便利超商的顧客們微波食物。

---

18 ongoing

[`ɑn͵goɪŋ]

adj. 不斷發展的，持續進行的

▲The investigation of gunrunning is **ongoing**.

軍火走私的偵查還在持續進行中。

---

19 relax

[rɪ`læks]

| v. | 放鬆 |

▲Whenever I'm under stress, I'll play the guitar because it **relaxes** me. 每當我有壓力時，我會彈吉他，因為這會使我放鬆。

20 roughly

[`rʌflɪ]

| adv. | 粗魯地；大致上 [同] about, approximately |

▲Don't press the button **roughly**. You almost broke it.

不要粗魯地按按鍵。你差點把它弄壞。

▲Colin spends **roughly** six hours a day surfing the Internet.

Colin 一天約花六小時上網。

💡roughly speaking 大致上來說

21 signal

[`sɪgn̩l]

| n. | [C] 信號 [同] sign |

▲The police officer gave the driver the **signal** to stop.

警察示意要司機停車。

signal

[`sɪgn̩l]

| v. | 發出信號 |

▲The police officer **signaled** the man to put his hands in the air. 警察示意要男子高舉雙手。

22 talent

[`tælənt]

| n. | [C][U] 天分，才能 <for> |

▲George **has a talent for** ballet. George 有跳芭蕾的天分。

💡talent competition/show 選秀比賽／演出

talented

[`tæləntɪd]

| adj. | 有天分的，有才能的 |

▲Miranda is a **talented** archer. Miranda 是個有天分的弓箭手。

23 tasty

[`testɪ]

| adj. | 美味的 (tastier｜tastiest) |

▲It's the **tastiest** dish I have ever had!

這是我吃過最好吃的一道菜了！

24 tourism

[`turɪzm̩]

| n. | [U] 旅遊業 |

▲To boost **tourism**, the authorities have announced that visitors staying less than 90 days in the country do not need a visa. 為了促進觀光，官方宣布旅客至該國旅遊九十天內無需簽證。

25 unique

[ju`nik]

| adj. | 獨一無二的，專屬的 <to>；獨特的 [同] unusual |

▲The travel agency provides customized services that **are unique to** your needs.

這家旅遊業者提供客製化服務，滿足客戶專屬的需求。

▲Shakespeare was **unique** among his contemporaries.

同時代人中，莎士比亞無與倫比。

unique

[ju`nik]

n. [C] 獨特的人或物

Unit 10

1 advise

[əd`vaɪz]

v. 建議，勸告

▲I **advised** Zoe that she should take a rest.

我建議 Zoe 要休息一下。

💡(strongly) advise sb against sth (強烈) 建議…不要…

---

2 ash

[æʃ]

n. [C][U] 灰，灰燼

▲Don't drop **cigarette ash** in the trash can. It might cause a fire. 別讓菸灰掉在垃圾桶裡。有可能引發火災。

---

3 audience

[`ɔdɪəns]

n. [C] 觀眾

▲The talk show has **an audience of** several millions every week. 每週有數百萬觀眾收看此脫口秀。

💡an audience laughs/claps/cheers/boos

觀眾大笑／鼓掌／喝彩／喝倒彩

---

4 automatic

[,ɔtə`mætɪk]

adj. 自動的 [反] manual

▲Most convenience stores have **automatic doors**.

大部分的便利商店都有自動門。

---

5 clinic

[`klɪnɪk]

n. [C] 診所

▲I have an appointment at the **clinic** next Friday.

我和診所預約下週五看診。

---

6 comparison

[kəm`pærəsn̩]

n. [C][U] 比較

▲The teacher asked her students to **make a comparison of** the two writing styles. 老師要學生比較這兩種寫作的風格。

💡in/by comparison with sb/sth 與…相比

7	**costly**	adj.	貴的 (costlier ｜ costliest)
	[ˋkɔstlɪ]	▲ It would be **costly** to buy a house in Taipei. 在臺北買房子很貴。

8	**crew**	n.	[C] (船、飛機的) 全體工作人員；專業團隊
	[kru]	▲ The **crew** helped the passengers get off the plane after the pilot made an emergency landing.
		在機長緊急迫降後，機上工作人員協助乘客下機。
		▲ The reporter and the **camera crew** are reporting on the floods. 記者和攝影團隊正在報導水災。

9	**crop**	n.	[C] 農作物
	[krɑp]	▲ The **crops** won't survive if there is a drought.
		若有乾旱，農作物將無法存活下來。
	crop	v.	收成 (cropped ｜ cropped ｜ cropping)
	[krɑp]	▲ The strawberries haven't **cropped** as well as last year.
		草莓的收成沒有像去年一樣好。

10	**destroy**	v.	毀壞，破壞
	[dɪˋstrɔɪ]	▲ The historic church was **totally destroyed** in a fire.
		這間有歷史價值的教堂被大火徹底燒毀了。
		💡 destroy sb's confidence 破壞…的自信

11	**edit**	v.	編輯；剪輯
	[ˋɛdɪt]	▲ The school newspaper is written and **edited** by the students. 校刊由學生撰寫和編輯。
		▲ They are **editing** the trailer for the new movie.
		他們正在剪輯新電影的預告片。

12	**exhibition**	n.	[C][U] 展示 (會) <on> [同] exhibit
	[͵ɛksəˋbɪʃən]	▲ A collection of Picasso's paintings will be **on exhibition** in the museum. 一系列畢卡索的畫作將在這個博物館展出。

13	**forever**	adv.	永久地，永遠
	[fɚˋɛvɚ]	▲ I will **forever** remember the day we met.
		我會永遠記得我們相遇這一天。
		💡 forever and ever 永久地

14 **hometown**
[`hom,taʊn]

n. [C] 家鄉，故鄉

▲The young man left his **hometown** and went to a big city to look for a job. 那年輕人離開家鄉，到大城市去找尋工作。

15 **humor**
[`hjumɚ]

n. [U] 幽默；[C][U] 心情

▲My friend has **a great sense of humor**. 我朋友富有幽默感。

▲Dad is always **in a good humor**. 父親心情總是很好。

💡in a good/bad humor 心情好／壞的

16 **lover**
[`lʌvɚ]

n. [C] 戀人；愛好者

▲There are **pairs of lovers** celebrating Valentine's Day in the restaurant. 有好幾對戀人在這家餐廳慶祝情人節。

▲My colleague is a **music lover**. 我的同事是音樂愛好者。

17 **miracle**
[`mɪrəkl̩]

n. [C] 奇蹟

▲It was a **miracle** that the driver wasn't hurt in the car crash. 駕駛在車禍中沒受傷是奇蹟。

💡perform/work miracles/a miracle 創造奇蹟；有奇效

18 **outer**
[`aʊtɚ]

adj. 外面的 [反] inner

▲It is my dream to travel to **outer space** someday. 我的夢想是有一天能到外太空去旅行。

19 **pole**
[pol]

n. [C] 竿，柱；(地球的) 極

▲Since Willy likes fishing, he has a variety of fishing **poles**. 由於 Willy 喜愛釣魚，他有各式各樣的釣魚竿。

▲Many people believe that Santa Claus lives in **the North Pole**. 許多人相信耶誕老人住在北極。

20 **remind**
[rɪ`maɪnd]

v. 使想起 <of>；提醒 <about, to>

▲The old picture **reminded** me **of** my childhood. 這張舊照片使我想起童年。

▲Please **remind** your parents **about** the PTA meeting. I'm looking forward to seeing them tomorrow. 請提醒你的父母有關家長會的事，我期盼明天見到他們。

💡remind sb to V 提醒…做…

21 silk

[sɪlk]

n. [U] 絲，蠶絲

▲A silkworm is a type of caterpillar which can produce **silk**.

蠶是一種會吐絲的毛毛蟲。

💡artificial silk 人造絲

22 sufficient

[sə`fɪʃənt]

adj. 足夠的 [同] enough [反] insufficient

▲Do we have **sufficient** time to complete the project?

我們有足夠的時間完成這項專案計畫嗎？

23 threaten

[`θrɛtn̩]

v. 威脅，恐嚇 <to>

▲The terrorists **threatened to** set off the bombs.

恐怖分子威脅要引爆炸彈。

24 traveler

[`trævlɚ]

n. [C] 旅行者

▲Lena is a frequent **traveler** to Paris. Lena 是到巴黎旅行的常客。

25 tropical

[`trɑpɪkl̩]

adj. 熱帶的

▲People should try hard to protect the **tropical** rainforests.

人們應該盡力保護熱帶雨林。

💡tropical island/region/climate 熱帶島嶼／地區／氣候

Unit 11

1 agriculture

[`ægrɪ,kʌltʃɚ]

n. [U] 農業

▲People in this area depend on **agriculture** for a living.

此地的人民以務農維生。

2 attractive

[ə`træktɪv]

adj. 有魅力的 <to>

▲Everything about the singer is **attractive to** his loyal fans.

關於這位歌手的每件事對他的忠實粉絲來說都是很有魅力的。

💡find sb attractive 覺得…有魅力

3 bacon

[`bekən]

n. [U] 培根肉

▲Please give me a slice of **bacon**. 請給我一片培根。

💡bring home the bacon 養家 | bacon and eggs 培根蛋 |

save sb's bacon 幫助…脫離困境

4 **career**

[kə`rɪr]

n. [C] (終生的) 職業 <in>

▲Pursuing a **career in** medicine, the young doctor committed himself to treating people in the poor village.

從事醫療職業，這位年輕醫師致力於治療在這貧困鄉村的人們。

💡political/medical/academic career 政治／醫療／學術生涯

5 **clown**

[klaʊn]

n. [C] 小丑

▲Nancy likes the **clown** best at the circus.

馬戲團中 Nancy 最喜歡小丑。

💡class clown 班級小丑

clown

[klaʊn]

v. 搞笑 <around>

▲My teacher was angry that all the students **clowned around** in class this morning.

我的老師對於今天早上所有學生在課堂上搞笑感到生氣。

6 **cricket**

[`krɪkɪt]

n. [C] 蟋蟀

▲Male **crickets** chirp at night in order to attract female **crickets**. 雄性蟋蟀夜間發唧唧聲吸引雌性蟋蟀。

7 **criminal**

[`krɪmənl̩]

adj. 犯罪的

▲People with a **criminal** record sometimes find it hard to get a job. 有犯罪紀錄的人們有時會發現很難找到工作。

criminal

[`krɪmənl̩]

n. [C] 罪犯

▲Justice is done when **criminals** receive the punishment they deserve. 當罪犯受到應有的懲罰時，正義就伸張。

8 **dramatic**

[drə`mætɪk]

adj. 驟然的，戲劇性的

▲Justin went abroad for only a few months, but you could notice **a dramatic change** in his behavior.

Justin 只有出國幾個月，但你可以注意到他的行為舉止驟然轉變。

9 **educate**

[`ɛdʒə,ket]

v. (在學校) 教育 <about, in, on>

▲Schools should **educate** children **about** the importance of recycling. 學校應該教育孩子資源回收的重要性。

10 **educational**

[ˌɛdʒəˈkeʃənl̩]

adj. 教育的

▲A good children's book is not only fun but **educational** as well. 好的兒童讀物不僅有趣而且具有教育意義。

---

11 **expectation**

[ˌɛkspɛkˈteʃən]

n. [C][U] 期望，預料

▲**Eric** has to study hard to **live up to** his parents' **expectations.** Eric 必須要用功念書以達到他父母的期望。

💡against/contrary to all expectations 意想不到的是

---

12 **expressive**

[ɪkˈsprɛsɪv]

adj. 富有表達力的

▲The poem was **expressive of** the writer's ideas about life. 這首詩生動的表達作家對於生命的見解。

---

13 **frank**

[fræŋk]

adj. 直率的 <with, about>

▲Annie is pretty **frank about** her opinions.

Annie 表達意見時相當直率。

💡to be frank with you 直率地對你說

frankly

[ˈfræŋklɪ]

adv. 直率地

▲John admitted his mistake **frankly**.

John 直率地承認自己的錯誤。

💡frankly speaking 坦白地說 | quite frankly 相當坦率地說

---

14 **kingdom**

[ˈkɪŋdəm]

n. [C] 王國；領域 <of>

▲The king ruled over a large **kingdom**.

國王統治領土廣大的王國。

▲Anything is possible in the **kingdom of** imagination. 在想像的領域中什麼事都有可能。

---

15 **lung**

[lʌŋ]

n. [C] 肺

▲Hogan breathed deeply to fill his **lungs** with fresh air. Hogan 深呼吸使肺部充滿新鮮空氣。

---

16 **motel**

[moˈtɛl]

n. [C] 汽車旅館

▲When traveling by car, you can choose a **motel**, where you can park your car outside the room. 開車旅行時，你可以選擇汽車旅館，那裡你的車子可以停在房外。

17 paradise
['pærə,daɪs]

n. [C][U] 天堂 [同] heaven

▲It is generally believed that good people will go to **Paradise** after they die. 一般人普遍相信好人死後會上天堂。

💡shopper's paradise 購物者的天堂

18 political
[pə'lɪtɪkl̩]

adj. 政治的

▲This country has several **political parties**.
這個國家有好幾個政黨。

politically
[pə'lɪtɪklɪ]

adv. 政治上

▲Which political party will win the election is a **politically** sensitive issue. 哪個政黨會贏得選舉是一個政治上敏感的問題。

19 prevent
[prɪ'vɛnt]

v. 阻止，預防 <from>

▲The heavy rain **prevented** my brother **from** going out.
大雨讓弟弟無法外出。

20 reserve
[rɪ'zɝv]

n. [C] 儲備物 (usu. pl.) <of>

▲My parents keep a large **reserve of** water and food for typhoons. 我的父母為了颱風大量儲備水和食物。

reserve
[rɪ'zɝv]

v. 保留 <for>；預定

▲Priority seats are **reserved for** the passengers in need.
這些博愛座是保留給有需要的乘客。

▲You'd better **reserve** hotel rooms before you start on your trip. 你出發去旅行前，最好先預定好旅館房間。

reserved
[rɪ'zɝvd]

adj. 矜持內向的 [同] shy

▲Helen's new classmate is a very quiet and **reserved** person. Helen 的新同學是個很安靜又內向的人。

21 sorrow
['sɔro]

n. [C][U] 悲傷

▲A friend is someone that can share your joys and **sorrows**.
朋友是可以分享你的喜悅和悲傷的人。

22 technical
['tɛknɪkl̩]

adj. 技術性的

▲Josh played the piano with **technical** precision but little warmth. Josh 彈奏鋼琴的技術精湛，但缺乏熱情。

23 **tower**

[ˋtaʊɚ]

| n. | [C] 塔

▲ I got to the top of **Tokyo Tower** to enjoy the panorama of the city. 我登上東京鐵塔的頂端欣賞城市全景。

💡 tower of strength (危難時) 可依靠的人

tower

[ˋtaʊɚ]

| v. | 聳立

▲ The new building **towers** in front of our house.

新的大樓聳立在我們的房子前。

💡 tower above/over sb/sth 比⋯優秀；比⋯高

24 **urban**

[ˋɝbən]

| adj. | 都市的 [反] rural

▲ Fiona cannot stand the hectic pace of **urban** life.

Fiona 無法忍受都市生活的繁忙步調。

25 **wealthy**

[ˋwɛlθɪ]

| adj. | 富裕的 [同] rich (wealthier | wealthiest)

▲ The **wealthy** old man decided to donate all his money to charities. 這位富裕的老先生決定把所有的錢都捐給慈善機構。

Unit 12

1 **additional**

[əˋdɪʃənl̩]

| adj. | 額外的，附加的 [同] extra

▲ There will be an **additional** charge for overweight baggage when you check in. 在登機報到時，過重的行李會收取額外的費用。

additionally

[əˋdɪʃənlɪ]

| adv. | 此外 [同] also

▲ Terry speaks good English. **Additionally**, he can also speak French and German well.

Terry 的英語說得很好。此外他也可以講很好的法語和德語。

2 **arrest**

[əˋrɛst]

| n. | [C][U] 逮捕

▲ The thief was quickly **put under arrest**. 小偷很快就被逮捕了。

arrest

[əˋrɛst]

| v. | 逮捕 <for>

▲ The police **arrested** the man **for** drunken driving.

警察逮捕了酒後駕車的男子。

3 awful
[`ɔfʊl]

adj. 糟糕的，惡劣的

▲Ben had to cancel the picnic because of the **awful** weather.
因為糟糕的天氣，Ben 必須取消野餐。

awfully
[`ɔfʊlɪ]

adv. 非常

▲It's **awfully** kind of you. 你真的非常體貼。

4 basement
[`besmənt]

n. [C] 地下室

▲Mrs. Lin stored the old furniture in the **basement** of her house. 林太太將舊家具放在她家的地下室。

💡basement flat/apartment 地下室公寓

5 cattle
[`kætḷ]

n. [pl.] 牛隻 (cows, bulls, oxen 等總稱)

▲A herd of **cattle** is grazing in the field. 一群牛正在田野上吃草。

💡beef/dairy cattle 肉／乳牛

6 complain
[kəm`plen]

v. 抱怨 <about, of>

▲Mr. Liu often **complains about** his monotonous job.
劉先生常抱怨他單調的工作。

7 decorate
[`dɛkə,ret]

v. 裝飾 <with>

▲The church is **decorated with** flowers for the wedding.
教堂為了這場婚禮裝飾得滿是花朵。

8 decrease
[dɪ`kris]

v. 減少 <in, by> [反] increase

▲People have to **decrease** the amount of water they use **by** 55% because of the worsening drought.
因為日益嚴重的乾旱，人們必須減少 55% 的用水量。

decrease
[`dikris]

n. [C][U] 減少 <in, of> [同] reduction [反] increase

▲A gradual **decrease in** population will bring about an aging society. 人口的逐漸減少將使一個社會老化。

9 designer
[dɪ`zaɪnɚ]

n. [C] 設計師

▲The show features the clothes made by the **fashion designer**, Jason.
這場秀是以時裝設計師 Jason 製作的服裝為特色。

10 **election**

[ɪˋlɛkʃən]

n. [C] 選舉

▲The mayoral **election** will be held tomorrow.
明天會舉行市長選舉。

---

11 **engage**

[ɪnˋgedʒ]

v. 僱用

▲The manager decided to **engage** Tom as an office assistant. 經理決定僱用 Tom 為行政助理。

💡 engage in 參加｜engage sb in conversation 與…攀談

engagement

[ɪnˋgedʒmənt]

n. [C] 約會；訂婚 <to>

▲I'm going to have a dinner **engagement** with my old colleague tonight. 今晚我要和我以前的同事一起約吃晚飯。

▲The announcement of the prince's **engagement** shocked the nation. 王子訂婚的公告震驚了國民。

engaged

[ɪnˋgedʒd]

adj. 已訂婚的 <to>；忙於…的，從事…的 <in>

▲Nancy has **got engaged to** Mike, her classmate from senior high school. Nancy 和她的高中同學 Mike 已訂婚。

▲The two political parties have been **engaged in** a power struggle for years. 這兩個政黨多年來一直忙於權力的鬥爭。

---

12 **experiment**

[ɪkˋspɛrəmənt]

n. [C] 實驗 <on, with, in>

▲It is in question whether scientists should **do experiments on** living animals. 科學家是否該做活體動物實驗仍在討論中。

💡 perform/conduct/do/carry out an experiment 做實驗

experiment

[ɪkˋspɛrəmənt]

v. 實驗 <with>

▲The herbal doctor **experiments with** all kinds of plants.
這名草藥醫生拿各種植物來實驗。

---

13 **faith**

[feθ]

n. [U] 信仰；信任 <in>

▲Rita has **lost faith in** Christianity since the church scandal erupted. 自從教堂醜聞爆發以來 Rita 對基督教喪失了信仰。

▲Mr. Lee doesn't have much **faith in** his boastful son's ability. 李先生不太信任他愛自誇兒子的能力。

14 gap

[gæp]

n. [C] 縫隙，裂縫 <in, between>

▲The little girl has a **gap between** her two front teeth.
這小女孩兩顆門牙之間有縫隙。

15 majority

[məˋdʒɔrətɪ]

n. [sing.] 大多數，大部分 <of> [反] minority

▲The **majority of** the elementary school students take part in after-school programs. 大多數的小學學生都參加了課後活動。

16 march

[mɑrtʃ]

n. [C] 遊行；進行曲

▲People held a **march** for freedom. 人們為爭取自由而舉行遊行。

▲The band is playing a lively **march**.
樂隊正在演奏輕快的進行曲。

march

[mɑrtʃ]

v. 列隊行進

▲The troops are **marching** along the street. 軍隊沿街列隊行進。

17 mayor

[ˋmeɚ]

n. [C] 市長

▲The **mayor** assured the public that he would do his best to fight crime. 市長向大眾保證他會盡力打擊犯罪。

18 murder

[ˋmɝdɚ]

n. [C] 凶殺案 [同] homicide

▲A **murder** happened in the friendly neighborhood last night.
昨晚這個友善的地區發生一起凶殺案。

murder

[ˋmɝdɚ]

v. 殺害

▲An old lady was **murdered** by the criminal, who broke into her apartment. 一個老婦人被闖進她公寓的罪犯殺害。

19 politics

[ˋpɑlə‚tɪks]

n. [U] 政治 (學)

▲Though both his father and grandfather are legislators, Albert is not interested in entering **politics**.
雖然他的父親及祖父都是立法委員，Albert 對於從事政治不感興趣。

20 pollution

[pəˋluʃən]

n. [U] 汙染

▲The **water pollution** was due to the waste dumped by the factory. 水汙染是由工廠傾倒的廢棄物造成的。

💡 air/water pollution 空氣／水汙染

21 routine

[ru`tin]

n. [C][U] 例行公事，慣例

▲Checking emails has become my **daily routine**.

查看電子郵件已經成為我每天的例行公事。

routine

[ru`tin]

adj. 例行的

▲When you apply for a visa, you have to answer some **routine** questions. 當你申請簽證時，你必須回答一些例行的問題。

22 squeeze

[skwiz]

v. 擠出 <out>

▲Joe **squeezed** toothpaste **out** from the tube onto his toothbrush. Joe 從牙膏管中擠出牙膏到牙刷上。

squeeze

[skwiz]

n. [C] 緊握

▲Diana said goodbye to her boyfriend and **gave** his hand a gentle **squeeze**. Diana 與她的男友說再見並緊握了一下他的手。

23 territory

[`tɛrə,torɪ]

n. [C][U] 領土 (pl. territories)

▲The plane was shot down when it overflew **enemy territory**. 那架飛機在飛越敵人領土時被擊落。

24 trunk

[trʌŋk]

n. [C] 後車箱；樹幹

▲Put your baggage in the **trunk**. 把你的行李放進後車箱。

▲The man carved his initials on the **trunk** of that tree.

男子把自己首字母的縮寫刻在那棵樹幹上。

25 variety

[və`raɪətɪ]

n. [sing.] 不同種類 <of>；[C] 品種 (pl. varieties)

▲There is a wide **variety of** books available at the bookstore.

在這間書店裡有不同種類的書籍可買到。

▲You might not know that roses come in a great many **varieties**. 你可能不知道玫瑰有許多品種。

💡Variety is the spice of life. 【諺】多樣化是生活的調味。

Unit 13

1 **athlete**

[`æθlɪt]

n. [C] 運動員

▲Only the top **athletes** in the world can win the gold medals in the Olympic Games.

只有世界頂尖的運動員才能在奧運會中獲得金牌。

---

2 **awkward**

[`ɔkwɚd]

adj. 笨拙的；令人尷尬的

▲The child is still **awkward** using a knife and fork.

這個孩子使用刀叉仍舊笨拙。

▲Harry is very shy, and he always feels **awkward** around strangers. Harry 非常害羞，他總是覺得在陌生人身邊很彆扭。

awkwardly

[`ɔkwɚdlɪ]

adv. 笨拙地

▲The lady's uncomfortable shoes made her walk **awkwardly**. 女人的鞋子很不舒服，讓她走起來很笨拙。

---

3 **badly**

[`bædlɪ]

adv. 嚴重地 [反] well (worse｜worst)

▲Leo was **badly hurt** in the car accident.

Leo 在車禍中受了重傷。

💡 badly hurt/injured 重傷

---

4 **beneath**

[bɪ`niθ]

prep. 在…下方 [同] underneath

▲To get away from the sunshine, we sat **beneath** the tree.

為了避開陽光，我們坐在樹下。

💡 beneath sb 對…來說不夠好

---

5 **collection**

[kə`lɛkʃən]

n. [C][U] 收藏品 <of>

▲The baseball fan **has a collection of** baseball cards.

這棒球迷有棒球卡的收藏品。

💡 art collection 藝術收藏

---

6 **cone**

[kon]

n. [C] 圓錐體

▲The police officer put some **traffic cones** on the road to get drivers' attention.

警察在這條路上放一些交通錐以取得駕駛的注意。

💡 ice cream cone 錐形冰淇淋甜筒

| 7 | **democracy** | n. | [C][U] 民主 (國家) (pl. democracies) |

7 **democracy**
[dɪˈmɑkrəsɪ]

n. [C][U] 民主 (國家) (pl. democracies)

▲Some of the **democracies** still have a royal family.
一些民主國家仍有皇室存在。

8 **desire**
[dɪˈzaɪr]

n. [C][U] 慾望 <for>

▲Seeking peace of mind, Rita has no **desire for** fame.
Rita 追求心裡安寧，對名聲沒什麼慾望。

💡sb's heart's desire 渴望獲得之物 |
overwhelming/burning/strong/great desire 強烈的慾望

desire
[dɪˈzaɪr]

v. 希望

▲A country that **desires** everlasting peace won't launch a war against any other country in the world.
一個渴望持久和平的國家不會對世界上任何其他國家發動戰爭。

9 **detect**
[dɪˈtɛkt]

v. 發現

▲My father **detected** a gas leak and phoned the emergency number immediately. 我父親發現瓦斯外洩並立刻打緊急救助電話。

10 **elevator**
[ˈɛləˌvetɚ]

n. [C] 電梯

▲Take the **elevator** to the 14th floor. 搭乘電梯到十四樓。

11 **enjoyable**
[ɪnˈdʒɔɪəbl]

adj. 令人愉快的，有趣的

▲Playing games or watching movies makes a long-distance flight **enjoyable**. 玩遊戲或看電影使搭飛機的長途飛行變得愉快。

12 **fearful**
[ˈfɪrfəl]

adj. 害怕的；擔心的 <of, that>

▲Gina is **fearful of** offending her teacher.
Gina 害怕會激怒她的老師。

▲The guide seems **fearful that** the rain might ruin his travel plan. 導遊似乎擔心雨毀壞他的旅遊計畫。

13 **gesture**
[ˈdʒɛstʃɚ]

n. [C][U] 手勢 <of>

▲After reaching the finish line, John raised his arms in the air **in a gesture of** victory.
抵達終點線後，John 在空中高舉雙手，做出勝利的手勢。

💡make a...gesture 做出⋯的手勢

核心英文字彙力
2001～4500

gesture	v. 做手勢
['dʒɛstʃɚ]	▲ "Leave now," said the guard, **gesturing** at the gate.
	「馬上離開」，守衛指著大門說道。

14 impress
['ɪm`prɛs]

v. 給…留下深刻印象 <with, by>

▲ Joan **impressed** everyone at the party **with** her beauty.
Joan 的美貌給派對的每個人留下深刻印象。

15 meanwhile
['min,waɪl]

n. [C][U] (與此) 同時

▲ Gary was cleaning the house. **In the meanwhile**, his wife went to school to pick up their children.
Gary 打掃了房子。與此同時，他的妻子去學校接他們的小孩。

meanwhile
['min,waɪl]

adv. (與此) 同時

▲ Martha is cooking dinner. **Meanwhile**, her husband is setting the table.
Martha 正在煮晚餐。與此同時，她的丈夫正在擺放餐具。

16 missing
['mɪsɪŋ]

adj. 失蹤的 [同] lost

▲ The police have not found the **missing** boy so far.
警方到目前為止尚未找到失蹤的男孩。

17 naked
['nekɪd]

adj. 赤裸的 [同] bare

▲ That is a painting of a **naked** woman and her children.
那幅畫作畫的是一個赤裸的女人與她的小孩。

💡 stark naked 一絲不掛 | half/partly naked 半裸 |
stripped naked 脫光衣服 | naked eye 肉眼

18 native
['netɪv]

adj. 原產的 <to>

▲ Corn is **native to** America. 玉米原產於美洲。

💡 go native 入境隨俗 | native language/tongue 母語

native
['netɪv]

n. [C] 本地人 <of>

▲ The tourist dressed as if he were a **native of** the country he was visiting. 旅客打扮得就像他拜訪的國家的本地人一般。

19 promote

[prə`mot]

v. 促進，推動 [同] encourage；促銷；升職 <to>

▲The YouTuber uploaded several videos to **promote** public awareness of school bullying. 這位 YouTube 創作者上傳了幾部影片來促進大眾對校園霸凌的認識。

▲The company gave away free samples to **promote** the new product. 這間公司贈送免費樣品以促銷新產品。

▲Mr. Huang will be **promoted to** general manager next month. 黃先生下個月將被升為總經理。

20 racial

[`reʃəl]

adj. 種族的

▲Laws on equality should be passed to stop **racial discrimination**. 平等法應該被通過來阻止種族歧視。

💡racial prejudice/equality 種族偏見／平等

21 rust

[rʌst]

n. [U] 鏽

▲Fred cleans and oils his bike regularly to prevent **rust**. Fred 定期將腳踏車清潔和上油以防生鏽。

rust

[rʌst]

v. 生鏽 [同] corrode

▲If you leave the lawn mower outside in the rain, it will **rust** easily. 如果你把割草機放在外面淋雨，它很容易會生鏽。

22 stadium

[`stedɪəm]

n. [C] 體育場 (pl. stadiums, stadia)

▲Some athletes are launching a crowdfunding campaign to build football **stadiums** in poor countries.

一些運動員正在網路籌募基金來在貧困的國家建足球場。

23 theory

[`θiərɪ]

n. [C][U] 理論，學說 <in, of, that> (pl. theories)

▲The scientist's plan, though excellent **in theory**, is impractical. 科學家的計畫雖然在理論上很好，但不實際。

💡political/economic/literary theory 政治／經濟／文學理論

24 twist

[twɪst]

n. [C] 搓，扭轉

▲You have to give the rope a few more **twists**.

你必須再搓幾下繩子。

💡twists and turns 彎彎曲曲；曲折變化

twist

[twɪst]

v. 轉動；扭傷 (腳踝等)

▲When Michelle feels nervous, she would keep **twisting** her ring. 當 Michelle 焦慮的時候，她會一直轉動戒指。

▲The old man fell down and **twisted** his ankle.

這老人跌倒而扭傷了腳踝。

💡twist sb's arm 向…施壓 ｜ twist sb around your little finger 任意擺布 (常指非常喜歡自己的人)

---

25 **web**

[wɛb]

n. [C] 網

▲A butterfly was caught in a spider's **web**.

一隻蝴蝶被蜘蛛網捉住。

💡spin a web 織網

Unit 14

1 **awake**

[ə`wek]

adj. 醒著的

▲Eric **lay awake** in bed for hours last night.

Eric 昨晚醒著躺在床上好幾個小時。

💡stay/keep/remain awake 保持清醒

awake

[ə`wek]

v. 醒來 (awoke, awaked ｜ awoken ｜ awaking)

▲Olivia was so nervous about the interview that she **awoke** very early this morning.

Olivia 對於面試如此緊張以致於她今天早上很早就醒來了。

---

2 **bang**

[bæŋ]

n. [C] 砰、撞的聲音

▲Ian heard a **bang**, which sounded like a gunshot.

Ian 聽見砰的一聲，聽起來像槍聲。

💡with a bang 砰地一聲 ｜ go out with a bang 圓滿結束

bang

[bæŋ]

v. 砰地擊打 <on, with>

▲Jack was so mad that he **banged** the table **with** his fist.

Jack 非常生氣而用拳頭砰地重擊桌面。

bang

[bæŋ]

adv. 正好

▲The company's technology is **bang up to date**.

這家公司的技術是最新的。

---

3 **banker**

[`bæŋkɚ]

n. [C] 銀行家

▲The child of the **banker** was kidnapped by two masked men in Paris.

這名銀行家的小孩在巴黎被兩個戴著口罩的男子綁架。

---

4 **beam**

[bim]

n. [C] 光線

▲The **beam** of the car's headlights made me unable to open my eyes. 這車子車頭燈的光線讓我張不開眼。

💡laser/electron beam 雷射光線／電波

beam

[bim]

v. 照射

▲Light **beamed** through a hole in the curtain.

光線由窗簾上的小洞照射過來。

---

5 **bind**

[baɪnd]

v. 綁；束縛 (bound｜bound｜binding)

▲The thief was **bound hand and foot**. 小偷的手腳被綁起來了。

▲The man won't be **bound** by any promise.

男人不會被任何約定所束縛。

💡bind/tie sb hand and foot 綁住…的手腳

---

6 **confirm**

[kən`fɝm]

v. 確認 <that>

▲Leo called the airline to **confirm** his plane ticket.

Leo 打電話給航空公司確認機位。

---

7 **deposit**

[dɪ`pɑzɪt]

n. [C] 存款 <of>

▲Roy makes a **deposit of** US$1,000 into his wife's account every month. Roy 每個月都會在他妻子的戶頭存入一千美元。

💡on deposit (錢) 存款的

deposit

[dɪ`pɑzɪt]

v. 儲存 (尤指金錢) <in>

▲Betty **deposited** NT$10,000 dollars **in** her own account today. Betty 今天在她自己的帳戶裡存了新臺幣一萬元。

---

8 **determine**
[dɪˋtɝmɪn]

| v. | 確定 <how, what, who, that> |

▲Quizzes are used to **determine how** much students have learned. 測驗是被用來確定學生學到了多少。

determined
[dɪˋtɝmɪnd]

| adj. | 意志堅定的，堅決的 <to> |

▲Gina is **determined to** get the tough job done.
Gina 意志堅定的要把棘手的工作完成。

💡bound and determined 一定要

---

9 **entry**
[ˋɛntrɪ]

| n. | [C][U] 進入 <to, into> [反] exit (pl. entries) |

▲Although the door was locked, the burglar **gained entry to** the house through a window in the backyard.
雖然門是鎖著，竊賊還是經由後院的一扇窗戶進入這房子。

---

10 **excellence**
[ˋɛksləns]

| n. | [U] 優秀 <in, of> |

▲Constant practice can help you achieve **excellence in** your language skills. 不斷練習能幫助你的語言技巧變得傑出。

---

11 **familiar**
[fəˋmɪljɚ]

| adj. | 熟悉的 <with, to> [反] unfamiliar |

▲Since we just moved here, we are not **familiar with** the neighborhood. 因為我們剛搬來這裡，我們對這一區不太熟悉。

💡on familiar terms 關係親密 |
look/sound familiar 看／聽起來熟悉

---

12 **fond**
[fɑnd]

| adj. | 喜愛的 <of> (fonder | fondest) |

▲Patty is **fond of** juicy fruit like watermelons.
Patty 喜愛像是西瓜這類多汁的水果。

---

13 **graduate**
[ˋgrædʒuɪt]

| n. | [C] 畢業生 <of, in> |

▲A college **graduate** cannot find a decent job easily because more and more people have a master's degree.
大學畢業生不容易找到好工作，因為越來越多人有碩士學位。

💡graduate school/student 研究所／生

graduate
[ˋgrædʒuˏet]

| v. | 畢業 <from, with> |

▲My sister **graduated from** college this June.
我姊姊今年六月從大學畢業。

---

14 leather

[ˋlɛðɚ]

n. [U] 皮革

▲The **leather** handbags are more expensive than those made of nylon. 皮革製的手提袋比尼龍製的貴。

---

15 mighty

[ˋmaɪtɪ]

adj. 巨大的 [同] great (mightier｜mightiest)

▲It's impossible for us to cross the **mighty** river.

我們不可能穿過這條巨大的河流。

💡The pen is mightier than the sword. 【諺】筆比劍更有力量。｜ high and mighty 趾高氣揚的

mightily

[ˋmaɪtḷɪ]

adv. 非常

▲All the students were **mightily** surprised by the result of their experiment. 所有同學都非常驚訝實驗結果。

---

16 moisture

[ˋmɔɪstʃɚ]

n. [U] 水分，溼氣

▲Trees use their roots to **absorb moisture** from the soil.

樹木用根部來吸取土壤中的水分。

💡absorb/retain moisture 吸取／保留水分

---

17 necessity

[nəˋsɛsətɪ]

n. [C] 必需品 (usu. pl.)；[U] 需要

▲Due to the earthquake, many victims lacked the **basic necessities** like food and water.

由於地震的緣故，許多的災民缺乏基本必需品，例如食物和水。

▲**Necessity** is the mother of invention. 需要為發明之母。

💡basic/bare necessities 基本必需品

---

18 operation

[͵ɑpəˋreʃən]

n. [C][U] 運作；操作；手術

▲That machine **is** not **in operation** yet. 那部機器尚未使用。

▲Please explain the **operation of** that machine to me.

請跟我解釋那部機器的操作方式。

▲Due to a rare eye disease, Tommy must **have an operation on** the eye to restore his sight.

因為罕見的眼疾，Tommy 的眼睛將要動手術以恢復視力。

💡have/undergo an operation on/for... 接受…的手術 (身體部位)／ 因…動手術 (病因)｜ perform/carry out an operation 執行手術

19 professor
[prə`fɛsɚ]

n. [C] 教授 (abbr. Prof.)

▲After years of hard work, Nina finally got promotion from **associate professor** to **full professor** of English literature.

經過多年努力，Nina 終於從英國文學的副教授升等為教授。

20 rely
[rɪ`laɪ]

v. 依靠，依賴 <on, upon>

▲You can **rely on** Nancy to help handle the difficult problem.

你可以依靠 Nancy 來幫忙處理這個難題。

21 scarce
[skɛrs]

adj. 缺乏的，稀有的 (scarcer | scarcest)

▲When fresh vegetables are **scarce** in the winter, the country has to import them from other countries.

冬天新鮮蔬菜缺乏的時候，這個國家必須從其他國家進口。

💡scarce resources 稀有資源 |

make yourself scarce (為免麻煩) 避開

22 stove
[stov]

n. [C] 爐灶

▲Gina put a pot **on the stove** and heated the milk.

Gina 將鍋子放在爐灶上來加熱牛奶。

23 tend
[tɛnd]

v. 易於…，傾向於… <to>；照料，照顧

▲My brother **tends to** shout when he gets excited.

我弟弟一興奮就容易大叫。

▲My uncle **tends** his vegetable garden every day, hoping for a good harvest. 我的叔叔每天照料他的菜園，期待好的收成。

24 tide
[taɪd]

n. [C] 潮汐的漲退；形勢

▲Is the **tide in** or **out** this morning? 今天早上是漲潮還是退潮？

▲The **tide** turned against the politician.

形勢變得對這名政治家不利。

💡high/low tide 高／低潮 | go/swim against the tide 逆潮流 |

go/swim with the tide 趕潮流

25 underwear
[`ʌndɚ,wɛr]

n. [U] 內衣褲

▲Wendy prepared some clothes and **underwear** for her graduation trip. Wendy 為了畢業旅行準備了一些衣服和內衣褲。

Unit 15

1 **bacteria**
[bæk`tɪrɪə]

n. [pl.] 細菌 (sing. bacterium)

▲The **bacteria** in drinking water spread the illness.

這疾病是由飲用水裡的細菌傳播。

---

2 **bare**
[bɛr]

adj. 赤裸的，裸露的 (barer | barest)

▲You'd better not step onto the hot sandy beach in **bare feet**. 你最好不要赤腳踩在炎熱的沙灘上。

💡with your bare hands 赤手空拳

bare
[bɛr]

v. 使裸露

▲My mom told me not to **bare** my head in this cold weather, or I'll get a cold.

我母親叫我不要在寒冷的天氣中把頭裸露出來，否則會感冒。

💡bare your heart/soul 吐露心聲

---

3 **bay**
[be]

n. [C] 海灣

▲Our ship sailed into a beautiful **bay** with crystal water.

我們的船駛入一個有清澈水域的美麗海灣。

💡at bay (動物) 被包圍 | hold/keep sth at bay 阻止 (令人不快的事)

---

4 **besides**
[bɪ`saɪdz]

adv. 此外

▲Planes are more comfortable; **besides**, they are faster.

飛機比較舒適，此外還比較快。

besides
[bɪ`saɪdz]

prep. 除…之外

▲That store sells many things **besides** furniture.

那家店除了家具之外，還出售許多東西。

---

5 **bitter**
[`bɪtɚ]

adj. 苦的；痛苦的

▲This medicine tastes **bitter**. 這藥有苦味。

▲Ian learned something from the **bitter** experience.

Ian 從痛苦的經驗中學到東西。

6 bloody

[ˋblʌdɪ]

adj. 血腥的；流血的 (bloodier | bloodiest)

▲That was a **bloody battle** with hundreds of soldiers slaughtered. 那是場血腥的戰鬥，數以百計的士兵遭屠殺。

▲My brother was hit in the face by a ball and got a **bloody nose**. 我弟弟的臉被球打到，鼻子流血了。

7 conscious

[ˋkɑnʃəs]

adj. 意識到的 <of> [同] aware

▲The explorer was not **conscious of** what was awaiting him. 探險家沒意識到有什麼在等著他。

consciousness

[ˋkɑnʃəsnɪs]

n. [U] 意識

▲A responsible father has a clear **consciousness** of his duty. 一個負責的父親對於自身責任有清楚的意識。

8 dime

[daɪm]

n. [C] (美國、加拿大) 十分硬幣

▲Ten **dimes** make one dollar. 十個十分硬幣相當於一美元。

💡a dime a dozen 隨處可見

9 elderly

[ˋɛldɚlɪ]

adj. 年長的

▲The **elderly** artist is invited to give a speech on art appreciation. 這位年長的藝術家應邀以藝術鑑賞為題發表演說。

10 export

[ˋɛksport]

n. [C] 出口商品 [反] import

▲Tea is one of India's main **exports**. 茶葉是印度的主要出口商品之一。

export

[ɪksˋport]

v. 出口 <to> [反] import

▲Our company's high-quality bicycles are **exported to** many countries. 我們公司的高品質腳踏車出口到許多的國家。

11 fairly

[ˋfɛrlɪ]

adv. 公平地

▲Joe quit after he found out he had not been **fairly** treated by his boss. 發現受到老闆不公平地對待後，Joe 辭職。

12 grab

[græb]

v. 抓住 [同] seize (grabbed | grabbed | grabbing)

▲Amy **grabbed** hold of the girl's arm before she fell. Amy 在女孩跌倒前緊抓住她的手臂。

💡grab sb's attention 吸引…的注意

grab

[græb]

n. [C] 抓住 <at, for>

▲When the robber **made a grab at** the woman's bag, he fell.

當強盜抓住女人的包時，他跌倒了。

💡up for grabs 人人皆可爭取

---

13 **handful**

[ˋhændˌfʊl]

n. [C] 一把 (之量) <of>；[sing.] 少數 <of>

▲The old lady gave a **handful of** candies to the kid.

老太太給這個孩子一把糖果。

▲Only a **handful of** guests came to the party.

只有少數人來參加這個派對。

---

14 **injury**

[ˋɪndʒərɪ]

n. [C][U] 損傷，傷害 (pl. injuries)

▲Luca had to quit jogging because of his knee **injury**.

Luca 因為膝蓋損傷而必須停止慢跑。

💡head/back/knee injury 頭部／背部／膝蓋損傷｜add insult to injury 雪上加霜｜sustain/receive an injury 受到傷害

---

15 **moral**

[ˋmɔrəl]

adj. 道德的

▲A fable usually gives a **moral** lesson at the end of the story.

寓言故事的結尾常有一個道德教訓。

moral

[ˋmɔrəl]

n. [pl.] 道德 (∼s)

▲Some people have no **business morals**.

有些人沒有職業道德。

💡public/private morals 公共／個人道德

---

16 **novelist**

[ˋnɑvḷɪst]

n. [C] 小說家

▲My dream is to become a globally renowned **novelist**.

我的夢想是成為舉世聞名的小說家。

---

17 **occasion**

[əˋkeʒən]

n. [C] (某事發生的) 時刻；特殊場合

▲I have helped Helen on several **occasions**.

我曾多次幫過 Helen 的忙。

▲Andy wore a suit because it was a formal **occasion**.

因為是正式的場合，所以 Andy 穿西裝。

💡on occasion 偶爾，有時

18 rate
[ret]

n. [C] 比率

▲The government has taken measures to boost the **birth rate**. 政府採取措施來提升出生率。

💡 at any rate 無論如何 | at this rate 照這樣下去 | the going rate for sth …的現行費用或酬金

rate
[ret]

v. 評價 <as>

▲Jimmy doesn't **rate** Emily highly **as** a poet. Jimmy 對 Emily 身為詩人的評價不高。

19 react
[rɪ`ækt]

v. 反應，回應 <to>

▲Some people like the new policy while others **react** differently. 有些人喜歡新政策，而有些人則不。

💡 react against sth 反抗；反對

20 recognize
[`rɛkəg,naɪz]

v. 認出 [同] identify

▲My nephew has changed so much that I can't **recognize** him at all. 我姪子改變得太多以致於我根本認不出他來。

21 scholarship
[`skɑlɚ,ʃɪp]

n. [C] 獎學金 <to>

▲Mike **won a scholarship to** the prestigious university due to his good grades.
Mike 因為出色的成績而獲得這間有名望的大學的獎學金。

💡 on a scholarship 得到獎學金

22 scientist
[`saɪəntɪst]

n. [C] 科學家

▲Some **scientists** agree that salmon locate home streams by smell. 部分科學家贊同鮭魚是靠嗅覺回到出生河川的說法。

23 substance
[`sʌbstəns]

n. [C] 物質

▲Rita asked me if this powdery **substance** was harmful.
Rita 詢問我這粉狀的物質是否有害。

💡 illegal substance 毒品

24 trend
[trɛnd]

n. [C] 趨勢 <in>

▲The upward **trend in** the price of gold still continues.
金價的上漲趨勢仍然持續中。

25 **union**

['junjən]

n. [C] 工會 (also labor union)；[U] 結合，合併

▲Many employees joined a **union** to protect their rights.
很多僱員加入工會以保障他們的權益。

▲The country is working for a closer political **union** with Japan. 這個國家正努力和日本進行更緊密的政治結合。

Unit 16

1 **barely**

['bɛrlɪ]

adv. 勉強地，幾乎不能

▲Wendy has **barely** enough money to pay her bills this month. Wendy 這個月勉強有足夠的錢來支付帳單。

2 **beetle**

['bitḷ]

n. [C] 甲蟲

▲The biologist did some research on different kinds of **beetles**. 生物學家對不同種的甲蟲做了一些研究。

3 **bore**

[bor]

v. 使厭煩，使討厭 <with>

▲My neighbor always **bores** me **with** the same complaints.
鄰居總說同樣的抱怨使我感到厭煩。

💡 bore sb silly 使…覺得無聊透頂 | bore into sb 盯住…

bore

[bor]

n. [C] 令人討厭的人或事

▲The boy is such a **bore** that nobody wants to be his friend.
這男孩是如此令人討厭的人以致於沒有人想當他的朋友。

4 **brake**

[brek]

n. [C] 剎車

▲The scooter couldn't stop because the **brakes** failed.
這輛摩托車因為剎車失靈而無法停下來。

💡 slam/put on the brakes 踩剎車 | put the brakes on... 控制 | screech/squeal of brakes 尖銳的剎車聲

brake

[brek]

v. 剎車

▲The driver **braked** hard when she saw a child running out into the road. 這駕駛一看見孩子奔向馬路就用力剎車。

5 **crash**

[kræʃ]

n. [C] 撞車事故，失事；碎裂聲

▲The car **crash** killed five persons. 那起撞車事故中有五人喪生。

▲My son bumped into the table by accident, and a glass fell to the floor **with a crash**.

我兒子不小心撞到桌子，一個玻璃杯掉落地板伴隨著碎裂聲。

crash

[kræʃ]

v. 墜毀，猛撞 <into>

▲The plane **crashed** shortly after take-off.

這架飛機在起飛不久後就墜毀。

6 **donkey**

[`dɑŋkɪ]

n. [C] 驢

▲Can you tell the difference between a **donkey** and a mule?

你可以說出驢和騾的差異嗎？

💡 donkey's years 很長的時間

7 **exchange**

[ɪks`tʃendʒ]

n. [C][U] 交換

▲The student **exchange** program allows students to study in one of the three colleges in Japan.

這個交換學生計畫允許學生到日本這三所大學的其中之一修課。

💡 in exchange for sth 作為…的交換

exchange

[ɪks`tʃendʒ]

v. 交換 <for>

▲During the war, people would **exchange** all their valuables **for** any food due to food shortages. 在戰爭期間，人們因食物短缺而願意用他們所有的貴重物品交換任何食物。

💡 exchange sth with sb 和…交換…

8 **fairy**

[`fɛrɪ]

n. [C] 小仙子，小精靈 (pl. fairies)

▲The little girl always imagines herself as a graceful **fairy**.

那小女孩總是想像自己是優雅的小仙子。

fairy

[`fɛrɪ]

adj. 幻想中的

▲Vicky's father always reads her a **fairy tale** before she goes to sleep. Vicky 的爸爸總在她睡前為她讀一則童話故事。

9 **fare**

[fɛr]

n. [C] 票價

▲What is the **train fare** to Hualien? 往花蓮的火車票是多少錢？

10 **guidance**

['gaɪdn̩s]

n. [U] 指導，引導 <on, about>

▲Tim turned to his teacher for **guidance on** how to choose a major. Tim 請老師給他一些選擇主修科目方面的指導。

11 **heal**

[hil]

v. 治癒 [同] cure

▲Time **heals** all wounds. 時間會治療一切的創傷。

12 **honor**

['ɑnɚ]

n. [U] 榮譽

▲The soldiers did not fight for their own lives but for the **honor** of their country.

這些軍人並非為個人生命而戰，而是為國家的榮譽而戰。

honor

['ɑnɚ]

v. 向…致敬，公開表彰 <for>

▲The firefighter was **honored for** his bravery.

這名消防隊員因其英勇而受到表彰。

13 **mental**

['mɛntl̩]

adj. 精神的，心理的

▲Carol suffers from **mental illness**, whose symptoms include mood disorders and anxiety disorders.

Carol 得了精神疾病，它的症狀包括情緒失調及焦慮症。

14 **nickname**

['nɪk,nem]

n. [C] 綽號

▲The boy's friends give him the **nickname** "Rocky."

男孩被朋友取了綽號 Rocky。

nickname

['nɪk,nem]

v. 取綽號

▲That pretty girl with fair skin was **nicknamed** "Snow White."

有著白皙皮膚的漂亮女孩被取了「白雪公主」的綽號。

15 **observe**

[əb'zɝv]

v. 觀察 [同] monitor；遵守 [同] obey

▲Farmers in ancient times would **observe** the stars to predict the weather. 古代的農夫會觀察星象以預測天氣。

▲All citizens are required to **observe** the laws of the country.

所有公民都必須遵守國家的法律。

16 **optimistic**

[,ɑptə'mɪstɪk]

adj. 樂觀的 <about> [同] positive [反] pessimistic

▲Willy is **optimistic about** his new job in the thriving city.

Willy 對於他在這個繁榮都市的新工作感到樂觀。

17 **reaction**
[rɪˋækʃən]

n. [C][U] 反應，回應 <to>

▲An emergency fund was set up **in reaction to** the devastating flood. 為了因應這個破壞極大的水災而設立緊急基金。

18 **represent**
[ˏrɛprɪˋzɛnt]

v. 代表；象徵 [同] symbolize

▲The government spokesman **represented** the president at the conference. 政府發言人在這次會議中代表總統出席。

▲White lilies usually **represent** purity.
白色的百合花通常象徵純潔。

19 **scientific**
[ˏsaɪənˋtɪfɪk]

adj. 科學的

▲**Scientific** evidence has proved that doing exercise can make people look younger.
科學證據已經證實做運動可使人們看起來更年輕。

20 **scream**
[skrim]

v. 尖叫 <at, in, with> [同] shriek, yell

▲Kelly **screamed at** Henry for breaking her favorite mug.
Kelly 因為 Henry 打破她最喜歡的馬克杯而對他大吼大叫。

💡scream in/with laughter/terror/pain 尖聲地笑／驚恐地尖叫／痛苦地尖叫｜scream your head off 大聲叫喊

scream
[skrim]

n. [C] 尖叫聲 <of> [同] shriek

▲Jean **let out a scream** when she saw a cockroach in the kitchen. 當 Jean 在廚房看到一隻蟑螂時發出一聲尖叫。

21 **senior**
[ˋsinjɚ]

adj. 年長的 <to>；資深的 <to> [反] junior

▲Most **senior citizens** live on social welfare while only a small percentage of them depend on their pensions.
大多數老年人靠社會福利過活，只有少部分人依靠自己的退休金生活。

▲Emma holds the manager in high regard not because he is **senior to** her but because he is a role model for her. Emma 非常尊敬經理，不是因為他比她資深，而是因為他是她的表率。

senior
[ˋsinjɚ]

n. [C] 年長者

▲Lily, my best friend, is ten years my **senior**.
我最要好的朋友 Lily 比我大十歲。

22 **superior**

[su`pɪrɪɚ]

adj. 較好的，較優越的 <to> [反] inferior

▲My new computer is **superior to** my old one.

我的新電腦比舊的好。

superior

[su`pɪrɪɚ]

n. [C] 上司，上級

▲Who is your **immediate superior**? 誰是你的頂頭上司？

23 **vacant**

[`vekənt]

adj. 空的 [同] unoccupied；(職位) 空缺的

▲The hotel has no **vacant** rooms. 這間飯店沒有空的房間。

▲When Rose quit the job, the position **fell vacant**.

當 Rose 辭職時，這個職位變成空缺。

24 **vehicle**

[`viɪkl]

n. [C] 交通工具，車輛

▲**Vehicles** are not permitted on this street, which is always filled with tourists.

所有的車輛都禁止進入這條總是擠滿遊客的街道。

25 **victim**

[`vɪktɪm]

n. [C] 受害者，犧牲者

▲The government provided a temporary shelter for the earthquake **victims**. 政府為這些地震災民提供暫時的收容所。

💡fall victim to sth 成為…的受害者；被…所傷害

Unit 17

1 **bold**

[bold]

adj. 勇敢的，無畏的 [同] brave

▲The **bold** firefighters rescued dozens of people from the burning skyscraper.

勇敢的消防隊員從大火吞沒的摩天大樓救出裡面很多的人。

💡(as) bold as brass 冒昧

2 **bowling**

[`bolɪŋ]

n. [U] 保齡球

▲My friends and I like to **go bowling** on Saturday.

我朋友和我喜歡在星期六打保齡球。

3 **broadcast**
[`brɔdˌkæst]

n. [C] 廣播節目

▲Did you watch the news **broadcast** at noon, while eating lunch? 你吃午餐時看了中午的新聞廣播嗎？

💡live broadcast 現場直播 |

radio/television broadcast 電臺／電視節目

broadcast
[`brɔdˌkæst]

v. 廣播 (broadcast, broadcasted | broadcast, broadcasted | broadcasting)

▲Major TV stations used to **broadcast** news at 7 p.m.
主要的電視臺過去在晚間七點播報新聞。

4 **captain**
[`kæptɪn]

n. [C] 機長，船長

▲The **captain** told us the location of the airplane.
機長告訴我們飛機的位置。

5 **civil**
[`sɪvl̩]

adj. 公民的；民事的

▲The protesters marched to defend their **civil rights**.
抗議者遊行捍衛他們的公民權。

▲The criminal was sued both in the **civil court** and criminal court. 這罪犯在民事法庭和刑事法庭均被起訴。

6 **cupboard**
[`kʌbɚd]

n. [C] 櫥櫃

▲The dishes are all stored in the **kitchen cupboard**.
碗盤全放置在廚房櫥櫃裡。

7 **eager**
[`igɚ]

adj. 渴望的，熱切的 <to, for>

▲Since Dora was **eager to** see what was inside the package, she tore it open immediately.
由於 Dora 想知道包裹裡面有什麼，她立即把它拆開。

8 **explore**
[ɪk`splor]

v. 探險；探究，探討 [同] analyze, look at

▲Due to my passion for traveling, I have **explored** many parts of the world. 因為我熱愛旅遊，我已經探索世界多個地方。

▲The ambitious businessman is **exploring the possibility** of expanding his business to every major city in the world.
這位有抱負的商人正探索擴展事業到世界各大城市的可行性。

9 **farther**

['fɑrðɚ]

adv. 更遠地 [同] further

▲Don't swim **farther** out into the ocean. 不要再往海裡游去了。

💡 farther afield 更遠離

farther

['fɑrðɚ]

adj. 更遠的 [同] further

▲Olivia sat at the **farther** end of the table.

Olivia 坐在桌子更遠的一端。

---

10 **fashionable**

['fæʃənəbl]

adj. 時髦的 [反] unfashionable

▲The singer is so **fashionable** that many people copy the way she dresses. 這位歌手很時髦，以至於許多人模仿她的穿著。

---

11 **hesitate**

['hɛzə,tet]

v. 猶豫 <to>

▲Don't **hesitate to** call me if you need anything.

如果你需要任何東西，別猶豫打給我。

---

12 **indoors**

['ɪn,dorz]

adv. 室內地 [反] outdoors

▲The students in my class have to **stay indoors** today because it is raining heavily.

因為下大雨，所以我班上學生今天必須待在室內。

---

13 **location**

[lo`keʃən]

n. [C] 地點，位置

▲That busy corner is a good **location** for a restaurant or a convenience store. 那個繁忙的角落是開餐廳或超商的好地點。

---

14 **odd**

[ɑd]

adj. 奇怪的；奇數的 [反] even

▲The man is an **odd** person who likes to wear shorts in winter. 這男人是個奇怪的人，喜歡在冬天穿短褲。

▲Is eleven an **odd** or even number? 十一是奇數還是偶數？

---

15 **onto**

['ɑntu]

prep. 到…上

▲Suddenly, a man jumped **onto** the stage.

突然有個男子跳到舞臺上。

---

16 **organize**

['ɔrgən,aɪz]

v. 組織

▲Who will **organize** the activity? 誰會組織這個活動？

organized

[`ɔrgənˌaɪzd]

adj. 安排有序的

▲The office is well **organized** with everything neat and tidy.
辦公室井然有序。

17 **performance**

[pɚ`fɔrməns]

n. [C] 表演；[U] (工作、學業) 表現

▲The world-famous rock band will give four **performances** in London. 這個世界知名的搖滾樂團在倫敦將有四場表演。

▲Some teachers integrate technology into instruction to enhance students' academic **performance**.
一些老師使用科技融入教學來提升學生的學業表現。

18 **preparation**

[ˌprɛpə`reʃən]

n. [C] 準備工作 (usu. pl.) <for>；[U] 準備 <for>

▲Mary has been practicing swimming every day since last month, **making preparations for** the contest next week.
Mary 自上個月以來每天都在練習游泳，為下星期的比賽作準備。

▲Bob studied all night **in preparation for** the exam.
Bob 整晚念書準備考試。

19 **reliable**

[rɪ`laɪəbl̩]

adj. 可靠的，可信賴的 [同] dependable [反] unreliable

▲The information came from a **reliable source**.
這個消息來自可靠的來源。

💡reliable information/data 可靠的消息／資料

20 **request**

[rɪ`kwɛst]

n. [C] 要求，請求 <to>

▲Tim **made a request to** his father for more pocket money.
Tim 向父親要求更多的零用錢。

💡on request 應要求 | at sb's request 依…的要求

request

[rɪ`kwɛst]

v. 要求，請求 <that>

▲The boss **requested that** the work should be finished by the end of the month. 老闆要求月底前要完成工作。

21 **similarity**

[ˌsɪmə`lærətɪ]

n. [C][U] 相似 (處) <to, between> [同] resemblance
　　[反] difference (pl. similarities)

▲The murder case **bears some similarities to** the previous one. 這起謀殺案與前一起案子有一些相似之處。

22 skinny

[ˋskɪnɪ]

adj. 很瘦的，皮包骨的 (skinnier | skinniest)

▲Tiffany is so **skinny** that her parents want her to put on some weight. Tiffany 太瘦了以致於她父母希望她能增加一些重量。

23 survey

[ˋsɝve]

n. [C] 調查

▲The **survey** shows that firstborn children are usually more responsible. 這份調查顯示老大通常比較負責任。

💡conduct/carry out/do a survey 做調查 |
survey shows/reveals 調查顯示

survey

[sɚˋve]

v. 調查；勘查 [同] inspect

▲Some of the voters who were **surveyed** said they were not satisfied with the outcome of the election.
一些接受調查的選民說他們不滿意這次選舉的結果。

▲**Survey** the house carefully before you buy it.
購買房子前要仔細勘查。

24 vary

[ˋvɛrɪ]

v. 不同 [同] differ

▲Prices of cellphones **vary from** store **to** store.
每一家店的手機價格都不同。

💡vary in 在…有所不同

25 violent

[ˋvaɪələnt]

adj. 猛烈的；暴力的

▲There was a **violent** volcanic eruption yesterday.
昨天有猛烈的火山爆發。

▲The man tends to **turn violent** and attack others when he gets drunk. 那男子在喝醉之後往往有暴力傾向，會攻擊別人。

Unit 18

1 bomb

[bɑm]

n. [C] 炸彈

▲A **bomb exploded**, injuring ten people. 炸彈爆炸，傷了十人。

💡bomb explodes/goes off 炸彈爆炸 | plant a bomb 埋炸彈 |
drop a bomb 投炸彈 | the bomb 原子彈 | be the bomb 極好

bomb

[bɑm]

v. 轟炸，投下炸彈

▲Planes **bombed** the city every night during World War II.

第二次世界大戰期間，飛機每晚轟炸這座城市。

💡be bombed out 被炸毀

bombard

[bɑm`bɑrd]

v. 炮轟；(以問題、要求等) 困擾某人 <with>

▲The enemy **bombarded** the fort. 敵人炮轟軍營。

▲The reporters **bombarded** the politician **with** questions.

記者以問題困擾那個政客。

2 **breast**

[brɛst]

n. [C] 乳房

▲Women should have a check-up for **breast cancer** every year. 婦女應該每年做乳癌檢查。

3 **bush**

[buʃ]

n. [C] 灌木

▲Mr. Chang trims the **bushes** around his house once a month. 張先生每個月修剪一次住家周圍的灌木叢。

💡beat about/around the bush (說話) 拐彎抹角

4 **capture**

[`kæptʃɚ]

v. 俘虜；捕獲

▲The soldiers were **captured** by the enemy.

這些士兵被敵軍俘虜。

▲The hunter found a fox was **captured** in his snare.

獵人發現狐狸被他的陷阱捕獲。

capture

[`kæptʃɚ]

n. [U] 捕獲 <of>

▲The **capture of** the robber took a lot of time and effort.

捕獲這強盜花了許多時間及力氣。

5 **dealer**

[`dilɚ]

n. [C] 商人

▲Josh works as a second-hand **car dealer**.

Josh 是個二手車經銷商。

6 **editor**

[`ɛdɪtɚ]

n. [C] 編輯

▲Debbie is a senior **editor** in the publishing house.

Debbie 是這間出版社的資深編輯。

| 7 | **fence** | n. | [C] 柵欄 |

fence
[fɛns]

n. [C] 柵欄

▲My father spent a week building a **fence** around the garden. 我父親花一個星期的時間在花園周圍蓋柵欄。

💡sit on the fence 猶豫不決

fence
[fɛns]

v. (用柵欄) 圍住

▲The horses were **fenced in** the farm. 馬兒被圍在農場。

---

8 **fuel**
[`fjuəl]

n. [C][U] 燃料

▲Coal is used for **fuel**. 煤被用來做燃料。

💡add fuel to the fire 火上加油

fuel
[`fjuəl]

v. 為…添加燃料

▲The amazing airplane can be **fueled** in the air without having to land. 這架令人驚奇的飛機可在空中加油，而無須降落。

💡fuel up 加油

---

9 **harmful**
[`hɑrmfəl]

adj. 有害的 <to>

▲It is a known fact that smoking is **harmful to** health. 眾所周知吸菸對健康有害。

---

10 **humorous**
[`hjumərəs]

adj. 幽默的 [同] funny

▲Living your life in a **humorous** way may make you healthier. 以幽默的方式過生活可能會讓你更健康。

---

11 **investigate**
[ɪn`vɛstə‚get]

v. 調查

▲The police are **investigating** the cause of the car accident. 警方正在調查這起車禍的原因。

---

12 **mosquito**
[mə`skito]

n. [C] 蚊子 (pl. mosquitoes, mosquitos)

▲You had better put some ointment on that **mosquito** bite. 你最好在那個被蚊子叮的地方擦些藥膏。

---

13 **onion**
[`ʌnjən]

n. [C][U] 洋蔥

▲Let the **onion** cook for fifteen minutes before you add the chicken soup. 先將洋蔥煮十五分鐘後再加入雞高湯。

14 oral
[`orəl]

adj. 口頭的；口腔的

▲To get a master's degree, a student has to pass not only a written exam but also an **oral** defense.

為了取得碩士學位，學生不僅必須通過筆試，還得通過口試。

▲Parents should teach their children how to take care of **oral hygiene** to prevent cavities.

父母應教導他們的孩子如何照顧口腔衛生以防止蛀牙。

💡 oral agreement/presentation/exam 口頭協議／報告／考試

oral
[`orəl]

n. [C] 口試

▲To get a master's degree, a student has to pass not only a written exam but also an **oral**.

為了取得碩士學位，學生不僅必須通過筆試，還得通過口試。

15 original
[ə`rɪdʒən!]

adj. 原先的，最初的

▲The **original** plan was quite different from the revised version. 原先的計畫和修改過的版本很不一樣。

original
[ə`rɪdʒən!]

n. [C] 原作

▲This is not a copy; it's an **original**. 這不是複製品而是原作。

💡 in the original 以原文

16 panic
[`pænɪk]

n. [U] 恐慌，驚慌

▲**Panic** spread through the audience when the fire alarm went off in the theater.

當火警警鈴在戲院響起時，觀眾們驚慌失措。

💡 get into a panic 慌張起來 | panic attack (突如其來的) 驚慌失措

panic
[`pænɪk]

v. 驚慌失措 (panicked | panicked | panicking)

▲It is important not to **panic** during an earthquake.

地震時重要的是不要驚慌失措。

17 property
[`prɑpɚtɪ]

n. [U] 財產；[C] 性質，屬性 (usu. pl.) [同] quality, characteristic (pl. properties)

▲The wealthy man divided his **property** among his sons.

富人將財產分給兒子們。

▲This herb has many healing **properties**, so people take it as medicine.

這種草藥具有多種治癒性質，所以人們將它作為藥物使用。

💡personal property 個人財產

---

18 **protection**

[prə`tɛkʃən]

n. [U] 保護 <from, against>

▲Doctors warned that just one shot of the vaccine may not provide full **protection against** COVID-19.

醫生警告一劑疫苗可能無法針對新冠肺炎提供完整保護。

---

19 **resource**

[rɪ`sors]

n. [C] 資源 (usu. pl.)

▲People must conserve **natural resources** for future generations because they are limited.

人們必須為未來的世代保存天然資源，因它們是有限的。

---

20 **solid**

[`sɑlɪd]

adj. 固體的；堅固的

▲The **solid** form of water is ice. 水的固態是冰。

▲The new bridge is a **solid** structure.

這座新的橋是個很堅固的結構體。

---

21 **somehow**

[`sʌm,haʊ]

adv. 以…方式；不知為何

▲Don't worry! We can find the way home **somehow**.

別擔心！我們會有辦法找到回家的方式的。

▲Ben looks sincere, but **somehow** I don't trust him.

Ben 看來誠懇，但不知為何我不信任他。

---

22 **stable**

[`stebl]

adj. 穩定的 [同] steady [反] unstable

▲The medical treatment kept the patient's condition **stable**.

醫療讓病人的病情保持穩定。

---

23 **toss**

[tɔs]

v. 拋，擲 <into>

▲Allen screwed the paper into a ball and **tossed** it **into** the trash can. Allen 將紙揉成一團並丟進垃圾桶裡。

💡toss up 丟硬幣決定 ｜ toss sth out 丟棄… ｜ toss sth away 隨便地花掉或丟掉

toss
[tɔs]

n. [C] 拋擲 (硬幣)

▲Wendy **won the coin toss** and got a free drink.
Wendy 在擲硬幣中猜對並得到一杯免費的飲料。

💡toss of a coin 擲硬幣決定｜
win/lose the toss 在擲硬幣中猜對／錯

---

24 **visible**
[`vɪzəbl̩]

adj. 看得見的 [反] invisible

▲A lighthouse is **visible** in the distance. 可以看見遠處有一燈塔。

💡visible to the naked eye 肉眼可視｜
clearly/barely visible 清晰可見／看不清楚

---

25 **yolk**
[jok]

n. [C][U] 蛋黃

▲Don't eat raw egg **yolk** as it can be a source of food poisoning. 不要吃生蛋黃，因為它可能是食物中毒的來源。

Unit 19

1 **acceptable**
[ək`sɛptəbl̩]

adj. 可接受的 <to> [反] unacceptable

▲After a long discussion, we finally came to a decision that was **acceptable to** all of us.
在長時間討論後，我們終於做出大家都能接受的決定。

---

2 **breathe**
[brið]

v. 呼吸

▲Wendy was **breathing** hard because she ran all the way home. Wendy 因一路跑回家而大口喘氣。

💡breathe your last 嚥氣｜breathe easier 鬆了口氣｜breathe life into sth 注入活力｜breathe deeply 深呼吸

---

3 **brick**
[brɪk]

n. [C][U] 磚

▲There is a house of red **brick** at the foot of the hill.
山腳下有一棟紅磚房子。

💡bricks and mortar 房產

4 **cafeteria**

[ˌkæfəˈtɪrɪə]

n. [C] 自助餐廳

▲Ken and I had dinner together in the **cafeteria**, which served cheap and delicious food.

Ken 和我在自助餐廳享用晚餐，那裡提供便宜又好吃的食物。

---

5 **cleaner**

[ˈklinɚ]

n. [C] 清潔工

▲As a **cleaner**, her daily duty is to mop the floor of this building. 作為一位清潔工，她每日的職責是拖這棟大樓的地板。

💡take sb to the cleaner's 騙光⋯的錢

---

6 **committee**

[kəˈmɪtɪ]

n. [C] 委員會 <of, on>

▲Mrs. Lin used to be **on** the parents' **committee** in her daughter's school. 林太太曾是她女兒學校家長委員會的成員。

---

7 **deck**

[dɛk]

n. [C] 甲板

▲Ella relaxed **on** the **deck** and enjoyed the beautiful sunset.

Ella 在甲板上放鬆身心並享受美麗的夕陽。

▲There is no standing on the **upper deck** for the safety of the passengers. 為了安全起見，上層甲板禁止乘客站立。

💡lower/upper deck 低／上層的甲板 | below deck 在主甲板下

---

8 **electronic**

[ɪˌlɛkˈtrɑnɪk]

adj. (尤指設備) 電子的

▲The company uses **electronic** mail to send the latest information to the customers.

這家公司用電子郵件寄送最新的資訊給顧客。

💡electronic devices/components 電子設備／元件

---

9 **fighter**

[ˈfaɪtɚ]

n. [C] 戰士，鬥士；戰鬥機

▲Rita is highly regarded as a **freedom fighter**.

Rita 被譽為自由戰士。

▲The old man used to be a **fighter** pilot in World War II.

老人過去在第二次世界大戰中曾擔任戰鬥機飛行員。

---

10 **fund**

[fʌnd]

n. [C] 基金，專款

▲The hospital has **set up a fund** to treat rare diseases.

這間醫院成立治療罕見疾病的基金。

💡trust/pension fund 信託／退休基金 | fund of sth 充滿⋯的

fund

[fʌnd]

v. 資助

▲The professor's research was **funded** by the government organization. 這教授的研究是由這個政府機構所資助。

---

11 **immediate**

[ɪ`midɪət]

adj. 直接的 [同] instant；目前的

▲The **immediate response** from the public to the entertainer's violence is to boycott his new album.

大眾對這個藝人暴力事件的直接反應是抵制他的新唱片。

▲The government's **immediate** concern is to get the hostages released through negotiations.

政府目前最關心的事是藉由協商使人質釋放。

💡 immediate problem/danger 即刻的問題／危險｜immediate cause 直接原因｜with immediate effect 立即見效，生效｜the immediate future 近期

immediately

[ɪ`midɪətlɪ]

adv. 立刻地 [同] at once

▲The car burst into flames **immediately** after the accident.

事故發生後車子立刻燒了起來。

---

12 **industrial**

[ɪn`dʌstrɪəl]

adj. 工業的

▲The news has raised public awareness of the pollution in **industrial areas**. 這則新聞已經提高了大眾對工業區汙染的意識。

💡 industrial relations 勞資關係

---

13 **kidney**

[`kɪdnɪ]

n. [C] 腎臟

▲The patient needs a **kidney** transplant, or she may die of **kidney failure** soon.

這病人需要腎臟移植，不然她很快可能會死於腎衰竭。

---

14 **muscle**

[`mʌsl̩]

n. [C][U] 肌肉

▲Hank builds his **muscles** by lifting weights.

Hank 以舉重來鍛鍊肌肉。

💡 pull a muscle 拉傷肌肉｜not move a muscle 一動也不動

---

15 **opposite**

[`ɑpəzɪt]

adj. 相反的 <to> [同] contrary；對面的

▲Rachel ended up marrying a man whose character was **opposite to** hers. Rachel 最後跟與她個性相反的男人結婚。

▲A convenience store is on the **opposite** side of my house.

我家對面有一家便利商店。

opposite
[`ɑpəzɪt]

n. [C] 相反的人或事物

▲Darkness and daylight are complete **opposites**.

黑夜和白晝是完全相反的。

opposite
[`ɑpəzɪt]

prep. 在…對面

▲Andy and a girl sat **opposite** each other on the train.

火車上，Andy 坐在一位女生對面。

opposite
[`ɑpəzɪt]

adv. 在…對面

▲The man who lives **opposite** is an artist.

住在對面的男人是名藝術家。

16 **painter**
[`pentɚ]

n. [C] 畫家

▲He is a **portrait painter**. 他是肖像畫家。

💡portrait/landscape painter 肖像／風景畫家

17 **pause**
[pɔz]

n. [C] 暫停，停頓 <in>

▲There was a **pause** before Mary answered the question.

Mary 停頓了一下才回答這個問題。

pause
[pɔz]

v. 暫停，停頓 [同] stop

▲Gary **paused** and looked around before going into the house. Gary 停下來環顧四周後才走進屋子裡。

💡pause for breath/thought 停下來喘息／思索一下

18 **pilot**
[`paɪlət]

n. [C] 飛行員

▲Luke trained as a **fighter pilot** at the air force base.

Luke 在空軍基地接受戰鬥機飛行員訓練。

💡fighter/helicopter/bomber pilot 戰鬥機／直升機／轟炸機飛行員

pilot
[`paɪlət]

v. 駕駛飛機

▲Who is **piloting** that light aircraft? 誰在駕駛那架輕型飛機？

19 **reasonable**
[`riznəbl̩]

adj. 合理的，公道的 [反] unreasonable

▲The workers struck for **reasonable** wages.

工人為了爭取合理的工資而罷工。

20 rid

[rɪd]

rid

[rɪd]

adj. 擺脫掉，免除

▲We should **get rid of** our bad habits. 我們應該擺脫壞習慣。

v. 使擺脫 <of> [同] eliminate (rid｜rid｜ridding)

▲The medicine **rids** me **of** the cough. 這個藥使我擺脫咳嗽。

21 spite

[spaɪt]

n. [U] 儘管；怨恨，惡意 [同] malice

▲**In spite of** the heavy rain, the outdoor concert was held on time. 儘管下大雨，這戶外演唱會準時舉辦。

▲The man set the building on fire **out of spite**.

這名男子出於怨恨對大樓縱火。

💡in spite of oneself …不由自主地

22 stare

[stɛr]

v. 盯著看，凝視 <at>

▲It is impolite to **stare at** others. 盯著別人看是不禮貌的。

💡stare sth in the face 與 (令人不快的) 事情非常接近｜be staring sb in the face …就在…眼前；…十分明顯

stare

[stɛr]

n. [C] 注視，凝視

▲In the small town, foreigners often receive curious **stares**.

在這個小鎮，外國人常招來好奇的眼光。

23 statue

[`stætʃʊ]

n. [C] 雕像

▲**The Statue of Liberty** is a landmark of New York City.

自由女神像是紐約市的一個地標。

💡put up/erect a statue 豎立雕像｜

marble/stone/bronze statue 大理石／石頭／青銅雕像

24 tough

[tʌf]

adj. 艱難的；嚴格的 <on, with>；嚼不爛的 [反] tender

(tougher｜toughest)

▲Because of her **tough childhood**, Lisa always has a deep feeling of insecurity. 因為艱困的童年，Lisa 總有很深的不安全感。

▲You have to **get tough with** these ill-mannered people.

你必須嚴格對待這些態度惡劣的人。

▲The steak is too **tough** to chew. 這牛排太老嚼不爛。

💡tough luck 活該 (表示不同情)

25 **vitamin**

['vaɪtəmɪn]

n. [C] 維他命

▲You don't need to take any **vitamin pills** if you have a balanced diet.

如果你有均衡的飲食，你就不需要服用任何維他命錠。

Unit 20

1 **accurate**

['ækjərɪt]

adj. 精確的 [反] inaccurate

▲My watch is very **accurate**, not a second fast or slow.

我的錶非常準確，分秒不差。

---

2 **breeze**

[briz]

n. [C] 微風

▲Fiona likes the feeling of a warm spring **breeze**.

Fiona 喜歡春天溫暖微風吹拂的感覺。

breeze

[briz]

v. 如風似地走

▲Tim **breezed in**, although he was an hour late.

Tim 如風似地走進來，儘管他已經遲到一小時了。

---

3 **bump**

[bʌmp]

n. [C] 碰撞聲

▲The heavy box fell on the floor **with a bump**.

這個沉重的箱子掉在地上伴隨著碰撞聲。

bump

[bʌmp]

v. 撞上 <against, into> [同] hit, collide

▲The truck **bumped against** the mountain wall when turning around a sharp curve. 那輛卡車急轉彎時撞上山壁。

💡bump into sb 與…不期而遇 | bump sb off 謀殺… |

bump sth up 提高…(的數量)

---

4 **clip**

[klɪp]

n. [C] 夾子

▲Gina fastened the notes with a **paper clip**.

Gina 用迴紋針把便條紙夾住。

💡hair/tie clip 髮／領帶夾 | at a fast/good clip 迅速 |

clip round/on the ear 一記耳光

clip
[klɪp]

v. (用夾子) 夾住 (clipped | clipped | clipping)
▲Fred **clipped** several sheets of paper **together**.
Fred 把好幾張紙用夾子夾在一起。

---

5 **cotton**
[ˋkɑtn̩]

n. [U] 棉花
▲Rita only buys the clothes made of **pure cotton** because it is comfortable. Rita 只買純棉製作的衣服，因為很舒服。

---

6 **desirable**
[dɪˋzaɪrəbl̩]

adj. 令人嚮往的，值得擁有的 [反] undesirable
▲**It is desirable for** my sister **to** be a flight attendant.
當空服員對我姊姊來說是令人嚮往的。

---

7 **emergency**
[ɪˋmɝdʒənsɪ]

n. [C][U] 緊急情況 (pl. emergencies)
▲During a fire, you should follow the **emergency** exit signs to leave the building safely.
火災時你應該要沿著緊急出口標誌行進，安全地離開建築物。
💡emergency landing/room 緊急迫降／急診室 |
in case of emergency 有緊急狀況時

---

8 **fist**
[fɪst]

n. [C] 拳，拳頭
▲Dylan punched the punching bag with his **fists**.
Dylan 用拳頭捶打沙包。
💡clench sb's fists …緊握雙拳

fist
[fɪst]

v. 把 (手) 握成拳頭
▲Jimmy cannot **fist** his fingers into his palm because he sprained his index finger.
Jimmy 無法將手指握進掌心成拳頭，因為他扭傷了食指。

---

9 **harm**
[hɑrm]

n. [U] 損害，傷害
▲The heavy snow **did great harm** to the crops.
大雪對農作物造成很大的損害。
💡do more harm than good 弊大於利 |
there is no harm in 做…也沒壞處 | out of harm's way 安全地

harm
[hɑrm]

v. 傷害，損害
▲Although the dog looks fierce, it won't **harm** anyone.
雖然這隻狗看起來很凶猛，但牠不會傷害任何人。

💡harm a hair on sb's head 動…一根寒毛｜
harm sb's image/reputation 傷害…的形象／聲望

---

10 **inferior**
[ɪnˋfɪrɪɚ]

| adj. | 次等的，較差的 <to> [反] superior |

▲To our disappointment, the latest model of the car is somewhat **inferior to** its previous version.

令人失望的是，這輛最新型的汽車不知為何比先前車種略為遜色。

💡inferior/superior to... 比…低劣／出色的

inferior
[ɪnˋfɪrɪɚ]

| n. | [C] 部下，屬下 [反] superior |

▲The manager's **inferiors** all respect her because she is on the up and up. 這位經理的部下都很尊敬她，因為她值得信賴。

---

11 **kit**
[kɪt]

| n. | [C] 成套工具 |

▲You should pack a **first aid kit** for the trip, just in case.

你應該為旅途帶個急救工具以防萬一。

---

12 **mobile**
[ˋmobl̩]

| adj. | 走動的 |

▲Bob won't be **mobile** until the wound in his leg heals.

在腳傷痊癒之前，Bob 不能走動。

---

13 **organic**
[ɔrˋgænɪk]

| adj. | 有機的 |

▲The restaurant only serves **organic food**, which is better for health. 這間餐廳只供應有機食物，那對健康較有益。

---

14 **outdoor**
[ˋautˌdor]

| adj. | 室外的 [反] indoor |

▲The rich man decided to build an **outdoor swimming pool** in his villa. 富豪決定要在他的別墅蓋一座室外游泳池。

---

15 **palace**
[ˋpælɪs]

| n. | [C] 宮殿，皇宮 |

▲The luxurious five-star hotel looks like a **palace**.

這棟五星級的豪華旅館看起來像宮殿。

💡royal/presidential palace 皇室／總統官邸｜
Buckingham Palace 白金漢宮

---

16 **plenty**
[ˋplɛntɪ]

| pron. | 大量，許多 <of> |

▲There are **plenty of** books in the library.

這座圖書館有豐富的藏書。

plenty

[`plɛntɪ]

n. [U] 大量，許多

▲There is time **in plenty** for them to finish this work.

他們有大量的時間來完成這項工作。

plenty

[`plɛntɪ]

adv. 大量

▲There is **plenty more** food in the VIP lounge at the airport.

有更大量的食物在機場的貴賓休息室。

---

17 **reduce**

[rɪ`djus]

v. 減少，降低 [同] cut

▲Julia decided to go jogging every day to **reduce** her weight.

Julia 決定要每天慢跑來減重。

---

18 **religious**

[rɪ`lɪdʒəs]

adj. 宗教的；虔誠的 [同] devout

▲The **religious** group is accused of charity fraud.

該宗教團體被控慈善詐騙。

▲Tom is a **religious** Christian and often goes to church.

Tom 是虔誠的基督徒，經常上教堂。

---

19 **response**

[rɪ`spɑns]

n. [C] 回答 <to>；回應 <to>

▲It was strange that Carol made no **response to** my urgent request. 奇怪的是，Carol 沒有回覆我的緊急的請求。

▲The mayor changed the policy **in response to** the protests from the public. 市長更動了政策以回應大眾的抗議。

---

20 **specific**

[spɪ`sɪfɪk]

adj. 明確的 <about> [同] precise；特定的 <to> [同] particular

▲Your explanation is too general. Please give some **specific** examples. 你的解釋太籠統。請舉一些明確的例子。

▲The fund is raised for a **specific** purpose.

這筆資金是為了特定的目的而募集的。

---

21 **steady**

[`stɛdɪ]

adj. 持續的 [同] constant；穩定的，平穩的 [同] regular (steadier | steadiest)

▲If the restaurant doesn't have a **steady** growth in sales, the owner may close it down.

如果這間餐廳的銷售沒有持續成長，這老闆可能會關閉它。

▲Ryan won't get married until he gets a **steady** job.

Ryan 要找到穩定的工作之後才會結婚。

steady

[`stɛdɪ]

v. 使穩定；使鎮定

▲Can you **steady** the ladder? 你能扶住梯子嗎？

▲Mark tried to **steady** himself by taking a deep breath.

Mark 試著深呼吸使自己鎮定。

steady

[`stɛdɪ]

adv. 穩定地

▲Mindy has been **going steady with** her boyfriend for seven years; she sometimes wonders when he will propose.

Mindy 和男友穩定地交往了七年；有時候她想知道何時他會求婚。

steady

[`stɛdɪ]

n. [C] 穩定交往對象 (pl. steadies)

▲Eric has had a **steady** since last winter.

Eric 從去年冬天開始有一個穩定交往對象。

---

22 **stir**

[stɝ]

v. 攪拌 <with, in, into>；煽動，激發 (stirred | stirred | stirring)

▲Sally **stirred** her milk tea **with** a spoon.

Sally 用湯匙攪拌她的奶茶。

▲The politician's speech **stirred** the crowd to take action.

這個政客的演講煽動群眾採取行動。

💡stir (up) hatred/anger/fears/trouble

激起仇恨／憤怒／恐懼／麻煩｜stir the blood 令人興奮

stir

[stɝ]

n. [C][U] 騷動 [同] commotion；攪拌

▲The politician's scandal **created quite a stir** at the time.

這名政客的醜聞在當時引起了很大的騷動。

▲Nancy spilled coffee on her skirt while she was giving it a **stir**. Nancy 在攪拌咖啡時灑到了她的裙子。

💡cause/create/make a stir 引起騷亂

---

23 **strength**

[strɛŋθ]

n. [C] 優點；[U] 力氣 [反] weakness

▲William tried to analyze the **strengths** and weaknesses of the new job. William 試著分析這新工作的優缺點。

▲The patient hardly had any physical **strength** to walk after the operation. 自從動了手術之後，這病人幾乎沒有力氣走路。

---

24 **trace**
[tres]

n. [C][U] 蹤跡，痕跡 <of>

▲The hunters saw **traces of** a bear in the snow.
獵人們在雪地裡發現熊的蹤跡。

trace
[tres]

v. 追查到 [同] track；追溯

▲The parents never give up **tracing** their missing daughter.
這對父母從不放棄追查他們失蹤女兒的下落。

▲The history of James' family can be **traced back to** the 11th century. James 的家族史可追溯到十一世紀。

25 **vocabulary**
[və`kæbjə,lɛrɪ]

n. [C] 字彙 (pl. vocabularies)

▲Kevin's younger sister only knows a limited **vocabulary**.
Kevin 的妹妹只知道有限的字彙。

💡develop/build/enlarge/enrich/expand sb's vocabulary
增加字彙｜command a vocabulary 掌握字彙

Unit 21

1 **angel**
[`endʒəl]

n. [C] 天使；仁慈的人

▲There are two pictures of **angels** on the wall of the church.
在這教堂的牆壁上有兩幅天使群的畫作。

▲**Be an angel** and help me clean the kitchen.
你行行好，幫我一起清理廚房吧。

💡be no angel 有時會表現得很壞

2 **boot**
[but]

n. [C] 靴子

▲I bought **a pair of** riding **boots** in the clearance sale.
我在清倉大拍賣時買了一雙馬靴。

💡leather/hiking/ski boots 皮／登山／滑雪靴

boot
[but]

v. 猛踢，猛踹

▲The soccer player **booted** the ball straight out.
這名足球選手直直的將球踢了出去。

💡boot sb out (of sth) 迫使…離開 (…)；迫使…辭去 (…)

3 **charm**

[tʃɑrm]

`n.` [C] 護身符；[U] 魅力

▲The rabbit's foot is Lillian's **lucky charm**.

這個兔腳是 Lillian 的護身符。

▲Many girls were drawn to the actor by his special **charm**.

許多女孩被這男演員的獨特魅力所吸引。

charm

[tʃɑrm]

`v.` 吸引，迷住

▲The audience was **charmed** by the violinist's performance.

觀眾被小提琴家的表演迷住了。

charming

[`tʃɑrmɪŋ]

`adj.` 迷人的 [同] attractive, appealing

▲I can't forget Lydia's **charming** smile.

我無法忘記 Lydia 的迷人微笑。

💡Prince Charming 白馬王子，夢中情人

4 **cooker**

[`kʊkɚ]

`n.` [C] 炊具 [同] stove

▲You have to be careful when using a **pressure cooker**.

你使用壓力鍋時要小心一點。

5 **disk**

[dɪsk]

`n.` [C] 磁碟，光碟 (also disc)

▲A **hard disk** can be used to store information from a computer. 硬碟可用來儲存電腦的資料。

6 **envy**

[`ɛnvɪ]

`n.` [U] 嫉妒，羨慕

▲Cinderella's sisters stared **with envy** when Cinderella was dancing with the prince.

灰姑娘和王子跳舞時，她的姊姊們嫉妒地瞪著看她。

💡be green with envy 非常嫉妒 | be the envy of sb 令⋯羨慕或嫉妒的對象

envy

[`ɛnvɪ]

`v.` 嫉妒，羨慕

▲George **envied** his younger sister because she seemed to get all their parents' attention.

George 嫉妒他的妹妹，因為她似乎得到父母全部的關注。

7 **float**

[flot]

`v.` 漂浮，浮起 [同] drift；(聲音或氣味) 飄蕩

▲There is a volleyball **floating** in the river.

那裡有一顆排球在河中漂浮。

▲A smell of baking cookies **floated** through the house.

烤餅乾的味道在這屋子裡飄蕩。

float

[flot]

n. [C] 浮板

▲To save energy, the swimmer held on to a **float** in the swimming pool. 為了省力，這位泳客在游泳池中緊握著浮板。

8 **gasoline**

[ˋgæslˏin]

n. [U] 汽油 [同] petrol

▲Cars mainly run on **gasoline**. 汽車主要靠汽油運轉。

gas

[gæs]

n. [C][U] 氣體；瓦斯 (pl. gases, gasses)

▲We have to reduce the emission of greenhouse **gases** to prevent global warming.

我們必須減少溫室氣體的排放量來防止全球暖化。

▲As soon as Sam smelled **gas**, he rushed out of the building immediately. Sam 一聞到瓦斯味就立刻衝出這棟建築物。

9 **heater**

[ˋhitɚ]

n. [C] 暖氣設備

▲A **heater** is used to heat the room. 暖爐是用來使房間暖和的。

10 **hopeful**

[ˋhopfəl]

adj. 抱有希望的 <of, about> [同] optimistic [反] hopeless

▲The candidate is **hopeful about** the outcome of the election. 這位候選人對選舉結果抱有希望。

11 **jeep**

[dʒip]

n. [C] 吉普車

▲A **jeep** can be used for driving on rough ground.

吉普車可以開在崎嶇的路面上。

12 **ladder**

[ˋlædɚ]

n. [C] 梯子

▲Walking under a **ladder** is considered bad luck.

從梯子底下走過被認為是不吉利的。

13 **magnet**

[ˋmægnɪt]

n. [C] 磁鐵；磁石

▲The **magnet** attracts bits of iron. 磁鐵會吸小鐵片。

14 **moist**

[mɔɪst]

adj. 溼潤的

▲The flowers grew well in **moist** soil.

這些花在溼潤的土壤中長得很好。

15 nest

[nɛst]

n. [C] 鳥巢

▲There is a bird's **nest** in the tree. 樹上有一個鳥巢。

nest

[nɛst]

v. 築巢

▲Some swallows **nested** next to the window.

有幾隻燕子在窗戶旁築巢。

---

16 penguin

[ˋpɛngwɪn]

n. [C] 企鵝

▲**Penguins** are native to the Antarctic. 企鵝是南極原產的動物。

---

17 pump

[pʌmp]

n. [C] 幫浦，抽水機

▲The non-governmental organization installed **pumps** in the village. 非政府組織在村莊安裝抽水機。

pump

[pʌmp]

v. 抽取

▲The villagers **pump** clean water **from** the well.

村民把乾淨的水從井裡面抽上來。

---

18 raw

[rɔ]

adj. (肉) 生的；未經加工的

▲You will probably get sick if you eat **raw** meat.

如果吃生肉你可能會生病。

▲We import **raw materials** to process them into various products. 我們進口原料來製造各種產品。

---

19 rush

[rʌʃ]

n. [C][U] 衝，蜂擁而至

▲The worshippers all came into the temple **in a rush**.

信眾全都湧入寺廟。

rush

[rʌʃ]

v. 使急速

▲After the police got the call, they **rushed to** the scene of the accident immediately. 警方接到電話後，立刻急速趕往事故現場。

---

20 shrimp

[ʃrɪmp]

n. [C] 蝦 (pl. shrimp, shrimps)

▲My friend is allergic to **shrimps**. 我朋友對蝦子過敏。

---

21 someday

[ˋsʌm‚de]

adv. (將來) 有一天

▲I hope I can visit Iceland **someday**. 我希望有一天能去冰島玩。

22 **stale**
[stel]

adj. (因久放而) 不新鮮的，走味的 [反] fresh (staler｜stalest)

▲Don't eat that bread because it has **gone stale**.
不要吃那個麵包，因為它已經不新鮮了。

23 **teenage**
[ˋtin͵edʒ]

adj. 十幾歲的 (多指 13–19 歲的)

▲This mobile app is very popular with **teenage girls and boys**. 這個手機應用程式很受十幾歲的少女和少年歡迎。

24 **tub**
[tʌb]

n. [C] 盆子；浴缸 [同] bathtub

▲Andrew used some **tubs** to grow plants and flowers.
Andrew 用一些盆子來種植植物和花卉。

▲It helps me relax to take a hot bath in the **tub**.
在浴缸泡個熱水澡可以幫助我放鬆。

25 **twin**
[twɪn]

n. [C] 雙胞胎之一

▲The **twins** look so alike that I can hardly tell one from the other. 這對雙胞胎看起來如此相像，以致於我幾乎無法分辨他們。

Unit 22

1 **anyhow**
[ˋɛnɪ͵haʊ]

adv. 無論如何，不管怎樣 [同] anyway

▲The doors were locked and we couldn't get in **anyhow**.
門鎖著，我們怎樣都進不去。

2 **brass**
[bræs]

n. [U] 黃銅

▲**Brass** is a hard metal made of copper and zinc.
黃銅是銅和鋅製成的硬質金屬。

brass
[bræs]

adj. 銅管樂器的

▲To be a good trumpet player, Joe practices the **brass instrument** eight hours every day.
為了要成為一名優秀的小喇叭手，Joe 每天演奏銅管樂器八個小時。

3 **chimney**

[ˋtʃɪmnɪ]

n. [C] 煙囪 (pl. chimneys)

▲The smoke rising from a **chimney** always reminds me of my sweet home. 煙囪冒出的煙總讓我想起我甜蜜的家。

💡smoke like a chimney 老菸槍

4 **cough**

[kɔf]

n. [C] 咳嗽

▲The patient had a bad **cough**. 這位病人咳得很厲害。

cough

[kɔf]

v. 咳嗽

▲Ned was **coughing** a lot so I took him to the doctor's.

Ned 咳得很厲害,所以我帶他去看醫生。

5 **ditch**

[dɪtʃ]

n. [C] 溝渠,壕溝

▲The workers are digging **ditches** to prevent flooding during the typhoon seasons.

工人正在挖掘溝渠,以防止颱風季節的淹水狀況。

ditch

[dɪtʃ]

v. 丟棄,拋棄

▲We decided to **ditch** the old bicycle and buy a new one.

我們決定要丟棄舊的腳踏車,再買一臺新的。

6 **faint**

[fent]

adj. 微弱的,不清晰的 [同] slight;感覺暈眩的

▲The sound is too **faint** to be heard clearly.

這聲音太弱了聽不清楚。

▲The girl felt **faint** in the hot sun. 這女孩在大太陽底下感覺暈眩。

💡not have the faintest (idea) 一點也不知道

faint

[fent]

v. 暈倒 [同] pass out

▲The runner **fainted** as soon as he crossed the finish line.

這跑者一越過終點線就暈倒了。

faint

[fent]

n. [sing.] 昏迷

▲The old lady suddenly **fell in a faint** in the sun.

這位老太太突然在太陽下陷入昏迷。

7 **flock**

[flɑk]

n. [C] 一群 <of>

▲**Flocks of** wild geese are flying south. 成群野雁正向南方飛去。

flock

[flɑk]

v. 聚集;蜂擁

▲Birds of a feather **flock** together. 【諺】物以類聚。

▲Thousands of people **flocked to** see the cherry blossom in Mt. Ali. 數千人湧入阿里山去看櫻花。

8	**governor**	n. [C] 州長

['gʌvənə]

▲The amateur politician was elected as the **governor**. 這位政治素人被選為州長。

9	**hell**	n. [U] 地獄

[hɛl]

▲The prison is like a **hell on earth**. 這監獄像人間地獄。

10	**horrible**	adj. 可怕的 [同] terrible；糟糕的

['hɔrəbl̩]

▲Waking up from a **horrible** nightmare, the little boy cried for his parents. 這小男孩從可怕的惡夢中驚醒，哭喊著要他的父母。

▲The fish is not fresh and has a **horrible** smell.
這隻魚不新鮮，有糟糕的氣味。

11	**jet**	n. [C] 噴出物；噴射機

[dʒɛt]

▲**Jets** of water spurted from the fountain.
一股股水從噴泉噴出來。

▲The billionaire has a **jet**. 這個億萬富翁有一臺噴射機。

💡jet lag 時差

	jet	v. 搭飛機旅行 (jetted ǀ jetted ǀ jetting)

[dʒɛt]

▲Ann and Tom are **jetting off for** a honeymoon in Taiwan next week. Ann 和 Tom 下週要搭飛機去臺灣度蜜月。

12	**lately**	adv. 最近

['letlɪ]

▲The team went through a hard time last season, but **lately** things have been improving.
這球隊上一季經歷一段困境，但最近情況已經改善。

13	**maid**	n. [C] 女傭

[med]

▲The **maid** comes twice a week to clean our house.
女傭一星期來打掃我們的房子兩次。

💡maid of honor/bridesmaid 伴娘

14 **multiply**

[`mʌltə,plaɪ]

v. 乘；增加

▲The math teacher asked the students to **multiply** 15 **by** 8.

數學老師請學生們用 8 乘 15。

▲The population continues to **multiply** in that country.

那個國家的人口持續增加。

15 **nun**

[nʌn]

n. [C] 修女

▲The **nun** is saying her prayers in the church.

這位修女正在教堂裡禱告。

16 **penny**

[`pɛnɪ]

n. [C] 一分錢 (pl. pennies, pence)

▲A **penny** saved is a **penny** earned. 【諺】省一分錢便賺一分錢。

💡worth every penny 值得每一分錢

penniless

[`pɛnɪlɪs]

adj. 身無分文的，一貧如洗的

▲In the story, a rich girl fell in love with a **penniless** painter.

在這個故事中，一位富有的女孩愛上了身無分文的畫家。

17 **punch**

[pʌntʃ]

n. [C] 一拳 <in, on>

▲The drunk man **threw a punch** at his friend.

喝醉的男子揮了他朋友一拳。

punch

[pʌntʃ]

v. 用拳猛擊 <in, on>

▲The boxer **punched** his opponent **in** the chin.

拳擊手一拳打在對手的下巴。

18 **receipt**

[rɪ`sit]

n. [C] 收據 (also sales slip)

▲The store should give you a **receipt** after you make a purchase. 買了東西之後，店家應該要給你收據。

19 **sack**

[sæk]

n. [C] (麻布、帆布等) 大袋子

▲**Sacks of** flour and rice were donated to the earthquake victims by several charitable groups.

幾個慈善團體捐贈好幾大袋的麵粉和米給地震災民。

20 **sin**

[sɪn]

n. [C][U] 罪惡

▲Many people think it is a **sin** to treat animals cruelly.

許多人認為虐待動物是一種罪惡。

sin

[sɪn]

v. 犯罪 (sinned | sinned | sinning)

▲The soldier believes he has **sinned against** God.

這位士兵相信他已違背了上帝。

21 **spaghetti**

[spə`gɛtɪ]

n. [U] 義大利麵

▲My parents like to have Italian food like **spaghetti** and pizza for lunch on weekends.

我父母週末喜歡吃義大利食物，像是義大利麵和披薩，當午餐。

22 **starve**

[stɑrv]

v. (使) 挨餓，餓死

▲People **starved to death** during the long war.

人民在漫長的戰爭期間餓死。

23 **temper**

[`tɛmpɚ]

n. [sing.] 脾氣

▲The boss has a **short temper**. 這個老闆很暴躁易怒。

💡keep/lose sb's temper …不發／發脾氣 |

fly/get into a temper 大發雷霆

24 **tunnel**

[`tʌnl̩]

n. [C] 地道，隧道

▲The hostages escaped through a secret **tunnel** under the house. 人質們從房子底下的一條祕密通道逃了出去。

tunnel

[`tʌnl̩]

v. 挖掘地道，隧道

▲The government decided to **tunnel** a route through the mountain. 政府決定穿山挖掘隧道。

25 **unite**

[jʊ`naɪt]

v. 合併，結合

▲The two companies were **united** to form a new one.

那兩家公司合併成為一家新公司。

Unit 23

1 **apologize**

[ə`pɑlə,dʒaɪz]

v. 道歉 <to>

▲Ann **apologized to** her teacher **for** being late for school.

Ann 因上學遲到而向老師道歉。

2 bravery
['brevərɪ]

n. [U] 勇敢 [同] courage [反] cowardice

▲The soldier was awarded a medal for his **bravery**.
這士兵因其勇敢而獲頒勳章。

---

3 chin
[tʃɪn]

n. [C] 下巴

▲The tutor rubbed his **chin** when he thought about that matter. 當這位家庭教師思考那件事時，他搓他的下巴。

💡Chin up! 別氣餒！

---

4 countable
['kauntəbḷ]

adj. 可數的 [反] uncountable

▲The word "dream" is a **countable** noun, so it has a plural form. dream 這個字是可數名詞，所以它有複數形。

---

5 dizzy
['dɪzɪ]

adj. 頭暈的 (dizzier | dizziest)

▲Tina felt **dizzy** after riding the roller coaster.
Tina 坐完雲霄飛車後覺得頭暈。

💡the dizzy heights (of sth) (…的) 高位，要職

---

6 fake
[fek]

adj. 假的，偽造的 [同] counterfeit [反] genuine (faker | fakest)

▲The man who sells **fake** medicine has been caught.
販售假藥的男子已遭逮捕。

fake
[fek]

v. 偽造 [同] forge

▲Frank **faked** his wife's signature on the check.
Frank 在支票上偽造妻子的簽名。

fake
[fek]

n. [C] 贗品 [同] imitation [反] original

▲The painting is a **fake** which is worthless.
這幅畫是贗品，根本不值錢。

---

7 fountain
['fauntṇ]

n. [C] 人工噴泉，噴水池

▲There is a large **fountain** in the middle of the shopping mall. 該購物中心中間有大噴泉。

💡fountain pen 鋼筆

---

8 grasp
[græsp]

v. 緊抓，緊握 <by> [同] grip；理解

▲The child **grasped** his mother **by** the arm.
這小孩緊抓著他媽媽的手臂。

▲The students quickly **grasped** the concept of the new information. 學生們很快就理解這個新資訊的概念。

💡grasp the chance/opportunity 把握機會

grasp
[græsp]

n. [C] 緊抓，緊握 (usu. sing.) [同] grip

▲The rock climber kept a firm **grasp** of the rock. 這名攀岩者緊緊抓著岩石。

---

9 **helmet**
[ˋhɛlmɪt]

n. [C] 安全帽，頭盔

▲Never forget to wear a **helmet** when you are riding a scooter. 騎機車時不要忘記戴安全帽。

---

10 **horror**
[ˋhɔrɚ]

n. [U] 恐懼 <in, of>

▲The boy screamed **in horror** when he found himself in the dark house. 那男孩發現自己在這黑暗的房子裡時，他恐懼地大叫。

---

11 **juicy**
[ˋdʒusɪ]

adj. 多汁的 (juicier | juiciest)

▲I like **juicy** and tender steak. 我喜歡多汁軟嫩的牛排。

---

12 **leap**
[lip]

n. [C] 跳躍

▲Jim crossed the stream with a flying **leap**.
Jim 一個飛躍，跳過了小河。

leap
[lip]

v. 跳躍 <over> [同] jump
(leaped, leapt | leaped, leapt | leaping)

▲The horse **leaped over** the fence. 馬躍過了籬笆。

💡leap out at sb 立即出現在…的視線內

---

13 **marble**
[ˋmɑrbl̩]

n. [C] 彈珠；[U] 大理石

▲Many little boys like to play with **marbles**.
很多小男孩喜歡玩彈珠。

▲The bathtub is made of **marble**. 這浴缸是大理石製成的。

💡lose sb's marbles …失去理智

---

14 **mushroom**
[ˋmʌʃrum]

n. [C] 蘑菇

▲Mark became sick after eating some poisonous **mushrooms**. Mark 因為吃了些有毒的蘑菇而生病。

mushroom

['mʌʃrum]

v. 如雨後春筍般增長

▲The number of high-rise buildings has **mushroomed** in the past five years.

高樓大廈的數量在過去五年來如雨後春筍般地增長。

---

15 **oak**

[ok]

n. [C][U] 橡樹 (pl. oaks, oak)

▲"Tie a Yellow Ribbon Round the Old **Oak** Tree" is a famous song. 〈繫條黃絲帶在老橡樹上〉是首名歌。

---

16 **pepper**

['pɛpɚ]

n. [U] 胡椒粉；[C] 甜椒

▲Can you pass the salt and **pepper**, please?

可以請你將鹽和胡椒遞過來嗎？

▲Fry the beef in a pan with some **green peppers** and onions. 將牛肉在鍋內和一些青椒及洋蔥翻炒。

---

17 **queer**

[kwɪr]

adj. 古怪的，異常的 [同] odd

▲Jeremy had a **queer** feeling that he was being followed.

Jeremy 有個古怪的感覺，他覺得被跟蹤。

---

18 **receiver**

[rɪ'sivɚ]

n. [C] (電話) 聽筒；收件人

▲Lauren picked up the **receiver** and dialed the number.

Lauren 拿起聽筒撥號。

▲The address of the **receiver** must be neatly written on the envelope. 收件人的地址必須工整地書寫在信封上。

---

19 **sauce**

[sɔs]

n. [C][U] 醬料

▲The chef has cooked **tomato sauce** for pasta.

主廚已經煮好要搭配義大利麵的番茄醬了。

---

20 **sip**

[sɪp]

v. 啜飲 (sipped | sipped | sipping)

▲Gary **sipped** coffee and read the newspapers this morning.

Gary 今天早晨啜飲咖啡並閱讀報紙。

sip

[sɪp]

n. [C] 啜飲，一小口

▲Sandy added some salt to the soup after **taking** a **sip** of it.

嘗了一小口湯後，Sandy 在湯裡加了一些鹽巴。

21 **spill**

[spɪl]

v. 溢出，灑出 <on> (spilled, spilt | spilled, spilt | spilling)

▲One guest tripped and **spilled** coffee **on** the carpet of the restaurant. 一位客人絆倒並打翻咖啡在餐廳的地毯上。

💡spill your guts (to sb) (向…) 傾訴心裡的話 |
spill the beans 洩漏祕密

spill

[spɪl]

n. [C] 溢出 (物)

▲Many marine animals were killed in the **oil spill**.
許多海洋動物死於這次的石油外洩。

22 **sting**

[stɪŋ]

n. [C] (動物或植物) 針，刺

▲A bee dies when it loses its **sting**.
蜜蜂一旦失去螫針，便會死去。

sting

[stɪŋ]

v. 螫，叮 (stung | stung | stinging)

▲The mountain climber's arm was **stung** by a bee.
這位登山者的手臂被蜜蜂螫到。

23 **tender**

[ˋtɛndɚ]

adj. 溫柔的；(蔬菜或肉等) 軟嫩的 [反] tough

▲Rachel gave me a warm and **tender** smile.
Rachel 給我一個溫暖又溫柔的微笑。

▲The steak is not **tender**. Instead, it is as hard as a rock.
這個牛排肉質不軟嫩。相反地，它像石頭一樣硬。

💡at the tender age 年幼時期

24 **underlying**

[ˌʌndɚˋlaɪɪŋ]

adj. 潛在的，根本的

▲The government shouldn't ignore any **underlying reason** of the rising crime rate.
政府不應忽視任何犯罪率攀升的潛在原因。

25 **vase**

[ves]

n. [C] 花瓶

▲The visitor knocked the **vase** over accidentally.
參觀者不小心打翻花瓶。

Unit 24

1 **assist**
[ə`sɪst]

| v. | 幫助，協助 <with, in>

▲Doris **assisted** her brother **with** his homework.
Doris 協助弟弟做作業。

2 **brunch**
[brʌntʃ]

| n. | [U] 早午餐

▲I am going to have **brunch** with my friend this Saturday.
這週六我要和朋友去吃早午餐。

3 **chip**
[tʃɪp]

| n. | [C] 碎片 (usu. pl.)；薯片 (usu. pl.)

▲The camper threw some wood **chips** into the fire to keep it burning. 這露營者往火裡扔了一些木塊讓火繼續燒。

▲Vivian likes to eat potato **chips** when she watches TV.
Vivian 喜歡在看電視時吃洋芋片。

💡have a chip on your shoulder 心理不平衡

chip
[tʃɪp]

| v. | 削 (chipped | chipped | chipping)

▲The researchers **chipped** a lot of pieces off the rock.
研究人員們從岩石上削下許多碎片。

4 **crab**
[kræb]

| n. | [C] 螃蟹

▲**Crab** season usually begins from September to December in Taiwan. 臺灣的螃蟹季通常從九月開始到十二月。

5 **dock**
[dɑk]

| n. | [C] 船塢；碼頭

▲The ship is **in dock** for routine maintenance.
這艘船停在船塢，進行定時保養。

▲Nick is a worker at the **dock**, loading and unloading ships.
Nick 在碼頭工作，裝卸船貨。

dock
[dɑk]

| v. | 進港，停泊

▲The ship is scheduled to **dock** at Hualien tomorrow.
船隻計劃於明天在花蓮進港。

6 **faucet**
[`fɔsɪt]

| n. | [C] 水龍頭 [同] tap

▲To conserve water, you should turn off the **faucet** immediately after use.
為了節約用水，你應該在使用水龍頭後立刻關上。

7 freeze

[friz]

v. 結冰；(因恐懼) 呆住 (froze｜frozen｜freezing)

▲When water **freezes**, it becomes ice. 水冷凍後就變成冰。

▲Ann **froze** as soon as she saw a stranger in her house.
Ann 一看到有一個陌生人在她家裡時就整個人呆住。

💡sb's blood freezes 嚇出一身冷汗

freeze

[friz]

n. [C] (暫時的) 凍結，停滯 (usu. sing.)

▲Most of the workers faced a **wage freeze** in the past years.
大多數的員工過去幾年面臨薪資凍漲。

8 grassy

[ˋgræsɪ]

adj. 草茂密的 (grassier｜grassiest)

▲Some sheep are grazing in the **grassy** field.
一些羊在茂密的草原上吃草。

9 hint

[hɪnt]

n. [C] 提示

▲Frank kept **dropping a hint** to me, but I couldn't take it.
Frank 一直給我暗示，但我無法了解其意。

💡broad hint 明顯的暗示

hint

[hɪnt]

v. 給提示，暗示 [同] imply

▲The secretary **hinted** that she wanted a pay raise.
這祕書暗示她想要加薪。

10 humid

[ˋhjumɪd]

adj. 潮溼的

▲The weather becomes very **humid** in the summer.
一到夏天天氣就變得很潮溼。

💡humid air/climate 潮溼的空氣／氣候

11 jungle

[ˋdʒʌŋgl̩]

n. [C][U] 熱帶叢林

▲Edward had some exciting adventures in **the Amazon jungle**. Edward 在亞馬遜叢林裡經歷一些刺激的冒險。

12 leisure

[ˋliʒɚ]

n. [U] 閒暇

▲Amber likes to do yoga in her **leisure time**.
Amber 空閒時喜歡做瑜伽。

💡leisure activity/industry 休閒活動／產業｜
at (sb's) leisure 當 (⋯) 有空時

13 marker

[`mɑrkɚ]

n. [C] 記號，標記；麥克筆

▲The dancer had placed some **markers** on the floor.

這位舞者已經在地上放了一些記號。

▲The child drew apples with red, green, and brown **markers**.

這個小孩用紅色、綠色和咖啡色的麥克筆畫蘋果。

14 mystery

[`mɪstrɪ]

n. [C][U] (事物) 神祕，奧祕 (pl. mysteries)

▲The police never solved the **mystery** of the boy's disappearance. 警察從未解決這男孩失蹤的奧祕。

15 omit

[o`mɪt]

v. 疏忽，遺漏，刪除 [同] leave out (omitted | omitted | omitting)

▲You have **omitted** several important points in your report.

你的報告中漏掉了幾個要點。

16 pigeon

[`pɪdʒən]

n. [C] 鴿子

▲The old man feeds **pigeons** in the park every morning.

這位老先生每天早上會到公園餵鴿子。

17 quote

[kwot]

v. 引述，引用 <from> [同] cite

▲The student **quoted** a passage **from** Shakespeare.

這學生引用了一段莎士比亞的話。

quote

[kwot]

n. [C] 引文 <from>

▲I included some **quotes from** the news report in my speech. 我在演講中涵蓋了一些來自此新聞報導的引文。

18 relief

[rɪ`lif]

n. [U] 寬慰，寬心；減輕

▲It is a **relief** to know that the children have been rescued.

得知孩子們獲救，讓人鬆了一口氣。

▲The medicine can provide you **relief** from your pain.

這種藥可以讓你減輕疼痛。

💡to sb's relief 令…放心的是

19 saucer

[`sɔsɚ]

n. [C] 茶托，茶碟

▲The lady gave the stray dog **a saucer of** water.

這位女士給流浪狗一小碟水。

20 skate

[sket]

v. 溜冰

▲Let's go **skating** in the park! 我們去公園溜冰吧！

💡be skating on thin ice 如履薄冰，冒險

skate

[sket]

n. [C] 溜冰鞋

▲Put on your **ice skates**. 穿上你的溜冰鞋。

💡get/put your skates on 快點，把握時間

---

21 spin

[spɪn]

n. [C][U] 旋轉

▲The car slid on the icy road and went into a **spin**.

車子在結冰的路上打滑，開始打轉。

💡in a spin 忙得暈頭轉向

spin

[spɪn]

v. 旋轉 [同] turn, whirl (spun | spun | spinning)

▲The ice skater began to **spin** faster and faster.

那位溜冰選手開始越轉越快。

💡spin a coin 猜硬幣 | spin out of control (活動或事件) 迅速失控

---

22 stitch

[stɪtʃ]

n. [C] (縫紉的) 一針

▲John cast some **stitches** to secure the two pieces of cloth

together. John 多縫了幾針來將這兩塊布固定起來。

💡a stitch in time (saves nine) 防微杜漸 (及時縫一針能省九針)

stitch

[stɪtʃ]

v. 縫補，縫合 <up> [同] sew

▲The doctor is **stitching up** the patient's wound.

醫生正在縫合這個病人的傷口。

---

23 tent

[tɛnt]

n. [C] 帳篷

▲Do you know how to **pitch a tent**? 你知道如何搭帳篷嗎？

---

24 unity

[`junətɪ]

n. [C][U] 整體性；結合 [反] disunity (pl. unities)

▲The film lacks **unity**. 這電影缺乏整體性。

💡In unity there is strength. 【諺】團結就是力量。

---

25 verse

[vɝs]

n. [U] 韻文 <in> [同] poetry；[C] (詩、歌的) 節

▲This is a story written **in verse**. 這篇故事是用韻文寫成的。

▲Creating a song was not easy. It took me a whole day to

write the first **verse**! 創作歌曲不容易。我用一整天寫出第一節！

Unit 25

1	**assistant**	n. [C] 助理，助手

assistant
[ə`sɪstənt]

n. [C] 助理，助手

▲Clare had her **assistant** demonstrate the latest smartwatch to the clients. Clare 請她的助理向客戶們示範最新款的智慧手錶。

assistant
[ə`sɪstənt]

adj. 輔助的，副的

▲Fiona has been promoted to **assistant manager**.
Fiona 已經被升職為副理。

---

2 **bud**
[bʌd]

n. [C] 新芽 <in>；花蕾

▲The trees in the park were **in bud** in early spring.
公園裡的樹在初春時長出新芽。

▲The roses finally **came into bud**. 這些玫瑰終於長出花蕾。

bud
[bʌd]

v. 發芽 (budded | budded | budding)

▲Many plants begin to **bud** in spring. 許多植物在春天開始發芽。

---

3 **chop**
[tʃɑp]

n. [C] (帶骨的豬或羊) 排

▲The restaurant's signature dish is grilled **lamb chop**.
這間餐廳的招牌菜是烤羊排。

chop
[tʃɑp]

v. 砍，劈；切碎 (chopped | chopped | chopping)

▲To keep warm, the hunter **chopped** wood to make a fire.
為了保暖，獵人砍木材來生火。

▲All the carrots must be **chopped into** small pieces, so the kids won't choke on them.
所有的胡蘿蔔都必須切成小塊，這樣孩子才不會噎到。

---

4 **crane**
[kren]

n. [C] 起重機；鶴

▲The **crane driver** operated the **crane** to move the container. 起重機駕駛操作起重機來移動貨櫃。

crane
[kren]

v. 伸長脖子

▲The kid **craned** his neck to see the parade.
這名小孩子伸長脖子看遊行。

5 **dolphin**
['dɑlfɪn]

n. [C] 海豚

▲**A school of dolphins** is leaping out of the water.
一群海豚正從水面跳出。

---

6 **feather**
['fɛðɚ]

n. [C] 羽毛

▲The little girl tickled her father's feet with a **feather**.
這小女孩用羽毛搔她父親的腳底。

💡be as light as a feather (重量) 非常輕的 |
a feather in your cap 可引以為傲的成就 |
birds of a feather (flock together) 物以類聚

---

7 **geography**
[dʒi`ɑgrəfɪ]

n. [U] 地理學；(某地區的) 地理，地形

▲Vincent is interested in **human geography** rather than **physical geography**. Vincent 喜歡人文地理而非自然地理。

▲The **geography** of Taiwan is diverse. 臺灣的地形很多元。

---

8 **greenhouse**
['grin,haʊs]

n. [C] 溫室

▲The farmer grows some vegetables in the **greenhouse**.
這農夫在溫室裡種一些蔬菜。

💡the greenhouse effect 溫室效應 |
greenhouse gas 溫室氣體 (尤指二氧化碳)

---

9 **historian**
[hɪs`torɪən]

n. [C] 歷史學家

▲The **historian** will give a lecture on the civilization of ancient Rome. 這位歷史學家將發表有關古羅馬文化的演說。

---

10 **hunger**
['hʌŋgɚ]

n. [U] 飢餓 [同] starvation；[C] 渴望

▲The student felt **faint from hunger**.
這名學生因為飢餓感到暈眩。

▲The business man has **a hunger for** success.
這位商人有股對成功的渴望。

💡die of hunger 死於飢餓

hunger
['hʌŋgɚ]

v. 渴望 <for, after>

▲The nation **hungers for** an economic recovery.
國民渴望經濟復甦。

---

11 **knight**

[naɪt]

n. [C] 騎士

▲The **knight** finally killed the evil king at the end of the story.

在故事的結尾，騎士終於殺了那個邪惡的國王。

knight

[naɪt]

v. 授與爵位

▲Jane was **knighted for** her services to the community.

Jane 因為對社會的貢獻而被授與爵位。

---

12 **lemonade**

[ˌlɛmən`ed]

n. [U] 檸檬汁

▲This homemade **lemonade** is really fresh.

這個自製檸檬水很爽口。

---

13 **mathematical**

[ˌmæθə`mætɪk!]

adj. 數學的

▲Richard is considered a **mathematical** genius.

Richard 被認為是數學天才。

---

14 **nap**

[næp]

n. [C] 小睡，打盹 [同] snooze

▲Ella usually **takes a nap** after lunch.

Ella 通常午餐後會小睡片刻。

nap

[næp]

v. 小睡，打盹 (napped｜napped｜napping)

▲Glen **napped** for an hour after he came home from school.

Glen 放學回家後小睡了一個小時。

---

15 **outdoors**

[ˌaʊt`dorz]

adv. 在戶外 [反] indoors

▲The rock concert was held **outdoors** last night.

這場搖滾音樂會昨晚在戶外舉行。

---

16 **pill**

[pɪl]

n. [C] 藥丸，藥片

▲Mr. Lee has to **take pills** to control his blood pressure every day. 李先生必須每天服用藥丸來控制他的血壓。

💡 sleeping/vitamin pill 安眠藥／維他命藥丸｜
sugar/sweeten the pill 緩和情況

---

17 **rag**

[ræg]

n. [C] 破布；[pl.] 破爛的衣服 (～s) <in>

▲Mary used a **rag** to clean the floor. Mary 用一塊破布擦地板。

▲The beggar was dressed **in rags**, begging for money.

這乞丐穿著破爛的衣服在乞討。

---

18 resist

[rɪˋzɪst]

v. 抵制，反抗 [同] oppose；抗拒 (誘惑等)

▲Many people strongly **resisted** raising income tax.
許多人強力抵制所得稅調漲。

▲Some people cannot **resist** the urge to buy things.
有些人無法抗拒買東西的衝動。

19 sausage

[ˋsɔsɪdʒ]

n. [C][U] 香腸

▲Jacob had some scrambled eggs, mushrooms, and **sausages** for breakfast. Jacob 早餐吃一些炒蛋、蘑菇和香腸。

20 ski

[ski]

n. [C] 滑雪板 (pl. skis, ski)

▲Tom brought his **skis** with him. Tom 帶著滑雪板。

ski

[ski]

v. 滑雪

▲Tom wants to **go skiing**. Tom 想要去滑雪。

21 steal

[stil]

v. 偷竊 (stole | stolen | stealing)

▲The best-selling author was accused of **stealing** ideas from the book. 這位暢銷書作家被控告偷竊該書的內容。

22 stormy

[ˋstɔrmɪ]

adj. 暴風雨的；激烈的 (stormier | stormiest)

▲As the typhoon approaches, a **stormy** wind starts to blow.
隨著颱風接近，暴風雨般的風開始吹。

▲After a **stormy** discussion, we finally reached a conclusion.
激烈討論後，我們終於達成結論。

23 terrific

[təˋrɪfɪk]

adj. 很棒的

▲Tommy looks **terrific** today. Tommy 今天看起來棒極了。

24 vest

[vɛst]

n. [C] 背心

▲The old man likes to wear a wool **vest** to keep warm.
這老人喜歡穿羊毛背心來保持溫暖。

25 wage

[wedʒ]

n. [C] (計時工資、日薪) 工資 (usu. pl.) [同] pay

▲The laborers demanded higher **wages** because of long working hours. 工人們因為工時長而要求更高的工資。

Unit 26

1 automobile
[`ɔtəmo,bil]

n. [C] 汽車

▲The **automobile** industry in this country is growing faster than any other country in the world.

這個國家汽車工業的增長速度勝過世界上任何其他國家。

2 buffalo
[`bʌfəlo]

n. [C] 水牛 (pl. buffaloes, buffalo)

▲My grandparents raise some **buffaloes** on the farm.

我的祖父母在農場裡飼養一些水牛。

3 cigarette
[`sɪgə,rɛt]

n. [C] 香菸

▲The woman lit a **cigarette** but soon put it out.

這女子點燃一支菸，但又很快把它弄熄。

4 crawl
[krɔl]

v. 爬行 <across>

▲The baby **crawled across** the floor on his hands and knees. 嬰兒在地板上爬來爬去。

💡be crawling with sb/sth 擠滿了…

crawl
[krɔl]

n. [sing.] 緩慢的速度

▲The traffic usually **slows to a crawl** at the last day of vacation. 在假期最後一天，交通狀況通常會比較緩慢。

5 doughnut
[`donət]

n. [C] 甜甜圈 (also donut)

▲We had **doughnuts** and latte for breakfast.

早餐我們吃甜甜圈和拿鐵咖啡。

6 firework
[`faɪr,wɝk]

n. [C] 煙火

▲The government **sets off fireworks** to celebrate the country's birthday. 政府施放煙火以慶祝國慶日。

💡firework display 煙火表演

7 glance
[glæns]

n. [C] 一瞥，掃視

▲**At first glance**, the fallen leaf looks like a cockroach.

乍看之下，這片落葉很像蟑螂。

💡take/give/have a glance (at sb) (對…) 匆匆一瞥

glance
[glæns]

v. 匆匆一瞥，掃視 <at, through>

▲The shy girl **glanced at** the boy she liked and ran away.

這個害羞的小女孩匆匆瞥一下她喜歡的男孩後就跑走了。

8 **grin**
[grɪn]

n. [C] 露齒的笑，咧嘴的笑

▲Luke gave me a **wide grin**. Luke 給我一個大大的笑容。

grin
[grɪn]

v. 露齒笑，咧嘴笑 <at> (grinned | grinned | grinning)

▲When I opened the door, my neighbor **grinned at** me.

當我打開門時，我的鄰居對我露齒笑。

💡 grin from ear to ear 笑得合不攏嘴 | grin and bear it 默默忍受

9 **holy**
[`holɪ]

adj. 神聖的 [同] divine, sacred (holier | holiest)

▲A church is considered to be **holy**. 教堂被認為是神聖的。

💡 Holy cow! 天啊！(表示驚訝、恐懼等)

10 **icy**
[`aɪsɪ]

adj. 結冰的；極冷的 [同] freezing (icier | iciest)

▲The roads became **icy** during the snowfall.

路面在下雪時結冰了。

▲When I opened the window, an **icy** wind blew in my face.

當我打開窗戶時，一陣寒風吹在我的臉上。

11 **knot**
[nɑt]

n. [C] (繩等的) 結

▲The clerk tied the ribbon in a beautiful **knot** and then attached it to the gift box.

店員把絲帶綁成一個美麗的結，然後再將它繫在禮盒上。

knot
[nɑt]

v. 打結 [反] untie (knotted | knotted | knotting)

▲Karen wore a silk scarf loosely **knotted** around her neck.

Karen 脖子上鬆鬆地繫著一條絲巾。

12 **lettuce**
[`lɛtəs]

n. [C][U] 萵苣，生菜

▲Would you like some **lettuce** on your sandwich?

你的三明治要加些生菜嗎？

13 **melon**
[`mɛlən]

n. [C] 甜瓜，香瓜

▲Debby ate a slice of **melon** for dessert.

Debby 點心吃了一片香瓜。

14 navy
['nevɪ]

n. [C] 海軍 (pl. navies)

▲Ronald joined the **navy** when he was twenty.
Ronald 在二十歲時加入海軍。

15 oven
['ʌvən]

n. [C] 烤箱

▲Check the turkey in the **oven** to see if it is cooked thoroughly. 看看烤箱裡的火雞是不是烤好了。

16 pint
[paɪnt]

n. [C] 品脫 (液量單位，美國：0.473 公升/1 品脫，英國：0.568 公升/1 品脫)

▲Please buy a **pint** of milk for me on your way home.
請你在回家路上幫我買一品脫的牛奶。

17 ray
[re]

n. [C] 光線；一線 (希望等) [同] glimmer

▲A **ray** of sunlight came through the dark cloud.
一道陽光從烏雲中透出來。

▲There is still a **ray** of hope that the missing hiker is alive.
失蹤的登山客仍有一絲活著的希望。

18 ripe
[raɪp]

adj. 成熟的 [同] mature [反] unripe (riper｜ripest)

▲Peaches turn sweet when they are **ripe**. 桃子熟了以後會變甜。

19 scale
[skel]

n. [U] 規模；[C] 磅秤 (also scales)

▲**The full scale of** the accident was reported in the morning news. 晨間新聞報導了這場意外的嚴重程度。

▲Put the flour on the **scale**, and you'll know how much it weighs. 將麵粉放在磅秤上，你就會知道它有多重。

20 skillful
['skɪlfəl]

adj. 熟練的

▲Most of the teenagers are **skillful** at using social media.
多數的青少年很會用社交媒體。

21 steam
[stim]

n. [U] 蒸氣

▲**Steam** is rising from the boiling soup. 蒸氣從煮沸的湯中冒出。

steam
[stim]

v. 冒著蒸氣，蒸

▲The kettle is **steaming** on the stove. 水壺在爐上冒著蒸氣。

22 **subtract**	**v.** 減去 [同] take away
[səb`trækt]	▲**Subtract** three **from** eight and you get five. 八減三得五。

23 **thankful**	**adj.** 感謝的 [同] grateful
[`θæŋkfəl]	▲I'm **thankful to** you **for** giving me this chance.
	我很感謝你給我這個機會。

24 **violet**	**adj.** 藍紫色的
[`vaɪəlɪt]	▲The actor has beautiful **violet** eyes.
	這名演員有一雙漂亮的藍紫色眼睛。
violet	**n.** [C] 紫羅蘭
[`vaɪəlɪt]	▲Grandma planted some **violets** in her garden, and the small purple flowers made it look great.
	奶奶在她的花園裡種一些紫羅蘭，這些紫色小花讓花園看起來很棒。

25 **warmth**	**n.** [U] 溫暖；親切，溫情
[wɔrmθ]	▲The **warmth** of the fire made me feel sleepy.
	溫暖的爐火使我覺得昏昏欲睡。
	▲The **warmth** of the welcome made Doris less nervous at the party. 熱情的歡迎讓 Doris 在派對中比較不緊張。

Unit 27

1 **avenue**	**n.** [C] 大道；方法，手段 [同] possibility
[`ævə,nju]	▲Fifth **Avenue** in New York City is famous for the luxurious shops along its two sides.
	紐約的第五大道因為兩旁的奢華商店而聞名。
	▲The countries explored every **avenue** to avoid war.
	各國尋求各種方法試圖避免戰爭。

2 **buffet**	**n.** [C] 歐式自助餐
[bʌ`fe]	▲To keep in shape, you had better not have all-you-can-eat **buffet** too often. 為了保持健康，你最好不要常吃吃到飽自助餐。

3	**cinema**	n. [C] 電影院 [同] movie theater
	[`sɪnəmə]	▲ What's on at the **cinema** now? 電影院現在正在上映什麼電影？
		💡 go to the cinema 去看電影

| 4 | **creator** | n. [C] 創作者 |
| | [krɪ`etɚ] | ▲ Jerry Siegel and Joe Shuster are the **creators** of Superman. 傑瑞西格爾和喬舒斯特是超人的創作者。 |

5	**drag**	v. 拉，拖 (dragged｜dragged｜dragging)
	[dræg]	▲ The boy **dragged** the heavy bag across the room.
		男孩拖著重重的袋子走過房間。
	drag	n. [sing.] 麻煩，瑣碎的事
	[dræg]	▲ An hour's commute to work is really a **drag**.
		花一小時通勤上班真是件麻煩事。
		💡 be a drag on sb/sth 拖累…，成為…的累贅

6	**flame**	n. [C][U] 火焰 <in>；強烈的情感
	[flem]	▲ The log cabin in the forest was **in flames**.
		森林裡的木屋熊熊燃燒起來。
		▲ When Joe first saw Emma, he felt **flames of** love burning in his heart. 當 Joe 第一次看到 Emma 時，他覺得心中燃起熊熊愛火。
		💡 burst into/put out the flames 燃起大火／熄滅火焰
	flame	v. 燃燒
	[flem]	▲ The car hit the utility pole and **flamed up**.
		轎車撞到電線桿並起火燃燒。

7	**glory**	n. [C] 榮耀或驕傲的事；[U] 榮耀 (pl. glories)
	[`glorɪ]	▲ The tall building was one of the **glories** of the city.
		這棟高樓曾是這座城市的一大驕傲。
		▲ The professional boxer won the championship and **covered himself in glory**. 這名職業拳擊手贏得冠軍後功成名就。

| 8 | **grocery** | n. [pl.] 食品雜貨 (-ries)；[C] 雜貨店 [同] grocery store (pl. groceries) |
| | [`grosərɪ] | ▲ Let's get some **groceries**. 去買些食品雜貨吧。 |

▲We got a bagful of bread, fruit and vegetables at the **grocery**. 我們在雜貨店買了滿滿一袋麵包、水果和蔬菜。

---

9 **horn**

[hɔrn]

n. [C] 角；喇叭

▲The rhinos are illegally hunted for their **horns**.

為了獲取犀牛角，犀牛遭受非法狩獵。

▲You are not allowed to **sound** your **horn** in this area.

你不可以在這個區域按汽車喇叭。

💡honk/beep/sound the horn 按喇叭

---

10 **import**

[ˋɪmpɔrt]

n. [C] 進口商品 [反] export

▲Some **imports** like fruits and vegetables have quite an impact on the local farmers.

一些進口產品，像是水果和蔬菜，對本地農夫造成了不小的衝擊。

import

[ɪmˋpɔrt]

v. 進口 <from> [反] export

▲Due to lack of natural resources, the country has to **import** oil, gas, and metals **from** other countries. 由於缺乏天然資源，這個國家必須從其他國家進口石油、天然氣和金屬。

---

11 **koala**

[ˋkoɑlə]

n. [C] 無尾熊

▲**Koalas** are fed on eucalyptus leaves.

無尾熊以尤加利葉為主食。

---

12 **lick**

[lɪk]

v. 舔

▲The cat **licked** the plate clean. 這隻貓把盤子舔乾淨。

lick

[lɪk]

n. [C] 舔一下

▲May I have **a lick of** the honey? 我能不能嘗一口這個蜂蜜？

---

13 **melt**

[mɛlt]

v. 融化

▲The snow **melted** in the sunlight. 雪在陽光下融化了。

---

14 **outline**

[ˋaʊtˏlaɪn]

n. [C] 輪廓；大綱

▲The teacher told the boy to draw an **outline** of the house and then give it colors.

老師叫男孩先畫出房子的輪廓，然後再上色。

▲The speaker is going to write an **outline** of his speech tonight. 講者今晚要寫演講的大綱。

outline

[ˋaʊtˏlaɪn]

v. 勾畫…的輪廓；概述 [同] sketch

▲Sue **outlined** the map of Taiwan on the blackboard.

Sue 在黑板上畫出臺灣地圖的輪廓。

▲The boss **outlined** his vision for the future of his company in the business plan.

這位老闆在營運計畫書中概述他對公司未來的願景。

---

15 **owl**

[aʊl]

n. [C] 貓頭鷹

▲Lisa is a **night owl**. She always binge-watches the latest television season at night.

Lisa 是個夜貓子。她總在晚上追最新的電視劇。

---

16 **pit**

[pɪt]

n. [C] 深坑，深洞

▲The cyclist fell into a **pit** by accident.

這個自行車騎士不小心掉到深洞裡。

---

17 **recorder**

[rɪˋkɔrdɚ]

n. [C] 錄音機；錄影機

▲**Tape recorders** had been replaced by CD players.

錄音機已被 CD 播放器取代。

▲The man doesn't know how to operate the **video cassette recorder**. 這男子不會操作這臺錄放影機。

---

18 **rot**

[rɑt]

v. 腐爛 <away> [同] decompose (rotted | rotted | rotting)

▲The fallen leaves **rotted away** and surrendered their nutrients to the soil. 落葉逐漸腐爛，將養分釋放至土壤中。

💡 rot in jail/prison 飽受牢獄之苦

rot

[rɑt]

n. [U] 腐壞，腐朽

▲The damp has resulted in the **rot** of furniture.

潮溼導致家具腐壞。

💡 stop the rot 阻止事態惡化

19 **scarf**

[skɑrf]

n. [C] 圍巾 (pl. scarves)

▲Eric bought a **silk scarf** for his girlfriend as her birthday gift.
Eric 買了一條絲質圍巾給他女朋友當生日禮物。

20 **sleeve**

[sliv]

n. [C] 袖子

▲The worker **rolled up** her **sleeves** and began to work.
工人捲起袖子開始工作。

21 **steep**

[stip]

adj. (斜坡) 陡峭的；(價格) 大起大落的

▲The tower stands on the **steep** hill; it is not easy to reach there. 那座塔座落在險峻的山坡上；要到那裡不容易。

▲There is a **steep** rise in oil prices now. 油價目前大漲中。

22 **suburb**

[ˋsʌbɝb]

n. [C] 郊區

▲Yokohama is a **suburb** of Tokyo. 橫濱位於東京的郊區。

💡the suburbs 郊區，城外

23 **thirst**

[θɝst]

n. [sing.] 口渴；渴望 <for> [同] craving

▲After a workout, water is the best drink to quench your **thirst**. 水是運動後解渴的最佳飲品。

▲The teacher hopes every student has **a thirst for** knowledge. 老師希望每位學生有強烈的求知慾。

24 **volleyball**

[ˋvɑlɪˏbɔl]

n. [C][U] 排球 (運動)

▲In recent years, there have been more and more people showing interest in **volleyball**.
近幾年來，有越來越多人對排球感興趣。

25 **waterfall**

[ˋwɑtɚˏfɔl]

n. [C] 瀑布

▲The tourists came in sight of a great **waterfall**.
遊客們到可看見大瀑布的地方。

Unit 28

1	**awaken** [əˋwekən]	v. 喚起 <to> ▲People must be **awakened to** the danger of being overweight. 人們必須意識到體重過重的危險。
2	**bulb** [bʌlb]	n. [C] 電燈泡 ▲The lamp takes a 20-watt **bulb**. 這盞燈用的是二十瓦的燈泡。
3	**circus** [ˋsɝkəs]	n. [C] 馬戲團 (the ～) ▲The children are excited about going to **the circus**. 小孩子們對要去馬戲團感到很興奮。
4	**cruel** [ˋkruəl]	adj. 殘忍的 <to> ▲That man is **cruel to** his dog. 那個男人對他的狗很殘忍。
5	**dragonfly** [ˋdrægən͵flaɪ]	n. [C] 蜻蜓 (pl. dragonflies) ▲The professor specializes in the study of **dragonflies**. 這位教授專門從事蜻蜓的研究。
6	**flashlight** [ˋflæʃ͵laɪt]	n. [C] 手電筒 ▲I walked in the dark woods with a **flashlight** in my hand. 我拿著手電筒走在黑暗的樹林中。
7	**glow** [glo]	n. [sing.] 光亮；喜悅，滿足 <of> ▲The room was in complete darkness, except for a dim **glow** from my smartphone. 房間一片漆黑，只有我智慧型手機發出的微弱光亮。 ▲The hiker felt **a glow of** satisfaction when he reached the summit. 登山客到達山頂後覺得有滿足感。
	glow [glo]	v. 發光 ▲The fireflies are **glowing in the dark**. 螢火蟲在黑暗中發光。
8	**gum** [gʌm]	n. [U] 口香糖 [同] chewing gum；[C] 牙齦 (usu. pl.) ▲It is said that **chewing gum** is forbidden in Singapore. 據說口香糖在新加坡是被禁止的。 ▲You should brush your teeth regularly to keep your **gums** healthy. 你應該定期刷牙以保持牙齦健康。

9 hourly

['aʊrlɪ]

adj. 每小時的

▲Normally a lawyer charges an **hourly** fee for giving legal advice. 通常請律師給法律建議要按小時收費。

hourly

['aʊrlɪ]

adv. 每小時地

▲The trains run **hourly**. 火車一小時來一班。

10 indoor

['ɪn,dor]

adj. 室內的 [反] outdoor

▲Table tennis is an **indoor** sport. 乒乓球是室內運動。

11 lace

[les]

n. [U] 花邊，蕾絲；[C] 鞋帶 (usu. pl.) [同] shoelace

▲Some girls like to wear skirts with beautiful **lace**.

有一些女孩喜歡穿有漂亮花邊的裙子。

▲The little boy cannot tie his **shoe laces**.

這個小男孩不會繫鞋帶。

lace

[les]

v. 繫緊 <up>；摻少量的酒、毒藥等 <with>

▲The man bent over to **lace up** his shoes.

這名男子彎腰繫緊鞋帶。

▲I **laced** my Coke **with** whiskey.

我在我的可樂裡面摻了一些威士忌。

12 loaf

[lof]

n. [C] 一條 (麵包) (pl. loaves)

▲My mother baked three **loaves** of bread. 媽媽烤了三條麵包。

13 mend

[mɛnd]

v. 修補 [同] fix

▲The roof is leaking, so some workers are busy **mending** it.

屋頂漏水，所以一些工人正在忙於修補。

💡 mend sb's ways …改過自新 |

mend (sb's) fences with sb 與…重修舊好

14 overseas

[,ovɚ'siz]

adv. 在海外 [同] abroad

▲Many people travel **overseas** on their holidays.

很多人在假期期間去海外旅行。

overseas

[,ovɚ'siz]

adj. 海外的

▲We have many **overseas students** at our university.

我們的大學裡有很多外國學生。

15 ox

[ɑks]

n. [C] (食用、勞役用的) 閹公牛 (pl. oxen)

▲The farmers used to keep a lot of **oxen** for plow.

農夫們過去養很多牛來耕作。

---

16 playful

[ˋplefəl]

adj. 愛玩的

▲Dodo is a **playful** little dog. He is very friendly toward human. Dodo 是隻愛玩的小狗。他非常親人。

---

17 rectangle

[ˋrɛktæŋgl]

n. [C] 長方形

▲The math teacher drew a **rectangle** on the blackboard.

數學老師在黑板上畫了一個長方形。

---

18 rumor

[ˋrumɚ]

n. [C][U] 謠言

▲**Rumor has it that** the mayor will resign. 謠傳市長將要辭職。

💡 start/spread a rumor 造謠／散布謠言

rumor

[ˋrumɚ]

v. 謠傳

▲**It's widely rumored** that the CEO will be fired.

到處謠傳執行長要被資遣了。

---

19 scissors

[ˋsɪzɚz]

n. [pl.] 剪刀

▲Be careful. This pair of **scissors** is very sharp.

小心一點。這把剪刀很銳利。

💡 nail scissors 指甲剪

---

20 slender

[ˋslɛndɚ]

adj. 苗條的，修長的 [同] slim

▲This model has a **slender figure** and confidence.

這位模特兒身材苗條並且有自信。

---

21 stiff

[stɪf]

adj. 僵硬的；嚴厲的

▲Sitting at a computer all day gave me a **stiff neck**.

整天坐在電腦前讓我的脖子僵硬。

▲Roy received a **stiff** punishment for cheating in the exam.

Roy 因考試作弊而受到嚴厲的處罰。

stiff

[stɪf]

adv. 非常，極其

▲I am **bored stiff**. The movie is awful.

我覺得非常無聊。這部電影很糟。

22 suck

[sʌk]

v. 吸吮

▲Stop **sucking** your thumb. 不要吸吮你的拇指了。

suck

[sʌk]

n. [C] 吸吮 (usu. sing.)

▲The kitten is taking its **suck** of milk. 這隻小貓正在吸奶。

23 thread

[θrɛd]

n. [C][U] 線

▲My grandmother sewed the skirt with cotton **thread**.

我奶奶用棉線縫製裙子。

thread

[θrɛd]

v. 穿線

▲My father put on his glasses and **threaded** a needle.

我爸爸戴上眼鏡，把針穿了線。

24 voter

[`votɚ]

n. [C] 選民

▲Most of the **voters** are willing to poll and elect a new leader. 多數選民願意去投票並選出新的領導者。

25 weapon

[`wɛpən]

n. [C] 武器

▲Silence is sometimes the most effective **weapon**.

沉默有時候是最有效的武器。

💡nuclear/atomic weapons 核子武器

Unit 29

1 baggage

[`bægɪdʒ]

n. [U] 行李 [同] luggage, suitcase

▲The passenger paid for his **excess baggage**.

這位乘客為超重行李付費。

💡a piece of baggage 一件行李

2 bull

[bʊl]

n. [C] (未閹割的) 公牛

▲Part of Peter's job is to milk the cows and feed the **bulls** on the farm. 在農場裡擠牛奶和餵公牛是 Peter 的工作之一。

3 clay

[kle]

n. [U] 黏土，陶土

▲The child broke a **clay pot** accidentally.

這個小孩不小心打破一個陶罐。

4 **dam**

[dæm]

n. [C] 水壩

▲**Hoover Dam** is one of the famous tourist attractions in the United States. 胡佛水壩是美國其中一個知名景點。

dam

[dæm]

v. 築壩 (dammed | dammed | damming)

▲The government planned to **dam** Yangtze River.

政府計劃在揚子江 (長江) 上建築水壩。

5 **drip**

[drɪp]

n. [sing.] 滴水聲

▲I heard the **drip** of the rain from the roof which kept me awake all night. 我聽到雨從屋頂滴下來的聲音，這讓我徹夜未眠。

drip

[drɪp]

v. 滴下 (dripped | dripped | dripping)

▲Because of the downpour, Theo's clothes are soaking wet and even his hair is **dripping**.

因為突然的傾盆大雨，Theo 的衣服溼透了，甚至連頭髮也在滴水。

6 **flesh**

[flɛʃ]

n. [U] (人或動物的) 肉；果肉

▲Tigers and lions live on **flesh**. 老虎和獅子是肉食性動物。

▲The **flesh** of the mango is very sweet. 這芒果果肉非常甜。

7 **golf**

[gɔlf]

n. [U] 高爾夫球

▲Henry spends most of his free time **playing golf**.

Henry 把大部分的休閒時間花在打高爾夫球上。

golf

[gɔlf]

v. 打高爾夫球

8 **hairdresser**

[`hɛr,drɛsɚ]

n. [C] 美髮師

▲Do you think I should go to the **hairdresser** to dye my hair brown? 你認為我應該去美髮師那裡把頭髮染成咖啡色嗎？

9 **housekeeper**

[`haʊs,kipɚ]

n. [C] 女管家；(旅館、醫院等的) 清潔人員

▲Mrs. Wang doesn't have to worry about housework because she has a **housekeeper**.

王太太不需要擔心家務，因為她有女管家。

▲The guest asked the **housekeeper** to give him a clean towel. 這房客要求旅館的清潔人員給他一條乾淨的毛巾。

10 inner

[`ɪnɚ]

adj. 內部的；內心的

▲It is safer to keep your wallet in the **inner** pocket of your jacket. 把皮夾放在你外套內裡的口袋比較安全。

▲You should listen to your **inner voice**.

你應該傾聽你內心的聲音。

11 laughter

[`læftɚ]

n. [U] 笑，笑聲

▲My classmates **burst into laughter**. 我的同學們突然大笑。

💡roar/scream with laughter 大笑｜

Laughter is the best medicine. 【諺】笑是最佳良藥。

12 locate

[`loket]

v. 找到⋯的地點；設置 [同] site

▲The police finally **located** the missing boy.

警察終於找到失蹤的男孩。

▲Our school **is located near** the train station.

我們學校位在火車站附近。

13 merry

[`mɛrɪ]

adj. 快樂的 [同] cheery (merrier｜merriest)

▲Sandra is singing a **merry tune**. Sandra 正唱著快樂的曲調。

14 owe

[o]

v. 欠 (錢)；將⋯歸功於 <to>

▲Janet **owed** me NT$300 **for** the train ticket.

Janet 欠我火車票錢新臺幣三百元。

▲The pianist **owed** his success **to** his parents and wife.

這位鋼琴家將他的成功歸功於他的父母和妻子。

💡owe sb an explanation/apology 虧欠⋯解釋／道歉

15 pal

[pæl]

n. [C] 朋友，夥伴

▲Jamie has been my best **pal** since childhood.

Jamie 自童年起就是我最好的朋友。

💡pen/cyber pal 筆／網友

16 plug

[plʌg]

n. [C] 插頭；塞子

▲It is safer to take out the **plug** when you don't use the charger. 你不使用充電器時把插頭拔掉比較安全。

▲My sister pulled out the **plug** to drain the water from the sink. 我姊姊把塞子拿起來以讓水槽的水排掉。

plug

[plʌg]

| v. | 堵住，塞住 (plugged｜plugged｜plugging)

▲Some leaves **plugged up** the drainpipe.

一些葉子堵住排水管了。

---

17 **regret**

[rɪˋgrɛt]

| v. | 感到遺憾，後悔 (regretted｜regretted｜regretting)

▲Mandy doesn't **regret** giving up the chance of studying abroad. Mandy 不後悔放棄這個出國念書的機會。

regret

[rɪˋgrɛt]

| n. | [C][U] 遺憾，後悔 <at, for>

▲The boss **expressed deep regret for** the factory closures.

老闆對於工廠的關閉深感遺憾。

💡with regret 遺憾地｜to sb's regret 令⋯遺憾的是

---

18 **satisfactory**

[͵sætɪsˋfæktrɪ]

| adj. | 令人滿意的 [同] acceptable [反] unsatisfactory

▲The teacher didn't think my report **satisfactory** and told me to write it again. 老師不滿意我的報告，叫我再重寫一次。

---

19 **scout**

[skaʊt]

| n. | [C] 童子軍成員；星探

▲As a **scout**, Anthony has learned some survival skills.

身為童子軍，Anthony 學過一些求生技巧。

▲The man was spotted by a **scout** because of his talent for singing. 那男子因為歌唱的天分而被星探發掘。

scout

[skaʊt]

| v. | 偵查 <for>；尋找 <for>

▲The camper is **scouting for** a place to pitch camp.

這位露營者在偵查搜尋地方紮營。

▲The team is **scouting for** a new pitcher.

該球隊在尋找物色新投手。

---

20 **slice**

[slaɪs]

| n. | [C] (切下食物的) 薄片 <of>

▲Can I have **a slice of** beef? 我可以吃一片牛肉嗎？

💡cut sth into slices 將⋯切成薄片

slice

[slaɪs]

| v. | 把⋯切成薄片

▲Patty **sliced** some bread and tomatoes to make sandwich.

Patty 把麵包和番茄切成薄片以做三明治。

21 **studio**

[ˋstjudɪͺo]

n. [C] 攝影棚；錄音室 (pl. studios)

▲The director showed us around the **studio**.
導演帶我們參觀攝影棚。

▲Many of the pop singer's albums were recorded in this **studio**. 這位流行歌手的許多專輯是在這個錄音室錄製的。

22 **sum**

[sʌm]

n. [C] 金額

▲Josh spent a large **sum** of money on clothes and shoes.
Josh 花一大筆錢在衣服和鞋子上。

sum

[sʌm]

v. 總結，概述 <up> (summed | summed | summing)

▲The writer **summed up** the main ideas in the last chapter.
作者在最後一個章節總結主要的觀念。

💡to sum up 總而言之

23 **thumb**

[θʌm]

n. [C] 拇指

▲The cook accidentally cut her **thumb** when she sliced the mushrooms. 這位廚師將蘑菇切片時不小心劃傷拇指。

💡be all thumbs 笨手笨腳的 | under sb's thumb 受制於⋯之下

thumb

[θʌm]

v. 用拇指作手勢

▲The boy **thumbed** a ride to town. 那男孩搭便車到鎮上。

24 **wagon**

[ˋwægən]

n. [C] 四輪貨運馬車

▲In some movies, we can see people traveling in **wagons**.
在一些電影中，我們可以看見人們搭乘四輪貨運馬車旅行。

25 **weave**

[wiv]

v. 編織 [同] knit；(融合不同的事物) 編寫 (wove, weaved | woven, weaved | weaving)

▲In ancient times, women should learn how to **weave** clothes before they got married.
古時候，女人要在結婚前學會如何編織衣服。

▲The author **wove** some of his childhood experiences into his new book. 這位作家在他的新書中寫入一些他小時候的經驗。

weave

[wiv]

n. [C] 編法 (usu. sing.)

▲The vest has **a tight weave**. 這背心有密實的織法。

Unit 30

1 bait
[bet]

n. [U] 餌;誘惑物

▲Jerry likes fishing and often uses worms as **bait**.
Jerry 喜歡釣魚且通常用蟲當餌。

▲The salesman tried to talk me into buying a new computer by offering gifts, but I wouldn't **take the bait**. 售貨員答應送我許多贈品來試著遊說我買一臺新電腦,但是我不會上鉤。

bait
[bet]

v. 裝誘餌

▲The hunter **baited** the trap for rabbits.
這位獵人在捕兔器上裝誘餌。

2 bullet
[`bʊlɪt]

n. [C] 子彈

▲The **bullet** hit the robber in the leg. 子彈射中搶匪的大腿。

💡fire/shoot a bullet (開槍) 射了一發子彈

3 closet
[`klɑzɪt]

n. [C] 櫥櫃

▲My **closet** is full of clothes. 我的衣櫃裡滿滿都是衣服。

4 dare
[dɛr]

aux. 敢於

▲The students **dare** not break the class rules again for fear of being punished. 這群學生因為害怕被懲罰而不敢再違反班規。

dare
[dɛr]

v. 敢於

▲The shy boy doesn't **dare** to ask the girl out.
這個害羞的男孩不敢約這女孩出去。

dare
[dɛr]

n. [C] 在激將法下做出的事

▲Simon gets on a roller coaster **on a dare**.
Simon 受到激將登上雲霄飛車。

5 drown
[draʊn]

v. 淹死,溺死

▲The kid fell into the river and was **drowned** in it.
那孩子掉進河裡被淹死了。

6 **flour**

[flaʊr]

n. [U] 麵粉

▲Bread is made from **flour**. 麵包是麵粉做的。

---

7 **gossip**

[`gɑsəp]

n. [U] 閒話，流言蜚語

▲The colleagues **exchanged** a few **juicy pieces of** office **gossip** during lunch break.

同事們在午休時交流一些辦公室內有趣的八卦新聞。

💡exchange/spread gossip 交流／傳播八卦｜a piece of gossip 一則流言｜hot/juicy/interesting gossip 特別有趣的八卦

gossip

[`gɑsəp]

v. 散布流言 <about>

▲The people in the town are **gossiping about** the new lover of the old man. 鎮上的人民都在散布關於這位老翁新歡的流言。

---

8 **hallway**

[`hɔl,we]

n. [C] 走廊，玄關

▲The **hallway** leading to my bedroom is lined with framed photos of my family.

通往我的臥室的走廊兩旁排列著裱框的家人照片。

---

9 **hug**

[hʌg]

n. [C] 擁抱 [同] embrace

▲As soon as the grandmother saw her grandson, she **gave** him **a big hug**. 祖母一看見她的孫子就給他一個大大的擁抱。

hug

[hʌg]

v. 擁抱 [同] embrace (hugged｜hugged｜hugging)

▲The little girl **hugged** her doll **tightly**.

這個小女孩緊緊地抱住她的娃娃。

---

10 **innocent**

[`ɪnəsn̩t]

adj. 無罪的 <of> [反] guilty；天真的 [同] naive

▲The man was released when he was found **innocent of** any crime. 這名男子被判無罪的時候，他就獲釋了。

▲They are **innocent** children knowing nothing about the evil.

他們是天真無邪的孩子，對邪惡一無所知。

---

11 **laundry**

[`lɔndrɪ]

n. [C] 洗衣店；[U] 待洗的衣物 (pl. laundries)

▲My husband always has his suits dry-cleaned in the **laundry**. 我丈夫總是把他的西裝送到洗衣店去乾洗。

▲The housewife is going to **do the laundry** today.

這位家庭主婦今天要洗衣服。

| 12 | **log** | n. | [C] 原木，木材 |

[lɔg]

▲Let's put another **log** on the fire. 我們再放一塊木頭進火裡吧。

log

v. 伐 (木)，砍 (樹) (logged｜logged｜logging)

[lɔg]

▲The rainforests around the world are being **logged** for paper. 世界各地的熱帶雨林正被砍伐以供應紙張的需要。

| 13 | **mess** | n. | [C][U] 髒亂；[sing.] 混亂局面，困境 |

[mɛs]

▲My friend always **makes a mess** in the kitchen when he tries to cook. 我朋友要煮飯時，總是把廚房弄得亂七八糟。

▲Tom is always getting into trouble. His life is a **mess**.

Tom 總是惹麻煩。他的生活一團糟。

mess

v. 弄髒 <up>

[mɛs]

▲I spent hours cleaning up the house, but it took my children only a few minutes to **mess** it **up**. 我花了好幾個小時打掃房子，但是我的小孩只花了幾分鐘就把它弄亂了。

💡 mess about/around 浪費時間

| 14 | **pad** | n. | [C] 護墊；便條本 [同] notebook |

[pæd]

▲The soccer player is wearing knee **pads** to protect his knees. 這位足球員穿著護膝以保護他的膝蓋。

▲The writer always carries a **pad** with him so that he can write down good ideas that come up.

那位作家總是隨身攜帶一本便條紙，以便把想到的好點子記下來。

pad

v. (用軟物) 填塞 (padded｜padded｜padding)

[pæd]

▲The seats are **padded with** foam. 這些座椅被填塞了海綿乳膠。

| 15 | **pancake** | n. | [C] 薄煎餅 |

[ˋpænˌkek]

▲Jenny likes to have **pancakes** for breakfast.

Jenny 喜歡早餐吃薄煎餅。

| 16 | **politician** | n. | [C] 政客，從政者 |

[ˌpɑləˋtɪʃən]

▲The scandal of taking bribes ruined the career of the **politician**. 收賄醜聞毀了這政客的事業。

17 restrict

[rɪ`strɪkt]

v. 限制 <to>

▲The government announced policy to **restrict** freedom of movement into the country. 政府宣布限制自由入境的政策。

18 saving

[`sevɪŋ]

n. [pl.] 存款，儲蓄金 (～s)

▲You should deposit your **savings** in a **savings account**.
你應該把存款存入銀行的儲蓄帳戶裡。

19 screw

[skru]

v. 用螺絲固定 <to>

▲Tom **screwed** a picture **to** the wall.

Tom 用螺絲把畫作固定在牆上。

💡screw sth up 把…搞砸｜screw up sb's courage …鼓起勇氣

screw

[skru]

n. [C] 螺絲

▲I tightened the **screw** with a screwdriver.

我用螺絲起子鎖緊螺絲。

20 slope

[slop]

n. [C] 斜坡 [同] incline；山坡

▲The elementary school near my house is built on a **slope**.
我家附近的小學建造在一個斜坡上。

▲The village is on the eastern **slope** of the mountain.
那座村莊位於山的東坡上。

21 summary

[`sʌmərɪ]

n. [C] 概述，摘要 (pl. summaries)

▲The teacher asked us to read the article and then write a **summary** of it. 老師要求我們看這篇文章，然後寫此文章的摘要。

22 suspicion

[sə`spɪʃən]

n. [C][U] 疑心，猜疑；嫌疑

▲Her boyfriend's strange behavior aroused Melissa's **suspicion**. 她男友奇怪的行為舉止引起了 Melissa 的疑心。

▲The man is **under suspicion of** stealing. 這名男子涉嫌偷竊。

💡on/under/above/beyond suspicion 有／沒有嫌疑

23 tighten

[`taɪtn̩]

v. 拉緊 [反] loosen

▲I **tightened** the strings on the guitar. 我把吉他的弦拉緊。

💡tighten sth up 使…更嚴格｜tighten sb's belt …勒緊腰帶，省吃儉用

24 **wander**

[ˋwɑndɚ]

v. 遊蕩 <around>；(思想) 游離，心不在焉

▲The homeless man **wanders around** the street every day.

這個無家可歸的男人每天都在這條街上遊蕩。

▲Steven's mind began to **wander** halfway through the meeting. Steven 在會議進行一半的時候就開始心不在焉。

wander

[ˋwɑndɚ]

n. [sing.] 遊蕩

▲The tourists **had a wander** around this ancient city.

這群遊客在這個古老的城市遊蕩了一番。

---

25 **wipe**

[waɪp]

v. 擦拭，擦乾 <with, on>

▲The girl **wiped** her dirty hands **with** a wet towel.

這女孩用溼毛巾擦她弄髒的手。

💡 wipe sth off/from... 從⋯擦去 (灰塵或液體等)

wipe

[waɪp]

n. [C] 擦，拭

▲You need to **give** the dusty windows **a** quick **wipe** so that we can see the views outside clearly.

你得擦一下布滿灰塵的窗戶，我們才能清楚看得到窗外的風景。

Unit 31

1 **barn**

[bɑrn]

n. [C] 穀倉

▲The farmer stored hay and some tools in the **barn**.

農夫將乾草和一些工具儲存在穀倉裡。

---

2 **bunch**

[bʌntʃ]

n. [C] 串，束

▲Buck gave his girlfriend **a bunch of** roses.

Buck 送他的女友一束玫瑰。

---

3 **clothe**

[kloð]

v. 使穿衣服 [同] dress

▲The models were **clothed** in the latest fashion.

模特兒們穿著最流行的時裝。

---

4 **darling**

[ˋdɑrlɪŋ]

n. [C] 親愛的人，寶貝

▲My **darling**, I love you very much. 寶貝，我非常愛你。

darling

[`dɑrlɪŋ]

adj. 親愛的；可愛的

▲Peter is my **darling** son. I won't let anyone hurt him.
Peter 是我親愛的兒子。我不會讓任何人傷害他。

▲Amy is saving up to buy a **darling** apartment in the downtown. Amy 正在存錢買一間在市區的可愛公寓。

5 **drugstore**

[`drʌɡ,stor]

n. [C] 藥妝店

▲Many tourists buy medicine and cosmetics at **drugstores** in Japan. 許多觀光客在日本的藥妝店購買藥品和化妝品。

6 **flute**

[flut]

n. [C] 長笛

▲John plays the **flute** in the orchestra.
John 在交響樂團中吹奏長笛。

7 **grasshopper**

[`ɡræs,hɑpɚ]

n. [C] 蚱蜢

▲Most **grasshoppers** feed on crops.
大部分的蚱蜢以農作物為食。

8 **hammer**

[`hæmɚ]

n. [C] 鎚子

▲The paintings **went under the hammer** at an auction.
這些畫被拍賣。

hammer

[`hæmɚ]

v. 用鎚子敲打；敲擊 [同] pound

▲The carpenter is **hammering** the nail into the board.
木工師傅正把釘子釘在木板上。

▲Someone **hammered** at the door while I was asleep last night. 我昨晚睡覺時，有人來敲門。

💡hammer sth into sb 向…灌輸… | hammer out 充分討論出 (結果)

9 **hum**

[hʌm]

v. 嗡嗡作響；哼歌 (hummed | hummed | humming)

▲I heard bees **humming** around flowers in the park yesterday. 我昨天聽到蜜蜂在公園的花叢嗡嗡叫。

▲The man **hummed** his baby to sleep. 男子哼歌哄寶寶入睡。

10 jail

[dʒel]

n. [C] 監獄

▲The man spent 10 years in **jail** for robbery.

這名男子因為搶劫而入獄十年。

💡be put in/sent to jail 關入監獄｜break jail 逃獄

jail

[dʒel]

v. 關入監獄 <for> [同] imprison

▲The banker was **jailed for** 2 years for crime.

這名銀行家因罪入獄二年。

11 lifetime

[ˋlaɪf͵taɪm]

n. [C] 終生，一輩子 (usu. sing.)

▲Society has changed greatly during my **lifetime**.

在我的一生中，社會經歷了很大的變化。

12 loose

[lus]

adj. 寬鬆的 [同] slack [反] tight (looser｜loosest)

▲It's more comfortable to wear **loose** clothes when you exercise. 你運動時穿寬鬆的衣服比較舒服.

💡let/set sb/sth loose 使…自由；放開…

loosely

[ˋluslɪ]

adv. 鬆垮地

▲The coat hung **loosely** on his body. 外套鬆垮地掛在他的身上。

13 microphone

[ˋmaɪkrə͵fon]

n. [C] 麥克風 <into> [同] mike, mic

▲The chairman **spoke into** a **microphone** in the meeting.

主席在會議中透過麥克風說話。

14 parade

[pəˋred]

n. [C] 遊行 [同] procession

▲Many cities in the United States usually have **parades** on Independence Day.

美國許多城市通常在獨立紀念日舉行遊行活動。

parade

[pəˋred]

v. 遊行 [同] procession

▲The marchers will **parade** through the streets to fight for equal rights. 示威者將在大街小巷遊行以爭取平權。

15 pat

[pæt]

v. 輕輕地拍 (patted｜patted｜patting)

▲My friend **patted** me on the shoulder. 我朋友拍拍我的肩膀。

pat

[pæt]

n. [C] 輕拍

▲Nina always gives her cat a **pat on** the head before she goes to work. Nina 上班前都會輕拍貓咪的頭。

16 poll

[pol]

n. [C] 民意調查 [同] survey；投票數 [同] ballot

▲Most recent **polls** show that support for the government is declining. 最近的民調顯示政府的支持率降低。

▲The Democratic Party gained 72% of the **poll** and won the election. 民主黨得到 72% 的選票並贏得選舉。

poll

[pol]

v. (在選舉中) 得票

▲The candidate **polled** over 75% of the votes.

這候選人的得票超過 75%。

17 ribbon

[`rɪbən]

n. [C][U] 緞帶，帶子

▲Nina wore a purple **ribbon** in her hair today.

Nina 今天在頭髮上紮了一條紫色的緞帶。

18 scatter

[`skætɚ]

v. 撒 <on, over, around>；驅散，散開 [同] disperse

▲The workers are **scattering** gravel **on** the road.

工人把砂石撒在路上。

▲When the police came, the demonstrators **scattered**.

當警察來時，示威者就散開了。

scatter

[`skætɚ]

n. [sing.] 零星，散落 [同] scattering

▲Ann found a **scatter** of houses on the farm when she looked out of the train window.

從火車車窗往外看，Ann 發現有零星幾間房子在農場裡。

scattered

[`skætɚd]

adj. 散落的，分散的

▲The weather forecast said there would be **scattered showers** in the afternoon. 氣象預報說下午將有零星的陣雨。

19 scrub

[skrʌb]

n. [sing.] 刷洗，擦洗

▲The street vender gives the food truck a good **scrub** every day. 攤販老闆每天都會好好刷洗行動餐車。

scrub

[skrʌb]

v. (尤指用硬刷、肥皂和水) 擦洗，刷洗

(scrubbed | scrubbed | scrubbing)

▲Mrs. Chen **scrubbed** the kitchen floor with a brush.

陳太太用刷子刷洗廚房的地板。

20 snap
[snæp]

v. 啪嗒一聲折斷 (snapped | snapped | snapping)

▲The rope **snapped** when we pulled it too tight.
當我們把繩子拉得太緊時，它就啪嗒一聲斷了。

snap
[snæp]

n. [C] 啪嗒聲

▲My mother closed the jewelry box **with a snap**.
我母親啪嗒一聲闔上珠寶盒。

---

21 surround
[sə`raʊnd]

v. 圍繞，包圍

▲Due to the scandal, the actor was **surrounded** by many reporters. 這名演員因為醜聞而被許多記者包圍。

surrounding
[sə`raʊndɪŋ]

adj. 周圍的 [同] nearby

▲The plague spread to the **surrounding** villages.
瘟疫擴散到周圍的村落。

---

22 swear
[swɛr]

v. 發誓 [同] vow；咒罵 <at> (swore | sworn | swearing)

▲Amy **swore** she knew nothing about the news.
Amy 發誓她對於這消息完全不知情。

▲The opponents kept **swearing at** the politician.
反對者們不停地咒罵那政客。

---

23 timber
[`tɪmbɚ]

n. [U] 木材 [同] lumber

▲Japan imports most of its **timber** from Thailand.
日本從泰國進口大多數的木材。

---

24 wax
[wæks]

n. [U] 蠟

▲The special doll is made of **wax**. 這個特別的玩偶是由蠟製成的。

wax
[wæks]

v. 給⋯上蠟

▲Henry **waxes** his car once a month.
Henry 一個月給他的車上一次蠟。

---

25 wisdom
[`wɪzdəm]

n. [U] 智慧

▲The old man, with great **wisdom** and experience, gave me a piece of advice.
這位有著充分智慧和經驗的長者給了我一個建議。

Unit 32

1 barrel
[ˋbærəl]

n. [C] 桶；一桶之量

▲The wine is put in oak **barrels** and left to mature in the cellar. 這些葡萄酒被放在橡木桶中，並擺在地窖裡等它熟成。

▲There are ten **barrels** of beer in the basement.
這個地下室裡有十桶啤酒。

2 bundle
[ˋbʌndl̩]

n. [C] 包，捆

▲The singer receives **a bundle of** letters from her fans every day. 這歌手每天收到歌迷寄來的一大捆信。

3 cock
[kɑk]

n. [C] 公雞 [同] rooster

▲At 5 a.m. the **cock** starts to crow. 上午五點公雞開始啼叫。

4 dash
[dæʃ]

n. [sing.] 猛衝；少量

▲When the door opened, the worshippers **made a dash for** the incense burner. 門一開，信徒朝著香爐猛衝。

▲The tip for cooking a perfect poached egg is adding **a dash of** vinegar in the boiled water.
煮出完美水波蛋的訣竅是在沸水中加入少量的醋。

dash
[dæʃ]

v. 急奔 [同] rush；猛擊 <against>

▲Dave **dashed off** without saying goodbye.
Dave 沒說再見就匆忙離去。

▲The ship **dashed against** the rocks and sank quickly.
船撞上礁石群後，很快地沉沒了。

5 dumb
[dʌm]

adj. 啞的；說不出話來的

▲The girl has been deaf and **dumb** from birth.
那個女孩生來聾啞。

▲People were all **struck dumb** by the announcement of the mayor's early retirement.
大家都被市長提早卸任的聲明驚訝得說不出話來。

6	**foggy**	adj. 有霧的，霧茫茫的 (foggier｜foggiest)
	[ˋfɑgɪ]	▲It is usually damp and **foggy** in the season.
		這個季節通常又溼又起霧。
		💡not have the foggiest (idea) 完全不知道

7	**greedy**	adj. 貪心的 <for> (greedier｜greediest)
	[ˋgridɪ]	▲Don't be so **greedy for** money. 別如此貪財。
		💡greedy guts 貪吃鬼

8	**handkerchief**	n. [C] 手帕 (pl. handkerchiefs, handkerchieves)
	[ˋhæŋkɚtʃɪf]	▲Julia wiped away her tears with a **handkerchief**.
		Julia 用手帕擦掉眼淚。

9	**hut**	n. [C] 小屋
	[hʌt]	▲The **mountain hut** where the man lives hardly has any modern facilities. 男子住的山中小屋裡幾乎沒有任何現代化設施。

10	**jazz**	n. [U] 爵士樂
	[dʒæz]	▲Brian is a huge fan of **jazz**. Brian 是個超級爵士樂迷。

11	**lighthouse**	n. [C] 燈塔
	[ˋlaɪtˌhaʊs]	▲A **lighthouse** shows ships the way into the port.
		燈塔指引船隻進港的路。

12	**loser**	n. [C] 失敗者 [反] winner
	[ˋluzɚ]	▲You have to learn to be a good **loser**. 你必須學習輸得起。

13	**missile**	n. [C] 飛彈
	[ˋmɪsḷ]	▲The army attacked a terrorist base with **missiles**.
		軍隊用飛彈攻擊一個恐怖分子的基地。

14	**parcel**	n. [C] 包裹 [同] package
	[ˋpɑrsḷ]	▲**Parcels** of food and clean water were delivered to the disaster area within 24 hours.
		食物及淨水包裹在二十四小時內被運送至災區。
	parcel	v. 打包 <up>
	[ˋpɑrsḷ]	▲The clerk **parceled up** the products to send.
		店員將要寄的產品打包起來。

15 permit

[pɚ`mɪt]

v. 許可，准許 (permitted | permitted | permitting)

▲The teacher doesn't **permit** his students to chat in class.
老師不准學生上課時聊天。

permit

[`pɝmɪt]

n. [C] 許可證

▲You must get a **permit** so that you can fish here.
你必須有許可證才能在這裡釣魚。

16 porcelain

[`pɔrslɪn]

n. [U] 瓷器

▲Mr. Wang has a valuable **porcelain** collection in his house.
王先生家裡有珍貴的瓷器收藏品。

17 roar

[ror]

n. [C] 吼叫，咆哮

▲The tiger in the zoo let out a **roar** when we walked past its cage. 當我們經過牠的籠子時，動物園裡的老虎發出一聲吼叫。

roar

[ror]

v. 吼叫，咆哮

▲A lion was **roaring** in the cage. You could even hear it in the distance. 獅子在籠子裡吼叫。你甚至在遠處就可以聽到。

💡roar with laughter 放聲大笑

18 scholar

[`skɑlɚ]

n. [C] (尤指大學的) 學者

▲Mr. Wang is a distinguished **scholar** of ancient Greek civilization. 王先生是個傑出的古希臘文明學者。

19 separation

[ˌsɛpə`reʃən]

n. [C][U] 分開，分居

▲The couple began to live together again after a **separation** of two years. 這對夫妻分居兩年後又開始住在一起。

20 sometime

[`sʌmˌtaɪm]

adv. (過去或將來的) 某個時候

▲My friend will call on me **sometime** next month.
我朋友將在下個月找個時間來拜訪我。

21 survivor

[sɚ`vaɪvɚ]

n. [C] 生還者

▲The boy was the only **survivor** of the car crash.
這名男孩是這起車禍唯一的生還者。

22 **sword**

[sord]

n. [C] 劍，刀

▲The brave king drew his **sword** to kill a poisonous snake.

英勇的國王拔劍殺了條毒蛇。

23 **tobacco**

[tə`bæko]

n. [U] 菸草

▲The government is considering a ban on **tobacco** advertising in public places.

政府正在考慮公開場所禁止菸草廣告。

24 **weaken**

[`wikən]

v. 使虛弱 [反] strengthen

▲The high fever **weakened** the patient. 發高燒使這位病人虛弱。

25 **wrap**

[ræp]

v. 包，裹 <in> (wrapped | wrapped | wrapping)

▲Kelly felt cold and **wrapped** herself **in** a wool blanket.

Kelly 覺得冷而把自己裹在羊毛毯裡。

wrap

[ræp]

n. [U] 包裝材料

▲I bought a lot of cards and **gift wrap** for the Christmas party. 為了耶誕節派對，我買了許多賀卡和禮品包裝材料。

💡 keep sth under wraps 將…保密 | bubble wrap 氣泡布

Unit 33

1 **ache**

[ek]

n. [C] 疼痛 [同] pain

▲Jerry felt a **dull ache** in his chest. He was afraid that he might have a heart disease.

Jerry 胸口隱隱作痛。他怕自己可能有心臟疾病。

ache

[ek]

v. 疼痛 [同] hurt

▲Elsa's ankles **ached from** wearing the new pair of high heels. Elsa 的腳踝因為穿這雙新的高跟鞋而疼痛。

2 **bead**

[bid]

n. [C] 珠子

▲The actress walked the red carpet wearing a necklace of crystal **bead**. 這名女演員戴著一串水晶珠項鍊走紅毯。

bead

[bid]

v. 形成水珠

▲After running for 30 minutes, the marathon runners' forehead was **beaded** with sweat.

跑了三十分鐘後，馬拉松跑者們的額頭汗水如珠。

---

3 **bury**

[`bɛrɪ]

v. 埋葬；掩蓋

▲My grandparents were **buried** in the same cemetery.

我的祖父母被葬在同一個墓地。

▲Feeling upset by the result, the player **buried** her face in her hands. 由於對競賽結果感到難過，這位選手用雙手掩住臉。

💡 bury oneself in sth 專心致志於… |

bury sb's head in the sand …逃避現實

---

4 **cocktail**

[`kɑk,tel]

n. [C] 雞尾酒

▲My favorite **cocktail** is mojito. 我最喜歡的雞尾酒是莫希托。

---

5 **database**

[`detə,bes]

n. [C] 資料庫

▲The company's reputation was damaged because its online **database** was hacked.

該公司商譽受損，因為它的線上資料庫遭駭客入侵。

---

6 **dumpling**

[`dʌmplɪŋ]

n. [C] 餃子

▲Do you prefer beef or pork **dumplings**?

你喜歡牛肉還是豬肉水餃？

---

7 **follower**

[`fɑloɚ]

n. [C] 追隨者，信徒

▲Although Sue lost the legislator's race, her **followers** want her to run for the president.

雖然 Sue 輸掉立法委員的選舉，她的追隨者想要她去參選總統。

---

8 **handy**

[`hændɪ]

adj. 便利的；有用的 [同] useful (handier | handiest)

▲With the **handy** cash on delivery, more and more people shop online now.

有了方便的貨到付款服務，現今越來越多人上網購物。

▲Remember to take a raincoat with you. It may **come in handy**. 記得要帶雨衣。它可能會派上用場。

---

9 **harvest**

[ˋhɑrvɪst]

n. [C][U] 收穫

▲Due to climate change, the farmers have been having **bad harvests** for years. 由於氣候變遷，農民已經好幾年收成不好了。

harvest

[ˋhɑrvɪst]

v. 收割 (農作物)

▲The heavy rain stopped the farmers from **harvesting** their crops. 大雨讓農夫們無法收割農作物。

10 **inn**

[ɪn]

n. [C] 小旅店；小酒館

▲An **inn** is a small hotel. 小旅店指的是小型的旅館。

▲On our way to the ski resort, we stopped at an **inn** to have lunch. 在前往滑雪勝地的路上，我們在一間小酒館停下來吃午餐。

11 **jealous**

[ˋdʒɛləs]

adj. 嫉妒的 <of> [同] envious

▲Ian **is jealous of** such a well-paid job that Mike has got. Ian 嫉妒 Mike 得到高薪的工作。

💡make sb jealous 使…嫉妒

12 **lightning**

[ˋlaɪtnɪŋ]

n. [U] 閃電

▲A flash of **lightning** lit up the sky. 一道閃電照亮了天空。

💡Lightning never strikes (in the same place) twice. 【諺】倒楣事不會總落在同一個人身上。

13 **mall**

[mɔl]

n. [C] 購物中心 (also shopping mall)

▲The company planned to build a shopping **mall** in the downtown. 這間公司計劃在市中心蓋一座購物中心。

14 **mob**

[mɑb]

n. [C] 暴民

▲The angry **mob** surrounded the mayor's official residence and was ready to rush in. 一群憤怒的暴民包圍市長的官邸準備衝進去。

mob

[mɑb]

v. 成群圍住

▲The superstar was **mobbed** by his fans in the airport. 這位巨星在機場被他的粉絲團團圍住。

15 parrot

[`pærət]

n. [C] 鸚鵡

▲Can your **parrot** learn to talk like a human being?

你的鸚鵡會學人說話嗎？

parrot

[`pærət]

v. 鸚鵡學舌

▲Don't **parrot** anything that others say. You need to practice critical thinking. 不要鸚鵡學舌。你需要練習批判性思考。

16 photographer

[fə`tɑgrəfɚ]

n. [C] 攝影師

▲As a professional **photographer**, Tina always carries her camera. 身為一名職業攝影師，Tina 總是隨身攜帶相機。

17 portion

[`porʃən]

n. [C] 一部分；(食物的) 一份 [同] serving

▲The investor took away a large **portion** of the profit.

這位投資者拿走一大部分的利潤。

▲I ordered two **portions** of French fries. 我點了兩份薯條。

portion

[`porʃən]

v. 分⋯份

▲The central kitchen **portions** and packs thousands of in-flight meals a day. 這間中央廚房每天分裝數千份飛機餐。

18 roast

[rost]

adj. 烘烤的

▲Would you like some **roast** beef for dinner?

你晚餐要吃一些烤牛肉嗎？

roast

[rost]

n. [C][U] 烤肉

▲I prepared a **roast** for the potluck party.

我為百樂餐派對 (一人一菜派對) 準備了一大塊烤肉。

roast

[rost]

v. 烤 (肉)

▲The cook **roasted** the chicken until it was golden brown.

廚師把雞肉烤至金黃色。

19 seal

[sil]

n. [C] 印章；海豹

▲The file carried a **seal** of the President.

這份文件上有總統的印章。

▲Polar bears hunt **seals** for food. 北極熊以獵殺海豹為食。

💡set/put the seal on sth 確保⋯萬無一失

seal

[sil]

v. 封住

▲The worker **sealed** the boxes with tape in the factory.

工人在工廠裡用膠布把這些箱子封住。

---

20 **sexual**

[ˋsɛkʃʊəl]

adj. 性別的

▲The woman thought her boss broke the **sexual** equality law. 這位女士認為她的老闆違反了性別平等法。

💡sexual discrimination 性別歧視 | sexual assault/harassment 性侵害／騷擾 | sexual orientation/preference 性傾向

---

21 **spice**

[spaɪs]

n. [C][U] 香料；[U] 情趣

▲Herbs and **spices** enrich the flavors of our food.

香草和香料豐富我們食物的味道。

▲Variety is the **spice** of life. 變化是生活的情趣所在。

spice

[spaɪs]

v. 加香料於⋯；使增添趣味 <up, with>

▲Ben **spiced** his Coke **with** lemon. Ben 用檸檬來幫可樂調味。

▲To **spice up** my school life, I have joined two clubs.

為了使我的學校生活增添趣味，我加入了兩個社團。

---

22 **swan**

[swɑn]

n. [C] 天鵝

▲There are several **swans** gliding across the water.

那邊有幾隻天鵝在水面滑行。

---

23 **tag**

[tæg]

n. [C] 標籤 [同] label

▲If you want to return the shirt purchased online, you can't remove its **price tag**.

如果你想退這件線上購買的襯衫，你就不能拿掉它的價格標籤。

tag

[tæg]

v. 貼標籤於⋯ (tagged | tagged | tagging)

▲The clerk **tagged** the items that would be sold.

店員在要賣的物品上面貼標籤。

---

24 **ton**

[tʌn]

n. [C] 噸 (pl. tons, ton)

▲The total weight of the coal is roughly twenty **tons**.

煤礦總重約二十噸。

💡tons of 大量的 |

come down on sb like a ton of bricks 狠狠教訓⋯

25 wed
[wɛd]

v. 與…結婚 (wed, wedded｜wed, wedded｜wedding)

▲After an 8-year relationship, the couple eventually decides to **wed** next spring. 交往八年後，這對情侶最後決定明年春天結婚。

Unit 34

1 adviser
[əd`vaɪzɚ]

n. [C] 顧問，忠告者 (also advisor)

▲The investment **adviser** has a lot of fans.
這名投資顧問有很多粉絲。

2 beast
[bist]

n. [C] 野獸

▲The lion is called the king of **beasts**. 獅子被稱為萬獸之王。

3 buzz
[bʌz]

n. [C] 嗡嗡聲

▲The constant **buzz** of the old air-conditioner is really annoying. 這臺老舊冷氣持續發出的嗡嗡聲真的很惱人。

💡 give sb a buzz 打電話給…

buzz
[bʌz]

v. 嗡嗡作響

▲There is something **buzzing** in the distance.
遠處有東西一直發出嗡嗡聲。

4 coconut
[`kokənət]

n. [C] 椰子

▲People on some Pacific islands use **coconuts** as staples.
一些太平洋島嶼上的人們使用椰子作為主食。

5 dawn
[dɔn]

n. [U] 黎明 [同] daybreak, sunrise

▲I must get up at the break of **dawn**. 我必須在黎明破曉時起床。

💡 from dawn to dusk 從早到晚｜at dawn 破曉時分

dawn
[dɔn]

v. 開始明朗，清楚

▲After the police completed the investigation into the murder, the truth about this crime **dawned**.
警察完成對這樁謀殺案的調查後，這起案件的真相也明朗了。

💡 It dawns on sb that …開始理解

6 **dust**

[dʌst]

n. [U] 灰塵

▲The house has been deserted for a long time, so there is **dust** everywhere. 這房子很久沒有人住了，所以到處都是灰塵。

💡leave sb in the dust 使…望塵莫及

dust

[dʌst]

v. 拭去…的灰塵

▲Mrs. Lin is busy **dusting** the table and bookshelf.

林太太正忙於擦去桌子和書架上的灰塵。

---

7 **freezer**

[`frizɚ]

n. [C] 冷凍室，冷凍櫃

▲I put the fresh steaks in the **freezer** to preserve them better.

我把新鮮牛排放在冷凍室以更好的保鮮它們。

---

8 **hanger**

[`hæŋɚ]

n. [C] 衣架

▲My roommate needs more **hangers** to hang all his shirts and pants. 我的室友需要更多的衣架把他所有的襯衫和褲子掛起來。

---

9 **hay**

[he]

n. [U] 乾草

▲When there is no grass in winter, they feed the cows on **hay**. 冬天沒有草的時候，他們就用乾草餵牛。

💡Make hay while the sun shines. 【諺】打鐵趁熱，把握時機。

---

10 **inspect**

[ɪn`spɛkt]

v. 檢查，審視 [同] examine

▲The police **inspected** the scene of the crime, trying to figure out what had happened.

警察檢查犯罪現場，試著釐清到底發生什麼事。

---

11 **jelly**

[`dʒɛlɪ]

n. [C][U] 果凍 (pl. jellies)

▲Children like to have **jelly** for dessert.

小孩子喜歡吃果凍當點心。

💡turn to/feel like jelly (因恐懼或緊張而) 渾身癱軟

---

12 **lily**

[`lɪlɪ]

n. [C] 百合花 (pl. lilies)

▲The meaning of **lilies** is purity. 百合花的花語是純淨。

---

13 **mankind**

[mæn`kaɪnd]

n. [U] 人類 [同] humankind

▲Discovering fire is one of the most important events in the history of **mankind**. 發現火是人類歷史上最重要的事件之一。

14 monk
[mʌŋk]

n. [C] 修道士；僧侶

▲The Catholic **monks** lead a simple life in the monastery.
這些天主教修道士在修道院中過著樸實的生活。

▲The Buddhist **monk** lived alone in the mountains.
這位佛教僧侶獨自住在山裡面。

15 passenger
[ˋpæsṇdʒɚ]

n. [C] 乘客

▲All the **passengers** in a car must fasten their seat belts.
車上所有的乘客都要繫上安全帶。

16 pine
[paɪn]

n. [C][U] 松樹

▲We like to take a walk in the **pine forest**.
我們喜歡在這松林裡散步。

17 poster
[ˋpostɚ]

n. [C] 海報 [同] placard

▲Some students are **putting up posters** for the Christmas Eve party. 一些學生為了平安夜派對而張貼海報。

18 rob
[rɑb]

v. 搶劫 <of> (robbed｜robbed｜robbing)

▲My cousin was **robbed of** his wallet in the park.
我的表哥在公園裡被搶了皮夾。

19 sensible
[ˋsɛnsəbḷ]

adj. 明智的；察覺到的

▲It is **sensible** of Jimmy to follow his father's advice.
Jimmy 聽從他父親的勸告是明智的。

▲I am **sensible of** a tense atmosphere in the meeting.
我察覺到會議中緊張的氣氛。

20 sexy
[ˋsɛksɪ]

adj. 性感的 (sexier｜sexiest)

▲I think the actor is very **sexy**. 我覺得那位演員非常性感。

21 spinach
[ˋspɪnɪtʃ]

n. [U] 菠菜

▲**Spinach** is rich in iron. 菠菜含有豐富的鐵質。

22 sweat
[swɛt]

n. [U] 汗水 [同] perspiration

▲The worker wiped the **sweat** off his face with a towel.
工人用毛巾擦去臉上的汗水。

💡be/get in a sweat (about sth) (為…) 擔心

sweat

[swɛt]

v. 流汗 [同] perspire

▲Karen **sweated** heavily after she finished the marathon.

Karen 跑完馬拉松後汗流浹背。

💡sweat like a pig 汗流浹背｜sweat over sth 埋頭做…

23 **talkative**

[`tɔkətɪv]

adj. 多話的

▲I can't stand my colleague anymore! She is too **talkative**.

我受不了我的同事了！她太多話了。

24 **trader**

[`tredɚ]

n. [C] 商人，經商者

▲Mr. Wu is a **local trader** who sells farm tools in the small town. 吳先生是個地方商人，在這個小鎮販售農具。

25 **weed**

[wid]

n. [C] 雜草

▲Leo has removed the **weeds** from his garden.

Leo 已經清除完他花園裡的雜草。

weed

[wid]

v. 拔除雜草

▲It is my turn to **weed** the yard today.

今天輪到我要拔除庭院裡的雜草。

Unit 35

1 **alley**

[`ælɪ]

n. [C] 小巷，小弄

▲It is dangerous to walk in a dark **alley** alone at night.

晚上獨自走在暗巷裡很危險。

2 **berry**

[`bɛrɪ]

n. [C] 莓果，漿果 (pl. berries)

▲Rich in antioxidants, **berries** are able to prevent heart disease and certain types of cancer.

莓果含有豐富的抗氧化劑，能預防心臟疾病和某些類型的癌症。

3 **canyon**

[`kænjən]

n. [C] 峽谷 [同] gorge

▲The view of the Grand **Canyon** in the United States is splendid. 美國科羅拉多大峽谷的景色很壯觀。

4 **collar**

[ˋkɑlɚ]

n. [C] 衣領

▲Ian was so mad that he grabbed the man by the **collar** and was about to hit him. Ian 氣到抓住這男子的領口想要打他。

5 **deed**

[did]

n. [C] 行為 [同] act

▲By doing simple **good deeds**, you can bring happiness to people around you. 藉由行小善，你可以將快樂帶給周遭的人。

💡brave/charitable/evil deed 勇敢的／慈善的／邪惡的行為

6 **echo**

[ˋɛko]

n. [C] 回聲，回音 (pl. echoes)

▲The reflection of sounds causes the **echoes** in the tunnel. 反射的聲音形成隧道裡的回音。

echo

[ˋɛko]

v. 發出回音 <around> [同] reverberate

▲The howls made by the wolves **echoed around** the canyon. 狼嚎在峽谷中迴盪著。

💡echo down/through the ages 流傳，影響後世

7 **fright**

[fraɪt]

n. [C] 驚嚇的經驗；[U] 驚嚇，恐怖

▲People **got such a fright** when a fire broke out at the local factory during the night.

夜晚當地的工廠突然起了大火，把大家嚇了一大跳。

▲I **cried out in fright** because my friend suddenly patted me on the shoulder. 因為朋友突然拍我肩膀，我嚇得大聲喊叫。

8 **hasty**

[ˋhestɪ]

adj. 匆忙的，倉促的，草率的 [同] hurried (hastier | hastiest)

▲You had better think twice, or you may regret your **hasty** decision. 你最好三思，否則你可能會後悔你草率的決定。

💡hasty departure/meal/farewell 匆忙的離開／用餐／告別 | beat a hasty retreat 打退堂鼓

9 **heel**

[hil]

n. [C] 腳跟；鞋跟

▲The new pair of shoes hurt my **heels**.

這雙新鞋子磨破我的腳跟。

▲Linda likes to wear boots with **high heels** in winter.

Linda 冬天喜歡穿高跟的靴子。

heel

[hil]

v. 修理 (鞋跟)

▲My leather shoes have worn down at the heel, so I get them **heeled**. 我皮鞋的鞋跟被磨平了，所以我拿它們去修理。

---

10 **inspector**

[ɪnˋspɛktɚ]

n. [C] 檢查員，視察員

▲While you are taking a train, a ticket **inspector** will check your ticket to ensure that you have paid the fare.

你搭火車時，查票員會檢查你的車票以確認你已經付車資。

---

11 **joyful**

[ˋdʒɔɪfəl]

adj. 快樂的，喜悅的 [同] happy [反] joyless

▲The square is filled with **joyful** people celebrating the passing of the War. 廣場充滿了喜悅的民眾慶祝戰爭結束。

---

12 **lively**

[ˋlaɪvlɪ]

adj. 熱烈的；精力充沛的 [同] animated, vivacious

(livelier | liveliest)

▲We had a **lively** discussion about the school fair in class today. 我們今天在課堂上熱烈討論學校園遊會。

▲It can be challenging to teach a class of **lively** children.

教導一班精力充沛的孩子很有挑戰性。

---

13 **marvelous**

[ˋmɑrvḷəs]

adj. 令人驚嘆的，很棒的 [同] fantastic, splendid, wonderful

▲We had a **marvelous** time at the Christmas party.

我們在耶誕派對中玩得很愉快。

---

14 **monster**

[ˋmɑnstɚ]

n. [C] 妖怪，怪物

▲There are **monsters** in the stories of Greek mythology.

希臘神話的故事中有妖怪。

---

15 **passport**

[ˋpæsˌport]

n. [C] 護照

▲That man was arrested because he held a false **passport**.

那名男子因為持假護照而被逮捕。

---

16 **pitch**

[pɪtʃ]

n. [U] 音調；[sing.] 程度，強度

▲The movie audiences kept crying out at the highest **pitch** during watching the horror movie.

電影觀眾在觀看這部恐怖片期間不斷高聲尖叫。

▲Ellen was **at fever pitch** the day before the field trip.

Ellen 在校外教學前一天特別興奮。

pitch

[pɪtʃ]

| v. | 投擲 |

▲The gang of youths **pitched** stones to break the windows.

這幫小混混投擲石頭打碎窗戶。

---

17 **postpone**

[post`pon]

| v. | 延期，延後 <until> [同] put back [反] bring forward |

▲The baseball game has been **postponed until** next Tuesday. 這場棒球賽被延到下星期二。

postponement

[post`ponmənt]

| n. | [U] 延期 |

▲The outbreak of the virus forced the **postponement** of all the planned large-scale events.

病毒爆發迫使所有安排好的大型活動延期。

---

18 **robbery**

[`rɑbərɪ]

| n. | [C][U] 搶劫 (pl. robberies) |

▲There were four **robberies** in the neighborhood last month, and the police were trying to trace the criminal.

該區上個月發生了四起搶案，警察正試圖追蹤罪犯。

---

19 **shadow**

[`ʃædo]

| n. | [C] 影子；陰影 |

▲The dog was barking at his own **shadow**.

這隻狗正對著牠自己的影子吠叫。

▲The news of the president's death **cast a shadow over** the peace talks. 總統去世的消息使和平會談蒙上一層陰影。

shadow

[`ʃædo]

| v. | 跟蹤，尾隨；投下影子 |

▲The police have **shadowed** the wanted man for several days. 警方已經跟蹤這名通緝犯好幾天了。

▲The umbrella **shadowed** the men's face.

雨傘在男子臉上投下影子。

---

20 **shrink**

[ʃrɪŋk]

| v. | 縮水；減少 [反] grow |

(shrank, shrunk | shrunk, shrunken | shrinking)

▲This sweater will **shrink** if you wash it in the washing machine. 如果你用洗衣機洗，這件毛衣就會縮水。

▲The old lady began to worry when she found her savings **shrinking** with each passing year.

那位老太太發現自己的積蓄逐年減少時就開始擔憂。

---

21 **spit**
[spɪt]

v. 吐出 (口水等) <out> (spit, spat｜spit, spat｜spitting)

▲The boy drank the milk but **spat** it **out** immediately because he found it had gone sour.

那男孩喝了牛奶，但又立刻吐出來，因為他發現牛奶酸掉了。

💡 spit blood 怒氣衝天地說，咬牙切齒地說

spit
[spɪt]

n. [U] 口水 [同] saliva

▲Anna couldn't stop coughing because she was choked by her own **spit**. Anna 止不住咳嗽因為她被自己的口水嗆到了。

💡 spit and polish 仔細的清潔擦洗

---

22 **swell**
[swɛl]

v. 腫脹 <up>；增加 <to> (swelled｜swelled, swollen｜swelling)

▲Put some ice on your injured ankle before it **swells up**.

在你受傷的腳踝腫起來前先冰敷。

▲The number of employees in the company has **swelled to** 3,000 over the years. 這間公司的員工人數在幾年間增加到三千人。

swell
[swɛl]

n. [C] 海浪的起伏

▲Watching the **swell** of the waves, I feel calm and peaceful.

看著海浪的起伏，我感到平靜祥和。

---

23 **tank**
[tæŋk]

n. [C] (儲存液體或氣體的) 箱，槽；坦克車

▲The car flipped and crashed and the oil leaked from holes in the **tank**. 汽車翻覆撞毀，汽油從油箱的洞漏了出來。

▲The **tanks** were on show at the military parade.

坦克車在閱兵典禮中登場。

---

24 **trail**
[trel]

n. [C] 小徑；蹤跡

▲The hiker wandered from the mountain **trail** and got lost.

這名健行者在山間小徑俳徊而迷路了。

▲The dog followed a **trail** of blood. 這隻狗追尋著血的蹤跡。

trail

[trel]

v. 拖曳

▲The child **trailed** his coat behind him.

那孩子把他的外套拿在身後拖曳。

25 **weep**

[wip]

v. 哭泣，流淚 [同] cry, sob (wept | wept | weeping)

▲The lady **wept bitterly** for the loss of her husband.

這位女士為她丈夫的死亡而痛哭。

Unit 36

1 **almond**

[`amənd]

n. [C] 杏仁

▲I think the smell of **toasted almonds** is wonderful, but my sister thinks it's awful.

我認為烤杏仁的味道很香，但我妹妹覺得糟透了。

2 **bet**

[bɛt]

v. 打賭 <on>；敢肯定 (bet, betted | bet, betted | betting)

▲I wouldn't **bet on** that horse if I were you.

如果我是你就不會去賭那匹馬。

▲I **bet** that Nancy has already arrived at the meeting place.

我敢肯定 Nancy 已經到集合地點了。

💡I'll bet. 沒錯。 | You bet! 當然！

bet

[bɛt]

n. [C] 打賭 <on>

▲My friend and I have got a **bet on** who will get higher score for the test. 我朋友和我打賭，看誰的考試分數比較高。

💡win/lose a bet 贏了／輸掉打賭 | do sth on a bet 賭氣之下做… | fair/good bet 很可能發生的事／明智的決定

3 **carpet**

[`karpɪt]

n. [C] 地毯

▲We have **fitted carpets** in every room in the new house.

我們已在新家的每個房間鋪上地毯。

💡be on the carpet (因做錯事) 被上級長官訓斥

carpet

['karpıt]

v. 鋪地毯

▲ The hotel lobby was **carpeted** in red.

飯店大廳鋪上了紅色的地毯。

---

4 **colony**

['kɑlənı]

n. [C] 殖民地 (pl. colonies)

▲ India was once a British **colony**. 印度曾經是英國的殖民地。

colonize

['kɑlə,naɪz]

v. 使成為殖民地

▲ Hong Kong was **colonized** by the British Empire after the First Opium War.

香港在第一次鴉片戰爭過後,成為大英帝國的殖民地。

---

5 **deepen**

['dipən]

v. 加深

▲ The teacher tried various ways to **deepen** the students' understanding of the economic theory.

這位老師嘗試各種方法來加深學生對此經濟理論的了解。

---

6 **elbow**

['ɛl,bo]

n. [C] 手肘

▲ It is bad manners to rest your **elbows** on the table.

把兩肘擱在桌上是很沒禮貌的。

💡 at sb's elbow 緊跟著…

elbow

['ɛl,bo]

v. 用肘推擠

▲ The rude man **elbowed his way to** the front of the line.

這個粗魯的男子用肘推擠到隊伍的前面。

💡 elbow sb out 強行使…離開 (職位、工作)

---

7 **frighten**

['fraɪtn̩]

v. 使害怕,使受驚

▲ The sudden noise from the door **frightened** everyone in the house **to death**. 門外突如其來的聲音把屋內的每個人嚇得要死。

💡 frighten sb witless 把…嚇破膽 |

frighten the life out of sb 把…嚇得魂不附體

frightened

['fraɪtn̩d]

adj. 害怕的,受驚的

▲ Some people **are frightened of** staying in small and closed spaces. 有些人害怕待在狹小封閉的空間。

核心英文字彙力
2001～4500

frightening

['fraɪtnɪŋ]

adj. 可怕的，駭人的 [同] scary

▲Going to the dentist's might be very **frightening** for both kids and adults. 看牙醫對小孩和成人來說可能都很可怕。

---

8 **hatch**

[hætʃ]

n. [C] 小窗口 [同] hatchway (pl. hatches)

▲The cook passes the dishes through the **serving hatch**.

廚師從送餐窗口將餐點送出。

💡escape hatch 逃生出口；解決困境的辦法 |

Down the hatch! 乾杯！

hatch

[hætʃ]

v. 孵化

▲Chicken eggs usually take 21 days to **hatch**.

雞蛋通常耗時二十一天孵化。

💡Don't count your chickens before they're hatched.

【諺】勿打如意算盤。

---

9 **hire**

[haɪr]

v. 租用 [同] rent；僱用

▲The sales department **hired** a bus for the company trip.

銷售部門租了一輛巴士去員工旅遊。

▲Our company **hired** three new people to fill the positions.

我們公司僱用了三個新人來補新的職位。

💡hire purchase 分期付款

hire

[haɪr]

n. [U] 租用；[C] 新僱員

▲The sharing economy is booming. Bikes, motorcycles, cars, and even houses are **for hire**.

共享經濟正蓬勃發展。自行車、機車、汽車甚至連房子都供租用。

▲All the **hires** in our team will receive a two-week employee training. 我們組內的新僱員都有為期兩週的教育訓練。

---

10 **interrupt**

[ˌɪntəˈrʌpt]

v. 打斷

▲Don't **interrupt** me while I'm speaking.

我在說話時不要打斷我。

---

11 **junior**

['dʒunjɚ]

adj. 年資較淺的 <to> [反] senior

▲Mike is **junior to** me in the company. Mike 在公司比我資淺。

junior

[`dʒunjɚ]

n. [C] (大學) 三年級學生

▲Donna is a **junior** in college. Donna 是大三的學生。

12 **lobby**

[`lɑbɪ]

n. [C] 大廳 [同] foyer (pl. lobbies)

▲The lawyer will meet his client in the hotel **lobby**.

這位律師將在旅館大廳與客戶碰面。

13 **meadow**

[`mɛdo]

n. [C] 草地，牧場

▲A flock of sheep is grazing in the **meadow**.

一群羊在草地上吃草。

14 **monthly**

[`mʌnθlɪ]

adj. 每月的，每月一次的

▲*Fortune* is a **monthly** magazine. Each month a new issue is published. 《財富》雜誌是月刊。每月出版新的一期內容。

monthly

[`mʌnθlɪ]

adv. 按月地

▲White-collar workers are usually paid **monthly**.

白領階級通常領月薪。

monthly

[`mʌnθlɪ]

n. [C] 月刊 (pl. monthlies)

▲Since reading habits are changing, the publisher decided to discontinue the **monthly**.

由於閱讀習慣改變，這間出版社決定停刊這份月刊。

15 **pave**

[pev]

v. 鋪 (地面) <with>

▲The road is **paved with** asphalt. 這條路是由柏油鋪成的。

💡pave the way for sth 為…鋪路，使…容易進行｜

the streets are paved with gold (某城市) 很容易賺錢

pavement

[`pevmənt]

n. [C] 人行道 [同] sidewalk

▲The students are walking on the **pavement** toward the school. 學生們走在往學校的人行道上。

16 **pity**

[`pɪtɪ]

n. [U] 同情，憐憫 <for> [同] sympathy；

[sing.] 遺憾的事 [同] shame

▲Rita **feels pity for** those who lost their homes during the earthquake. Rita 很同情那些在地震中失去家園的人。

▲It's a **pity** that you can't go to the night market with us.

可惜你不能跟我們一起去夜市。

💡have/take pity on 同情… | out of pity 出於同情

pity

[ˋpɪtɪ]

v. 同情，憐憫

▲Emily **pities** her brother having to work under such pressure. Emily 同情她的哥哥需要在高度壓力下工作。

pitiful

[ˋpɪtɪfəl]

adj. 令人同情的，可憐的 [同] pathetic

▲The stray dog was a **pitiful** sight.

這隻流浪狗看起來可憐兮兮的。

17 **pottery**

[ˋpɑtərɪ]

n. [U] 陶器類

▲After Mandy retired, she took up the hobby of making **pottery**. Mandy 退休之後，她培養出製陶這個嗜好。

18 **robe**

[rob]

n. [C] 睡袍，浴衣 [同] bathrobe；長袍 (usu. pl.)

▲After the shower, Henry put on a **robe** and went to the bedroom. 淋浴後，Henry 穿上浴衣走回房間。

▲In the United States, judges wear black **robes** in court.

在美國，法官在法庭上穿著黑袍。

19 **shallow**

[ˋʃælo]

adj. 淺的 [反] deep；膚淺的 [同] superficial

▲The river is **shallow** here, and you can walk across it.

這條河在這裡很淺，你可以步行穿越。

▲The **shallow** people only care about the appearance.

膚淺的人只在意外表。

20 **sigh**

[saɪ]

n. [C] 嘆氣

▲Hearing her sons fighting again, the mother **let out a sigh** of disappointment.

這位母親聽到兒子們又在爭吵時失望地嘆了一口氣。

sigh

[saɪ]

v. 嘆氣 <with>

▲Daniel **sighed with** relief when he heard the good news.

Daniel 聽到好消息時鬆了一口氣。

21 splash
[splæʃ]

n. [C] 潑濺聲，噗通聲 (pl. splashes)

▲ Molly dived into the pool with a **splash**.

Molly 噗通一聲跳入池中。

💡 make/cause a splash 引起關注，引起轟動

splash
[splæʃ]

v. 潑，濺

▲ Before jumping into the water, the swimmer **splashed** cold water all over his body.

這游泳選手在跳入水中之前先用冷水潑灑全身。

---

22 swift
[swɪft]

adj. 迅速的

▲ **Swift action** must be taken to stop the disease from spreading. 必須採取迅速的行動以阻止此疾病蔓延。

💡 be swift to V 迅速的做…

---

23 tow
[to]

n. [sing.] 拖，牽引

▲ A wrecker **gave** me **a tow** when my car broken down on the way home.

我的車在回家路上拋錨後，一輛拖吊車將我的車拖走。

💡 in tow 緊跟著

tow
[to]

v. 拖，拉 <away>

▲ The wrecked car was **towed away** to a nearby garage.

這輛撞壞的車被拖到附近的修車場。

---

24 tray
[tre]

n. [C] 托盤

▲ The waiter carried some drinks on a **tray**.

服務生用托盤遞送一些飲料。

---

25 whip
[wɪp]

n. [C] 鞭子，皮鞭

▲ The man lashed his horse with a **whip**.

這男子用鞭子抽打他的馬。

whip
[wɪp]

v. 鞭打 (whipped | whipped | whipping)

▲ The cruel master **whipped** his servant who made a mistake. 這個殘忍的主人鞭打他犯錯的僕人。

Unit 37

---

1 **alphabet**

[ˋælfə‚bɛt]

n. [C] 字母

▲ "The A.B.C." is a famous **alphabet** song.

〈英文字母歌〉是非常有名的字母歌。

alphabetic

[‚ælfəˋbɛtɪk]

adj. 依字母順序的 (also alphabetical)

▲ Arrange these words in **alphabetic** order.

把這些單字按字母順序排列。

---

2 **bleed**

[blid]

v. 流血 (bled | bled | bleeding)

▲ Sam's finger was **bleeding** because he cut it by accident.

Sam 的手指在流血，因為他不小心切到它。

---

3 **carriage**

[ˋkærɪdʒ]

n. [C] (尤指舊時的) 四輪馬車

▲ The queen rode in a **carriage** at the parade.

女王在這個遊行中乘坐一輛四輪馬車。

---

4 **comma**

[ˋkɑmə]

n. [C] 逗號

▲ A **comma** is a sign used to separate different parts of a sentence. 逗號是用來分隔一個句子中不同部分的符號。

---

5 **dessert**

[dɪˋzɝt]

n. [C][U] 甜點

▲ I like to eat ice cream for **dessert**. 我喜歡吃冰淇淋當點心。

---

6 **elect**

[ɪˋlɛkt]

v. 選舉

▲ Who will the citizens **elect for** mayor? 市民們會選誰當市長？

elect

[ɪˋlɛkt]

adj. 當選而尚未就職的，候任的

▲ The president **elect** will take office in May.

候任的總統將於五月赴任執政。

---

7 **gallon**

[ˋgælən]

n. [C] 加侖 (液量單位，美國：3.785 公升/1 加侖，英國：4.546 公升/1 加侖)

▲ How much does a **gallon** of gasoline cost now?

現在一加侖的汽油要多少錢？

| 8 | **hateful** | adj. | 十分討厭的，可惡的 |

hateful
[`hetfəl]

adj. 十分討厭的，可惡的

▲The smell and taste of coriander is very **hateful to** some people. 有些人十分討厭香菜的氣味和口味。

9 **historic**
[hɪs`tɔrɪk]

adj. 歷史上著名的，有歷史意義的

▲There are many **historic** sites on the island.

這座島嶼上有很多歷史遺跡。

10 **invitation**
[ˌɪnvə`teʃən]

n. [C] 邀請

▲Instead of accepting the **invitation**, the Internet celebrity turned it down. 這位網路名人沒有接受邀請，反而拒絕受邀。

11 **kangaroo**
[ˌkæŋgə`ru]

n. [C] 袋鼠 (pl. kangaroos)

▲**Kangaroos** and koalas are native to Australia.

袋鼠和無尾熊是澳洲土生土長的動物。

💡kangaroo court 袋鼠法庭 (不公正的法庭)

12 **lock**
[lɑk]

n. [C] 鎖

▲We had changed the **lock** after the house was broken in.

房子被小偷闖入後，我們就換了鎖。

lock
[lɑk]

v. 鎖上

▲Be sure to **lock up** the classroom when you leave.

你離開的時候一定要鎖好教室的門窗。

💡lock sb out of sth 把⋯鎖在⋯外面｜

lock horns over sth 為⋯爭論

13 **meaningful**
[`minɪŋfəl]

adj. 有意義的

▲You can make your life more **meaningful** by helping others. 你可以藉著幫助別人讓生活更有意義。

💡meaningful relationship/discussion/experience

重要的關係／討論／經歷

14 **moth**
[mɔθ]

n. [C] 蛾

▲**Moths** which cause serious damage to fruit farms are one of the common pests.

蛾，對果園造成嚴重損害，是一種常見的害蟲。

15 pea
[pi]

n. [C] 豌豆

▲Gina cooked roast chicken with **peas** and potatoes for dinner. Gina 煮烤雞配豌豆和馬鈴薯當晚餐。

16 portrait
[ˋportrɪt]

n. [C] 肖像

▲There is a **portrait** of the president on the wall.
牆上有一幅總統的肖像。

17 powder
[ˋpaʊdɚ]

n. [C][U] 粉，粉末

▲The nurse ground the medicine into **powder** for the kid to swallow. 護士將藥物磨成粉狀以讓這個孩童吞下。

💡milk/curry/chili/soap powder 奶／咖哩／辣椒／洗衣粉｜
take a powder 突然離開，溜走

powder
[ˋpaʊdɚ]

v. 上粉，撲粉

▲The YouTuber teaches the viewers how to **powder** their **faces** in this video.
這名 YouTube 創作者在影片中教導觀眾如何上粉在臉上。

18 rocket
[ˋrɑkɪt]

n. [C] 火箭

▲The government will increase the budget for the space program and launch more **rockets** into outer space.
政府將增加太空計畫的預算並發射更多火箭到外太空。

💡It's not rocket science. 這並不難。

19 shepherd
[ˋʃɛpɚd]

n. [C] 牧羊人

▲There is always a close bond between a **shepherd** and his sheep. 牧羊人和他的羊之間總是有密切的關係。

20 sincere
[sɪnˋsɪr]

adj. 真誠的，誠懇的 [同] genuine [反] insincere (sincerer｜sincerest)

▲Tim thinks Anna was not **sincere** in what she said.
Tim 覺得 Anna 說的不是肺腑之言。

💡sincere apology 真誠的道歉

21 spoil
[spɔɪl]

v. 毀掉 [同] ruin；寵壞，溺愛
(spoiled, spoilt｜spoiled, spoilt｜spoiling)

▲Eating snacks before dinner can **spoil your appetite**.

晚餐前吃零食會破壞你的食慾。

▲The father always **spoils** his daughter with toys.

這個父親總是用玩具來溺愛他的女兒。

💡be spoilt for choice 選擇太多而難以決定

---

22 **tailor**

[`telɚ]

| n. | [C] (男裝) 裁縫師 |

▲Kenton works as a **tailor** for the royal family.

Kenton 為皇室擔任裁縫師。

💡The tailor makes the man. 【諺】人要衣裝，佛要金裝。

---

23 **transport**

[`trænsport]

| n. | [U] 運送，運輸 [同] delivery, transportation |

▲The employee is responsible for air **transport** of supplies.

這名員工是負責物資空運。

💡public transport 大眾運輸 | means/form of transport 交通工具

transport

[træns`port]

| v. | 運送，運輸 [同] deliver |

▲The company often **transports** goods between the two places. 這間公司常在這兩地間運送貨物。

---

24 **tribe**

[traɪb]

| n. | [C] 部落，部族 |

▲The whole **tribe** was wiped out by smallpox.

整個部落的人都死於天花。

---

25 **wicked**

[`wɪkɪd]

| adj. | 邪惡的 [同] evil |

▲There are usually brave young men, beautiful ladies, and **wicked** witches in fairy tales.

童話故事裡通常有英勇的少年、美麗的女子和邪惡的巫婆。

Unit 38

1 **amaze**

[ə`mez]

| v. | 使吃驚 [同] astonish |

▲Doris **amazed** her friends by leaving her well-paid job to join the non-profit organization.

Doris 辭掉高薪的工作加入非營利組織，讓她的朋友相當吃驚。

amazement

[ə`mezmənt]

n. [U] 驚訝 [同] astonishment

▲I watched the animal show with **amazement**, in which all the animals could count.

我驚訝地看著動物秀，其中所有動物都會算數。

💡to sb's amazement 令⋯驚訝的是

amazed

[ə`mezd]

adj. 驚訝的 [同] astonished

▲I always remember the **amazed** expression on Joe's face when he heard the news.

我永遠記得當 Joe 聽到那消息時，他臉上訝異的表情。

amazing

[ə`mezɪŋ]

adj. 令人驚訝的 [同] astounding, incredible

▲The boy ran at an **amazing** speed as if he had seen a ghost. 那男孩好像看到鬼似的，以驚人的速度奔跑。

2 **bless**

[blɛs]

v. 祝福；保佑 (blessed, blest | blessed, blest | blessing)

▲The priest **blessed** the newlyweds. 牧師祝福這對新婚夫婦。

▲May God **bless** you! 願上帝保佑你！

💡bless you 保佑你 (對打噴嚏者所說的話) |

be blessed with sth 有幸享有⋯

3 **cart**

[kɑrt]

n. [C] 手推車 [同] trolley

▲We need a **shopping cart** because we will buy a lot of things today. 我們今天會買很多東西所以需要購物推車。

💡put the cart before the horse 本末倒置

cart

[kɑrt]

v. 用車裝運

▲Volunteers collected up the trash from the beach and then **carted** it **away**. 志工們把海灘上的垃圾收在一起後，用車裝運載走。

4 **confuse**

[kən`fjuz]

v. 將⋯混淆 <with>；使困惑

▲I sometimes **confuse** Ray **with** his twin brother.

我有時會將 Ray 和他的雙胞胎弟弟混淆。

confused

[kən`fjuzd]

adj. 困惑的 <about>

▲Tina is **confused about** Rita's decision of quitting the well-paid job.

Tina 對於 Rita 辭掉這個薪水優渥工作的決定感到困惑。

confusing

[kən`fjuzɪŋ]

adj. 令人困惑的

▲The complicated railroad system in the city is really **confusing**. 這個城市複雜的鐵路系統很令人困惑。

---

5 **devil**

[`dɛvl̩]

n. [C] 魔鬼 [同] demon

▲The **Devil** is believed to be the most powerful evil spirit in some religions. 魔鬼在一些宗教中被認為是最強大的邪靈。

---

6 **element**

[`ɛləmənt]

n. [C] 元素；要素

▲Hydrogen and Oxygen are the **elements** that make up water. 氫和氧是組成水的元素。

▲An impressive storyline is one of the **key elements** of a successful movie.

令人印象深刻的故事情節是一部電影成功的要素之一。

---

7 **gamble**

[`gæmbl̩]

n. [C] 冒險，賭博 (usu. sing.)

▲**It was a gamble for** Lily to quit her current job and start her own business. 辭掉現職後創業對 Lily 來說是場冒險。

gamble

[`gæmbl̩]

v. 下賭注，賭博 <on> [同] bet；冒險 [同] risk

▲Whether you **gamble on** horses or games, you have to take the risk of losing money.

無論你賭馬或賭球賽，你都得冒著輸錢的風險。

▲The director **gambled on** the unknown actors and hoped both of them would shoot to fame.

這名導演冒險啟用新人，希望他們二人都能一舉成名。

---

8 **headline**

[`hɛd͵laɪn]

n. [C] (報紙的) 標題

▲Stacy barely had time to read the **headlines** before leaving for work. Stacy 在上班出門前幾乎沒有時間看報紙的標題。

💡hit/make the headlines 登上報紙頭條新聞

headline

[`hɛd͵laɪn]

v. 以…為標題

▲The news was **headlined** "Unhealthy Happiness."

這篇新聞以「有害快樂」為標題。

9 **holder**

[`holdə]

n. [C] 持有者，擁有者

▲Tom broke the record and became **the holder of** the world record. Tom 打破紀錄，成為了世界紀錄的保持人。

---

10 **ivory**

[`aɪvrɪ]

n. [U] 象牙；[C] 象牙製品 (pl. ivories)

▲The ban on the **ivory** trade aims to protect the wild elephants. 象牙交易禁令旨在保護野生大象。

▲The museum houses a collection of Chinese **ivories**.
博物館收藏了一整組中國的象牙製品。

💡ivory tower 象牙塔 (比喻處於脫離現實、不知人間疾苦的狀態)

ivory

[`aɪvrɪ]

adj. 象牙色的

▲The **ivory** dress looks good on you.
這件象牙色的洋裝穿在你身上很美。

---

11 **keyboard**

[`ki,bord]

n. [C] 鍵盤；(電子) 鍵盤樂器

▲The computer accepts input from the **keyboard** or the microphone. 這臺電腦接受來自鍵盤或麥克風的聲控輸入。

▲Matt plays the **keyboard** in the band.
Matt 在樂團裡擔任鍵盤手。

---

12 **lollipop**

[`lɑlɪ,pɑp]

n. [C] 棒棒糖

▲The babysitter gave the little boy a **lollipop** to stop him from crying. 保姆給這小男孩一根棒棒糖，讓他停止哭泣。

---

13 **minus**

[`maɪnəs]

prep. 減，減去

▲Nine **minus** two is seven. 9 減 2 得 7。

minus

[`maɪnəs]

n. [C] 負號；缺點，不利條件 (pl. minuses)

▲Don't forget to put a **minus** before a number less than zero.
在小於零的數字前別忘了加負號。

▲We had a meeting to talk about the **pluses and minuses** of this project. 我們開會討論這項專案的優缺點。

minus

[`maɪnəs]

adj. 負的；不利的；略低於的

▲The temperature will fall to **minus** ten tomorrow.
明天溫度將降至零下十度。

▲Being stubborn might be a **minus factor** in his success.

固執可能是影響他成功的不利因素。

▲I got **A minus** in the history test. 我的歷史考試得 A⁻。

14 **napkin** [ˋnæpkɪn]	n. [C] 餐巾，餐巾紙 ▲I wiped my mouth with a **napkin**. 我用餐巾擦嘴。

15 **peanut**

[ˋpinət]

n. [C] 花生

▲The **salted peanuts** are too tasty to stop eating.

這些鹽味花生真的好吃到讓人停不下來。

💡 peanut butter/oil 花生醬／油

16 **pour**

[por]

v. 倒 (液體)；湧入；(雨) 傾盆而下 <down>

▲The waiter is **pouring** wine for guests at the table.

侍者為桌上的每位客人倒酒。

▲The crowd **poured** into the square to celebrate the victory of the football match. 群眾湧入廣場來慶祝足球賽的勝利。

▲The rain was **pouring down** all night. 整晚下著傾盆大雨。

💡 pour sth out 毫無保留的表達…(感情或思想等)

17 **producer**

[prəˋdjusɚ]

n. [C] 生產者；製片人，製作人

▲Brazil is one of the leading coffee **producers** in the world.

巴西是其中一個世界最大的咖啡出產國。

▲The Hollywood **producer** was accused of sexual harassment. 該名好萊塢製片人被指控性騷擾。

18 **romantic**

[roˋmæntɪk]

adj. 浪漫的，愛情的

▲It is said that Paris is one of the most **romantic** cities in the world. 有人說巴黎是世界上最浪漫的城市之一。

romantic

[roˋmæntɪk]

n. [C] 浪漫主義者，耽於幻想的人

▲Vivian is a **hopeless romantic**.

Vivian 是個無可救藥的浪漫主義者。

19 **shiny**

[ˋʃaɪnɪ]

adj. 閃耀的，光亮的 [同] bright (shinier｜shiniest)

▲Tom has a **shiny** new car. Tom 有一部發亮的新車。

20 **skip**

[skɪp]

v. 蹦跳 [同] jump；略過 <over, to>
(skipped | skipped | skipping)

▲The kids **skipped** down the pavement happily after school.
孩子們放學後高興地沿著人行道蹦蹦跳跳往前走。

▲Tina **skipped** breakfast to go for a checkup.
Tina 為了體檢而沒吃早餐。

skip

[skɪp]

n. [C] 蹦蹦跳跳

▲The little boy **gave a skip of** excitement.
小男孩興奮得蹦蹦跳跳。

21 **spray**

[spre]

n. [U] 水花

▲We sat on the beach and enjoyed the **spray** from the sea.
我們坐在沙灘上，享受濺起的浪花。

spray

[spre]

v. 噴灑 <with>

▲Molly **sprayed** the plants **with** some water.
Molly 用一些水噴灑植物。

💡spray sth on/onto/over sth 將…噴灑在…上

22 **tame**

[tem]

adj. 溫馴的 [反] wild (tamer | tamest)

▲It is said that the power of love can transform a wild creature into a **tame** one.
據說愛的力量可以將野生動物轉化成一隻溫馴的動物。

tame

[tem]

v. 馴化，馴服

▲It is not easy to **tame** a lion. 要馴服獅子不容易。

23 **tricky**

[`trɪkɪ]

adj. 狡猾的；難應付的 (trickier | trickiest)

▲Foxes are considered to be **tricky** in many stories.
狐狸在許多故事中被認為是狡猾的。

▲It takes wisdom to handle a **tricky** situation like this.
處理像這樣難應付的狀況需要智慧。

24 **troop**

[trup]

n. [C] 一群，一隊；[pl.] 軍隊 (～s)

▲**A troop of** tourists was getting off the bus.
一群遊客正從公車下車。

▲The general will soon **send in the troops** to the front to fight for the survival of their country.

將軍很快就要派遣部隊到前線，為他們國家的生存而戰。

25	**widen**	v. 使寬廣 [同] broaden
	[`waɪdn̩]	▲The river **widens** as it flows. 這條河越流越寬。

Unit 39

1	**ambassador**	n. [C] 大使 <to>
	[æm`bæsədɚ]	▲Paul is the British **ambassador to** Japan.
		Paul 是英國駐日大使。

2	**blouse**	n. [C] 女用襯衫 (pl. blouses)
	[blaʊs]	▲Mia wears a white silk **blouse** and a black skirt today.
		Mia 今天穿著一件白色絲質襯衫和一條黑色裙子。

3	**cast**	v. 投擲；(目光) 投向 (cast ∣ cast ∣ casting)
	[kæst]	▲Willy **cast** the line into the lake and waited for the fish to take the bait. Willy 把他的釣魚線拋進湖裡，等待魚兒上鉤。
		▲Molly **cast** a curious look at the boy who was talking to her sister. Molly 好奇的看了一眼正在和她姊姊說話的男孩。
	cast	n. [C] (戲劇或電影的) 全體演員陣容
	[kæst]	▲The film has a **cast** of more than twenty.
		這部電影有超過二十人的演員陣容。

4	**continent**	n. [C] 大陸，大洲
	[`kɑntənənt]	▲There are seven **continents** on Earth. 地球上有七大洲。

5	**dim**	adj. 昏暗的 [反] bright (dimmer ∣ dimmest)
	[dɪm]	▲Don't read books in a **dim** light. 不要在昏暗的光線下看書。
	dim	v. 變暗 [反] brighten (dimmed ∣ dimmed ∣ dimming)
	[dɪm]	▲The lights in the concert hall **dimmed** before the performance began. 在表演開始前，音樂廳的燈光暗下來。

6 **emperor**

[`ɛmpərə·]

n. [C] 皇帝

▲The **emperor** ordered the soldiers to fight for his empire.
皇帝命令士兵為他的帝國而戰。

7 **gang**

[gæŋ]

n. [C] (朋友的) 一群；幫派組織

▲Even though Ted made some new friends in college, he still missed the old **gang**.
即使 Ted 在大學中交了一些新朋友，他仍然想念他的老友們。

▲The teenager joined a street **gang** after he dropped out of school. 那名青少年輟學以後加入街頭幫派。

gang

[gæŋ]

v. 結黨 (反對他人) <up on, against>

▲It's unreasonable to **gang up on** someone who behaves differently. 結黨反對行為舉止和他人不同的人是不合理的。

8 **headquarters**

[`hɛd,kwɔrtə·z]

n. [pl.] 總部 (abbr. HQ)

▲All the branch offices must report to the **headquarters** annually. 所有的分支機構每年都要向總部報告。

9 **homesick**

[`hom,sɪk]

adj. 思鄉的，想家的

▲Eddie felt **homesick** for Tainan when he first went to university. Eddie 剛上大學時，非常思念家鄉臺南。

10 **jar**

[dʒɑr]

n. [C] 廣口瓶，罐子

▲You should keep your homemade jam in a **jar** and store it in the refrigerator.
你應該把自製的果醬放進罐子裡，並且儲存在冰箱。

jar

[dʒɑr]

v. 使煩躁，使不快 [同] grate (jarred | jarred | jarring)

▲The traffic noise **jarred** on my nerves. 交通噪音使我很煩躁。

11 **kilometer**

[kɪ`lɑmətə·]

n. [C] 公里 (abbr. km)

▲The distance between the two towns is five **kilometers**.
這兩個城鎮的距離是五公里。

12 **lord**

[lɔrd]

n. [C] 貴族；上帝 (the Lord)

▲It is said that Frank is the son of the **lord**.
據說 Frank 是這名貴族的兒子。

▲Let's praise **the Lord** together! 讓我們一起讚美上帝！

---

13 misery

[`mɪzrɪ]

n. [C][U] 悲慘，痛苦 <in> [同] poverty, distress (pl. miseries)

▲The old man lived **in misery** after his wife died.

老先生自從喪妻之後就過著悲慘的生活。

---

14 neat

[nit]

adj. 整齊的

▲Ann always keeps her room **neat**. Ann 總是保持房間整潔。

neatly

[`nitlɪ]

adv. 整齊地

▲The teacher tells us to write **neatly** in the test.

老師叫我們考試時要字跡工整。

---

15 pearl

[pɝl]

n. [C] 珍珠

▲The lady is wearing a **pearl** necklace.

這位女士戴著一條珍珠項鍊。

---

16 pretend

[prɪ`tɛnd]

v. 假裝

▲Nathan **pretended to** be sick, so he wouldn't have to go to school. Nathan 假裝生病，這樣就可以不用去上學。

---

17 pronounce

[prə`naʊns]

v. 發音；發表意見，宣布

▲The "b" in comb is not **pronounced**. comb 的 b 不用發音。

▲The doctor **pronounced** him dead on arrival.

醫生宣布他到醫院時已經死亡。

💡 pronounce on/upon sth 發表對…的看法

---

18 rotten

[`rɑtn̩]

adj. 腐爛的，變質的；腐敗的，不誠實的

▲Food goes **rotten** very quickly in hot and humid summer days. 食物在溼熱的夏天很快就腐敗。

▲The political party is **rotten to the core**. 這個政黨腐敗透頂。

---

19 shorten

[`ʃɔrtn̩]

v. 縮短，變短 [反] lengthen

▲Days **shorten** when winter comes. 冬天來時，白晝會縮短。

---

20 slave

[slev]

n. [C] 奴隸 <to, of>

▲Stop **being a slave to** ever-changing fashion.

不要做不停改變的時尚的奴隸。

slave
[slev]
　v. 賣命工作，苦幹
▲The whole team **slaved away at** the project this month.
整個團隊本月都在努力做此企劃案。

---

21 **spy**
[spaɪ]
　n. [C] 間諜 (pl. spies)
▲To everyone's surprise, the general has worked as an enemy **spy**. 出乎大家意料之外，這位將軍竟然是敵方間諜。

spy
[spaɪ]
　v. 從事間諜活動 <for>
▲The young man admitted **spying for** his country.
這年輕人承認為他的國家從事間諜活動。
💡 spy on sb/sth 監視，蒐集…

---

22 **tangerine**
[ˌtændʒəˈrin]
　n. [C] 橘子
▲The **tangerine** was peeled and divided into segments.
這顆橘子剝好皮也分成一瓣一瓣了。

---

23 **trumpet**
[ˈtrʌmpɪt]
　n. [C] 小號，喇叭
▲Lisa plays several instruments including **trumpet**, piano and violin. Lisa 能演奏數種樂器，包括小號、鋼琴和小提琴。
💡 blow your own trumpet 自吹自擂，自我吹捧

trumpet
[ˈtrʌmpɪt]
　v. 吹噓
▲Daniel is **trumpeting** his daughter's accomplishments.
Daniel 到處吹噓他女兒的多才多藝。

---

24 **tug**
[tʌg]
　n. [C] 拉，拽
▲The naughty boy **gave** his classmate's hair **a tug**.
淘氣的男孩拉他同學的頭髮。
💡 tug-of-war 拔河比賽

tug
[tʌg]
　v. 拉，拽 <at> (tugged | tugged | tugging)
▲The little girl **tugged at** her mother's sleeve to get her attention. 小女孩拉她媽媽的袖子以取得她的注意。

---

25 **wrist**
[rɪst]
　n. [C] 手腕
▲Susan sprained her **wrist** while playing badminton.
Susan 打羽球時扭傷了她的手腕。

Unit 40

1 ambulance
[`æmbjələns]

n. [C] 救護車

▲The man was in a bad car crash. Call an **ambulance**.

這位男子發生嚴重的車禍。快叫救護車。

2 bookcase
[`bʊk‚kes]

n. [C] 書架

▲I need to buy a new **bookcase** to put the novels.

我需要買一座新書架來放小說。

3 champion
[`tʃæmpɪən]

n. [C] 冠軍，優勝者

▲The man is the heavyweight **champion** of the world; no one can beat him. 這名男子是世界重量級拳王，沒有人能贏他。

4 controller
[kən`trolɚ]

n. [C] 管理者，指揮者

▲Christine became the **controller** after working for years in the company. Christine 在該公司工作多年後成為了管理者。

💡 air-traffic controller 飛航管制員

5 discount
[`dɪskaʊnt]

n. [C] 折扣，打折 [同] reduction

▲The store offers a **discount** of ten percent on cash purchases. 這間商店對於現金購買有打九折。

discount
[`dɪskaʊnt]

v. 打折扣，不全置信，低估 [同] dismiss

▲I always **discount** what he says.

對於他說的話，總是要打折扣。

💡 discount the possibility of sth 低估⋯的可能性

6 energetic
[‚ɛnɚ`dʒɛtɪk]

adj. 精力充沛的

▲The puppy is very **energetic** and runs around in the yard.

這隻小狗精力充沛而在院子到處亂跑。

7 garage
[gə`rɑʒ]

n. [C] 車庫；修車廠

▲Please **put the car away in the garage**. 請把車停到車庫。

▲My neighbor gave me a ride this morning because my car is at the **garage**. 我鄰居今早讓我搭便車，因為我的車在修車廠。

💡garage sale 舊物拍賣 (多在自家的車庫進行)

---

8 **heap**

[hip]

n. [C] (凌亂的) 一堆 <of>

▲Brook has **a heap of** clothes to fold before going to bed. Brook 在睡前還有一堆衣服要摺。

heap

[hip]

v. 堆積

▲The big eater **heaped** a lot of food onto her plate. 這位食量大的人在她的盤子上堆了很多食物。

💡heap praise/criticism on sb 大力讚揚／批評…

---

9 **honesty**

[`ɑnɪstɪ]

n. [U] 誠實 [反] dishonesty

▲The criminal finally answered the police's questions with his **honesty**. 罪犯終於誠實回答警察的問題。

💡Honesty is the best policy. 【諺】誠實為上策。 ｜ in all honesty 說實話，其實

---

10 **jaw**

[dʒɔ]

n. [C] 下顎，下巴 [同] chin

▲The boxer punched his opponent in the **jaw**. 這拳擊手一拳打在對手的下巴上。

💡sb's jaw drops open …大吃一驚

---

11 **kindergarten**

[`kɪndɚˌɡɑrtn̩]

n. [C] 幼兒園

▲My son goes to **kindergarten**. 我兒子在上幼兒園。

---

12 **magician**

[mə`dʒɪʃən]

n. [C] 魔術師

▲My uncle and aunt hired a **magician** for their son's birthday party. 我的叔叔和嬸嬸為兒子的生日會請了一個魔術師。

---

13 **mist**

[mɪst]

n. [C][U] 薄霧

▲You had better drive with care with everything covered in **mist**. 一切都籠罩在霧裡，你最好小心駕駛。

mist

[mɪst]

v. 起霧

▲My glasses **misted up** when I was enjoying hotpot. 我的眼鏡在吃火鍋時起霧。

misty

[`mɪstɪ]

adj. 有霧的 (mistier | mistiest)

▲According to the weather forecast, it'll turn cold and **misty** tonight. 根據氣象報告，今晚會轉為寒冷、有霧的天氣。

14 **necktie**

[`nɛk,taɪ]

n. [C] 領帶 [同] tie

▲Jason hates to wear a **necktie**. He says it makes him unable to breathe. Jason 討厭戴領帶。他說那讓他無法呼吸。

15 **peel**

[pil]

v. 削 (水果或蔬菜的) 皮

▲Father is **peeling** some potatoes to make curry chicken.

父親正在削馬鈴薯的皮以做咖哩雞。

peel

[pil]

n. [C][U] (水果或蔬菜的) 外皮 [同] skin

▲Adding some grated orange **peel** to the cake can give it a pleasant fragrance. 加一些磨碎的橘子皮在蛋糕裡可以增添香味。

16 **pub**

[pʌb]

n. [C] (英國) 酒吧 [同] bar

▲The man had a beer in a **pub** during his last trip to the United Kingdom. 這名男子上次去英國時在一間酒吧裡喝了杯啤酒。

17 **rank**

[ræŋk]

n. [C][U] 級別，職位 [同] class；一列

▲Emily **rose through the ranks** to become production manager. Emily 級級攀升，當上生產部經理。

▲The students stood in **ranks** to welcome the speaker.

學生們站成列以歡迎演講者。

rank

[ræŋk]

v. 評定等級 <as>

▲Eva was **ranked as** one of the best tennis players in the league. Eva 被評為聯盟最傑出的網球選手之一。

18 **rug**

[rʌg]

n. [C] 小地毯，墊子

▲The children were asked to rub their shoes against the **rug** in the doorway before getting into the house.

孩子們被要求在進入房子前，要在門口的小地毯上磨擦他們的鞋子。

19 **shovel**

[`ʃʌvl̩]

n. [C] 鏟子 [同] spade

▲Ronald cleared the snow from the driveway with a **shovel**.

Ronald 用鏟子清除車道上的積雪。

shovel

[ˋʃʌvl̩]

v. 鏟起

▲The family is busy **shoveling** snow away from their gate on a cold day. 這個家庭在冷天中忙著鏟除大門前的積雪。

20 **slippery**

[ˋslɪprɪ]

adj. 溼滑的 (slipperier｜slipperiest)

▲You have to be careful when walking on the **slippery** floor. 你走在這溼滑的地板上要小心。

21 **squirrel**

[ˋskwɝəl]

n. [C] 松鼠

▲I saw some **squirrels** scurrying up the tree.

我看到一些松鼠快速跑到樹上去。

22 **tease**

[tiz]

v. 戲弄，取笑 <about>

▲Some haters **teased** the actor **about** his looks.

一些網路酸民取笑這位演員的長相。

23 **truthful**

[ˋtruθfəl]

adj. 誠實的 <with> [同] honest [反] untruthful

▲I think husband and wife should be **truthful with** each other. 我覺得夫妻彼此應誠實以對。

24 **tutor**

[ˋtutɚ]

n. [C] 家庭教師

▲Tony's parents hired a **tutor** to help him with his math.

Tony 的父母幫他請了一位家庭教師來教他數學。

tutor

[ˋtutɚ]

v. 當家庭教師

▲Beth **tutored** my older brother in math.

Beth 當過我哥哥的數學家教。

25 **yell**

[jɛl]

v. 吼叫 <at> [同] shout

▲The man **yelled at** the waitress because she spilled some juice on his white shirt.

這名男子因為女服務生在他的白襯衫上灑了一些果汁而對她大吼。

yell

[jɛl]

n. [C] 喊叫聲 [同] shout

▲Tom **let out a yell** of triumph when his favorite baseball player hit a home run.

看見最喜歡的棒球球員打出全壘打時，Tom 發出勝利的歡呼聲。

26 **youngster**

[ˋjʌŋstɚ]

n. [C] 年輕人 [反] elder

▲Bending is an action that **youngsters** can do with ease, but it is quite hard for many elders.

彎腰是年輕人輕易做得到的動作，但對多數年長者卻相當困難。

---

27 **zipper**

[ˋzɪpɚ]

n. [C] 拉鍊 [同] zip

▲The **zipper** is stuck, so I can't open my bag.

拉鍊卡住了，所以我沒辦法打開包包。

💡do up/close/undo/open a zipper 拉上／拉開拉鍊

zipper

[ˋzɪpɚ]

v. 拉上拉鍊 [同] zip

▲**Zipper** your coat **up**, or you will catch a cold.

拉上你外套的拉鍊否則你會感冒。

Unit 1

1 **alert**
[ə`lɝt]

adj. 警覺的 <to>

▲Parents should be **alert to** their children's strange behavior.

父母應該要對孩子的怪異行為有所警覺。

alert
[ə`lɝt]

v. 向…發出警報 <to>

▲The alarm rang, and it **alerted** me **to** the fire.

警鈴大作，讓我意識到發生火災了。

alert
[ə`lɝt]

n. [C][U] 警報

▲A tsunami **alert** was issued immediately after the major earthquake occurred. 發生大地震後立刻發布海嘯警報。

💡 on the alert 警戒

2 **anniversary**
[ˌænə`vɝsərɪ]

n. [C] 週年紀念 (pl. anniversaries)

▲Ben held a party to celebrate his parents' fiftieth wedding **anniversary**. Ben 舉辦一場派對慶祝他父母結婚五十週年紀念日。

3 **approval**
[ə`pruvl̩]

n. [U] 同意 [反] disapproval

▲Sara took a week's leave with her supervisor's **approval**.

Sara 取得主管同意後請了一星期的假。

4 **authentic**
[ɔ`θɛntɪk]

adj. 真實的 [同] genuine [反] inauthentic；正宗的 [同] genuine

▲The businessman spent at least a million dollars acquiring this **authentic** Picasso painting.

這位商人花了至少一百萬元才購得這幅畢卡索的真跡。

▲The restaurant serves **authentic** French cuisine.

這家餐廳供應正宗法國菜。

5 **confidence**
[`kɑnfədəns]

n. [U] 信心 <in, that>；[C] 祕密

▲Ian has **confidence that** he can win. Ian 有信心他能贏。

▲Mia used to exchange **confidences** with her roommate.

Mia 過去常和她的室友互訴心事。

💡 in confidence 私下地

6 consist

[kən`sɪst]

v. 由…組成 <of>；存在於 <in>

▲The tennis club **consists of** twelve boys and ten girls.

網球社由十二個男孩和十個女孩組成。

▲Some say that true happiness **consists in** desiring little.

有人說真正的快樂在於寡慾。

7 context

[`kɑntɛkst]

n. [C] (事情發生的) 背景 <in>；上下文

▲To fully understand what the drama tries to express, we should see it **in** historical **context**.

為了充分了解此戲劇想要表達什麼，我們必須審視它的歷史背景。

▲It is difficult to know the meaning of the word without **context**. 沒有前後文很難知道這個字的意思。

8 creativity

[͵krie`tɪvətɪ]

n. [U] 創造力

▲Being a good artist requires a lot of **creativity**.

身為一個好的藝術家需要有很多的創造力。

9 endure

[ɪn`djʊr]

v. 忍受 [同] bear

▲People have to **endure** extreme heat when traveling in the desert. 人們在沙漠旅行時必須忍受極度的燠熱。

enduring

[ɪn`djʊrɪŋ]

adj. 持久的

▲The war survivors hope for **enduring** peace and stability.

戰爭倖存者期待永久的和平和穩定。

10 enthusiasm

[ɪn`θjuzɪ͵æzəm]

n. [U] 熱情 <for>

▲Vince shows great **enthusiasm for** his work.

Vince 對工作有極大的熱情。

💡arouse/lose enthusiasm 激起／失去熱情

11 fragile

[`frædʒəl]

adj. 易碎的 [同] breakable [反] strong；

脆弱的 [同] vulnerable [反] strong

▲The parcel was labeled "**Fragile**." 包裹上貼著「易碎」的標籤。

▲Fred has a very **fragile** ego, and that's why he easily gets hurt. Fred 的自尊心很脆弱，這也是為什麼他容易感到受傷。

12 habitual
[hə`bɪtʃʊəl]

adj. 習慣性的

▲Robert is a **habitual** drinker, and he almost gets drunk every day. Robert 是個嗜酒成性的人，他幾乎每天都喝醉。

---

13 harmony
[`hɑrmənɪ]

n. [U] 和諧 <in>

▲In order to protect the earth, people should live **in harmony** with nature. 為了保護地球，人們應該與大自然和平共存。

harmonious
[hɑr`monɪəs]

adj. 和諧的 [反] inharmonious

▲It's essential to establish a **harmonious** relationship with neighbors. 與鄰居建立和諧的關係很重要。

---

14 initial
[ɪ`nɪʃəl]

adj. 最初的 [同] first

▲My **initial** impression of Susan changed after I had known her better. 我對 Susan 最初的印象在我進一步認識她後就改變了。

initial
[ɪ`nɪʃəl]

n. [C] (姓名的) 首字母 (usu. pl.)

▲G.B.S. are the **initials** of George Bernard Shaw.
G.B.S. 是 George Bernard Shaw 的名字首字母。

initial
[ɪ`nɪʃəl]

v. 在⋯上簽署姓名的首字母

▲The CEO **initialed** the contract on the signature line.
執行長在合約的簽名線上簽上姓名的首字母。

---

15 intelligence
[ɪn`tɛlədʒəns]

n. [U] 智商，智慧

▲The dolphin is an animal with high **intelligence**.
海豚是智商很高的動物。

💡AI = artificial intelligence 人工智慧

---

16 launch
[lɔntʃ]

v. 發行；發射

▲The new product is set to **launch** tomorrow.
這個新產品已經準備好明天發行。

▲The United Kingdom is planning to **launch** a new weather satellite. 英國正計劃要發射一枚新的氣象衛星。

💡launch into 開始從事

launch
[lɔntʃ]

n. [C] 發表會；(火箭等的) 發射

▲The new smartphone **launch** will take place in New York.
新款智慧型手機的發表會將會在紐約舉行。

Level 4

▲The spaceship exploded right after the **launch**.

太空船一發射就爆炸了。

---

17 **margin**

[ˋmɑrdʒɪn]

| n. | [C] (書頁的) 空白處 <in>；幅度，差額

▲Please write your comments **in the margin**.

請將你的意見寫在頁邊的空白處。

▲Jessica won the election by a **narrow margin**.

Jessica 以些微差距贏了選舉。

---

18 **overcome**

[͵ovɚˋkʌm]

| v. | 克服 [同] defeat (overcame｜overcome｜overcoming)

▲To achieve success, you should **overcome** all the difficulties. 為了成功，你應該克服所有的困難。

💡overcome obstacles/problems 克服障礙／問題

---

19 **paragraph**

[ˋpærə͵græf]

| n. | [C] 段落

▲A **paragraph** usually contains five to ten sentences and focuses on one main idea.

段落通常包含五到十個句子，且專注於一個主要的想法。

---

20 **protein**

[ˋprotin]

| n. | [C][U] 蛋白質

▲In addition to animal products, beans and nuts are also rich in **protein**. 除了動物製品外，豆類和堅果類也富含蛋白質。

---

21 **protest**

[ˋprotɛst]

| n. | [C][U] 抗議，反對 <against>

▲The opposing party held a **protest against** the new policy.

反對黨舉行反新政策的抗議活動。

💡under protest 不情願地

protest

[prəˋtɛst]

| v. | 抗議，反對 <against>

▲Thousands of people gathered outside the AIT office, **protesting against** the U.S. pork imports.

數千人聚在美國在臺協會外面，抗議美豬進口。

---

22 **researcher**

[rɪˋsɝtʃɚ]

| n. | [C] 研究員

▲According to some **researchers**, excessive vitamins are harmful to human health.

根據某些研究人員的說法，過量的維他命對人體健康有害。

---

23 severe

[sə`vɪr]

adj. 嚴厲的 [同] harsh；嚴重的 (severer｜severest)

▲Spanking is considered a **severe** punishment by some modern parents. 一些現代父母認為打屁股是嚴厲的懲罰。

▲Ted was hospitalized because he suffered from a **severe** lung infection. Ted 因為嚴重的肺部感染送往醫院治療。

severely

[sə`vɪrlɪ]

adv. 嚴重地

▲The farm was **severely** damaged due to the typhoon.

農場因為颱風的關係嚴重受損。

---

24 strengthen

[`strɛŋθən]

v. 增強

▲An ambassador's job is to **strengthen** the relationship between two countries. 大使的工作是要加強兩國的關係。

💡strengthen sb's hand 加強…的權力

---

25 sympathy

[`sɪmpəθɪ]

n. [U] 同情

▲The mayor expressed deep **sympathy for** the victims of that accident. 市長向那場意外的罹難者致哀。

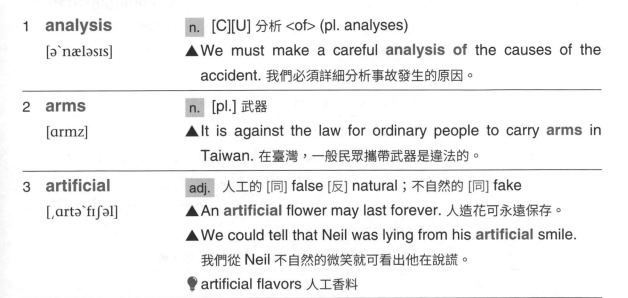

Unit 2

1 analysis

[ə`næləsɪs]

n. [C][U] 分析 <of> (pl. analyses)

▲We must make a careful **analysis of** the causes of the accident. 我們必須詳細分析事故發生的原因。

---

2 arms

[ɑrmz]

n. [pl.] 武器

▲It is against the law for ordinary people to carry **arms** in Taiwan. 在臺灣，一般民眾攜帶武器是違法的。

---

3 artificial

[ˌɑrtə`fɪʃəl]

adj. 人工的 [同] false [反] natural；不自然的 [同] fake

▲An **artificial** flower may last forever. 人造花可永遠保存。

▲We could tell that Neil was lying from his **artificial** smile.

我們從 Neil 不自然的微笑就可看出他在說謊。

💡artificial flavors 人工香料

4 **blend**
[blɛnd]

v. 使混和 <with> [同] mix；相稱 <with>

▲**Blend** butter and flour before adding the other ingredients.

加入其他材料前，先把奶油和麵粉混和在一起。

▲The red hat **blends** well **with** Kate's dress.

那頂紅帽子跟 Kate 的衣服很相稱。

blend
[blɛnd]

n. [C] 混和物

▲Diego's dance is a **blend** of modern ballet and tango.

Diego 的舞蹈融合現代芭蕾與探戈舞。

5 **container**
[kən`tenɚ]

n. [C] 容器；貨櫃

▲Olivia kept her jewels in an unbreakable **container**.

Olivia 把她的首飾存放在一個打不破的容器裡。

▲We saw several **containers** loaded on the ship.

我們看到幾個貨櫃被裝載到船上。

6 **continuous**
[kən`tɪnjuəs]

adj. 不斷的，持續的

▲There was something wrong with the air-conditioner because it made a **continuous** noise.

這臺冷氣出了問題，因為它持續發出噪音。

7 **contribution**
[ˌkɑntrə`bjuʃən]

n. [C][U] 貢獻；捐款 <to> [同] donation

▲Hawking's black hole theory is a major **contribution to** the modern science. 霍金的黑洞理論是現代科學的一大貢獻。

▲The orphanage is mainly funded by voluntary **contribution** from all walks of life.

這個孤兒院主要是來自各行各業自願捐款資助的。

8 **depression**
[dɪ`prɛʃən]

n. [U] 憂鬱，憂鬱症；[C] 不景氣

▲Lily traveled abroad in order to come out of her **depression**. 為了擺脫憂鬱，Lily 出國旅行。

▲The senior politician had been through the Great **Depression** of the 1930s.

這名資深政治家曾經歷 1930 年代的經濟蕭條。

9 **digital**

[`dɪdʒɪtl̩]

adj. 數位的，數字的

▲A **digital** watch shows the time through digits rather than through hands. 數位電子錶以數字而非以指針顯示時間。

💡digital camera 數位相機

---

10 **equality**

[ɪ`kwɑlətɪ]

n. [U] 平等 [反] inequality

▲Those laborers campaigned for social **equality**.

那群勞工為爭取社會平等而發起運動。

💡gender/racial equality 性別／種族平等

---

11 **experimental**

[ɪk,spɛrə`mɛntl̩]

adj. 實驗的

▲The new treatment is still in the **experimental** stage.

這種新療法還在實驗階段。

💡experimental results/data 實驗結果／數據

---

12 **gallery**

[`gælərɪ]

n. [C] 畫廊 (pl. galleries)

▲The modern art exhibition at the **gallery** is worth seeing.

這間畫廊的現代藝術展值得一看。

💡art gallery 藝廊

---

13 **handwriting**

[`hænd,raɪtɪŋ]

n. [U] 字跡，筆跡

▲Will's **handwriting** is very hard to read, so I have to call him to make sure of what he wants in the letter. Will 的筆跡很難看得懂，所以我必須打給他以確認他在信上要求什麼。

---

14 **household**

[`haʊs,hold]

n. [C] (一戶) 家庭

▲A growing number of **households** have pets nowadays.

現今有越來越多家庭養寵物。

household

[`haʊs,hold]

adj. 家用的

▲**Household** chores are not just women's jobs.

家務事不是只屬於婦女的工作。

💡household products 家用產品

householder

[`haʊs,holdɚ]

n. [C] 住戶，居住者

▲The **householders** have been informed to store water before the typhoon comes. 住戶已被通知在颱風來前做好儲水工作。

---

15 intense

[ɪn`tɛns]

adj. 強烈的，激烈的 [同] extreme

▲The **intense** heat in the area killed many plants and trees.

這個地區的酷熱讓許多植物和樹木枯死。

💡 intense pain 劇痛

---

16 laboratory

[`læbrə,torɪ]

n. [C] 實驗室 (abbr. lab) (pl. laboratories)

▲Scientists from around the world work together in the cancer research **laboratory**.

來自世界各地的科學家在這癌症研究實驗室裡攜手合作。

---

17 license

[`laɪsn̩s]

n. [C] 執照，許可證

▲Peter passed the driving test and got a driver's **license**.

Peter 通過駕駛考試取得駕照。

💡 under license 經過許可

license

[`laɪsn̩s]

v. 批准，許可 <to>

▲The restaurant **is licensed to** sell alcoholic drinks.

這家餐廳獲准販賣含酒精飲料。

---

18 maturity

[mə`tjʊrətɪ]

n. [U] 成熟

▲Despite the young age, Owen showed great **maturity** when he faced difficulties.

儘管 Owen 年紀輕，他面對困難卻展現高度的成熟。

---

19 oxygen

[`ɑksədʒən]

n. [U] 氧氣

▲We cannot live without **oxygen**. 我們沒有氧氣不能生存。

---

20 psychological

[,saɪkə`lɑdʒɪkl̩]

adj. 心理的，精神的

▲That child has **psychological** problems, which prevents him from interacting with other people.

那個孩子有心理上的問題，使他無法跟他人互動。

---

21 quotation

[kwo`teʃən]

n. [C] 引文

▲If you use a **quotation** in your paper, you must cite the source. 如果你在論文中使用引文，必須說明出處。

---

22 research
[ˋrisɚtʃ]

n. [U] 研究 <into, on>

▲The experts are carrying out some **research into** the effects of music on children.

專家們正在進行一些關於音樂對小孩影響的研究。

💡do/conduct research 做研究

research
[rɪˋsɝtʃ]

v. 研究 <into>

▲Dr. Lin is **researching into** the causes of cancer and ways to prevent them. 林博士正在研究引發癌症的原因以及預防的方法。

23 resistance
[rɪˋzɪstəns]

n. [U] 抵抗 <to>；阻力

▲When they came to arrest him, the man offered no **resistance to** the police. 警察來逮捕他的時候，那人沒有反抗。

▲The technicians are conducting experiments to test the air **resistance** of the car. 技師們正在做實驗測試車子的空氣阻力。

💡nonviolent resistance 非暴力抵抗

24 surroundings
[səˋraundɪŋz]

n. [pl.] 環境 [同] environment

▲After Dylan moved to the new city, it took him a few weeks to get used to the new **surroundings**.

搬到新城市後，Dylan 花了幾個禮拜的時間適應新環境。

25 tolerable
[ˋtɑlərəbl̩]

adj. 可忍受的 [同] bearable [反] intolerable；尚可的 [同] reasonable

▲The extreme cold in high mountain areas is barely **tolerable** to some tourists.

對一些觀光客而言，他們很難忍受高山極度低溫的天氣。

▲The double room is rather small, but it's **tolerable** for two people. 這間雙人房雖然小，但兩個人住尚可接受。

Unit 3

1 appropriate
[əˋproprɪˌet]

adj. 適合的，合適的，恰當的 <to, for>
[同] suitable [反] inappropriate

▲Jason made a speech highly **appropriate to** the occasion.

Jason 發表了一個非常適合這場合的演講。

💡It is appropriate (for sb) to V (…) 做…是合適的

---

2 **association**

[əˌsosɪˈeʃən]

n. [C] 協會 [同] organization；[C][U] 關聯 <between, with>

▲Sally is interested in joining the student **association**.

Sally 對於參與學生會很有興趣。

▲The research indicated an **association between** chewing betel nuts and oral cancer.

這份研究指出嚼食檳榔與口腔癌有關聯。

💡in association with 聯合…

---

3 **broke**

[brok]

adj. 破產的，身無分文的

▲The businessman was **flat broke** after the investment failed. 投資失利後，這個商人徹底破產了。

💡go broke 破產｜go for broke 孤注一擲

---

4 **brutal**

[ˈbrutl̩]

adj. 殘忍的，殘暴的

▲The terrorists were arrested because they had been involved in the **brutal** attack.

這些恐怖分子因參與這場暴力攻擊而遭到逮捕。

---

5 **community**

[kəˈmjunətɪ]

n. [C] 社區；社群 (pl. communities)

▲The crime rate is very low in this **community**.

這個社區犯罪率很低。

▲This international organization is working hard to bring together all the different ethnic **communities**.

這個國際組織努力使不同族群和睦相處在一起。

---

6 **contribute**

[kənˈtrɪbjʊt]

v. 貢獻，捐贈 <to>；導致 <to>

▲Penicillin, a type of antibiotic, has **contributed** greatly **to** mankind. 盤尼西林，一種抗生素，對人類有很大的貢獻。

▲Drowsy driving **contributes to** a lot of car accidents.

疲勞駕駛導致許多車禍。

---

7 **conventional**
[kən`vɛnʃənl̩]

adj. 常規的，傳統的 [反] unconventional

▲Herbal medicine may provide a cure when **conventional** medicine cannot. 當傳統醫藥無效時，草藥也許能提供療效。

💡conventional weapons 傳統武器

---

8 **cooperate**
[ko`apə,ret]

v. 合作，協力 <with> [同] collaborate

▲The children **cooperated with** their parents in cleaning the rooms. 孩子們和父母親合力打掃房間。

---

9 **disability**
[,dɪsə`bɪlətɪ]

n. [C][U] 身體缺陷，殘疾

▲The disabled young man never lets his **disability** prevent him from doing whatever he wants to do.

這位殘障的年輕人從不讓他的身體缺陷阻礙他做想做的事。

💡disability pension 殘障撫恤金｜

learning/physical/mental disability 學習／身體／心理障礙

---

10 **essential**
[ɪ`senʃəl]

adj. 必要的 <to, for> [同] vital [反] dispensable

▲The sun is absolutely **essential to** the living things on earth. 太陽對於地球上的生命而言是不可或缺的。

essential
[ɪ`senʃəl]

n. [C] 必需品 (usu. pl.) [同] necessity

▲The old couple only brought the **bare essentials** with them when moving into the retirement home.

這對老夫婦只帶著必備的東西搬進退休之家。

---

11 **establish**
[ɪ`stæblɪʃ]

v. 建立，創立 [同] found, set up

▲The oldest theater in this town was **established** in 1950.

這個小鎮最古老的劇院在 1950 年建立。

establishment
[ɪ`stæblɪʃmənt]

n. [C] 機構；[U] 建立 <of>

▲There are many financial **establishments** set in the downtown business district.

有許多金融機構設立在市中心商業區。

▲Both of the two countries will benefit from the **establishment of** the trade relations.

這兩個國家都將受益於貿易關係的建立。

12 fasten
[ˋfæsn̩]

v. 固定，繫緊 [同] do up [反] unfasten

▲To ensure your safety, please **fasten** your seat belt during the flight. 為確保你的安全，請在飛航期間繫緊安全帶。

💡fasten on/upon sth 集中注意力於…

---

13 gene
[dʒin]

n. [C] 基因

▲Although the baby carried a defective **gene**, he looked normal. 雖然這個嬰兒帶有缺陷的基因，但他看起來很正常。

💡dominant/recessive gene 顯性／隱性基因

---

14 hardship
[ˋhɑrdʃɪp]

n. [C][U] 苦難

▲The soldier has gone through all kinds of **hardships** in the war. 這名軍人在戰爭中經歷了種種苦難。

💡face/endure hardship 面臨／忍受苦難

---

15 incident
[ˋɪnsədənt]

n. [C] 事件

▲The government refused to comment on the **incident** at the border. 政府拒絕就邊境的事件發表評論。

💡without incident 平安無事

incidental
[͵ɪnsəˋdɛntl̩]

adj. 附帶的，伴隨的 <to>

▲The bill includes several **incidental** charges. 這帳單包含了幾項雜支。

💡incidental music 配樂

incidentally
[͵ɪnsəˋdɛntlɪ]

adv. 附帶地，順帶一提 [同] by the way

▲**Incidentally**, our flight to Tokyo was canceled owing to the typhoon. 順帶一提，我們前往東京的班機因為颱風取消了。

---

16 keen
[kin]

adj. 激烈的；渴望的，喜愛的，感興趣的 <on> [同] eager

▲Our team finally won the championship in the **keen** competition. 我們的隊伍最後在激烈的競爭中贏得冠軍。

▲Zoe is **keen on** becoming a professional interior designer. Zoe 渴望成為一名專業的室內設計師。

💡as keen as mustard 極感興趣

keenly

[`kinlɪ]

adv. 強烈地

▲Bruce was **keenly** interested in wildlife photography.

Bruce 對野生動物攝影有強烈的興趣。

keenness

[`kinnɪs]

n. [U] 渴望，熱切

▲Each contestant on the stage showed **keenness** for success. 每位臺上的參賽者顯得渴望成功。

---

17 **machinery**

[mə`ʃinərɪ]

n. [U] 機器

▲To reduce personnel expenses, the factory installed some **machinery** to replace workers.

為了減少人事開支，這間工廠安裝一些機器來取代工人。

---

18 **maximum**

[`mæksəməm]

adj. 最大極限的 (abbr. max)

▲What is the **maximum speed** of that sports car?

那輛跑車最快可以開多快？

maximum

[`mæksəməm]

n. [C] 最大限度 (abbr. max) (usu. sing.) <of>

(pl. maxima, maximums)

▲Passengers are usually allowed to take **a maximum of** 20 kilograms on the flight. 乘客搭機時通常最多只能攜帶二十公斤。

---

19 **measure**

[`mɛʒɚ]

n. [C] 措施 (usu. pl.)；標準

▲The police have taken strong **measures** against drunk driving. 警察已採取強烈手段防止酒後駕車。

▲Wealth is not a proper **measure** of a person's worth.

財富不是衡量個人價值的適當標準。

💡 drastic/tough/extreme measures 嚴厲的／強硬的／極端的措施

---

20 **penalty**

[`pɛnḷtɪ]

n. [C] 處罰 [同] punishment；

(不利的) 代價 [同] disadvantage <for, of> (pl. penalties)

▲Anyone who breaks the company rules will face **penalties**.

任何人違反公司規定將會面臨處罰。

▲One of the **penalties of** living in the remote country is the lack of healthcare.

住在偏遠鄉下要付出的代價之一就是缺乏醫療服務。

💡 the death penalty 死刑

21 psychologist

[saɪ`kɑlədʒɪst]

n. [C] 心理學家

▲The **psychologist** is an expert in child development.

那位心理學家是兒童發展的專家。

💡clinical psychologist 臨床心理學家

22 reference

[`rɛfrəns]

n. [C][U] 提及 <to>；[C] 推薦函

▲Greg **made** several **references to** his school life in London.

Greg 提及一些他過去在倫敦的校園生活。

▲Dora asked her professor to write a **reference** for her.

Dora 請她的教授為她寫推薦函。

💡with reference to 關於

23 route

[rut]

n. [C] 路線；方法 <to>

▲We took the quickest **route** from the airport to the hotel.

我們走機場到飯店最快的路線。

▲Sharon tried to take the easiest **route to** fame and wealth but failed. Sharon 嘗試用最容易的途徑成名致富，但卻失敗了。

💡an alternative/escape route 替代／逃生路線

route

[rut]

v. 運送，傳送 <through, via>

▲The new skincare products will be **routed via** Milan.

新的護膚產品將運送途經米蘭。

24 tragedy

[`trædʒədɪ]

n. [C][U] 悲慘的事；悲劇 (pl. tragedies)

▲The wedding party ended in **tragedy** because the restaurant was on fire.

那場結婚派對以悲劇收場，因為餐廳失火了。

▲*Othello* is Simon's favorite **tragedy**.

《奧賽羅》是 Simon 最喜歡的悲劇。

25 universal

[ˌjunə`vɝsl]

adj. 普遍的，通用的

▲Extreme weather is a **universal** problem in the world.

極端天氣是全世界普遍的問題。

💡a universal truth 普遍真理

universal

[ˌjunəˈvɝsl]

n. [C] 普遍現象

▲It seems to be a **universal** in the world that parents want a better life for their children.

父母親希望子女有更好的生活似乎是全世界普遍的現象。

Unit 4

1 **athletic**

[æθˈlɛtɪk]

adj. 運動的；強壯的 [同] strong

▲The **athletic** competition will be held next week.

運動比賽將於下週舉行。

▲In order to have an **athletic** figure, Joe receives a daily workout. 為了擁有一個強壯的身形，Joe 每日鍛鍊。

2 **battery**

[ˈbætərɪ]

n. [C] 電池 (pl. batteries)

▲The **battery** in the camera is dead and we have to replace it with a new one. 相機的電池沒電了，我們必須拿一個新的來替換。

💡recharge sb's batteries 恢復…的體力 | battery life 電池壽命

3 **behavior**

[bɪˈhevjɚ]

n. [U] 行為，舉止

▲Parents should teach their children to distinguish between socially appropriate and inappropriate **behavior**.

父母必須教導小孩區別社交中適當與不當的行為。

4 **canoe**

[kəˈnu]

n. [C] (用槳划的) 獨木舟

▲Bella finally learned how to paddle a **canoe** by trial and error. 在不斷反覆嘗試後，Bella 最後學會如何划獨木舟。

canoe

[kəˈnu]

v. 划獨木舟

▲The man **canoed** along the river through the forest.

這男子划著獨木舟順流穿越森林。

5 **constructive**

[kənˈstrʌktɪv]

adj. 有建設性的，有用的

▲The best way to put democracy into practice is to welcome **constructive** criticism from the opposition parties.

實踐民主的最佳方式就是歡迎反對黨有建設性的意見。

💡constructive suggestions/advice 有建設性的建議／意見

---

6 **convince**

[kən`vɪns]

v. 使相信 <of, that>；說服 <to> [同] persuade

▲The suspect tried hard to **convince** the judge **of** his innocence. 這個嫌疑犯努力試著使法官相信他的清白。

▲The salesperson **convinced** Kevin **to** buy the oven.

這名銷售員說服 Kevin 買烤箱。

convinced

[kən`vɪnst]

adj. 確信的 <of, that> [反] unconvinced；虔誠的

▲We are **convinced that** Ruth will win the race in the end.

我們確信 Ruth 最後將贏得比賽。

▲Sean is a **convinced** Christian. He always prays before meals. Sean 是個虔誠的基督教徒。他總會在用餐前禱告。

convincing

[kən`vɪn‚sɪŋ]

adj. 有說服力的

▲No one believed what the politician said because it was not **convincing**. 沒人相信那位政治人物說的話，因為它沒有說服力。

💡convincing victory/win 大比數獲勝

---

7 **cooperation**

[ko‚ɑpə`reʃən]

n. [U] 合作 <with, between>

▲Since the witness is willing to be **in** full **cooperation with** the police, the case will be solved soon.

因為這名目擊證人願意全力配合警方調查，這起案件很快就能破案。

💡in close cooperation 緊密合作

---

8 **cooperative**

[ko`ɑpərətɪv]

adj. 合作的 [同] helpful [反] uncooperative

▲The teacher asked the kids to be quiet, but they were not very **cooperative**. 老師要這些孩子們安靜點，但他們不太配合。

cooperative

[ko`ɑpərətɪv]

n. [C] 合作企業

▲Last Sunday, we visited an agricultural **cooperative** and a rice factory. 上週日我們參觀了一家農業合作社與一間米工廠。

---

9 **economics**

[‚ikə`nɑmɪks]

n. [U] 經濟學

▲Carol received a PhD in **economics**.

Carol 取得經濟學博士學位。

---

10 **estimate**

['ɛstəmɪt]

n. [C] 估價 <of, for>

▲The mechanic gave me a rough **estimate of** NT$8,000 **for** the repairs. 技工向我粗估修理費為新臺幣八千元。

💡a conservative/rough estimate 保守／粗略估計

estimate

['ɛstəmet]

v. 估計 <at, that>

▲After the fire, the store **estimated** the losses **at** two million NT dollars. 火災過後，該店家估計損失為新臺幣兩百萬元。

---

11 **ethnic**

['ɛθnɪk]

adj. 民族的，異國風味的

▲Misunderstandings often occur among different **ethnic** groups. 不同種族間常會發生誤解。

💡ethnic clothes/dishes 民族服裝／料理｜
ethnic minority 少數民族

ethnic

['ɛθnɪk]

n. [C] 少數民族的一員

▲We should treat all **ethnics** with respect.

我們應該對於所有民族予以尊重。

---

12 **fetch**

[fɛtʃ]

v. 拿取，取回 [同] bring

▲Please **fetch** me a plate from the cupboard.

請幫我去櫥櫃拿一個盤子來。

💡fetch up 偶然來到

fetch

[fɛtʃ]

n. [U] 拿取，取回

▲Frank likes to **play fetch** with his new adopted dog in the yard. Frank 喜歡和他新領養的狗在庭院玩拋接遊戲。

---

13 **guilty**

['gɪltɪ]

adj. 內疚的 <about>；有罪的 <of> [反] innocent

(guiltier｜guiltiest)

▲Karen felt **guilty about** forgetting her boyfriend's birthday again. Karen 為再次忘記她男友的生日而感到內疚。

▲Justin was proved **guilty of** drunk driving and got his driver's license suspended.

Justin 酒後駕駛罪名成立，他的駕照也被吊扣。

💡guilty conscience 問心有愧｜plead guilty 認罪

14 humanity
[hju`mænətɪ]

n. [U] 人類；仁慈

▲Nuclear weapons are a threat to **humanity**.
核子武器是所有人類的一大威脅。

▲As a nun, Joan displayed great maturity and **humanity** in her behavior. 身為一個修女，Joan 的行為展現高度成熟與仁慈。

15 install
[ɪn`stɔl]

v. 安裝 [反] uninstall；正式任命 <as>

▲Allen **installed** the new software to increase the processing speed of the computer.
Allen 安裝新的軟體以增加電腦執行的速度。

▲The CEO **has installed** a lawyer **as** his private counselor.
執行長已任用一名律師作為他的私人顧問。

16 landscape
[`lænskep]

n. [C] 風景

▲The painter depicted beautiful rural **landscapes** in her recent works. 這位畫家在她近期的作品中描繪美麗的鄉村風景。

landscape
[`lænskep]

v. 做景觀美化

▲The city park **was landscaped** and it attracted many visitors. 城市公園經過美化後吸引了許多遊客。

17 makeup
[`mek,ʌp]

n. [U] 化妝品

▲Many teenagers dress themselves up and wear some **makeup** for the Halloween parade.
許多年輕人為了萬聖節遊行裝扮自己。

18 motivation
[,motə`veʃən]

n. [U] 積極性；[C] 動機 <for>

▲Emily lacks **motivation** and seldom involves herself in school activities. Emily 缺乏積極性，很少參與學校活動。

▲Darren's **motivation for** learning English is to communicate with other people when he travels around the world.
Darren 學習英文的動機是在環遊世界的時候可以與人溝通。

19 nowadays
[`nauə,dez]

adv. 現在，現今 [同] today

▲**Nowadays**, women have more opportunities than ever before. 現在女性比以前有更多機會。

20 percentage
[pɚ`sɛntɪdʒ]

n. [C] 百分比

▲With the popularity of smartphones, a larger **percentage** of people can get easy access to the Internet.
隨著智慧型手機的普及，更多人能夠輕鬆上網。

💡percentage points 百分點

21 publisher
[`pʌblɪʃɚ]

n. [C] 出版社

▲At first, the author had difficulty finding a **publisher** for her new book. 最初這個作家很難找到出版社為她出新書。

22 reflect
[rɪ`flɛkt]

v. 反映 <in>；深思 <on, that>

▲Wilson was fascinated by the still lake with the big round moon **reflected in** it.
Wilson 被這有著飽滿圓月倒影的寧靜湖面所吸引。

▲Joy **reflected on** how long she had spent on finding a new job. Joy 深思她已花多少時間在找新工作。

23 satellite
[`sætl̩‚aɪt]

n. [C] 人造衛星 <by, via>

▲People can watch the broadcast of the Olympic Games **via satellite**. 人們可以透過人造衛星收看奧運轉播。

💡satellite town 衛星城市，大都市周圍的城鎮

24 tragic
[`trædʒɪk]

adj. 悲慘的

▲The director's death was a **tragic** loss to the entertainment industry. 這位導演的死對演藝界是個悲痛的損失。

💡tragic heroes 悲劇英雄

25 vessel
[`vɛsl̩]

n. [C] 船 [同] ship；血管

▲The fishing **vessel** was finally released ten months after it was hijacked by the pirates.
這艘漁船被海盜劫持十個月後才被釋放。

▲The man dropped dead right after a blood **vessel** burst in his brain. 這名男子因為腦溢血而猝死。

💡a rescue/cargo vessel 救生／貨船

Level 4

Unit 5

---

1 absolute

[`æbsə,lut]

adj. 全然的；絕對的

▲All of the hockey team members have **absolute** confidence in the coach's judgment.

所有曲棍球隊員都對於教練的判斷有全然的信心。

▲There is no **absolute** solutions to this problem. You can have your own opinion.

這個問題沒有絕對的解決方法。你可以有自己的想法。

💡in absolute terms 就其本身而言

absolutely

[,æbsə`lutlɪ]

adv. 全然地；當然

▲Bill's poor health is **absolutely** related to his bad eating habits. Bill 身體不好全然地與他不好的飲食習慣有關。

▲"Will you come to Emily's party tonight?" "**Absolutely**!"

「你今晚會出席 Emily 的派對嗎？」「當然！」

---

2 annual

[`ænjʊəl]

adj. 一年一度的 [同] yearly；一年的 [同] yearly

▲To most families in America, the **annual** celebration of Christmas is a very important event.

對於許多美國家庭而言，一年一度的耶誕節慶祝活動是一大盛事。

▲The **annual** income of the real estate agent is over three million NT dollars.

這位房地產經紀人的年收入超過新臺幣三百萬元。

💡annual meeting/report 年度會議／報告 |
annual fee/budget 年費／年度預算

---

3 atmosphere

[`ætməs,fɪr]

n. [C][sing.] 大氣層 (the ～)；[sing.] 氣氛

▲The toxic gases from these chemical factories caused damage to **the atmosphere**.

這些化學工廠排放的有毒氣體造成大氣層的汙染。

▲Victor felt a tense **atmosphere** as soon as he entered the office. Victor 一進辦公室就感受到一股緊張的氣氛。

4	**breed**	n. [C] 品種
	[brid]	▲The Labrador retriever is my favorite **breed** of dog.
		拉不拉多是我最喜歡的狗品種。
	breed	v. 繁殖 (bred｜bred｜breeding)
	[brid]	▲The zoologist devotes himself to **breeding** endangered species. 那位動物學家致力於培育瀕臨絕種的物種。
	breeding	n. [U] 繁殖
	[ˋbridɪŋ]	▲When is the **breeding** season for pandas?
		熊貓的繁殖季節是什麼時候？

5	**cargo**	n. [C][U] (船或飛機載的) 貨物 (pl. cargoes, cargos)
	[ˋkɑrgo]	▲The **cargo** ship sank in the Indian Ocean.
		這艘貨船在印度洋沉沒。

| 6 | **communication** | n. [U] 溝通 <in, with, between> |
| | [kəˌmjunəˋkeʃən] | ▲Sue and Eva will be **in communication with** each other by exchanging emails to practice their reading and writing skills. Sue 和 Eva 將以寫電子郵件的方式互相聯絡以練習讀寫技巧。 |

7	**consumer**	n. [C] 消費者
	[kənˋsumɚ]	▲**Consumers** need protection against dishonest dealers.
		消費者須受到保護以對付不肖商人。
		💡consumer demand/rights 消費者需求／權益

8	**council**	n. [C] (地方、鎮、市的) 政務委員會，議會
	[ˋkaʊnsl̩]	▲The city **council** decided to build a library near the station.
		市議會決議要在車站旁興建一座圖書館。
		💡student council 學生會

9	**critical**	adj. 批評的 <of>；至關重要的 <to> [同] crucial
	[ˋkrɪtɪkl̩]	▲Melody is always **critical of** the clothes her boyfriend wears. Melody 總是批評她男朋友穿的衣服。
		▲The sale of the new product is **critical to** the future of our company. 新產品的銷售對於我們公司的未來至關重要。
		💡critical remark/decision 批判評論／重要決定

10 **cruelty**

[ˈkruəltɪ]

n. [C][U] 殘忍，殘酷 <of>；

虐待 <to> [反] kindness (pl. cruelties)

▲Those old soldiers suffered from the **cruelty of** the war. Some of them even lost their homes.

那些老兵經歷過戰爭的殘酷。有些人甚至失去他們的家。

▲Julian was accused of **cruelty to** cats. Julian 被指控虐待貓。

---

11 **eventual**

[ɪˈvɛntʃuəl]

adj. 最後的，最終的

▲The outstanding runner was the **eventual** winner of the marathon. 這位傑出的跑者是這場馬拉松賽的最後贏家。

eventually

[ɪˈvɛntʃulɪ]

adv. 最後，終於

▲Lydia has written her novel for years and it was published **eventually** yesterday.

Lydia 撰寫小說多年，昨日小說終於出版了。

---

12 **fiction**

[ˈfɪkʃən]

n. [U] 小說 [反] non-fiction；[C][U] 虛構的故事 [反] fact

▲Nash is addicted to reading crime **fiction**.

Nash 沉迷於閱讀犯罪小說。

▲What Paul said was **fiction**. Paul 所說的是虛構的故事。

💡a piece/work of fiction 一部小說

---

13 **genius**

[ˈdʒinjəs]

n. [C] 天才；[U] 才智，天賦 (pl. geniuses, genii)

▲Mozart is a musical **genius**. 莫札特是個音樂天才。

▲Tyson began showing signs of **genius** when he was three years old. Tyson 三歲時就開始嶄露天賦。

💡have a genius for sth 對⋯方面很有天分

---

14 **identical**

[aɪˈdɛntɪkļ]

adj. 同樣的 <to, with>

▲The reproduction looks almost **identical to** the original.

這件複製品看起來幾乎和原作一樣。

---

15 **influential**

[ˌɪnfluˈɛnʃəl]

adj. 有影響力的 <in>

▲The legislators are **influential in** deciding on the government's policies.

立法委員對於決定政府的政策是有影響力的。

16 **interpret**
[ɪn`tɝprɪt]

v. 解釋 <as>；口譯，翻譯

▲Blaire's frequent absence from school is **interpreted as** a lack of interest in learning.
Blaire 經常上課缺席被解釋成缺乏學習興趣。

▲Since we couldn't speak Spanish, we asked the tour guide to **interpret** for us.
因為我們不會說西班牙語，我們請導遊幫我們翻譯。

17 **manufacturer**
[ˌmænjə`fæktʃərɚ]

n. [C] 製造商 [同] maker

▲The car **manufacturer** urgently recalled all the defective vehicles. 這個汽車製造商緊急召回所有有瑕疵的車子。

18 **memorial**
[mə`morɪəl]

adj. 紀念的，追悼的

▲Many friends and relatives attended Jackson's **memorial service**. 很多朋友及親人參加了 Jackson 的追悼會。

memorial
[mə`morɪəl]

n. [C] 紀念碑 <to>

▲The statue was built as a **memorial to** the soldiers killed in the war. 這個紀念碑是為了戰死的軍人而建。

19 **numerous**
[`njumərəs]

adj. 許多的，大量的 [同] many

▲Our office gets **numerous** phone calls every day.
我們辦公室每天接到無數的電話。

💡too numerous to mention/list 不勝枚舉

20 **observation**
[ˌɑbzɚ`veʃən]

n. [C][U] 觀察 <of>；[C] 評論 <on, about>

▲The patient was kept under close **observation** in the hospital. 這名病人留院接受密切觀察。

▲Ryan made some **observations on** the cultural differences between Australia and New Zealand.
Ryan 對於澳洲與紐西蘭的文化差異發表了一些評論。

21 **predict**
[prɪ`dɪkt]

v. 預測，預料 <that> [同] forecast

▲The report **predicted that** domestic and international travel would increase by the end of the year.
報導預測國內外旅遊到年底前可能會增加。

predictable
[prɪ`dɪktəbl]

adj. 可預測的，可預料的

▲Andrew felt bored with the drama because the plot was so **predictable**. Andrew 對這齣劇感到無聊，因為劇情太好預測了。

22 **quarrel**
[`kwɔrəl]

n. [C] 爭吵 <about, over, with>

▲Ella had a **quarrel with** her sister **about** some trivial things last week. Ella 上星期因一些瑣事和她妹妹吵架。

quarrel
[`kwɔrəl]

v. 吵架 <about, over, with>

▲Before the couple divorced, they often **quarreled over** money matters. 這對夫妻離婚前經常因為金錢的問題吵架。

quarrelsome
[`kwɔrəlsəm]

adj. 愛爭吵的 [同] argumentative

▲Craig is a **quarrelsome** person, so it's not surprising that he got into an argument with his neighbors.

Craig 是一個愛爭吵的人，因此他與鄰居們爭論是不意外的。

23 **reform**
[rɪ`fɔrm]

n. [C][U] 改革，改進 <of, to>

▲The government carried out a series of **reforms to** the educational system. 政府對於教育系統實行了一系列的改革。

💡push through reforms 使改革通過

reform
[rɪ`fɔrm]

v. 改革

▲The citizens hope that the welfare system can be **reformed**. 市民希望福利制度能進行改革。

reformation
[ˌrɛfə`meʃən]

n. [C][U] 改革；[sing.] 宗教改革 (the ～)

▲Our performance for the last two seasons shows signs of declining and all we need is a radical **reformation**.

我們上兩季的表現呈現下滑趨勢，現在我們能做的就是徹底的改革。

▲Martin was interested in the history of **the Reformation**.
Martin 對於宗教改革的歷史有興趣。

24 **significance**
[sɪg`nɪfəkəns]

n. [U] 重要 <of, for, to> [反] insignificance

▲The winning of this award has great **significance to** the director. It means that his work has been recognized.

獲獎對這名導演特別重要。這表示他的作品已經受到肯定。

25 transform

[træns`fɔrm]

v. 徹底改變 <into>

▲The sleepy town has been **transformed into** a bustling city. 這座寂靜的小鎮轉變為繁忙的都市。

Unit 6

1 absorb

[əb`zɔrb]

v. 吸收 (液體、氣體等)

▲You can use the sponge to **absorb** the water on the kitchen floor. 你可以用海綿把廚房地板上的水吸起來。

💡be absorbed in... 沉迷，沉浸於…

2 application

[,æplə`keʃən]

n. [C] 申請 <for>；[U] 應用

▲We regret that your **application for** a loan has not been accepted. 我們很抱歉你的貸款申請未獲准。

▲The **application** of new technology has made people's lives easier. 新科技的應用讓人們的生活變得更輕鬆。

💡fill in/out an application form 填申請表

3 attraction

[ə`trækʃən]

n. [U] 吸引力

▲Horror movies **hold no attraction for** me.
恐怖電影對我沒有吸引力。

💡hold/have an attraction for/towards... 對…有吸引力

4 cabinet

[`kæbənɪt]

n. [C] 櫥櫃 [同] cupboard

▲The antique collector had an ancient china **cabinet** in the living room. 這位古董收藏家在客廳有個古老的瓷器陳列櫃。

5 carrier

[`kærɪɚ]

n. [C] 運輸工具 (車或船)；搬運工

▲They transported helicopters and troops by a freight **carrier**. 他們用運輸艦來運送直升機跟軍隊。

▲My father works as a **carrier** on the building site.
我父親在這工地當搬運工。

💡aircraft carrier 航空母艦

6 construction

[kən`strʌkʃən]

n. [C] 建築物；[U] 建造

▲ This temple is a **construction** made of wood and metal.
這棟廟宇是由木頭和金屬組成的建築物。

▲ With many tall buildings **under construction**, the appearance of the city changes every day.
隨著許多高樓正在建造中，這個城市的面貌每天都在變化。

7 contest

[`kɑntɛst]

n. [C] 競爭，比賽

▲ Ten students entered the **contest** for a NT$100,000 scholarship, and the most hard-working one won it.
十名學生競爭新臺幣十萬元的獎學金，而最用功的人得到這筆獎學金。

contest

[kən`tɛst]

v. 角逐

▲ Robert stands a good chance since only three people are **contesting** the prize.
Robert 很有機會，因為只有三個人在角逐此獎項。

8 criticism

[`krɪtə,sɪzəm]

n. [C][U] 批評，挑剔 <of, about> [反] praise

▲ There was a lot of **criticism of** the president's speech.
總統的演說引起了很多批評。

9 curiosity

[,kjʊrɪ`ɑsətɪ]

n. [U] 好奇心

▲ To **satisfy** my **curiosity**, I decided to find out the stranger's identity. 為了滿足我的好奇心，我決定查出這陌生人的身分。

💡 out of curiosity 出於好奇 | Curiosity killed the cat.
【諺】好奇心會害死貓。(過於好奇會惹禍上身)

10 definite

[`dɛfənɪt]

adj. 明確的 [同] clear [反] indefinite

▲ What I want is a **definite** answer. 我要的是一個明確的答覆。

definitely

[`dɛfənɪtlɪ]

adv. 毫無疑問地 [同] certainly

▲ Florida is **definitely** the best city I've ever been to.
佛羅里達毫無疑問地是我去過最棒的城市。

11 evidence

[`ɛvədəns]

n. [U] 證據 <of, on, for>

▲ Scientists are looking for the **evidence of** the existence of life on other planets. 科學家們正尋找其他星球有生命存在的證據。

evidence

[`ɛvədəns]

v. 透過⋯證明

▲This movie was a blockbuster, **as evidenced by** a box office success. 這部電影是賣座鉅片，透過它成功的票房就能證明。

12 **evident**

[`ɛvədənt]

adj. 明顯的 [同] obvious, clear

▲**It is evident that** hard work will pay off in the end.

顯而易見的，努力工作最後會得到回報。

evidently

[`ɛvədəntlɪ]

adv. 顯然地 [同] obviously, clearly；據說 [同] apparently

▲According to the statistics, **evidently**, the drug has serious side effects. 根據數據顯示，顯然地，這個藥有嚴重的副作用。

▲**Evidently**, nobody knew the exact time of the accident.

據說，沒有人知道事故發生的確切時間。

13 **flexible**

[`flɛksəbl]

adj. 可彎曲的 [反] rigid；

可變通的，靈活的 [同] pliable [反] inflexible

▲Rubber is a **flexible** material. 橡膠是可彎曲的材質。

▲The company needs a more **flexible approach** to public relations. 這間公司需要更靈活的方法處理公共關係。

14 **grace**

[gres]

n. [U] 優雅 <with> [同] gracefulness

▲The Princess of Wales walked on to the stage **with grace**.

威爾斯王妃優雅地走上舞臺。

grace

[gres]

v. 使增添光彩

▲This character actor **graces** the whole movie.

這名性格的演員使這部電影增添光彩。

15 **ignorance**

[`ɪgnərəns]

n. [U] 無知 <of, about>

▲I was shocked by the young man's **ignorance of** his own country's history. 這年輕人對自己國家歷史的無知令我吃驚。

💡 in ignorance of sth 不知道⋯

16 **intention**

[ɪn`tɛnʃən]

n. [C][U] 意圖 <of>

▲Maggie had no **intention of** attending Sophie's birthday party. Maggie 無意參加 Sophie 的生日派對。

Level 4

17 knob

[nɑb]

n. [C] 圓形的門把

▲Terry turned the **knob** to open the door to the backyard.
Terry 轉動圓形門把以打開通往後院的門。

---

18 merit

[ˋmɛrɪt]

n. [C] 優點 (usu. pl.) <of> [同] strength

▲PowerPoint presentations have the **merit of** being clear.
PowerPoint 簡報的優點是清晰。

merit

[ˋmɛrɪt]

v. 值得 [同] deserve

▲The issue of discrimination certainly **merits** attention.
歧視議題無疑值得大家關注。

---

19 moderate

[ˋmɑdərɪt]

adj. 中等的，適度的；普通的

▲**Moderate** exercise such as walking for half an hour every day is fundamental to good health.
中等強度的運動如每天步行半小時對健康很重要。

▲We don't want to spend too much, so we'll stay in a **moderate** hotel. 我們不想花太多錢，所以要住在普通的旅館。

---

20 occasional

[əˋkeʒənl̩]

adj. 偶爾的

▲The weather forecast says it will be cloudy with **occasional** showers tomorrow. 氣象預報說，明天是多雲偶爾有陣雨的天氣。

occasionally

[əˋkeʒənl̩ɪ]

adv. 偶爾

▲We live in different cities, but we meet **occasionally** for a chat. 我們住在不同的城市，但是偶爾會碰面聊天。

---

21 prime

[praɪm]

adj. 首要的 [同] main

▲Asian tourists are the **prime** target for pickpockets in the area. 亞洲遊客是這個地區扒手們的首要的目標。

💡prime minister 首相｜prime number 質數

prime

[praɪm]

n. [sing.] 全盛時期

▲John is a successful dancer **in the prime of his life**.
John 在他人生中的全盛時期是一個成功的舞者。

---

22 rebel

[ˋrɛbl̩]

n. [C] 反叛者

▲The **rebel** forces tried to overthrow the government.
反叛軍試圖推翻政府。

rebel [rɪ`bɛl]	**v.** 反抗；反叛 <against, at> ▲In some countries, people will face the death penalty for **rebelling against** the government. 在某些國家，人民會因反抗政府而面臨死刑。
23 **refugee** [ˌrɛfjʊ`dʒi]	**n.** [C] 難民 ▲The volunteers from the charity helped deliver food and clothes to the **refugees** in Syria. 慈善機構的志工們幫忙分送食物和衣服給敘利亞的難民。
24 **spark** [spɑrk] **spark** [spɑrk]	**n.** [C] 火花 ▲I struck **sparks** from that flint. 我在打火石上打出火花。 **v.** 發出火花；引起 [同] cause ▲The flame of the candle **sparked** in the wind. 蠟燭的火焰在風中發出火花。 ▲The teacher prepared many extras to **spark** intellectual interest in his students. 那位老師準備了很多課外教材來引起學生對知識的興趣。
25 **tremble** [`trɛmbl̩] **tremble** [`trɛmbl̩]	**v.** (通常因寒冷、害怕或情緒激動) 顫抖 <with> [同] quiver ▲Pamela's hands **trembled** as she opened the envelope. Pamela 拆開信封時手在顫抖。 **n.** [U] 顫抖 (a ～) ▲There was **a tremble** in his voice. 他的聲音顫抖著。

Unit 7

1 **adequate** [`ædəkwɪt]	**adj.** 足夠的 <for> [反] inadequate ▲The food is **adequate for** five people. 這些食物足夠五個人吃。

adequately

[`ædəkwɪtlɪ]

adv. 充足地 [同] sufficiently [反] inadequately

▲My classmates are not **adequately** prepared for the final exam. 我同學並沒有充足地準備期末考。

adequacy

[`ædəkwəsɪ]

n. [U] 適當性 [反] inadequacy

▲The **adequacy** of health care has been brought into question. 醫療保健是否足夠受到質疑。

2 **category**

[`kætə,gorɪ]

n. [C] 種類，類別 [同] class (pl. categories)

▲This song falls into the **category of** K-pop music.

這首歌屬於韓國流行音樂。

categorize

[`kætəgə,raɪz]

v. 分類 [同] classify

▲How do biologists **categorize** animals?

生物學家如何對動物進行分類？

categorization

[,kætəgəraɪ`zeʃən]

n. [U] 分類 [同] classification

▲The **categorization** of students according to grades still exists in many schools.

許多學校仍存在著按照成績對學生進行分類。

3 **celebration**

[,sɛlə`breʃən]

n. [C] 慶祝會；[U] 慶祝

▲My parents held a **celebration** on their 25th wedding anniversary. 我父母舉行結婚二十五週年慶祝會。

▲Bands and people paraded the streets **in celebration of** the victory. 樂隊和人們上街遊行慶祝勝利。

4 **charity**

[`tʃærətɪ]

n. [C] 慈善事業；[U] 慈悲 (pl. charities)

▲The **charity** originates in Sydney, but it has become an international one now.

這個慈善機構源自雪梨，但它現在已經變成國際型的組織。

▲Henry **showed charity to** the homeless people.

Henry 向無家可歸的人表達慈悲。

💡Charity begins at home. 【諺】慈善從家中做起。

5 **competition**

[,kɑmpə`tɪʃən]

n. [C] 比賽；[U] 競爭 <for>

▲Ella **entered** the swimming **competition** and took first place. Ella 參加了游泳比賽並得到了第一名。

▲There is always keen **competition for** admission to medical school. 進醫學系的競爭總是很激烈。

6 **declare**　v. 宣布
[dɪ`klɛr]
▲The new police chief **declared war on** drugs.
新的警察局長宣布掃毒。

7 **delight**　n. [C] 使人高興的人或物；[U] 高興 <with> [同] joy
[dɪ`laɪt]
▲Gary **takes delight in** watching horror movies, so he never misses one. Gary 喜歡看恐怖片，所以他從來不錯過任何一部。
▲The boys rushed into the basketball court and played **with delight**. 男孩們衝進籃球場並玩得很高興。
💡the delights of sth …的樂趣

delight　v. 使高興
[dɪ`laɪt]
▲Jill's good manners **delighted** her parents.
Jill 良好的行為舉止讓她的父母很開心。
💡delight in sth 從…中取樂

8 **dependent**　adj. 需要照顧的 [反] independent
[dɪ`pɛndənt]
▲The man has to be on welfare because he is unemployed and has three **dependent** children. 這個男子必須靠社會救濟過日子，因為他失業又有三個需要照顧的孩子。
💡dependent on/upon sth 由…來決定

dependent　n. [C] 要照顧的人
[dɪ`pɛndənt]
▲You should write down the name of your **dependent** to complete the application form.
你需要將你要照顧的人的姓名寫下以完成申請表。

dependence　n. [U] 依賴 <on, upon> [反] independence
[dɪ`pɛndəns]
▲People need to reduce their **dependence on** oil as a source of energy. 人們需要減少將石油作為能源燃料的依賴。

9 **desperate**　adj. 拼命的；嚴重的
[`dɛspərɪt]
▲Trapped in the net, the fish made **desperate** efforts to escape. 這條魚被網住而拼命的要逃脫。

▲A drought caused a **desperate** shortage of food.

一場乾旱造成嚴重的食物短缺。

desperately

[`dɛspərɪtlɪ]

adv. 非常地

▲Mr. Lee seems **desperately** busy today, so I won't bother him. 李先生今天似乎非常地忙碌，所以我不會打擾他。

desperation

[ˌdɛspə`reʃən]

n. [U] 奮力一搏

▲**In desperation**, the woman jumped out of the window to escape from the fire. 情急之下，女子跳出窗外以逃離大火。

10 **exception**

[ɪk`sɛpʃən]

n. [C][U] 例外

▲Bruce is a workaholic and works every day, but today is an **exception** because it is his wedding day. Bruce 是工作狂，每天都工作，但是今天例外，因為今天是他的結婚日。

💡make no exception(s) 沒有例外 |

take exception to sth/sb 因為⋯而不悅

11 **fossil**

[`fɑsl̩]

n. [C] 化石

▲It is surprising that **fossils** of fish have been found in the rocks gathered from the mountains.

在山上採集到的岩石中竟然發現魚的化石，真是令人驚訝。

fossil

[`fɑsl̩]

adj. 化石的

▲It's not good for the environment to burn **fossil fuels** like oil and coal. 燃燒像是石油或煤炭這樣的化石燃料對環境不太好。

12 **guarantee**

[ˌgærən`ti]

v. 保證

▲I cannot **guarantee** you will be satisfied with our plan.

我不能保證你會滿意我們的計畫。

guarantee

[ˌgærən`ti]

n. [C] 保證 [同] assurance

▲No matter how hard you try, there is no **guarantee that** you will succeed. 無論你多努力也無法保證你會成功。

13 **illustrate**

[`ɪləstret]

v. 用例子說明 [同] demonstrate

▲The following examples **illustrate** how advertisements influence consumer buying behavior.

下列例子說明廣告如何影響消費者的購買行為。

| 14 **interact** | v. 互動 <with> |
| [ˌɪntəˈækt] | ▲Our teacher doesn't allow us to **interact with** each other during class. 我們的老師不允許我們在課堂上與彼此互動。 |

| 15 **legend** | n. [C] 傳說 |
| [ˈlɛdʒənd] | ▲**Legend has it** that the hero killed a fierce tiger with his bare hands and saved the boy in time. 傳說這英雄徒手殺了一隻凶猛的老虎且及時解救男孩。 |

16 **messenger**	n. [C] 信差
[ˈmɛsn̩dʒɚ]	▲The **messenger** delivered this document to the king secretly. 信差祕密地遞送了這份文件給國王。
	💡shoot the messenger 責備帶來壞消息的人

17 **multiple**	adj. 多數的 [同] many
[ˈmʌltəpl̩]	▲My boss asked me to make **multiple** copies of the reports before the meeting. 我老闆請我在會議前把報告影印數份。
multiple	n. [C] 倍數
[ˈmʌltəpl̩]	▲Thirty five is the lowest common **multiple** of 5 and 7. 三十五是五和七的最小公倍數。

18 **offense**	n. [C] 犯罪行為 [同] crime；[U] 冒犯 <to>
[əˈfɛns]	▲Drug dealing is an **offense** that can carry the death penalty. 毒品交易是一種可以被判處死刑的犯罪行為。
	▲Daniel's careless behavior often **causes offense to** others. Daniel 無心的行為常冒犯到別人。

| 19 **phenomenon** | n. [C] 現象 (pl. phenomena) |
| [fəˈnɑməˌnɑn] | ▲A rainbow is a natural **phenomenon** after the rain. 彩虹是雨後的自然現象。 |

| 20 **physical** | adj. 身體的 |
| [ˈfɪzɪkl̩] | ▲**Physical** exercise is good for the body, especially for the heart and circulatory system. 體能運動對身體很好，尤其是心臟與循環系統。 |

Level 4

physically

[ˋfɪzɪkl̩ɪ]

adv. 身體上地

▲The tennis player was **physically** and mentally exhausted after the game. 這名網球球員在比賽過後身心俱疲。

21 **productive**

[prəˋdʌktɪv]

adj. 多產的 [反] unproductive

▲Alexander is a **productive** writer and has written three books in the past six months.

Alexander 是多產的作家，過去六個月他寫了三本書。

22 **recall**

[rɪˋkɔl]

v. 想起 [同] recollect；召回

▲I can't **recall** seeing any stranger outside the house then. 我不記得那時有看到任何陌生人在房子外面。

▲The factory has to **recall** all the products that have faulty switches. 這家工廠必須回收所有開關有瑕疵的產品。

recall

[ˋriˌkɔl]

n. [U] 記性；[C] 召回 (usu. sing.) <of>

▲It is amazing that the little girl has **total recall** of the long speech. 令人感到驚奇的是這名小女孩清楚記得這段長篇演說。

▲The car company quickly issued a **recall of** all its new sports cars because of the braking failure.

因為剎車系統失靈，這家汽車公司迅速召回了所有新跑車。

23 **reluctant**

[rɪˋlʌktənt]

adj. 不情願的 <to> [反] willing

▲Although the party was over, the girl was **reluctant to** leave. 雖然派對結束了，但這女孩不情願離開。

reluctantly

[rɪˋlʌktəntlɪ]

adv. 不情願地

▲Kevin **reluctantly** agreed to go with us.

Kevin 不情願地同意和我們一起去。

24 **surgery**

[ˋsɝdʒərɪ]

n. [U] 外科手術

▲Walking slowly or stretching muscles can help speed up recovery from heart **surgery**.

慢走或伸展肌肉有助於加快從心臟外科手術中恢復。

💡have/undergo/do/perform/carry out surgery 接受 / 執行手術｜surgery on/for sth 在…(部位)／為…(疾病) 的手術

25 triumph
[ˋtraɪəmf]

n. [C] 大成功，大勝利 <over, of>

▲The new play was a **triumph**. 這齣新戲是一次大成功。

triumph
[ˋtraɪəmf]

v. 戰勝，打敗 <over>

▲Modern medicine has **triumphed over** smallpox.
現代醫學戰勝了天花。

triumphant
[traɪˋʌmfənt]

adj. 勝利的

▲When they learned that their team had won the game, **triumphant** shouts were heard everywhere among the students.
一得知他們的球隊贏了比賽，到處都可以聽見學生勝利的歡呼。

Unit 8

1 admission
[ədˋmɪʃən]

n. [C][U] 承認 [同] confession；入場許可 <to>

▲It is generally believed that silence is an **admission** of guilt.
一般認為緘默即是承認有罪。

▲**Admission to** the show is by ticket only. 僅限持票者入場。

2 circular
[ˋsɝkjələ]

adj. 圓形的

▲A large vase full of flowers is sitting in the center of the **circular** table. 在圓桌正中央有個插滿花的大花瓶。

3 collapse
[kəˋlæps]

n. [U] 倒塌，瓦解

▲The **collapse** of the building left 20 people dead.
這棟建築的倒塌造成二十人死亡。

collapse
[kəˋlæps]

v. 倒塌；崩潰

▲The wooden bridge **collapsed under the weight** of the truck. 木橋在卡車的重壓下倒塌了。

▲Benjamin was so tired that he felt like he was going to **collapse**. Benjamin 累到覺得他自己快要崩潰了。

4 **contrast**

[`kɑntræst]

n. [C][U] 對比，對照 <with, to>

▲Tom, **by contrast with** Bob, is well behaved.

跟 Bob 對比起來，Tom 很守規矩。

contrast

[kən`træst]

v. 形成對比，對照 <with>

▲Toby's radical political ideas **contrast with** the objective views held by his friends.

Toby 激進的政治觀點和朋友們的客觀想法形成對比。

5 **convention**

[kən`vɛnʃən]

n. [C][U] 傳統，常規

▲In my country, it is a **convention** to wear black clothes at funerals. 在我的國家，喪禮上穿黑色衣服是項傳統。

6 **defeat**

[dɪ`fit]

n. [C][U] 失敗

▲Much to our disappointment, we suffered an unexpected **defeat** in the championship game.

令我們失望的是，我們在冠軍賽中遭受沒有預期到的挫敗。

defeat

[dɪ`fit]

v. 擊敗 [同] beat

▲Eventually, Dana **defeated** the other opponents in the election after months of fierce competition.

經過數個月的激烈競爭，Dana 最終在選舉中打敗其他對手。

7 **deserve**

[dɪ`zɝv]

v. 值得，應得 <to>

▲Jeremy **deserves** the promotion for his good work.

以 Jeremy 良好的工作表現來看，他應該得到晉升。

8 **disorder**

[dɪs`ɔrdɚ]

n. [U] 凌亂，雜亂 <in> [反] order

▲The files on Fred's desk were all **in disorder**.

Fred 桌上的文件亂七八糟。

disorder

[dɪs`ɔrdɚ]

v. 使失調

▲Taking too much medicine may **disorder** your immune system. 吃太多藥可能會使你的免疫系統失調。

disorderly

[dɪs`ɔrdɚlɪ]

adj. 雜亂的

▲My cousin's belongings were in a **disorderly** mess.

我表妹的東西雜亂無章。

9 **distinguish**
[dɪ`stɪŋgwɪʃ]

v. 區分，區別 <from, between> [同] differentiate

▲The baby was born color-blind, so he has difficulty **distinguishing between** red **and** green.

這名嬰兒生來就是色盲，所以他很難區分紅色和綠色。

---

10 **exhibit**
[ɪg`zɪbɪt]

n. [C] 展覽品

▲All the **exhibits** at the museum are valuable works of art.

這間博物館的所有展覽品都是珍貴的藝術作品。

exhibit
[ɪg`zɪbɪt]

v. 展出 [同] display, show

▲The company **exhibited** its new products at the trade fair.

這間公司在貿易展中展出新產品。

---

11 **explosive**
[ɪk`splosɪv]

adj. 易爆炸的

▲Firecrackers contain **explosive** materials and must be handled with care. 鞭炮含有易爆炸的物質，必須小心處理。

explosive
[ɪk`splosɪv]

n. [C][U] 炸藥

▲**Explosives** are sometimes used to blow up a building before a new one can be erected.

炸藥有時候會被用來拆除建築，然後再蓋新的。

---

12 **frame**
[frem]

n. [C] 畫框

▲The portrait of Mr. Lin was put in a wooden **frame**.

林先生的肖像被鑲在木製畫框中。

frame
[frem]

v. 鑲了框

▲A number of their wedding pictures were **framed** and put on the walls. 他們許多的結婚照鑲了框並掛在牆上。

---

13 **gulf**
[gʌlf]

n. [C] 海灣

▲The **Gulf** of Mexico is a large ocean basin near the southeastern United States.

墨西哥灣是靠近美國東南方的一大片海洋盆地。

---

14 **immigrant**
[`ɪməgrənt]

n. [C] (外來的) 移民

▲New York City with **immigrants** from all over the world is a melting pot. 紐約，有來自世界各地的移民，是個大熔爐。

15 **invest**

[ɪnˋvɛst]

v. 投資 <in>

▲Emma **invested** some of her savings **in** stocks.

Emma 投資部分存款在股票上。

investment

[ɪnˋvɛstmənt]

n. [C][U] 投資

▲Education is an **investment** in the future.

教育是對未來的投資。

---

16 **magnificent**

[mægˋnɪfəsṇt]

adj. 壯觀的 [同] splendid

▲They sat on the beach, enjoying the **magnificent** sunset.

他們坐在沙灘上，欣賞壯麗的日落。

magnificently

[mægˋnɪfəsṇtlɪ]

adv. 極好地

▲Angie is doing **magnificently** at her new job.

Angie 把新工作做得極好。

magnificence

[mægˋnɪfəsṇs]

n. [U] 極好；壯麗

▲The audience marveled at the **magnificence** of the performance. 觀眾對極佳的表演嘆為觀止。

---

17 **miserable**

[ˋmɪzrəbḷ]

adj. 悲慘的

▲After his parents passed away, the little boy led a **miserable** life. 父母過世後，這小男孩過著悲慘的生活。

miserably

[ˋmɪzrəblɪ]

adv. 悲慘地

▲The old lady was crying **miserably**. 老太太痛苦地哭泣。

---

18 **nevertheless**

[ˌnɛvɚðəˋlɛs]

adv. 不過，儘管如此 [同] nonetheless

▲It is raining. **Nevertheless**, Joe still wants to go jogging.

現在正在下雨。不過 Joe 還是想去慢跑。

---

19 **oppose**

[əˋpoz]

v. 反對

▲The locals strongly **opposed** the government tearing down the old theater. 當地居民強烈反對政府拆除舊戲院。

---

20 **profession**

[prəˋfɛʃən]

n. [C] (需要專業技能的) 職業

▲Eva was encouraged to go into the legal **profession**.

Eva 被鼓勵從事法律相關工作。

21 recovery

[rɪˋkʌvrɪ]

n. [sing.][U] 康復 <from>

▲I hope you **make a** full **recovery from** the illness.
祝你從疾病中完全康復。

---

22 refer

[rɪˋfɝ]

v. 提到，談及 <to, as> (referred | referred | referring)

▲Michelle often **refers to** her older sister **as** her guardian angel. Michelle 常把姊姊稱作她的守護天使。

---

23 representation

[ˌrɛprɪzɛnˋteʃən]

n. [U] 代表；代表權

▲The underprivileged need effective **representation** in parliament. 弱勢群體在國會中需要有力的代表。

▲Women have demanded **representation** in the association.
女性要求在該協會中有代表權。

---

24 tendency

[ˋtɛndənsɪ]

n. [C] (思想或行為等) 傾向 <to> (pl. tendencies)

▲Susan's **tendency to** speak ill of her neighbors got herself into trouble. Susan 喜歡說鄰居壞話的傾向使她陷入麻煩中。

---

25 urgent

[ˋɝdʒənt]

adj. 緊急的 [同] pressing

▲The captain of the fishing boat received an **urgent** message informing him of an approaching typhoon.
漁船船長收到緊急訊息，通知他颱風的逼近。

Unit 9

1 abandon

[əˋbændən]

v. 拋棄

▲The sailors decided to **abandon** ship as it began sinking fast. 當船開始快速下沉時，船員們決定要棄船。

abandoned

[əˋbændənd]

adj. 被拋棄的

▲An **abandoned** baby was found in front of my house.
我家門前發現了一個棄嬰。

---

2 adopt

[əˋdɑpt]

v. 採用；領養

▲The school **adopted** a new method of teaching English.
這所學校採用新的英語教學法。

▲The couple had no children, so they decided to **adopt** a baby. 這對夫婦沒有小孩，所以他們決定領養一名小孩。

adoption

[ə`dɑpʃən]

n. [U] 採用；[C][U] 收養

▲The government encourages the **adoption** of renewable energy in this area. 政府鼓勵這個地區採用再生能源。

▲The unmarried mother decided to **put her baby up for adoption**. 這名未婚的母親決定要徵求別人收養她的孩子。

---

3 **civilization**

[,sɪvḷə`zeʃən]

n. [U] 文明

▲The nuclear war would end modern **civilization**.
核子戰爭將終結現代文明。

---

4 **colleague**

[`kɑlig]

n. [C] 同事 [同] co-worker

▲My husband introduced his **colleagues** to me at the party.
在宴會中，我丈夫向我介紹他的同事。

---

5 **creation**

[krɪ`eʃən]

n. [U] 創造 <of>

▲The only thing that Tom is interested in is the **creation of** wealth. Tom 唯一有興趣的事是創造財富。

---

6 **defend**

[dɪ`fɛnd]

v. 防禦，防衛 <against, from>

▲The soldiers vowed to **defend** their country **against** the enemy. 士兵宣誓對抗敵人以保衛國家。

---

7 **detective**

[dɪ`tɛktɪv]

n. [C] 偵探 (abbr. Det.)

▲Kobe hired a private **detective** to find out if his wife had an affair. Kobe 僱用私家偵探來調查他太太是否有外遇。

detective

[dɪ`tɛktɪv]

adj. 偵探的

▲Mike is going to adapt the classic **detective** story for movie.
Mike 將要把這個經典的偵探故事改編成電影。

---

8 **distinguished**

[dɪ`stɪŋgwɪʃt]

adj. 傑出的

▲In addition to being a statesman, Churchill was also a **distinguished** writer. 除了政治家外，邱吉爾也是傑出的作家。

---

9 **economic**

[ˌɛkə`nɑmɪk]

adj. 經濟的

▲The **economic** situation is getting worse in the shadow of the trade war. 經濟情勢在貿易戰的陰影下越來越糟。

10 **exposure**

[ɪk`spoʒɚ]

n. [U] 暴露，接觸 <to>

▲Prolonged **exposure to** radiation may cause cancer. 長期暴露在輻射中可能會致癌。

11 **fulfill**

[fʊl`fɪl]

v. 實現，達到 (目標)

▲Eventually Amy **fulfilled** her dream of studying abroad. Amy 終於實現了出國讀書的夢想。

fulfillment

[fʊl`fɪlmənt]

n. [U] 實現

▲Maggie was happy about the **fulfillment** of her dream of being a dancer. Maggie 對於能夠實現當舞者的夢想相當開心。

12 **gender**

[`dʒɛndɚ]

n. [C][U] 性別 [同] sex

▲The **gender** of a baby can be known about 4 months after pregnancy. 大約在懷孕後四個月就可以看出嬰兒的性別。

13 **harsh**

[hɑrʃ]

adj. 嚴厲的 [同] severe

▲The scientist's new scientific theory was met with **harsh** criticism. 這位科學家的新科學理論受到嚴厲的批評。

14 **including**

[ɪn`kludɪŋ]

prep. 包括 (abbr. incl.) [反] excluding

▲The Thanksgiving feast will cost nearly NT$8,000, **including** a turkey and several bottles of white wine. 感恩節大餐會花費將近新臺幣八千元，其中包括一隻火雞與數瓶白酒。

15 **infant**

[`ɪnfənt]

n. [C] 嬰孩

▲The **infant** is sleeping in the cradle. 這嬰孩在搖籃裡睡覺。

16 **investigation**

[ɪn͵vɛstə`geʃən]

n. [C][U] 調查 <of, into>

▲The police have conducted an **investigation into** the mysterious murder case.

警方已經開始調查這起離奇的謀殺案件。

💡be under investigation 正在展開調查中

17 literature

[ˈlɪtərətʃɚ]

n. [U] 文學

▲With a passion for reading and writing, John chose to major in **literature** in college.

出於對閱讀和寫作的熱情，John 選擇在大學主修文學。

18 minister

[ˈmɪnɪstɚ]

n. [C] 部長 <of, for>

▲The **Minister of** Education is going to give a speech.

教育部長將要發表演說。

19 monitor

[ˈmɑnətɚ]

n. [C] 監視器

▲The security guard is watching the **monitors** and has to report to his supervisor if there is any unusual activity.

警衛看著監視器，有任何不尋常的活動都要向長官報告。

monitor

[ˈmɑnətɚ]

v. 監看

▲The doctor **monitored** the patient's heartbeat and blood pressure. 醫生監看病人的心跳和血壓。

20 occupation

[ˌɑkjəˈpeʃən]

n. [C] 職業；[U] 占領

▲Gina's previous **occupation** was bus driver, but now she works as a server in a restaurant.

Gina 先前的職業是公車司機，但是現在在餐廳當服務生。

▲The people in the village suffered a lot under enemy **occupation**. 在敵人的占領之下，村民受了許多苦。

21 overlook

[ˌovɚˈluk]

v. 忽略；俯瞰

▲You should not **overlook** any detail of the contract.

你不該忽略合約的任何細節。

▲Their apartment **overlooks** the park.

他們的公寓可以俯瞰公園。

22 promising

[ˈprɑmɪsɪŋ]

adj. 有前途的，有希望的

▲The boss has decided to hire Tom because he thinks he is a **promising** young man.

老闆決定僱用 Tom，因為他認為他是個有前途的年輕人。

23 refusal
[rɪ`fjuzl]

n. [C][U] 拒絕

▲ When David asked Linda out, she gave him a flat **refusal**.
當 David 約 Linda 出去時，她斷然拒絕他。

24 reservation
[ˌrɛzɚ`veʃən]

n. [C] 預定

▲ I'll **make a reservation for** dinner at the famous restaurant.
我要在那家有名的餐廳預定晚餐的位子。

25 transfer
[`trænsfɚ]

n. [C][U] 轉調 (地點、工作、環境) <to>

▲ The police officer asked for a **transfer to** her hometown.
這警察請求轉調去她的家鄉。

transfer
[træns`fɚ]

v. 搬移 (transferred | transferred | transferring)

▲ The cargo was **transferred** from the ship to the dock.
貨物從船上搬移到碼頭。

Unit 10

1 abstract
[`æbstrækt]

adj. 抽象的 [反] concrete

▲ It is said that children have developed their capability of **abstract** thinking by the age of twelve.
據說小孩在十二歲時已經發展出抽象思考的能力。

2 agency
[`edʒənsɪ]

n. [C] 代理機構 (pl. agencies)

▲ My brother works for a **travel agency**. 我哥哥在旅行社上班。
💡 through the agency of 由於⋯的推動下

3 classification
[ˌklæsəfə`keʃən]

n. [C][U] 分類，類別

▲ There are millions of different **classifications of** insects.
昆蟲的分類有上百萬種。

4 competitive
[kəm`pɛtətɪv]

adj. 競爭的

▲ Only those who are creative and innovative can survive in this **highly competitive** world.
只有具備創造力和創新的人才能在這個競爭激烈的世界中存活。

5　**defense**

[dɪˋfɛns]

n.　[C][U] 防禦 <of, against>

▲The high walls were built as a **defense against** the enemy. 這些高牆是為了防禦敵人而建的。

6　**differ**

[ˋdɪfɚ]

v.　有區別 <from, in>

▲The United States greatly **differs from** China **in** political systems. 美國與中國在政治體制方面有很大的區別。

7　**distribution**

[ˌdɪstrəˋbjuʃən]

n.　[C][U] 分配，分發

▲The government officials discussed the unequal **distribution of** wealth. 政府官員討論財富分配不均。

8　**durable**

[ˋdjurəbl̩]

adj.　耐用的，持久的 [同] hard-wearing

▲Jeans were first made to be **durable** because they were designed for miners.

牛仔褲最初做得很耐穿，因為是設計給礦工穿的。

9　**extent**

[ɪkˋstɛnt]

n.　[U] 程度 <of>

▲The **extent of** the damage caused by the big fire is still unknown now. 大火造成的損害程度目前仍不清楚。

💡to the extent of 到達相當程度｜to some extent 到達某種程度｜to such an extent 到…的程度

10　**furthermore**

[ˋfɝðɚˌmor]

adv.　而且，此外 [同] moreover

▲The book is worth reading. It gives useful information, and **furthermore**, it is interesting.

這本書值得一讀，既提供實用的知識又有趣味。

11　**generation**

[ˌdʒɛnəˋreʃən]

n.　[C] 一代 (人)，同代人

▲It takes time and effort to bridge the **generation** gap between parents and children.

彌補父母與子女間的代溝需要時間和努力。

12　**hesitation**

[ˌhɛzəˋteʃən]

n.　[C][U] 猶豫

▲Lance told the truth **without** the slightest **hesitation**.

Lance 毫不猶豫地說出真相。

13 **impact**

['ɪmpækt]

n. [C][U] 影響，衝擊 <on>

▲Every important decision we make will **have** a lasting **impact on** our future.

每個我們所做的重要決定將對我們的未來有長遠的影響。

impact

[ɪm'pækt]

v. 衝擊，對…產生影響 <on> [同] affect

▲The war among the petroleum exporting countries will definitely **impact on** the prices of gasoline.

這場石油輸出國間的戰爭將絕對會對汽油價格造成衝擊。

14 **ingredient**

[ɪn'gridɪənt]

n. [C] 材料；成分

▲I bought all the **ingredients** needed for making cookies.

我買了做餅乾所需的全部材料。

▲Understanding is one of the most important **ingredients** of a happy marriage. 體諒是快樂的婚姻中重要的成分之一。

15 **involve**

[ɪn'vɑlv]

v. 包含 [同] entail

▲My new job **involves** traveling around the world.

我的新工作包含環遊世界。

involvement

[ɪn'vɑlvmənt]

n. [U] 參與，投入 <in, with> [同] participation

▲The environmentalists' continued **involvement in** the campaign against the dumping of chemicals in the ocean gradually raised public awareness. 環保人士持續參與反對傾倒化學物在海中的活動漸漸引起公眾的意識。

involved

[ɪn'vɑlvd]

adj. 參與

▲Our teacher encouraged us to get **involved in** some extracurricular activities. 我們的老師鼓勵我們參與一些課外活動。

16 **modest**

['mɑdɪst]

adj. 適中的，不大的

▲All I need is not a mansion but a **modest** house with a small garden. 我所需要的不是豪宅而是有小花園的小房子。

modestly

['mɑdɪstlɪ]

adv. 謙虛地

▲"I would never have succeeded without your help," he said **modestly**. 他謙虛地說：「如果沒有你的幫忙我不可能會成功。」

17 needy

[`nidɪ]

adj. 貧窮的 [同] poor, penniless (needier｜neediest)

▲The woman often donates money to the **needy** families.

這位女士常常捐錢給貧苦人家。

18 objective

[əb`dʒɛktɪv]

n. [C] 目標 [同] goal

▲The manager urged her team to achieve the **objective** of increasing sales by 20%.

經理督促她的團隊要達成增加 20% 銷售量的目標。

objective

[əb`dʒɛktɪv]

adj. 客觀的 [同] unbiased [反] subjective

▲As a reporter, Katie tried to give a more **objective** report of the event. 身為記者，Katie 試著對此事件做更客觀的報導。

19 overnight

[͵ovɚ`naɪt]

adv. 在晚上，過夜

▲Since we needed to take an early flight, we could only stay **overnight** at the airport.

因為必須搭早班機，我們只能在機場住一晚。

overnight

[͵ovɚ`naɪt]

adj. 一整夜的

▲After an **overnight** talk, the committee finally reached a conclusion. 經過一整夜的商討，委員會終於達成結論。

20 peer

[pɪr]

n. [C] 同儕 (usu. pl.)

▲The best way to deal with **peer** pressure is to have confidence in yourself.

應付同儕壓力最好的方法就是對自己有信心。

peer

[pɪr]

v. 仔細看，費力看 <at, into>

▲Isabella **peered at** the approaching figure through the fog.

Isabella 盯著霧中接近的身影。

21 prompt

[prɑmpt]

v. 促使，導致 [同] provoke

▲What **prompted** Jeff to quit the well-paid job?

什麼原因促使 Jeff 辭去這份高薪的工作？

prompt

[prɑmpt]

adj. 迅速的 [同] immediate

▲We need a **prompt** solution to the problem.

我們需要一個迅速的解決之道。

prompt

[prɑmpt]

n. [C] 給…提詞

▲Henry gave me a **prompt** when I forgot my lines on stage.

當我在舞臺上忘了臺詞時，Henry 給我提詞。

promptly

[`prɑmptlɪ]

adv. 迅速地

▲Jason replied to the letter **promptly**. Jason 迅速地回覆來信。

---

22 **relieve**

[rɪ`liv]

v. 緩解 (令人不快的局勢)

▲The new economic policy aims to **relieve** the inflation.

新經濟政策目的是在減輕通貨膨脹。

relieved

[rɪ`livd]

adj. 放心的，寬慰的

▲Lisa felt **relieved** when her son returned home safely.

當兒子平安歸來時，Lisa 就放心了。

---

23 **restriction**

[rɪ`strɪkʃən]

n. [C] 限制 <on> [同] limitation

▲To ensure safety, there is a speed **restriction** in the residential areas; one can never drive faster than 30 kilometers per hour.

為了保障安全，住宅區有速限；開車時速不得超過三十公里。

---

24 **species**

[`spiʃɪz]

n. [C] (生物分類) 種 [同] type (pl. species)

▲The lion and tiger are two different **species** of cats.

獅子與老虎是貓科中兩個不同的物種。

---

25 **vast**

[væst]

adj. (數量) 龐大的 [同] huge

▲**Vast** amounts of money and effort have been put into the research on causes of cancer.

大量的金錢和努力被投入癌症原因的研究。

Unit 11

1 **accent**

[`æksɛnt]

n. [C] 重音；口音

▲The **accent** is on the first syllable. 重音在第一音節。

▲Gertie speaks English with a strong German **accent**.

Gertie 的英語帶有很重的德國口音。

accent

[ˈæksɛnt]

v. 在…標上重音

▲**Accent** the following words on the proper syllables.

在下列單字的正確音節位置標上重音。

2 **adjust**

[əˈdʒʌst]

v. 調整 [同] adapt

▲Grace **adjusted** her schedule so that she could make time to visit her friends.

Grace 調整她的行程,以便安排時間去拜訪朋友。

adjustment

[əˈdʒʌstmənt]

n. [C][U] 調整 <to, for>

▲The mechanic **made** some **adjustments to** the brakes.

技工調整過剎車系統。

3 **appreciation**

[ə͵priʃɪˈeʃən]

n. [U] 感謝 <of, for>;鑑賞力 <of, for>

▲I want to show them my **appreciation** by sending them a thank-you card. 我想以寄感謝卡的方式向他們表示謝意。

▲Lisa has a deep **appreciation of** music.

Lisa 對音樂有很高的鑑賞力。

💡in appreciation of... 感謝⋯

4 **coarse**

[kɔrs]

adj. 粗糙的 [同] rough [反] smooth (coarser｜coarsest)

▲Her hands are red and **coarse** due to heavy housework.

由於繁重的家務,她的手又紅又粗糙。

5 **consult**

[kənˈsʌlt]

v. 商量 <with>

▲I must **consult with** my advisers before giving you a definite answer. 在給你明確的答案之前,我必須和顧問們商量。

6 **defensive**

[dɪˈfɛnsɪv]

adj. 防禦性的 [反] offensive

▲The troops deployed **defensive** weapons around the town.

軍隊在城鎮周圍部署防禦性武器。

7 **despite**

[dɪˈspaɪt]

prep. 儘管 [同] in spite of

▲Peter went mountain climbing **despite** the bad weather.

儘管天氣不好,Peter 還是去爬山。

8 **diligent**

[`dɪlədʒənt]

adj. 勤勉的 <in, about> [同] hard-working

▲The students were **diligent in** their studies.

學生們勤勉的學習。

9 **diverse**

[daɪ`vɝs]

adj. 各式各樣的；不同的

▲The U.S. is a culturally **diverse** country.

美國是一個多元文化的國家。

▲I met people from **diverse** backgrounds and origins while studying abroad. 出國讀書時，我遇到來自不同背景和出身的人。

10 **dynasty**

[`daɪnəstɪ]

n. [C] 王朝 (pl. dynasties)

▲The **dynasty** ruled for more than three hundred years.

這個王朝統治超過了三百年。

11 **facility**

[fə`sɪlətɪ]

n. [sing.] 才能 <for> [同] talent；[C] 設施 (usu. pl.) (pl. facilities)

▲Helen **has a facility for** writing. Helen 擁有寫作的才能。

▲The city government promised to provide more childcare **facilities**. 市政府承諾要提供更多托兒設施。

💡public facilities 公共設施

12 **goods**

[gʊdz]

n. [pl.] 商品

▲Household **goods** are cheaper in this department store.

這間百貨公司的家用品價格較便宜。

💡deliver/come up with the goods 不負所望

13 **incredible**

[ɪn`krɛdəbl]

adj. 不可思議的 [同] unbelievable

▲It was **incredible** that Irene won the first prize.

真令人無法相信 Irene 竟然得到第一名。

14 **inspire**

[ɪn`spaɪr]

v. 鼓舞

▲The story of this man **inspired** many people not **to** give up their dreams. 男子的故事鼓舞許多人不要放棄他們的夢想。

inspiring

[ɪn`spaɪrɪŋ]

adj. 鼓舞人心的 [反] uninspiring

▲I met an **inspiring** teacher when I was in high school.

我在高中時遇到一位鼓舞人心的老師。

Level 4

15 insurance

[ɪn`ʃʊrəns]

n. [U] 保險

▲Jenny took out travel **insurance** before she went abroad.

Jenny 出國前投保旅遊險。

insure

[ɪn`ʃʊr]

v. 投保，給⋯保險 <for, against>

▲The sculpture is **insured for** three million dollars.

這個雕塑投保了三百萬元。

16 isolation

[ˌaɪsl̩`eʃən]

n. [U] 孤獨 <from>；隔離 <from>

▲Living alone may cause a feeling of **isolation**.

獨居可能會導致孤獨感。

▲The man with an infectious disease was in an **isolation** hospital. 那個患傳染病的男子在隔離病院了。

17 monument

[`mɑnjəmənt]

n. [C] 紀念碑 <to>

▲People often put up a **monument to** a famous person in order to remember him or her.

人們常為名人設立紀念碑以紀念他或她。

18 neglect

[nɪ`glɛkt]

n. [U] 忽視 <of>；疏於照顧

▲Jimmy was blamed for **neglect of** his duty.

Jimmy 因怠忽職守而受責備。

▲After months of **neglect**, weeds are growing wild in the garden. 由於幾個月來疏於照顧，花園裡雜草叢生。

neglect

[nɪ`glɛkt]

v. 忽視；疏於照顧

▲Jimmy has **neglected** his health for years, so he is ill now.

Jimmy 多年來忽視了自己的健康，所以他現在生病了。

▲Both parents **neglect** their children.

家長都沒有照顧好他們的孩子。

19 pace

[pes]

n. [C] 一步 [同] step；[U] 步調

▲When Karen saw Victor, she took a few **paces** toward him.

當 Karen 看到 Victor 時，她向他邁了幾步。

▲The old man walks at a slow and steady **pace**.

那老人以緩慢而平穩的步調行走。

pace

[pes]

v. 踱步

▲Louis was so nervous that he **paced up and down** in the hall. Louis 緊張到在大廳裡走來走去。

---

20 **persuasive**

[pəˋswesɪv]

adj. 有說服力的

▲Your excuse is not very **persuasive**. I don't think your teacher will buy it.

你的藉口沒什麼說服力。我想你的老師不會相信的。

persuasively

[pəˋswesɪvlɪ]

adv. 有說服力地

▲The lawyer is talking **persuasively** to the jury.

這位律師正有說服力地對陪審團說話。

---

21 **philosophy**

[fəˋlɑsəfɪ]

n. [U] 哲學；[C] 人生哲學 (pl. philosophies)

▲Luke majors in **philosophy** in college. Luke 在大學主修哲學。

▲Young people should have a positive **philosophy** of life so that they won't go astray.

年輕人應該要有正面的人生哲學，以致於不會迷失。

---

22 **pursue**

[pəˋsu]

v. 從事；追求

▲Matt left his hometown to **pursue** a career in journalism in the big city. Matt 離開家鄉去大城市從事新聞工作。

▲Many people **pursue** wealth and fame but end up in vain.

很多人追求名利但是徒勞無結果。

---

23 **renew**

[rɪˋnju]

v. 更新；(中斷後) 再繼續 [同] resume

▲The toothbrush should be **renewed** every three months.

牙刷每三個月就需要更換一次。

▲You have to **renew** your membership every year.

你每年都必須繳費繼續會員資格。

---

24 **retreat**

[rɪˋtrit]

n. [C][U] 撤退 [反] advance

▲The general ordered a **retreat** of all his soldiers.

將軍下令他所有的士兵撤退。

retreat

[rɪ`trit]

v. 撤退 <from> [反] advance

▲The defeated soldiers gave up their weapons and **retreated from** the battlefield. 敗戰的士兵拋棄武器而且從戰場撤退。

25 **revolution**

[ˌrɛvə`luʃən]

n. [C][U] 革命 [同] rebellion；旋轉 [同] spin

▲A bloodless **revolution** broke out in that country.
那個國家爆發了一場不流血的革命。

▲One **revolution** of the earth around the sun takes approximately 365 days. 地球繞太陽一圈約需三百六十五天。

Unit 12

1 **acceptance**

[ək`sɛptəns]

n. [U] 接受

▲His **acceptance** into a good college pleased his father.
一所好大學接受他的入學申請令他父親很高興。

2 **access**

[`æksɛs]

n. [U] 通道 <to>

▲The main **access to** the gym is on the right side.
進入體育館的主要通道是在右手邊。

access

[`æksɛs]

v. (從電腦) 讀取 (資料)

▲Customers can **access** their bank accounts by smartphone.
顧客可以經由智慧型手機讀取他們的銀行帳戶。

3 **ashamed**

[ə`ʃemd]

adj. 羞愧的，慚愧的 <of> [反] unashamed

▲You should be **ashamed of** your behavior.
你應為自己的行為感到羞愧。

4 **aspect**

[`æspɛkt]

n. [C] 層面 <of> [同] point

▲We should consider all **aspects of** the problem.
我們應通盤考量這個問題。

5 **comedy**

[`kɑmədɪ]

n. [C] 喜劇 (pl. comedies)

▲Unlike tragedies, **comedies** are meant to make people laugh. 與悲劇不同，喜劇的目的是讓人發笑。

6	**contrary**	n. [C] 相反 (the ～) [同] reverse (pl. contraries)
	[ˋkɑntrɛrɪ]	▲I thought that he was older than me. However, **the contrary** was true. 我以為他年紀比我大。然而，事實跟我預期的相反。
	contrary	adj. 相反的 <to> [同] opposing
	[ˋkɑntrɛrɪ]	▲**Contrary to** all expectations, all went well. 與預料的相反，一切順利。

7	**demonstrate**	v. 顯示 [同] show
	[ˋdɛmən͵stret]	▲Research has **demonstrated** that eating fast food frequently is harmful to health. 研究顯示常常吃速食對健康有害。

8	**discipline**	n. [U] 紀律，訓練
	[ˋdɪsəplɪn]	▲The school enforces strict **discipline** to ensure that the students obey school rules. 這間學校執行嚴格紀律以確保學生遵守校規。
		💡self-discipline 自我要求
	discipline	v. 處罰；教養
	[ˋdɪsəplɪn]	▲The naughty student is often **disciplined** by the teacher. 這調皮的學生常被老師處罰。
		▲Bill was strict in **disciplining** his children. Bill 教養孩子十分嚴格。

9	**dominant**	adj. 主導的，主要的
	[ˋdɑmənənt]	▲Christianity has achieved a **dominant** position in western thought. 基督教在西方思想中占有主導的地位。

10	**efficiency**	n. [U] 效率 [反] inefficiency
	[ɪˋfɪʃənsɪ]	▲A good employee is someone who works with **efficiency**. 一名好員工是工作有效率的人。

11	**fantastic**	adj. 極好的 [同] great
	[fænˋtæstɪk]	▲Joan had a **fantastic** time at the costume party last night. Joan 在昨晚的化妝舞會玩得很開心。

12	**infection**	n. [U] 感染
	[ɪnˋfɛkʃən]	▲Washing hands before eating can efficiently reduce the risk of **infection**. 飯前洗手能有效降低感染的風險。

Level 4

13 instinct

[`ɪnstɪŋkt]

n. [C][U] 直覺，本能 [同] intuition

▲My **instinct** tells me that something bad has happened to Maria. 我的直覺告訴我 Maria 遭遇了不好的事。

14 labor

[`lebɚ]

n. [U] 勞動

▲The workers who were exploited decided to withdraw their **labor**. 受剝削的工人決定罷工。

labor

[`lebɚ]

v. 辛勞工作，苦幹 <over>

▲Ann has **labored over** the report for three days.

Ann 為這份報告奮鬥三天了。

15 learned

[`lɝnɪd]

adj. 學識淵博的

▲We like to turn to the **learned** professor for advice.

我們喜歡向這位學識淵博的教授尋求建議。

16 mild

[maɪld]

adj. (天氣) 溫和的

▲This city is chosen as one of the most livable cities in the world because of its **mild** climate.

這城市因其溫和的氣候而被選為世界上最適合居住的城市之一。

mildly

[`maɪldlɪ]

adv. 溫和地

▲The man **mildly** answered the reporter's questions.

這男子溫和地回答記者的問題。

17 mysterious

[mɪ`stɪrɪəs]

adj. 神祕的

▲The big sunglasses that the woman was wearing covered almost half of her face and made her look **mysterious**.

那名女子正戴著大墨鏡，幾乎遮住了她的半張臉，讓她看起來很神祕。

mysteriously

[mɪ`stɪrɪəslɪ]

adv. 神祕地

▲The money **mysteriously** disappeared that night.

那天晚上錢神祕地不見了。

18 occupy

[`ɑkjə͵paɪ]

v. 占領

▲The army finally **occupied** the city after a long battle.

歷經長久戰役後，軍隊終於占領了城市。

occupied

[`ɑkjə‚paɪd]

| adj. | 有人使用的 |

▲The restroom is **occupied**. 洗手間有人。

19 **passive**

[`pæsɪv]

| adj. | 被動的，消極的 |

▲The students are **passive** in class. They just quietly listen when the teacher lectures.

這些學生在課堂上是被動的。當老師講課時他們僅是安靜聆聽。

20 **percent**

[pɚ`sɛnt]

| n. | [C] 百分之… |

▲Only thirty **percent** of the students passed the exam.

只有 30% 的學生通過考試。

21 **philosophical**

[‚fɪlə`sɑfɪkl̩]

| adj. | 豁達的 <about> |

▲Don't be discouraged and try to be **philosophical about** this problem. 不要氣餒，試著豁達一點看待這個問題。

philosophically

[‚fɪlə`sɑfɪklɪ]

| adv. | 豁達地 |

▲Mary and Tommy talked **philosophically** about death.

Mary 和 Tommy 豁達地談論死亡。

22 **pursuit**

[pɚ`sut]

| n. | [U] 追趕；追求 |

▲The speeding car went through a red light with two police cars in **pursuit**. 這輛車超速闖紅燈，兩輛警車緊追在後。

▲Many people go into business **in pursuit of** wealth and high standards of living. 許多人經商追求財富和高生活水準。

23 **rainfall**

[`ren‚fɔl]

| n. | [C][U] 降雨量 |

▲The desert area is characterized by low annual **rainfall**.

這個沙漠地區以年降雨量低為特色。

24 **reputation**

[‚rɛpjə`teʃən]

| n. | [C] 名聲，名譽 |

▲This college has a good academic **reputation**.

這所大學具有極高的學術聲望。

25 **revise**

[rɪ`vaɪz]

| v. | 修訂，修改 |

▲The online dictionary is **revised** every three months to keep up with the rapidly evolving language.

這網路字典每三個月進行一次修訂，以適應快速發展的語言。

Level 4

Unit 13

1 accidental
[͵æksə`dɛntl̩]

adj. 意外的 [反] deliberate

▲The police suspected that the death of the rich businessman was not **accidental**, so they decided to conduct a closer investigation.

警察懷疑那位富商的死不是意外，所以他們決定進行更詳密的調查。

accidentally
[͵æksə`dɛntl̩ɪ]

adv. 意外地 [反] deliberately

▲I met my college classmate on the street **accidentally**.

我在街上巧遇我大學同學。

2 assistance
[ə`sɪstəns]

n. [U] 幫助，援助

▲Charlie always comes to my **assistance** whenever I am in trouble. 每當我有困難時，Charlie 總會來幫我。

3 bankrupt
[`bæŋkrʌpt]

adj. 破產的

▲Tom has been declared **bankrupt**. Tom 被宣告破產。

bankrupt
[`bæŋkrʌpt]

v. 使破產 [同] ruin

▲The huge loss would **bankrupt** the car company.

此項重大損失將使這家汽車公司破產。

bankrupt
[`bæŋkrʌpt]

n. [C] 破產者

▲Stella was declared a **bankrupt** last year.

去年 Stella 被宣告破產。

bankruptcy
[`bæŋkrʌpsɪ]

n. [C][U] 破產 (pl. bankruptcies)

▲This large company was forced into **bankruptcy**.

這家大公司被迫宣告破產。

4 code
[kod]

n. [C][U] 密碼 (pl. codes)

▲I received a letter written in **code**, but I didn't know how to break it. 我收到一封密碼信，但我不知如何破解。

code	v. 用密碼寫
[kod]	▲Henry **coded** his letter to Nicole so that nobody could read it except her and himself. Henry 用密碼寫信給 Nicole，如此一來除了她和他本人之外無人能懂。

5 **commerce**	n. [U] 商業，貿易 [同] trade
[ˋkɑmɚs]	▲The government is trying to promote local **commerce** and industry. 政府正嘗試推廣當地商業及工業。

6 **convey**	v. 傳達 (思想、感情等) [同] communicate；運送
[kənˋve]	▲We can make use of pictures to **convey** messages to people who cannot read.
	我們可以利用圖畫把訊息傳達給不識字的人。
	▲Tankers **convey** oil from the Middle East to other parts of the world. 油輪把石油從中東運到世界其他各地。

7 **dense**	adj. 密集的 (denser｜densest)
[dɛns]	▲Due to a **dense** population and limited farmland, fifty percent of the food in the country is imported from abroad.
	因為密集的人口及有限的農地，這個國家 50% 的糧食是從國外進口。

8 **disguise**	v. 假扮，喬裝 <as>
[dɪsˋgaɪz]	▲The actress **disguised** herself **as** a nun so that no one would recognize her.
	這名女演員把自己喬裝成修女好讓別人認不出她來。
disguise	n. [C][U] 喬裝，偽裝 <in>
[dɪsˋgaɪz]	▲The homeless man sitting on the bench turned out to be a policeman **in disguise**.
	坐在長凳上的流浪漢實際上是警察喬裝的。

9 **elementary**	adj. 基礎的
[ˌɛləˋmɛntərɪ]	▲Louisa is taking an **elementary** German course.
	Louisa 正在上基礎德文課程。

10 emphasis
[`ɛmfəsɪs]

n. [C][U] 強調，重視 <on> [同] stress (pl. emphases)

▲This senior high school puts great **emphasis on** academic achievements. 這所高中很重視學業成就。

11 forecast
[`for,kæst]

n. [C] 預報

▲The weather **forecast** says that it will be sunny and hot tomorrow. 天氣預報說明天天氣是晴朗炎熱的。

forecast
[`for,kæst]

v. 預報 [同] predict

(forecast, forecasted | forecast, forecasted | forecasting)

▲The weatherman is **forecasting** the weather for tomorrow.
氣象播報員正在預報明天的天氣。

12 informative
[ɪn`fɔrmətɪv]

adj. 給予知識的，提供資訊的 [同] instructive

▲Linda gave an **informative** lecture.
Linda 發表了一場具知識性的演說。

13 instruct
[ɪn`strʌkt]

v. 教導 <in>

▲The professor **instructed** us **in** American literature.
這位教授教導我們美國文學。

14 issue
[`ɪʃʊ]

n. [C] 議題

▲More and more people focus on environmental **issues**.
越來越多人關注環境議題。

💡at issue 討論的焦點

issue
[`ɪʃʊ]

v. 公布

▲The actor **issued** a denial of the fake news that he was married. 這位演員發表聲明否認不實新聞報導他已婚的事。

15 largely
[`lɑrdʒlɪ]

adv. 主要地

▲His failure is **largely** due to his laziness.
他的失敗大部分是因為懶惰。

16 objection
[əb`dʒɛkʃən]

n. [C][U] 反對 <to>

▲They had no **objection to** giving a party this weekend.
他們不反對這週末舉行派對。

💡raise an objection to sth 對…提出異議

17 otherwise

[ˋʌðɚͺwaɪz]

adv. 否則

▲Study hard; **otherwise**, you'll regret it.

用功讀書，否則你會後悔。

---

18 outcome

[ˋautͺkʌm]

n. [C] 結果 <of> [同] result

▲The **outcome of** the election surprised everyone.

選舉的結果令大家驚訝。

---

19 permanent

[ˋpɝmənənt]

adj. 永久的 [反] impermanent, temporary

▲In my opinion, there is little chance of **permanent** peace in the world. Wars always happen.

依我看，世界上不太可能有永久的和平。戰爭總會發生。

💡 permanent job 固定工作

---

20 pessimistic

[ͺpɛsəˋmɪstɪk]

adj. 悲觀的 <about> [同] gloomy [反] optimistic

▲My father is **pessimistic about** the current economic situation. 我的父親對目前的經濟情勢感到悲觀。

---

21 portable

[ˋportəbḷ]

adj. 手提式的，可攜帶的

▲A **portable** computer is a computer that can be easily moved from one place to another.

手提電腦是容易隨身攜帶的電腦。

---

22 recognition

[ͺrɛkəgˋnɪʃən]

n. [U] 認出；[sing.] 承認 [同] acceptance

▲After reconstruction, the town has **changed beyond recognition**. 重建後，這城鎮已變得讓人認不出來。

▲Our country is hoping to **win recognition** from the international community. 我國希望得到國際社會的承認。

---

23 reduction

[rɪˋdʌkʃən]

n. [C][U] 減少，縮小 <in, of> [反] increase

▲With the introduction of new energy, there will be a **reduction in** the prices of oil. 隨著新能源引進，油價勢必會下降。

---

24 resemble

[rɪˋzɛmbḷ]

v. 與…相似

▲The twins closely **resemble** each other. It's almost impossible for others to tell one from the other.

這對雙胞胎非常相像。旁人幾乎無法分辨他們。

25 ruin

[`ruɪn]

v. 毀壞 [同] wreck

▲Historians predict that the third world war will **ruin** all civilization. 歷史學家預測第三次世界大戰將毀壞所有文明。

ruin

[`ruɪn]

n. [C] 廢墟；[U] 毀壞 [同] destruction

▲These **ruins** were once the royal palace. 這些廢墟曾是王宮。

▲Many historic buildings **fell into ruin** after the bombing.
許多有歷史意義的建築物在轟炸後被毀壞了。

Unit 14

1 accomplish

[ə`kɑmplɪʃ]

v. 完成，實現 [同] achieve

▲The government attempted to **accomplish** its objective of reducing the unemployment rate.
政府嘗試達成減少失業率的目標。

accomplishment

[ə`kɑmplɪʃmənt]

n. [C] 成果 [同] achievement；[U] 完成

▲The **accomplishments** of these scientists are amazing.
這些科學家的研究成果驚人。

▲After finishing the task, you will have a sense of **accomplishment**. 完成此項工作後，你會得到成就感。

2 authority

[ə`θɔrətɪ]

n. [C] 當局；[U] 權力 <to, over> (pl. authorities)

▲The school **authorities** haven't announced the result of the contest. 學校當局尚未公布競賽結果。

▲In the past, only the king had the **authority to** declare war.
過去，只有國王有權力宣戰。

3 capitalism

[`kæpətḷˌɪzəm]

n. [U] 資本主義

▲**Capitalism** is based on free markets of the world.
資本主義以全球自由市場為基礎。

4 concentrate

[`kɑnsn̩‚tret]

v. 專心 <on>

▲Simon **concentrated on** memorizing English words.

Simon 專心背英文字彙。

---

5 cope

[kop]

v. (成功地) 應付，處理 <with> [同] manage

▲I have more work than I can **cope with**. 我工作多得無法應付。

---

6 delicate

[`dɛləkət]

adj. 易碎的，脆弱的 [同] fragile；精細的

▲Please handle the **delicate** china plates with care.

請小心處理這些易碎的瓷碟。

▲The surgeon performed a very **delicate** operation.

這名外科醫生執行了一項非常精細的手術。

delicately

[`dɛlɪkətlɪ]

adv. 小心翼翼地

▲The housekeeper placed all the glass containers **delicately** into a box. 管家小心翼翼地把所有玻璃容器放進盒子。

delicacy

[`dɛləkəsɪ]

n. [C] 佳肴；[U] 易碎 (pl. delicacies)

▲This stewed soup is considered a **delicacy** in many Asian countries. 這燉湯在許多亞洲國家被認為是佳肴。

▲Because of the **delicacy** of the glassware, it cannot be moved. 由於這玻璃器皿易碎，因此不宜搬動。

---

7 destruction

[dɪ`strʌkʃən]

n. [U] 破壞

▲The strong earthquake caused widespread **destruction**.

這場強震造成大範圍的破壞。

---

8 dismiss

[dɪs`mɪs]

v. 解散

▲The teacher **dismissed** the class as the bell rang.

老師在鈴聲響時下課。

dismissal

[dɪs`mɪsl̩]

n. [C][U] 解僱

▲The government has introduced a new law on unfair **dismissal**. 政府對無理解僱定出一項新法規。

---

9 eliminate

[ɪ`lɪmə‚net]

v. 排除 <from>

▲To lose weight, Jimmy **eliminates** fried foods **from** his diet.

為了減重，Jimmy 將炸物排除在他的飲食外。

elimination

[ɪˌlɪmə`neʃən]

n. [U] 消除

▲You may find the answer by a process of **elimination**.

你可以用消去法得到答案。

10 **engineering**

[ˌɛndʒə`nɪrɪŋ]

n. [U] 工程學

▲My brother majored in electronic **engineering** in college.

我哥哥在大學主修電子工程。

11 **formula**

[`fɔrmjələ]

n. [C] 方法 <for>；公式 (pl. formulas, formulae)

▲There is no **formula for** success. 成功沒有一定的方法。

▲Chemical **formulae** are hard to remember.

化學公式不好記。

12 **inspiration**

[ˌɪnspə`reʃən]

n. [U] 靈感 <from>

▲Artists often draw **inspiration from** natural beauty.

藝術家常從自然美中獲取靈感。

13 **instructor**

[ɪn`strʌktɚ]

n. [C] 教練

▲The swimming **instructor** is teaching the beginners how to hold their breath underwater.

游泳教練正在教初學者如何在水底下憋氣。

14 **literary**

[`lɪtəˌrɛrɪ]

adj. 文學的

▲Great **literary** works stand the test of time with universal themes and profound thoughts.

偉大的文學作品，有普世的主題和深刻的想法，經得起時間的考驗。

15 **outstanding**

[aut`stændɪŋ]

adj. 傑出的，優秀的 [同] excellent

▲With years of hard work, Michael has proven himself to be an **outstanding** basketball player.

經過多年努力，Michael 證明自己是個傑出的籃球球員。

16 **overthrow**

[ˌovɚ`θro]

v. 推翻 (overthrew | overthrown | overthrowing)

▲The civilians **overthrew** their military government and established a democratic republic.

這群平民推翻軍政府，建立了民主共和國。

17 **photography** [fə`tɑɡrəfɪ]	**n.** [U] 攝影 ▲Fred loves **photography**, and he even wants to major in it in college. Fred 熱愛攝影，而且他甚至想在大學主修攝影。
18 **plot** [plɑt]	**n.** [C] (故事的) 情節 ▲The **plot** of the play is so complicated that I get confused. 這齣戲劇的情節如此複雜，以致於我都搞糊塗了。
plot [plɑt]	**v.** 密謀 <to, against> [同] conspire (plotted | plotted | plotting) ▲The people **plotting to** overthrow the government were arrested and executed. 這些密謀推翻政府的人們被逮捕處死。
19 **potential** [pə`tɛnʃəl]	**adj.** 潛在的 [同] possible ▲The experts warn of the **potential danger** of genetically modified foods. 專家警告基因改造食物的潛在危險。
potential [pə`tɛnʃəl]	**n.** [U] 潛力 <for> ▲The island has great **potential for** oil drilling. 該小島很具有探勘石油的潛力。
potentially [pə`tɛnʃəlɪ]	**adv.** 潛在地 ▲Some buildings are **potentially** dangerous after the earthquake. 地震過後有些建築有潛在的危險。
20 **preserve** [prɪ`zɝv]	**v.** 維持 ▲The leader hoped to **preserve** the peace in the area. 領導者希望能維持這個地區的和平。
preserve [prɪ`zɝv]	**n.** [C] 保護區 ▲No camping and hunting are allowed in the forest **preserve**. 此森林保護區禁止露營及狩獵。
preservative [prɪ`zɝvətɪv]	**n.** [C][U] 防腐劑 ▲No artificial **preservatives** have been added to this homemade bread. 這自製的麵包裡沒有添加人工的防腐劑。
21 **resign** [rɪ`zaɪn]	**v.** 辭職 <from> ▲The sales manager **resigned from** the company due to his poor health. 這業務經理因健康問題向公司辭去職務。

Level 4

22 resolution

[,rɛzə`luʃən]

n. [C] 決心 [同] determination

▲Every year, Karen makes a New Year's **resolution**, but she never keeps it.

每年 Karen 都會許一個新年新希望，但她從未實現它。

resolute

[`rɛzə,lut]

adj. 堅決的 [同] determined, headstrong [反] irresolute

▲The explorer was **resolute** in carrying out his plan.

探險家堅決執行他的計畫。

resolutely

[`rɛzə,lutlɪ]

adv. 堅決地

▲Emma **resolutely** refused to give up. Emma 堅決不放棄。

23 retain

[rɪ`ten]

v. 保留

▲The company **retains** the right to change the prices at any time. 本公司保留隨時改變價格的權利。

24 scenery

[`sinərɪ]

n. [U] 風景

▲The breathtaking **scenery** of Grand Canyon National Park attracts many tourists annually.

大峽谷國家公園令人驚嘆的景色每年都吸引很多觀光客。

25 theme

[θim]

n. [C] 主題

▲Teenage rebellion is the main **theme** of the new film.

青少年叛逆是這部新電影的主題。

Unit 15

1 accuracy

[`ækjərəsɪ]

n. [U] 準確性 [反] inaccuracy

▲The **accuracy** of the reports in newspapers is always questionable. 報紙上報導的準確性總是令人質疑。

2 alcohol

[`ælkə,hɔl]

n. [U] 酒 (精)

▲The doctor told the patient not to drink **alcohol**.

醫生吩咐病人不能喝酒。

3 **biology**
[baɪ`ɑlədʒɪ]

n. [U] 生物學

▲**Biology** is mainly the study of plants and animals.
生物學主要是對植物和動物的研究。

biologist
[baɪ`ɑlədʒɪst]

n. [C] 生物學家

▲Being a professional **biologist**, William dedicates himself to biomedical research.
身為專業的生物學家，William 獻身於生物醫學研究。

4 **carve**
[kɑrv]

v. 雕刻 <out of, from>

▲The sculptor **carved** the statue **out of** marble.
這雕刻家將大理石雕刻成雕像。

5 **concerning**
[kən`sɜnɪŋ]

prep. 關於

▲Mike can't think of any solution **concerning** the problem.
關於此問題，Mike 想不出任何解決之道。

6 **digest**
[`daɪdʒɛst]

n. [C] 摘要，文摘 [同] summary

▲My favorite magazine is *Reader's Digest*.
我最喜歡的雜誌是《讀者文摘》。

digest
[daɪ`dʒɛst]

v. 消化；理解

▲You should chew your food thoroughly so that it can be **digested** easily. 你應該細嚼食物以利消化。

▲Robert tried to **digest** the article. Robert 試圖理解這篇文章。

7 **disaster**
[dɪz`æstə]

n. [C][U] 災禍 [同] catastrophe

▲It is almost impossible for humans to predict **natural disasters**. 人類幾乎無法預測天災。

8 **district**
[`dɪstrɪkt]

n. [C] 地區，區域

▲Alan lived close to the shopping **district** of the town.
Alan 住在城裡的購物區附近。

9 **enormous**
[ɪ`nɔrməs]

adj. 巨大的 [同] huge, immense

▲Bruce lost an **enormous** sum of money because of bad investments. Bruce 因為投資不當而輸掉一大筆錢。

Level 4

10 era

[`ɪrə]

n. [C] 時代，年代

▲The new president is taking the country into a new **era** with reforms. 新總統用改革帶領國家進入新時代。

11 financial

[faɪ`nænʃəl]

adj. 財務的

▲More and more companies are faced with **financial** difficulties with the economy going down.

隨著經濟蕭條，越來越多的公司面臨財務困境。

financially

[faɪ`nænʃəlɪ]

adv. 財務地

▲Sam is struggling **financially** because he doesn't have a permanent job.

Sam 為財務苦苦掙扎，因為他沒有一份固定的工作。

💡financially embarrassed 拮据的

12 fort

[fort]

n. [C] 要塞 [同] fortress

▲The general asked his soldiers to hold down the **fort**.

將軍要求他的士兵守住要塞。

13 intellectual

[ˌɪntl̩`ɛktʃʊəl]

adj. 有智能的

▲To have more **intellectual** powers, you must read more.

要有知識，就一定要多讀書。

intellectual

[ˌɪntl̩`ɛktʃʊəl]

n. [C] 知識分子

▲Many scholars and **intellectuals** attended the conference on educational reform.

許多學者和知識分子參加了這個教育改革的會議。

14 interaction

[ˌɪntɚ`ækʃən]

n. [C][U] 互動，交流 <between, with>

▲The **interaction between** the workers and the management is quite important. 勞資雙方的互動溝通很重要。

15 magnetic

[mæg`nɛtɪk]

adj. 有磁性的；富有魅力的

▲It is believed that migratory birds can sense the **magnetic** field of the Earth and thus are able to find their way on their seasonal movements.

據信候鳥能察覺地球的磁場，因此能夠在季節性的遷徙時找到路徑。

▲The YouTuber's **magnetic** personality won her ten thousand subscribers in a few weeks. 這位 YouTube 創作者吸引人的個性為她在幾週內贏得了一萬名訂閱者。

16 **participation**	n. [U] 參加，參與 <in>
[pɑr͵tɪsəˋpeʃən]	▲Through active **participation in** class discussions, students can learn to express their own opinions.
	透過積極參與課堂討論，學生們可以學習表達自己的觀點。

| 17 **portray** | v. 描寫，描繪 |
| [porˋtre] | ▲The award-winning writer **portrays** life in the country vividly. 這位得獎的作家生動地描寫鄉村生活。 |

18 **primitive**	adj. 原始的 [反] advanced, modern
[ˋprɪmətɪv]	▲Some **primitive** tools have been found underground.
	有些原始的工具在地底下被發現。

19 **privilege**	n. [C][U] 特權
[ˋprɪvlɪdʒ]	▲In ancient times, only the nobles could enjoy the **privilege** of education. 在古代，只有貴族有受教育的特權。
	💡 enjoy/exercise a privilege 享受／行使特權
privilege	v. 給予特權 [同] favor
[ˋprɪvlɪdʒ]	▲The policy **privileges** the wealthy but neglects the poor.
	政策給予富人特權但是忽視貧窮的人們。
privileged	adj. 擁有特權的
[ˋprɪvlɪdʒd]	▲As a member of the **privileged** class, Jack enjoys more benefits than ordinary citizens.
	身為特權階級的一員，Jack 比普通的老百姓享有更多的利益。

20 **prominent**	adj. 重要的，著名的
[ˋprɑmənənt]	▲Smartphones **play a prominent role in** our daily lives.
	智慧型手機在我們每天的生活中扮演著重要的角色。
prominently	adv. 突出地
[ˋprɑmənəntlɪ]	▲Susan's red hair makes her stand out **prominently** among the crowd. Susan 的紅頭髮使她在人群中很突出。

Level 4

21 **reward**

[rɪˋwɔrd]

n. [C][U] 獎賞，報酬 <for>

▲My teacher gave me a book as a **reward for** getting good grades. 我的老師給我一本書作為得到好成績的獎賞。

reward

[rɪˋwɔrd]

v. 獎賞 <with, for>

▲The company **rewarded** its employees **with** bonuses **for** their hard work. 公司用獎金獎賞員工的努力工作。

---

22 **rhythm**

[ˋrɪðəm]

n. [C][U] 韻律，節奏

▲We were dancing to the **rhythm** of the music.
我們隨著音樂的韻律起舞。

rhythmic

[ˋrɪðmɪk]

adj. 有節奏的

▲The **rhythmic** sound of the rain hitting the tin roof is like a song. 雨有節奏的打在錫屋頂上的聲音就像一首歌。

rhythmically

[ˋrɪðmɪklɪ]

adv. 有節奏地

▲Thomas **rhythmically** played his drums.
Thomas 有節奏地打鼓。

---

23 **scoop**

[skup]

n. [C] (挖冰淇淋或粉狀物的) 勺子

▲Two **scoops** of ice cream, please. 請給我兩球冰淇淋。

scoop

[skup]

v. 舀出

▲The crew were desperately busy **scooping** out the water from the sinking ship. 船員們拼命地忙著把水舀出在下沉的船外。

---

24 **shelter**

[ˋʃɛltɚ]

n. [C] 收容所

▲Those homeless children stayed temporarily in the **shelter**.
那些無家可歸的孩童暫時待在這個收容所。

shelter

[ˋʃɛltɚ]

v. 庇護，保護

▲Andy was arrested for **sheltering** the wanted man.
Andy 因庇護通緝犯被逮捕。

---

25 **visual**

[ˋvɪʒʊəl]

adj. 視覺的，視力的

▲Using **visual** aids is a good way to make your speech clearer and more memorable.
使用視覺輔具是讓你的演講更清楚且更難忘的好方法。

visualize

[ˈvɪʒʊəlˌaɪz]

v. 想像 [同] imagine

▲Can you **visualize** what you will be like in ten years?

你能想像自己十年後的樣子嗎？

Unit 16

1 **acid**

[ˈæsɪd]

n. [C][U] 酸

▲High concentration of vinegar is a strongly corrosive **acid**.

高濃度的醋是強腐蝕性的酸。

acid

[ˈæsɪd]

adj. 酸的

▲Sugar-free lemonade is quite **acid**. 無糖檸檬汁相當酸。

💡acid rain 酸雨

---

2 **bond**

[bɑnd]

n. [C] 羈絆，束縛 <between, with>

▲There is a close **bond between** the dog and its master.

這隻狗和牠的主人之間有著緊密的關係。

bond

[bɑnd]

v. 黏合 <to>；建立關係 <with>

▲Sharon used the glue to **bond** the photo **to** the wall.

Sharon 用膠水將照片黏在牆上。

▲Richard is so strict that he has difficulty **bonding with** his children. Richard 太嚴格以至於他和孩子難以建立關係。

---

3 **campaign**

[kæmˈpen]

n. [C] 活動 <against, for>

▲The internet celebrity attempted to launch a nationwide **campaign against** tobacco.

這位網路名人試圖舉辦全國禁菸活動。

💡advertising campaign 廣告宣傳活動

campaign

[kæmˈpen]

v. 參加活動 <against, for>

▲The non-governmental organization has been **campaigning for** human rights.

這個非政府組織一直參與支持人權的運動。

4 clumsy
[ˋklʌmzɪ]

adj. 笨拙的 (clumsier | clumsiest)

▲The waiter was so **clumsy** that he spilled wine on the guest's suit. 這個服務生笨手笨腳的，把酒潑灑到客人的西裝上。

---

5 conscience
[ˋkɑnʃəns]

n. [C][U] 良心

▲Nancy's **conscience** prevents her from doing anything against the law. Nancy 的良心不讓她做任何違法的事。

💡in good conscience 憑良心說

---

6 dispute
[dɪˋspjut]

n. [C][U] 爭論 <over, with>

▲The **dispute over** the construction of the new chemical factory seems never-ending.

有關於設立新的化學工廠的爭論似乎不會結束。

💡in dispute 在爭論中

dispute
[dɪˋspjut]

v. 爭論

▲Whether the educational system should be reformed is a topic that has been hotly **disputed** recently.

教育制度是否應該被改革至今仍引起激烈的爭論。

---

7 drill
[drɪl]

n. [C] 鑽子；[C][U] 練習，演習

▲Many children are afraid of the sound of a dentist's **drill**.
很多小孩害怕牙鑽的聲音。

▲The firefighters went to the elementary school to give students a fire **drill**. 消防員到這所小學給學生進行消防演習。

drill
[drɪl]

v. 鑽；反覆練習 <in>

▲The woodpecker **drilled** some holes in the wood in search of food. 啄木鳥在木頭上鑽一些洞尋找食物。

▲The teacher **drilled** her students **in** grammar by giving them a lot of repetitive practice.

這位老師藉著給學生大量的反覆練習來訓練他們的文法。

---

8 economy
[ɪˋkɑnəmɪ]

n. [C] 經濟；[C][U] 節儉 (pl. economies)

▲The **economy** was weak, so consumer confidence was low. 經濟疲弱，所以消費者信心不足。

▲Rachel was born in a rich family, so she had no concept of **economy**. Rachel 出生在富裕的家庭，所以沒有節儉的觀念。

9	**evaluate**

[ɪˋvæljʊˌet]

v. 評估，評價 [同] assess；鑑定⋯的價值

▲Daniel had to **evaluate** the situation before making a decision. Daniel 下決定之前必須先評估狀況。

▲Sophia's job is to **evaluate** gems to know their value. Sophia 的工作是鑑定寶石進而了解它們的價值。

10	**expand**

[ɪkˋspænd]

v. 擴大 <into> [反] contract；膨脹

▲The night market is rapidly **expanding into** a tourist attraction with booming tourism.

隨著旅遊業的蓬勃發展，這個夜市快速擴大成為觀光景點。

▲Marco is explaining to his students why metal **expands** when heated. Marco 正向他學生解釋為什麼金屬遇熱會膨脹。

💡expand on 對⋯詳細說明

11	**functional**

[ˋfʌŋkʃənl̩]

adj. 實用的 [同] utilitarian；功能性的；運作中的

▲This piece of furniture is both **functional** and decorative. 這件家具既實用又美觀。

▲Suffering from **functional** disorder, May's hand twitches irregularly. 受功能障礙所苦，May 的手會不定時抽動。

▲The new model of airplanes will be fully **functional** next year. 這個新的飛機機種明年會全面啟用。

12	**intensity**

[ɪnˋtɛnsətɪ]

n. [U] 強烈，強度 <of>

▲We are amazed at the **intensity of** the artist's emotions. 我們對於此藝術家的情感強烈程度感到驚訝。

13	**interfere**

[ˌɪntɚˋfɪr]

v. 干涉，介入 <in, with> [同] meddle

▲Jacob accused me of **interfering in** his private affairs. Jacob 指責我干涉他的私事。

14	**manual**

[ˋmænjʊəl]

n. [C] 使用手冊

▲Vera read the instruction **manual** carefully before she operated the machine. Vera 在操作機器前仔細閱讀使用手冊。

manual

[`mænjʊəl]

adj. 用手操作的 [反] automatic；體力的

▲Bruce will replace the **manual** machine with an automatic one. Bruce 將使用自動化機器汰換這臺手動機器。

▲Organic farming requires a lot of **manual** labor.

有機農業需要大量的人力。

💡manual mode 手動模式

---

15 **moreover**

[mor`ovɚ]

adv. 而且 [同] in addition

▲Albee decided to buy the house because it is in a good location and, **moreover**, the price is reasonable.

Albee 決定買這間房子，因為地點很好，而且價錢也合理。

---

16 **peculiar**

[pɪ`kjuljɚ]

adj. 奇怪的 [同] odd；獨特的 <to>

▲It is **peculiar** that the car key is nowhere to be found.

奇怪的是汽車鑰匙哪裡都找不到。

▲This style of architecture is **peculiar to** this region.

這類的建築風格是這個地區獨有的。

peculiarly

[pɪ`kjuljɚlɪ]

adv. 奇怪地；特別 [同] especially

▲Dr. Wu has found that some animals behave **peculiarly** before an earthquake. 吳博士發現有些動物在地震前行為怪異。

▲The sunrise was **peculiarly** beautiful yesterday.

昨天的日出特別美麗。

---

17 **popularity**

[ˌpɑpjə`lærətɪ]

n. [U] 受歡迎，流行

▲With many years of hard work, the actress has finally won worldwide **popularity** and fame.

經過多年的努力，這位女演員終於贏得世界各地的歡迎和聲譽。

---

18 **possession**

[pə`zɛʃən]

n. [U] 擁有；[C] 所有物 (usu. pl.) [同] belongings

▲After her husband passed away, Lily took **possession** of his house. 在 Lily 丈夫過世後，她繼承他的房子。

▲The company lost all its **possessions** in the fire.

這間公司在火災中失去了所有的財產。

💡in possession of 擁有… | colonial possession 殖民地

19 **privacy**

[ˋpraɪvəsɪ]

n. [U] 隱私

▲No matter who you are, you have no right to violate others' **privacy**. 無論你是誰，都無權侵犯他人的隱私。

💡invade/protect sb's privacy 侵犯／保護…的隱私

20 **publication**

[ˌpʌbləˋkeʃən]

n. [U] (書) 出版；公布 <of>；[C] 出版物

▲The dictionary is ready for **publication** now.
這本字典目前已經準備出版了。

▲The **publication of** the exam results is expected next month. 考試結果預計下個月公布。

▲The famous *Time* magazine is a weekly **publication**.
著名的《時代雜誌》是一份週刊。

21 **regarding**

[rɪˋgɑrdɪŋ]

prep. 關於 [同] concerning, with regard to

▲The politician refused to give any comments **regarding** the results of the election. 這個政客拒絕對選舉結果做任何評論。

22 **rural**

[ˋrʊrəl]

adj. 鄉村的 [反] urban

▲There are more job opportunities in urban areas than in **rural** areas. 都市地區的工作機會較鄉村地區多。

23 **scratch**

[skrætʃ]

n. [C] 刮傷，抓痕

▲Fortunately, Nick only had some **scratches** after falling off his bicycle. 幸運地，Nick 從腳踏車上跌下來後只有一些擦傷。

💡without a scratch 毫髮無傷地

scratch

[skrætʃ]

v. 搔，抓

▲Yvonne kept **scratching** the mosquito bites on her legs.
Yvonne 一直抓她腿上的蚊子叮咬處。

24 **sculpture**

[ˋskʌlptʃɚ]

n. [C][U] 雕塑品

▲The Museum of Modern Art displays some interesting **sculptures**. 現代藝術博物館展出一些有趣的雕塑品。

25 **tribal**

[ˋtraɪbḷ]

adj. 部落的

▲The **tribal** chiefs were invited to discuss the issue of wildlife conservation. 部落的首領們被邀請來協商此野生動植物保護議題。

💡tribal art 部落藝術

Unit 17

1 academic

[ˌækəˈdɛmɪk]

adj. 學術的 [反] non-academic；學業的

▲Many college students prefer to buy **academic** books from secondhand bookstores.

許多大學生偏好在二手書店購買學術書籍。

▲Many students buy exercise books with a view to improving their **academic performance**.

許多學生去買參考書，希望能提高他們的學業表現。

💡academic subject/qualification 學科／學歷

2 agent

[ˈedʒənt]

n. [C] 代理商，代理人；特務

▲Our **agent** in Tokyo deals with all our business in Japan.

我們在東京的代理商經辦我們在日本的所有業務。

▲James was arrested because he worked as a secret **agent**.

James 因為擔任祕密特務而被逮捕。

💡travel agent 旅行社代辦人

3 capacity

[kəˈpæsətɪ]

n. [C][U] 容量 <of>；能力 <for> (pl. capacities)

▲The new movie theater has a seating **capacity of** 400.

這家新戲院有四百個座位。

▲The taxi driver has a great **capacity for** recognizing faces.

這位計程車司機認人的能力很強。

💡storage capacity 儲存容量 | at full capacity (工廠) 全力生產

4 circulation

[ˌsɝkjəˈleʃən]

n. [U] 循環；流傳 <in>；[C] 發行量 (usu. sing.)

▲Sam gets cold hands and feet because of poor **circulation**.

Sam 因血液循環差而手腳冰冷。

▲It is reported that thousands of illegal guns are **in circulation** in the country.

據報導，有幾千支的違法槍枝在國內流通。

▲This fashion magazine has a large **circulation** in many countries. 這本時尚雜誌在許多國家有很大的發行量。

5 **combination**

[ˌkɑmbəˈneʃən]

n. [C][U] 結合；混和

▲For Sally, honey and lemon are a perfect **combination**.

對 Sally 而言，檸檬和蜂蜜是完美的結合。

▲The pharmacist warned the patient not to take medicine in **combination** with alcohol.

藥師警告病人不要把藥物和酒共同服用。

💡combination lock 密碼鎖

6 **conservative**

[kənˈsɝvətɪv]

adj. 保守的；傳統的 [同] traditional

▲The **conservative** views of Eva's parents caused the family conflict. Eva 父母的保守觀念導致這場家庭衝突。

▲Joe wore a dark **conservative** suit to attend the formal meeting. Joe 穿著傳統的黑色西裝去參加正式會議。

conservative

[kənˈsɝvətɪv]

n. [C] 保守者

▲Some **conservatives** are strongly opposed to the new school rule. 一些保守者強力反對學校的新規定。

7 **distinct**

[dɪˈstɪŋkt]

adj. 有區別的 <from>；明顯的 [反] indistinct

▲Visiting a place in person is quite **distinct from** just seeing the photo of it. 親自參訪某地和光看照片是相當不同的。

▲There was a **distinct** lack of interest in the topic of healthy diets among the young audience.

年輕的聽眾對健康飲食的話題明顯缺乏興趣。

💡as distinct from 而不是

8 **dynamic**

[daɪˈnæmɪk]

adj. 有活力的 [同] energetic

▲Mike is a **dynamic** person, who enthusiastically participates in various activities.

Mike 是個充滿活力的人，他熱中參與各式各樣的活動。

9 **ensure**

[ɪnˈʃʊr]

v. 確保 <that>

▲Please **ensure that** all the students have got on the tour bus before you set off for the next destination.

出發前往下一個目的地前，請你確保所有學生都已經上遊覽車了。

Level 4

10 explosion
[ɪkˋsploʒən]

n. [C][U] 爆炸；[C] (情感) 爆發；激增

▲The huge **explosion** of the bombs could be heard in the distance. 從遠方就可以聽到炸彈的爆炸巨響。

▲Larry slapped his son in the face in an **explosion** of anger. Larry 在盛怒之下打了兒子一個耳光。

▲It is estimated that there will be a population **explosion** of the elderly in ten years. 估計十年之後，老年人口數會激增。

💡gas/nuclear explosion 氣體／核爆炸

11 facial
[ˋfeʃəl]

adj. 臉部的

▲From her father's **facial** expressions, Dana could tell that he was very disappointed.

從父親臉上的表情看來，Dana 看得出他很失望。

💡facial recognition 臉部辨識

12 furious
[ˋfjʊrɪəs]

adj. 狂怒的 <with, about, at, that>；猛烈的

▲The boss got **furious with** me **about** the serious mistake I had made. 老闆對我所犯下的嚴重錯誤感到震怒。

▲There are always **furious** debates about abortion in this Catholic country.

在這個天主教的國家裡，關於墮胎總有著一番激烈的爭辯。

13 intensive
[ɪnˋtɛnsɪv]

adj. 密集的

▲Erin took an **intensive** course in German for her trip to Germany. Erin 為了去德國的旅行修了德文的密集課程。

💡intensive training 密集訓練

14 lousy
[ˋlaʊzɪ]

adj. 糟糕的，差勁的 (lousier | lousiest)

▲What a **lousy** day! The heavy rain ruined our plan.

多麼糟的一天！大雨毀了我們的計畫。

15 minimum
[ˋmɪnəməm]

adj. 最小的，最少的 (abbr. min)

▲The cost of living is high, so the government is considering raising the **minimum** wage.

生活費用很高，所以政府考慮調高最低工資。

minimum

[ˋmɪnəməm]

n. [C] 最小限度；最小值 (abbr. min) (pl. minima, minimums)

▲The project will take a **minimum** of ten days.

這件工作至少要花十天。

▲As Amy was out of a job, she had to reduce her expenses to a **minimum**. Amy 失業了，所以必須將花費降到最低。

16 **polish**

[ˋpɑlɪʃ]

n. [sing.] 擦亮；[C][U] 上光劑

▲Andy gave his shoes a **polish** before going to work this morning. Andy 今天早上上班前先把他的鞋子擦亮。

▲The furniture **polish** makes the table shine.

這個家具上光劑能讓桌子發亮。

polish

[ˋpɑlɪʃ]

v. 擦亮

▲Zoe spent the entire afternoon **polishing** the floor carefully.

Zoe 花了一整個下午仔細將地板擦亮。

💡polish up 改進，加強技能

17 **precise**

[prɪˋsaɪs]

adj. 精確的，準確的 [同] exact

▲Sonar is often used to pinpoint the **precise** location of schools of fish. 聲納通常被用來確定魚群的精確位置。

💡to be precise 確切的說

precisely

[prɪˋsaɪslɪ]

adv. 精確地，準確地

▲The police have not figured out **precisely** what caused the car accident. 警方還未查出造成這場車禍的確切原因為何。

18 **realistic**

[ˌrɪəˋlɪstɪk]

adj. 實際的，務實的 <about>；逼真的

▲When you make a promise, you have to be **realistic about** your capabilities. 當你在做出承諾時，要實際考量自己的能力。

▲Many visitors were fascinated by the artist's **realistic** paintings. 許多遊客被這名畫家的逼真畫作吸引住了。

19 **satisfaction**

[ˌsætɪsˋfækʃən]

n. [U] 滿意 <with, from> [反] dissatisfaction

▲The doctor gained **satisfaction from** seeing his patients getting well. 醫生從看見病人痊癒中得到滿足感。

💡to sb's satisfaction 讓⋯滿意的是

Level 4

20 **signature**

['sɪɡnətʃɚ]

n. [C] 簽名

▲It's illegal to forge others' **signatures**. 偽造他人簽名是違法的。

💡put sb's signature to sth 在…上簽…的名字

signature

['sɪɡnətʃɚ]

adj. 專屬於某人的，招牌的

▲Fish stew is one of Jessie's **signature** dishes.

燉魚是 Jessie 的招牌菜之一。

---

21 **site**

[saɪt]

n. [C] (建物的) 位置 <of, for>；遺跡

▲This fire truck rushed to the **site of** the burning factory after getting the report. 接到通報後，消防車趕往失火工廠的位置。

▲We visited several historic **sites**, including Greek and Roman ruins, during our trip in Europe. 在我們歐洲旅行中，我們參觀許多歷史遺跡，包括古希臘和羅馬的遺址。

site

[saɪt]

v. 座落於

▲The new children's hospital will be **sited** next to the city hall. 新的兒童醫院將會座落於市政府旁。

---

22 **slight**

[slaɪt]

adj. 輕微的，少量的 [反] big；苗條的，瘦小的 [反] stocky

▲There is only a **slight** difference between the male and female birds. 這些公鳥與母鳥只有些微的不同。

▲May keeps **slight** by working out regularly.

May 藉由規律地健身保持身材苗條。

💡not in the slightest 一點也不

slight

[slaɪt]

n. [C] 輕視，冷落 [同] insult

▲Kate suffered **slights** from her sons because they had a big fight last night. Kate 受到兒子的冷落，因為他們昨晚大吵一架。

slight

[slaɪt]

v. 冷落，輕視 [同] insult

▲Greg felt **slighted** because his colleagues didn't invite him to the barbecue party.

Greg 覺得受到冷落，因為他的同事沒邀請他去烤肉派對。

---

23 **status**

['stetəs]

n. [C][U] 地位，身分；[C] 狀況 (usu. sing.) (pl. statuses)

▲Women's social **status** has been raised over the years.

女性的社會地位在這幾年已被提升。

▲Daniel was curious about the **status** of the project.

Daniel 對專案的狀況感到好奇。

💡marital status 婚姻狀況

---

24 **transportation**

[ˌtrænspɚ`teʃən]

n. [U] 交通工具；運輸

▲No means of **transportation** is accessible to the remote mountain hut. 沒有任何交通工具可以到達那偏僻的山間小屋。

▲Rather than drive a car to work, a growing number of people choose to take public **transportation**.

越來越多的人不開車上班，反而選擇搭乘大眾運輸。

---

25 **volunteer**

[ˌvɑlən`tɪr]

n. [C] 志工

▲The retired diplomat works in the school as a **volunteer** to help those with reading difficulties.

這位退休的外交官在學校擔任義工，幫助閱讀有困難的學生。

volunteer

[ˌvɑlən`tɪr]

v. 自願 <for, to>

▲The kind man **volunteered to** help those in need in return for the help he had received in the past.

這位善心人士自願幫助貧困的人，以回報他過去曾受過的恩惠。

Unit 18

1 **acquire**

[ə`kwaɪr]

v. 獲得 [同] obtain；學會

▲Kyle managed to **acquire** the out-of-print book after a long search. 經過長久搜尋後，Kyle 設法取得了這本已絕版的書。

▲With years of practice, Olivia **acquired** amazing skills in table tennis. 經過多年練習，Olivia 學會驚人的乒乓球技巧。

---

2 **ancestor**

[`ænsɛstɚ]

n. [C] 祖先 [同] forebear；原型，先驅 <of> [同] forerunner

▲In search of his roots, Henry wants to find out where his **ancestors** came from.

為了尋根，Henry 想要找出祖先來自何處。

▲There is an exhibition of the **ancestors of** the modern piano at the art museum.

美術館正在舉行一場現代鋼琴的原型展。

3 **artistic**

[ɑr`tɪstɪk]

adj. 藝術的；有藝術造詣的

▲The chef is famous for the **artistic** presentation of his dishes. 這位主廚以其藝術般的擺設菜肴而著名。

▲Sue is an **artistic** writer—she has written many interesting stories. Sue 是位有藝術造詣作家——她已經寫了許多有趣的故事。

4 **circumstance**

[`sɝkəm,stæns]

n. [C] 狀況 (usu. pl.)；情勢

▲The poor family's financial **circumstances** don't allow them to buy a house or even rent one.

這個貧苦家庭的財務狀況不允許他們買房子甚或是租房子。

▲Under no **circumstances** should you steal the money from the cash register. 無論如何你都不應該偷收銀機的錢。

5 **comment**

[`kamɛnt]

n. [C][U] 評論 <about, on>

▲Do you want to make any **comments about** the service at the restaurant? 你對這家餐廳的服務有任何意見嗎？

💡No comment. 不予置評。

comment

[`kamɛnt]

v. 發表意見 <on, that>

▲The piano teacher **commented** favorably **on** Leo's performance. 鋼琴老師讚賞 Leo 的演出。

6 **concrete**

[kɑn`krit]

adj. 具體的

▲Ivy won't understand unless you give her a **concrete** example. 除非給 Ivy 具體的例子，否則她不會明白。

💡concrete evidence 具體的證據

concrete

[`kankrit]

n. [U] 混凝土

▲The sidewalk is made of **concrete**. 這條人行道是混凝土做的。

concrete

[kɑn`krit]

v. 用混凝土修築

▲The construction workers are **concreting** the road outside the store. 建築工人正在用混凝土修築商店外的道路。

| 7 | **consistent** | adj. 一致的，符合的 <with>；始終如一的 |

consistent
[kən`sɪstənt]

adj. 一致的，符合的 <with>；始終如一的

▲The professor's lectures are not always **consistent with** what the textbook says.

這名教授的授課內容並不總是與課本上說的一致。

▲Ada was pleased with her **consistent** improvement in math. Ada 對於她的數學成績一直進步感到滿意。

---

8 **device**
[dɪ`vaɪs]

n. [C] 裝置

▲With the advances in technology, many clever electronic and medical **devices** are introduced to the market.

隨著科技進步，許多精巧的電子和醫療裝置問世了。

💡Bluetooth device 藍牙裝置

---

9 **distribute**
[dɪ`strɪbjut]

v. 分送，分發 <to> [同] give out

▲The church **distributed** food and clothing **to** the poor.

教堂分送食物和衣物給窮人。

---

10 **electronics**
[ɪ,lɛk`trɑnɪks]

n. [U] 電子學

▲Ronan decided to major in **electronics** in college.

Ronan 決定在大學主修電子學。

---

11 **expose**
[ɪk`spoz]

v. 暴露 <to>；揭露，揭發 [同] reveal

▲Firefighters are often **exposed to** danger.

消防隊員常處於危險中。

▲The newspaper **exposed** the charity as an illegal organization. 這報紙揭發此慈善機構為非法組織。

---

12 **fame**
[fem]

n. [U] 名譽

▲The pop singer rose to **fame** as soon as his first album was released. 這位流行歌手一發行第一張專輯就迅速成名。

💡fame and fortune 名利

---

13 **formation**
[fɔr`meʃən]

n. [U] 組成 <of>；形成 <of>

▲After years of war, the **formation of** the new government seems to bring people some hope.

歷經多年戰爭後，新政府的組成似乎帶給人民一些希望。

Level 4

▲The **formation of** the universe still remains a mystery.

宇宙的形成仍然是個謎。

💡 in formation 以⋯隊形

---

14 **generosity**

[ˌdʒɛnəˋrɑsətɪ]

| n. | [U] 慷慨，大方 \<to> |

▲The superstar's profound **generosity to** the poor has won her the title "the kindest woman on Earth."

這位巨星對窮人的極度慷慨使她贏得「地球上最仁慈女性」的封號。

---

15 **intimate**

[ˋɪntəmɪt]

| adj. | 親密的 |

▲Only **intimate** friends were invited to Terry's party.

只有親密好友獲邀參加 Terry 的派對。

intimate

[ˋɪntəmɪt]

| n. | [C] 密友 |

▲Colin is an **intimate** of mine. I always share my life with her. Colin 是我的密友。我總是和她分享我的生活。

---

16 **luxurious**

[lʌgˋʒurɪəs]

| adj. | 豪華的 |

▲This five-star hotel is regarded as one of the most **luxurious** hotels in Japan.

這間五星級的飯店被認為是日本最奢華的飯店之一。

---

17 **mutual**

[ˋmjutʃuəl]

| adj. | 互相的 |

▲Friendship should be based on **mutual** understanding and trust. 友誼應以彼此的了解和信任為基礎。

💡 mutual friend 共同朋友

mutually

[ˋmjutʃuəlɪ]

| adv. | 互相地 |

▲Sam and Vicky will find a **mutually** convenient location for their next meeting.

Sam 和 Vicky 將會找到一個對於下次會議互相方便的地點。

💡 mutually exclusive 互斥的

---

18 **possess**

[pəˋzɛs]

| v. | 擁有 |

▲Heroes in comic books, such as Superman and Spider-Man, **possess** super power.

漫畫裡的英雄如超人和蜘蛛人擁有超能力。

---

19 prevention

[prɪˋvɛnʃən]

n. [U] 預防 <of>

▲Jimmy has been working on the **prevention of** lung cancer for years. Jimmy 多年努力在找出預防肺癌的方法。

💡Prevention is better than cure. 【諺】預防勝於治療。

---

20 recipe

[ˋrɛsəpɪ]

n. [C] 食譜 <for>

▲Lena has a special **recipe for** lemon cake, which is popular among her friends.

Lena 有個特別的檸檬蛋糕的食譜，很受她朋友歡迎。

---

21 scarcely

[ˋskɛrslɪ]

adv. 幾乎不 [同] hardly；一…就… [同] hardly, barely

▲We could **scarcely** see anything through the thick fog.

我們在濃霧中幾乎什麼都看不見。

▲The shy boy had **scarcely** expressed his love to the girl when she turned to leave.

這害羞的男生剛要對喜歡的女生表白時，她就轉身離開了。

---

22 software

[ˋsɔft͵wɛr]

n. [U] 軟體

▲Don't forget to install anti-virus **software** on your new computer. 不要忘了在你的新電腦安裝防毒軟體。

---

23 solar

[ˋsolɚ]

adj. 太陽的，太陽能的

▲A **solar** panel is used to convert energy from the sun into electricity. 太陽能板被用來把太陽能轉換成電力。

💡solar system 太陽系

---

24 submarine

[ˋsʌbmə͵rin]

n. [C] 潛水艇

▲The **submarine** was attacked by a destroyer and soon sank to the bottom of the sea.

這艘潛水艇受到驅逐艦攻擊並且很快沉入海底。

submarine

[ˋsʌbmə͵rin]

adj. 海底的，海面下的

▲Students are watching a video about how **submarine** cables are laid under the sea.

學生們正在觀看海底電纜如何被安置於海底的影片。

25 virus

[`vaɪrəs]

n. [C] 病毒；電腦病毒 (pl. viruses)

▲Monkeypox **virus** was first discovered in monkeys at a Danish lab. 猴痘病毒最初是在丹麥一間實驗室的猴子體內發現的。

▲Don't open any strange email. It may contain a **virus**.
不要打開任何奇怪的電子郵件。它可能帶有電腦病毒。

💡virus infection 病毒感染

Unit 19

1 adapt

[ə`dæpt]

v. 使適應 <to>；改編 <for>

▲It usually takes me one month to **adapt to** a new environment. 我通常需要一個月適應一個新的環境。

▲Mark tried to **adapt** the novel **for** children.
Mark 試著將這本小說改編成適合兒童閱讀。

adaptable

[ə`dæptəbl̩]

adj. 能適應的 <to>；適應力強的

▲Cockroaches are **adaptable to** a wide range of environments. 蟑螂能適應廣泛的環境。

▲Zoe is an **adaptable** girl; she always adjusts herself to a new place quickly. Zoe 是個適應力強的女孩。她總是能很快適應新環境。

2 apparent

[ə`pɛrənt]

adj. 顯而易見的 [同] obvious

▲With the evidence at the scene of the crime, it is **apparent** that the man is guilty. 有了在犯罪現場的證據，這名男子顯然有罪。

apparently

[ə`pɛrəntlɪ]

adv. 明顯地

▲Bob looked sad when he got the report card. **Apparently**, he didn't do well on the final exams.
Bob 拿到成績單時看上去很傷心。顯然，他的期末考試成績不好。

3 composition

[ˌkɑmpə`zɪʃən]

n. [U] 構成；(音樂) 創作

▲The scientist is studying the **composition** of the fossil to find clues about how the species evolved. 尋找有關這物種如何進化的線索，這名科學家正在研究此化石構成內容。

▲The bereaved musician is devoting himself to the **composition** of the opera about life and death.

這位喪失至親的音樂家正致力於創作關於生與死的歌劇。

---

4 **concentration**

[͵kɑnsn̩`treʃən]

n. [U] 專注，專心 <on>

▲When playing tennis, you should have all your **concentration on** the ball.

打網球時，你應該要將注意力集中在球上。

💡lose concentration 失去專注

---

5 **construct**

[kən`strʌkt]

v. 建造 <from, out of, of>

▲The high-rise building is **constructed of** steel and concrete. 這棟大樓是用鋼筋混凝土建造而成。

---

6 **content**

[`kɑntɛnt]

n. [U] 內容；[pl.] 內容物；目錄 (~s)

▲Although the novel is selling well, I think it lacks **content**.

雖然這本小說賣得很好，我覺得它內容空洞。

▲Amy tumbled down the stairs with the **contents** of her unzipped handbag spilling all over the floor.

Amy 跌落樓梯，她拉鍊打開的手提包裡的東西灑滿了地板。

▲The table of **contents** will tell you the title and page number of each chapter. 目錄會告訴你每一章節的標題和頁碼。

content

[kən`tɛnt]

adj. 滿足的，滿意的 <with, to>

▲Ed, who has high expectations of himself, isn't **content with** his first live performance.

Ed 自我期望很高，對他第一次現場表現不滿意。

content

[kən`tɛnt]

v. 使滿足，使滿意

▲Rachel **contented** herself with a glass of red wine after working overtime. 加班後的一杯紅酒就讓 Rachel 很滿足。

contentment

[kən`tɛntmənt]

n. [U] 滿足

▲The exhausted man gave a sigh of **contentment** when taking a hot bath.

這個筋疲力盡的男人在泡熱水澡時發出滿足的嘆息。

Level 4

7 **demand**
[dɪˋmænd]

n. [C] 要求 <for, on> ; [U] 需要 <for>

▲Since Ivy's current job makes great **demands on** her time, she has no time for her hobby.
因為 Ivy 目前工作要投入很多時間，所以她沒空從事她的嗜好。

▲The **demand for** oil is declining with the fall of economic activity. 對石油的需求因經濟活動減弱而下滑。

💡on demand 在有需求時

demand
[dɪˋmænd]

v. 要求 <that>

▲The police **demanded that** the criminal should drop his weapon. 警方要求罪犯放下武器。

💡demand sth from sb 向…要求…

demanding
[dɪˋmændɪŋ]

adj. 要求高的

▲The physics class is very **demanding**; Sean has to spend three hours every day doing the required assignments.
這門物理課要求很高，Sean 每天必須花三個小時寫規定的作業。

8 **earnest**
[ˋɝnɪst]

adj. 認真的，誠摯的

▲The passionate young man has an **earnest** desire to do something beneficial to society.
這個熱情的年輕人熱切希望能對社會做些有益的事。

earnest
[ˋɝnɪst]

n. [U] 認真 <in>

▲The research team works **in earnest**, hoping to find a cure for the rare disease.
這個研究團隊認真地工作，希望能找出治療罕見疾病的方法。

9 **elsewhere**
[ˋɛls‚wɛr]

adv. 別處

▲This piece of jewelry is one of a kind; you won't be able to find anything like this **elsewhere**.
這件珠寶獨一無二，你在別的地方絕對找不到一樣的。

10 **feedback**
[ˋfid‚bæk]

n. [U] 回饋 <on, from>

▲The **feedback from** the audience **on** the new movie was quite negative. 觀眾對於新電影的回饋是相當負面的。

11 founder

[`faʊndɚ]

n. [C] 創立者

▲A monument was put up in front of the hospital in memory of its **founder**. 一個紀念碑被立在醫院的前面以紀念它的創立者。

---

12 genuine

[`dʒɛnjʊɪn]

adj. 真正的 [同] real, authentic [反] false；真誠的 [同] sincere

▲The shoes are more expensive because they are made of **genuine** leather. 這鞋比較貴因為是真皮做的。

▲The host expressed his **genuine** appreciation to all the guests by drinking a toast to them.

主人向所有客人乾杯以表達他真誠的感激。

genuinely

[`dʒɛnjʊɪnlɪ]

adv. 確實

▲Howard was **genuinely** interested in classical music.

Howard 確實對古典音樂有興趣。

---

13 graduation

[,grædʒʊ`eʃən]

n. [C][U] 畢業 (典禮)

▲After **graduation** from college, Sean went to Singapore to work for the sake of a higher salary.

為了較高薪，Sean 大學一畢業就去新加坡工作。

---

14 invade

[ɪn`ved]

v. 侵略；侵犯

▲The troops planned to **invade** tonight. 軍隊計劃今晚要侵略。

▲Nobody has the right to **invade** your privacy.

無人有權侵犯你的隱私。

---

15 invention

[ɪn`vɛnʃən]

n. [C][U] 發明；捏造的故事

▲With the **invention** of the Internet, we can easily connect with people around the world.

隨著網路的發明，我們可以容易地與世界各地的人聯繫。

▲What Eva said about the haunted house was just pure **invention**. 關於 Eva 所說的鬼屋都純屬虛構。

---

16 manufacture

[,mænjə`fæktʃɚ]

n. [U] 大量生產

▲Recycled materials are used in the **manufacture** of various products such as shoes, clothes, and even stadium seats.

回收材料被用於生產各種產品，例如鞋子、衣服甚至還有運動場椅子。

manufacture

[,mænjə`fæktʃɚ]

v. (大量) 生產；捏造 [同] fabricate

▲The factory **manufactures** good-quality parts, and thus its market share is high. 這間工廠生產優質的零件，因此市占率很高。

▲The suspect **manufactured** a story to deceive the police. 這個嫌疑犯捏造故事以欺騙警方。

17 **namely**

[`nemlɪ]

adv. 即，也就是說

▲That restaurant is popular for two reasons, **namely** good food and low prices. 那家餐廳受歡迎有兩項原因，即美食與低價。

18 **procedure**

[prə`sidʒɚ]

n. [C] 程序，步驟 <for>

▲George followed standard **procedures for** setting up the printer. George 遵循標準程序裝設印表機。

19 **promotion**

[prə`moʃən]

n. [C][U] 促銷 <of>；升遷；[U] 促進 <of>

▲The supermarket is doing a special **promotion of** Japanese cookies. 這家超市正在做日本餅乾的促銷。

▲Fred got a **promotion** due to his hard work and dedication. Fred 因為辛苦奉獻在工作上而獲得升遷。

▲The organization is making efforts for the **promotion of** world peace. 這個機構正為促進世界和平而努力。

20 **remarkable**

[rɪ`mɑrkəbl̩]

adj. 非凡的；引人注目的 <for>

▲With great effort, David made **remarkable** progress in English. David 的英文因為努力有非凡的進步。

▲Taroko Gorge, which attracts millions of tourists annually, is **remarkable for** its picturesque scenery. 太魯閣峽谷，每年吸引數百萬觀光客，以其圖畫般的風景著稱。

remarkably

[rɪ`mɑrkəblɪ]

adv. 非凡 [同] surprisingly

▲Helen performed **remarkably** well in the speech contest. Helen 在演講比賽中表現非常地好。

21 **secure**

[sɪ`kjʊr]

v. 獲得；保衛 <against, from>；拴牢 <to sth>

▲Naomi worked so hard to **secure** the top in the team. Naomi 為了在團隊裡取得最高地位很努力工作。

▲ The smart dog **secures** the house **from** intruders.

聰明的狗保護房子不讓侵入者進入。

▲ The fisherman **secures** the fishing boat **to** the dock.

這位漁民將漁船拴在碼頭。

secure
[sɪˋkjʊr]

adj. 安心的 [反] insecure；安全的 <against, from>；堅固的
(securer | securest)

▲ Saving money makes Maya feel **secure** about the future.

存錢讓 Maya 對未來感到安心。

▲ Precious trees should be **secure from** deforestation.

珍貴樹種應加以保護免於濫伐。

▲ Make sure windows and doors are **secure** before a typhoon makes landfall. 颱風登陸前要確保門窗都有關緊。

💡 secure job/income 可靠的工作／收入

22 **spare**
[spɛr]

adj. 備用的 (sparer | sparest)

▲ Stanley put the **spare** key in the mailbox just in case.

Stanley 把備用鑰匙放在信箱中，以防萬一。

💡 spare time 空閒時間

spare
[spɛr]

v. 抽出 (時間)；避免

▲ Though Hank is busy, he still **spares** some time to play basketball with his son every week.

雖然 Hank 忙碌，他仍每週抽出時間和他兒子打籃球。

▲ Driving can **spare** you the trouble of waiting for a bus.

開車可讓你免除等公車的麻煩。

spare
[spɛr]

n. [C] 備用品

▲ Jasmine's skirt got stained with oil, but fortunately she has a **spare** in her bag.

Jasmine 的裙子沾上油汙，但幸好她包包裡有備用的裙子。

23 **suspicious**
[səˋspɪʃəs]

adj. 懷疑的，可疑的 <of, about>

▲ It is a small town, so the local people are **suspicious of** strangers. 這是個小城鎮，所以當地人對陌生人存有戒心。

24 **tortoise**

['tɔrtəs]

n. [C] 陸龜

▲Unlike many turtles, most **tortoises** live in dry regions.

不像許多海龜，大部分的陸龜住在乾燥的地區。

25 **website**

['wɛb,saɪt]

n. [C] 網站

▲Please visit our **website** to get more information about the products we sell. 請上我們的網站了解我們銷售產品的更多資訊。

Unit 20

1 **aggressive**

[ə'grɛsɪv]

adj. 有攻擊性的；積極的

▲Some dogs are **aggressive** by nature.

有些狗天生具有攻擊性。

▲Fred is not **aggressive** enough to take over his father's business. Fred 不夠積極足以接手他父親的事業。

2 **alternative**

[ɔl'tɝnətɪv]

adj. 可替代的；非傳統的，另類的

▲There is no **alternative** means of transportation to the town except the bus. 到鎮上除了公車外沒有其他可替代的交通工具。

▲Janet decided to try an **alternative** therapy since she was too weak to undergo surgery.

因為 Janet 身體太虛弱無法動手術，因此她決定採取非傳統的療法。

💡alternative energy 可替代能源

alternative

[ɔl'tɝnətɪv]

n. [C] 可替代的方案或選項 <to>

▲We wonder if there is an **alternative to** the business plan.

我們想知道是否有這個商業計畫的可替代方案。

💡have no alternative but to V 除了…別無選擇

alternatively

[ɔl'tɝnətɪvlɪ]

adv. 要不，或者

▲You can take a flight to Green Island or **alternatively** get there by boat. 你可以搭飛機去綠島或者是搭船也可以到那裡。

3 **anxiety**

[æŋˋzaɪətɪ]

n. [U] 焦慮 <about, over> [同] concern；渴望 <to, for>

▲There is growing public **anxiety over** the soaring house prices. 大眾對高漲的房價越來越焦慮。

▲Tina's **anxiety for** wealth caused her to commit a crime. Tina 對財富的渴望讓她犯罪。

4 **associate**

[əˋsoʃɪ͵et]

adj. 副的

▲The **associate** director remarked on the new science fiction movie in the press conference.

這名副導演在記者會上談論到新的科幻電影。

associate

[əˋsoʃɪ͵et]

n. [C] (生意) 夥伴，同事 [同] colleague

▲Nydia is one of my business **associates**.

Nydia 是我其中一位生意夥伴。

associate

[əˋsoʃɪ͵et]

v. 聯想 <with>

▲People usually **associate** Paris **with** the latest fashions.

人們經常將巴黎與最新流行聯想在一起。

5 **concept**

[ˋkɑnsɛpt]

n. [C] 概念，觀念 <of, that>

▲Ben has no **concept of** money management. No wonder he often borrows money from his friends.

Ben 沒有金錢管理概念。難怪他總是和他的朋友借錢。

6 **consequence**

[ˋkɑnsə͵kwɛns]

n. [C] (常指不好的) 結果 <of, for>

▲If you are going to do something risky, you should be prepared to take the **consequences**.

如果你要做有風險的事情，你就該準備好承擔後果。

💡of little consequence 不重要的

7 **consume**

[kənˋsum]

v. 消耗；攝取

▲The new model of smartphone **consumes** less electricity than the old one. 新款的智慧型手機較舊款的更不耗電。

▲David suffered from high blood pressure since he **consumed** too much salt.

David 因為攝取過多鹽分而罹患高血壓。

8 **curse**
[kɝs]

n. [C] 詛咒 <on, upon>

▲In the fairy tale, the witch put a **curse on** the arrogant prince. 在這則童話中，巫婆對傲慢的王子下詛咒。

curse
[kɝs]

v. 詛咒，咒罵 <for>

▲Tony **cursed** the man **for** hitting his car.
Tony 咒罵那個撞到他車子的男子。

---

9 **diversity**
[daɪˋvɝsətɪ]

n. [U] 多樣性；差異 (usu. sing.) <of> [同] variety

▲Singapore is known for its cultural and linguistic **diversity**.
新加坡以文化和語言多樣性聞名。

▲Lena likes to eat at all-you-can-eat restaurant because it provides a great **diversity of** cuisine.
Lena 喜歡在吃到飽餐廳用餐，因為它提供了不同的美食。

💡biological diversity 生物多樣性 |
a diversity of opinions 不同的看法

---

10 **elastic**
[ɪˋlæstɪk]

adj. 有彈性的

▲Wearing pants made of **elastic** materials offers more comfort when you do exercise.
運動時穿彈性布料做成的褲子會比較舒服。

elastic
[ɪˋlæstɪk]

n. [U] 鬆緊帶

▲Claire used a piece of **elastic** to make a belt loop.
Claire 使用一條鬆緊帶做成一條腰帶。

---

11 **encounter**
[ɪnˋkaʊntɚ]

n. [C] 邂逅，不期而遇 <with, between>

▲Wilson had an **encounter with** his uncle during his flight to Sydney. Wilson 在飛往雪梨途中巧遇他的叔叔。

encounter
[ɪnˋkaʊntɚ]

v. 不期而遇；遭遇

▲Fanny **encountered** her ex-boyfriend in the restaurant.
Fanny 在餐廳巧遇她的前男友。

▲Dan **encountered** many obstacles when he studied in Paris. Dan 在巴黎念書時遭遇許多的阻礙。

💡encounter difficulties/resistance 遭遇困難／抵抗

---

12 foundation

[faʊnˋdeʃən]

n. [C] 地基 (usu. pl.)；基金會；基礎；[U] 建立

▲The builders have been digging the **foundations** for two weeks. 建築工人已經挖地基挖了兩週。

▲The aim of the **foundation** is to help the poor children in some African countries.

此基金會的目標是要幫助一些非洲國家的貧困孩童。

▲Eva believes a good education can give her son a good **foundation** for his future career.

Eva 相信良好的教育能為她的兒子奠定未來好的事業基礎。

▲The **foundation** of the old church was in the 19th century.

這所古老的教堂是在十九世紀建立的。

13 fundamental

[ˌfʌndəˋmɛntl̩]

adj. 基礎的，基本的 [同] basic；重要的 <to> [同] essential

▲As a senior employee, you shouldn't have made such a **fundamental** mistake. 身為資深員工，你不應犯如此基本的錯誤。

▲Water, air, and sunlight are **fundamental to** survival.

水、空氣和陽光對生存是很重要的。

fundamental

[ˌfʌndəˋmɛntl̩]

n. [C] 基本原則 (usu. pl.)

▲Rebecca taught the new staff the **fundamentals** of the customer service.

Rebecca 教導新員工關於客戶服務的基本原則。

14 grateful

[ˋgretfəl]

adj. 感激的，感謝的 <for, to> [反] ungrateful

▲Sandy is **grateful for** all her parents have done for her.

Sandy 對於她父母親為她所做的一切心懷感激。

15 identify

[aɪˋdɛntəˌfaɪ]

v. 辨別 <as>；有同感 <with>

▲The experienced police officer successfully **identified** the beggar **as** the murderer.

這位經驗豐富的警官成功辨別出這乞丐就是謀殺犯。

▲After a few minutes of conversation, the two jobless young men seemed to be able to **identify with** each other.

經過幾分鐘的談話，這兩位失業的年輕人似乎能夠彼此感同身受。

16 invasion
[ɪnˈveʒən]

n. [C][U] 侵略，入侵 <of>；侵犯 <of>

▲The Nazi **invasion of** Poland led to the outbreak of World War II. 德國納粹入侵波蘭造成第二次世界大戰爆發。

▲Pauline can't stand her brother's **invasion of** her privacy. Pauline 無法忍受她哥哥侵犯她的隱私。

17 marathon
[ˈmærəˌθɑn]

n. [C] 馬拉松賽跑

▲Albert broke his own record in the **marathon** last month. Albert 在上個月的馬拉松賽跑打破他自己的紀錄。

💡 run the marathon 參加馬拉松

18 opera
[ˈɑpərə]

n. [C][U] 歌劇

▲Elaine and her family are going to watch an **opera** tonight. Elaine 和她的家人今晚要去看歌劇。

💡 Taiwanese opera 歌仔戲

19 professional
[prəˈfɛʃənl̩]

adj. 職業的；專業的

▲Richard is a **professional** photographer, who has taken many great photos.
Richard 是位職業攝影師，他拍出了許多好作品。

▲Judy turned to Dr. Huang for his **professional** advice on a low-fat diet. Judy 向黃醫師諮詢關於低脂飲食的專業建議。

💡 professional training 專業訓練

professional
[prəˈfɛʃənl̩]

n. [C] 專家，專業人士

▲You should consult with a health **professional** before taking these supplements.
在服用這些營養補充物前，你該先諮詢保健專家。

20 profitable
[ˈprɑfɪtəbl̩]

adj. 賺錢的，獲利的 [反] unprofitable

▲The publishing business is not highly **profitable** because few people want to buy paper books now.
出版業不怎麼賺錢，因為現在很少人願意買紙本書。

21 proposal
[prəˈpozl̩]

n. [C] 提議；求婚

▲Eddie's **proposal** was turned down because few people agreed on it. Eddie 的提議因很少人贊同而被否決。

▲Emma accepted her boyfriend's **proposal** happily.

Emma 開心地接受了男友的求婚。

💡 put forward/submit a proposal 提出提議

---

22 **remedy**

[ˋrɛmədɪ]

n. [C] 療法 <for> [同] cure；補救辦法 <for> [同] solution

(pl. remedies)

▲An effective **remedy for** the rare disease has not been discovered so far. 目前還沒有找到有效治療此罕見疾病的療法。

▲The new economic policy is the **remedy for** inflation.

新的經濟政策是通貨膨脹的補救辦法。

💡 beyond remedy 無藥可救

remedy

[ˋrɛmədɪ]

v. 補救 [同] put right

▲Sammy tried to find a way to **remedy** the problem.

Sammy 嘗試找尋方法去補救問題。

---

23 **spiritual**

[ˋspɪrɪtʃʊəl]

adj. 精神的，心靈的 [反] material

▲The Bible brings many people **spiritual** comfort in times of sorrow. 《聖經》為許多人在悲傷時刻帶來精神慰藉。

---

24 **split**

[splɪt]

v. 劈開 <in>；分成 <into> (split | split | splitting)

▲Lightning **split** the trunk **in** two. 閃電把樹幹劈成兩半。

▲The committee **split** up **into** small groups to discuss the problem. 委員會分成小組來討論這個問題。

split

[splɪt]

n. [C] 分歧 <between, in, within> [同] rift；裂縫

▲The new policy has caused a **split between** the opposition and the government. 新政策導致反對黨與政府之間產生了分歧。

▲There is a small **split in** Jessie's dress.

Jessie 的洋裝上有小裂縫。

---

25 **sympathetic**

[ˌsɪmpəˋθɛtɪk]

adj. 有同情心的 <to> [反] unsympathetic

▲We are **sympathetic to** those who lost their families in the natural disasters. 我們同情那些在天災中失去家人的人。

💡 lend a sympathetic ear to sb 以能同理的態度傾聽…的問題

Unit 21

---

1 analyze
[`ænḷˌaɪz]

v. 分析

▲The assignment is to **analyze** the main theme of the novel.
作業是要分析小說的主題。

---

2 assemble
[ə`sɛmbḷ]

v. 集合 [反] disassemble

▲Angry workers **assembled** in front of the factory, asking for higher pay and better working conditions.
憤怒的工人聚集在工廠前面，要求加薪和改善工作環境。

---

3 bridegroom
[`braɪdˌgrum]

n. [C] 新郎 (also groom)

▲The bride and the **bridegroom** exchanged vows at the altar. 新郎與新娘在聖壇交換誓言。

---

4 chorus
[`korəs]

n. [C] 合唱團 [同] choir

▲Boris sings with the Taipei City **Chorus**.
Boris 是臺北市立合唱團的一員。

---

5 confusion
[kən`fjuʒən]

n. [C][U] 混亂；困惑

▲Rumors of war threw the stock exchange into **confusion**.
戰爭的謠言使股票市場陷於混亂。

▲The boy looked at the stranger **in confusion**, not knowing who he was. 男孩困惑地看著陌生人，不知道他是誰。

---

6 criticize
[`krɪtəˌsaɪz]

v. 批評 <for> [反] praise

▲The policy was **criticized for** its unreasonable demand.
此政策因其不合理要求而飽受批評。

---

7 cushion
[`kuʃən]

n. [C] 坐墊，靠墊 (also pillow)

▲There are no chairs in this room, and we have to sit on the floor **cushions**. 這房間裡沒有椅子，我們必須坐在地板坐墊上。

cushion
[`kuʃən]

v. 對…起緩衝作用

▲Lisa's fall was **cushioned** by the deep snow.
深的積雪對 Lisa 的跌落起緩衝作用。

💡 cushion the blow 緩解打擊

8	**embassy**	n. [C] 大使館 (pl. embassies)
	[`ɛmbəsɪ]	▲If you lose your passport abroad, report to the police and contact the **embassy**.
		如果你在國外遺失護照，向警方報案並與大使館連絡。

9	**emerge**	v. 出現 <from, into>
	[ɪ`mɝdʒ]	▲Dr. Lee **emerged** as a strong rival to the president.
		李醫生以總統勁敵之姿出現。

10	**frequency**	n. [U] 頻率，次數 <of>
	[`frikwənsɪ]	▲The high **frequency of** his phone calls annoyed me.
		他高頻率的來電打擾了我。

11	**globe**	n. [C] 地球儀；世界 (the ～)
	[glob]	▲The father used a **globe** to teach his children about geography. 父親用地球儀教授孩子地理學。
		▲Alice dreams of sailing **the globe**. Alice 夢想揚帆航遍全世界。

| 12 | **hatred** | n. [U] 憎恨，敵意 |
| | [`hetrɪd] | ▲The leader of the political party was accused of stirring up racial **hatred**. 這個政黨的領袖被指控激起種族仇恨。 |

13	**imaginative**	adj. 富有想像力的 [同] inventive [反] unimaginative
	[ɪ`mædʒə,netɪv]	▲The **imaginative** writer has created many good stories.
		這位想像力豐富的作家創作出許多精采的故事。

14	**insert**	v. 插入 <in, into, between>
	[ɪn`sɝt]	▲The old man's hands are too shaky to **insert** the key **into** the lock. 這位老人的手顫抖得太厲害以致於無法將鑰匙插入鎖中。
	insert	n. [C] 插頁
	[`ɪn,sɝt]	▲The newspaper has an **insert** on the new products.
		報紙上有新產品的插頁。

| 15 | **leisurely** | adj. 悠閒的 |
| | [`liʒɚlɪ] | ▲Penny and I enjoyed a **leisurely** brunch at home on Sunday. 我和 Penny 週日在家吃悠閒的早午餐。 |

Level 4

16 **mislead**

[mɪs`lid]

v. 誤導 (misled | misled | misleading)

▲The sly criminal tried to **mislead** the police into believing the story he made up.

這名狡猾的犯人試著用他編造的故事來誤導警方。

misleading

[mɪs`lidɪŋ]

adj. 易誤導的

▲Many advertisements give **misleading** information to consumers. 很多廣告給消費者容易誤導的資訊。

---

17 **muddy**

[`mʌdɪ]

adj. 泥濘的 (muddier | muddiest)

▲The road became **muddy** and slippery after the rain.

雨後道路變得泥濘和溼滑。

---

18 **partial**

[`parʃəl]

adj. 部分的；偏心的 [同] biased [反] impartial

▲The patient may only make a **partial** recovery.

這位病人僅部分的康復。

▲Dan is always **partial toward** his friends.

Dan 總是對朋友偏心的。

💡 be partial to sth 偏好，喜好…

---

19 **prosperous**

[`praspərəs]

adj. 繁榮的，成功的 [同] affluent

▲The small town has changed into a **prosperous** city because of rapid industrial development.

因為工業快速的發展，這個小鎮已經變成繁榮的城市。

---

20 **psychology**

[saɪ`kalədʒɪ]

n. [U] 心理學

▲Alex is interested in the human mind and behavior, so he wants to major in **psychology**.

Alex 對於人類的心智與行為很感興趣，所以想要主修心理學。

---

21 **robber**

[`rabɚ]

n. [C] 搶劫犯

▲The bank **robber** was arrested this morning.

銀行搶劫犯今天早上被捕。

---

22 **singular**

[`sɪŋgjəlɚ]

adj. 單數的；特別的

▲The **singular** form of "thieves" is "thief."

thieves 的單數形是 thief。

▲Sabrina is a woman of **singular** talent.

Sabrina 是一個擁有特別才能的女人。

singular

[`sɪŋgjələ`]

n.　[sing.] 單數 (the ～)

▲"Child" is **the singular of** "children."

child 是 children 的單數。

---

23 **stab**

[stæb]

n.　[C] 刺傷；突然的一陣感覺 <of>

▲The robber died from a **stab** to the stomach.

搶劫犯因為腹部刺傷而死亡。

▲Clara felt a **stab of** envy when she saw her younger sister wearing a new dress.

Clara 看到她妹妹穿新裙子，突然感到一陣嫉妒。

💡have/make a stab at sth 嘗試

stab

[stæb]

v.　刺 <in> (stabbed | stabbed | stabbing)

▲The robber **stabbed** the woman **in** the chest.

搶劫犯刺傷那女子的胸部。

💡stab sb in the back 陷害…

---

24 **syllable**

[`sɪləbl̩]

n.　[C] 音節

▲There are three **syllables** in the word "restaurant."

restaurant 這個字有三個音節。

---

25 **vacancy**

[`vekənsɪ]

n.　[C] (職位) 空缺 <for> (pl. vacancies)

▲There is a **vacancy for** manager in the marketing department. 行銷部門有開經理職缺。

Unit 22

1 **appoint**

[ə`pɔɪnt]

v.　委任，任命 <as>

▲Hank was **appointed as** manager of the sales department. Hank 被任命為業務部門的經理。

appointment

[ə`pɔɪntmənt]

n. [C] (相) 約 <with> ; [C][U] 任命 <as>

▲Mike has an **appointment with** me at noon.
Mike 中午與我有約。

▲Jane's parents are pleased about her **appointment as** the class leader. Jane 的父母很高興她被任命為班長。

💡by appointment 按約定

2 **assembly**

[ə`sɛmblɪ]

n. [C] 集會 (pl. assemblies)

▲The **assembly** consisted of people who concerned about human rights. 那集會由關心人權的人士組成。

3 **broom**

[brum]

n. [C] 掃把

▲My mother bought a new **broom** to clean the floor.
我母親買了一支新掃把來掃地。

💡a new broom sweeps clean 新官上任三把火

4 **civilian**

[sə`vɪljən]

adj. 一般平民的

▲You cannot tell he is a general because he is in **civilian** clothes. 因他身穿便服，你無從得知他是一名將軍。

civilian

[sə`vɪljən]

n. [C] 平民

▲The missile hit the village and killed hundreds of innocent **civilians**. 飛彈擊中村莊，使數百位無辜的平民喪命。

5 **congratulate**

[kən`grætʃə,let]

v. 恭喜 <on>

▲Let me **congratulate** you **on** your marriage.
恭喜你們締結良緣。

congratulation

[kən,grætʃə`leʃən]

n. [U] 祝賀 ; [pl.] 恭喜 (你) <on> (～s)

▲The president received a lot of calls of **congratulation on** her election victory. 總統接到許多通祝賀她勝選的電話。

▲**Congratulations on** getting a new job.
恭喜你得到新的工作。

6 **curve**

[kɝv]

n. [C] 轉彎

▲Drive carefully because there is a sharp **curve** in the road. 要小心開車，因為這條路有個急轉彎。

💡ahead of/behind the curve 跟上潮流／落伍 ｜
throw sb a curve 給⋯出難題

curve
[kɝv]

| v. | 彎曲 |

▲The road **curves** sharply to the right. 這條路向右急轉彎。

7 **defensible**
[dɪ`fɛnsəbl]

| adj. | 易於防守 (also defendable) [反] indefensible |

▲A castle built on a cliff is **defensible**.

蓋在峭壁上的城堡易於防守。

8 **empire**
[`ɛmpaɪr]

| n. | [C] 帝國 |

▲In the 6th century, the Byzantine emperor ruled a vast **empire** stretching from Europe to Asia and to North Africa. 六世紀時，拜占庭帝王統治橫跨歐、亞及北非的大帝國。

9 **enclose**
[ɪn`kloz]

| v. | 隨信附上；圍繞 |

▲The man **enclosed** a check with this letter.

男子隨信附上支票一張。

▲The garden is **enclosed** by a low stone wall.

那個花園被矮石牆圍繞著。

enclosure
[ɪn`kloʒɚ]

| n. | [C] 附件 |

▲Details of the proposal can be found in the accompanying **enclosure**.

你可以在附件裡看到企劃案的細節。

10 **freshman**
[`frɛʃmən]

| n. | [C] 大一新生 (pl. freshmen) |

▲One of the traditions in this college is to give a party to welcome the **freshmen**.

這所大學的傳統之一就是舉辦派對歡迎大一新生。

11 **grammar**
[`græmɚ]

| n. | [U] 文法 |

▲There are too many errors of **grammar** in your composition. 你的作文有太多文法上的錯誤。

12 **hawk**
[hɔk]

| n. | [C] 鷹 |

▲Kevin can see really well; he **has eyes of a hawk**.

Kevin 可以看得很清楚，他的眼睛如鷹一般銳利。

Level 4

hawk [hɔk]	v. 叫賣 [同] peddle ▲Rita **hawks** fruit in the street. Rita 在街上叫賣水果。
13 **imitation** [ˌɪmə`teʃən]	n. [C][U] 模仿 <of> ▲The comedian did an **imitation of** that politician and had his audience roaring with laughter. 這名喜劇演員模仿那位政客，使觀眾大笑不已。
14 **intuition** [ˌɪntu`ɪʃən]	n. [U] 直覺 <that> ▲The monk has an **intuition that** something terrible is going to happen. 這位僧侶直覺有壞事要發生。
15 **liar** [`laɪɚ]	n. [C] 說謊的人，騙子 ▲The boy is the biggest **liar** that I have ever met. 男孩是我見過最會說謊的人。
16 **misunderstand** [ˌmɪsʌndɚ`stænd]	v. 誤解 (misunderstood｜misunderstood｜misunderstanding) ▲Don't **misunderstand** me. I've no intention of offending anybody. 不要誤會我。我沒有要冒犯任何人的意思。
misunderstanding [ˌmɪsʌndɚ`stændɪŋ]	n. [C][U] 誤會 ▲They must have had a **misunderstanding**. 他們之間一定曾經有誤會。
17 **nationality** [ˌnæʃən`ælətɪ]	n. [C][U] 國籍 (pl. nationalities) ▲Nicky was born in New York City, so he has American **nationality**. Nicky 在紐約市出生，所以他有美國國籍。 💡dual nationality 雙重國籍
18 **partnership** [`pɑrtnɚˌʃɪp]	n. [U] 合夥關係，夥伴關係 ▲My aunt has gone **into partnership** with a friend to start a restaurant. 我阿姨和朋友合夥開了一家餐廳。
19 **publicity** [pʌb`lɪsətɪ]	n. [U] 宣傳 ▲Emma thinks the actor's love affair is just a **publicity** stunt. Emma 認為這位男演員的戀情只是個宣傳噱頭。

20 publish
[ˈpʌblɪʃ]

v. 出版，發表

▲The fans are all very excited that the new volume of the comic book is finally **published**.

粉絲們都很興奮這部漫畫終於出版最新一集了。

21 rusty
[ˈrʌstɪ]

adj. 生鏽的 (rustier | rustiest)

▲Will stainless steel go **rusty**? 不鏽鋼會生鏽嗎？

22 sketch
[skɛtʃ]

n. [C] 素描 <of>

▲Suzanne drew a rough **sketch of** the mountain before it rained. Suzanne 在下雨前粗略地畫下了山的素描。

💡sketch from nature 寫生

sketch
[skɛtʃ]

v. 畫素描

▲The little boy is **sketching** the panda in the zoo.

那個小男孩正在動物園裡畫熊貓。

💡sketch sth in 提供關於…的細節 | sketch sth out 概述

23 stem
[stɛm]

n. [C] (花草的) 莖

▲The sunflower has a tall flower **stem**.

向日葵有高聳的花莖。

💡from stem to stern 從頭到尾

stem
[stɛm]

v. 起源於，由…造成 <from>

(stemmed | stemmed | stemming)

▲Tim's failure obviously **stemmed from** a lack of planning. Tim 的失敗很明顯地是由於缺乏計劃。

24 technician
[tɛkˈnɪʃən]

n. [C] 技師

▲As a car **technician**, Anne is so good that she can fix any car within 12 hours.

身為汽車技師，Anne 非常優秀所以能在十二小時內修好任何車。

25 violate
[ˈvaɪəˌlet]

v. 違反，違背 [同] flout

▲Anyone who **violates** the law will be punished cruelly in the country. 任何人在這個國家犯法都會受到嚴厲處罰。

Unit 23

---

1 aquarium

[ə`kwɛrɪəm]

n. [C] 水族箱 (pl. aquariums, aquaria)

▲There is an **aquarium** in our living room.

我們的客廳裡有一個水族箱。

---

2 assign

[ə`saɪn]

v. 定出 <for>；指派

▲We **assigned** a date **for** the next meeting.

我們決定出了下次開會的日期。

▲The president **assigned** me the job. 董事長指派我做這工作。

💡 assign sb to sth 指派…做

assignment

[ə`saɪnmənt]

n. [C] 工作

▲My **assignment** was to obtain the necessary money.

我的工作是籌措需要的款項。

💡 on assignment 執行任務

---

3 bulletin

[`bʊlətn̩]

n. [C] 公告；新聞快報

▲Sam put an ad on the **bulletin board**.

Sam 在公告欄上貼了一則廣告。

▲The news **bulletin** described what the murderer looked like in detail. 新聞快報仔細地描述這謀殺犯的長相。

---

4 clarify

[`klærə,faɪ]

v. 闡明，澄清

▲Could you **clarify** your first statement, please?

請闡明你的第一個論述好嗎？

---

5 conquer

[`kɑŋkɚ]

v. 克服

▲If you want to be a teacher, you must **conquer** your fear of speaking in front of people.

如果你要當老師，就必須克服在人群前說話的恐懼。

---

6 damp

[dæmp]

adj. 溼的，潮溼的 [同] moist

(damper, more damp | dampest, most damp)

▲Wipe off the dirt with a **damp** cloth. 用溼布拭去灰塵。

damp

[dæmp]

n. [U] 潮溼

▲After heavy rain, I felt the **damp** on my clothes.

大雨過後，我感覺到衣服上的潮溼。

damp

[dæmp]

v. 使潮溼

▲If the shirts are too dry to iron, **damp** them a little.

假如襯衫太乾不好燙，可以把它們弄溼一點。

7 **delightful**

[dɪ`laɪtfəl]

adj. 令人愉快的

▲Everyone had a **delightful** time at the year-end party.

大家在年終派對開心極了。

8 **endanger**

[ɪn`dendʒɚ]

v. 危害

▲David **endangered** his life by driving recklessly.

David 的魯莽駕駛危及自己的生命。

9 **entertain**

[ˌɛntɚ`ten]

v. 娛樂 <with>

▲Let me **entertain** you **with** a song. 讓我唱一首歌來娛樂你們。

entertainment

[ˌɛntɚ`tenmənt]

n. [C][U] 娛樂

▲Nancy and I watch TV for **entertainment**.

Nancy 和我看電視當作娛樂。

10 **frost**

[frɔst]

n. [C][U] 霜

▲Everything outside is covered by **frost** in early November.

十一月初，戶外所有的景物都被霜所覆蓋。

💡 heavy/hard frost 嚴重的霜

frost

[frɔst]

v. 結霜 <up, over>

▲All the windows of the house **frosted up** overnight.

這個房子的所有窗戶在一夜之間都結霜了。

11 **grammatical**

[grə`mætɪkl]

adj. 文法上的

▲Each language has a unique **grammatical** structure.

每一種語言都有其獨特的文法結構。

12 **helicopter**

[`hɛlɪˌkɑptɚ]

n. [C] 直升機

▲One **helicopter** was sent to rescue the crew from the sinking ship. 一架直升機被派往搜救沉船上的船員。

Level 4

13 immigrate
['ɪmə,gret]

v. (外來的) 移民

▲ Bill's father **immigrated to** New Zealand **from** Germany. Bill 的父親從德國移民到紐西蘭。

14 lecture
['lɛktʃɚ]

n. [C] 講座，課 <to, on, about>

▲ The scholar is going to **give a lecture to** the students **on** biology. 那位學者將向學生講授關於生物學的講座。

lecture
['lɛktʃɚ]

v. 講課，講授 <on>

▲ The professor **lectures on** literature at the university. 教授在大學講授文學。

15 lifeguard
['laɪf,gard]

n. [C] 救生員

▲ Upon hearing someone calling for help in the swimming pool, the **lifeguard** jumped into the water immediately. 一聽到有人在游泳池裡呼救，救生員立刻跳入水中。

16 modesty
['madəstɪ]

n. [U] 謙虛

▲ Nick's natural **modesty** prevented him from being spoilt by fame. Nick 天性謙虛使他不會因為出名而得意忘形。

💡 in all modesty 毫不誇張地說

17 negotiate
[nɪ'goʃɪ,et]

v. 談判，協商 <with>

▲ The two companies **negotiated with** each other for months before they finally signed a contract. 在最後簽署合約前，這兩間公司協商數個月。

18 pasta
['pastə]

n. [U] 義大利麵食

▲ You can taste all kinds of **pasta** and pizza when traveling in Italy. 當你在義大利旅行時，你能嘗到各式各樣的義大利麵食和披薩。

19 quilt
[kwɪlt]

n. [C] 棉被

▲ Several volunteers worked together in the church to make **quilts** for the homeless. 幾位志工一起在教堂縫製棉被給無家可歸的人。

quilt

[kwɪlt]

v. 縫棉被

▲ My uncle watched a teaching video to learn to **quilt**.
我叔叔看一段教學影片學習縫棉被。

---

20 **radar**

[ˋredɑr]

n. [C][U] 雷達 (裝置)

▲ The research team is going to set up a **radar** system on top of the mountain. 研究團隊將在山頂架設一個雷達裝置。

💡 on/off sb's radar …知道／不知道｜
beneath the/sb's radar 被…忘記，被…忽視

---

21 **scold**

[skold]

v. 責罵 <for>

▲ The mother **scolded** her son **for** making a scene.
母親因為兒子大吵大鬧而責罵他。

scold

[skold]

n. [C] 責罵

▲ Jimmy's teacher gave him a bad **scold**.
Jimmy 的老師給他嚴厲的責罵。

---

22 **skyscraper**

[ˋskaɪ͵skrepɚ]

n. [C] 摩天大樓，超高層建築

▲ Taipei 101 used to be the tallest **skyscraper** in the world.
臺北 101 過去曾是世界最高的摩天大樓。

---

23 **strive**

[straɪv]

v. 努力，奮鬥 <to>

▲ Though the runner fell, he still **strove to** reach the finish line. 雖然那名跑者摔倒，他仍努力跑到終點。

---

24 **tense**

[tɛns]

adj. 緊張的 (tenser｜tensest)

▲ You are too **tense**. Try to relax! 你太緊張了。試著放輕鬆點吧！

tense

[tɛns]

v. (使) 緊繃

▲ The athlete's muscles **tensed** as he got ready to run at a full speed. 運動員在準備要全力衝刺時，肌肉緊繃。

💡 tensed up 緊張的

tense

[tɛns]

n. [C][U] 時態

▲ We use past **tense** when describing things that have happened. 我們使用過去時態來描述已經發生的事情。

25 violation
[ˌvaɪə`leʃən]

n. [C][U] 違反，違背 <of> [同] flout
▲Oliver was **in violation of** the company's regulations by copying the files. Oliver 複製檔案違反了公司的規則。

Unit 24

1 assurance
[ə`ʃʊrəns]

n. [C] 保證 [同] guarantee, promise
▲You have my **assurance** that I'll return the money to you by Friday. 我向你保證我會在星期五之前還錢。

2 assure
[ə`ʃʊr]

v. 向…保證 <of>
▲The manager can **assure** us **of** Ted's loyalty to the company. 經理可以向我們保證 Ted 對公司是忠誠的。

3 burglar
[`bɝglɚ]

n. [C] (入室) 竊賊
▲The police believed the **burglar** broke into the house through the kitchen window. 警察認為竊賊從廚房窗戶潛入屋內。

4 cliff
[klɪf]

n. [C] 峭壁
▲Waves crashing against the base of a **cliff** over time can form a sea cave. 波浪持續拍打在懸崖底部一段時間會形成海蝕洞。

5 consequent
[`kɑnsə,kwɛnt]

adj. 隨之而來的，因…而起的 [同] resultant
▲The closure of the factory and the **consequent** loss of jobs have caused many problems.
工廠的關閉和隨之而來的失業造成了很多的問題。

consequently
[`kɑnsə,kwɛntlɪ]

adv. 因此
▲The house is on the hill and **consequently** it commands a view of the whole town. 那間房子在山丘上，因此能眺望全鎮。

6 deadline
[`dɛdlaɪn]

n. [C] 截止日期 <for>
▲Reporters always work under pressure to meet the **deadline**. 記者總是在趕稿件截止日期的壓力下工作。
💡meet/extend the deadline 趕上／延長截止日期

7	**demonstration**	`n.` [C][U] 演示，示範 <of>；[C] 示威活動 <against>
	[͵dɛmən`streʃən]	▲The teacher gave a clear **demonstration of** what should be achieved. 老師清楚說明要達成的目標是什麼。
		▲The students held a **demonstration against** war. 學生們舉行反戰示威。

8	**enforce**	`v.` (強制) 執行
	[ɪn`fors]	▲The government intends to **enforce** tougher laws to decrease the crime rate. 政府想要執行更嚴格的法律來降低犯罪率。
	enforcement	`n.` [C][U] 執行
	[ɪn`forsmənt]	▲Singapore's strict law **enforcement** has made it one of the safest tourist destinations in the world. 新加坡嚴格的執法使它成為世界上最安全的旅遊勝地之一。
		💡 law enforcement officer 執法官員

9	**equip**	`v.` 配備 <with> (equipped｜equipped｜equipping)
	[ɪ`kwɪp]	▲The building is **fully equipped with** fire safety equipment. 這棟大樓完整備有消防設備。
	equipment	`n.` [U] 設備
	[ɪ`kwɪpmənt]	▲Mary rents the **camping equipment** instead of buying. Mary 租用露營設備而非購買。

10	**frown**	`n.` [C] 皺眉
	[fraʊn]	▲The teacher looked at the naughty student with a **frown**. 老師皺眉地看著那個調皮的學生。
	frown	`v.` 皺眉 <at>
	[fraʊn]	▲Alan **frowned at** his son, who came home at midnight. Alan 對他半夜才回家的兒子皺起眉頭。
		💡 frown on/upon sth 不贊成⋯

| 11 | **graph** | `n.` [C] 圖表 |
| | [græf] | ▲This **graph** shows how sharply the city's crime rate has declined. 此圖表顯示了該市的犯罪率急遽下降。 |

Level 4

graph

[græf]

v. 用圖表表示

▲Our professor asked us to **graph** data.

我們的教授要求我們將數據用圖表表示。

---

12 **hive**

[haɪv]

n. [C] 蜂窩 [同] beehive；人群嘈雜之處

▲The naughty boy lit a fire that disturbed the **hive**, and this caused the bees to attack him.

這個頑皮的男孩點火騷擾蜂窩，這讓蜜蜂攻擊他。

▲The new supermarket is **a hive of activity**.

這間新超市是人群嘈雜之處。

💡 hive of activity/industry 繁忙的場所

---

13 **immigration**

[ˌɪməˋgreʃən]

n. [U] 移民 (入境) <into>

▲Canada has a strict policy on **immigration into** the country.

加拿大對於入境移民有嚴格的政策。

---

14 **lecturer**

[ˋlɛktʃərɚ]

n. [C] (大學) 講師 <in>

▲Max is a **lecturer in** computer engineering at the university.

Max 是大學資訊工程學的講師。

---

15 **lipstick**

[ˋlɪpˌstɪk]

n. [C][U] 脣膏，口紅

▲Sophie applied some **lipstick** as a final touch of her makeup. Sophie 擦了些口紅作為化妝最後的修飾。

---

16 **mule**

[mjul]

n. [C] 騾子

▲Mr. Chen is **as stubborn as a mule**. 陳先生十分固執。

---

17 **nightmare**

[ˋnaɪtˌmɛr]

n. [C] 惡夢，夢魘

▲Our trip to Rome turned into a **nightmare** after our passports were stolen. 羅馬之旅在護照被偷後成了一場惡夢。

---

18 **paw**

[pɔ]

n. [C] 爪子

▲My pet dogs destroyed my new sofa with their dirty **paws**.

我的寵物狗用牠們的髒爪子毀了我的新沙發。

paw

[pɔ]

v. 用爪子抓 <at>

▲The cat **pawed at** the stuffed animal.

那隻貓用爪子撥弄絨布玩偶。

19 **rage**
[redʒ]

n. [C][U] 盛怒，暴怒

▲Mr. Chang **flew into a rage** when he learned that his son had skipped class. 當張先生知道他兒子蹺課後，他勃然大怒。

💡be all the rage 風靡一時

rage
[redʒ]

v. 肆虐

▲The typhoon **raged** across the southern part of the island. 颱風肆虐島嶼的南部。

20 **raisin**
[`rezn̩]

n. [C] 葡萄乾

▲My favorite ice cream flavor is rum **raisin**. 我最喜歡的冰淇淋口味是蘭姆葡萄乾。

21 **settler**
[`sɛtlɚ]

n. [C] 移居者

▲The early **settlers** had a hard time adapting themselves to the new environment. 早期的移民者難以適應新環境。

22 **spear**
[spɪr]

n. [C] 矛；魚叉

▲In ancient times, people fought their enemies with **spears** and swords. 古時候，人們用矛和劍與敵人戰鬥。

▲Janet caught a fish with a **spear**. Janet 用魚叉抓魚。

spear
[spɪr]

v. (用尖物) 戳，刺

▲Tyson **speared** a piece of meat with his fork and put it into his mouth. Tyson 用叉子戳起一塊肉放進嘴裡。

23 **stroke**
[strok]

n. [C] 中風

▲The **stroke** paralyzed the right side of the old man's body. 老人因中風而身體右半邊癱瘓。

stroke
[strok]

v. 撫摸

▲Dora **stroked** her daughter's hair and then started to braid it. Dora 撫摸她女兒的頭髮，然後開始編辮子。

24 **tickle**
[`tɪkl̩]

v. 搔癢

▲The woman **tickled** the baby's feet, and this made him laugh loudly. 女子搔了搔這嬰兒的腳，這讓他大笑。

💡tickle sb's fancy 勾起…的興趣

tickle

[ˈtɪkl̩]

n. [sing.] 搔…的癢

▲My mom **gave me a tickle** to wake me up.

我母親搔我的癢來叫醒我。

25 **voluntary**

[ˈvɑlənˌtɛrɪ]

adj. 自願的 [反] involuntary, compulsory

▲After several hours of internal struggle, the suspect made a **voluntary** confession.

經過幾個小時的內心掙扎，嫌犯自動認罪了。

Unit 25

1 **atom**

[ˈætəm]

n. [C] 原子

▲A molecule of carbon dioxide has one carbon **atom** and two oxygen **atoms**. 二氧化碳分子有一個碳原子和兩個氧原子。

2 **autograph**

[ˈɔtəˌgræf]

n. [C] 親筆簽名

▲After the death of the celebrity, his **autographs** become extremely valuable.

在這個名人去世後，他的親筆簽名變得非常值錢。

autograph

[ˈɔtəˌgræf]

v. 在…上親筆簽名

▲The athlete **autographed** the poster as a gift to her fans.

運動員在海報上親筆簽名，作為送給她粉絲的禮物。

3 **cane**

[ken]

n. [C] 拐杖；藤條

▲The old man has to walk with a **cane** as he has balance problems. 因為有平衡問題，這老人必須拄著拐杖走路。

▲The teacher hit the boy with a **cane**. 那老師拿藤條打那男孩。

4 **commit**

[kəˈmɪt]

v. 犯 (罪、錯) (committed | committed | committing)

▲A murder was **committed** on this street last night.

昨晚這條街上發生了一件謀殺案。

💡commit oneself …表態 | commit suicide 自殺

5	**constitution** [ˌkɑnstəˈtjuʃən]	n. [C] 憲法 ▲The Supreme Court has the authority to interpret the **Constitution**. 最高法院有權解釋憲法。
6	**decoration** [ˌdɛkəˈreʃən]	n. [U] 裝潢，裝飾 ▲My sister majors in interior **decoration**. 我姊姊主修室內裝潢。
7	**determination** [dɪˌtɝməˈneʃən]	n. [U] 決心 <to> ▲Tim's **determination to** pass the entrance exam made him keep on studying hard. Tim 一定要通過入學考試的決心敦促他不斷努力用功。
8	**enlarge** [ɪnˈlɑrdʒ]	v. 放大 ▲My parents **enlarged** the photo they liked best and hung it on the wall. 我父母把他們最喜歡的照片放大並掛在牆上。 💡enlarge on/upon sth 詳細說明
	enlargement [ɪnˈlɑrdʒmənt]	n. [U] 擴充 <of> ▲We are going to hire more people and hope the **enlargement of** the team will increase the production. 我們將僱用更多人，希望藉由擴充團隊可以增加生產。
9	**evaluation** [ɪˌvæljuˈeʃən]	n. [C] 評估 ▲The manager will carry out an **evaluation** of the new project. 經理將會評估新的企劃案。
10	**furnish** [ˈfɝnɪʃ]	v. 為…配備家具 <with> ▲The rented room is well **furnished with** a bed, a desk, and a wardrobe. 這間租來的房間有著完善的設備，包括床、桌子和衣櫥。
11	**gratitude** [ˈgrætəˌtjud]	n. [U] 感謝，感激 [反] ingratitude ▲Let me **express** my **deep gratitude** for your great contribution to this company. 讓我向你對這公司的莫大貢獻表示深深的感謝。

Level 4

12 homeland

[`hom,lænd]

n. [C] 祖國

▲When the old man returned to his **homeland** fifty years later, no one recognized him.
當這老人五十年後回到祖國時，沒有人能認出他來。

13 impose

[ɪm`poz]

v. 強制實行 <on, upon>

▲The government **imposed** a ban **on** smoking in public places. 政府禁止在公共場所抽菸。

14 lengthen

[`lɛŋθən]

v. 加長，使變長 [反] shorten

▲As summer approaches, the days will **lengthen**, and the nights will shorten. 隨著夏天接近，白天會加長而夜晚會縮短。

15 liquor

[`lɪkɚ]

n. [U] 烈酒

▲Whiskey and brandy are **liquor**. 威士忌和白蘭地是烈酒。

16 murderer

[`mɝdərɚ]

n. [C] 凶手，殺人犯 [同] killer

▲The police are trying to find out who the **murderer** is.
警方正設法找出凶手是誰。

💡 mass murderer 殺人狂

17 nuclear

[`njuklɪɚ]

adj. 核能的

▲The construction of the new **nuclear power plant** caused considerable controversy. 興建新的核能發電廠引起極大的爭議。

18 peep

[pip]

n. [C] 偷看

▲The teacher took a **peep** into the library and found Henry was dozing. 老師往圖書館內看了一眼，發現 Henry 在打瞌睡。

peep

[pip]

v. 偷看，窺視 <at, into, through>

▲Since there was no response to my knocking, I tried to **peep into** the room **through** the keyhole.
因為我敲門沒有回應，我試著透過鑰匙孔向房間裡窺視。

19 reception

[rɪ`sɛpʃən]

n. [C] 招待會，歡迎會

▲After the wedding, there will be a **reception**.
婚禮之後會有招待會。

receptionist

[rɪˋsɛpʃənɪst]

n. [C] 接待員

▲Emma told the **receptionist** that she had come for the 10:00 appointment. Emma 告訴接待員她來赴十點的會面。

---

20 **reflection**

[rɪˋflɛkʃən]

n. [C] 倒影，映像

▲The queen is looking at her **reflection** in the mirror. 皇后看著鏡中自己的倒影。

---

21 **sew**

[so]

v. 縫紉，做針線活 <on> (sewed | sewn, sewed | sewing)

▲Rod **sewed** a button **on** his shirt. Rod 在他的襯衫縫上鈕扣。

💡sew up 縫合

sewing

[ˋsoɪŋ]

n. [U] 縫紉

▲Lena is very good at **sewing**. Lena 很善於裁縫。

---

22 **splendid**

[ˋsplɛndɪd]

adj. 壯麗的

▲The girl exclaimed in amazement when she was looking at the **splendid** sunset. 那女孩看著壯麗的日落景象時發出驚嘆聲。

---

23 **sue**

[su]

v. 控告 <for>

▲Ita **sued** her ex-husband **for** entering her house without permission. Ita 控告她前夫未經允許就進入她家。

---

24 **timetable**

[ˋtaɪmˏtebl̩]

n. [C] 時刻表

▲You can find out the times of your bus in that **timetable**. 你可以在那個時刻表中找到你的公車時間。

---

25 **welfare**

[ˋwɛlˏfɛr]

n. [U] 福祉 <of>

▲In a divorce case, the **welfare of** the children would be the top priority. 在離婚的案件中，孩子的福祉會是優先考量的事。

💡on welfare 接受社會救濟

Unit 26

1 **atomic**

[əˋtɑmɪk]

adj. 原子的

▲The United States dropped **atomic** bombs in Japan during World War II. 美國於第二次世界大戰時在日本投下了原子彈。

2 **bargain**

[`bɑrgɪn]

n. [C] 便宜貨

▲I bought this dress at a clearance sale, and it was a real **bargain**. 我在清倉大拍賣時買這件洋裝，真的很便宜。

💡make a bargain 達成協議

bargain

[`bɑrgɪn]

v. 討價還價

▲My father **bargained** with the real estate agent for a lower price. 父親跟房屋仲介殺價。

💡bargain sth away 便宜拋售…

---

3 **capitalist**

[`kæpətl̩ɪst]

n. [C] 資本家

▲Several **capitalists** invested in the business, hoping to make a profit within the next few months.

一些資本家投資該企業，希望可以在接下來幾個月內獲利。

---

4 **companion**

[kəm`pænjən]

n. [C] 夥伴，同伴

▲The dog is the old man's closest **companion**.

這隻狗是這老人最親密的夥伴。

---

5 **consultant**

[kən`sʌltn̩t]

n. [C] 顧問

▲Philip works as a management **consultant** for the newly established company. Philip 在這間新創立的公司擔任管理顧問。

---

6 **depart**

[dɪ`pɑrt]

v. 出發，離開 <for, from> [同] leave

▲The train will **depart for** Rome **from** Milan in one hour.

這班火車將在一小時內從米蘭出發至羅馬。

---

7 **dew**

[dju]

n. [U] 露水

▲The morning **dew** gathered on the grass.

清晨的露水聚集在草地上。

---

8 **exaggerate**

[ɪg`zædʒə,ret]

v. 誇大，誇張

▲Don't **exaggerate**, and just tell me the truth.

不要誇大其詞，只要告訴我實情。

---

9 **explanation**

[,ɛksplə`neʃən]

n. [C][U] 解釋，說明 <of, for>

▲The student gave an **explanation for** being late for school this morning. 這學生解釋今天早上上學遲到的原因。

---

10 gaze

[gez]

| n. | [C] 凝視 (usu. sing.)

▲My grandmother looked at me with a steady **gaze** as if seeing me for the first time.

我奶奶目不轉睛地看著我，好像是第一次見到我一樣。

gaze

[gez]

| v. | 凝視 <at> [同] stare

▲Richard **gazed at** the stars in the sky, trying to locate Polaris. Richard 抬頭凝望著星星，試著找到北極星。

11 grave

[grev]

| n. | [C] 墳墓，墓穴

▲Sue's grandmother has been buried in the **grave**.

Sue 的祖母已經下葬。

grave

[grev]

| adj. | 嚴重的 (graver | gravest)

▲If you try to cross the broken bridge, you will put your life in **grave danger**.

如果你要過這條毀壞的橋，你將處於極大的危險之中。

12 honeymoon

[`hʌnɪˌmun]

| n. | [C] 蜜月

▲The married couple went to Venice **on their honeymoon**.

這對夫妻前往威尼斯度蜜月。

honeymoon

[`hʌnɪˌmun]

| v. | 度蜜月

▲We are planning to **honeymoon** in France.

我們正計劃去法國度蜜月。

13 impression

[ɪm`prɛʃən]

| n. | [C] 印象 <of>

▲Everyone's first **impression of** Troy is his friendly smile.

Troy 給大家的第一印象是親切的笑容。

14 librarian

[laɪ`brɛrɪən]

| n. | [C] 圖書館管理員

▲The **librarian** can help you find the book you are looking for. 圖書館管理員可以幫忙找到你要尋找的書。

15 loan

[lon]

| n. | [C] 貸款

▲Mr. Wu took out a **loan** in order to buy a new house.

吳先生申請貸款去買新房子。

💡loan shark 放高利貸者

loan

[lon]

v. 借出 <to>

▲The paintings were **loaned** by the Louvre Museum **to** the National Palace Museum.

這些畫作由羅浮宮出借給國立故宮博物院。

---

16 **murmur**

[ˋmɝmɚ]

n. [C] 低語

▲The teacher heard a low **murmur** from the students.

這個老師聽見學生們竊竊私語。

murmur

[ˋmɝmɚ]

v. 低聲說 <to>

▲It was strange that Victor kept **murmuring to** himself.

Victor 不斷喃喃自語，真是奇怪。

---

17 **obtain**

[əbˋten]

v. 獲得 [同] get

▲Bonnie managed to **obtain** a ticket to the concert.

Bonnie 設法拿到了音樂會的票。

---

18 **perfume**

[ˋpɝfjum]

n. [C][U] 香水 [同] fragrance

▲Sally wore **perfume** to the party. Sally 擦了點香水去舞會。

perfume

[ˋpɝfjum]

v. 使香氣瀰漫

▲Annie's room is **perfumed** with the smell of flowers.

Annie 的房間瀰漫著花的芳香。

---

19 **recreation**

[ˌrɛkrɪˋeʃən]

n. [C][U] 娛樂，消遣

▲What do you like to do for **recreation**? 你喜歡做什麼休閒活動？

---

20 **register**

[ˋrɛdʒɪstɚ]

v. 註冊 <for> [同] enroll

▲You must **register for** the course you want to take.

你必須註冊你要選修的課。

register

[ˋrɛdʒɪstɚ]

n. [C] 登記簿 <in>

▲The clerk can't find my name **in** the hotel **register**.

職員在旅館登記簿裡找不到我的名字。

---

21 **shade**

[ʃed]

n. [U] 陰涼處，陰暗處

▲Andy is reading in the **shade** of a big tree.

Andy 在一棵大樹下的陰涼處讀書。

💡 put sb/sth in the shade 讓…黯然失色

shade

[ʃed]

v. 遮擋 (光線)

▲Flora used a book to **shade** her face from the sun.
Flora 用書遮住臉不被太陽曬到。

---

22 **stingy**

[ˋstɪndʒɪ]

adj. 吝嗇的，小氣的 <with> (stingier | stingiest)

▲The rich man is very **stingy** and never donates money to the charity. 這個有錢人很吝嗇，從不捐錢給慈善機構。

---

23 **telegraph**

[ˋtɛləˏɡræf]

n. [U] 電報

▲People in the past used to send urgent messages by **telegraph**. 人們在過去會用電報傳送緊急的訊息。

telegraph

[ˋtɛləˏɡræf]

v. 打電報

▲Sam **telegraphed** an urgent message to William.
Sam 打電報傳送緊急的訊息給 William。

---

24 **timid**

[ˋtɪmɪd]

adj. 膽怯的 [同] shy [反] confident

▲Clara has been unfairly treated, but she is too **timid** to protest. Clara 一直受到不公平對待，但她太膽怯不敢抗議。

---

25 **withdraw**

[wɪθˋdrɔ]

v. 領款 <from> (withdrew | withdrawn | withdrawing)

▲To repay the debts, I must **withdraw** all my money **from** the bank account.
為了償還債務，我必須從銀行戶頭把全部的錢領出來。

withdrawal

[wɪθˋdrɔl]

n. [C][U] 提款

▲The teller is explaining to the old man that there is no charge for **withdrawals**.
銀行出納員正在向那位老人解釋提款並不會被收取費用。

Unit 27

1 **accountant**

[əˋkaʊntənt]

n. [C] 會計師

▲The rich businessman hires an **accountant** to take care of his taxes. 這位富有的商人僱用會計師來處理他的稅務。

2 **attach**
[əˋtætʃ]

v. 連接 <to> [同] stick

▲My brother helped me **attach** the printer **to** my desktop computer. 我哥哥幫我將印表機連接上我的桌上型電腦。

attachment
[əˋtætʃmənt]

n. [C] (機器的) 附件

▲The **attachments** of the vacuum cleaner are all in the box. 這吸塵器所有的附件都在這箱子裡。

---

3 **barrier**
[ˋbærɪɚ]

n. [C] 隔閡，障礙

▲To bring people of all ages together, we must work hard to remove social **barriers**.

為了使各年齡層的人更緊密結合，我們必須努力消除社會隔閡。

---

4 **catalogue**
[ˋkætḷˏɔg]

n. [C] 目錄 (also catalog)

▲The goods in the mail-order **catalogue** look fancy.

這郵購目錄上的商品看起來很不錯。

catalogue
[ˋkætḷˏɔg]

v. 記錄

▲The experimental data was **catalogued** by the researchers.

實驗資料由研究人員記錄。

---

5 **compose**
[kəmˋpoz]

v. 構成 <of> [同] consist of

▲A molecule of water is **composed of** one oxygen atom and two hydrogen atoms.

一個水分子是由一個氧原子和兩個氫原子組合而成。

---

6 **continual**
[kənˋtɪnjuəl]

adj. 不停的 [同] constant [反] sporadic

▲Your **continual** interruptions have ruined my work schedule. 你不停地打擾毀了我的工作進度。

---

7 **departure**
[dɪˋpartʃɚ]

n. [C][U] 啟程，離開 <for, from> [反] arrival

▲Frank changed his US dollars for euros before his **departure for** Paris. Frank 在前往巴黎前把他的美元換成歐元。

---

8 **dignity**
[ˋdɪgnətɪ]

n. [U] 尊嚴，自尊 <with>

▲The tennis player admitted defeat **with dignity**.

那位網球選手很有尊嚴地接受失敗。

---

9 **exhaust**

[ɪgˋzɔst]

n. [U] (引擎排出的) 廢氣

▲Car **exhaust fumes** are one of the main reasons for air pollution. 汽車廢氣是空氣汙染的主因之一。

exhaust

[ɪgˋzɔst]

v. 耗盡 [同] use up

▲These earthquake victims **exhausted** their supply of food within a week. 這些地震災民在一週內把所有糧食吃完了。

exhausted

[ɪgˋzɔstɪd]

adj. 筋疲力竭的 [同] worn out

▲The family was **completely exhausted** after their long journey. 這一家人從長途旅行回來後非常疲累。

exhaustion

[ɪgˋzɔstʃən]

n. [U] 筋疲力竭

▲Sunny suffers from nervous **exhaustion** because of the overwork. Sunny 因過度工作而飽受神經疲勞之苦。

10 **extend**

[ɪkˋstɛnd]

v. 擴展，擴大

▲In order to strengthen national defense, the government planned to **extend** its mandatory military service to one year. 為了加強國防，政府計畫將義務兵役延長至一年。

11 **gear**

[gɪr]

n. [C][U] 排檔 <in>

▲Whenever you put the car **in gear**, it is supposed to start rolling forward or backward.

每當車子上檔，它應該會開始往前或往後行駛。

gear

[gɪr]

v. 使適合於 <to, toward>

▲The playground is **geared toward** children under the age of 12. 遊戲場適合十二歲以下的小孩。

12 **greasy**

[ˋgrisɪ]

adj. 油膩的 [同] oily (greasier | greasiest)

▲The **greasy** French fries are bad for health.

這些油膩的薯條對健康不好。

13 **horizon**

[həˋraɪzn̩]

n. [sing.] 地平線 <on>

▲At dawn, the sun appeared **on the horizon**.

黎明時，太陽出現在地平線上。

💡 broaden/expand/widen sb's horizons 開闊眼界

14 **injure**

['ɪndʒɚ]

v. 傷害，損害 [同] hurt, harm

▲Jeremy **injured** his foot while playing basketball.
Jeremy 打籃球時腳受傷了。

injured

['ɪndʒɚd]

adj. 受傷的

▲The surgeon operated on Nina's **injured** leg last week.
外科醫生上週在 Nina 受傷的腿上動手術。

injured

['ɪndʒɚd]

n. [pl.] 傷者 (the ～)

▲**The injured** in the car crash were taken to the nearby hospital right away. 這場車禍的傷者馬上被送到附近的醫院。

15 **limitation**

[͵lɪmə'teʃən]

n. [C][U] 限制 <on> [同] restriction

▲There are severe **limitations on** the use of nuclear power in that country. 那個國家對核能的使用有嚴格的限制。

16 **lobster**

['lɑbstɚ]

n. [C] 龍蝦；[U] 龍蝦肉

▲The feature of a **lobster** is its two large claws.
龍蝦的特色就是牠的兩隻大鉗。

▲Steak and **lobster** are the most expensive items on the menu. 牛排和龍蝦是菜單上最貴的項目。

17 **noble**

['nobl]

adj. 高尚的 (nobler | noblest)

▲The mayor praised the man for his **noble** deed.
市長讚揚這男子高尚的行為。

noble

['nobl]

n. [C] 貴族

▲The billionaire lives a luxurious life like a **noble**.
這個億萬富翁過著如貴族般的奢侈生活。

18 **option**

['ɑpʃən]

n. [C] 選擇

▲Because of bad business, the owner **had no option but to** close the grocery store.
由於生意很慘澹，店主別無選擇只好將雜貨店收起來。

19 **philosopher**

[fə'lɑsəfɚ]

n. [C] 哲學家

▲The **philosopher** always talks wisely.
這位哲學家說話總是很有智慧。

20 **recycle**	v. 回收利用
[ri`saɪkl]	▲We have to **recycle** plastic, cans, and even old clothes to make the most of the resources we have.
	我們必須回收塑膠、罐子甚至於舊衣物以善用我們所擁有的資源。

21 **registration**	n. [U] 註冊
[ˌrɛdʒɪ`streʃən]	▲The student **registration** form is used to enroll a student who is new to this school. 學生註冊表格適用於加入本校的新生。
	💡registration fee 掛號費

22 **shady**	adj. 陰涼的，陰暗的 [同] dim (shadier｜shadiest)
[`ʃedɪ]	▲We had a long walk under the **shady** trees.
	我們在陰涼的樹下散步了很久。

23 **stocking**	n. [C] 長筒襪
[`stɑkɪŋ]	▲Fiona is a little girl who is wearing a pair of **stockings**.
	Fiona 是正穿著一雙長筒襪的小女孩。

24 **tension**	n. [U] (精神上的) 緊張，焦慮
[`tɛnʃən]	▲Taking a walk can relieve **tension** and stress.
	散步可以消除緊張和壓力。

| 25 **tolerant** | adj. 寬容的，寬大的 <of, toward> [反] intolerant |
| [`tɑlərənt] | ▲I am not **tolerant of** racism. 我不能容忍種族歧視。 |

Unit 28

| 1 **accuse** | v. 指控，譴責 <of> |
| [ə`kjuz] | ▲Gina **accused** me **of** being a liar. Gina 指責我說謊。 |

| 2 **audio** | adj. 聲音的，錄音的 |
| [`ɔdɪo] | ▲**Audio** cassettes and videotapes have been replaced by compact discs. 錄音帶與錄影帶已被影音光碟所取代。 |

audiovisual

[ˌɔdɪoˈvɪʒuəl]

adj. 視聽的

▲**Audiovisual** aids are widely applied in language learning. 視聽教具被廣泛使用在語言學習上。

3 **blade**

[bled]

n. [C] 刀片，刀身

▲Watch out for the sharp **blade** of the knife. You may hurt yourself. 小心這銳利的刀鋒。你可能會傷到自己。

4 **chemistry**

[ˈkɛmɪstrɪ]

n. [U] 化學

▲Elsa majors in **chemistry** at college. Elsa 在大學主修化學。

5 **composer**

[kəmˈpozɚ]

n. [C] 作曲家

▲Mozart is one of the greatest **composers** in classical music. 莫札特在古典音樂界是最偉大的作曲家之一。

6 **copper**

[ˈkɑpɚ]

n. [U] 銅

▲The old woman wears a bracelet made of **copper**. 這位老太太戴著銅製的手鐲。

copper

[ˈkɑpɚ]

adj. 銅的

▲His grandfather gave him an old **copper** coin. 他祖父給他一枚老銅幣。

7 **devise**

[dɪˈvaɪz]

v. 設計，想出

▲To save money, we should **devise** a method to cut electricity bills. 為了省錢，我們應該要想出一個降低電費的方法。

8 **diligence**

[ˈdɪlədʒəns]

n. [U] 勤勉

▲Helen showed great **diligence** in studying French. Helen 非常勤勉地學習法文。

9 **expansion**

[ɪkˈspænʃən]

n. [C][U] 擴張，擴大

▲The rapid **expansion** of the industrial area causes many traffic problems. 工業區的快速擴張導致很多的交通問題。

10 **faithful**

[ˈfeθfəl]

adj. 忠誠的，忠貞的 [同] loyal

▲Terry was overcome with grief because his **faithful** dog died. Terry 悲痛欲絕，因為他忠誠的狗死了。

11 germ

[dʒɝm]

n. [C] 細菌

▲Wash your hands to kill the **germs** before you eat.

吃飯前先洗手來殺死細菌。

---

12 grind

[graɪnd]

v. 研磨，磨碎 (ground｜ground｜grinding)

▲Tom used a coffee grinder to **grind** the coffee.

Tom 用咖啡研磨機來研磨咖啡豆。

💡grind sb down 折磨，欺壓…

grind

[graɪnd]

n. [sing.] 苦差事

▲Working under the burning sun is a real **grind**.

在大太陽底下工作真的是一件苦差事。

---

13 horrify

[ˋhɔrəˌfaɪ]

v. 使震驚 [同] appall

▲The news of her best friend's death **horrified** Tina.

好友死亡的消息讓 Tina 震驚。

horrified

[ˋhɔrəˌfaɪd]

adj. 驚懼的

▲Students were **horrified** to see this scary movie.

學生們看到這部恐怖電影都感到害怕。

horrifying

[ˋhɔrəˌfaɪɪŋ]

adj. 令人驚懼的 [同] horrific

▲All the children were terrified of this **horrifying** scene.

所有孩子對這令人恐懼的景象都感到害怕。

---

14 inspection

[ɪnˋspɛkʃən]

n. [C][U] 檢查，檢驗

▲Movie theaters and restaurants that fail the annual safety **inspection** will not be allowed to do business.

沒有通過每年安全檢查的電影院和餐廳將不准營業。

---

15 linen

[ˋlɪnɪn]

n. [U] 亞麻，亞麻布

▲Shirts made of **linen** are cool and comfortable to wear in summer. 亞麻布製的襯衫在夏天穿既涼爽又舒服。

---

16 loyal

[ˋlɔɪəl]

adj. 忠實的，忠誠的 <to>

▲Duke is very **loyal to** his friends. Duke 對他的朋友很忠誠。

Level 4

loyally

[ˋlɔɪəlɪ]

adv. 忠實地

▲Tony always **loyally** supports his favorite baseball team.

Tony 總是忠實地支持他最喜歡的棒球隊。

---

17 **nonsense**

[ˋnɑnsɛns]

n. [U] 胡說，胡扯 [同] rubbish

▲Don't listen to John. He is talking **nonsense**.

別聽 John 說的話。他在胡扯。

---

18 **orbit**

[ˋɔrbɪt]

n. [C] 軌道 <in>

▲The satellite is **in orbit** around the Earth.

這顆衛星正沿著地球的軌道運行。

orbit

[ˋɔrbɪt]

v. 沿軌道運行

▲The Earth **orbits** the sun. 地球繞著太陽運行。

---

19 **physicist**

[ˋfɪzəsɪst]

n. [C] 物理學家

▲Mike hopes to become a distinguished **physicist**.

Mike 希望成為傑出的物理學家。

---

20 **refund**

[ˋrifʌnd]

n. [C] 退款

▲We guarantee **refunds** if you are not satisfied with our products. 如果你不滿意我們的產品，我們保證退費。

💡tax refund 退稅 | demand/claim a full refund 要求完全退款

refund

[rɪˋfʌnd]

v. 退費 [同] reimburse

▲When the performance was canceled, the admission fee was **refunded**. 表演取消，退還入場費。

refundable

[rɪˋfʌndəbl]

adj. 可退費的

▲Tickets to the ball game are not **refundable**.

球賽的票不得退票。

---

21 **regulate**

[ˋrɛgjəˌlet]

v. 管理，管控

▲The laws that **regulate** the use of food additives have been under discussion recently.

管控食品添加物使用的法律最近正受到討論。

22 shave
[ʃev]

v. 剃去 (毛髮) <off>

▲Willy **shaved** his beard **off** with an electric razor.

Willy 用電動刮鬍刀剃掉鬍子。

shave
[ʃev]

n. [C] 刮臉

▲William needs a **shave** before having an interview.

William 在面試前需要刮臉。

23 suggestion
[səg`dʒɛstʃən]

n. [C] 建議

▲My older sister **made** a valuable **suggestion** about how to keep in shape. 關於如何保持健康，我姊姊給了我寶貴的建議。

24 terror
[`tɛrɚ]

n. [U] 恐懼 <in> [同] fear

▲Kitty screamed **in terror** as if she had seen a ghost.

Kitty 像見鬼一樣害怕地尖叫。

25 tomb
[tum]

n. [C] 墳墓 [同] grave

▲Not until the **tomb** of Tutankhamun was discovered did people know more about his life.

直到圖坦卡門的墓被發現，人們才知道更多關於他的生活。

Unit 29

1 acquaintance
[ə`kwentəns]

n. [C] 泛泛之交

▲Chris is more of an **acquaintance** than a friend.

與其說 Chris 是朋友，不如說只是泛泛之交。

2 autobiography
[ˌɔtəbaɪ`ɑgrəfɪ]

n. [C] 自傳 (pl. autobiographies)

▲The retired general is composing his **autobiography** to let his descendants know more about his life.

這位退役的將軍正在撰寫他的自傳，以讓後代子孫更了解他的生平。

3 **blessing**

[ˋblɛsɪŋ]

n. [C] 祝福

▲My father gave us his **blessing** for our marriage.

我父親祝福我們的婚姻。

💡a blessing in disguise 因禍得福

4 **cherish**

[ˋtʃɛrɪʃ]

v. 珍惜，珍愛 [同] treasure

▲I **cherish** the memories of my working holiday in Australia.

我珍惜在澳洲打工渡假的回憶。

5 **conference**

[ˋkɑnfərəns]

n. [C] 會議 <on>

▲Last week, I attended a **conference on** physics in Paris.

上週我出席在巴黎舉行的物理學會議。

6 **cord**

[kɔrd]

n. [C][U] 繩

▲The war criminal broke the **cords** that were used to bind his hands and feet and managed to escape.

那個戰犯弄斷了用來綁住手腳的繩子，設法逃脫了。

💡the umbilical cord 臍帶

7 **devote**

[dɪˋvot]

v. 奉獻 <to>

▲Mother Teresa **devoted** her life **to** the poor and the sick in India. 德蕾莎修女將一生奉獻給印度的窮人及病人。

devoted

[dɪˋvotɪd]

adj. 全心奉獻的，全心全意的

▲It is not easy to be a **devoted** father at home and a dedicated supervisor at work simultaneously. 在家是個全心奉獻的父親，同時在工作上又是個盡忠職守的上司實在很不容易。

8 **diplomat**

[ˋdɪplə͵mæt]

n. [C] 外交官

▲Leo is interested in relations between countries, so he works hard to be a **diplomat**.

Leo 對國際關係有興趣，所以他努力要成為外交官。

9 **fantasy**

[ˋfæntəsɪ]

n. [C][U] 妄想 (pl. fantasies)

▲The poor man has a **fantasy** of getting rich overnight.

這位貧窮的人妄想一夜致富。

10 farewell

[ˌfɛrˋwɛl]

n. [C] 再見，告辭

▲At the end of the party, the host exchanged **farewells** with the guests. 派對結束時，主人和客人互相道別。

💡a farewell party 告別會

11 gigantic

[dʒaɪˋgæntɪk]

adj. 巨大的 [同] enormous, huge

▲A **gigantic** shopping mall is about to be built in downtown Los Angeles. 一座巨大的購物中心即將在洛杉磯的市中心興建。

12 halt

[hɔlt]

n. [sing.] 停止 [同] stop

▲The bus suddenly came to a **halt** in the middle of the road. 公車突然在路中間停下來。

💡come to a halt 使停止

halt

[hɔlt]

v. 停下 [同] stop

▲Traffic **halted** because of the heavy snow. 交通因為大雪中斷。

13 hose

[hoz]

n. [C] 橡皮水管 (pl. hose, hoses)

▲I used a **hose** to water the flowers and plants in the yard. 我用橡皮水管為庭院裡的花和植物澆水。

hose

[hoz]

v. 用水管澆水、沖洗 <down>

▲Mr. Chen **hosed down** the garden last Saturday. 陳先生上週六用水管澆花園的花。

14 insult

[ˋɪnsʌlt]

n. [C] 侮辱

▲It was an **insult** that Jimmy didn't come to my grandfather's funeral. Jimmy 沒來參加我祖父的葬禮對我來說是一種侮辱。

💡add insult to injury 雪上加霜

insult

[ɪnˋsʌlt]

v. 侮辱

▲Lucas **insulted** me by calling me a fool. Lucas 叫我傻瓜來侮辱我。

15 logic

[ˋlɑdʒɪk]

n. [U] 邏輯

▲Many people don't see the **logic** behind the reporter's statement. 許多人不明白這位記者說法背後的邏輯。

16 measurable

[`mɛʒrəb!]

adj. 顯著的

▲There has been a **measurable** improvement in your work.

你的工作有明顯的進步。

17 nursery

[`nɝsərɪ]

n. [C] 幼兒園，托兒所 (pl. nurseries)

▲A **nursery** provides childcare when both the parents have to work during the day.

父母白天都要上班的話，幼兒園可以提供照顧小孩的服務。

18 orchestra

[`ɔrkɪstrə]

n. [C] 管弦樂團

▲My son plays the cello in the **orchestra**.

我的兒子在管弦樂團中演奏大提琴。

19 pickle

[`pɪk!]

n. [C] 酸黃瓜 (片)

▲I like to have **pickles** in the sandwiches.

我喜歡在三明治裡加酸黃瓜。

20 regulation

[ˌrɛgjəˋleʃən]

n. [C] 法規，條例

▲Under safety **regulations**, all workers have to be trained to operate the machines.

在安全規範下，所有的工人必須受訓才能操作機器。

21 rejection

[rɪˋdʒɛkʃən]

n. [C][U] 拒絕 [同] acceptance

▲David has applied for five jobs, but so far he has only received **rejections**.

David 應徵了五個工作，但到目前為止都被拒絕。

22 sightseeing

[`saɪtˌsiɪŋ]

n. [U] 觀光

▲When I went to London on business, it was a pity that I didn't have much time for **sightseeing**.

我去倫敦出差的時候，很可惜沒有什麼時間去觀光。

💡go sightseeing 觀光

23 sway

[swe]

n. [U] 支配

▲Arthur is under the **sway** of his ambitious mother.

Arthur 受到野心勃勃的母親支配。

sway	v. 搖擺，搖動 [同] wave
[swe]	▲We marveled at the small yellow flowers **swaying** in the breeze. 我們對在微風中搖曳的小黃花發出讚嘆。

24 translate	v. 翻譯 <from, into>
[`trænslet]	▲Jim **translated** the book **from** German **into** Chinese. Jim 把這本書從德文翻譯成中文。

25 translation	n. [C][U] 翻譯，譯本
[træns`leʃən]	▲I bought a Chinese **translation** of a novel by Edgar Allan Poe. 我買了一本艾德格愛倫坡的小說中譯本。

Unit 30

1 addict	n. [C] 入迷的人 [同] fan
[`ædɪkt]	▲John is a television **addict**. John 是個電視迷。
addict	v. 使沉迷 <to>
[ə`dɪkt]	▲My younger brother is **addicted to** reading science fiction. 我弟弟沉迷於閱讀科幻小說。
addictive	adj. 使人上癮的
[ə`dɪktɪv]	▲Don't you think that video games are highly **addictive**? 你不認為電動遊戲很容易上癮嗎？

2 await	v. 等候 [同] wait
[ə`wet]	▲I stayed at the airport and **awaited** my sister's arrival. 我待在機場，等待我妹妹的到來。

3 blink	v. 眨眼睛
[blɪŋk]	▲The girl kept **blinking** in the bright sunshine. 這女孩在耀眼的陽光下一直眨眼。
blink	n. [sing.] 眨眼睛
[blɪŋk]	▲Some incredible things happened **in the blink of an eye**. 一些不可思議的事情在一眨眼間就發生了。
	💡on the blink 出毛病，故障

4 chew

[tʃu]

v. 咀嚼，嚼碎

▲**Chewing** food well helps digestion and weight loss.

細嚼慢嚥有助於消化和減肥。

💡 chew sth over 仔細思考

chew

[tʃu]

n. [C] 咀嚼

▲Would you like to have a **chew** of gum? 你要嚼口香糖嗎？

---

5 congress

[ˋkɑŋgrəs]

n. [C] 代表大會

▲The two doctors met at a medical **congress**.

這兩位醫生是在醫學代表大會上認識的。

congressional

[kənˋgrɛʃən!]

adj. 會議的

▲Before starting a war, the president needs to gain **congressional** approval. 在開戰前，總統必須取得國會的同意。

---

6 cottage

[ˋkɑtɪdʒ]

n. [C] 小屋

▲To escape the bustle of the city, we stay in our country **cottage** during the weekends.

為了逃離城市的喧囂，我們週末待在鄉村小屋。

---

7 diagram

[ˋdaɪəˏgræm]

n. [C] 圖解

▲Alex drew a **diagram** of the new machine.

Alex 畫了一張新式機器的圖解。

diagram

[ˋdaɪəˏgræm]

v. 圖解

▲The teacher **diagramed** this new word on the blackboard.

老師在黑板上圖解這新字彙。

---

8 disappoint

[ˏdɪsəˋpɔɪnt]

v. 使失望 [同] let down

▲The actress **disappointed** her fans with her sudden retirement. 這個女演員突然退休使她的影迷大失所望。

disappointment

[ˏdɪsəˋpɔɪntmənt]

n. [U] 失望

▲To our **disappointment**, the baseball game was canceled because of the heavy rain.

讓我們失望的是，棒球賽因為大雨而被取消了。

disappointed

[ˌdɪsəˈpɔɪntɪd]

adj. 失望的 <at, about>

▲Having been a golf coach all my life, I am **disappointed at** not meeting any talented player.

當了一輩子高爾夫球教練，我很失望未曾遇見有天分的選手。

disappointing

[ˌdɪsəˈpɔɪntɪŋ]

adj. 令人失望的

▲It is **disappointing** that the shirt I like is out of stock.

我喜歡的襯衫賣完了很令人失望。

9 **fatal**

[ˈfetl̩]

adj. 致命的 [同] deadly

▲A bee sting can be **fatal** if the victim is allergic.

如果傷患過敏的話，蜜蜂螫傷可能會致命。

10 **favorable**

[ˈfevrəbl̩]

adj. 贊成的

▲We are applying for a loan and hope for a **favorable** reply.

我們正在申請貸款，希望能獲得同意。

11 **giggle**

[ˈgɪgl̩]

n. [C] 咯咯笑

▲On seeing my sister's strange hairstyle, I got the **giggles**.

一看到我妹妹奇怪的髮型，我咯咯笑不停。

giggle

[ˈgɪgl̩]

v. 咯咯地笑 <at> [同] laugh

▲The girls were **giggling at** the boy's jokes.

這些女孩子對於男孩的笑話咯咯地笑。

12 **haste**

[hest]

n. [U] 急忙 [同] hurry

▲Our father prepared our breakfast in **haste**.

我們的父親急忙地準備我們的早餐。

💡More haste, less speed. 【諺】欲速則不達。 |

Haste makes waste. 【諺】忙中有錯。

13 **housework**

[ˈhausˌwɝk]

n. [U] 家事，家務

▲My mother was exhausted because she spent the whole afternoon doing **housework**.

我母親很疲累，因為她整個下午都在做家事。

14 **intend**

[ɪnˈtɛnd]

v. 打算 <to>

▲I **intended to** finish the job tonight. 我打算今晚完成工作。

intended [ɪn`tɛndɪd]	adj. 為…打算的 <for> ▲These cookies are **intended for** tonight's party. 這些餅乾是為了今晚的派對準備的。
15 **logical** [`lɑdʒɪkl̩]	adj. 合理的，合乎邏輯的 [反] illogical ▲To be persuasive, you have to offer **logical** arguments. 你必須提出合理的論點才能說服人。
16 **mechanic** [mə`kænɪk]	n. [C] 機械工，修理工 ▲My car broke down, so I will have a car **mechanic** fix it tomorrow. 我的車子故障了，所以我明天要找汽車修理工修理它。
mechanics [mə`kænɪks]	n. [pl.] 方法，手段 (the ~) ▲Kevin knows nothing about **the mechanics** of running a business. Kevin 對經營企業的方法完全不知。
17 **nutritious** [nju`trɪʃəs]	adj. 有營養的 [同] nourishing ▲A **nutritious** and balanced diet is essential for everyone. 有營養且平衡的飲食對每個人是非常重要的。
18 **panel** [`pænl̩]	n. [C] 專家小組 <of> ▲A **panel of** experts was asked to give advice about the financial problem. 一組專家被請求對此財務問題給予建議。 💡 panel discussion 專家小組討論
19 **pioneer** [͵paɪə`nɪr]	n. [C] 拓荒者 [同] trailblazer ▲In the 19th century, many American **pioneers** immigrated to the west to develop new areas. 在十九世紀時，許多美國拓荒者移居西部來開墾新地。
pioneer [͵paɪə`nɪr]	v. 成為先驅 ▲The Wright brothers **pioneered** the development of airplanes. 萊特兄弟是發展飛機的先驅。
20 **relaxation** [͵rilæks`eʃən]	n. [U] 放鬆 ▲**Relaxation** plays an important role in doing yoga. 放鬆在做瑜伽上扮演著重要的角色。

21 **relevant**
[ˈrɛləvənt]

adj. 有關的 <to> [反] irrelevant

▲The key to a successful commercial is to make it **relevant to** the audience. 成功商業廣告的關鍵就是讓它與觀眾相連結。

22 **sincerity**
[sɪnˈsɛrətɪ]

n. [U] 真誠，誠意 [反] insincerity

▲The candidate's **sincerity** has deeply impressed me.
這位候選人的真誠令我印象深刻。

23 **systematic**
[ˌsɪstəˈmætɪk]

adj. 有系統的 [同] organized [反] unsystematic

▲A **systematic** method will help you work more efficiently.
有系統的方法可以幫助你工作更有效率。

24 **translator**
[trænsˈletɚ]

n. [C] (筆譯) 譯者

▲The publisher is looking for an experienced **translator** to translate this best-seller into Spanish.
這家出版商正在尋找有經驗的譯者來將這本暢銷書翻譯為西班牙文。

25 **tumble**
[ˈtʌmbl̩]

v. 跌落，跌倒 <down> [同] fall

▲Rebecca lost her balance and **tumbled down** the stairs.
Rebecca 失去平衡而從樓梯上跌下來。

tumble
[ˈtʌmbl̩]

n. [C] 跌倒

▲Nelson took a **tumble** and broke one of his legs.
Nelson 跌倒並摔斷一條腿。

Unit 31

1 **allowance**
[əˈlauəns]

n. [C] 零用錢 [同] pocket money

▲Alex received a weekly **allowance** from his father.
Alex 從父親那裡得到每週的零用錢。

2 **bald**
[bɔld]

adj. 禿頭的

▲The man went **bald** at the age of thirty.
這名男子三十歲就禿頭了。

3 **blossom**

[`blɑsəm]

n. [C][U] 花朵

▲The white lily **blossom** symbolizes purity.

白色的百合花象徵純潔。

💡 in blossom 開花

blossom

[`blɑsəm]

v. 開花；(關係) 深入發展 <into>

▲When the roses **blossom**, the garden is filled with fragrance. 玫瑰開時，花園充滿香氣。

▲Their friendship **blossomed into** love.

他們的友誼開花變成了愛情。

4 **choke**

[tʃok]

v. 噎住，窒息 <on>

▲Eve **choked on** a fish bone and was sent to the hospital.

Eve 被一根魚刺噎住而被送醫。

💡 choke sth back 抑制…

choke

[tʃok]

n. [C] 嗆到 (聲音)

▲With his hand over his mouth, the little boy let out **a choke of laughter**. 一手遮住嘴，這小男孩發出一陣笑聲。

5 **constitute**

[`kɑnstə,tjut]

v. 構成

▲Teachers **constitute** about 30% of the committee.

老師占委員會中約 30%。

6 **coward**

[`kaʊəd]

n. [C] 懦夫，膽小鬼

▲Only a **coward** runs away from the enemy.

只有懦夫才不敢面對敵人。

7 **diploma**

[dɪ`plomə]

n. [C] 學位證書，文憑 <in> (pl. diplomas)

▲Vanessa has got a **diploma in** hotel management.

Vanessa 已取得飯店管理的文憑。

8 **discourage**

[dɪs`kɝɪdʒ]

v. 使沮喪 [同] dishearten [反] encourage

▲Failing the math exam **discouraged** Chris.

數學考不及格令 Chris 沮喪。

discouragement

[dɪs`kɝɪdʒmənt]

n. [U] 沮喪，氣餒

▲At times of **discouragement**, many people turn to religion for comfort. 在沮喪的時候，許多人向宗教尋求慰藉。

discouraged

[dɪs`kɝɪdʒd]

adj. 感覺沮喪的 [同] demoralized [反] encouraged

▲Jane felt **discouraged** after hearing the news that her colleague had quit. Jane 聽到她同事辭職的消息，感到沮喪。

discouraging

[dɪs`kɝɪdʒɪŋ]

adj. 令人沮喪的 [反] encouraging

▲The rejection letter from the college is very **discouraging** to Ken. 大學的回絕信讓 Ken 十分沮喪。

---

9 **fax**

[fæks]

n. [C][U] 傳真機

▲We just received an order form **by fax**.
我們剛從傳真機收到了一張訂單。

fax

[fæks]

v. 傳真 <to>

▲You can order our products online or **fax** the order form **to** us. 你可用網路訂購我們的產品或傳真訂購單給我們。

---

10 **ferry**

[`fɛrɪ]

n. [C] (尤指定期的) 渡船 (pl. ferries)

▲They took the **ferry** across the bay. 他們乘渡船橫渡海灣。

ferry

[`fɛrɪ]

v. (尤指定期的) 渡運，運送

▲The boatman **ferried** the passengers across the river.
船夫渡運乘客過河。

---

11 **ginger**

[`dʒɪndʒɚ]

n. [U] 薑

▲You can get rid of the fishy smell of shrimps with a few slices of **ginger**. 你可以加幾片薑來去除蝦子的腥味。

---

12 **hasten**

[`hesn̩]

v. 催促

▲Helen **hastened** her younger brother to get ready.
Helen 催促她的弟弟快點準備好。

---

13 **humidity**

[hju`mɪdətɪ]

n. [U] 溼度

▲Coastal areas usually have higher **humidity** than inland areas. 沿海地區溼度通常比內陸地區高。

---

14 **intermediate**

[ˌɪntɚ`midɪət]

adj. 中級程度的

▲Sam is taking the **intermediate** course in English.
Sam 在上中級英語課程。

intermediate

[ˌɪntɚˈmidɪət]

n. [C] 中級學生

▲This Japanese class is for **intermediates**.

這堂日文課是給中級學生的。

intermediate

[ˌɪntɚˈmidɪˌet]

v. 調解，調停

▲The coach **intermediated** between the two players.

教練為這兩名球員調解。

---

15 **loosen**

[ˈlusn̩]

v. 鬆開 [同] slacken

▲You can **loosen** the screw by turning counterclockwise.

你將螺絲逆時針轉就會鬆開了。

---

16 **memorable**

[ˈmɛmərəbl̩]

adj. 令人難忘的 [同] unforgettable

▲We spent a **memorable** week camping by the river.

我們在河邊露營，度過難忘的一星期。

---

17 **obedience**

[oˈbidɪəns]

n. [U] 服從，遵從 [反] disobedience

▲Absolute **obedience** is required in the army.

軍中要求絕對的服從。

---

18 **perfection**

[pɚˈfɛkʃən]

n. [U] 完美

▲In order to achieve **perfection**, Ted made numerous revisions to his writing. 為了達到完美，Ted 反覆修改文章。

💡 to perfection 完美地

---

19 **plentiful**

[ˈplɛntɪfəl]

adj. 豐富的，充足的 [同] abundant

▲Mangoes are **plentiful** in the summer. 夏天芒果很多。

---

20 **remark**

[rɪˈmɑrk]

n. [C] 評論 [同] comment

▲Susie's colleague hurt her feelings by making rude **remarks**. Susie 的同事用無禮的批評傷害她。

remark

[rɪˈmɑrk]

v. 說起，談論

▲The girl turned down the role after **remarking** that she wasn't prepared to be an actress.

這女孩說她尚未準備好要當演員後，拒絕了這個角色。

21 resignation
[ˌrɛzɪɡˈneʃən]

n. [C] 辭職信；[C][U] 辭職 [同] leaving

▲Shelly handed in her **resignation** this morning.
今早 Shelly 遞交了辭職信。

▲The public demanded the mayor's **resignation** owing to the scandal. 因為這件醜聞，大眾要求市長辭職。

22 slogan
[ˈsloɡən]

n. [C] 口號，標語 [同] tag line

▲The **slogan** of that political party is "From the cradle to the grave." 那個政黨的口號是：「照顧你的一生」。

23 technological
[ˌtɛknəˈlɑdʒɪkl̩]

adj. 科技的

▲The **technological** development in the past decade has totally changed the way people communicate.
過去十年的科技發展完全改變了人們溝通的方式。

24 troublesome
[ˈtrʌbl̩səm]

adj. 令人討厭的，棘手的 [同] annoying

▲The **troublesome** boy from the house next door almost drove us crazy. 隔壁家那位討人厭的男孩快把我們逼瘋了。

25 vegetarian
[ˌvɛdʒəˈtɛrɪən]

n. [C] 素食者

▲Betty chose to be a **vegetarian** for the sake of her health as well as the environment.
Betty 選擇做素食者是為了自己的健康和自然環境著想。

Unit 32

1 ambiguous
[æmˈbɪɡjʊəs]

adj. 模稜兩可的

▲The **ambiguous** statement caused misunderstanding.
這個模稜兩可的聲明造成誤解。

2 ballet
[bæˈle]

n. [U] 芭蕾舞

▲The audience was fascinated by the graceful movements of the **ballet** dancer. 觀眾被這位芭蕾舞者的優雅動作所吸引。

3 **bounce**

[baʊns]

v. 彈起，彈跳

▲The ball **bounced** over the wall. 球彈出牆外。

bounce

[baʊns]

n. [C] 彈跳 (pl. bounces)

▲The infielder tried to catch the ball on the first **bounce**.

內野手試著要在球第一次跳起時接住。

---

4 **circulate**

[ˋsɝkjəˌlet]

v. 循環 <through> [同] flow

▲Exercise helps to get blood **circulating through** the body.

運動幫助血液在體內循環。

---

5 **convenience**

[kənˋvinjəns]

n. [U] 便利，方便

▲The **convenience of** online shopping makes it possible for us to buy anything without going out.

網路購物的便利性使我們不用外出就能買東西。

💡convenience store 便利商店

---

6 **creep**

[krip]

v. 緩慢行進，悄悄移動 (crept | crept | creeping)

▲A thief **crept into** the hospital and stole valuable belongings from several patients.

一個小偷躡手躡腳地從醫院裡偷走了幾個病人的貴重物品。

---

7 **disadvantage**

[ˌdɪsədˋvæntɪdʒ]

n. [C][U] 劣勢，不利因素 [反] advantage

▲It is a **disadvantage** to be unable to speak English nowadays. 現今不會說英語很吃虧。

disadvantage

[ˌdɪsədˋvæntɪdʒ]

v. 使處於劣勢，使處於不利地位

▲It is said this rule could **disadvantage** the indigenous people. 據說這項條例可能使原住民處於不利地位。

---

8 **divine**

[dɪˋvaɪn]

adj. 神的，神聖的 (diviner | divinest)

▲The fan regards her idol as a **divine** being.

這位粉絲把她的偶像神化了。

---

9 **feast**

[fist]

n. [C] 盛宴 [同] banquet

▲All the family members got together and had a **feast** to celebrate their parents' 50th wedding anniversary.

所有家庭成員團聚享用大餐來慶祝父母五十週年結婚紀念日。

feast [fist]	v. 盡情享用 <on> ▲We **feasted on** food and wine on Chinese New Year's Eve. 我們在除夕夜盡情享用食物和酒。
10 **finance** [`faɪnæns]	n. [C][U] 財務，財源 ▲Illness and unemployment cause unbearable strain on Bill's **finances**. 生病和失業造成 Bill 難以承擔的財務壓力。
finance [`faɪnæns]	v. 提供資金 [同] fund ▲The boy was grateful that his grandfather **financed** his education. 這位男孩非常感謝他的祖父資助他教育經費。
11 **glorious** [`glorɪəs]	adj. 光榮的 ▲After the athlete won a gold medal in the Olympic Games, he returned home with a **glorious** victory. 在贏得奧運金牌後，這名運動員帶著光榮的勝利返鄉。
12 **herd** [hɝd]	n. [C] 獸群 ▲In the video, **a herd of** elephants is crossing the river. 在這影片中有一群大象正在過河。
herd [hɝd]	v. 放牧，將…趕成一群 ▲It's amazing that the shepherd dog can **herd** the sheep. 這牧羊犬能趕羊真是令人驚奇。
13 **hurricane** [`hɝɪ͵ken]	n. [C] (尤指大西洋的) 颶風 ▲A **hurricane** is a destructive storm which forms in the Atlantic Ocean. 颶風是在大西洋形成的具有破壞力的暴風。
14 **interruption** [͵ɪntə`rʌpʃən]	n. [C][U] 中斷，打斷 ▲The president spoke for 30 minutes without **interruption** at the opening ceremony. 總裁在開幕式中不間斷地講了三十分鐘的話。
15 **loyalty** [`lɔɪəltɪ]	n. [U] 忠誠，忠實 <to> ▲The admiral's **loyalty to** his country has never been doubted. 這位海軍上將對國家的忠誠從來都是無庸置疑。

16 memorize

[ˋmɛməˏraɪz]

v. 熟記

▲The teacher told the students to **memorize** the new words in class. 在課堂上，老師請學生把新單字背起來。

---

17 obedient

[oˋbidɪənt]

adj. 服從的 <to> [反] disobedient

▲The students are supposed to be **obedient to** their teachers. 學生應該服從師長。

obediently

[oˋbidɪəntlɪ]

adv. 服從地

▲The dog obeyed its master's orders **obediently**.

這隻狗馴服地聽從主人的命令。

---

18 persuasion

[pɚˋsweʒən]

n. [U] 說服，勸服

▲It took a lot of **persuasion** to make Nelson change his mind. 花了好大的功夫來說服 Nelson 改變心意。

---

19 plum

[plʌm]

n. [C] 李子；梅子

▲Mike grows a **plum** tree. Mike 種了一棵李子樹。

---

20 repetition

[ˏrɛpɪˋtɪʃən]

n. [C][U] 重複

▲The teacher asked Justin to revise his essay because of some unnecessary **repetition**.

老師要 Justin 修改他的文章，因為一些不必要的重複。

---

21 respectful

[rɪˋspɛktfəl]

adj. 恭敬的 <to, of> [反] disrespectful

▲Tony is **respectful to** his elders. Tony 尊敬長輩。

respectfully

[rɪˋspɛktfəlɪ]

adv. 恭敬地

▲Simon talked **respectfully** to the great scholar.

Simon 恭敬地和那位偉大的學者說話。

---

22 socket

[ˋsɑkɪt]

n. [C] (電源) 插座 [同] outlet

▲The mother warned her children not to put their fingers into **electric sockets**.

這位母親警告她的孩子們不要把手指伸進電插座中。

---

23 telescope

[ˋtɛləˏskop]

n. [C] 望遠鏡

▲Amber looked at Halley's Comet through a **telescope**.

Amber 用望遠鏡來觀看哈雷彗星。

24 twig

[twɪg]

n. [C] 細枝 [同] branch, stick

▲The campers collected some dry **twigs** to make a fire.

露營者撿一些乾的細枝來生火。

25 vital

[`vaɪtl̩]

adj. 重要的 <to> [同] crucial；維生的

▲Your help is **vital to** the program.

你的幫助對這個計畫極為重要。

▲The heart is a **vital** organ. 心臟是維生的器官。

Unit 33

1 ambitious

[æm`bɪʃəs]

adj. 野心勃勃的，有抱負的 <for>

▲The **ambitious** young man wants to establish his own business. 那位有雄心的年輕人想要建立自己的事業。

2 bandage

[`bændɪdʒ]

n. [C][U] 繃帶 <on, around>

▲The nurse wrapped a **bandage around** my injured arm.

護士在我受傷的手臂上纏上繃帶。

bandage

[`bændɪdʒ]

v. 用繃帶包紮

▲Teresa cleaned the wound and **bandaged** it **up**.

Teresa 清潔傷口，並用繃帶包紮。

3 calculate

[`kælkjə,let]

v. 計算 [同] work out

▲I am **calculating** how much tax I should pay this year.

我正在計算我今年要繳多少稅金。

4 clash

[klæʃ]

n. [C] 衝突，打鬥 [同] fight

▲There were violent **clashes** between the police and the protesters today. 今天警方跟抗議者之間發生了嚴重的衝突。

clash

[klæʃ]

v. 衝突，打鬥 <with> [同] fight

▲The residents **clashed with** the police over whether to tear down the old church. 居民為了是否拆除舊教堂而與警方起衝突。

5 **converse**
[kən`vɝs]

v. 交談，談話 <with> [同] talk

▲Louis speaks French only, and I speak English only, so it is difficult for me to **converse with** him.
Louis 只會說法文而我只會說英文，因此我很難跟他交談。

---

6 **critic**
[`krɪtɪk]

n. [C] 評論家 [同] reviewer

▲The movie was praised by the film **critics**.
這部影片頗受影評家讚賞。

---

7 **disgust**
[dɪs`gʌst]

n. [U] 反感，厭惡 <at> [同] dislike

▲People expressed their **disgust at** the government's new tax policy. 人們對政府的新稅法表示反感。

disgust
[dɪs`gʌst]

v. 使作嘔，使厭惡

▲The thought of people spitting on the sidewalk **disgusted** me. 一想到人們在人行道上吐痰就令我作嘔。

disgusted
[dɪs`gʌstɪd]

adj. 厭惡的，反感的 <with>

▲I was **disgusted with** Helen's behavior.
我非常不喜歡 Helen 的行為。

disgusting
[dɪs`gʌstɪŋ]

adj. 令人作嘔的 [同] revolting

▲Terry's room is **disgusting**. There are dirty clothes and used tissues everywhere.
Terry 的房間令人作嘔，到處都是髒衣服和用過的衛生紙。

---

8 **divorce**
[dɪ`vors]

n. [C][U] 離婚

▲To avoid paying for her husband's debts, the wife filed for a **divorce**. 為了避免替她丈夫還債，這名妻子訴請離婚。

💡get a divorce 獲准離婚 | divorce rate 離婚率

divorce
[dɪ`vors]

v. 和…離婚

▲Sunny decided to **divorce** her husband.
Sunny 決定和她的丈夫離婚。

---

9 **fertile**
[`fɝtl̩]

adj. 肥沃的 [反] infertile

▲In this country, most **fertile** farmland, which produces the majority of crops, is located in the west.
在這國家，大部分肥沃的田地都位於西部，生產大多數的穀物。

10 **flee**	v. 逃跑，逃離 <from> [同] escape, run away
[fli]	(fled｜fled｜fleeing)
	▲ The criminal tried to **flee** the country but was stopped at the harbor. 那罪犯試圖逃亡到海外，但在港口被攔下。

11 **gown**	n. [C] 禮服；長袍 [同] robe
[gaʊn]	▲ The bride wore a beautiful wedding **gown**. 新娘穿了件漂亮的結婚禮服。
	▲ The students in **graduation gown** are taking selfies. 這些穿著學士服的學生們正在自拍。

12 **hook**	n. [C] 掛鉤
[hʊk]	▲ Hang your coat on the **hook** behind the door. 把你的大衣掛在門後的掛鉤上。
hook	v. (用鉤子) 鉤住
[hʊk]	▲ Luckily, the fisherman **hooked** a big salmon within an hour. 幸運地，這漁夫一小時內就釣到一條大鮭魚。
hooked	adj. 著迷的 <on>
[hʊkt]	▲ Tom is completely **hooked on** video games. Tom 沉迷於電玩。

13 **hush**	n. [sing.] (突然的) 寂靜
[hʌʃ]	▲ A **hush** descended over the classroom when the students saw their teacher. 當學生看到老師時，教室頓時變得鴉雀無聲。
hush	v. 使安靜
[hʌʃ]	▲ The tired mother was trying to **hush** her crying baby but in vain. 這疲累的母親試著哄啼哭的嬰孩安靜下來，但卻徒勞無功。

14 **isolate**	v. 使隔離 <from>
[`aɪsl̩ˌet]	▲ The child with an infectious disease was **isolated from** other people. 這個患有傳染病的孩童與其他人隔離開來。
isolated	adj. 孤立的，孤獨的
[`aɪsl̩ˌetɪd]	▲ Peter leads an **isolated** life. Peter 過著與世隔絕的生活。

Level 4

15 luxury

[ˋlʌkʃərɪ]

n. [U] 奢侈，奢華 [同] extravagance

▲The wealthy man **lives in luxury** in the mansion.
這位富人在豪宅裡過著奢華的生活。

16 mercy

[ˋmɝsɪ]

n. [U] 仁慈，寬恕 <on> [同] humanity

▲Sandy asked the judge to have **mercy on** her father.
Sandy 請法官對她的父親給予寬恕。

💡at the mercy of... 任由…擺布 | without mercy 毫無憐憫心地

17 obstacle

[ˋɑbstəkl̩]

n. [C] 阻礙 <to> [同] hindrance

▲Leo's fear of water is his major **obstacle to** becoming a sailor. Leo 對水的恐懼是他當船員的最大阻礙。

18 pest

[pɛst]

n. [C] 害蟲

▲Flies and rats are common **pests**. 蒼蠅和老鼠是常見的害蟲。

pesticide

[ˋpɛstəˌsaɪd]

n. [C][U] 殺蟲劑

▲The overuse of **pesticide** will pollute the environment.
過度使用殺蟲劑會汙染環境。

19 plumber

[ˋplʌmɚ]

n. [C] 水管工人

▲The toilet is out of order. I'm going to have a **plumber** fix it.
這馬桶故障了。我要找個水管工人來維修。

20 rescue

[ˋrɛskju]

n. [C][U] 救援

▲The **rescue** of the surviving passengers in the plane crash started immediately. 救援墜機存活乘客的行動即刻開始。

💡come to sb's rescue 解救…

rescue

[ˋrɛskju]

v. 拯救，救出 <from> [同] save

▲The firefighters **rescued** the baby **from** the burning building. 消防隊員把嬰兒從失火的大樓中救出來。

21 restore

[rɪˋstor]

v. 恢復

▲The mayor is trying to **restore** people's confidence in the city government. 市長正設法恢復民眾對市政府的信心。

22 spade

[sped]

n. [C] 鏟子

▲ The child is digging in the sand with a **spade**.

這孩童用鏟子在挖沙。

23 thorough

[ˈθɝo]

adj. 徹底的，完全的

▲ The detective is making a **thorough** search of the house.

這名偵探正在對房子做徹底的搜查。

thoroughly

[ˈθɝolɪ]

adv. 徹底地

▲ We've cleaned our house **thoroughly** this afternoon.

今天下午我們徹底地清掃了我們的房子。

24 vain

[ven]

adj. 徒勞的，白費的 [同] useless

▲ The butterfly made a **vain** attempt to escape from the spider web. 那隻蝴蝶嘗試從蜘蛛網逃走，但失敗了。

💡 in vain 徒勞無功

25 voyage

[ˈvɔɪɪdʒ]

n. [C] 航海，航行

▲ The pirates **made a voyage** from Ireland to Iceland.

海盜們從愛爾蘭航海至冰島。

💡 bon voyage 一路順風

voyage

[ˈvɔɪɪdʒ]

v. 航行

▲ The adventurer planned to **voyage** through the Atlantic Ocean. 這位冒險家計劃航行穿越大西洋。

Unit 34

1 amuse

[əˈmjuz]

v. 使開心，逗人笑 [同] entertain

▲ The teacher's funny joke **amused** all his students.

老師好笑的笑話讓所有學生都笑了。

amusement

[əˈmjuzmənt]

n. [U] 快樂，開心 <in, with>

▲ These children are playing **with amusement** in the park.

這些小孩在公園裡快樂地玩著。

💡 to sb's amusement 令…感到好笑的是

amused

[əˋmjuzd]

adj. 逗樂的，覺得好笑的 <at, by>

▲Iris was **amused at** Billy's idea in class.

在課堂上，Iris 被 Billy 的想法逗笑了。

amusing

[əˋmjuzɪŋ]

adj. 引人發笑的，好笑的

▲Peter made us laugh with an **amusing** joke.

Peter 用好笑的笑話逗我們笑。

2 **basin**

[ˋbesn̩]

n. [C] 洗臉盆；一盆 (的量)

▲The bathroom is equipped with a **basin**, a shower, and a toilet. 這間浴室備有洗臉盆、淋浴間和馬桶。

▲After Sam cleaned his hands, he poured the **basin** of water over the lawn. Sam 洗完手後，他把這盆水潑在草地上。

3 **calculation**

[ˌkælkjəˋleʃən]

n. [C][U] 計算

▲Leo made some rapid **calculations** and told the clerk the bill was wrong. Leo 很快做了計算，然後告訴店員帳單是錯誤的。

4 **classify**

[ˋklæsəˌfaɪ]

v. 把…分類

▲The books on the shelves are **classified** according to subject. 書架上的書是根據學科分類的。

5 **correspond**

[ˌkɔrəˋspɑnd]

v. 相當於 <to> [同] agree, tally；通信 <with>

▲The British prime minister, who **corresponds to** the president of the United States, is chosen by a general election. 英國總理，相當於美國總統，是由普選產生。

▲Sarah has been **corresponding with** George for many years. Sarah 與 George 通信多年。

6 **crunchy**

[ˋkrʌntʃɪ]

adj. 鬆脆的，鮮脆的 (crunchier｜crunchiest)

▲The mixed salad is fresh and **crunchy**.

這什錦沙拉新鮮又鬆脆。

crunch

[krʌntʃ]

v. (發出嘎吱聲地) 咀嚼 <on> [同] munch, chomp

▲The dog is **crunching on** the bone we gave him.

這隻狗正嘎吱嘎吱地啃著我們給牠的骨頭。

crunch

[krʌntʃ]

n. [C] (咀嚼、踩踏發出的) 嘎吱聲 (usu. sing.)

▲I heard the **crunch** of my feet on the gravel trail.

我聽到我踩在碎石小徑上發出的嘎吱聲。

---

7 **disturb**

[dɪ`stɝb]

v. 打擾，干擾

▲I could not concentrate because the loud music kept **disturbing** me. 我無法專注，因為那震耳欲聾的音樂一直打擾到我。

---

8 **dodge**

[dɑdʒ]

v. 閃躲；躲避 [同] evade

▲The boxer **dodged** the blow swiftly.

拳擊手快速地閃開了這一拳。

▲Sometimes you can **dodge** an embarrassing question by asking another one.

有時候你可以藉由詢問另一個問題來迴避令你尷尬的問題。

dodge

[dɑdʒ]

n. [C] 逃避的妙招

▲The company keeps investing in real estate as a **tax dodge**. 這間公司持續投資房地產來避稅。

💡 dodge ball 躲避球；躲避球遊戲

---

9 **fierce**

[fɪrs]

adj. 凶猛的 [同] ferocious (fiercer | fiercest)

▲The gladiator had a bitter fight with a **fierce** lion.

這個角鬥士和一頭凶猛的獅子有一場苦戰。

fiercely

[`fɪrslɪ]

adv. 激烈地

▲The competition is **fiercely** competitive. 這場比賽競爭激烈。

---

10 **fluent**

[`fluənt]

adj. (語言) 流利的 <in>

▲Brian has a talent for language and is **fluent in** six languages. Brian 有語言天分，能把六種語言說得很流利。

fluently

[`fluəntlɪ]

adv. 流利地

▲People who speak more than one language **fluently** process information more easily than those who know only one language. 能夠流利地說一種以上語言的人比那些只會說一種語言的人更容易處理資訊。

11 **graceful**

[`gresfəl]

adj. 優雅的 [同] elegant

▲The ballerina amazes people with her **graceful** dance.
這位芭蕾舞者優雅的舞姿讓大家驚豔。

12 **hydrogen**

[`haɪdrədʒən]

n. [U] 氫

▲In chemistry, water is a compound of **hydrogen** and oxygen. 就化學而言，水是氫氧化合物。

13 **illustration**

[,ɪləs`treʃən]

n. [C] 例子 [同] example, instance；插圖 [同] picture

▲The tide is an **illustration** of how the earth and the moon interact. 潮汐是地球與月球互動的例子。

▲The book has many **color illustrations**.
這本書有許多彩色插圖。

💡by way of illustration 透過例證

14 **jealousy**

[`dʒɛləsɪ]

n. [C][U] 嫉妒 [同] envy (pl. jealousies)

▲Kevin broke his younger brother's toy on purpose **out of jealousy**. Kevin 出於嫉妒而故意弄壞弟弟的玩具。

15 **mechanical**

[mə`kænɪkl̩]

adj. 機械的

▲The plane crash was caused by a **mechanical** problem.
這架飛機墜毀是起因於機械問題。

mechanically

[mə`kænɪkəlɪ]

adv. 機械化地，習慣性地

▲The workers **mechanically** completed their tasks.
工作人員機械化地完成了他們的任務。

16 **mere**

[mɪr]

adj. 僅僅的

▲**Mere** words won't work. It's time for action!
光說不練沒有用。該採取行動了！

merely

[`mɪrlɪ]

adv. 僅僅，只 [同] only

▲Tommy **merely** wanted to please his wife.
Tommy 只是想讓他的妻子高興。

17 **offend**

[ə`fɛnd]

v. 冒犯，得罪

▲I am sorry if I have **offended** you. 如有冒犯之處，尚請見諒。

18 physician
[fə`zıʃən]

| n. | [C] (尤指內科) 醫師

▲The alternative therapy is recommended by a **physician**.
這項替代性療法由一位醫師推薦。

19 poisonous
[`pɔɪzənəs]

| adj. | 有毒的 [同] toxic

▲The farmer was bitten by a **poisonous** snake on the calf.
這個農夫被毒蛇咬到小腿。

20 resolve
[rɪ`zɑlv]

| v. | 決定，決心；解決 [同] solve, settle

▲After careful consideration, the witness **resolved** to tell the truth. 仔細考慮後，這位證人決定說實話。

▲The European Union was desperate to **resolve** this country's financial crisis. 歐盟急於解決這國家經濟危機。

resolve
[rɪ`zɑlv]

| n. | [U] 決心 [同] resolution

▲These challenges strengthened Lisa's **resolve** to realize her dream. 這些挑戰讓 Lisa 更加堅定去實現夢想。

21 retire
[rɪ`taɪr]

| v. | 退休

▲Alex is going to **retire** at the age of sixty.
Alex 將在六十歲退休。

retirement
[rɪ`taɪrmənt]

| n. | [C][U] 退休

▲After his **retirement**, Sam will devote himself to gardening.
退休後，Sam 將全心蒔花養卉。

retired
[rɪ`taɪrd]

| adj. | 退休的

▲William is a **retired** captain. He now has an easy life.
William 是一位退休的船長。他現在過著安逸舒適的生活。

22 sprinkle
[`sprɪŋkl̩]

| v. | 撒，灑 <on, over>

▲The waiter **sprinkled** some cheese **on** the pizza.
服務生在披薩上撒了些起司。

sprinkle
[`sprɪŋkl̩]

| n. | [sing.] 少量

▲I like to put a **sprinkle** of cinnamon on my latte.
我喜歡在我的拿鐵上撒少量肉桂。

Level 4

sprinkler

[`sprɪŋklə]

n. [C] 灑水器

▲The **sprinkler** doesn't work. We need someone to fix it.

灑水器壞了。我們需要有人修理它。

23 **thoughtful**

[`θɔtfəl]

adj. 體貼的 [同] considerate, kind

▲It was **thoughtful of** you to give me a ride home.

你載我回家真是體貼。

24 **virtue**

[`vɝtʃʊ]

n. [C][U] 美德 [反] vice；優點 [同] advantage, merit

▲Honesty is one of my younger sister's **virtues**.

誠實是我妹妹的美德之一。

▲A great **virtue** of the project is that it doesn't cost much.

此計畫的一大優點在於花費不大。

💡Virtue is its own reward. 【諺】為善最樂。

25 **witness**

[`wɪtnɪs]

n. [C] 目擊者 <to>

▲The only **witness to** the accident was taken to the police station to make a statement about what had happened.

那起事故的唯一目擊者被帶到警察局做筆錄，說明發生了什麼事。

witness

[`wɪtnɪs]

v. 目睹

▲We have **witnessed** remarkable advances in technology over the last fifty years. 近五十年來我們目睹了科技卓越的發展。

Unit 35

1 **annoy**

[ə`nɔɪ]

v. 使惱怒 [同] irritate

▲What **annoyed** Sandy most was that no one showed respect for her. 最惹惱 Sandy 的是沒有人尊重她。

annoying

[ə`nɔɪɪŋ]

adj. 使惱怒的 [同] irritating

▲It's **annoying** that my neighbor keeps making a lot of noise late at night. 我的鄰居在深夜持續製造許多噪音，令人很惱火。

| 2 | **beggar** | n. [C] 乞丐 |
| | [ˋbɛgɚ] | ▲Owing to the recession, the number of **beggars** on the streets is increasing. 由於經濟衰退，流落街道的乞丐人數不斷增加。 |

| 3 | **calorie** | n. [C] 卡路里 (pl. calories) |
| | [ˋkælərɪ] | ▲**Counting calories** is a good way to lose weight. 計算卡路里是減重的一種好方法。 |

4	**claw**	n. [C] 爪；螯
	[klɔ]	▲The cat is sharpening its **claws** on the carpet. 貓正在地毯上磨爪子。
		▲Watch out for the **claws** of the crab. 小心這螃蟹的螯。
	claw	v. 用爪子抓
	[klɔ]	▲The puppy **clawed** at the toy. 小狗用爪子抓玩具。

| 5 | **costume** | n. [C][U] (尤指娛樂活動的) 服裝 |
| | [ˋkɑstjum] | ▲Lily's witch **costume** caught many people's attention. Lily 的巫婆服裝吸引了很多人的注意。 |

6	**crush**	n. [C] (短暫的) 迷戀 <on>
	[krʌʃ]	▲Peter has a **crush on** Rita, the most beautiful girl at school. Peter 迷戀全校最漂亮的女生 Rita。
	crush	v. 壓碎，壓扁
	[krʌʃ]	▲The car accident not only **crushed** my legs but also my dream of becoming a dancer. 這起車禍不只壓碎我的腿，也讓我成為舞者的夢想破滅。

| 7 | **dominate** | v. 主宰，支配 |
| | [ˋdɑməˌnet] | ▲The aggressive basketball team almost **dominates** every game. 這支志在必得的籃球隊幾乎主宰每一場球賽。 |

8	**draft**	n. [C] 草稿
	[dræft]	▲Emily **has made the first draft of** her thesis. Emily 擬了一份論文的初稿。
	draft	v. 打草稿
	[dræft]	▲The secretary is **drafting a speech for** the company's president. 祕書正在為公司的董事長擬演講稿。

Level 4

9 **fireplace**

[ˋfaɪrˌples]

n. [C] 壁爐

▲Howard didn't turn on the light, and the living room was only lit by a warm glow from the **fireplace**.

Howard 沒有開燈，客廳裡只有壁爐發出的溫暖柔和光線。

10 **fortunate**

[ˋfɔrtʃənɪt]

adj. 好運的 [同] lucky [反] unfortunate

▲I **am fortunate enough to** have good health and a steady job. 我很幸運有好的健康和穩定的工作。

▲**It is fortunate that** Sarah is surrounded by supportive friends and family. Sarah 很幸運有支持她的朋友與家人。

fortunately

[ˋfɔrtʃənɪtlɪ]

adv. 幸運地 [同] luckily [反] unfortunately

▲**Fortunately**, the weather cleared up. 幸好天氣轉晴了。

11 **gracious**

[ˋgreʃəs]

adj. 親切的

▲The mayor was **gracious** enough to attend our garden party. 市長非常親切地參與我們的園遊會。

12 **identification**

[aɪˌdɛntəfəˋkeʃən]

n. [U] 辨認 (abbr. ID)

▲Without the aid of DNA testing, the **identification** of the crash victims would be extremely difficult. 沒有去氧核醣核酸 (DNA) 檢驗的幫助，辨認墜機意外傷亡者會相當困難。

13 **imitate**

[ˋɪməˌtet]

v. 模仿 [同] mimic

▲Nelson likes to **imitate** the teacher to make his classmates laugh. Nelson 常模仿老師來引同學發笑。

14 **kettle**

[ˋkɛtḷ]

n. [C] 水壺

▲Ethan **put the kettle on** as soon as he got home.

Ethan 一到家就馬上燒開水。

15 **merchant**

[ˋmɝtʃənt]

n. [C] 商人

▲The **merchant** made a fortune by selling antiques.

這位商人藉由販賣古董發財。

16 **messy**

[ˋmɛsɪ]

adj. 凌亂的 [同] chaotic；棘手的 (messier | messiest)

▲Iris spent the whole weekend tidying up the **messy** room.

Iris 花了整個週末來清理這個凌亂的房間。

▲It takes patience and courage to deal with the **messy** business. 要處理這個棘手的事需要耐心和勇氣。

17 **offensive** [ə`fɛnsɪv]	adj.	冒犯的，令人不愉快的 [反] inoffensive

▲Teresa was angry about Jack's **offensive** remarks.
Teresa 對 Jack 冒犯的言詞感到生氣。

offensively [ə`fɛnsɪvlɪ]
adv. 無禮地
▲Edison spoke **offensively** about his family yesterday.
Edison 昨天無禮地談論他的家人。

18 **physics** [`fɪzɪks]
n. [U] 物理學
▲Since I am greatly interested in science, I will major in **physics** at college.
因為我對科學有強烈的興趣，我將在大學主修物理學。

19 **prediction** [prɪ`dɪkʃən]
n. [C][U] 預測
▲The experts made a **prediction** that the economy will improve next year. 專家預測明年經濟會好轉。

20 **respectable** [rɪ`spɛktəbl̩]
adj. 可敬的，值得尊敬的
▲Although the priest is very poor, he is a **respectable** person. 雖然這位牧師很窮，但他是個可敬的人。

respectably [rɪ`spɛktəblɪ]
adv. 得體地
▲A public figure must behave **respectably** in public.
一位公眾人物在大庭廣眾下必須行為得體。

21 **revolutionary** [ˌrɛvə`luʃənˌɛrɪ]
adj. 革命性的
▲The computer was **a revolutionary invention** in the 20th century. 電腦是二十世紀一項革命性的發明。

revolutionary [ˌrɛvə`luʃənˌɛrɪ]
n. [C] 革命者 (pl. revolutionaries)
▲Bill is a radical **revolutionary** in the country.
Bill 是這國家激進的革命者。

22 **statistic** [stə`tɪstɪk]
n. [C] (一項) 統計數據；[pl.] 統計資料 (～s)
▲The most shocking **statistic** is the high crime rate in the city. 最讓人震驚的統計數據是這座城市的高犯罪率。

▲Some argue that the unofficial **statistics** lack credibility.

有些人質疑這個非官方的統計資料缺乏可靠性。

💡become a statistic 成為交通事故的數據 (死於交通事故)

---

23 **tolerance**
['tɑlərəns]

n. [U] 容忍 <of, toward> [反] intolerance

▲**Tolerance of** different opinions should be encouraged in a democratic country.

在民主國家中，應該鼓勵大家包容不同的意見。

---

24 **waken**
['wekən]

v. 喚醒，弄醒

▲All of us were **wakened** by the earthquake.

我們全被地震給弄醒了。

---

25 **workplace**
['wɝk,ples]

n. [sing.] 工作場所 (the ～)

▲Earning a good profit this year, the boss promised to improve the facilities **in the workplace**.

由於今年的獲利不錯，老闆承諾要改善工作場所的設施。

Unit 36

1 **accompany**
[ə'kʌmpənɪ]

v. 陪同 [同] go with；伴隨

▲**Dora** is **accompanied** by her grandmother to go to school every day. Dora 每天由她的祖母陪同去上學。

▲Lightning always **accompanies** thunder.

閃電與打雷總是一起出現。

---

2 **apology**
[ə'pɑlədʒɪ]

n. [C][U] 道歉 <to, for> (pl. apologies)

▲The manager made a sincere **apology to** the customers **for** the inconvenience. 經理為造成不便而向顧客誠摯道歉。

---

3 **bin**
[bɪn]

n. [C] 垃圾桶

▲Please help me throw it in the **bin**. 請幫我把它扔進垃圾桶。

4 candidate

[ˋkændə,det]

   n. [C] 候選人 \<for>

▲Gloria is one of the **leading candidates for** the mayor.

Gloria 是競選市長的主要候選人之一。

---

5 commander

[kəˋmændɚ]

   n. [C] 指揮官

▲Jennifer was a flight **commander** when she was 40 years old. Jennifer 四十歲時是飛行指揮官。

---

6 counter

[ˋkaʊntɚ]

   n. [C] 櫃臺

▲The customer put his items on the **counter** and waited patiently for the cashier to scan them.

這位顧客把物品放在櫃臺上，並耐心等待收銀員掃描它們。

💡 over the counter (尤指買藥時) 不憑處方箋｜

under the counter 祕密地，暗地裡

counter

[ˋkaʊntɚ]

   v. 反駁

▲Grace's brother accused her of breaking the window, but she **countered** that he was the one to blame.

Grace 的弟弟指控她打破窗戶，但她反駁說該受責備的是他。

counter

[ˋkaʊntɚ]

   adj. 相反的

counter

[ˋkaʊntɚ]

   adv. 相反地 \<to>

▲David's action runs **counter to** his words. David 的言行不一。

---

7 cube

[kjub]

   n. [C] 立方體，立方形的東西

▲Sam cut a box of tofu into eight **cubes** and then deep-fried them in the wok. Sam 把一盒豆腐切成八塊，然後放進鍋內油炸。

💡 ice/sugar cube 冰塊／方糖

cube

[kjub]

   v. 將 (食物) 切丁

▲The first step in making the soup is to **cube** the potatoes and carrots. 做這道湯的第一步就是把馬鈴薯和胡蘿蔔切丁。

---

8 dread

[drɛd]

   n. [U] 害怕，恐懼 [同] fear

▲The thought of catching a flight fills me with **dread**.

想到要搭飛機就讓我非常地恐懼。

dread

[drɛd]

v. 害怕，恐懼 [同] fear

▲Most people **dread** making speeches in public.
大部分的人害怕公開演講。

---

9 **drift**

[drɪft]

v. 漂流；無意間發生 <into>

▲The boat **drifted** quickly downstream. 船快速地順流而下。

▲The famous Hollywood actor claimed that he just **drifted into** acting. 這位知名的好萊塢演員聲稱他踏入演戲純屬偶然。

drift

[drɪft]

n. [C][U] 水流

▲The **drift** of this current is to the east. 這道海流流向東方。

---

10 **flatter**

[`flætɚ]

v. 奉承，諂媚

▲Ken **flattered** Linda by praising her beautiful face.
Ken 誇獎 Linda 漂亮的臉蛋來奉承她。

💡flatter oneself 自命不凡，自視甚高 | feel flattered 感到榮幸

flattery

[`flætərɪ]

n. [U] 奉承

▲There must be something underneath Nina's **flattery**.
Nina 的恭維話裡一定藏有某些用意。

---

11 **frustrate**

[`frʌstret]

v. 使灰心，使氣餒

▲It **frustrated** me that I was rejected by the university.
我沒被這所大學錄取讓我很氣餒。

frustrated

[`frʌstretɪd]

adj. 受挫的，沮喪的 <at, with>

▲Ian was **frustrated at** his colleague's refusal to help him with the project. Ian 對於他同事拒絕幫助他做這個企劃案而感到受挫。

frustrating

[`frʌstretɪŋ]

adj. 令人氣餒的

▲It's **frustrating** to talk to Stanley because he never listens.
跟 Stanley 說話令人氣餒，因為他從來都聽不進去。

---

12 **greeting**

[`gritɪŋ]

n. [C][U] 問候，招呼；[pl.] 祝詞 (～s)

▲Jack and Mary **exchanged greetings** and had lunch together. Jack 和 Mary 互相致意後一起吃午餐。

▲We send our **greetings** to our friends and family at Christmas. 我們在耶誕節時給親朋好友送上祝福。

---

13 idiom
['ɪdɪəm]

n. [C] 慣用語，成語

▲An English **idiom** may mean something different from the words that make up the **idiom**.

英文的慣用語可能和組成該慣用語的字面意思有所不同。

14 imply
[ɪm'plaɪ]

v. 暗示 [同] hint

▲John's repeated absences from work **implied** that he didn't like his job. John 屢次曠職暗示了他不喜歡他的工作。

15 kneel
[nil]

v. 跪下 <down> (knelt, kneeled | knelt, kneeled | kneeling)

▲Facing the Wailing Wall in Jerusalem, people **knelt down** and started to say their prayers.

面向耶路撒冷的哭牆，人們跪下開始禱告。

16 microscope
['maɪkrə,skop]

n. [C] 顯微鏡 <under>

▲The scientist examined the blood samples **under the microscope**. 這位科學家用顯微鏡來檢視血液樣本。

17 millionaire
[,mɪljə'nɛr]

n. [C] 百萬富翁

▲The author's first book became a bestseller and made him a **millionaire**.

這位作者的第一本書成為暢銷書，並使他成為百萬富翁。

18 orientation
[,orɪɛn'teʃən]

n. [C][U] (價值觀等) 取向；[U] (新工作或新活動的) 培訓，訓練

▲The company employs their employees without regard to their **political or religious orientation**.

這間公司僱用員工不會考量到他們的政治或宗教取向。

▲All freshmen are required to join the **orientation**.

所有的新生都必須參加新生訓練。

19 postage
['postɪdʒ]

n. [U] 郵資

▲How much **postage** should I pay for this parcel?

這件包裹我應該付多少郵資？

20 pregnancy
['prɛgnənsɪ]

n. [C][U] 懷孕 (pl. pregnancies)

▲Fiona suffered sickness during her first months of **pregnancy**. Fiona 在懷孕初期感到噁心。

21 reunion

[ri`junjən]

n. [C] 團聚，聚會

▲We usually have a family **reunion** on Chinese New Year's Eve. 我們通常在除夕會全家團聚。

22 romance

[ro`mæns]

n. [C] 戀愛史，羅曼史

▲The writer's **romances** with his lovers inspired him to create those great novels.

這位作家與他的愛人們的羅曼史激發他寫出那些偉大的小說。

23 stereo

[`stɛrɪo]

n. [C] 立體音響 (pl. stereos)

▲Tom spent a lot of money on the **stereo** so he could enjoy high-quality music at home.

Tom 花了許多錢買立體音響，以便在家欣賞高品質的音樂。

24 tolerate

[`tɑlə,ret]

v. 容忍 [同] stand, bear

▲Sometimes we have to **tolerate** some inconvenience while traveling in a foreign country.

當在國外旅行時，我們有時候必須容忍一些不便。

25 wink

[wɪŋk]

n. [C] 眨眼

▲Irene's father gave her a **wink** and put a thumb up to show his praise. Irene 的父親向她眨眼睛並對她豎起大拇指表示讚美。

wink

[wɪŋk]

v. 眨眼 <at> [同] blink

▲As I looked at the sky, the stars seemed to **wink at** me mysteriously. 當我看著天空，星星似乎神祕地對我眨眼睛。

Unit 37

1 admirable

[`ædmərəbl]

adj. 值得讚賞的 [同] commendable

▲Teresa's contribution to this community was **admirable**.

Teresa 對這社區的貢獻是值得讚賞的。

2	**applicant**	n. [C] 申請者 <for>
	[ˈæpləkənt]	▲Clare was selected from over 150 **applicants for** the job.
		Clare 在超過一百五十名職務申請者中被選中。

3	**biography**	n. [C][U] 傳記 <of> (pl. biographies)
	[baɪˈɑgrəfɪ]	▲As a classical music lover, the writer spent years gathering information and then writing a **biography of** Mozart.
		身為古典樂愛好者，這位作家花很多年收集資料並寫了莫札特的傳記。

4	**cease**	v. 停止
	[sis]	▲The little boy did not **cease** crying until his mother returned.
		這小男孩直到他的母親回來才停止哭泣。
	cease	n. [U] 停止
	[sis]	▲It looked as if we had walked for days **without cease**.
		我們似乎不停地走了好幾天。

5	**competitor**	n. [C] 參賽者 [同] challenger
	[kəmˈpɛtətɚ]	▲Over 800 **competitors** took part in the race.
		有超過八百位選手參加賽跑。

6	**courageous**	adj. 勇敢的 [同] brave
	[kəˈredʒəs]	▲Harry is the most **courageous** person that I have ever met.
		Harry 是我見過最勇敢的人。

7	**cue**	n. [C] 提示，暗示
	[kju]	▲Our boss's arrival was the **cue** for us to get down to work.
		老闆的到來暗示我們要開始工作。
		💡right on cue 正好在此時｜
		take sb's cue from sb/sth 照…的樣子做…
	cue	v. 給予暗示
	[kju]	▲The conductor **cued** the pianist with a nod of his head.
		這位指揮家向鋼琴家點頭示意。

8	**drowsy**	adj. 昏昏欲睡的 [同] sleepy (drowsier｜drowsiest)
	[ˈdraʊzɪ]	▲The drugs for allergies normally make patients **drowsy**.
		這些治過敏的藥通常讓病人昏昏欲睡。

9 **dusty**

[`dʌstɪ]

adj. 滿是灰塵的 (dustier | dustiest)

▲The house is now **dusty**. Tony needs to make the time to clean up. 屋子現在滿是灰塵。Tony 需要騰出時間打掃乾淨。

10 **flea**

[fli]

n. [C] 跳蚤

▲Stray cats and dogs usually have **fleas**.

流浪貓狗的身上通常有跳蚤。

💡flea market 跳蚤市場

11 **frustration**

[frʌs`treʃən]

n. [C][U] 挫折，沮喪

▲Tom felt a sense of **frustration** when he knew that he had not been promoted.

當 Tom 知道自己沒有獲得升遷時，他覺得有挫折感。

12 **grief**

[grif]

n. [C][U] 悲傷，悲痛

▲Hearing the bad news, the victim's parents were overwhelmed with **grief**.

得知這個壞消息，這名受害者的父母悲痛欲絕。

13 **idle**

[`aɪdl̩]

adj. 懶怠的 [同] lazy；(機器、工廠) 閒置的 (idler | idlest)

▲The **idle** student played the computer games all day long and left his homework undone.

這個懶散的學生打了一整天的電動，把功課擺在一邊。

▲Water shortage has left many factories **idle**.

缺水使得許多工廠停擺。

idle

[`aɪdl̩]

v. 虛度時間 <away>

▲Tina **idled** her time **away** on the Internet. Tina 上網虛度光陰。

14 **indication**

[ˌɪndə`keʃən]

n. [C][U] 指示，暗示 <of>

▲I gave Rosa some flowers as an **indication of** my gratitude. 我送一些花給 Rosa 表示我的感激。

15 **lag**

[læg]

n. [C] 延遲，落差

▲There is always a **time lag** between order and delivery.

訂貨和送貨之間總是有時間的落差。

💡jet lag 時差

lag

[læg]

v. 落後 <behind> (lagged | lagged | lagging)

▲After several hours of walking, Edward began to **lag behind** us. 走了幾個小時之後，Edward 開始落在我們的後面。

---

16 **mill**

[mɪl]

n. [C] 磨坊；工廠 [同] factory

▲There is a **mill** in the village. 這個村莊裡有一間磨坊。

▲My father works in a paper **mill**. 我的父親在一間造紙廠工作。

💡steel mill 造鋼廠｜windmill 風車｜
go through the mill 經歷許多困難

mill

[mɪl]

v. 磨成粉

▲The farmer **milled** wheat into flour. 農夫把小麥磨成麵粉。

miller

[ˋmɪlɚ]

n. [C] 磨坊主人

▲My grandfather used to be a **miller** in his town.
我的祖父在城鎮裡曾經是一位磨坊主人。

---

17 **ministry**

[ˋmɪnɪstrɪ]

n. [C] (政府的) 部 (pl. ministries)

▲**The Ministry of Foreign Affairs** deals with international relationship between our nation and other countries.
外交部是處理我們國家與其他國家之間的國際關係。

💡the Ministry of Education 教育部

---

18 **orphan**

[ˋɔrfən]

n. [C] 孤兒

▲The war destroyed thousands of families and left numerous **orphans**. 這場戰爭摧毀了數千個家庭，留下無數孤兒。

orphan

[ˋɔrfən]

v. 使成為孤兒

▲Wendy was **orphaned** after her parents were killed in a car accident. Wendy 在她父母死於車禍後成為孤兒。

---

19 **pregnant**

[ˋprɛgnənt]

adj. 懷孕的

▲My wife is five months **pregnant**. 我的妻子懷孕五個月。

---

20 **presentation**

[͵prɛzn̩ˋteʃən]

n. [C] 報告，演講 <on>；[U] 外觀，呈現方式

▲The sales manager is giving a brief **presentation on** the product he is promoting. 這業務經理正在為他促銷的產品做簡報。

▲The content of the book is good, but its **presentation** is bad. 這本書的內容很好，但是包裝不佳。

---

21 **revenge**

[rɪˋvɛndʒ]

n. [U] 復仇，報復

▲Henry finally **took** his **revenge on** the people who had murdered his father. Henry 最後向這些人報了殺父之仇。

💡 in revenge for sth 為…復仇

revenge

[rɪˋvɛndʒ]

v. 復仇，報復

▲James **revenged himself on** his neighbor for the insult. James 為他所受的侮辱向他的鄰居報復。

---

22 **sacrifice**

[ˋsækrəˏfaɪs]

n. [C][U] 犧牲

▲Parents often **make sacrifices** to give their children better lives. 父母經常為了給子女好一點的生活而做犧牲。

sacrifice

[ˋsækrəˏfaɪs]

v. 犧牲 <for>

▲Many people **sacrificed** their lives **for** their country in the war. 許多人在戰爭中為他們的國家犧牲性命。

---

23 **stripe**

[straɪp]

n. [C] 條紋

▲Zebras have black and white **stripes**. 斑馬身上有黑白條紋。

💡 horizontal/vertical stripe 橫／直條紋

striped

[straɪpt]

adj. 有條紋的

▲Sam wore a green and white **striped** shirt for his friend's party. Sam 穿著綠白條紋襯衫參加他朋友的派對。

---

24 **torture**

[ˋtɔrtʃɚ]

n. [C][U] 折磨；拷打 <under>

▲Looking at a table full of sweets can be **torture** for one with a toothache. 對一個牙痛的人來說，看著滿桌甜點可以是一種折磨。

▲The soldier revealed classified information to his enemies **under torture**. 士兵在拷問下向敵人洩漏了機密信息。

torture

[ˋtɔrtʃɚ]

v. 使痛苦 <with, by> [同] torment；拷問

▲John was **tortured by** his memories of the war.

戰爭的記憶使 John 很痛苦。

▲The hostages were almost **tortured to death** by the kidnapers. 人質差一點被劫持者拷打致死。

---

25 **wit**

[wɪt]

> n. [U] 幽默風趣；[pl.] 頭腦，機智 (～s)
>
> ▲Ted is a man of **wit**, and thus he is very popular in the office. Ted 是個幽默風趣的人，因此他在辦公室很受歡迎。
>
> ▲**Have your wits about you** while facing trouble.
> 當遇到麻煩時，要保持頭腦冷靜。
>
> 💡at sb's wits' end 束手無策｜
> frighten/scare sb out of sb's wits 把…嚇得魂不附體

Unit 38

1 **admiration**

[͵ædmə`reʃən]

> n. [U] 讚賞，欽佩 <for>
>
> ▲The director has great **admiration for** this actor.
> 導演非常讚賞這名演員。

2 **arch**

[ɑrtʃ]

> n. [C] 拱門
>
> ▲Walking through the **arch**, you will see a beautiful garden.
> 穿越拱門，你就會看到一座美麗的花園。

arch

[ɑrtʃ]

> v. 拱起
>
> ▲When cats get angry, they **arch** their backs and lift up their tails. 當貓生氣時，牠們會拱起背，且豎起牠們的尾巴。

3 **bloom**

[blum]

> n. [C] 花 <in>
>
> ▲The roses in our garden are **in full bloom**.
> 我們花園裡的玫瑰花盛開了。
>
> 💡come into bloom 開始開花

bloom

[blum]

> v. 開花
>
> ▲The lilies are **blooming** early this year. 今年百合花開得早。

4 **chamber**

[`tʃembɚ]

> n. [C] 房間
>
> ▲The witch lives in an underground **chamber**.
> 巫婆住在一個地底的房間裡。

5 **complicate**

[`kɑmplə,ket]

v. 使複雜化

▲The language barrier between the employee and employer **complicated the situation**.

僱員和僱主之間的語言障礙使事情更複雜。

💡To complicate matters further... 讓事情更複雜的是…

complicated

[`kɑmplə,ketɪd]

adj. 複雜的

▲The rules are so **complicated** that I can only remember a few. 這些規定如此複雜以致於我只能記得少數。

6 **courtesy**

[`kɝtəsɪ]

n. [U] 禮貌，禮節 [同] politeness [反] discourtesy

▲I couldn't believe that Carol didn't have the **courtesy** to call me to cancel our appointment.

我不敢相信 Carol 連打電話取消我們約會的禮貌都沒有。

💡courtesy of sb/sth 承蒙…的允許

7 **cunning**

[`kʌnɪŋ]

adj. 狡猾的，奸詐的 [同] crafty, wily

▲Steve is very **cunning** and good at deceiving others.

Steve 非常狡猾，很會欺騙人。

💡as cunning as a fox 像狐狸一樣狡猾

cunning

[`kʌnɪŋ]

n. [U] 狡猾，詭詐

▲David used some **cunning** to get what he wanted.

David 用一些狡猾的手段來獲取他想要得到的東西。

8 **dye**

[daɪ]

n. [C][U] 染料

▲These eggs are being boiled in bright red **dye** to make them red. 這些蛋正在亮紅色的染料中煮好變成紅色。

dye

[daɪ]

v. 給…染色

▲Alex **dyed** his hair green. Alex 將頭髮染成綠色。

9 **economical**

[,ɛkə`nɑmɪkl]

adj. 節儉的，節約的 <of, with> [同] frugal [反] uneconomical

▲My father **is economical with** his money.

我父親對金錢很節儉。

10 **flush**

[flʌʃ]

v. 沖馬桶；臉紅 [同] blush

▲Don't forget to **flush** the toilet after you use it.

上完廁所後別忘了沖馬桶。

▲Amy **flushed** because she was embarrassed by her classmate's flattery.

Amy 臉紅了，因為她同學的恭維令她感到不好意思。

flush

[flʌʃ]

n. [C] 紅暈 [同] blush

▲A **flush** colored Judy's cheeks when Allan asked her out.

當 Allan 約她外出時，Judy 的雙頰泛出紅暈。

11 **funeral**

[ˋfjunərəl]

n. [C] 葬禮

▲When the famous singer died, many of his fans attended his **funeral**. 那位知名歌手辭世時，許多歌迷都去參加他的葬禮。

12 **guardian**

[ˋgɑrdɪən]

n. [C] 保護者 [同] custodian；監護人

▲The United Nations should be a **guardian** of world peace.

聯合國應該是世界和平的守護者。

▲Children are not allowed to watch this film unless their parents or **guardians** accompany them.

孩童不允許看此片，除非有父母或監護人陪同。

13 **idol**

[ˋaɪdl̩]

n. [C] 偶像

▲Young people tend to worship and imitate their **idols**.

年輕人往往崇拜偶像並模仿他們。

14 **inflation**

[ɪnˋfleʃən]

n. [U] 通貨膨脹

▲When **inflation** occurs, people have to pay more for things, but get less in return.

當通貨膨脹發生時，人們買東西必須付更多錢，但得到的反而還變少。

15 **landmark**

[ˋlænd͵mɑrk]

n. [C] 地標

▲The Sydney Opera House is one of Australia's most famous **landmarks**. 雪梨歌劇院是澳洲最著名的地標之一。

16 **miner**

[ˋmaɪnɚ]

n. [C] 礦工

▲Three **miners** have been trapped underground for a week.

有三名礦工已經被困在地底下一個星期了。

17 **mischief**

[ˋmɪstʃɪf]

n. [U] 惡作劇，淘氣

▲The teacher will not allow any **mischief** in her class.

這位老師不允許課堂上發生任何惡作劇的行為。

💡make mischief 挑撥離間｜get into mischief 調皮搗蛋｜keep sb out of mischief 阻止…搗蛋

---

18 oval

[`ovl̩]

adj. 橢圓形的，卵形的

▲There is an **oval** mirror on the wall. 牆上有面橢圓形的鏡子。

oval

[`ovl̩]

n. [C] 橢圓形

▲We found several rocks in the shape of **ovals** on the beach. 我們在海灘上找到了幾顆橢圓形的石子。

---

19 preservation

[ˌprɛzɚ`veʃən]

n. [U] 維護，保護

▲The local government is in charge of the **preservation** of the old temple. 地方政府負責維護這座古廟。

---

20 priority

[praɪ`ɔrətɪ]

n. [C][U] 優先事項 (pl. priorities)

▲Some people think that environmental protection should **take priority over** economic development.

有些人認為環境保護應較經濟發展為優先。

💡take priority over... 優先於…

---

21 revision

[rɪ`vɪʒən]

n. [C][U] 修訂，修改 <to>

▲Greg stayed up to make some **revisions to** his dissertation. Greg 熬夜修改他的論文。

---

22 seize

[siz]

v. 抓住 [同] grab；沒收

▲The police officer **seized** the thief by the arm when he tried to run away. 當小偷要逃跑時，警察抓住他的手臂。

▲Illegal drugs were **seized** at customs when they were being smuggled into the country.

非法藥品正要走私進入這國家時在海關被沒收。

💡seize the opportunity 抓住機會｜seize the day 把握現在

---

23 summarize

[`sʌmə͵raɪz]

v. 概述

▲In the introduction, the author **summarizes** what will be included in the book. 在序言中，作者概述這本書中所包括的內容。

---

24 **tremendous**

[trɪ`mɛndəs]

adj. 巨大的 [同] huge；極好的 [同] remarkable

▲The boss praised Simon for the **tremendous** effort he had made to accomplish the project.

老闆因 Simon 投注相當多的心力來完成此企劃案而稱讚他。

▲The trip to Paris was a **tremendous** experience for me.

這趟巴黎之旅對我來說是個極好的經歷。

25 **witch**

[wɪtʃ]

n. [C] 巫婆，女巫 (pl. witches)

▲The **witch** turned the prince into a frog.

這巫婆把王子變成青蛙。

wizard

[`wɪzɚd]

n. [C] 巫師，男巫

▲The **wizard** performed magic tricks with his magic wand.

這巫師以魔杖施魔法。

Unit 39

1 **agreeable**

[ə`griəbl̩]

adj. 令人愉快的 [同] pleasant [反] disagreeable；欣然同意的 <to>

▲We had an **agreeable** picnic in the park today.

我們今天在公園有個愉快的野餐。

▲This company was not **agreeable to** our proposal.

這間公司不贊成我們的提案。

2 **arise**

[ə`raɪz]

v. 出現，產生 <from> (arose | arisen | arising)

▲Accidents often **arise from** carelessness.

事故常常因疏忽而起。

3 **boast**

[bost]

v. 誇耀 <about, of>

▲The mother **boasted about** her child's achievements.

這母親誇耀她孩子的成就。

boast

[bost]

n. [C] 誇耀

▲Mark **made a boast** that he could beat me at chess.

Mark 誇耀他下西洋棋會贏我。

4 championship

['tʃæmpɪən,ʃɪp]

n. [C] 錦標賽，冠軍賽；冠軍地位

▲The tennis player finally won the world **championship**, which he had been dreaming about for years.

這位網球選手終於贏了他多年來夢寐以求的世界錦標賽。

▲Gary has made every effort to **hold the championship** this year. Gary 盡一切努力維持今年的冠軍地位。

5 conductor

[kən`dʌktɚ]

n. [C] (樂隊、合唱團的) 指揮；列車長 [同] guard

▲The **orchestra conductor** bowed to the audience.

這管弦樂團的指揮向觀眾鞠躬。

▲I asked the **conductor** for help when I failed to get off the train at the right station.

當我沒能在對的車站下車時，我向列車長求助。

6 crack

[kræk]

n. [C] 裂縫；爆裂聲

▲Lily looked through the **crack** in the door to see if anyone was in the room.

Lily 從門上的裂縫往裡面看，看看是否有人在房間裡。

▲The explosion of the factory sounded like a **crack** of thunder. 工廠的爆炸聽起來像雷聲。

crack

[kræk]

v. 使破裂；(非法侵入) 電腦系統

▲The glass **cracked** when boiling water was being poured into it. 熱水正倒入玻璃杯時，杯子裂開了。

▲A hacker **cracked** the password and stole some money from the bank. 有個駭客破解密碼，並從銀行盜取一些錢。

7 curl

[kɝl]

n. [C][U] 捲髮

▲Melody has blond **curls**. Melody 有一頭金色的捲髮。

curl

[kɝl]

v. 蜷曲

▲The dog **curled** itself into a ball. 這隻狗把身體蜷縮成球狀。

8 earphone

['ɪr,fon]

n. [C] 耳機

▲I usually use **earphones** to listen to music.

我通常用耳機聽音樂。

9	**elegant**	adj. 優雅的，高雅的 [同] stylish

9 **elegant**
[`ɛləgənt]

adj. 優雅的，高雅的 [同] stylish

▲Nina tried hard to make herself look **elegant** in the presence of her date.

Nina 盡力讓自己在約會對象面前看起來優雅。

elegance
[`ɛləgəns]

n. [U] 優雅

▲The prom queen danced with **elegance**.

這名舞會女王優雅地跳舞。

---

10 **foam**
[fom]

n. [U] 泡沫 [同] froth

▲When I poured the Coke into the glass, **foam** rose to the surface. 當我把可樂倒進杯子時，泡沫浮到表面上。

foam
[fom]

v. 起泡沫 [同] froth

▲Sam applied some soap to his wet hands and rubbed them until it began to **foam**.

Sam 抹些肥皂在溼手上，然後磨擦雙手直到起泡沫。

💡 foam at the mouth (因生病而) 口吐白沫

---

11 **gifted**
[`gɪftɪd]

adj. 有天賦的 [同] talented

▲As a **gifted** artist, Nelson can depict human feelings and emotions through his creations. 身為一位有天賦的藝術家，Nelson 能夠用他的作品刻劃出人的感情和情緒。

---

12 **guilt**
[gɪlt]

n. [U] 犯罪

▲It takes courage to **admit guilt**. 認罪需要勇氣。

---

13 **ignorant**
[`ɪgnərənt]

adj. 無知的 <of, about>

▲Thomas was **ignorant of** the local custom and thus offended the local people.

Thomas 對地方的習俗無知，因此冒犯了當地人。

---

14 **innocence**
[`ɪnəsn̩s]

n. [U] 無罪，清白 [反] guilt；天真，純真

▲The suspect tried to prove his **innocence**.

這名嫌犯試著證明自己的清白。

▲When we grow older, we may lose our **innocence**.

當我們長大，我們可能會失去我們的天真。

15 **lawful**

[ˋlɔfəl]

adj. 合法的 [同] legal

▲It's not **lawful** to smoke marijuana in this country.
在這國家抽大麻是不合法的。

16 **mineral**

[ˋmɪnərəl]

n. [C] 礦物；礦物質

▲Indonesia has long been known as a country rich in **mineral** resources. 印尼長久以來以礦產豐富聞名。

▲**Minerals** and vitamins are both important for the human body. 礦物質和維他命對人體都很重要。

mineral

[ˋmɪnərəl]

adj. 礦物的

💡mineral water 礦泉水

17 **motivate**

[ˋmotə͵vet]

v. 激勵，激發 <to>

▲Teachers must know how to **motivate** their students **to** learn. 老師必須要知道如何激勵他們的學生學習。

18 **overcoat**

[ˋovɚ͵kot]

n. [C] 大衣

▲After Jack put on a woolen scarf and a thick **overcoat**, he went out. Jack 圍上羊毛圍巾並穿上厚大衣後就出門了。

19 **proceed**

[prəˋsid]

v. 繼續做 <with>；接著做 <to>

▲Emily asked her father to **proceed with** the bedtime story.
Emily 要求她的父親繼續說睡前故事。

▲David had his dinner and **proceeded to** take the medicine.
David 吃完晚餐後就接著吃藥。

20 **pronunciation**

[prə͵nʌnsɪˋeʃən]

n. [C][U] 發音

▲The **pronunciation** of the word might vary a little in different areas. 這個字在不同地區的發音可能有點不同。

21 **rhyme**

[raɪm]

n. [C] 押韻詩

▲The book contains a collection of famous **children's rhymes**. 這本書集結一些有名的兒歌。

rhyme

[raɪm]

v. 押韻 <with>

▲"Run" **rhymes with** "son." run 和 son 押同韻。

22 **shameful**	adj. 可恥的，丟臉的 [同] disgraceful
[ˋʃemfəl]	▲The cruel way this person treated the stray dog was **shameful**. 這人對待流浪狗的殘忍方式實在太可恥了。

23 **surgeon**	n. [C] 外科醫生
[ˋsɝˋdʒən]	▲Two **surgeons** are performing emergency surgery on the man suffering multiple fractures.
	兩位外科醫生正在幫多重性骨折的男子執行緊急手術。

24 **urge**	n. [C] 衝動 <to>
[ɝˋdʒ]	▲Though I am on a diet, I cannot stand the **urge to** have some desserts. 雖然我在節食，我仍無法忍受吃甜食的衝動。
urge	v. 力勸，督促
[ɝˋdʒ]	▲The police **urged** drivers not **to** take the highway because of the traffic accident.
	因為車禍，警察力勸駕駛不要上這條高速公路。
	💡 urge sb on 激勵…

25 **workout**	n. [C] 運動，鍛鍊
[ˋwɝˋkˌaʊt]	▲Abby usually has a **workout** in the gym after work.
	Abby 通常在下班後到健身房運動。

Unit 40

1 **amateur**	adj. 業餘的 [反] professional
[ˋæməˌtʃʊr]	▲To the coach's surprise, the **amateur** player plays basketball better than a professional one.
	令教練驚訝的是，這名業餘選手籃球打得比職業選手好。
amateur	n. [C] 業餘者 [反] professional
[ˋæməˌtʃʊr]	▲The photographer won the photo contest when he was still an **amateur**. 這位攝影師仍為業餘者時即贏得攝影比賽。

Level 4

2 aspirin

['æspərɪn]

n. [C][U] 阿斯匹靈 (pl. aspirin, aspirins)

▲Iris took two **aspirins** for her headache.
Iris 因頭痛而吃了兩片阿斯匹靈。

---

3 bracelet

['breslɪt]

n. [C] 手鐲，手鍊

▲Nina's silver **bracelet** shone in the sunshine with every movement. Nina 的銀手鐲隨著擺動在陽光下閃閃發光。

---

4 characteristic

[,kærɪktə'rɪstɪk]

n. [C] 特徵 <of>

▲One of the **characteristics of** Byron's poems is passion.
拜倫詩作的一個特點就是熱情。

characteristic

[,kærɪktə'rɪstɪk]

adj. 特有的，典型的 [反] uncharacteristic

▲Being hospitable is **characteristic** of Taiwanese people.
好客是臺灣人的特色。

---

5 confess

[kən'fɛs]

v. 承認 (錯誤、罪行) [同] admit

▲The man **confessed** that he had stolen three cars this year.
那個男子坦承今年他偷了三輛車。

---

6 craft

[kræft]

n. [C][U] 手工藝

▲The school provides lots of courses for those who are interested in **crafts**. 這學校提供許多課程給對手工藝有興趣的人。

---

7 economist

[ɪ'kɑnəmɪst]

n. [C] 經濟學家

▲The **economist** claimed that the unemployment rate would rise this year. 這位經濟學家宣稱今年失業率會上升。

---

8 embarrass

[ɪm'bærəs]

v. 使尷尬

▲The boy **embarrassed** the girl by laughing at her appearance. 這男孩嘲笑女孩的外表，讓她覺得尷尬。

embarrassment

[ɪm'bærəsmənt]

n. [U] 尷尬

▲To her **embarrassment**, the lawyer forgot her client's name. 令這律師尷尬的是，她忘記客戶的名字。

embarrassed

[ɪm`bærəst]

adj. 尷尬的 <at, about>

▲Emily **was embarrassed about** her messy room.

Emily 對自己髒亂的房間感到尷尬。

embarrassing

[ɪm`bærəsɪŋ]

adj. 令人尷尬的

▲I wish Ted could stop asking me **embarrassing questions**.

但願 Ted 不要再問我尷尬的問題。

9 **forbid**

[fɚ`bɪd]

v. 禁止 <from, to> [反] allow, permit

(forbade | forbidden | forbidding)

▲My father **forbade** me **to** drive his car. 我父親不准我開他的車。

forbidden

[fɚ`bɪdn̩]

adj. 被禁止的

▲Be careful. Chewing gum is **forbidden** in Singapore.

小心點。口香糖在新加坡是被禁止的。

10 **glimpse**

[glɪmps]

n. [C] 一瞥

▲Ariel **caught a glimpse of** a figure in the dark.

Ariel 在黑暗中瞥見一個人影。

glimpse

[glɪmps]

v. 瞥見

▲I **glimpsed** my former teacher in the crowd.

我在人群中瞥見我以前的老師。

11 **hardware**

[`hɑrd,wɛr]

n. [U] 五金製品；(電腦) 硬體

▲You can find hammers and nails in this **hardware** store.

你可以在這家五金店找到鐵鎚和釘子。

▲The company decided to replace the old computer **hardware**. 這間公司決定汰換舊的電腦硬體。

12 **imaginary**

[ɪ`mædʒə,nɛrɪ]

adj. 虛構的，想像的

▲The unicorn is an **imaginary** creature that looks like a horse. 獨角獸是長得像馬的虛構生物。

13 **input**

[`ɪn,pʊt]

n. [C][U] 投入 <into> [反] output

▲I want to thank all my team members, whose **input into** the project made it a success.

我要感謝我的所有團隊成員，他們的投入使得這個企劃得以成功。

input [ˈɪnˌpʊt]	**v.** (將資訊) 輸入 <into> [反] output (input, inputted｜input, inputted｜inputting) ▲Olivia's job is to **input** data **into** the computer. Olivia 的工作是將資料輸入到電腦裡。
14 **lean** [lin]	**v.** 傾斜，向一側歪斜 ▲All the audience **leaned** forward and listened carefully because the speaker's microphone was dead. 所有的聽眾傾身仔細聆聽，因為講者的麥克風壞了。 💡lean against sth 斜靠著｜lean on sb/sth 依靠…
lean [lin]	**adj.** (肉) 瘦的 ▲There is a healthy trend to use **lean meat** for hamburgers. 有一種健康的趨勢就是用瘦肉來做漢堡。
15 **misfortune** [mɪsˈfɔrtʃən]	**n.** [C][U] 不幸 ▲Linda **had the misfortune to** lose her parents at an early age. Linda 幼年時就不幸失去雙親。
16 **mountainous** [ˈmaʊntn̩əs]	**adj.** 多山的 ▲The **mountainous area** is not suitable for agriculture for lack of fertile soil. 這個山區因缺乏肥沃的土壤，不適合農業。
17 **parachute** [ˈpærəˌʃut]	**n.** [C] 降落傘 ▲Jumping from the helicopter, the pilot was landed by a **parachute**. 飛行員跳出直升機，用降落傘降落。
parachute [ˈpærəˌʃut]	**v.** 跳傘 ▲The soldiers were ordered to **parachute** into the town. 士兵們奉命跳傘進入小鎮。
18 **prosper** [ˈprɑspɚ]	**v.** 繁榮，興盛 [同] thrive ▲In spite of the depression, the company has continued to **prosper**. 雖然經濟不景氣，這家公司生意仍舊興隆。
19 **prosperity** [prɑsˈpɛrətɪ]	**n.** [U] 繁榮，昌盛 ▲Some people said that the **prosperity of** a country depends on its educational system. 有些人說一個國家的繁榮取決於其教育體制。

20 riddle
['rɪdl̩]

n. [C] 謎語 [同] puzzle；奧祕，費解的事 [同] mystery

▲I was unable to guess the answer to the **riddle**.
我猜不出這個謎語的答案。

▲Many researchers have tried to solve the **riddle** of the universe. 很多研究學者試著要解開宇宙的奧祕。

21 shift
[ʃɪft]

n. [C] 改變 <in>；輪班

▲The doctor **recommended a shift in** my diet.
醫生建議我做飲食改變。

▲Scott is **on the night shift** in the factory.
Scott 在工廠上夜班。

shift
[ʃɪft]

v. 移動；推卸 (責任) <onto>

▲The boy **shifted** uneasily in the chair when he was asked whether he had taken the money.
當被問及是否拿了錢時，那男孩不安地在椅子上動來動去。

▲Don't **shift the blame onto** him. 不要把責任推給他。

💡shift sb's ground 改變立場｜
shift attention/focus/emphasis 轉移焦點

22 surrender
[sə`rɛndə]

v. 投降 <to> [同] give in；放棄 [同] relinquish

▲We will never **surrender to** the terrorists.
我們絕不向恐怖分子投降。

▲The robber was ordered to **surrender** his weapons.
搶匪被命令交出武器。

surrender
[sə`rɛndə]

n. [U] 放棄

▲The **surrender** of the city was a turning point in the war.
這個城市的棄守是這場戰爭的轉捩點。

23 usage
['jusɪdʒ]

n. [C][U] (語言的) 用法

▲The first **usage** of the word was recorded in the 17th century. 這個字最初的使用紀錄是在十七世紀。

24 wreck
[rɛk]

n. [C] 毀損的交通工具；沉船 [同] shipwreck

▲After the car crash, the **wrecks** of the two cars were towed away. 車禍之後，這兩輛車的殘骸被拖走了。

▲The **wreck** of the liner was never found.
這艘郵輪的殘骸始終沒被找到。

wreck
[rɛk]

v. 破壞，毀壞 [同] ruin

▲A serious knee injury **wrecked** this basketball player's career. 嚴重的膝傷毀了這位籃球選手的事業。

25 yawn
[jɔn]

n. [C] 呵欠

▲My younger brother read a book with a **yawn**.
我弟弟邊看書邊打呵欠。

yawn
[jɔn]

v. 打呵欠

▲Helen was so tired that she couldn't stop **yawning**.
Helen 是如此疲累以致於她不停在打呵欠。

26 youthful
[`juθfəl]

adj. 年輕的，青春的 [同] young

▲Looking at these old pictures brings back my memories of those **youthful** days. 看著這些舊照片讓我回憶起年輕的歲月。

Unit 1

1 **abuse**
[əˋbjus]

n. [U] 虐待；濫用 [同] misuse

▲Reports of **domestic abuse** cases often increase during economic downturns.

在景氣低迷時，家暴案件的通報數量通常會增加。

▲**Drug** and **alcohol abuse** caused the man's early death.

藥物和酒精的濫用造成此人的早逝。

💡sexual/physical/mental abuse 性／肉體／精神虐待

abuse
[əˋbjuz]

v. 濫用；辱罵

▲The manager **abused** his power to such an extent that no one wanted to work for him anymore.

經理濫用他的職權，以致於沒有人想再為他工作。

▲The pregnant woman got verbally **abused** by her drunken husband. 這名懷孕的婦女遭到酗酒丈夫言語上的辱罵。

abusive
[əˋbjusɪv]

adj. 暴力的

▲Mr. Wang's cruel and **abusive** son yelled at him last night. 昨晚王先生那殘忍且暴力的兒子對他吼叫。

2 **alien**
[ˋeljən]

adj. 外國的 [同] foreign；截然不同的

▲It's hard for Jason to adjust to the **alien** culture.

適應這外國的文化對 Jason 來說很難。

▲Gossip is **alien** to my nature. 八卦與我的本性截然不同。

alien
[ˋeljən]

n. [C] 外國人 [同] non-citizen；外星人

▲Although John is an **alien** in Japan, he can speak fluent Japanese. 雖然 John 在日本是外國人，但他會說流利的日文。

▲Rumor has it that the Crop Circle in Europe is made by **aliens.** 有傳言說在歐洲的麥田圈是由外星人建造的。

3 **boost**
[bust]

v. 舉起；增加

▲The man **boosted** the little boy up onto the pony.

男子把小男孩舉起放到小馬上。

▲The singer's appearance on several variety shows **boosted** the sales of her new album.

這個歌手在好幾個綜藝節目露面，增加了她新唱片的銷售量。

💡boost sb's ego 增加…的自信心

boost
[bust]

n. [C] 增加；鼓舞

▲Owing to the typhoon, there was a **boost** in the prices of vegetables. 因為颱風來襲，蔬菜價格上漲。

▲The teacher's praise caused a **boost** in Sally's **confidence**. 老師的讚美對 Sally 的自信是個鼓舞。

---

4 **certificate**
[sə`tɪfəkɪt]

n. [C] 證明書 (abbr. cert.) [同] certification

▲People are required to have a teaching **certificate** to be a qualified teacher. 人們須有教師證書才能成為一個合格教師。

💡birth/marriage/death certificate 出生／結婚／死亡證明

certificate
[sə`tɪfəket]

v. 用證書證明

▲The elderly couple's marriage is **certificated**.

這對老夫妻的婚姻可以用證書證明。

certificated
[sə`tɪfə͵ketɪd]

adj. 合格的

▲Only a **certificated** doctor is allowed to practice medicine. 只有合格的醫生才能開業。

---

5 **chubby**
[`tʃʌbɪ]

adj. 圓嘟嘟的，豐滿的 (chubbier | chubbiest)

▲The baby with **chubby cheeks** and blond hair is my nephew. 那個有著圓嘟嘟臉蛋和金髮的小嬰兒是我姪子。

---

6 **clause**
[klɔz]

n. [C] (法律等的) 條款；子句

▲The lawyer is explaining the contract to the client **clause** by **clause**. 律師正在為其委託人逐條解釋合約。

▲A **clause** is a group of words that must include a subject and a verb. 子句是由一群詞彙組成，必須包含主詞和動詞。

---

7 **contend**
[kən`tɛnd]

v. 爭取 <for>；奮鬥 <with>；辯稱 <that> [同] insist

▲Three contestants are **contending for** the prize.

有三位參賽者爭取這個獎項。

▲The government has to **contend with** the problem of pollution brought about by industrialization.

政府必須奮力解決工業化帶來的汙染問題。

▲Kelly **contended that** she was innocent.

Kelly 辯稱自己是清白的。

8	**drought**	n. [C][U] 乾旱
	[draʊt]	▲Water supplies were rationed during the **drought**.
		乾旱期間水的供給採配給制。

9	**equation**	n. [C] 方程式;[U] 同等看待
	[ɪˋkweʒən]	▲It took me hours to solve this **equation**.
		我花了好幾小時來解這個方程式。
		▲People tend to make the **equation** between wealth and happiness. 人們容易將財富與幸福視為同等。

10	**equivalent**	n. [sing.] 同等的事物
	[ɪˋkwɪvələnt]	▲The winner of this contest will get a trip to France or its **equivalent** in tickets to any other place.
		本次比賽的獲勝者將獲得法國之旅或是任何同等票價的地方。
	equivalent	adj. 同等的 <to>
	[ɪˋkwɪvələnt]	▲The billionaire's assets are **equivalent to** those of a small country. 這名億萬富翁的資產等同於一個小國的價值。

11	**excessive**	adj. 過度的
	[ɪkˋsɛsɪv]	▲**Excessive** drinking can cause health problems.
		過度的飲酒會造成健康問題。

12	**incorporate**	v. 包含 <in, into>
	[ɪnˋkɔrpəˌret]	▲The singer's new album **incorporates** music genres of jazz and hip-hop. 這名歌手新專輯的音樂風格包含爵士和嘻哈。

13	**intent**	n. [U] 意圖,目的 [同] intention
	[ɪnˋtɛnt]	▲The talk spoiled everything, despite the fact that its **intent** was to bring peace between the two countries.
		這場會談搞砸了一切,儘管它的意圖是要為這兩個國家帶來和平。

Level 5–1

intent
[ɪn`tɛnt]

adj. 熱切的，專注的

▲From his **intent** gaze, I know Bob really likes the gift.

從他熱切的眼神，我知道 Bob 真的很喜歡這份禮物。

14 **loop**
[lup]

n. [C] 圈，環

▲Do you know how to tie a **loop** in a rope?

你會不會用繩子打結做個繩圈？

💡knock/throw sb for a loop 使很吃驚 | in/on a loop 迴圈方式

loop
[lup]

v. 纏繞

▲The man **looped** a tie around his neck.

那男人在脖子上纏繞領帶。

💡loop the loop 盤旋

15 **olive**
[`ɑlɪv]

adj. 橄欖綠的

▲The Greek girl in an **olive** sweater has beautiful olive skin. 這個身穿橄欖綠毛衣的希臘女孩有漂亮的淺褐膚色。

olive
[`ɑlɪv]

n. [C] 橄欖

▲To cook healthy spaghetti, Jackson replaced the butter in the recipe with **olive** oil. 為了煮出健康的義大利麵，Jackson 用橄欖油取代了食譜裡的奶油。

16 **overtake**
[͵ovɚ`tek]

v. 超過；突然遭遇 (overtook | overtaken | overtaking)

▲Our car soon **overtook** Jane's.

我們的車很快就超過 Jane 的車。

▲The family was **overtaken** by tragedy last year.

這一家人去年突然遭遇悲劇。

17 **pension**
[`pɛnʃən]

n. [C] 退休金

▲The old couple lived on a small **pension**.

這對老夫婦靠微薄的退休金過生活。

pension
[`pɛnʃən]

v. 給退休金使其退休 <off>

▲Most employees in our company are **pensioned off** at the age of sixty-five.

我們公司在大部分員工六十五歲時會給退休金讓他們退休。

18 provision

[prə`vɪʒən]

n. [C][U] 準備；[pl.] 糧食 (～s)

▲You shouldn't spend all your money, but make **provision** for the future.
你不應該花掉所有的錢，而要為未來做準備。

▲We're running out of **provisions** and it's time to go shopping. 我們的糧食要用完了，是時候去購物了。

19 sequence

[`sikwəns]

n. [C][U] 一連串的事物 <of>；順序

▲A **sequence of** tragedies led up to her suicide.
一連串的悲劇導致她自殺。

▲The novel follows a chronological **sequence**.
這本小說是按照時間順序寫的。

sequence

[`sikwəns]

v. 安排…的順序

▲The organizers will **sequence** the contestants, putting the youngest first.
活動的籌備人員將安排參賽者的順序，把最年輕的排在第一位。

20 skull

[skʌl]

n. [C] 頭顱

▲The **skull** protects the brain from physical harm.
頭顱保護大腦不受到傷害。

💡get sth into/through your thick skull 弄明白…(用於生氣並覺得對方很愚笨時) | skull and crossbones 骷髏圖

21 sneak

[snik]

v. 偷偷地溜走 [同] creep
(sneaked, snuck | sneaked, snuck | sneaking)

▲The pickpocket **sneaked** away when he saw the police coming. 當扒手看到警察來的時候就偷偷地溜掉。

💡sneak a look/glance at... 偷偷看… |
sneak up on 不知不覺地來到

sneak

[snik]

n. [C] 告密者 [同] snitch

▲No one likes the boy because he is a **sneak**.
沒有人喜歡男孩，因為他是個告密者。

22 **storage**

[ˋstɔrɪdʒ]

n. [U] 貯藏；儲存

▲To preserve fish, we should put it in cold **storage**.

為了保持魚的新鮮，我們應該把牠冷藏。

▲We can use our garage for **storage**.

我們可以把車庫當成貯藏室使用。

💡in storage 存放著

---

23 **theoretical**

[θiəˋrɛtɪkl̩]

theoretically

[ˌθiəˋrɛtɪkl̩ɪ]

adj. 理論上的

▲This method is merely **theoretical**. 這個方法只是理論上的。

adv. 理論上地

▲**Theoretically speaking**, it's difficult to put these proposals into practice.

理論上來說，很難將這些建議付諸實踐。

---

24 **volcano**

[valˋkeno]

volcanic

[valˋkænɪk]

n. [C] 火山 (pl. volcanoes, volcanos)

▲The dormant **volcano** erupted again and sent a large amount of dust and ash into the air.

這座休眠火山又再度噴發，夾帶大量塵土和灰燼到空氣中。

adj. 火山的

▲There has been constant **volcanic** activity around that area. 那區域附近火山活動很頻繁。

---

25 **worthy**

[ˋwɝðɪ]

adj. 值得的 <of> (worthier | worthiest)

▲The passerby's brave action is **worthy of** a medal.

路人勇敢的行為值得頒給勳章。

Unit 2

1 **acknowledge**

[əkˋnɑlɪdʒ]

v. 承認

▲The organization finally **acknowledged** that there was still room for improvement. 該組織終於承認仍有改進的餘地。

acknowledgement   n. [C][U] 感謝 (also acknowledgment)

[ək`nɑlɪdʒmənt]

▲Our organization gave the man a medal **in acknowledgement of** his help.

我們的組織贈送男子一個獎牌以感謝他的幫忙。

---

2 **alliance**   n. [C] 同盟

[ə`laɪəns]

▲Switzerland is a neutral country which does not belong to any **military alliance**.

瑞士是一個不屬於任何軍事同盟的中立國。

---

3 **carbon**   n. [C] 副本；[U] 碳

[`kɑrbən]

▲Besides the original, Nancy also kept a **carbon**.

Nancy 在正本之外還保留了副本。

▲The environmentalists will hold a demonstration against the government's policies on **carbon** emission.

環境保護者將舉行示威活動，抗議政府針對碳排放的政策。

💡carbon copy 副本；酷似的東西 | carbon paper 複寫紙

---

4 **chaos**   n. [U] 大混亂

[`keɑs]

▲After the earthquake, the whole country was in complete **chaos**. 地震過後，全國一片混亂。

chaotic   adj. 混亂的

[ke`ɑtɪk]

▲Societies would be **chaotic** without laws.

沒有法律規章，社會就會一團混亂。

---

5 **cling**   v. 緊貼；緊抓；依附；堅守 <to> (clung | clung | clinging)

[klɪŋ]

▲The wet clothes **clung to** her body. 溼衣服緊貼在她的身上。

▲Afraid of getting lost in the crowd, the child **clung to** his mother's skirt.

害怕在人群中走失，那孩子緊抓住母親的裙子不放。

▲The children **clung together** in the cold wind.

孩子們在寒風中緊緊地依附在一起。

▲My father **clung to** his opinion. 我父親堅守己見。

6 compassion
[kəm`pæʃən]

n. [U] 同情 <for>

▲Out of **compassion**, people voluntarily donated money to the flood victims. 出於同情心，人們主動捐錢給水災災民。

---

7 conviction
[kən`vɪkʃən]

n. [C][U] 定罪 <for> [反] acquittal；[C] 信念 <that>；
[U] 堅定，堅信

▲The thief had several previous **convictions for** theft.
小偷先前有好幾次被定罪竊盜。

▲My mother has a strong **conviction that** love conquers all. 我母親有著堅定的信念，相信愛能戰勝一切。

▲Kevin's words carried little **conviction**.
Kevin 的話不怎麼堅定。

---

8 ecology
[i`kɑlədʒɪ]

n. [U] 生態

▲Industrial development has brought us convenience. However, it has also damaged the **ecology** of Earth.
工業發展為我們帶來便利。然而，也傷害了地球的生態。

ecologist
[i`kɑlədʒɪst]

n. [C] 生態學家

▲The **ecologists** estimate that hundreds of animals have been affected by the tsunami.
生態學家估計大量動物在海嘯中受到了影響。

---

9 errand
[`ɛrənd]

n. [C] 跑腿，差事

▲Tom was sent on an **errand** to the store.
Tom 被派到那家店跑腿。

💡go on/run errands 跑腿｜errand of mercy 雪中送炭

---

10 exceptional
[ɪk`sɛpʃənḷ]

adj. 特殊的 [反] unexceptional；優異的 [同] outstanding

▲The students are allowed to eat in class in **exceptional** circumstances. 學生被允許在特殊情況下可於課堂上吃東西。

▲The child has an **exceptional** ability in art. She should take some artistic classes to develop her talent. 這孩子在美術方面有優異的能力，應該要修一些藝術課程來發展她的天分。

---

11 **executive**

[ɪɡˋzɛkjʊtɪv]

n. [C] 主管級人員

▲The **executive** showed her resolution to extend the business overseas. 主管展現其擴展海外生意的決心。

💡the executive (政府的) 行政部門

executive

[ɪɡˋzɛkjʊtɪv]

adj. 執行的，行政的

▲A **chief executive officer** is the leader of a company. 執行長是公司的領導者。

12 **infect**

[ɪnˋfɛkt]

v. 感染 <with>

▲The inhabitants were **infected with** malaria. 居民感染了瘧疾。

13 **interference**

[ˌɪntəˋfɪrəns]

n. [U] 干涉 <in>

▲The government stated that they won't tolerate any kind of **interference in** the domestic affairs from other countries. 該政府聲明他們不允許來自他國任何形式的內政干涉。

14 **maintenance**

[ˋmentənəns]

n. [U] 保養，維修

▲The historic building is closed for regular **maintenance**. 這棟具有歷史意義的建築物因定期保養而暫停開放。

15 **marine**

[məˋrin]

adj. 海洋的

▲The damage of oil pollution to the **marine** environment is very huge. 油汙對海洋環境造成的傷害是非常大的。

💡marine law/court 海事法／法庭 | marine life 海洋生物 | marine transportation 海運

marine

[məˋrin]

n. [C] 海軍陸戰隊員

▲Committing a disciplinary offense, the **marine** was held in confinement. 該名海軍陸戰隊員因違反紀律而被關禁閉。

💡the Marine Corps 海軍陸戰隊

16 **overturn**

[ˌovəˋtɝn]

v. 翻倒；推翻

▲John **overturned** every piece of the furniture in his room looking for his homework. 為了要找他的回家作業，John 翻倒他房間的每一個家具。

▲The leader led the revolution that **overturned** the tyrannical government. 領導人領導革命推翻專橫的政府。

17 **personnel**

[ˌpɝsṇˋɛl]

> **n.** [pl.] 人員

▲The security **personnel** in the technology company are all experienced. 這間科技公司的保安人員都經驗老到。

💡recruit/increase/reduce personnel 招募／增加／減少職員

18 **qualify**

[ˋkwɑləˌfaɪ]

> **v.** 有資格 <for, to>

▲Jack didn't **qualify for** the competition.
Jack 沒有參加比賽的資格。

qualified

[ˋkwɑləˌfaɪd]

> **adj.** 有資格的

▲Dan is now a **qualified** lawyer. Dan 現在是一位合格的律師。

19 **shortage**

[ˋʃɔrtɪdʒ]

> **n.** [C][U] 短缺

▲Tainan Blood Center reported a **shortage** of blood and appealed for blood donation yesterday.

昨日臺南捐血中心報告血液短缺並呼籲捐血。

💡coal/fuel/water/food shortage 煤／燃料／水／食物的短缺

20 **slap**

[slæp]

> **n.** [C] 拍擊

▲When Tom scored a basket, his teammate gave him a **slap on the back**.

Tom 投籃得分，他的隊友拍拍他的背表示讚許。

💡receive/get a slap 挨耳光 ｜ slap on the wrist 溫和的警告 ｜ slap in the face 侮辱

slap

[slæp]

> **v.** 打耳光 [同] smack；(生氣的) 隨意扔放
> (slapped ｜ slapped ｜ slapping)

▲The lady **slapped** her boyfriend on the face.

這位女士打她男友耳光。

▲My boss **slapped** the pile of papers on my desk.

老闆把一疊紙重重摔在我桌上。

slap

[slæp]

> **adv.** 猛然地

▲Mr. Wang ran **slap** into the wall. 王先生猛然地撞上牆壁。

21 sober

[ˋsobɚ]

adj. 清醒的 (soberer｜soberest)

▲Drunk or **sober**, he is a gloomy man.

無論酒醉或清醒，他總是愁容滿面。

💡stay sober 保持清醒，冷靜

sober

[ˋsobɚ]

v. 醒酒 <up>

▲A cup of coffee will **sober** you **up**.

喝杯咖啡可以幫你醒醒酒。

22 thrive

[θraɪv]

v. 繁榮；茂盛 (throve｜thriven｜thriving)

▲Our company is **thriving** in the new market.

我們公司在這新的市場裡蓬勃發展。

▲Begonias do not **thrive** in a cold climate.

秋海棠在寒冷氣候下長得不茂盛。

💡thrive on... 享受…；善於…

23 version

[ˋvɝʒən]

n. [C] 版本；說法 <of>

▲Have you ever read the French **version of** *The Little Prince*? 你有讀過法文版的《小王子》嗎？

▲Each of them gave a different **version of** the event.

關於那件事，每人說法不一。

24 worship

[ˋwɝʃɪp]

n. [U] 崇拜；敬拜

▲The young lady's **worship** of money disgusts me.

年輕女人對於金錢的崇拜讓我厭惡。

▲You should dress properly when entering places of **worship**. 進入敬拜場所，你需要打扮得體。

worship

[ˋwɝʃɪp]

v. 崇拜；敬拜

▲Steve **worshipped** his father. Steve 崇拜他的父親。

▲Most people in the town **worship** at the local church every weekend. 城鎮裡大多數人每個週末都會到當地教堂敬神。

25 yield

[jild]

v. 屈服，讓步 <to> [同] give way；產出

▲Many countries state that they won't **yield to** terrorism.

多國聲明他們不會屈服於恐怖主義。

Level 5–1

▲The fertile soil and favorable weather **yield** a good harvest. 肥沃的土壤和良好的天氣條件帶來豐收。

yield

[jild]

n. [C] 產量，利潤

▲There is a huge reduction in milk **yield** because of the hot weather. 因為天氣炎熱，牛奶產量大減。

Unit 3

1 **abnormal**

[æb`nɔrml]

adj. 異常的 [反] normal

▲Environmental pollution is causing **abnormal** weather conditions. 環境汙染造成天氣異常。

2 **abolish**

[ə`bɑlɪʃ]

v. 廢除

▲A rising number of countries have **abolished** the death penalty. 有越來越多國家廢除死刑。

abolition

[ˌæbə`lɪʃən]

n. [U] 廢除 <of>

▲Many organizations work for the **abolition of** child labor. 許多組織爭取廢除童工。

3 **adolescent**

[ˌædl̩`ɛsn̩t]

adj. 青春期的

▲Parents sometimes cannot understand their **adolescent** children. 父母有時無法了解他們正值青春期的孩子。

adolescent

[ˌædl̩`ɛsn̩t]

n. [C] 青少年

▲Acne bothers a lot of **adolescents**. 青春痘困擾許多青少年。

4 **allocate**

[`ælə.ket]

v. 分配；撥出 <to, for>

▲As a group leader, you should **allocate** jobs **to** your members. 身為組長，你應分配工作給你的組員。

▲The government **allocated** a lot of money **to** the compulsory education. 政府撥給義務教育許多經費。

allocation

[ˌælə`keʃən]

n. [C] 分配額

▲The charity made an **allocation of funds** for the orphanage. 慈善機構撥了一筆資金分配額給孤兒院。

5	**browse**	v. 瀏覽 <through>
	[braʊz]	▲Jenny **browsed through** all the websites related to "ancient wonders."
		Jenny 瀏覽所有與「古代奇觀」相關的網站。
	browse	n. [C] 瀏覽
	[braʊz]	▲Kevin had a quick **browse** through all the books on the shelf. Kevin 很快地瀏覽架上所有的書。

6	**celebrity**	n. [C] 名人 [同] star；[U] 名聲 [同] fame (pl. celebrities)
	[sə`lɛbrətɪ]	▲Lots of **celebrities** showed up at the opening of the Cannes Film Festival. 許多名人出現在坎城影展的開幕式。
		▲The song made the unknown singer gain **celebrity** overnight. 這首歌讓這位不知名的歌手在一夜之間成名。

7	**choir**	n. [C] 合唱團，唱詩班
	[`kwaɪr]	▲The famous actress sang in a school **choir** when she was in high school.
		這位知名的女演員中學時是學校合唱團成員。

8	**colonial**	adj. 殖民的
	[kə`lonɪəl]	▲The country gained independence from British **colonial** rule in the 20th century.
		這個國家在二十世紀從英國的殖民統治下獲得獨立。
	colonial	n. [C] 殖民地居民
	[kə`lonɪəl]	▲The term "Wansei" refers to the Japanese **colonials** born in Taiwan.
		「灣生」這個詞指的是在臺灣出生的日裔殖民地居民。

9	**compromise**	n. [C][U] 妥協
	[`kɑmprə͵maɪz]	▲After a long discussion, we finally **reached a compromise** over the issue.
		經過長時間的討論，我們終於對此議題達成協議。
		💡make/reach a compromise 達成妥協

compromise

[ˋkɑmprəˌmaɪz]

v. 妥協 <with>

▲They finally **compromised with** each other over the amount of the compensation.

他們終於就賠償的金額達成協議。

---

10 **coordinate**

[koˋɔrdˌnet]

v. 協調

▲The company needs Mr. Liu to **coordinate** the whole conference. 公司需要劉先生協調整個會議。

coordinate

[koˋɔrdnɪt]

n. [C] 坐標

▲The injured mountain climber gave the **coordinate** by radio so that the search and rescue team could find out where she was.

這名受傷的登山者利用無線電發射坐標，以便讓搜救隊找到她。

coordinate

[koˋɔrdˌnet]

adj. 對等的

▲"And," "but," and "or" are **coordinate conjunctions**.

and、but 和 or 是對等連接詞。

coordination

[koˌɔrdnˋeʃən]

n. [U] 協調 <between, of>

▲Ray and Anne are responsible for the **coordination between** different departments.

Ray 和 Anne 負責各部門間的協調。

coordinator

[koˋɔrdnˌetɚ]

n. [C] 協調者

▲Mr. Lee was appointed to be the **coordinator** to the project. 李先生被指定擔任此計畫的協調者。

---

11 **elaborate**

[ɪˋlæbərət]

adj. 精細的 [同] intricate

▲Collecting **elaborate** miniatures is one of Wendy's hobbies. 蒐集精細的袖珍品是 Wendy 的嗜好之一。

elaborate

[ɪˋlæbəˌret]

v. 詳述 <on, upon> [同] enlarge

▲The dean **elaborated on** the new policy for college applications. 教務主任詳述申請大學的新政策。

---

12 eternal

[ɪˋtɝnḷ]

adj. 永恆的

▲Mary seems to be an **eternal** optimist.

Mary 似乎是個永遠的樂觀主義者。

💡hope springs eternal 希望常在

eternally

[ɪˋtɝnḷɪ]

adv. 總是 [同] constantly

▲The teacher is angry because the students are **eternally** chatting in class. 老師在生氣因為學生們總是在上課時閒扯。

---

13 exotic

[ɪgˋzɑtɪk]

adj. 外來的，異國風味的

▲John enjoys tasting various **exotic** foods.

John 很享受有異國風味的多樣美食。

exotic

[ɪgˋzɑtɪk]

n. [C] 外來種

▲The living space of some native species is threatened by **exotics**. 有些本土物種的生存空間受到外來種威脅。

---

14 extraordinary

[ɪkˋstrɔrdn͵ɛrɪ]

adj. 意想不到的 [同] incredible

▲It was **extraordinary** that I bumped into my childhood sweetheart in London yesterday.

我昨天在倫敦巧遇我青梅竹馬的戀人，真是意想不到。

---

15 flip

[flɪp]

v. 快速翻動 <over> (flipped | flipped | flipping)

▲The cook skillfully **flipped** the egg **over** in the pan.

廚師很有技巧地將鍋裡的蛋翻面。

💡flip out/flip your lid 勃然大怒｜flip through sth 快速翻閱

flip

[flɪp]

n. [C] 輕輕一彈

▲The woman removed the ash from her cigarette with a **flip** of her forefinger. 女人食指輕輕一彈，把香菸上的菸灰弄掉。

---

16 infinite

[ˋɪnfənɪt]

adj. 無限的 [反] finite

▲Natural resources are not **infinite**; they are exhaustible.

天然資源並非無限的；它們是會被用盡的。

💡in sb's infinite wisdom 以…無比的智慧

---

17 kidnap

[ˋkɪdnæp]

v. 綁架 [同] abduct, seize

▲Three men **kidnaped** a student on his way home.

三名男子綁架了一名在回家路上的學生。

kidnapper

['kɪdnæpɚ]

n. [C] 綁架者 (also kidnaper)

▲The **kidnapper** demanded a ransom of one million dollars. 綁匪要求一百萬美元的贖金。

18 **medication**

[,mɛdɪ`keʃən]

n. [C][U] 藥物 <for>

▲My sister takes **medication for** her allergies.

我妹妹服用抗過敏的藥物。

💡on medication 服藥中

19 **parallel**

['pærə,lɛl]

adj. 平行的 <with, to>

▲The road runs **parallel with** the stream.

這條路與河流平行。

parallel

['pærə,lɛl]

n. [C] 平行線；相似點

▲Draw a **parallel** to the first line. 畫一條與第一條平行的線。

▲There are some **parallels** between the two murder cases. 這兩起謀殺案有些相同之處。

parallel

['pærə,lɛl]

v. 與…相對應

▲The student's theories **parallel** those of the professor.

這名學生的理論與那位教授的相對應。

20 **plead**

[plid]

v. 懇求 <with> [同] beg

(pleaded, pled | pleaded, pled | pleading)

▲Nick **pleaded with** his boss to reconsider his proposition. Nick 懇求上司再次考慮他的提案。

pleading

['plidɪŋ]

adj. 哀求的

▲In a **pleading** voice, the man asked his boss for his job back. 這個男子以哀求的語氣向他的老闆請求復職。

pleadingly

['plidɪŋlɪ]

adv. 哀求地

▲The girl is looking at her father **pleadingly**, hoping he will buy her the toy.

小女孩哀求地看著她的父親，希望他買這個玩具給她。

21 quest

[kwɛst]

n. [C] 追求 <for>

▲Their **quest for** treasures was in vain.

他們對寶藏的追求是徒勞無功。

22 skeleton

[ˋskɛlətn̩]

n. [C] 骨骼；骨架 <of>

▲The old man is merely a walking **skeleton**.

老人只是一副行走的骨骼。

▲The steel **skeleton of** a building has been erected next to my house. 一棟新大樓的鋼架已在我家旁邊搭起。

💡 skeleton in the/your closet 醜事

23 slavery

[ˋslevərɪ]

n. [U] 奴隸 [反] freedom

▲In ancient China, girls from poor families were often **sold into slavery**. 在中國古代，窮困人家的女孩常被販賣為奴隸。

24 statistical

[stəˋtɪstɪkl̩]

adj. 統計上的

▲The report contains a lot of **statistical** information.

這份報告包括了很多統計上的資料。

25 toll

[tol]

n. [C] 通行費；鳴鐘

▲We have to pay a **toll** when we cross the bridge.

過那座橋時，必須繳通行費。

▲Do you hear the **toll** of the death knell?

你聽到了喪鐘的鳴鐘聲嗎？

💡 take a/its toll (on sb/sth) (對…) 造成損害

toll

[tol]

v. 鳴鐘

▲The bells were **tolling** for the dead. 哀悼死者的鳴鐘聲響起。

Unit 4

1 abortion

[əˋbɔrʃən]

n. [C][U] 墮胎 [同] termination

▲The doctor warns the woman about the dangers of **abortion**. 醫生告誡這名女人墮胎的危險。

💡 have/get an abortion 墮胎 |
support/oppose abortion 支持／反對墮胎

2　**accommodate**
[ə`kɑmə,det]

v.　能容納；適應 <to>

▲The hotel can **accommodate** 500 guests.
這家旅館能容納五百名旅客。

▲We must **accommodate** our plan **to** these new circumstances. 我們必須調整計畫以適應這些新狀況。

3　**advocate**
[`ædvəkət]

n.　[C] 擁護者 <of>

▲Ms. Lin is an enthusiastic **advocate of** women's liberation. 林女士是婦女解放運動的積極擁護者。

advocate
[`ædvə,ket]

v.　主張

▲Some people **advocate** the abolition of the death penalty. 有些人主張廢除死刑。

advocacy
[`ædvəkəsɪ]

n.　[U] 提倡

▲Dr. King is known for his **advocacy** of the rights of the black. 金恩博士以提倡黑人人權著名。

4　**ally**
[`ælaɪ]

n.　[C] 同盟國 (pl. allies)

▲Germany and Turkey, then called the Ottoman Empire, were **allies** in World War I.
德國和土耳其，那時稱作鄂圖曼帝國，在第一次世界大戰時結盟。

ally
[`ælaɪ]

v.　結盟 <with, to>

▲The small company will **ally with** the large company to make more money. 這間小公司將會和大公司結盟來賺更多錢。

5　**ceremony**
[`sɛrə,monɪ]

n.　[C] 儀式 (pl. ceremonies)

▲Students held back their tears during the graduation **ceremony**. 學生在畢業典禮強忍淚水。

6　**circuit**
[`sɝkət]

n.　[C] 繞行一周 <of>；巡迴

▲The earth completes its **circuit of** the sun in one year.
地球一年繞行太陽公轉一周。

▲The famous tennis player retired from the **circuit** because of his knee injury.

那位知名的網球選手因膝傷而退出巡迴賽。

---

7 **commitment**
[kə`mɪtmənt]

n. [C] 承諾；[U] 致力

▲Joe is afraid to **make a commitment** in a relationship.

Joe 害怕在一段感情中做出承諾。

▲The statesman is famous for his **commitment** to peace.

這位政治家以致力和平著名。

---

8 **conceal**
[kən`sil]

v. 隱瞞 <from>；藏

▲My husband **concealed** nothing **from** me.

我丈夫對我毫無隱瞞。

▲The boy **concealed** a knife under his coat.

那男孩在外套下藏了一把刀。

---

9 **confidential**
[ˌkɑnfə`dɛnʃəl]

adj. 機密的

▲Don't reveal the **confidential** information to anyone else.

別跟任何人透露這條機密消息。

---

10 **consumption**
[kən`sʌmpʃən]

n. [U] 消耗

▲To conserve natural resources, we have to reduce the **consumption** of paper and gasoline.

為了維護天然資源，我們必須減少紙張及汽油的消耗量。

---

11 **corporate**
[`kɔrpərɪt]

adj. 公司的

▲Those computers are **corporate** property, so you can't take them home. 那些電腦是公司的財產，所以你不能帶回家。

---

12 **evolve**
[ɪ`vɑlv]

v. 進化；發展 <from, into>

▲According to Darwin's theory of evolution, humans **evolved from** apes. 根據達爾文的進步論，人類由人猿進化的。

▲The situation has **evolved into** a more complex problem. 形勢已經發展成更複雜的問題。

13 extensive

[ɪk`stɛnsɪv]

adj. 大面積的

▲After the typhoon, the government had to deal with the **extensive** damage. 颱風過後，政府需要處理大面積的損害。

14 graphic

[`græfɪk]

adj. 生動的 [同] vivid

▲The man gave a **graphic** account of the disastrous earthquake. 男人生動的描述這場損失慘重的大地震。

graphic

[`græfɪk]

n. [C] 圖像

▲There are simple **graphics** on the doors of restrooms, indicating whether they are for men or women.
廁所門上有簡單的圖像顯示是男廁還是女廁。

15 grim

[grɪm]

adj. 嚴肅的；憂愁的 (grimmer | grimmest)

▲The judge walked into the court with a **grim** face.
法官一臉嚴肅的走進法庭。

▲We've been in a **grim** economic situation for a long time.
我們處於景氣憂愁的情況已經有很長一段時間了。

16 interior

[ɪn`tɪrɪɚ]

adj. 內部的 [反] exterior

▲The landlord painted all the **interior** walls creamy white.
房東把內部的牆都漆成米白色。

interior

[ɪn`tɪrɪɚ]

n. [C] 內部 <of> [反] exterior

▲The **interior of** the private jet is luxurious and far beyond our imagination.
該私人噴射機的內裝是如此奢華，遠遠超乎我們所想像。

17 legendary

[`lɛdʒənd,ɛrɪ]

adj. 傳說的；有名的

▲The cave is the home of a **legendary** dragon.
這個洞穴是傳說中龍的家。

▲The woman's deeds became **legendary** throughout the country. 這女人的事蹟在全國都很有名。

18 metaphor

[`mɛtəfɚ]

n. [C] 暗喻

▲The snake is often a **metaphor** for evil.
蛇常作為邪惡的暗喻。

metaphorical

[ˌmɛtəˈfɔrɪkl̩]

adj. 暗喻的

▲The writer used several **metaphorical** terms in his novel.

作家在他的小說裡用了幾個暗喻的字眼。

---

19 **participant**

[pəˈtɪsəpənt]

n. [C] 參加者 <in>

▲All the **participants in** the game are under the age of 20. 所有參賽者的年齡都在二十歲以下。

---

20 **portfolio**

[portˈfolɪˌo]

n. [C] 資料夾，公事包；作品集 (pl. portfolios)

▲Jimmy screwed up the meeting because he left his **portfolio** in the taxi.

Jimmy 搞砸了會議，因為他將資料夾留在計程車裡。

▲Jane is preparing a **portfolio** for the college admissions interview, hoping to demonstrate her strengths.

Jane 正在為大學面試準備備審資料，希望能展示她的優點。

---

21 **ragged**

[ˈrægɪd]

adj. 破爛的；凹凸不平的

▲The refugees are in **ragged** clothes. 難民穿著破爛的衣服。

▲An eagle is standing on a **ragged** rock.

一隻老鷹站在一塊凹凸不平的岩石上。

---

22 **soak**

[sok]

v. 泡；溼透

▲My mom likes to **soak** in a hot bath when she is tired.

我媽累的時候喜歡泡熱水澡。

▲Dan was caught in the rain and his clothes got **soaked**.

Dan 被雨淋得衣服都溼透了。

💡 soak up sth 吸收…(液體或資訊)；

盡情享受…(氣氛)；耗盡…(金錢)

soak

[sok]

n. [C] 浸泡 <in>

▲Follow the recipe and leave the peeled soft-boiled eggs to **soak in** the sauce for one night.

照著食譜的作法並將剝殼的半熟蛋浸泡在醬汁中一個晚上。

---

23 **spicy**

[ˈspaɪsɪ]

adj. 辛辣的 (spicier | spiciest)

▲This Mexican dish is quite **spicy**. 這道墨西哥菜相當辛辣。

24 stimulate
[`stɪmjə,let]

v. 促進；激發

▲Physical exercise **stimulates** the body's circulation.
運動促進身體血液循環。

▲Emma's questions **stimulated** her curiosity.
Emma 的問題激發她的好奇心。

25 torment
[`tɔrmɛnt]

n. [U] (精神上的) 折磨 <in> [同] anguish

▲The abused woman was **in torment**.
這個受虐的婦女備受折磨。

torment
[tɔr`mɛnt]

v. 折磨 [同] torture

▲The man was condemned for **tormenting** dogs.
男子因為虐狗被譴責。

Unit 5

1 abrupt
[ə`brʌpt]

adj. 突然的；唐突的

▲The car came to an **abrupt** stop. 車子緊急剎車。

▲I filed a complaint about the receptionist responding to my questions in **an abrupt manner**.
我投訴接待員用不耐煩的口氣回答我的問題。

abruptly
[ə`brʌptlɪ]

adv. 突然地；陡峭地

▲When Mom came in, they stopped talking **abruptly**.
媽媽進來時，他們突然停止說話。

▲The cliff rises **abruptly**. 這懸崖陡峭地聳立著。

2 acute
[ə`kjut]

adj. 敏感的；劇烈的；急性的 (acuter｜acutest)

▲Dogs have an **acute** sense of smell. 狗的嗅覺敏銳。

▲After drinking a glass of whisky, Steve felt an **acute** abdominal pain. 喝了一杯威士忌之後，Steve 感到劇烈腹痛。

▲The little girl suffered from an **acute** attack of appendicitis. 小女孩得了急性盲腸炎。

3 affection
[ə`fɛkʃən]

n. [C][U] 喜愛 [同] fondness；感情 <for>

▲Some people **feel** no **affection for** children.
有些人不喜愛小孩。

▲The father has a deep **affection for** his little daughter.
爸爸對他的小女兒有著很深的感情。

💡win sb's affections 贏得…的愛

---

4 alongside
[ə`lɔŋ`saɪd]

prep. 在旁邊；並排

▲The bus driver pulled his car **alongside** the road to take a rest. 公車司機把車停在路旁邊休息。

▲The two houses stand **alongside** each other.
那兩間房屋並排著。

alongside
[ə`lɔŋ`saɪd]

adv. 與…一起

▲Every evening Julia goes jogging and her dog runs **alongside**. 每天傍晚 Julia 會與她的狗一起慢跑。

---

5 clarity
[`klærətɪ]

n. [U] 清楚；清澈

▲My colleague explained the problem with great **clarity**.
我同事將問題解釋得很清楚。

▲Everyone was amazed at the **clarity** of the river.
大家對河水的清澈感到十分驚異。

---

6 comparable
[`kɑmpərəbḷ]

adj. 可相比的；可比擬的 <to, with>

▲John's weekly income is **comparable to** my monthly salary. John 一星期的收入與我一個月的薪水差不多。

▲No one is **comparable to** him in the study of medieval art. 在中世紀藝術的研究方面，沒有人可與他比擬。

---

7 consent
[kən`sɛnt]

n. [U] 同意 <to>

▲My parents reluctantly gave their **consent to** my marriage to an actor. 我的父母勉強同意我和演員結婚。

💡give sb's consent to... …的同意 ｜ without sb's consent
未經…的同意 ｜ by common consent 大多數人同意

consent

[kən`sɛnt]

v. 同意 \<to\>

▲ My boss **consented to** finance our project.

我老闆同意資助我們的企劃。

---

8 **convert**

[kən`vɝt]

v. 轉變；換算；改信仰 \<to, into\>

▲ The panel can **convert** solar energy **to** electricity.

這板子可將太陽能轉變成電力。

▲ Rita is going to **convert** 1,000 euros **into** dollars.

Rita 打算把這一千歐元換成美元。

▲ My parents **converted** from Buddhism **to** Christianity.

我父母由佛教改信仰基督教。

---

9 **corporation**

[ˌkɔrpə`reʃən]

n. [C] 大公司 (abbr. Corp.)

▲ It has been Darren's dream to work for a **multinational corporation**. 在跨國大公司工作一直是 Darren 的夢想。

---

10 **discrimination**

[dɪˌskrɪmə`neʃən]

n. [U] 歧視

▲ All people are created equal, so there should be no **discrimination** in employment because of sex, age, race, or any other form. 人人平等，因此在就業這方面，不應該因為性別、年紀、種族或其他形式而遭到歧視。

💡 racial/sex/age discrimination 種族／性別／年齡歧視

---

11 **exaggeration**

[ɪgˌzædʒə`reʃən]

n. [U] 誇張，誇大

▲ It's no **exaggeration** to say that a school is a miniature society. 說學校是小型社會一點也不誇張。

---

12 **external**

[ɪk`stɝnl̩]

adj. 外面的 [反] internal

▲ The wound is in the **external** part of her ear and won't influence her hearing. 傷口在耳朵外面，並不影響她的聽力。

externals

[ɪk`stɝnl̩z]

n. [pl.] 外表

▲ My parents always tell me not to be misled by **externals**.

我父母總是告訴我不要被事物的外表誤導。

---

13 **hence**

[hɛns]

adv. 因此 [同] therefore

▲ The chorus sings well; **hence** they got the name "Angel's Voices." 這個合唱團歌聲美妙，因此有「天使之音」之稱。

---

14 indifferent

[ɪnˋdɪfərənt]

adj. 漠不關心的 <to>

▲Most people are **indifferent to** politics.
多數人對政治漠不關心。

15 interpretation

[ɪn,tɝprɪˋteʃən]

n. [C][U] 詮釋 <of>

▲Works of literature are **open to interpretation**.
文學作品可以有各種不同的詮釋。

16 mammal

[ˋmæml]

n. [C] 哺乳類動物

▲Human beings, dogs, cats, and whales are all **mammals**. 人類、狗、貓和鯨魚全都是哺乳類動物。

17 nonprofit

[nɑnˋprɑfɪt]

adj. 非營利的

▲This is a **nonprofit** organization, whose aim is not to make money but to provide shelter for battered men and women. 這是非營利的組織，目的不是賺錢而是為受暴的男性及女性提供庇護。

18 passionate

[ˋpæʃənɪt]

adj. 熱中的 <about>

▲Sara has always been **passionate about** playing volleyball. Sara 一直熱中於打排球。

passionately

[ˋpæʃənɪtlɪ]

adv. 熱烈地

▲The graduates talked **passionately** about their future plans. 畢業生們熱烈地談論他們未來的計畫。

19 premature

[,priməˋtjʊr]

adj. 過早的

▲Dr. Kim thinks it is still **premature** for us to make judgments. 金博士認為現在下判斷為時過早。

prematurely

[,priməˋtjʊrlɪ]

adv. 過早地

▲My little sister was born **prematurely** and lived in an incubator for a long time.
我妹妹過早出生並且在保溫箱裡住了很長一段時間。

20 rear

[rɪr]

adj. 後面的 [反] front

▲The **rear** part of the car was badly damaged.
車子後面的部分損壞嚴重。

rear

[rɪr]

n. [U] 後面 (the ~) <of>

▲The parking lot is at **the rear of** the restaurant.

停車場在餐廳的後方。

💡 bring up the rear 走在最後面，殿後

rear

[rɪr]

v. 撫養 [同] raise

▲The woman **reared** her son alone after she divorced her husband. 這位婦女跟丈夫離婚後就獨自撫養兒子。

💡 rear its (ugly) head (令人不開心的事) 發生

---

21 **series**

[`sɪrɪz]

n. [C] 一連串 <of> (pl. series)

▲Every seemingly small decision can spark off **a series of** major events in your life.

每一個看似不重要的決定都可能引發人生中一連串重大的事件。

---

22 **sophisticated**

[sə`fɪstɪˌketɪd]

adj. 世故老練的；精密的

▲Clare became **sophisticated** after working overseas for many years. 在海外工作多年之後，Clare 變得世故老練。

▲Germany is famous for its **sophisticated** weapons.

德國以其精密的武器聞名。

---

23 **sponge**

[spʌndʒ]

n. [C] 海綿

▲Wipe up the water with a **sponge**. 用海綿把水擦乾。

sponge

[spʌndʒ]

v. 用海綿擦洗；吸

▲David **sponged** down the car. David 用海綿擦洗車子。

▲Can you **sponge** up the spilt ink with an old rag?

你可以用舊抹布把灑出的墨水吸起來嗎？

---

24 **strap**

[stræp]

n. [C] …帶

▲The **watch strap** needs to be fixed. 這條錶帶需要修補。

strap

[stræp]

v. 用帶子繫 (strapped | strapped | strapping)

▲The flight attendant reminds me to **strap myself in** before the plane takes off.

空服員提醒我在飛機起飛前繫好安全帶。

💡 strap sb in 為…繫好安全帶 | strap sth up 包紮

---

25 transformation

[ˌtrænsfɚˋmeʃən]

n. [U] 變化；(生物) 蛻變，型態改變

▲Helen was surprised at the **transformation** of the city's public transportation.

Helen 對這座城市大眾運輸的改變感到驚訝。

▲The **transformation** of caterpillars **into** butterflies interests many children.

毛毛蟲蛻變成為蝴蝶讓很多孩子覺得很有趣。

Unit 6

1 absurd

[əbˋsɝd]

adj. 荒謬的 [同] ridiculous

▲The idea that the number 13 brings bad luck is **absurd**.

十三這個數字會帶來不幸的想法是可笑的。

absurdity

[əbˋsɝdətɪ]

n. [C] 荒謬之事；[U] 荒謬 (pl. absurdities)

▲There are a lot of **absurdities** in the movie.

這部電影有許多荒謬之處。

▲Peter was shocked to see the **absurdity** of the situation.

Peter 看到這局面的荒唐感到震驚。

absurdly

[əbˋsɝdlɪ]

adv. 荒謬地 [同] ridiculously

▲Don't behave **absurdly**. 別做出荒謬的舉動。

2 administration

[ədˌmɪnəˋstreʃən]

n. [C] 政府；[U] 行政，管理

▲Ann's thrust at the **administration** upset many people.

Ann 對政府的猛烈批評讓很多人不滿。

▲The new manager has little experience in **administration**. 新任經理缺少行政經驗。

3 agricultural

[ˌægrɪˋkʌltʃərəl]

adj. 農業的 [同] farming

▲**Agricultural** land is shrinking fast in the country.

國家的農地快速縮減。

4 **alternate**

['ɔltə·nɪt]

adj. 交替的

▲Your birthday cake consists of **alternate** layers of sponge and custard.

你的生日蛋糕是由一層層海綿蛋糕和卡士達醬交疊而成。

alternate

['ɔltə·ˌnet]

v. 使交替 \<between, with>

▲Her emotions **alternated between** anger and despair.

她的情緒交錯著憤怒與絕望。

alternate

['ɔltə·nɪt]

n. [C] 替代者 [同] substitute

▲Jane couldn't attend the meeting, so Lily served as her **alternate**. Jane 無法參加會議，所以 Lily 作為她的替代者參加。

alternately

['ɔltə·nɪtlɪ]

adv. 交替地

▲This country **alternately** suffered from flood and drought.

這國家接連遭受水災及旱災之苦。

alternation

[ˌɔltə·'neʃən]

n. [C][U] 交替

▲The rapid **alternation** of low and high temperature makes it hard for me to decide what to wear.

溫差變化太快讓我難以決定穿著。

5 **architecture**

['arkəˌtɛktʃə·]

n. [U] 建築學；建築物

▲Robert majors in **architecture** and minors in economics. Robert 主修建築學且副修經濟學。

▲The **architecture** in this part of the city is ugly.

此城市這一區的建築物不美觀。

6 **cocaine**

[ko'ken]

n. [U] 古柯鹼

▲Shelly smuggled **cocaine** into the country.

Shelly 走私古柯鹼進入這個國家。

7 **compensate**

['kampənˌset]

v. 彌補 \<for> [同] make up for；賠償 \<for>

▲Nothing can **compensate for** the loss of a loved one.

失去所愛的人是無法彌補的。

▲The victims of the flood will be **compensated for** their loss. 水災的受害者將會得到損失賠償。

8 conservation

[ˌkɑnsɚˋveʃən]

n. [U] (資源) 保存；(自然) 保護

▲I go to work by bicycle for the purpose of energy **conservation**. 為了節約能源，我騎腳踏車上班。

▲The government has laid down stricter regulations for wildlife **conservation**.

政府為了野生動物保護而制定更嚴格的法規。

💡conservation of water/fuel 節約用水／燃料

9 copyright

[ˋkɑpɪˌraɪt]

n. [C][U] 版權 <on, in>

▲The author who holds the **copyright on** this article allows me to quote from his work.

擁有文章版權的這名作者同意我引用他的作品。

💡hold/own a copyright 持有版權

copyright

[ˋkɑpɪˌraɪt]

v. 獲得版權

▲You should **copyright** your design, or others may steal your idea.

你應該為你的設計註冊版權，不然其他人有可能偷用你的點子。

10 correspondent

[ˌkɔrəˋspɑndənt]

n. [C] 記者

▲Our war **correspondent** in Iraq sent this report.

我們在伊拉克的戰地記者傳送來這則消息。

correspondent

[ˌkɔrəˋspɑndənt]

adj. 相符的 <with, to> [同] equivalent

▲Jenny's improvement was **correspondent with** her efforts. Jenny 的進步和努力相應。

11 epidemic

[ˌɛpəˋdɛmɪk]

n. [C] 流行病

▲A flu **epidemic** broke out in the village last week.

上週流感在村裡爆發。

epidemic

[ˌɛpəˋdɛmɪk]

adj. 流行的

▲Air pollution has **reached epidemic proportions** in the recent years. 近幾年來，空氣汙染問題肆虐。

12 exceed

[ɪkˋsid]

v. 超越 (法律或命令的) 限制

▲Don't **exceed** the speed limit. 開車時不要超速。

13 **facilitate**

[fə`sɪlə‚tet]

v. 促使

▲Computers have **facilitated** the work of complicated calculation. 電腦使繁雜的計算工作變得容易多了。

14 **immune**

[ɪ`mjun]

adj. 有免疫力的 <to>；不受影響的 <to>；免於…的 <from>

▲Once you have had measles, you are probably **immune to** it for the rest of your life.

一旦你出過麻疹，或許終生都對此病具有免疫力。

▲I was **immune to** their criticism. 我不受他們的批評影響。

▲Nobody is **immune from** making an error.

誰都難免犯錯。

💡immune system 免疫系統

immunity

[ɪ`mjunətɪ]

n. [U] 免疫力

▲The scientists say that this vaccine can give us **immunity** against the disease.

科學家說這疫苗可以讓我們對這種疾病有免疫力。

15 **juvenile**

[`dʒuvən̩l]

adj. 少年的；不成熟的 [同] childish

▲The case of an 11-year-old boy charged with forgery has been moved to **juvenile** court.

十一歲男童依偽造文書罪被起訴的案件已移送少年法庭。

▲Sometimes I am disappointed at my father's **juvenile** behavior. 有時候我對父親不成熟的行為感到失望。

💡juvenile crime 少年犯罪

juvenile

[`dʒuvən̩l]

n. [C] 未成年人

▲**Juveniles** are prohibited from drinking alcohol.

未成年人禁止飲酒。

16 **manipulate**

[mə`nɪpjə‚let]

v. (熟練地) 操作；操縱

▲Bill skillfully **manipulated** the puppet. Bill 靈巧地操作木偶。

▲Politicians are good at **manipulating** public opinion to serve their own purposes.

政客擅長操縱民意來達到自己的目的。

manipulation	n. [C][U] 操縱
[mə,nɪpjə`leʃən]	▲Anna and John engaged in stock market **manipulations**.
	Anna 和 John 參與股市操縱。
manipulative	adj. 有控制慾的
[mə`nɪpjə,letɪv]	▲My boss is **manipulative**, and that is why so many
	people quit. 我的老闆很有控制慾，這就是為什麼很多人離職。
manipulator	n. [C] 操縱者
[mə`nɪpjə,letɚ]	▲It is widely known that Sam is a political **manipulator**.
	眾所皆知，Sam 是一個政治操縱者。

---

17 mock
[mɑk]

adj. 假的 [同] sham

▲"Oh, it's amazing," Zoe said with **mock** surprise.

Zoe 故作驚訝地說：「喔，太棒了。」

mock
[mɑk]

v. 嘲弄

▲It is impolite of you to **mock** Frank's accent.

你嘲弄 Frank 的口音真是無禮。

mock
[mɑk]

n. [C] 模擬考試

▲Do you know when we are going to have **mocks**?

你知道我們何時模擬考試嗎？

mockery
[`mɑkərɪ]

n. [U] 嘲弄

▲Tony couldn't stand any more of Natasha's **mockery**. He decided to fight back.

Tony 無法再忍受 Natasha 任何的嘲弄。他決定要反擊。

💡make a mockery of 嘲弄

---

18 peasant
[`pɛzn̩t]

n. [C] 農民

▲The **peasants** revolted against the high taxes.

農民起來反抗高額的稅收。

---

19 penetrate
[`pɛnə,tret]

v. 穿透

▲The beam from the lighthouse **penetrates** the heavy fog.

燈塔的光線穿過濃霧。

penetrating

[ˋpɛnəˏtretɪŋ]

adj. 刺耳的 [同] piercing；銳利的

▲We were frightened by the **penetrating** scream from next door. 我們被隔壁傳來的刺耳尖叫聲所驚嚇。

▲The teacher's **penetrating** look made the students shiver. 老師銳利的眼神令學生顫抖。

penetration

[ˏpɛnəˋtreʃən]

n. [U] 滲入；洞察力

▲The worker covered the machine to prevent water **penetration**. 這位工人將機器蓋住以防止水滲入。

▲Nathan showed great **penetration** in observing politics. Nathan 在政治觀察方面很有洞察力。

20 **prescription**

[prɪˋskrɪpʃən]

n. [C] 處方箋

▲Peter got his **prescription** filled at the pharmacy on the way to work. Peter 於上班途中在藥房依照處方箋拿藥。

21 **recommendation**

[ˏrɛkəmɛnˋdeʃən]

n. [C][U] 推薦；[C] 建議

▲Leo ordered the salmon on the waitress' **recommendation**. Leo 依據女服務生的推薦，點了鮭魚。

▲Alex moved to the quiet countryside on the **recommendation** of his doctor. Alex 聽從醫生的建議，搬到安靜的鄉下。

22 **souvenir**

[ˏsuvəˋnɪr]

n. [C] 紀念品

▲I bought this key ring at a **souvenir** shop in Paris. 我在巴黎的紀念品店買了這個鑰匙圈。

23 **stumble**

[ˋstʌmbl̩]

v. 絆倒 [同] trip；結巴地說

▲Kevin **stumbled** and fell down the stairs. Kevin 絆倒從樓梯上跌下來。

▲Peter **stumbled** over his lines in the play. 在劇中，Peter 結結巴巴地說出臺詞。

stumble

[ˋstʌmbl̩]

n. [C] 絆倒

▲Helen felt so frustrated after a few **stumbles**. 在幾次絆倒後，Helen 感到很沮喪。

24 subtle

[`sʌtl̩]

adj. 微妙的；巧妙的 (subtler | subtlest)

▲There was a **subtle** change in his attitude.

他的態度有微妙的變化。

▲The detective asked **subtle** questions to find out the information. 這位偵探巧妙地問問題來得到消息。

---

25 trauma

[`traʊmə]

n. [C][U] 精神創傷 (pl. traumas, traumata)

▲Lily could not recover from the **trauma** of losing her child. Lily 無法從失去小孩的創痛中恢復。

traumatic

[trɔ`mætɪk]

adj. 衝擊性的

▲The death of a pet can be **traumatic** for a child.

寵物的死亡對小孩來說可能會造成衝擊。

Unit 7

1 accelerate

[æk`sɛlə,ret]

v. 促進

▲Farmers use fertilizers to **accelerate** the growth of crops.

農夫使用肥料來促進作物生長。

acceleration

[æk,sɛlə`reʃən]

n. [U] 加速

▲**Acceleration** of tooth decay is caused by lack of care and cleanness. 加速蛀牙的原因是缺乏照顧和清潔。

---

2 alcoholic

[,ælkə`hɔlɪk]

adj. 酒精的 [反] nonalcoholic

▲This restaurant doesn't serve **alcoholic** beverages.

這家餐廳不賣含有酒精的飲料。

alcoholic

[,ælkə`hɔlɪk]

n. [C] 酗酒者

▲Sam had such a drinking problem that people thought him to be an **alcoholic**.

Sam 有如此嚴重的酗酒問題，以致於人們都認為他是個酒鬼。

---

3 allergy

[`ælədʒɪ]

n. [C][U] 過敏 <to> (pl. allergies)

▲Peter has an **allergy to** dog hair. Peter 對狗毛過敏。

4 amend

[ə`mɛnd]

v. 修正

▲The majority of committee members agreed that this resolution should be **amended**.

大多數的委員會會員同意這項決議應該修正。

---

5 coffin

[`kɔfɪn]

n. [C] 棺材

▲They stood around Vicky's **coffin** and mourned her death. 他們站在棺材周圍，並為 Vicky 的去世悲傷。

💡the final nail in the coffin 致命打擊，導致失敗的事件

---

6 complexity

[kəm`plɛksətɪ]

n. [C] 複雜的事物；[U] 複雜 (pl. complexities)

▲There are a lot of **complexities** surrounding the new policy. 這個新政策牽涉到很多複雜的事物。

▲The new drama is about the relationships of some politicians, so its **complexity** is beyond doubt. 這齣新戲講述幾個政治人物之間的關係，所以它的複雜度無庸置疑。

---

7 considerate

[kən`sɪdərɪt]

adj. 體貼的，周到的 [同] thoughtful [反] inconsiderate

▲It is **considerate** of you to prepare the gifts for the visitors. 你為訪客準備了禮物，真是周到。

---

8 courteous

[`kɝtɪəs]

adj. 禮貌的 [反] discourteous

▲We all like Danny because he is very **courteous** all the time. 我們都很喜歡 Danny，因為他總是很有禮貌。

---

9 cuisine

[kwɪ`zin]

n. [C][U] 菜肴，烹飪

▲I don't like vegetarian **cuisine**, but this one is amazing.

我不喜歡素菜，但這道很讓人驚豔。

---

10 descriptive

[dɪ`skrɪptɪv]

adj. 描述的

▲The **descriptive** parts in the novel are superior to the parts with dialogue. 這本小說的敘述部分優於對話部分。

---

11 expedition

[ˌɛkspɪ`dɪʃən]

n. [C] 探險，遠征

▲They dreamed of going on an **expedition** to Mars.

他們夢想到火星探險。

---

12 **fatigue**
[fə`tig]

n. [U] 疲憊，疲勞 [同] exhaustion

▲Mary was suffering from physical and mental **fatigue**.

Mary 感受到身心靈的疲憊。

fatigue
[fə`tig]

v. 使疲倦

▲My parents were **fatigued** with work.

我的父母因工作而疲倦。

13 **heritage**
[`hɛrətɪdʒ]

n. [C][U] (文化) 遺產

▲Irene was fascinated by the country's cultural **heritage**.

Irene 對這國家的文化遺產著迷。

14 **innovative**
[`ɪnə,vetɪv]

adj. 創新的

▲Sandy is full of **innovative** ideas. Sandy 有許多新點子。

15 **legislation**
[,lɛdʒɪs`leʃən]

n. [U] 立法，法規

▲Although the new piece of **legislation** on the tax rates raised a lot of disputes, it will still be introduced next year. 雖然關於稅制的新立法引起很多反彈，但仍會在明年推行。

16 **mechanism**
[`mɛkə,nɪzəm]

n. [C] 機件，機械零件

▲The **mechanism** on this new device runs very well. It makes the device work more effectively.

這機件在新裝置上運作很好。它讓裝置更有效率地運作。

17 **monopoly**
[mə`nɑplɪ]

n. [C] 壟斷 <on> (pl. monopolies)

▲The party has a **monopoly on** the media.

這個政黨壟斷媒體。

18 **perceive**
[pɚ`siv]

v. 察覺，注意到

▲Although Peggy had a smile on her face, I **perceived** a note of sadness in her voice.

雖然 Peggy 臉上掛著笑容，但是我從她的聲音中察覺到一絲悲傷。

19 **perception**
[pɚ`sɛpʃən]

n. [C] 看法 <of>；[U] 洞察力

▲What are the public's **perceptions of** the president?

民眾對總統的看法是什麼？

▲Billy is a man of keen **perception**.

Billy 是個洞察力敏銳的人。

perceptive

[pəˋsɛptɪv]

adj. 敏銳的，有洞察力的

▲William gave a **perceptive** comment on the election.

對於選戰 William 給了一番敏銳的評論。

perceptible

[pəˋsɛptəbl̩]

adj. 可察覺的 [同] noticeable [反] imperceptible

▲The change of Wendy's attitude was **perceptible**.

Wendy 態度的改變是可察覺的。

20 **presidency**

[ˋprɛzədənsɪ]

n. [C] 總統任期，總統職位 (pl. presidencies)

▲The economy of the country has revived during his **presidency**. 在他的總統任期期間，國家經濟已復甦。

21 **rehearsal**

[rɪˋhɝsl̩]

n. [C][U] 排演，排練，預演

▲The play, currently in **rehearsal**, will be performed next month. 目前在排練的這齣戲下個月會上演。

22 **specialist**

[ˋspɛʃəlɪst]

n. [C] 專家 <in> [同] expert

▲Anna is a **specialist in** international law.

Anna 是國際法的專家。

23 **substitute**

[ˋsʌbstəˌtjut]

n. [C] 替代品 <for>

▲Since Frank was injured, the coach found a **substitute for** him. 由於 Frank 受傷，教練找一個人代替他。

substitute

[ˋsʌbstəˌtjut]

v. 代替 <for> [同] replace

▲The doctor suggests olive oil should be **substituted for** lard when you cook.

這位醫生建議你在烹調時應該用橄欖油代替豬油。

substitution

[ˌsʌbstəˋtjuʃən]

n. [C][U] 代替

▲In my experience, the **substitution** of gum chewing for smoking doesn't work.

就我的經驗來說，以嚼口香糖來取代吸菸不可行。

24 **superb**
[su`pɝb]

adj. 極好的 [同] excellent

▲The sweater is more expensive because it's of **superb** quality. 這件毛衣比較貴是因為它的品質極為上等。

25 **ultimate**
[`ʌltəmɪt]

adj. 最終的 [同] final；根本的，基本的 [同] basic, fundamental

▲Our **ultimate** goal is to establish world peace.
我們最終的目標是達成世界和平。

▲The **ultimate** cause of his failure is his pessimistic attitude. 他失敗最根本的原因在於他消極的態度。

ultimate
[`ʌltəmɪt]

n. [U] 極品

▲The hotel is **the ultimate in** luxury. 這間飯店極盡奢華。

Unit 8

1 **accommodation**
[ə,kɑmə`deʃən]

n. [C][U] 和解，調節；[pl.] 住宿 (~s)

▲The two parties finally came to an **accommodation**.
這兩黨最後終於達成和解。

▲This hostel provides backpackers with inexpensive **accommodations**. 這間旅舍提供背包客便宜的住宿。

💡reach an accommodation with sb 和…達成和解

2 **allergic**
[ə`lɝdʒɪk]

adj. 過敏的 <to>

▲Carl is **allergic to** pollen. Carl 對花粉過敏。

3 **ample**
[`æmpl]

adj. 寬敞的，足夠的 [同] sufficient, plenty；豐富的
(ampler | amplest)

▲There's **ample** space in the attic. 閣樓有寬敞的空間。

▲Helen was given **ample** payment for the work.
Helen 在工作上得到豐厚的報酬。

4 **applause**
[ə`plɔz]

n. [U] 鼓掌

▲Let's have a round of **applause** for our host today.
讓我們掌聲歡迎今天的主持人。

5 **commission**
[kə`mɪʃən]

n. [C][U] 委任；佣金

▲The artist was given the **commission** to paint the king's portrait. 這位藝術家被委任替國王畫肖像的任務。

▲Kate gets a 3% **commission** on every property she sells. Kate 每賣出一處房地產可得到 3% 的佣金。

commission
[kə`mɪʃən]

v. 委任

▲I was **commissioned** to translate this treaty into Chinese. 我受託將這項條約譯為中文。

6 **contagious**
[kən`tedʒəs]

adj. (疾病) 接觸性傳染的；(情緒等) 易感染的

▲Don't use other people's towels in order to avoid catching **contagious** diseases.

別使用他人的毛巾以免得到傳染疾病。

▲Smiling is **contagious**. 微笑會感染。

7 **curriculum**
[kə`rɪkjələm]

n. [C] 課程 (pl. curriculums, curricula)

▲Learning a second language is in the **curriculum**.

學習第二外語已經納入課程中。

8 **debris**
[`dəbri]

n. [U] 碎片，殘骸

▲After the earthquake, rescuers searched the area to see if there were any survivors under the **debris**.

地震過後，搜救人員搜尋此地區看是否在碎片下有生還者。

9 **essence**
[`ɛsn̩s]

n. [U] 本質 <of>

▲In my opinion, the theories developed by the two scientists are almost the same in **essence**.

就我看來，這兩位科學家所提出的理論在本質上幾乎是相同的。

10 **expertise**
[,ɛkspɚ`tiz]

n. [U] 專門技能，專門知識 <in>

▲The job requires **expertise in** computer programming.

這項工作需要專業的電腦程式設計能力。

11 **format**
[`fɔrmæt]

n. [C][U] (整體的) 安排

▲The **format** of the meeting has proved very successful.

會議的整體安排是很成功的。

format

[`fɔrmæt]

v. 格式化

▲**Format** the flash drive before using it.

使用隨身碟前，先格式化。

---

12 **indispensable**

[ˌɪndɪ`spɛnsəbl]

adj. 不可或缺的 <to, for> [同] essential, necessary

[反] dispensable

▲Katherine did her job extremely well and made herself **indispensable to** the company.

Katherine 工作表現卓越，成為這家公司不可或缺的一分子。

indispensably

[ˌɪndɪ`spɛnsəblɪ]

adv. 不可或缺地

---

13 **layer**

[`leɚ]

n. [C] 層

▲There is a thick **layer** of dust under the bed.

床底下有厚厚一層灰。

layer

[`leɚ]

v. 分層放置

▲A cook is teaching on TV how to **layer** a mille crepe cake with crepe and whipped cream. 一位廚師正在電視上教如何用法式薄餅和打發的鮮奶油分層排放製成法式千層蛋糕。

---

14 **lest**

[lɛst]

conj. 以免

▲Be careful **lest** you should slip on the icy road.

小心點，以免在結冰的道路上滑倒。

---

15 **milestone**

[`maɪlˌston]

n. [C] 里程碑 [同] landmark

▲Graduating from college is an important **milestone** in his life. 大學畢業是他人生中一個重要的里程碑。

---

16 **persist**

[pɚ`sɪst]

v. 堅持 <in, with>

▲Brian **persists in** walking to work every day.

Brian 堅持每天走路去上班。

---

17 **preference**

[`prɛfrəns]

n. [C][U] 偏好 <for>

▲Shelly has a **preference for** spicy and sweet food.

Shelly 喜歡又辣又甜的食物。

18 **productivity**

[ˌprɑdʌkˋtɪvətɪ]

n. [U] 生產力

▲The manager comes up with ways to increase the **productivity** of the office.

經理想出能增進辦公室生產力的方法。

19 **profile**

[ˋprofaɪl]

n. [C] 簡介

▲The author of the novel has her picture and **profile** in the book. 這本小說的作者在書中放了她的照片和簡介。

💡in profile 側面地│keep a high/low profile 保持高調／低調

profile

[ˋprofaɪl]

v. 簡介

▲The latest school newsletter **profiled** the new principal.

最近一期的校刊簡介新任的校長。

20 **purchase**

[ˋpɝtʃəs]

n. [C][U] 購買

▲The eggs were broken on day of **purchase**.

這些雞蛋在購買當天就被打破了。

purchase

[ˋpɝtʃəs]

v. 購買 <from>

▲Anna uses a coupon when she **purchases** household commodities at the store so she can save more money.

Anna 用折價券在那家店購買家庭用品，所以她可以省更多錢。

21 **reminder**

[rɪˋmaɪndɚ]

n. [C] 提醒人的事物 <to>

▲Grandmother got from her granddaughter a **reminder to** take medicine regularly.

祖母拿到一張孫女要她定時吃藥的提醒。

22 **specialty**

[ˋspɛʃəltɪ]

n. [C] 專長；特產 (pl. specialties)

▲The painter's **specialty** is portraits.

這個畫家的專長是肖像畫。

▲Cheesecake is a **specialty** of this shop.

起司蛋糕是這家店的招牌。

23 **surveillance**

[sɚˋveləns]

n. [C] 監視

▲The nightclub has been kept under **surveillance** because of suspected illegal activities.

這家夜店因涉嫌非法活動而被監視。

24 therapy
['θɛrəpɪ]

n. [C][U] 療法 (pl. therapies)

▲I am getting **therapy** to conquer my acrophobia.

我正在接受懼高症的治療。

25 undermine
[,ʌndɚ`maɪn]

v. 侵蝕…的底部；逐漸損害

▲The sea has **undermined** the pier. 海水侵蝕了碼頭的底部。

▲Tina spread the rumor and **undermined** the authority of the manager. Tina 散布謠言，暗地裡損害經理的威信。

Unit 9

1 accord
[ə`kɔrd]

n. [C][U] 符合，一致

▲It's a shame that things didn't happen in **accord** with expectations. 真遺憾事情未符合期望。

💡 with one accord 一致地

accord
[ə`kɔrd]

v. 一致 <with>；給予

▲His account of the accident **accords with** yours.

他對事故的描述跟你的說法一致。

▲The citizens **accorded** the speaker a grand welcome.

市民們給演講者一個盛大的歡迎。

2 analyst
[`ænl̩ɪst]

n. [C] 分析家

▲You can see a number of financial **analysts** on TV making predictions about the stock market.

你可在電視上看到一些財務分析師在對股市做預測。

3 appliance
[ə`plaɪəns]

n. [C] (家用) 電器 [同] device (pl. appliances)

▲Televisions and refrigerators are household **appliances**.

電視和冰箱是家用電器。

4 arouse
[ə`raʊs]

v. 喚醒 [同] awake；引起

▲The noise **aroused** me from my sleep.

喧鬧聲把我從睡夢中吵醒。

▲The book **aroused** my interest in history.

這本書引起我對歷史的興趣。

---

5 **commodity**

[kə`mɑdətɪ]

n. [C] 貨物，商品 (pl. commodities)

▲The **commodity** prices are getting higher and higher.

物價越來越高。

---

6 **controversial**

[ˌkɑntrə`vɝʃəl]

adj. 引起爭議的

▲The same-sex marriage has been a **controversial** issue in the society. 同性結婚一直是社會上有爭議的議題。

---

7 **decent**

[`disn̩t]

adj. 合理的，像樣的

▲My son gets a **decent** salary in the city.

我兒子在城市的收入相當不錯。

---

8 **ecological**

[ˌikə`lɑdʒɪkəl]

adj. 生態的

▲Rachel warned us of the upcoming **ecological** catastrophe. Rachel 警告我們即將來臨的生態大災難。

---

9 **execute**

[`ɛksɪˌkjut]

v. (依法) 處死；實行

▲The person was **executed** for murder.

這人因殺人罪被處死。

▲Thanks to the efforts of all the staff members, the project has been **executed** successfully.

由於所有人員的努力，這個計畫實行得很成功。

---

10 **explicit**

[ɪk`splɪsɪt]

adj. 明白清楚的

▲Can you be a little more **explicit** about your needs?

能否把你的需要說得再清楚一些？

---

11 **foul**

[faʊl]

adj. 骯髒惡臭的 [同] disgusting；充滿髒話的 [同] offensive

▲Where does that **foul** smell come from?

惡臭味是從哪裡傳來的？

▲It is impolite to use **foul** language. 說髒話是不禮貌的。

foul

[faʊl]

n. [C] 犯規

▲The player committed three **fouls**. 這個選手犯規三次。

foul	v.	弄髒
[faʊl]	▲The oil spill **fouled** the ocean. 漏油汙染了海洋。	
foul	adv.	違反規則地
[faʊl]		

---

12 **genetic**　adj.　基因的，遺傳學的
[dʒə`nɛtɪk]
▲Due to **genetic** defects, the boy has only one arm and one leg. 男孩因為基因的缺陷而只有一隻手臂和一隻腳。
💡genetic engineering 基因工程

genetically　adv.　基因地，遺傳學地
[dʒə`nɛtɪklɪ]
▲These soybeans are not **genetically** modified.
這些大豆未經基因改造。

geneticist　n.　[C] 遺傳學者
[dʒə`nɛtɪsɪst]

---

13 **likelihood**　n.　[U] 可能性
[`laɪklɪ,hʊd]
▲In all **likelihood**, the candidate will win the election.
這名候選人極可能在選舉中獲勝。

---

14 **manifest**　v.　證明，顯示 <in>
[`mænə,fɛst]
▲The fact **manifests** his innocence. 事實證明他是清白的。

manifest　adj.　顯而易見的 <in> [同] clear
[`mænə,fɛst]
▲Fear was **manifest in** the child's face.
這個孩子的臉上明顯地露出恐懼。

manifestation　n.　[C][U] 表示，表明 <of>
[,mænəfɛs`teʃən]
▲Nelson made no **manifestation of** his disappointment.
Nelson 沒有表現出失望的神情。

---

15 **miniature**　adj.　小型的
[`mɪnɪətʃɚ]
▲Fiona has a whole set of **miniature** furniture for her dolls. Fiona 有娃娃專用的整套迷你家具。

miniature　n.　[C] 小畫像
[`mɪnɪətʃɚ]
▲Gloria always wears a locket that contains a **miniature** of her husband. Gloria 總是戴著含有她丈夫小畫像的項鍊。
💡in miniature 縮小的

16 **muscular**

[`mʌskjələ·]

adj. 肌肉的

▲Tony lifts weights to develop his **muscular** strength.

Tony 舉重以鍛鍊肌力。

---

17 **petition**

[pə`tɪʃən]

n. [C] 請願書

▲We asked Leo to sign the **petition**, but he refused.

我們要求 Leo 簽署請願書，但他拒絕。

---

18 **provoke**

[prə`vok]

v. 激怒 [同] goad；引起

▲Iris was **provoked** to shout at him. Iris 被激怒才對他大吼。

▲Nina's funny behavior **provoked** laughter.

Nina 滑稽的行為引起大笑。

---

19 **pulse**

[pʌls]

n. [C] 脈搏

▲The nurse is taking his father's **pulse**.

護士正在量他父親的脈搏。

pulse

[pʌls]

v. 搏動，跳動 [同] throb

▲Simon could feel the blood **pulsing** through his veins when he was jogging.

當 Simon 慢跑的時候，他能感覺到血液在他的血管裡翻騰。

---

20 **radical**

[`rædɪkl̩]

adj. 激進的

▲Olivia has very **radical** ideas about social reforms.

Olivia 對社會改革抱持激進的看法。

radical

[`rædɪkl̩]

n. [C] 激進分子

▲Some political **radicals** staged a protest on the street.

一些政治激進分子在街上發起抗議。

radically

[`rædɪklɪ]

adv. 徹底地

▲Diana believes that our educational system needs to be changed **radically**. Diana 認為教育制度需要徹底改革。

---

21 **removal**

[rɪ`muvl̩]

n. [U] 去除

▲Stain **removal** may not be as difficult as you think once you learn some scientific tips.

一旦學會一些科學小妙招，去除汙漬或許不像想像中困難。

22 **specimen** [ˋspɛsəmən]	n. [C] 樣本 <of> [同] sample；標本 <of>
	▲Please show me some **specimens of** your work. 請讓我看看你作品的一些樣本。
	▲The scorpion **specimens** are kept in the museum. 蠍子標本被存放在博物館。
23 **tactic** [ˋtæktɪk]	n. [C] 手段；[pl.] 戰術 (~s)
	▲Violent **tactics** are unlikely to help. 暴力的手段於事無補。
	▲Alan studied **tactics** at the military academy. Alan 在軍校學習兵法。
tactical [ˋtæktɪkl̩]	adj. 策略上的 [同] strategic
	▲We need a **tactical** plan to win the election. 我們需要策略上的計畫去贏得選舉。
24 **unprecedented** [ʌnˋprɛsəˏdɛntɪd]	adj. 空前的，史無前例的
	▲This company has created one **unprecedented** invention this year. 今年公司已創造一個空前的發明。
25 **vacuum** [ˋvækjʊəm]	n. [C] 真空 (pl. vacuums, vacua)
	▲Sound doesn't travel in a **vacuum**. 聲音在真空狀態無法傳送。
vacuum [ˋvækjʊəm]	v. 用吸塵器清掃
	▲Please **vacuum** the room. 請用吸塵器把房間吸一吸。

Unit 10

1 **accounting** [əˋkaʊntɪŋ]	n. [U] 會計
	▲My younger brother majored in **accounting** in college. 我弟弟大學時主修會計。
2 **anonymous** [əˋnɑnəməs]	adj. 不知名的，匿名的
	▲The poem was written by an **anonymous** poet. 這首詩是一位不知名的詩人所寫的。

anonymously

[əˋnɑnəməslɪ]

adv. 不知名地，匿名地

▲A large amount of money was donated **anonymously**.
無名氏捐贈了一大筆錢。

---

3 **array**

[əˋre]

n. [C] 大批，大量

▲There was a dazzling **array** of movie stars attending the ceremony. 有大批耀眼的電影明星參加典禮。

---

4 **asset**

[ˋæsɛt]

n. [C] 資產

▲Some of the company's **assets** were sold to pay off debts. 這間公司部分的資產被變賣以還債。

---

5 **communism**

[ˋkɑmjʊˌnɪzəm]

n. [U] 共產主義

▲The goal of **communism** is to establish a shared society. 共產主義的目標是建立共享的社會。

---

6 **core**

[kor]

n. [C] 核心

▲The commentator got straight to the **core** of the problem.
那位時事評論者直指問題的核心。

💡to the core 徹底的

---

7 **declaration**

[ˌdɛkləˋreʃən]

n. [C][U] 宣布

▲The US made a **declaration** of war to Japan after the Japanese bombed Pearl Harbor.
日本轟炸珍珠港後，美國對日本宣戰。

---

8 **ecosystem**

[ˋikoˌsɪstəm]

n. [C] 生態系統

▲Environmental pollution can have a destructive influence on the **ecosystem**. 環境汙染可能帶給生態系統破壞性的影響。

---

9 **extinct**

[ɪkˋstɪŋkt]

adj. 絕種的

▲Many animals became **extinct** after their habitats were destroyed. 很多動物在棲息地遭到破壞後滅種。

extinction

[ɪkˋstɪŋkʃən]

n. [U] 絕種

▲We should save whales from **extinction**.
我們應該保護鯨魚，免於滅種。

10 **gathering** [ˈgæðərɪŋ]	**n.** [C] 聚會 <of> ▲The couple met and fell in love in a social **gathering**. 這對情侶在社交聚會上相遇與相愛。
11 **highlight** [ˈhaɪˌlaɪt]	**v.** 強調 ▲You should **highlight** your strengths and skills. 你應強調你的長處和技能。
highlight [ˈhaɪˌlaɪt]	**n.** [C] 最精采的部分 ▲The **highlight** of the activity was the fireworks display. 活動中最精采的部分是施放煙火。
12 **mainstream** [ˈmenˌstrim]	**n.** [C] 主流 (the ~) ▲The government's policy should conform to **the mainstream** of public opinion. 政府的政策應順應主流民意。
mainstream [ˈmenˌstrim]	**adj.** 主流的 ▲Playing in the **mainstream** movie brought fame to the actor. 演出主流電影讓這演員成名。
mainstream [ˈmenˌstrim]	**v.** 為大眾所接受 ▲The concept of gender equality has been **mainstreamed**. 性別平等概念已被大眾接受。
13 **massive** [ˈmæsɪv]	**adj.** 巨大的 [同] huge, big ▲Lucas didn't know why many people loved the **massive** sculpture. Lucas 不明白為什麼許多人喜愛那個巨大的雕像。
massively [ˈmæsɪvlɪ]	**adv.** (程度、量等) 龐大地，非常 ▲We are doing a **massively** complicated task in the company. 我們正在公司裡進行一個極為複雜的任務。
14 **modify** [ˈmɑdəˌfaɪ]	**v.** 修改，調整 [同] adapt ▲My mother **modified** the recipe in order to suit my family's taste. 母親調整了這份食譜以符合我們家人的胃口。
modification [ˌmɑdəfəˈkeʃən]	**n.** [C][U] 修改，調整 <to> [同] adaptation ▲The boss requested that Bill make some **modifications to** the new project. 老闆要求 Bill 在新企劃上做一些調整。

15 opposition

[ˌɑpə`zɪʃən]

n. [U] 反對

▲The new policy met with strong **opposition** from the rival party. 新政策遭到了反對黨的強烈反對。

16 overall

[ˌovɚ`ɔl]

adj. 全面的

▲My **overall** impression of that city is still favorable although my wallet was stolen there.

雖然我的錢包遭竊，但我對那個城市的總體印象仍很不錯。

overall

[ˌovɚ`ɔl]

adv. 大致上

▲There were minor mistakes, but **overall** the fund-raising campaign was successful.

雖然有些小錯誤，但整體而言募款活動很成功。

overall

[`ovɚˌɔl]

n. [C] 工作服

▲Mina put on a white **overall** and went into the laboratory.

Mina 穿上白色的工作服走進實驗室。

17 pitcher

[`pɪtʃɚ]

n. [C] 投手

▲Carl will be the **pitcher** in the game.

Carl 將在比賽中擔任投手。

18 pyramid

[`pɪrəmɪd]

n. [C] 金字塔

▲We visited the **pyramids** and Sphinx in Egypt.

我們去埃及參觀金字塔和獅身人面像。

19 rail

[rel]

n. [C] 圍欄

▲My son leaned on the **rail** and watched the cows grazing. 我的兒子倚在圍欄上看著牛吃草。

railing

[`relɪŋ]

n. [C] 柵欄

▲Alan had a good view from his perch on the **railing**.

Alan 坐在高高的柵欄上，視野很好。

20 regardless

[rɪ`gɑrdlɪs]

adj. 不管 <of>

▲Helen will do anything, **regardless of** the consequences.

Helen 不顧後果，什麼事都做得出來。

regardless

[rɪ`gɑrdlɪs]

adv. 無論如何

▲Her family are against the idea of her quitting the job, but she'll probably go ahead and do it **regardless**.

她的家人反對她辭職，但是不管怎樣她都可能這樣做。

21 **reservoir**

[`rɛzəˌvɔr]

n. [C] 蓄水池

▲The capital's water is supplied by this **reservoir**.

首都的水是由這個蓄水池提供的。

22 **spectacular**

[spɛk`tækjələ]

adj. 精采的

▲The race ended in a **spectacular** finish.

那場比賽以精采的收場結束。

spectacular

[spɛk`tækjələ]

n. [C] 精采的演出 [同] show

▲My family and I enjoyed a TV **spectacular** together after the Thanksgiving dinner.

我和我的家人在感恩節晚餐後一起看電視精采的節目。

23 **terminal**

[`tɝmən!]

n. [C] 終點站

▲Amy and I decided to meet up at the bus **terminal**.

Amy 和我決定在公車終點站碰面。

terminal

[`tɝmən!]

adj. (疾病) 末期的

▲The patient is diagnosed with **terminal** cancer.

這名病患被診斷出癌症末期。

24 **update**

[`ʌpˌdet]

n. [C] 最新消息 <on>

▲The chief of police will provide an **update on** the hostage crisis. 警察首長將會提供人質危機的最新消息。

update

[ʌp`det]

v. 更新

▲Don't forget to **update** the computer before you leave.

你離開前別忘了更新電腦。

25 **verbal**

[`vɝb!]

adj. 言語的

▲Having good **verbal** skills is one of the basic requirements to be an anchor.

具備良好語言表達技巧是成為主播的基本條件之一。

💡 verbal abuse 語言攻擊

verbal

[ˋvɝbl̩]

n. [C][U] 從動詞衍生出來的動名詞、不定詞及分詞等

Unit 11

1 acquaint

[əˋkwent]

v. 使熟悉 <with>

▲It is Laura's job to **acquaint** newcomers **with** the rules of the office. Laura 的職責是使新進員工熟悉辦公室的規定。

2 anticipate

[ænˋtɪsə,pet]

v. 預期 <that>；期待 [同] look forward to

▲The patient recovered faster than **anticipated**.
這名病人比預期的更快康復。

▲Students are all eagerly **anticipating** their summer vacations. 學生們都很熱切地期待暑假。

3 arrogant

[ˋærəgənt]

adj. 傲慢的

▲The **arrogant** official refused to answer any questions about her scandals.
這名傲慢的官員拒絕回答關於她醜聞的任何問題。

arrogance

[ˋærəgəns]

n. [U] 傲慢

▲Paul's friends all left him because they could not put up with his **arrogance**.
Paul 的朋友全部都離他遠去，因為他們無法忍受他的傲慢。

4 athletics

[æθˋlɛtɪks]

n. [U] 體育運動

▲Wendy was praised for her impressive performance in school **athletics**.
Wendy 因為在學校體育運動表現優異而受到表揚。

5 awe

[ɔ]

n. [U] 敬畏 <with, in>

▲The sights of Taroko National Park filled me **with awe**.
太魯閣國家公園的景色使我敬畏不已。

💡 be/stand in awe of sb 對…心存敬畏

awe	v. 使敬畏
[ɔ]	▲All the tourists were **awed** by the majestic view.
	壯麗的景色令所有遊客嘆為觀止。

6 **communist** | adj. 共產主義的
[ˋkɑmjʊˌnɪst] | ▲North Korea is a **communist** country.
北韓是一個共產國家。
💡the Communist Party 共產黨

communist | n. [C] 共產主義者
[ˋkɑmjʊˌnɪst] | ▲Mark is a **communist**; he wants to create a society where everyone is equal.
Mark 是一位共產主義者；他想要創造一個人人平等的社會。

7 **coverage** | n. [U] 新聞報導；保險 (範圍) <for>
[ˋkʌvərɪdʒ] | ▲The newscaster is giving live **coverage** of the election campaign. 這名新聞報導者正在實況報導選舉活動。
▲A company should provide health **coverage for** every employee. 公司應該為所有員工提供健康保險。
💡media/press coverage 媒體報導｜
medical coverage 醫療保險

8 **deficit** | n. [C] 赤字，虧損 <of, in>
[ˋdɛfəsɪt] | ▲The startup tried to reduce its budget **deficit** by cutting spending. 這家新創公司嘗試藉由削減開支減少預算赤字。
💡trade deficit 貿易逆差

9 **extension** | n. [C][U] 延伸，擴大 <of>；[C] 延期；分機
[ɪkˋstɛnʃən] | ▲The research is an **extension of** the topic Dr. Lin introduced in the book.
這份研究是林醫生在書中所介紹的主題的延伸。
▲Don't forget to apply for an **extension** of your visa.
別忘了將你的簽證申請延期。
▲Kenny spent a lot of time memorizing all the **extension** numbers of his company.
Kenny 花了許多時間熟記他公司裡所有的分機號碼。

10 federal

['fɛdərəl]

adj. 聯邦政府的

▲The **federal** government is criticized for being slow to react to the disastrous impacts of the hurricane.
聯邦政府被批評太慢回應颶風所帶來的災難性影響。

💡federal laws 聯邦法

federation

[,fɛdəˋreʃən]

n. [C] 聯邦

▲Moscow is the capital of the Russian **Federation**.
莫斯科是俄羅斯聯邦的首都。

11 generate

[ˋdʒɛnə,ret]

v. 產生，引起

▲The house mainly relies on solar panels to **generate** electricity. 這間房子主要仰賴太陽能面板發電。

💡generate interest/income 產生興趣／收入

12 hostile

[ˋhɑstl̩]

adj. 有敵意的 <to, toward>；反對的 <to>；艱苦惡劣的；敵軍的

▲Clara is **hostile to** the new classmate for no reason.
Clara 無緣無故對新同學有敵意。

▲Many conservative people are **hostile to** the trade agreement. 許多保守者反對貿易協定。

▲Cockroaches can live in a **hostile** environment.
蟑螂可以生活在惡劣的環境。

▲The army was put on alert when the **hostile** aircraft was hovering in the sky. 當敵機盤旋空中時，軍隊進入戒備狀態

13 mansion

[ˋmænʃən]

n. [C] 豪宅

▲Jessie spent all her savings on the purchase of a lavish **mansion**. Jessie 花費她所有的積蓄購買一棟豪宅。

14 mount

[maʊnt]

n. [C] 山 (abbr. Mt)

▲The mountain climbers overcame all the difficulties and got to the top of **Mount** Everest.
登山客克服所有困難，登上聖母峰頂端。

mount

[maʊnt]

v. 增加；準備發起；攀登 [同] ascend

▲The students' pressure is **mounting** as the exam draws nearer. 隨著考試越來越近，學生們的壓力也增加了。

▲The factory workers are **mounting** a protest.
工廠工人們正準備發起抗議。

▲The singer **mounted** the stage and gave the host a hug.
這名歌手登上舞臺給主持人一個擁抱。

---

15 **performer**

[pə`fɔrmə]

n. [C] 表演者

▲Amy's dream is to become a brilliant **performer**.
Amy 的夢想是成為一名傑出的表演者。

---

16 **plea**

[pli]

n. [C] 懇求 <for, to>

▲Doris made a **plea to** the police to look for her missing son. Doris 懇求警方找尋她失蹤的兒子。

---

17 **questionnaire**

[ˌkwɛstʃən`ɛr]

n. [C] 問卷

▲Participants were asked to fill in the **questionnaires** after the workshop. 參加者被要求在研討會結束後填寫問卷。

---

18 **recite**

[rɪ`saɪt]

v. 背誦，朗誦

▲At the request of the audience, the poet **recited** several poems she had written.
應聽眾要求，這位詩人朗誦了幾首她寫的詩。

recital

[rɪ`saɪtl]

n. [C] 獨奏會

▲Venus is going to give a violin **recital** at the cultural center. Venus 即將在文化中心舉辦小提琴獨奏會。

---

19 **revenue**

[`rɛvəˌnju]

n. [C][U] 收入，收益

▲Ten percent of the company's **revenue** will be spent on charity. 公司收益的 10% 將用在慈善活動上。

---

20 **sponsor**

[`spɑnsə]

n. [C] 保證人；贊助者

▲Before signing the contract, you need to find a **sponsor**.
在簽合約之前，你需要找到一位保證人。

▲The household appliances company is one of the **sponsors** of the reality show.

這家家電公司是這個實境節目的贊助商之一。

sponsor

[ˋspɑnsɚ]

v.　贊助

▲The road running race is **sponsored** by a bank.

這場路跑比賽是由一家銀行所贊助。

---

21 **stock**

[stɑk]

n.　[C][U] 存貨；股票，股份

▲Emily always keeps a good **stock** of cosmetics.

Emily 總是囤積大量化妝品。

▲Tyler owns over 50 percent of the company's **stock**.

Tyler 擁有公司過半的股份。

💡in/out of stock 有／沒有庫存 |

stock exchange 股票 (或證券) 交易所

---

22 **texture**

[ˋtɛkstʃɚ]

n.　[C][U] 質地；口感

▲This lotion can give your skin a silky **texture**.

這乳液能使你的皮膚摸起來光滑如絲。

▲The chef makes sure that all the dishes have the best flavor and **texture**.

這名主廚確保所有餐點有最好的味道與口感。

texture

[ˋtɛkstʃɚ]

v.　使具有特別的質地

---

23 **tribute**

[ˋtrɪbjut]

n.　[C][U] 表尊敬的行為；貢品，禮物

▲The president paid **tribute** to the soldiers who fought bravely in the battle.

總統對那些在戰爭中勇於奮戰的士兵們表示敬意。

▲Many fans sent floral **tributes** to the late singer's funeral.

許多歌迷送葬禮用花至已故歌手的葬禮。

💡be a tribute to sb/sth 顯示…(價值、長處) 的證據

---

24 **vague**

[veg]

adj.　粗略的 <about>；模糊的 [同] indistinct

(vaguer | vaguest)

▲The politician only made **vague** promises to abolish nuclear power. 這位政治家對廢除核能的承諾言辭含混。

▲The hunter saw the **vague** outline of a large animal in the forest. 獵人看見森林裡有一個大型動物的模糊輪廓。

💡have a vague impression of sth 對⋯印象模糊

vaguely

[`veglɪ]

adv.　模糊地 [反] clearly

▲The girl's face looked **vaguely** familiar but I couldn't remember where we had met.

這女孩的臉孔似曾相識，但我忘記我們曾經在哪裡見過。

---

25 **wildlife**

[`waɪld͵laɪf]

n.　[U] 野生生物

▲Construction of highways is very likely to endanger **wildlife**. 公路建設很有可能會危及野生生物。

💡wildlife conservation 野生生物保育

Unit 12

1 **accessible**

[æk`sɛsəbl]

adj.　易接近的，易得到的 <to, by>

▲The village is only **accessible by** air. There is no other way to reach it.

這個村莊只有搭飛機才能到達。沒有其他的方式可以到達。

---

2 **acquisition**

[͵ækwə`zɪʃən]

n.　[U] 獲得 <of>；[C] 收購品

▲Amy's **acquisition of** writing skills is mainly through continuous practice.

Amy 寫作技巧的獲得主要來自於不斷的練習。

▲The camera is Byron's latest **acquisition**.

這臺相機是 Byron 的最新收購品。

💡language acquisition 語言習得

---

3 **antique**

[æn`tik]

adj.　年代久遠的，古董的

▲The **antique** china is worth millions of dollars.

這個古董瓷器價值數百萬元。

antique
[æn`tik]

n. [C] 古董

▲Kathy has a fine collection of **antiques**.
Kathy 有精緻的古董收藏品。

---

4 **assess**
[ə`sɛs]

v. 評估 [同] judge；估計 <at>

▲Some experts are invited to **assess** if the seaside resort meets the requirements of environmental protection.
一些專家受邀評估濱海渡假村是否符合環境保護要求。

▲The antique dealer **assessed** the vase **at** one million dollars. 古董商估計這個花瓶有一百萬元的價值。

assessment
[ə`sɛsmənt]

n. [C][U] 評估；估算

▲Greg made a careful **assessment** before investing in the property market. Greg 在投資房地產市場前做了仔細評估。

▲The inaccurate **assessment** of production costs caused the company to lose a lot of money.
不準確的生產成本估算導致公司損失一大筆金錢。

💡risk assessment 風險評估

---

5 **ban**
[bæn]

n. [C] 禁止 <on>

▲Some argued that the total **ban on** smoking violates human rights. 有些人爭論全面禁菸違反人權。

💡impose/lift a ban 頒布／解除禁令

ban
[bæn]

v. 禁止 <from> [同] prohibit [反] allow
(banned | banned | banning)

▲Caught drunk driving, Bill was **banned from** driving for one year. 酒駕被抓，Bill 被禁止駕駛一年。

---

6 **commute**
[kə`mjut]

v. 通勤 <to, from, between>

▲Carrie **commutes between** Taipei and Keelung by intercity bus every day.
Carrie 每天搭客運通勤於臺北和基隆之間。

---

7 **contemporary**
[kən`tɛmpə,rɛrɪ]

adj. 當代的 [同] modern；同時代的

▲The use of electronic sounds is one characteristic of **contemporary** music. 電音的使用是當代音樂的特色之一。

▲Mendeleev's periodic table of elements was rejected by some **contemporary** scientists.

門得列夫的元素週期表曾遭到同時期科學家的否定。

contemporary

[kən`tɛmpə‚rɛrɪ]

| n. | [C] 同時代的人 <of> (pl. contemporaries) |

▲Tang Xianzu was a **contemporary of** Shakespeare.

湯顯祖和莎士比亞是同時代的人。

---

8 **cruise**

[kruz]

| n. | [C] 乘船遊覽 |

▲The newlyweds went on a 10-day Mediterranean **cruise**.

這對新婚夫婦參加十天的地中海乘船遊覽。

cruise

[kruz]

| v. | 乘船遊覽 |

▲Maria **cruised** around the Caribbean for 5 days.

Maria 乘船遊覽環繞加勒比海五天。

---

9 **depict**

[dɪ`pɪkt]

| v. | 描繪，描寫 |

▲The painting vividly **depicts** what a church was like 100 years ago. 這幅畫生動描繪出一百年前教堂的模樣。

💡 depict sb/sth as 將…描繪成

depiction

[dɪ`pɪkʃən]

| n. | [C][U] 描繪，描寫 <of> |

▲The bloody **depiction of** the war on TV disgusted the viewers. 電視中關於戰爭的血腥描繪讓觀眾感到反感。

---

10 **fabric**

[`fæbrɪk]

| n. | [C][U] 布料 [同] material；[sing.] 結構 <of> |

▲You can find various kinds of **fabrics** in that **fabric** market. 你可以在布市找到各式各樣的布料。

▲The **fabric of** the temple remains in good condition.

這座廟的結構依然是好的狀態。

💡 cotton/wool/silk fabric 棉／羊毛／絲布料 |
the fabric of society 社會結構

---

11 **flexibility**

[‚flɛksə`bɪlətɪ]

| n. | [U] 易曲性；柔軟度 |

▲Because of its **flexibility**, rubber is used for tires.

由於橡膠是可彎曲的材質，因此被用來做輪胎。

▲Joanne increases her **flexibility** by dancing.

Joanne 藉著跳舞來加強身體的柔軟度。

---

12 genre

[`ʒɑnrə]

n. [C] 體裁，類型

▲The novels on Molly's bookshelf are arranged according to the **genres**. Molly 書架上的小說依據不同體裁排列。

---

13 howl

[haʊl]

n. [C] (狼、狗) 嗥叫聲 <of>；怒吼 <of> (usu. pl.)

▲The **howl of** dogs made me toss and turn all night.

狗的嗥叫聲讓我整晚輾轉反側。

▲The ridiculous plan was greeted with **howls of** anger.

這個荒謬的計畫引起了怒吼。

💡the howl of the wind 風的呼嘯聲

howl

[haʊl]

v. (狼、狗) 嗥叫；怒吼 <for>

▲Wolves **howl** to call the pack together. 狼嗥叫來集結狼群。

▲People have been **howling for** equal rights.

人們為了平等的權利大聲疾呼。

---

14 midst

[mɪdst]

n. [U] 中間；期間 <of> [同] middle

▲A school in the **midst of** the city doesn't usually have a large campus. 在市中心的學校通常沒有很大的校園。

▲Sofia is in the **midst of** preparing for the university entrance exam. Sofia 正在準備大學入學考試。

midst

[mɪdst]

prep. 在…之間

▲A swarm of bees fly **midst** the flowers.

一大群蜜蜂在花間飛舞。

---

15 nasty

[`næstɪ]

adj. 惡意的 <to> [同] mean；粗魯的 (nastier | nastiest)

▲Don't be so **nasty to** those who care about you.

別對那些關心你的人那麼壞。

▲Telling **nasty** jokes in the workplace is a kind of sexual harassment. 在工作場所說下流笑話是種性騷擾。

nastily

[`næstəlɪ]

adv. 不友善地

▲The violent criminal smiled **nastily** at the police.

殘暴的罪犯不友善地對著警方微笑。

---

16 **pledge**

[plɛdʒ]

n. [C] 誓言，諾言 <to> [同] commitment；擔保品 <of>

▲Will made a **pledge to** take his kids to the aquarium.

Will 承諾要帶他的孩子去水族館。

▲Ruth borrowed some money and left her engagement ring as a **pledge**.

Ruth 借了點錢並以她的訂婚戒指作為擔保品。

pledge

[plɛdʒ]

v. 發誓，承諾 <to>

▲The government **pledged to** rebuild the bridge ruined by the typhoon as soon as possible.

政府承諾會盡快重建被颱風破壞的橋。

---

17 **prey**

[pre]

n. [sing.] 獵物 [反] predator；受害者，受騙者

▲Spiders use their webs to catch their **prey**.

蜘蛛利用牠們的網來捕抓獵物。

▲Old people are seen as easy **prey** for fraud rings.

老人是詐騙集團易下手的目標。

💡be/fall prey to sb/sth 受⋯捕食；受⋯所害

prey

[pre]

v. 捕食 <on, upon>；坑騙 <on, upon>

▲Sparrows **prey on** worms and fruits. 麻雀捕食蟲子及果實。

▲The dishonest traders **prey on** the tourists. 奸商坑騙旅客。

---

18 **random**

[`rændəm]

adj. 任意的，隨機的

▲The survey used a **random** sample of 500 students throughout the town.

這調查採隨機抽這座小鎮上五百名學生為樣本。

💡at random 任意地，隨意地

randomly

[`rændəmlɪ]

adv. 任意地，隨意地

▲The magician asked the little girl to pick a card **randomly**. 魔術師要求小女孩任意抽取一張卡片。

19 refuge

[`rɛfjudʒ]

n. [U] 避難，庇護 <from>；[C] 避難所，庇護所 <from>

▲A thunderstorm forced the passers-by to take **refuge from** the rain in the arcade.
這場雷陣雨迫使行人們在騎樓尋求庇護以躲雨。

▲The government is planning where to build a wildlife **refuge**. 政府正在規劃在哪裡蓋野生動物保護區。

---

20 reverse

[rɪ`vɝs]

v. 使反轉

▲It will take some time to **reverse** the economic decline.
扭轉經濟衰退的局勢會花上一些時間。

reverse

[rɪ`vɝs]

adj. 相反的

▲The FBI agent says one way to spot liars is to ask them to tell their stories in **reverse** order. 聯邦調查局人員說，要看出說謊者的方法之一是要求他們以倒敘的方式來描述事情。

reverse

[rɪ`vɝs]

n. [C][U] 相反

▲Many of Julia's friends think Julia is outgoing; however, the **reverse** is true. 許多 Julia 的朋友認為 Julia 是個外向的人，然而，事實上情況正好相反。

💡put sth in(to) reverse 使出現逆轉

reversal

[rɪ`vɝsl̩]

n. [C][U] 逆轉 <of, in>

▲The clothing factory experienced a **reversal of** fortune, but now it's getting better.
這間成衣工廠曾經經歷過命運逆轉，但是現在發展越來越好。

---

21 strain

[stren]

n. [C][U] 緊張；[sing.] 負擔 <on>

▲Thomas is learning to cope with the stresses and **strains** of his studies.
Thomas 正在學習處理課業所帶來的壓力與緊張情緒。

▲The middle-aged man lost his job, which put a great **strain on** his family.
這位中年男子失去了工作，帶給一家人沉重的負擔。

strain

[stren]

v. 使緊繃，竭力；弄傷 (身體、肌肉)

▲Without subtitles, Vicky needs to **strain** her ears **to** catch the conversations in the movie.

沒有了字幕，Vicky 需要豎起耳朵去聽電影裡的對話。

▲Katie **strained** a muscle when she played volleyball.

Katie 打排球時拉傷了肌肉。

strained

[strend]

adj. 緊張的，緊繃的 [同] tense

▲Relations between the Soviet Union and the United States were **strained** during the Cold War.

在冷戰時期，蘇聯和美國關係緊張。

22 **toxic**

[`tɑksɪk]

adj. 有毒的 [同] poisonous

▲The factory was caught releasing **toxic** chemicals into the river. 工廠被發現在河裡排放有毒化學物質。

💡toxic fumes/gases/substances 有毒的煙霧／氣體／物質

23 **transaction**

[træns`ækʃən]

n. [C][U] 交易

▲Remember to get a receipt after the **transaction**.

交易完畢後，請記得索取收據。

24 **vendor**

[`vɛndɚ]

n. [C] 小販

▲Jacob bought a hot dog from a street **vendor** on the sidewalk. Jacob 向人行道上的街頭攤販買了一支熱狗。

25 **via**

[`vaɪə]

prep. 經由；藉由

▲Sophia flew to Taiwan from London **via** Bangkok.

Sophia 從倫敦經由曼谷飛往臺灣。

▲You can contact me **via** email. 你可以用電子郵件與我聯絡。

Unit 13

1 **abundant**

[ə`bʌndənt]

adj. 豐富的 [同] plentiful [反] scarce

▲There will be **abundant** supplies of food and medicine sent to the refuge. 會有充足的食物和藥物資源送到難民區。

2 activist
['æktɪvɪst]

n. [C] 積極分子

▲The environmental **activists** organized a protest against the planned new factory.

環境保護積極分子組織抗議活動抗議計劃建造的新工廠。

💡 animal rights activist 保護動物權益的積極分子

3 administrative
[əd'mɪnə,stretɪv]

adj. 行政的，管理的

▲Molly had worked for many years as an **administrative** assistant before she was promoted to manager.

在 Molly 晉升為經理前，她已任職行政助理多年。

💡 administrative duty 行政責任

4 apt
[æpt]

adj. 適切的 <for> [同] appropriate；有…傾向的 <to>

▲Both reward and punishment should be **apt for** students' behavior. 獎懲皆應該適切於學生的行為表現。

▲Tom is **apt to** be careless. See, he forgot to bring his water bottle again. Tom 常常粗心大意。你看他又忘記帶水壺了。

aptitude
['æptə,tjud]

n. [C][U] 天賦，才能 <for> [同] talent

▲Leslie has a natural **aptitude for** music. No wonder she plays the piano so well.

Leslie 在音樂方面很有天賦。難怪她鋼琴彈得很好。

5 barren
['bærən]

adj. 貧瘠的 [同] infertile；無成果的

▲Nothing can grow in this **barren** soil.

這貧瘠的土壤什麼東西都長不出來。

▲They decided to terminate this meaningless and **barren** project. 他們決定終止這項無意義且無成果的計畫。

6 beloved
[bɪ'lʌvd]

adj. 摯愛的 <by, of>

▲The accident took the life of Ken's **beloved** daughter.

這場意外奪走了 Ken 摯愛的女兒。

beloved
[bɪ'lʌvd]

n. [C] 所愛的人

▲Dan sent a bunch of red roses to his **beloved** on Valentine's Day. 情人節當天 Dan 送了一束紅玫瑰給他的摯愛。

7	**compatible**	adj. (尤指電器、軟體等) 相容的 <with>；投緣的 <with>
	[kəm`pætəbl]	▲ This software is not **compatible with** my computer.
		這個軟體與我的電腦不相容。
		▲ Ivy wants to find a roommate more **compatible with** her.
		Ivy 想找個更合得來的室友。

8	**density**	n. [U] 密度
	[`dɛnsətɪ]	▲ The city has the high **density** of convenience stores.
		這座城市的便利商店密度很高。
		💡 population density 人口密度

9	**derive**	v. 起源於 <from>；得到 (樂趣等) <from>
	[də`raɪv]	▲ Many English words are originally **derived from** Latin.
		許多英文字起源於拉丁語。
		▲ Albert always **derives** pleasure **from** reading.
		Albert 總是從閱讀中得到樂趣。

10	**fiber**	n. [C][U] (衣服) 纖維；[U] (食物) 纖維素 [同] roughage
	[`faɪbɚ]	▲ Vivian has very sensitive skin, so she only buys clothes made of natural **fibers**.
		Vivian 有敏感性肌膚，因此只買天然纖維做的衣服。
		▲ Dietary **fiber** keeps us from being constipated.
		膳食食物讓我們免於便祕。
		💡 artificial fiber 人造纖維	high-/low-fiber diet 高／低纖飲食

11	**fluid**	n. [C][U] 流質
	[`fluɪd]	▲ After the operation, the patient was asked to drink **fluids** only. 手術過後，病人被要求只能喝流質的東西。
	fluid	adj. 流暢的 [同] flow；不穩定的
	[`fluɪd]	▲ The ballet dancer was dancing with graceful and **fluid** movements. 這位芭蕾舞者以優美和流暢的動作跳著舞。
		▲ The country's political situation is still **fluid**.
		這個國家的政治狀況依然不穩定。

12 glare
[glɛr]

n. [C] 怒視

▲Leo's teacher gave him an angry **glare**.
Leo 的老師憤怒地瞪他一眼。

glare
[glɛr]

v. 怒視 <at> [同] glower

▲Sharon **glared at** Gary and walked out of the kitchen.
Sharon 怒視 Gary 並離開廚房。

---

13 legitimate
[lɪˋdʒɪtəmɪt]

adj. 合法的 [同] legal [反] illegitimate；
合理的 [同] justifiable, valid

▲All of Robert's property went to his daughter as she was the only **legitimate** heir. Robert 所有的財產都由他的女兒繼承，因為她是唯一的合法繼承人。

▲There is no **legitimate** reason for us to sign this unequal treaty. 我們沒有正當理由簽署這份不平等協定。

legitimate
[lɪˋdʒɪtəˌmet]

v. 使合法 [同] legitimize

▲Some victims of sexual assault hoped to **legitimate** abortion. 一些性侵受害者期盼能讓墮胎合法化。

---

14 migration
[maɪˋgreʃən]

n. [C][U] 遷移，移居

▲The biologists are studying the seasonal **migration** of the birds. 生物學家們正在研究這種鳥的季節性遷移。

migrate
[ˋmaɪgret]

v. 遷移 <to>

▲Swallows **migrate to** the south in autumn.
燕子秋天遷移至南方。

---

15 neutral
[ˋnjutrəl]

adj. 中立的 [同] impartial, unbiased

▲Ivan takes a **neutral** stand in the argument between his parents. Ivan 在雙親之間的爭執中持中立態度。

💡 remain/stay neutral 保持中立

neutral
[ˋnjutrəl]

n. [C] 中立國；[U] (汽車) 空檔 <in, into>

▲Switzerland was a **neutral** throughout the Second World War. 瑞士在第二次世界大戰自始至終是個中立國。

▲The truck is **in neutral**. 這輛貨車現在是空檔。

---

16 plunge

[plʌndʒ]

n. [C] (某人或某物) 突然落下 <into>；暴跌 <in>

▲One witness recorded the helicopter's **plunge into** the valley. 一位目擊者錄下直升機墜落山谷畫面。

▲Due to the **plunge in** vegetable prices, the farmers have a hard life. 因菜價驟跌，農民生活困難。

💡take the plunge (深思後) 毅然決定

plunge

[plʌndʒ]

v. 突然墜落 <over, off, into>；暴跌 <to>

▲The tour bus was hit by the falling rock and **plunged over** the cliff. 遊覽車被落石擊中墜落懸崖。

▲The stock market **plunged** sharply due to the terrorist attack. 因為恐怖攻擊，股市重挫。

17 prior

[ˋpraɪɚ]

adj. 較早的，先前的 [同] previous

▲The fire broke out without any **prior** warning.

這場火災毫無預警的發生。

💡prior to sth 在…之前

prior

[ˋpraɪɚ]

adv. 在先，事先

prior

[ˋpraɪɚ]

n. [C] 小修道院院長

18 residence

[ˋrɛzədəns]

n. [C] 住所；[U] 定居 [同] residency

▲The White House is the **residence** of the president of the United States. 白宮是美國總統的住所。

▲Jacob took up **residence** in Vietnam. Jacob 在越南定居。

19 ridiculous

[rɪˋdɪkjələs]

adj. 可笑的，荒唐的 [同] absurd

▲Whenever Brian got drunk, he would unknowingly do something **ridiculous**.

每當 Brian 酒醉的時候，他會不自覺做些可笑的事情。

ridicule

[ˋrɪdɪ͵kjul]

n. [U] 嘲笑，嘲弄 [同] mockery

▲Fiona became an object of **ridicule** since her skirt was inside out. Fiona 因為裙子穿反而成了眾人的笑柄。

ridicule

[`rɪdɪ͵kjul]

v. 嘲笑，嘲弄 [同] mock

▲Grace was upset when her hairstyle was **ridiculed** by her classmates. Grace 因為被同學嘲笑髮型而感到沮喪。

---

20 **saint**

[sent]

n. [C] 聖人，聖徒 (abbr. St, St.)；至善之人

▲**St** Paul's Cathedral is one of the most popular tourist attractions in London.

聖保羅大教堂是倫敦最熱門的觀光景點之一。

▲We really admire Fred for having the patience of a **saint** with those difficult customers.

我們真的很佩服 Fred 對那些難纏的客人有聖人般的耐心。

saint

[sent]

v. 指定…為聖徒

---

21 **scent**

[sɛnt]

n. [C] 香味 <of> [同] fragrance；氣味

▲Some can't stand the **scent of** durian.

有些人無法忍受榴槤的香氣。

▲A well-trained sniffer dog can detect the **scent** of drugs in a very slight amount.

訓練有素的緝毒犬能偵測出微量毒品的氣味。

scent

[sɛnt]

v. 使有香味；(動物) 嗅出

▲The incense **scents** the air in the temple.

線香使寺廟充滿香氣。

▲The dog seems to **scent** something and starts barking at the air. 狗似乎嗅到什麼並開始對空吠叫。

---

22 **suburban**

[sə`bɝbən]

adj. 郊區的

▲The newlyweds are looking for a **suburban** house at an affordable price.

這對新婚夫婦正在尋找在郊區可負擔得起的房子。

---

23 **trait**

[tret]

n. [C] 特徵，特質

▲Honesty is one of Ann's most admirable **traits**.

誠實是 Ann 最令人讚賞的特質之一。

💡personality/character trait 人格特質

---

24 transparent

[træns`pɛrənt]

adj. 透明的 [同] clear；易懂的

▲ Rays can go through **transparent** glass.

光線可以穿過透明玻璃。

▲ These works of art are of **transparent** simplicity.

這些藝術作品簡明易懂。

25 viable

[`vaɪəbl]

adj. 可行的

▲ Honestly speaking, we don't think your plan is **viable**.

老實說，我們並不認為你的計畫可行。

Unit 14

1 administrator

[əd`mɪnə,stretə]

n. [C] 管理者

▲ Due to the political scandal, the **administrator** made a public apology and decided to resign.

由於政治醜聞，管理者公開道歉並決定辭職。

2 alter

[`ɔltə]

v. 改變

▲ One small thought may **alter** your life.

一個小小的念頭可以改變你的一生。

alteration

[,ɔltə`reʃən]

n. [C][U] 改變 <to>

▲ Emma made some **alterations to** her old apartment.

Emma 對她的舊公寓做了一些改變。

3 arena

[ə`rinə]

n. [C] (運動) 競技場；界

▲ A boxing match was held in the **arena**.

一場拳擊賽在競技場舉行。

▲ Ralph decided to enter the political **arena** after graduation. Ralph 決定畢業後投入政治界。

4 behalf

[bɪ`hæf]

n. [C] 代表…；為了幫助…

▲ Lily will receive the award on **behalf** of her class.

Lily 將代表全班領獎。

▲People are willing to donate on **behalf** of flood victims.
人們很願意捐錢幫助水災災民。

5 **belongings**

[bə`lɔŋɪŋz]

n. [pl.] 所有物 [同] possession

▲Hank ran away from home with only a few personal **belongings**. Hank 只帶了一些私人物品就離家出走了。

6 **beware**

[bɪ`wɛr]

v. 當心，注意 <of>

▲**Beware of** falling asleep when sunbathing! Otherwise, you might get sunburned.

在曬日光浴時當心別睡著了！否則，你可能會曬傷。

7 **caution**

[`kɔʃən]

n. [U] 謹慎 <with>；[C][U] 告誡

▲We must **proceed with caution**, or it will add insult to injury. 我們須謹慎行事，否則只會雪上加霜。

▲Just a word of **caution**: it is going to rain heavily.
只是提醒一句，等等會下大雨。

💡throw/cast caution to the winds 不顧風險，魯莽行事

caution

[`kɔʃən]

v. 告誡 <against>

▲The locals **cautioned** me **against** walking alone in the forest. 當地人告誡我不要單獨在森林行走。

8 **competence**

[`kɑmpətəns]

n. [U] 能力 <in, of>

▲The software company is looking for those who have a high level of **competence in** Japanese.

這家軟體公司正在尋找日文能力強的人。

9 **destination**

[ˌdɛstə`neʃən]

n. [C] 目的地

▲Due to the storm, only half of the sailors have reached their **destination**. 因為暴風雨，只有一半的水手抵達目的地。

💡holiday/tourist destination 渡假勝地

10 **destructive**

[dɪ`strʌktɪv]

adj. 破壞性的 <to>

▲It concerns teachers that bullying can have a **destructive** effect on students.

老師們擔心霸凌會帶給學生不良的影響。

11 forge
[fɔrdʒ]

v. 偽造

▲The man was under arrest for **forging** bills.
這個男人因為偽造鈔票而被逮捕。

12 immense
[ɪ`mɛns]

adj. 極大的 [同] enormous

▲Mastering a language requires an **immense** effort.
學好一個語言需要極大的努力。

immensely
[ɪ`mɛnslɪ]

adv. 非常 [同] enormously, extremely

▲Belinda is an **immensely** talented ballet dancer.
Belinda 是個才華洋溢的芭蕾舞者。

13 implement
[`ɪmplə,mɛnt]

v. 實施 (計畫等)

▲The new tax policy is scheduled to be **implemented** next month. 新的稅務政策預計下個月開始實施。

implement
[`ɪmpləmənt]

n. [C] 工具，器具

▲Adam put all of the agricultural **implements** in the warehouse. Adam 將所有的農具放在倉庫裡。

14 likewise
[`laɪk,waɪz]

adv. 同樣地 [同] similarly

▲Jacob took a vacation to Dubai and his uncle did **likewise**. Jacob 去杜拜渡假，而他的叔叔也是。

15 naive
[nɑ`iv]

adj. 天真無知的 (naiver｜naivest)

▲It's **naive** to think that catching all the criminals would bring peace. 認為抓走所有罪犯就能帶來和平是很天真的想法。

naively
[nɑ`ivlɪ]

adv. 天真無知地

▲Tina **naively** believed every word the stranger said and gave him her mobile number.
Tina 天真地相信陌生人所說的話，並且給對方她的手機號碼。

16 norm
[nɔrm]

n. [C] 準則 (usu. pl.)；常態 (the ～)

▲People who stay away from social **norms** are often described as odd. 遠離社會準則的人常被說成是古怪的。

▲Mobile payments are becoming **the norm** in many countries. 行動支付在許多國家正迅速普遍起來。

17 poetic
[po`ɛtɪk]

adj. 詩的；詩意的

▲Wilson has a collection of Emily Dickinson's **poetic** works. Wilson 有一套艾蜜莉狄金生的詩集。

▲All the classmates admire Jasmine's **poetic** language. 同學們都很欽佩 Jasmine 如詩的文字。

poeticallly
[po`ɛtɪklɪ]

adv. 富有詩意地

▲The musician composed the symphony **poetically**. 作曲家把這個交響曲寫得富有詩意。

18 resort
[rɪ`zɔrt]

n. [C] 遊覽地；[C][U] 手段

▲Lucy and her family stayed in a ski **resort** while they were taking a vacation in Hokkaido. Lucy 與她的家人在北海道渡假時停留在滑雪勝地。

▲Military force should only be used as a last **resort**. 武力應該僅作為最後的手段。

resort
[rɪ`zɔrt]

v. 訴諸於… <to>

▲The company **resorted to** the law to settle the dispute. 公司訴諸法律來解決爭端。

19 rigid
[`rɪdʒɪd]

adj. 僵硬的；嚴格的 [同] inflexible [反] flexible

▲The girl was **rigid** with fear at the sight of the snake. 女孩一看到蛇就被嚇得無法動彈。

▲Karen is not used to the **rigid** disciplines of the new school. Karen 不習慣這所新學校的嚴格校規。

rigidly
[`rɪdʒɪdlɪ]

adv. 嚴格地

▲In order to lose weight, Hannah sticks **rigidly** to her diet plan. 為了減肥，Hannah 嚴格遵守她的節食計畫。

20 setting
[`sɛtɪŋ]

n. [C] 環境 <for>；背景

▲Alex thought this restaurant would be the perfect **setting for** the first date. Alex 認為這家餐廳會是第一次約會的理想環境。

▲The historical movie has its **setting** in Tang dynasty.

這部歷史電影以唐朝為背景。

21 **sow**	v. 播種；引起 (sowed | sown, sowed | sowing)
[so]	▲We **sowed** the tulip seeds in November. They are expected to blossom in March.
	我們在十一月播種鬱金香。它們預計三月會開花。
	▲Zack's strange behavior **sowed** doubt in my mind.
	Zack 奇怪的行為讓我起了疑心。
sow	n. [C] 母豬
[so]	▲There are some **sows** in the pigpen. 豬圈裡有一些母豬。

22 **sturdy**	adj. 結實的，堅固的 (sturdier | sturdiest)
[ˋstɝdɪ]	▲The shelf is not **sturdy** enough for the encyclopedia.
	那個架子不夠堅固，無法承受那套百科全書的重量。

23 **superstition**	n. [C][U] 迷信
[͵supɚˋstɪʃən]	▲It is a **superstition** that giving a friend a fan as a gift will destroy the relationship with him or her.
	送朋友扇子當禮物會毀了與他或她的情誼是個迷信。

24 **trigger**	n. [C] 扳機；(引起反應的) 一件事或情況 <for>
[ˋtrɪgɚ]	▲The soldier aimed at his target and pulled the **trigger**.
	士兵瞄準他的目標並扣下扳機。
	▲The stress of the job was the **trigger for** Helen's depression. 工作的壓力引發了 Helen 憂鬱症。
trigger	v. 引發 <off>
[ˋtrɪgɚ]	▲The smell of the cuisine **triggered** a fond memory of Susie's childhood.
	這道菜的味道讓 Susie 想起美好的童年回憶。

25 **vicious**	adj. 惡意的 [同] malicious；殘暴的 [同] violent
[ˋvɪʃəs]	▲Those boys made some **vicious** remarks about Bill.
	那群男孩說著 Bill 的壞話。

Level 5–1

▲The gangster gave the barking dog a **vicious** kick.

歹徒狠狠地踢了那隻正在吠的狗一腳。

💡vicious circle 惡性循環

Unit 15

1 **adore**

[əˋdor]

v. 熱愛，崇拜

▲Chloe **adores** Snoopy and all of its products.

Chloe 熱愛史努比和它所有的商品。

adoration

[͵ædəˋreʃən]

n. [U] 熱愛，崇拜

▲Those devoted fans looked at their idol with **adoration**.

那些狂熱的粉絲以崇拜的眼光看著他們的偶像。

adorable

[əˋdorəbl]

adj. 可愛的，討人喜歡的

▲Blaire's parents gave her an **adorable** puppy on her birthday. Blaire 的父母在她生日的時候給她一隻可愛的小狗。

2 **articulate**

[arˋtɪkjə͵let]

v. 清楚表達

▲Nancy could **articulate** her feelings in French.

Nancy 能用法文清楚表達她的感受。

articulate

[arˋtɪkjəlɪt]

adj. 能清楚表達的

▲It's difficult to imagine that Jimmy is illiterate after listening to his creative and **articulate** storytelling. 在聽完 Jimmy 有創意且清楚表達的述說故事後，很難想像他是個文盲。

articulation

[ar͵tɪkjəˋleʃən]

n. [U] 表達

▲Sandy is a good lecturer with clear **articulation**.

Sandy 是一位表達清楚的好講師。

3 **attribute**

[əˋtrɪbjut]

v. 把…歸因於… <to>

▲The champion **attributed** her success **to** her coach's support. 冠軍把她的勝利歸功於她教練的支持。

4 beneficial

[ˌbɛnəˈfɪʃəl]

adj. 有益的 <to, for>

▲The new policy will be **beneficial to** all citizens.
新政策將有益於所有市民。

beneficially

[ˌbɛnəˈfɪʃəlɪ]

adv. 有益地

▲A balanced diet will **beneficially** affect the patient's health. 均衡的飲食將有益地影響病人的健康。

beneficiary

[ˌbɛnəˈfɪʃərɪ]

n. [C] 受益人 <of> (pl. beneficiaries)

▲David was the chief **beneficiary of** the business deal.
David 是這場商業交易的主要受益人。

5 biological

[ˌbaɪəˈlɑdʒɪkl]

adj. 生物的

▲Sleeping and eating are human **biological** necessities.
睡與吃是人類的生理需求。

💡biological diversity 生物多樣性 | biological parents 親生父母

6 bodyguard

[ˈbɑdɪˌgɑrd]

n. [C] 保鏢

▲The movie star hired a team of **bodyguards** to protect her. 這名影星僱用一群保鏢保護她。

7 component

[kəmˈponənt]

n. [C] 構成要素，成分 <of> [同] constituent

▲The scientists are analyzing the **components of** the substance. 科學家正在分析這物質的成分。

component

[kəmˈponənt]

adj. 構成的，組成的 [同] constituent

▲Laura put the **component** parts together into a model plane by herself. Laura 自己組裝零件做了架模型飛機。

8 compound

[ˈkɑmpaʊnd]

n. [C] 化合物 <of>

▲Carbon dioxide is the **compound of** carbon and oxygen.
二氧化碳是碳和氧氣的化合物。

compound

[kəmˈpaʊnd]

v. 使惡化；混和 <with>

▲Andy's depression was **compounded** when his marriage broke up. Andy 的婚姻破局使他的憂鬱症惡化了。

▲The sauce is **compounded of** twenty ingredients.
這個醬料是由二十種成分混和而成。

compound

[`kɑmpaʊnd]

adj. 合成的，複合的

▲ "Doghouse" is an example of **compound** words.

「狗屋」是複合字的例子之一。

9 **crucial**

[`kruʃəl]

adj. 極重要的 <to> [同] vital, critical, essential

▲ Mike's home run was **crucial to** our victory.

Mike 的全壘打是我們勝利的關鍵。

10 **diagnosis**

[ˌdaɪəɡ`nosɪs]

n. [C][U] 診斷 <of> (pl. diagnoses)

▲ The doctor gave Cleo a **diagnosis** and then prescribed her some painkillers.

醫生替 Cleo 做診斷，然後開些止痛藥給她。

💡 initial diagnosis 初步診斷

11 **discriminate**

[dɪ`skrɪməˌnet]

v. 歧視 <against>；

辨別，區分 <from, between> [同] differentiate

▲ The technology company **discriminates against** females and in favor of male job applicants.

這間科技公司歧視女性，偏好男性應徵者。

▲ It's necessary to teach children how to **discriminate between** right and wrong. 教孩子如何區分對錯是必須的。

12 **gross**

[gros]

adj. 總共的；嚴重的

▲ The shipping fee is based on the **gross** weight.

運費以總重量計價。

▲ The policy is referred to as a **gross** invasion of privacy.

政策被認為嚴重侵犯隱私權。

💡 gross income 總收入

gross

[gros]

v. 獲得…總收入

▲ The trading company **grossed** about $10 million last year. 這間貿易公司去年總收入大約十億美元。

gross

[gros]

n. [sing.] 總收入；[C] 籮 (12 打，144 個) (pl. gross)

▲ Serena donated half of her **gross** to the animal shelter.

Serena 捐了她一半的收入給動物收容所。

▲The package contains two **gross** of pens.

這包裹內包含兩簍的筆。

---

13 **incentive**

[ɪn`sɛntɪv]

n. [C][U] 刺激，誘因 <to>

▲Julia gave her daughter a dress as an **incentive to** complete the report on time.

Julia 送她女兒一件洋裝，作為把報告準時完成的誘因。

incentive

[ɪn`sɛntɪv]

adj. 激勵的

▲The company provides **incentive** pay for hard-working employees. 這間公司提供獎勵性薪資給勤奮的員工。

---

14 **indigenous**

[ɪn`dɪdʒənəs]

adj. 本地的，本土的 <to> [同] native

▲Koalas are **indigenous to** Australia.

無尾熊是澳洲本土的動物。

💡indigenous species 本土物種

---

15 **mint**

[mɪnt]

n. [C][U] 薄荷；[C] 鑄幣廠

▲Steve likes to decorate the cake with a sprig of **mint**.

Steve 喜歡以薄荷枝點綴蛋糕。

▲Coins are issued by the **mint**. 錢幣由鑄幣廠發行。

---

16 **nowhere**

[`no,hwɛr]

adv. 任何地方都沒…

▲**Nowhere** else could you find such a good car.

你在任何地方都無法找到一臺這麼好的車。

💡go/get/head nowhere 一無所成 ｜ nowhere near 絕非

nowhere

[`no,hwɛr]

pron. [U] 無處

▲There was **nowhere** for the earthquake victims to go.

地震災民無處可去。

---

17 **offering**

[`ɔfərɪŋ]

n. [C] 供品

▲Doris often makes **offerings** of fruit to the gods.

Doris 時常給神明供奉水果。

---

18 **precaution**

[prɪ`kɔʃən]

n. [C] 預防措施 <against>

▲As a **precaution**, you should keep the copy of the contract. 為防萬一，你該保留合約影本。

💡safety precautions 安全防範措施｜

take the precaution of V-ing 做⋯來當預防措施

---

19 riot

[ˈraɪət]

| n. | [C] 暴動

▲Many students were injured in the street **riot** last night.

許多學生在昨晚的街頭暴動中受傷。

💡provoke/spark a riot 引起暴動

riot

[ˈraɪət]

| v. | 暴動

▲The staff **rioted** when they learned about the pay cuts.

當員工得知減薪時開始暴動。

riotous

[ˈraɪətəs]

| adj. | 狂歡的 [同] wild；暴亂的

▲After the **riotous** party, all the guests said their farewell to the host. 狂歡的派對後，所有賓客和主人道別。

▲A **riotous** crowd gathered in the town square.

暴亂的群眾聚集在鎮上的廣場。

---

20 ritual

[ˈrɪtʃʊəl]

| n. | [C][U] 儀式；慣例

▲Many animals have **rituals** for mating.

許多動物有求偶儀式。

▲It is Charlotte's daily **ritual** to read novels at breakfast.

早餐讀小說是 Charlotte 每天的慣例。

ritual

[ˈrɪtʃʊəl]

| adj. | 慣例的

▲Every morning, Daniel makes **ritual** visits to the bakery for fresh bread. Daniel 每天早上習慣去麵包店買新鮮麵包。

---

21 straightforward

[ˌstret`fɔrwɚd]

| adj. | 直率的；明白的 [同] easy [反] complicated

▲Sean is **straightforward**; he never beats around the bush. Sean 很直率，他從不拐彎抹角。

▲The truth is not as **straightforward** as you believe.

真相不像你想的那麼簡單。

---

22 subsequent

[ˈsʌbsɪˌkwɛnt]

| adj. | 隨後的，接下來的 <to> [反] previous

▲The political observer's **subsequent** statement cleared up the confusion. 政治評論家接下來的說明解開了疑惑。

---

subsequently

[`sʌbsɪ,kwɛntlɪ]

adv. 隨後 [反] previously

▲The missing child was found and was **subsequently** sent to the police station. 失蹤小孩被找到，隨後被送進警局。

---

23 **supervisor**

[,supɚ`vaɪzɚ]

n. [C] 監督者，主管

▲A good **supervisor** requires the ability to communicate effectively and confidently.

一位好的主管要有能力進行有效而自信的溝通。

---

24 **trivial**

[`trɪvɪəl]

adj. 微不足道的

▲Let's not waste our time talking about **trivial** matters.

我們不要浪費時間在談論小事上。

---

25 **vulnerable**

[`vʌlnərəbl̩]

adj. 脆弱的，易受攻擊的 <to> [反] invulnerable

▲Regina is **vulnerable to** stress; she easily becomes frustrated. Regina 抗壓能力較差，她容易變得沮喪。

Unit 16

1 **adverse**

[əd`vɝs]

adj. 不利的

▲The baseball team successfully won the game in spite of **adverse** conditions.

儘管在不利的情況下，棒球隊成功贏得比賽。

---

2 **ass**

[æs]

n. [C] 傻瓜 [同] fool

▲Harry **made an ass of himself** at the party.

Harry 在舞會上大出洋相。

---

3 **bid**

[bɪd]

n. [C] 招標 <for>；競爭

▲The government invited **bids for** the construction of the museum. 政府招標博物館建築工程。

▲The man failed in his **bid for** the presidency.

這男人出馬競爭總統職位失敗。

💡make a bid for... 對…出價 | win/lose a bid 得標／未得標

bid
[bɪd]

v. 出價 <for> (bid | bid | bidding)

▲Kevin **bids** ten dollars **for** the old stove.
Kevin 出價十美元買這個舊爐子。

💡bid up sth 抬高⋯的價格；競出高價購買⋯｜
bid against sb 與⋯爭相出高價競標

---

4 **blast**
[blæst]

n. [C] 一陣強風；爆炸

▲A **blast** of wind shook the window. 一陣強風搖晃著窗戶。

▲The **blast** occurred at 4 a.m. and killed six people.
爆炸在凌晨四點鐘發生並造成六人死亡。

💡blast from the past 舊物，故人｜full blast 最響亮地

blast
[blæst]

v. 爆破；發出刺耳聲

▲The miners tried to **blast** a tunnel through the mountains. 礦工試著爆破出一條穿山隧道。

▲Heavy metal music **blasted** from the stereo.
音響發出刺耳的重金屬音樂。

---

5 **bound**
[baʊnd]

v. 與⋯接界 <by>；彈跳

▲Canada is **bounded** in the south **by** the U.S.
加拿大南端與美國接界。

▲The ball **bounded** over the wall. 球彈跳到牆外去了。

bound
[baʊnd]

n. [C] 跳躍；[pl.] 限定區域 (～s) <of>

▲The horse jumped over the fence with one **bound**.
這匹馬一個跳躍跳過了圍籬。

▲The commander asked the pilots to fly within the **bounds of** the territories.
指揮官要求飛行員在領土限定區域內飛行。

💡by/in leaps and bounds 非常迅速地

bound
[baʊnd]

adj. 一定會 <to>

▲It's **bound to** snow tomorrow. 明天一定會下雪。

💡bound and determined 一定要｜bound up 緊密相關的

6	**cognitive** [ˈkɑgnətɪv]	adj. 認知的 ▲ Is Mr. Lin still in the field of **cognitive science**? 林先生是否還在認知科學領域？

7	**comprehend** [ˌkɑmprɪˈhɛnd]	v. 理解 [同] understand, grasp ▲ The police still can't **comprehend** how the murder was committed. 警察仍無法理解凶案是如何發生的。

8	**comprehension** [ˌkɑmprɪˈhɛnʃən]	n. [U] 理解力 [同] understanding ▲ Tina's crazy idea is far beyond our **comprehension**. Tina 的瘋狂點子遠超乎我們的理解力。
	comprehensible [ˌkɑmprɪˈhɛnsəbḷ]	adj. 可理解的 <to> [同] understandable [反] incomprehensible ▲ This postmodern movie is not **comprehensible to** me. 我看不懂這部後現代電影。

9	**dilemma** [dəˈlɛmə]	n. [C] 進退兩難 ▲ Fiona is **in a dilemma** about whether she should tell the truth. Fiona 進退兩難，不知是否該說實話。 💡 caught in a dilemma 處於兩難的情況︱ confronted/faced with a dilemma 面對進退兩難的情況︱ moral/ethical dilemma 道德／倫理兩難

10	**distinction** [dɪˈstɪŋkʃən]	n. [C][U] 區別，差異 <between> ▲ Make a clear **distinction between** good and evil. 明確的區別善與惡。

11	**franchise** [ˈfræntʃaɪz]	n. [C] 特許經營權；[sing.] 選舉權 (the ～) ▲ You need to pay a lot to become a **franchise holder** of this company. 你需要付很多錢才能成為這家公司的特許經營者。 ▲ Women in Britain did not have **the franchise** before 1918. 英國的成年女性在 1918 年前沒有選舉權。

12	**habitat** [ˈhæbəˌtæt]	n. [C][U] (動物的) 棲息地 ▲ Many animals are losing their natural **habitats** because of the area's urbanization. 許多動物正因這個地區的都市化而失去牠們的天然棲息地。

13 index
[ˋɪndɛks]

n. [C] 索引 (pl. indexes, indices)

▲It's easy for you to find your friend's name with the help of the **index**.

在索引的協助下，你可以很輕鬆地找到你朋友的名字。

💡index finger 食指

index
[ˋɪndɛks]

v. 編索引

▲Wendy needs me to help her **index** all the subjects in this book. Wendy 需要我幫她索引這本書裡所有的主題。

14 infrastructure
[ˋɪnfrəˏstrʌktʃɚ]

n. [C] 基礎建設 (usu. sing.)

▲The government will invest 100 million in the city's **infrastructure**. 政府將會投資一億在該城市的基礎建設上。

15 noticeable
[ˋnotɪsəbl̩]

adj. 明顯的

▲There is a **noticeable** improvement in your work in such a short time. 你的工作表現在短時間內有非常明顯的進步。

noticeably
[ˋnotɪsəblɪ]

adv. 明顯地

▲After the New Year's Eve celebration, the streets were **noticeably** dirtier than usual.

跨年晚會過後，街道明顯比平常更髒亂。

16 obligation
[ˏɑbləˋgeʃən]

n. [C] 義務 <to>

▲Every citizen has an **obligation to** vote.

每一個市民都有投票的義務。

obligatory
[əˋblɪgəˏtorɪ]

adj. 必須做的 [同] compulsory, mandatory [反] optional

▲The wearing of a uniform is **obligatory**.

依照規定穿制服是大家都必須做的。

17 opponent
[əˋponənt]

n. [C] 對手 [同] adversary；反對者 <of>

▲Even though I defeated you this time, I must admit that you are a worthy **opponent**.

雖然這次打敗了你，但我必須承認你是個可敬的對手。

▲The **opponents of** the military regime are parading through the city. 軍政府的反對者們正在城內抗議遊行。

18 prejudice

[ˋprɛdʒədɪs]

n.　[C][U] 偏見 <against, for>

▲The woman has a strong **prejudice against** homosexuals. 這位女子對同性戀者有強烈的偏見。

💡eliminate/dispel the prejudice 摒除偏見 ｜ racial/sexual prejudice 種族／性別偏見

prejudice

[ˋprɛdʒədɪs]

v.　使有偏見 <against>

▲The TV station tried to **prejudice** people **against** the candidate. 這電視臺試圖使人們對這位候選人產生偏見。

prejudiced

[ˋprɛdʒədɪst]

adj.　有偏見的 <against>

▲Nick has always been **prejudiced against** domestic wine. Nick 對國產酒一直有偏見。

19 rival

[ˋraɪvl̩]

adj.　競爭的

▲Our company's losses come from the largest customers changing to our **rival** company.

我們公司的損失來自於最大的客戶轉向競爭公司。

rival

[ˋraɪvl̩]

n.　[C] 對手 <for> [同] competitor

▲The athlete is Ken's main **rival for** the swimming competition. 這名運動員是 Ken 在游泳比賽中最主要的對手。

rival

[ˋraɪvl̩]

v.　與…相匹敵 <in, for>

▲My aunt can **rival** the celebrity **in** beauty.

我阿姨的美貌可以和這明星相匹敵。

20 salon

[səˋlɑn]

n.　[C] 美髮廳，美髮沙龍

▲Wendy went to the **hair salon** yesterday and had her hair cut. Wendy 昨天去美髮廳剪頭髮了。

21 striking

[straɪkɪŋ]

adj.　驚人的 [同] marked

▲These two paintings have **striking similarities**.

這兩幅畫作有著驚人的相似處。

💡striking contrast/similarity 驚人的對比／相似

22 supposedly

[səˋpozɪdlɪ]

adv.　大概

▲This was **supposedly** the place where da Vinci painted his famous painting. 這大概是達文西畫他著名畫作的地方。

23 transmission

[træns`mɪʃən]

n. [U] 傳播 <of> [同] transfer

▲Mosquito bites open an avenue to the **transmission of dengue fever.** 蚊子的叮咬替登革熱的傳播開啟了一條途徑。

24 undergo

[ˌʌndɚ`go]

v. 經歷；接受 (underwent | undergone | undergoing)

▲The country has **undergone** great changes in recent years. 這個國家近幾年來經歷了很大的變化。

▲My grandfather has to **undergo** heart surgery.

我祖父必須接受心臟手術。

25 whatsoever

[ˌhwɑtso`ɛvɚ]

pron. 無論什麼

whatsoever

[ˌhwɑtso`ɛvɚ]

adj. 無論什麼的

Unit 17

1 agenda

[ə`dʒɛndə]

n. [C] 議題 <on>

▲How to improve our economy is the first item **on** today's **agenda.** 如何改善我們的經濟是今天的第一個議題。

💡 on the agenda 在議程上｜set the agenda 制定議程

2 assault

[ə`sɔlt]

n. [C][U] 襲擊 <on>

▲**Assaults on** police officers have greatly increased over the past five years. 襲擊警察的事件在過去五年大幅增加。

💡 sexual/indecent assault 性侵害／猥褻行為｜

assault and battery 暴力毆打｜

make an assault on sb/sth 攻擊…；抨擊…

assault

[ə`sɔlt]

v. 攻擊；擾人

▲It is reported that a crazy man **assaulted** passengers at random at the airport.

據報導指出，有名瘋狂男子在機場隨機攻擊旅客。

▲Our sleep was **assaulted** by the noise of the construction. 工程噪音擾人清夢。

---

3 **boom**

[bum]

n. [C] (商業) 繁榮 <in> (usu. sing.)；熱潮

▲No one could have foreseen a financial crisis would follow the **boom in** real estate.

沒有人能預料到房地產的突然繁榮之後會是一場金融危機。

▲There was a **baby boom** after World War II.

第二次世界大戰後有一波嬰兒潮。

boom

[bum]

v. 發出轟鳴聲 <out>；迅速發展

▲A voice suddenly **boomed out** from the speakers in the office and surprised the staff.

辦公室的喇叭突然發出轟鳴聲驚嚇到所有員工。

▲San Francisco began to **boom in** the 19th century because of the California Gold Rush.

因為十九世紀加州的淘金熱，舊金山開始發展。

---

4 **boxer**

[`bɑksɚ]

n. [C] 拳擊手

▲The **boxer** is in strict training for his next fight.

這名拳擊手為了他下一次的搏鬥正進行嚴格的訓練。

---

5 **breakthrough**

[`brek,θru]

n. [C] 突破 <in>

▲The discovery of penicillin was a major **breakthrough in** medicine. 盤尼西林的發現是醫學上的重大突破。

---

6 **conduct**

[kən`dʌkt]

v. 實行，安排

▲The protesters called on cosmetic industries to stop **conducting experiments** on animals.

抗議者呼籲美妝產業停止實行動物實驗。

💡conduct oneself …舉止表現

conduct

[`kɑndʌkt]

n. [U] 舉止

▲The customer was driven out for his violent **conduct**.

這名客人因其暴力舉止被趕出去。

7 conform
[kən`fɔrm]

v. 順從 (規範) <to>；符合 <to, with>

▲Every student is required to **conform to** the school regulations. 每個學生均必須順從校規的規範。

▲Fiona's achievements **conformed to** her parents' expectations. Fiona 的成就符合父母的期望。

---

8 confrontation
[ˌkɑnfrən`teʃən]

n. [C] 衝突 <with, between>

▲Violent **confrontations between** the employees and the employer were reported. 員工與僱主的暴力衝突被報導出來。

---

9 diminish
[də`mɪnɪʃ]

v. 減少，縮小 [同] reduce

▲Our food supplies are **diminishing** rapidly.
我們的糧食供應正迅速減少中。

💡diminish sb's resolution 削弱…的決心 | diminish in value 價值滑落

---

10 distract
[dɪ`strækt]

v. 使分心 <from> [同] divert

▲Don't let the noise outside **distract** you **from** your reading. 別讓外面的噪音分散你閱讀的注意力。

distracted
[dɪ`stræktɪd]

adj. 心煩意亂的 <by>

▲Danny was **distracted by** the devastating news.
Danny 因那噩耗而心煩意亂。

---

11 horizontal
[ˌhɔrə`zɑntl]

adj. 水平的

▲The company's new logo consists of **horizontal** and vertical lines. 這個公司的新標誌包含水平和垂直的線。

horizontal
[ˌhɔrə`zɑntl]

n. [sing.] 水平線 (the ～)

▲It's difficult to stand at an angle of 45 degrees to **the horizontal** without any external assistance.
在沒有外力幫助下很難以與水平線成四十五度的角度站立。

---

12 initiate
[ɪ`nɪʃɪˌet]

v. 發起

▲The government **initiated** a series of economic reforms.
政府發起一連串的經濟改革。

initiate [ɪˋnɪʃɪˏet]	adj.	新加入的
initiate [ɪˋnɪʃɪˏet]	n.	[C] 新進者 ▲Jerry is an **initiate** of this religious group. Jerry 是這個宗教團體的新進者。
initiation [ɪˏnɪʃɪˋeʃən]	n.	[U] (正式的) 開始 <of> ▲This detective fiction was the **initiation of** Joanne's writing career. 這本偵探小說是 Joanne 寫作生涯的開始。

13 **institute** [ˋɪnstəˏtjut]	n.	[C] 研究機構 <of, for> ▲Scott is eager to enter the prestigious **institute for** space studies. Scott 渴望進入這個享負盛名的太空研究機構。
institute [ˋɪnstəˏtjut]	v.	制定，建立 ▲The local government had no choice but to **institute** policies to improve the quality of tourism. 當地政府不得不制定政策來改善旅遊品質。

14 **obscure** [əbˋskjʊr]	adj.	模糊不清的；偏僻的 ▲When the police inquired about his missing wife, the man gave an **obscure** explanation. 當警方詢問他失蹤妻子的下落，男子的解釋很含糊。 ▲Our family came across an **obscure** village while we were hiking in the country. 我們家在鄉間健行時偶然來到一個偏僻的村莊。
obscure [əbˋskjʊr]	v.	掩蔽 ▲A thick mist **obscured** the path. 濃霧遮蔽了道路。
obscurity [əbˋskjʊrətɪ]	n.	[U] 模糊；默默無聞 ▲The **obscurity** of the passage puzzled the scholar. 這個語意模糊的段落令這學者困惑。 ▲Helen's rise from **obscurity** to fame amazed all of us. Helen 由默默無聞而聲名大噪令我們訝異。

15 opt

[ɑpt]

v. 選擇 <for, to>

▲Allen **opted for** a trip to Tokyo rather than to Thailand.
Allen 選擇去東京旅行而不是泰國。

---

16 preliminary

[prɪ`lɪmə,nɛrɪ]

adj. 初步的 [同] initial

▲Taiwan has begun **preliminary** talks with Japan on a wide range of issues.
臺灣已和日本展開關於各種的問題的初步對談。

preliminary

[prɪ`lɪmə,nɛrɪ]

n. [C] 預賽 (usu. pl.) (pl. preliminaries)

▲Those who win the **preliminaries** will go on to the final competition. 預賽中的獲勝者將進入決賽。

---

17 prospect

[`prɑspɛkt]

n. [C][U] 可能性；前景 (usu. pl.)

▲After having a fight with Helen, Tom found that there was **no prospect** of making it up with her in a short time.
與 Helen 爭吵後，Tom 發現短期內沒有與她和好的機會。

▲Betty hopes that learning another foreign language can improve her career **prospects**.
Betty 希望學習另一種外國語言可以幫她改善事業前景。

💡 career/job/business prospects 事業／工作／商業前景｜
in prospect 即將到來的

prospect

[`prɑspɛkt]

v. 探勘 <for>

▲The oil company has **prospected for** oil in Africa for fourteen years. 這家石油公司花了十四年在非洲探勘石油。

---

18 recession

[rɪ`sɛʃən]

n. [C][U] 經濟蕭條

▲The hardest-hit country is now **in a deep recession**.
這個受災最嚴重的國家正經歷嚴重的經濟蕭條。

---

19 sandal

[`sændl̩]

n. [C] 涼鞋

▲Wearing a pair of **sandals** in summer is quite comfortable. 夏天穿涼鞋還蠻舒服的。

20 scheme
[skim]

n. [C] 計畫，方案 <for, to> [同] program

▲More and more universities now start **schemes to** strengthen the links between schools and the industries. 越來越多大學開始執行計畫以強化學校和業界之間的連結。

scheme
[skim]

v. 密謀 <against, to> [同] plot

▲The military leader is **scheming against** the present government. 該軍事領袖密謀策反現任政府。

21 structural
[ˋstrʌktʃərəl]

adj. 結構上的

▲The monument doesn't suffer from any **structural damage**. 這座古蹟沒有遭到任何結構上的損壞。

💡structural damage/changes/defects

結構上的損害／改變／缺陷

22 sustain
[səˋsten]

v. 維持 (生命) [同] maintain

▲The planet which was recently discovered is unable to **sustain** animal or plant life for its lack of water resources.

這個最近發現的星球因為缺乏水資源而無法維持動植物的生命。

23 undoubtedly
[ʌnˋdaʊtɪdlɪ]

adv. 確實地，無疑地

▲While working hard doesn't guarantee to make progress, making progress **undoubtedly** requires working hard. 雖然努力並不保證進步，但是要進步無疑需要努力。

24 venture
[ˋvɛntʃɚ]

n. [C] (有風險的) 企業

▲My husband invested in a **joint venture**. 我丈夫投資一項合資企業。

venture
[ˋvɛntʃɚ]

v. 冒險去；冒昧地說 <to>

▲Owen **ventured** into the Amazon jungle. Owen 冒險進入亞馬遜叢林。

▲Gina **ventured** a guess **to** answer the question. Gina 冒昧地猜測問題的答案。

25 whereabouts

[`wɛrə,baʊts]

n. [pl.] (某人或某物的) 行蹤 <of>

▲The police don't have a clue to the suspect's **whereabouts**. 警方不知嫌犯的行蹤。

whereabouts

[,wɛrə`baʊts]

adv. (詢問) 在哪

▲**Whereabouts** are they filming the documentary? 他們在哪裡拍攝紀錄片？

Unit 18

1 aggression

[ə`grɛʃən]

n. [U] 攻擊

▲The September 11 attacks could be considered an **act of aggression**. 九一一攻擊事件可說是攻擊的行為。

2 assert

[ə`sɝt]

v. 宣稱；堅持

▲The counsel **asserted** the accused to be innocent. 辯護律師宣稱被告是清白的。

▲The workers **asserted their right** to have the annual bonus. 工人們堅持他們得到年終獎金的權利。

💡assert oneself 堅持己見 | assert sb's rights/independence/ superiority 堅持…權利／獨立／優勢

assertion

[ə`sɝʃən]

n. [C][U] 主張 <that> [同] claim

▲Nobody agrees with his **assertion that** women are inferior to men. 沒有人贊同他男尊女卑的主張。

assertive

[ə`sɝtɪv]

adj. 自信的 [反] submissive

▲Kelly speaks in such an **assertive** way that everyone listens to her. Kelly 說話十分有自信所以大家都聽從她。

3 bruise

[bruz]

n. [C] 瘀傷；(水果) 碰傷

▲Lewis was so lucky that he just got a few cuts and **bruises** in the car accident.

Lewis 是如此幸運而在這場車禍中只有些傷口和瘀傷。

▲Be careful. Don't **bruise** the apples. 小心。別碰傷蘋果。

bruise

[bruz]

| v. | 使出現傷痕，碰傷 |

▲Cindy fell down the stairs and **bruised** her arms.

Cindy 從樓梯上跌落，擦傷了她的手臂。

---

4 **bully**

[`bʊlɪ]

| n. | [C] 欺負弱小的人 (pl. bullies) |

▲Sam is very strong, but he never plays the **bully**.

Sam 很強壯，但他從不欺負弱小的人。

💡bully for sb (表諷刺)⋯太棒了

bully

[`bʊlɪ]

| v. | 欺負；強迫 |

▲Ben was big for his age and used to **bully** his classmates.

就 Ben 的年齡來說，他身材高大，因此常欺負班上同學。

▲Don't let your company **bully you into** doing anything you don't like. 別讓你的公司脅迫你做任何你不想做的事。

💡bully sb <u>into/out of</u> 強迫人去做／停止做⋯

---

5 **bureau**

[`bjʊro]

| n. | [C] 局 (pl. bureaus, bureaux) |

▲The Tourism **Bureau** provides useful information and suggestions on travel in Taiwan.

觀光局提供在臺灣旅遊的實用資訊及建議。

---

6 **consecutive**

[kən`sɛkjətɪv]

| adj. | 連續的 |

▲Winning three **consecutive** basketball games was a major triumph for our school team.

連續獲得三場籃球賽的勝利是我們校隊的一大勝利。

---

7 **currency**

[`kɝ-ənsɪ]

| n. | [C][U] 貨幣 (pl. currencies) |

▲Bitcoin is a digital **currency** that can be used to pay for goods and services.

比特幣是一種可以用來支付商品和服務的數位貨幣。

---

8 **devotion**

[dɪ`voʃən]

| n. | [U] 致力於 <to> |

▲Mr. Liu's **devotion to** the study of English history is well-known. 劉先生致力於英國史的研究是眾所皆知的。

9 **dissolve**

[dɪˋzɑlv]

v. 融化 <in>；結束

▲Salt **dissolves** quickly **in** water. 鹽在水中會迅速融化。

▲After they signed the divorce agreement, their marriage was legally **dissolved**.

簽下離婚協議之後，他們的婚姻在法律上結束了。

💡dissolve into tears/laughter 情不自禁哭了／笑了

10 **distinctive**

[dɪˋstɪŋktɪv]

adj. 獨特的 [同] characteristic

▲A wombat has a **distinctive** pouch, which opens toward its bottom rather than its head.

袋熊有獨特的育兒袋，它的開口朝向牠的臀部而非頭部。

💡distinctive smell/taste 獨特的氣味／味道

11 **dreadful**

[ˋdrɛdfəl]

adj. 討厭的，糟透的 [同] terrible

▲Not until this moment did Ben realize that he made a **dreadful** mistake. 直到此刻 Ben 才意識到他犯了很糟的錯誤。

12 **housing**

[ˋhauzɪŋ]

n. [U] 住宅；住宅供給

▲The policy is aimed at providing affordable **housing** for all citizens. 這項政策的目的在於提供所有市民負擔得起的住宅。

▲**Housing** problems are getting worse in the rapidly-developing city.

在這個快速發展的城市住宅供給的問題越來越嚴重。

13 **insight**

[ˋɪn͵saɪt]

n. [C][U] 理解，洞察力 <into>

▲The book gave me an **insight into** life in medieval Europe. 這本書使我清楚地了解中世紀的歐洲生活。

14 **journalist**

[ˋdʒɝnḷɪst]

n. [C] 新聞記者

▲Cathy is a **journalist** with *The Times*.

Cathy 是《泰晤士報》的新聞記者。

15 **optional**

[ˋɑpʃənḷ]

adj. 可選擇的

▲Some courses are compulsory, while others are **optional**. 有些課程是必修，有些是選修。

16 organism

[ˋɔrgənˏɪzəm]

n. [C] 有機體，生物

▲The doctors are trying to identify the **organism** that caused the infection. 醫生正試著找出導致感染的有機體。

17 presumably

[prɪˋzuməblɪ]

adv. 可能，大概

▲**Presumably** my boyfriend was busy and forgot our date. 可能我男友很忙忘記了我們的約會。

18 ratio

[ˋreʃo]

n. [C] 比率 (pl. ratios)

▲The **ratio of** male **to** female births in this country is approximately six to five.

這個國家的男女出生比率約為六比五。

19 scandal

[ˋskændl̩]

n. [C][U] 醜聞；恥辱

▲The politician resigned his post because of the **sex scandal**. 政治家因性醜聞而下臺。

▲The slum is a **scandal** to our town.

貧民窟是我們鎮上的恥辱。

💡 sex/political/financial scandal 性／政治／金融醜聞｜cause/create a scandal 變成醜聞｜scandal broke 醜聞曝光

scandalous

[ˋskændələs]

adj. 誹謗性的

▲It is really a **scandalous** rumor. 這真是誹謗性的流言。

20 segment

[ˋsɛgmənt]

n. [C] 部分 <of>

▲A large **segment of** the laborers were laid off because of the economic recession.

一大部分的勞工因經濟不景氣而被解僱。

segment

[ˋsɛgmənt]

v. 分割 <into>

▲The cake was **segmented into** 12 pieces.

蛋糕被分割為十二塊。

21 supervision

[ˏsupɚˋvɪʒən]

n. [U] 監督

▲The project was conducted **under the supervision of** the manager. 企劃案在經理的監督下進行。

💡 under sb's supervision 在…的監督下

Level 5-1

22 symbolic

[sɪm`bɑlɪk]

adj. 象徵性的 <of>

▲The dove is **symbolic of** peace. 鴿子是象徵和平。

---

23 valid

[`vælɪd]

adj. 正當的；有效的

▲Tommy had a **valid** reason for being absent.

Tommy 有正當的理由缺席。

▲The credit card is **valid** from July 2020 to July 2025.

這張信用卡自 2020 年 7 月到 2025 年 7 月有效。

validity

[və`lɪdətɪ]

n. [U] 正當性；效力

▲The **validity** of the law is questionable.

這條法律的正當性令人質疑。

▲The **validity** of the plane ticket is restricted to one year.

這張飛機票的有效期限為一年。

---

24 wheelchair

[`wil`tʃɛr]

n. [C] 輪椅

▲After a car accident, the man was confined to a **wheelchair**. 男子車禍後就離不開輪椅了。

---

25 whereas

[hwɛr`æz]

conj. 然而

▲The rich enjoy luxuries **whereas** the poor struggle for survival. 有錢人享受奢華，然而窮人必須掙扎奮鬥才得以生存。

Unit 19

1 agony

[`ægənɪ]

n. [C][U] (精神或肉體上) 極大的痛苦 <in> (pl. agonies)

▲The abandoned baby was crying **in agony** when found on the park bench.

棄嬰在公園的長椅上被發現時正痛苦地哭泣。

▲Abigail **suffered agonies of** regret.

Abigail 飽受悔恨的痛苦。

agonize

[ˈægənaɪz]

v. 苦惱 <over, about>

▲The man **agonized** for weeks **about** whether he should marry the demanding woman.

男人花了好幾個星期苦惱是否該和那苛刻的女人結婚。

---

2 **assumption**

[əˈsʌmpʃən]

n. [C][U] 假定

▲Many people make the **assumption** that going to college can help them find a better job.

許多人假定上大學可以幫助他們找到較好的工作。

💡on the assumption that... 在假定…的情況下

---

3 **burial**

[ˈbɛrɪəl]

n. [C][U] 葬禮

▲Last Friday, my family went to Tainan for my grandfather's **burial**. 上週五，我家人去臺南參加祖父的葬禮。

---

4 **calcium**

[ˈkælsɪəm]

n. [U] 鈣

▲Soy milk has a lot of **calcium** content.

豆漿有豐富的鈣含量。

---

5 **cathedral**

[kəˈθidrəl]

n. [C] 大教堂

▲Heavy moisture slowly rotted the sculpture in the **cathedral**. 濃厚的溼氣慢慢腐蝕了大教堂的雕塑。

---

6 **contaminate**

[kənˈtæməˌnet]

v. (毒物、輻射等) 汙染 <with>

▲Some people are concerned that food from Japan may have been **contaminated with** radiation.

有些人擔心日本來的食物可能遭到輻射汙染。

contamination

[kənˌtæməˈneʃən]

n. [U] 汙染

▲Hundreds of people were poisoned owing to the **contamination** of the water supply.

供水系統的汙染造成數百人中毒。

---

7 **deadly**

[ˈdɛdlɪ]

adj. 致命的 [同] lethal；死一般的；極度的

(deadlier | deadliest)

▲The policeman received a **deadly** wound in gun fights with a heavily armed bandit.

在與重武裝匪徒的槍戰中警察受了致命的傷。

▲Mrs. Lee's **deadly** paleness is due to long illness.

李小姐像死一般的蒼白是因為久病。

▲The **deadly** silence of the graveyard made his hair stand on end. 墓地的極度寂靜讓他的汗毛直豎。

deadly

[ˋdɛdlɪ]

adv.	極度地

▲The lecture was **deadly** dull. 這場演講極度地枯燥乏味。

8 **document**

[ˋdɑkjə‚mənt]

n.	[C] 文件

▲Lily has stored tons of **documents** in the cloud.

Lily 已經將很多文件儲存在雲端。

document

[ˋdɑkjə‚mənt]

v.	記錄

▲The film **documents** the beauty of Taiwan.

這部電影記錄了臺灣的美。

9 **donation**

[doˋneʃən]

n.	[C][U] 捐贈

▲The victims of the earthquake need **donations** of food and other daily necessities.

地震災民需要食物和其他的日常用品的捐贈。

10 **eloquent**

[ˋɛləkwənt]

adj.	有說服力的

▲The lawyer made an **eloquent** plea to the judge.

這個律師有說服力的向法官申訴。

eloquently

[ˋɛləkwəntlɪ]

adv.	口才好地

▲The politician speaks **eloquently** on the issue of human rights. 這位政治家口才好地談論人權議題。

11 **hypothesis**

[haɪˋpɑθəsɪs]

n.	[C] 假設 [同] theory (pl. hypotheses)

▲Although nobody trusted the woman's **hypothesis**, she still held her ground.

雖然沒有人相信女人的假設,她仍然堅持自己的立場。

12 **institution**

[‚ɪnstəˋtjuʃən]

n.	[C] 機構

▲The charitable **institution** is raising a fund for the homeless. 這間慈善機構正為無家可歸的人們募款。

13 justify
[`dʒʌstə,faɪ]

v. 證明…合理

▲How can you **justify** borrowing to invest?

你如何能證明貸款去投資是合理的？

14 nutrition
[njuˋtrɪʃən]

n. [U] 營養

▲Good **nutrition** is essential to a child's growth and development. 良好的營養對孩子的成長與發育是必要的。

15 output
[`aʊt,pʊt]

n. [U] 生產量

▲Last year, manufacturing **output** increased by 20%.

去年的工業生產量增加了 20%。

output
[`aʊt,pʊt]

v. 生產 (output, outputted | output, outputted | outputting)

▲The machine can **output** the products in a short time.

這臺機器可以在短時間內生產商品。

16 partly
[`pɑrtlɪ]

adv. 部分地

▲It is **partly** because of the high tuition that Amy decided not to go to university.

部分是因為高學費，所以 Amy 決定不讀大學。

17 progressive
[prəˋgrɛsɪv]

adj. 進步的

▲People are pressing for a more **progressive** social policy. 人民要求更進步的社會政策。

progressive
[prəˋgrɛsɪv]

n. [C] 革新主義者

▲**Progressives** are supporting new ideas, in contrast with reactionaries. 與保守分子相比，革新主義者支持新的想法。

18 recommend
[,rɛkəˋmɛnd]

v. 推薦 <for>

▲Vicky was **recommended for** a promotion by her superior. Vicky 被她的上司推薦升職。

19 sensation
[sɛnˋseʃən]

n. [C][U] 知覺；[sing.] 轟動

▲The man lost his **sensation** in his leg after the car accident. 在車禍之後，男人的腿失去了知覺。

▲The scandal created quite a **sensation**.

這件醜聞造成轟動。

sensational

[sɛn`seʃənl]

adj. 轟動的

▲There has been much **sensational** reporting of the president's assassination.

有很多轟動的報導關於總統遇刺案。

---

20 **sentiment**

[`sɛntəmənt]

n. [C][U] 觀點；[U] 傷感

▲Clara agreed with my **sentiment** about the war.

Clara 同意我對這場戰爭的觀點。

▲That's mere **sentiment** to Dana.

對 Dana 來說，那只是感情用事而已。

---

21 **syndrome**

[`sɪn,drom]

n. [C] 綜合症

▲People over forty should have regular checkups to see if they have any **syndromes** closely associated with cancer. 四十歲以上的人需要定期健康檢查，確認是否有與癌症密切相關的綜合症。

---

22 **theft**

[θɛft]

n. [C][U] 盜竊 <of>

▲Mr. Lin was accused of car **theft**. 林先生被控盜竊車輛。

---

23 **variation**

[,vɛrɪ`eʃən]

n. [C][U] 變動 <on, in>；[C] 變奏曲

▲There is little **variation in** the temperature here all year round. 這裡的氣溫一年四季幾乎沒有什麼變化。

---

24 **widespread**

[`waɪd,sprɛd]

adj. 廣泛的

▲The **widespread** use of plastic products causes serious damage to not only the environment but the human body. 廣泛使用塑膠製品不只對環境也對人體造成嚴重傷害。

---

25 **witty**

[`wɪtɪ]

adj. 機智的 (wittier | wittiest)

▲The actress made a **witty** reply to the interviewer's question. 這位女演員對於訪問者的問題做了機智的回答。

Unit 20

1	**aisle**	n. [C] 走道
	[aɪl]	▲Can I have an **aisle seat** in the non-smoking section?
		我可以選在禁菸區的靠走道座位嗎？
		💡go/walk down the aisle 結婚

2	**architect**	n. [C] 建築師
	[ˋɑrkə‚tɛkt]	▲The **architect** will be present at the groundbreaking ceremony. 這位建築師會來參加動土典禮。

3	**astonish**	v. 使驚訝 [同] amaze
	[əˋstɑnɪʃ]	▲The violinist's brilliant performance **astonished** the audience. 小提琴家精采的演出使觀眾很驚訝。
	astonishment	n. [U] 驚訝 <in> [同] amazement
	[əˋstɑnɪʃmənt]	▲Gary stared at his wife **in astonishment**.
		Gary 驚訝地看著他妻子。
	astonished	adj. 驚訝的 <to, at> [同] amazed
	[əˋstɑnɪʃt]	▲The man was **astonished to** hear what had happened.
		聽到所發生的事讓男子感到驚訝。
	astonishing	adj. 令人驚訝的 [同] amazing
	[əˋstɑnɪʃɪŋ]	▲Rita has made **astonishing** progress in English recently.
		最近 Rita 在英文方面已有令人驚訝的進步。

4	**capability**	n. [C][U] 能力 <of, to> (pl. capabilities)
	[‚kepəˋbɪlətɪ]	▲Owen's **capability of** making a fortune became evident.
		Owen 賺錢的能力都顯露出來了。

5	**cautious**	adj. 謹慎的 <about>
	[ˋkɔʃəs]	▲The government promised to take the most **cautious** approach to the forest exploitation.
		政府承諾會以最謹慎態度面對森林開發。
		💡cautious optimism 謹慎的樂觀態度

6	**chef**	n. [C] 主廚 (pl. chefs)
	[ʃɛf]	▲Paul is determined to be the best **chef** in the world.
		Paul 立志要當世界上最棒的主廚。

Level 5-1

7 contemplate
[`kɑntəm,plet]

v. 考慮；深思 [同] consider

▲The man **contemplated** quitting his current job and pursuing his dream. 這男子考慮離開現職去追求他的夢想。

▲Tina was **contemplating** her future.
Tina 正在深思自己的未來。

contemplation
[,kɑntəm`pleʃən]

n. [U] 沉思

▲Looking at the old photos, Emma seemed **lost in contemplation**. 看著舊照片，Emma 似乎陷入沉思。

8 decline
[dɪ`klaɪn]

n. [sing.] 下降 <in>；衰退 (the ～) <in>

▲There has been a gradual **decline in** that aging singer's popularity. 那位年老歌手的聲望逐漸下滑。

▲The rise of online news contributed to **the decline** of printed newspaper sales.
線上新聞的崛起導致了紙本報紙銷量的衰退。

decline
[dɪ`klaɪn]

v. 下降；衰退

▲The birth rate is rapidly **declining** in this country.
該國的出生率正在迅速下降當中。

▲The patient's health is **declining** rapidly because of the spread of the cancer cells.
病人的健康正因癌細胞擴散而迅速衰退中。

9 eligible
[`ɛlɪdʒəbl]

adj. 有資格的 <to, for>

▲Anyone over twenty is **eligible to** vote.
二十歲以上者有資格投票。

💡 eligible for membership 有資格成為會員

10 embrace
[ɪm`bres]

v. 擁抱 [同] hug

▲When my parents saw me at the airport, they **embraced** me warmly. 當我父母在機場見到我，他們熱情地擁抱我。

embrace
[ɪm`bres]

n. [C] 擁抱

▲Penny held me **in a tight embrace**. Penny 緊緊的擁抱我。

11 evolution

[͵ɛvə`luʃən]

n. [U] 進化；發展

▲According to Darwin's theory of **evolution**, humans evolved from apes.

根據達爾文進化論的說法，人類從猿猴進化而來。

▲The **evolution of** computer technology in the last fifty years has been amazing.

近五十年來電腦科技一直有驚人的發展。

---

12 impulse

[`ɪmpʌls]

n. [C] 衝動 <to> [同] urge

▲Ian **feels** an **impulse to** run out of here and run to the beach for a swim. Ian 有股衝動想逃離這裡去海灘游泳。

💡 on impulse 衝動地

impulsive

[ɪm`pʌlsɪv]

adj. 衝動的 [同] impetuous, rash

▲Tim is an **impulsive** person; we never know what he will do next. Tim 是個衝動的人，我們從不知道他下一步會做什麼。

impulsively

[ɪm`pʌlsɪvlɪ]

adv. 衝動地

▲Linda bought the tablet **impulsively**.

Linda 衝動地買了這臺平板電腦。

---

13 intact

[ɪn`tækt]

adj. 未受損的 [同] undamaged

▲The building **remained intact** after the earthquake.

這棟建築物在經歷地震後仍未受損。

---

14 lawsuit

[`lɔ͵sut]

n. [C] 訴訟 [同] suit

▲The former employee **filed a lawsuit against** her former employer. 這位前員工對她的前僱主提出訴訟。

---

15 oversee

[͵ovɚ`si]

v. 監督 [同] supervise (oversaw | overseen | overseeing)

▲James was assigned to **oversee** the branch in Taiwan.

James 被指派監督在臺灣的分公司。

---

16 patrol

[pə`trol]

n. [C][U] 巡邏 <on>

▲After a series of robberies, more and more police officers are **on patrol**. 在接二連三的搶案之後，有越來越多警察在巡邏。

💡 patrol car/boat 巡邏車／艇

patrol
[pə`trol]

v. 巡邏 (patrolled | patrolled | patrolling)

▲A body was found while the police **patrolled** along the riverbank. 警方在沿河岸巡邏時發現一具遺體。

17 **presidential**
[ˌprɛzə`dɛnʃəl]

adj. 總統的

▲In America, **presidential elections** are held every four years. 在美國，總統選舉每四年會舉行一次。

18 **prolong**
[prə`lɔŋ]

v. 延長 [同] lengthen, extend

▲The improvement of medicine has **prolonged** human life. 醫學進步延長了人類的壽命。

prolonged
[prə`lɔŋd]

adj. 長時間的

▲After a **prolonged** discussion, they finally made a decision. 在長時間的討論之後，他們終於做了決定。

19 **risky**
[`rɪskɪ]

adj. 危險的 [同] dangerous (riskier | riskiest)

▲The patient is going to undergo a **risky** operation this week. 這個病人這星期將接受一項危險的手術。

20 **sensitivity**
[ˌsɛnsə`tɪvətɪ]

n. [U] 敏感 <to>

▲Antony was shut out by his colleagues because of his **sensitivity to** criticism.

Antony 對批評過於敏感，讓他被同事排擠。

21 **shed**
[ʃɛd]

v. 掉下；擺脫 (shed | shed | shedding)

▲Mina **shed** tears while listening to the moving story.

Mina 聽動人的故事時掉下眼淚。

▲The overweight boy is planning to **shed** a few pounds.

這個過重的男孩打算要擺脫幾磅。

💡shed light on... 照亮…；為…提供解釋 | shed blood 流血

shed
[ʃɛd]

n. [C] 車棚

▲There is a bicycle **shed** behind the building.

這棟大樓後面有個腳踏車車棚。

22 temptation

[tɛmp`teʃən]

n. [C] 誘惑物；[U] 誘惑

▲A big city provides many **temptations**.

大城市有許多誘惑的事物。

▲The **temptation** of easy profits makes the investors lose their minds. 輕鬆獲利的誘惑讓投資者喪失理智。

23 virtual

[`vɝtʃʊəl]

adj. 實質上的；(透過電腦) 虛擬的

▲The plan is a **virtual** impossibility.

這計畫實際上是不可行的。

▲A lot of students like to play **virtual** reality games.

很多學生喜歡玩虛擬實境遊戲。

virtually

[`vɝtʃʊəlɪ]

adv. 實質上地

▲Ted **virtually** runs the shop when the boss is away.

當老闆外出時，Ted 實質上是這間店的管理者。

24 vocal

[`vokl̩]

adj. 直言不諱的 <about> [同] outspoken

▲The city's mayor was extremely **vocal about** the danger of nuclear plants.

該市市長非常直言不諱地表達核能電廠的危險性。

💡 vocal critic 直言不諱的批評

vocal

[`vokl̩]

n. [C] 人聲演唱 (usu. pl.)

▲Who sang the **vocals** on that track?

那張唱片人聲部分的演唱者是誰？

25 workshop

[`wɝk,ʃɑp]

n. [C] 工作坊

▲The city government actively holds a series of **workshops** for migrant workers.

該市政府積極為外籍移工舉辦一系列工作坊。

A

abandon ········· 215

abandoned ······ 215

abnormal ········· 366

aboard ············· 15

abolish ············· 366

abolition ··········· 366

abortion ··········· 371

abrupt ·············· 376

abruptly ··········· 376

absolute ·········· 196

absolutely ········ 196

absorb ············· 201

abstract ··········· 219

absurd ············· 381

absurdity ········· 381

absurdly ··········· 381

abundant ········· 415

abuse ·············· 355

abusive ············· 355

academic ········· 250

accelerate ········ 387

acceleration ····· 387

accent ············· 223

acceptable ········· 80

acceptance ······ 228

access ············· 228

accessible ······· 409

accidental ········ 232

accidentally ····· 232

accommodate ·· 372

accommodation

························· 391

accompany ······ 332

accomplish ······ 236

accomplishment

························· 236

accord ············· 395

accountant ······· 295

accounting ······· 399

accuracy ·········· 240

accurate ············· 85

accuse ············· 299

ache ················· 139

achieve ············· 10

achievement ······ 10

acid ················· 245

acknowledge ··· 360

acknowledgement

························· 361

acquaint ··········· 404

acquaintance ··· 303

acquire ············· 255

acquisition ······· 409

activist ············· 416

acute ··············· 376

adapt ··············· 260

adaptable ········· 260

addict ·············· 307

addictive ··········· 307

additional ··········· 49

additionally ········ 49

adequacy ········· 206

adequate ········· 205

adequately ······· 206

adjust ·············· 224

adjustment ······· 224

administration ·· 381

administrative ·· 416

administrator ··· 421

admirable ········· 336

admiration ······· 341

admire ·············· 20

admission ········· 211

adolescent ······· 366

adopt ··············· 215

adoption ··········· 216

adorable ··········· 426

adoration ·········· 426

adore ··············· 426

advanced ··········· 38

advantage ········· 33

adventure ·········· 15

adventurous ······ 15

adverse ············ 431

advertise ··········· 20

advertisement ···· 20

advertising ········· 20

advise ··············· 42

adviser ············· 144

advocacy ········· 372

advocate ········· 372

affection ··········· 377

afford ··············· 15

affordable ········· 15

afterward ··········· 25

agency ············· 219

agenda ············· 436

agent ··············· 250

aggression ······· 442

aggressive ······· 266

agonize ············ 447

agony ·············· 446

agreeable ········· 345

agricultural ······· 381

agriculture ········· 45

airline ············· 25

aisle ··············· 451

alcohol ············· 240

alcoholic ··········· 387

alert ················ 177

alien ················ 355

allergic ············· 391

allergy ············· 387

alley ··············· 147

alliance ············· 361

allocate ············· 366

allocation ········· 366

allowance ········· 311

ally ················· 372

almond ········· 152
alongside ········ 377
alphabet ········· 158
alphabetic ········ 158
alter ················ 421
alteration ········· 421
alternate ········· 382
alternately ······· 382
alternation ······· 382
alternative ········ 266
alternatively ····· 266
amateur ········· 349
amaze ············· 161
amazed ·········· 162
amazement ····· 162
amazing ········· 162
ambassador ···· 167
ambiguous ······· 315
ambition ··········· 29
ambitious ········· 319
ambulance ······· 171
amend ············· 388
ample ············· 391
amuse ············· 323
amused ·········· 324
amusement ····· 323
amusing ········· 324
analysis ········· 181
analyst ············· 395
analyze ··········· 272

ancestor ········· 255
angel ················ 90
anniversary ······ 177
announce ········· 34
announcement ·· 34
annoy ············· 328
annoying ········· 328
annual ············· 196
anonymous ······ 399
anonymously ··· 400
anticipate ········· 404
antique ············· 409
anxiety ············· 267
anxious ············· 20
anyhow ············· 94
apart ················· 29
apologize ··········· 98
apology ··········· 332
apparent ········· 260
apparently ······· 260
appeal ············· 10
appealing ········· 10
applause ········· 391
appliance ········· 395
applicant ········· 337
application ······· 201
appoint ············· 275
appointment ···· 276
appreciation ····· 224
appropriate ······ 185

approval ········· 177
approve ············· 29
apron ················ 34
apt ··················· 416
aptitude ··········· 416
aquarium ········· 280
arch ················· 341
architect ········· 451
architecture ····· 382
arena ··············· 421
arise ················· 345
armed ················ 38
arms ················ 181
arouse ············· 395
array ················ 400
arrest ················ 49
arrogance ········· 404
arrogant ··········· 404
articulate ········· 426
articulation ······· 426
artificial ············· 181
artistic ············· 256
ash ···················· 42
ashamed ········· 228
aside ················· 34
aspect ············· 228
aspirin ············· 350
ass ·················· 431
assault ············· 436
assemble ········· 272

assembly ········· 276
assert ··············· 442
assertion ········· 442
assertive ··········· 442
assess ············· 410
assessment ····· 410
asset ··············· 400
assign ············· 280
assignment ······ 280
assist ··············· 103
assistance ······· 232
assistant ········· 107
associate ········· 267
association ······ 186
assume ············· 38
assumption ······ 447
assurance ········· 284
assure ············· 284
astonish ··········· 451
astonished ······· 451
astonishing ······ 451
astonishment ··· 451
athlete ··············· 54
athletic ············· 191
athletics ··········· 404
atmosphere ····· 196
atom ················ 288
atomic ············· 291
attach ············· 296
attachment ······ 296

attitude ············ 38

attract ············ 10

attraction ········ 201

attractive ········· 45

attribute ·········· 426

audience ········· 42

audio ············· 299

audiovisual ····· 300

authentic ········ 177

authority ········· 236

autobiography · 303

autograph ······· 288

automatic ········ 42

automobile ······ 111

avenue ··········· 114

await ············· 307

awake ············ 58

awaken ········· 119

award ··············· 1

aware ············· 25

awe ·············· 404

awful ············· 50

awfully ············ 50

awkward ·········· 54

awkwardly ········ 54

B

background ······· 15

bacon ············· 45

bacteria ··········· 63

badly ············· 54

baggage ········· 122

bait ··············· 127

bald ·············· 311

ballet ············· 315

bamboo ············· 5

ban ··············· 410

bandage ········· 319

bang ············· 58

banker ············ 59

bankrupt ········· 232

bankruptcy ······· 232

bare ·············· 63

barely ············· 67

bargain ··········· 292

barn ·············· 131

barrel ············· 136

barren ············ 416

barrier ············ 296

basement ········· 50

basin ············· 324

battery ············ 191

bay ··············· 63

bead ············· 139

beam ············· 59

beast ············· 144

beetle ············· 67

beggar ··········· 329

behalf ············ 421

behavior ········· 191

belongings ······· 422

beloved ·········· 416

beneath ··········· 54

beneficial ········ 427

beneficially ····· 427

beneficiary ······· 427

benefit ············ 21

berry ············· 147

besides ··········· 63

bet ··············· 152

beware ··········· 422

bid ··············· 431

bin ··············· 332

bind ·············· 59

biography ········ 337

biological ········ 427

biologist ········· 241

biology ··········· 241

bitter ············· 63

blade ············· 300

blast ············· 432

bleed ············· 158

blend ············· 182

bless ············· 162

blessing ·········· 304

blink ············· 307

bloody ············ 64

bloom ············ 341

blossom ·········· 312

blouse ············ 167

boast ············· 345

bodyguard ······· 427

bold ·············· 71

bomb ············· 75

bombard ·········· 76

bond ············· 245

bookcase ········· 171

boom ············· 437

boost ············· 355

boot ·············· 90

bore ·············· 67

bounce ··········· 316

bound ············ 432

bowling ··········· 71

boxer ············· 437

bracelet ·········· 350

brake ············· 67

brass ············· 94

bravery ··········· 99

breakthrough ··· 437

breast ············ 76

breath ············ 30

breathe ··········· 80

breed ············· 197

breeding ········· 197

breeze ············ 85

brick ············· 80

bride ············· 11

bridegroom ······ 272

broadcast ········ 72

broke ············· 186

broom ············· 276
browse ············ 367
bruise ············· 442
brunch ············ 103
brutal ············· 186
bubble ··············· 1
bucket ·············· 5
bud ················ 107
budget ············· 25
buffalo ············ 111
buffet ············· 114
bulb ··············· 119
bull ··············· 122
bullet ············· 127
bulletin ··········· 280
bully ·············· 443
bump ·············· 85
bunch ············· 131
bundle ············ 136
bureau ············ 443
burglar ············ 284
burial ············· 447
bury ·············· 140
bush ··············· 76
buzz ·············· 144

C
cabin ··············· 11
cabinet ············ 201
cable ··············· 38
cafeteria ··········· 81

calcium ············ 447
calculate ·········· 319
calculation ········ 324
calorie ············ 329
campaign ·········· 245
campus ············· 15
candidate ·········· 333
cane ··············· 288
canoe ············· 191
canyon ············ 147
capability ········· 451
capable ············ 30
capacity ··········· 250
capitalism ········· 236
capitalist ·········· 292
captain ············· 72
capture ············· 76
carbon ············ 361
career ············· 46
cargo ············· 197
carpenter ·········· 16
carpet ············· 152
carriage ··········· 158
carrier ············ 201
cart ··············· 162
carve ············· 241
cast ··············· 167
casual ············· 21
casually ··········· 21
catalogue ········· 296

categorization ·· 206
categorize ········ 206
category ·········· 206
cathedral ········· 447
cattle ·············· 50
caution ············ 422
cautious ··········· 451
cave ················ 1
cease ············· 337
celebration ······· 206
celebrity ·········· 367
ceremony ········· 372
certificate ········· 356
certificated ······· 356
chamber ··········· 341
champion ········· 171
championship ·· 346
chaos ············· 361
chaotic ············ 361
characteristic ··· 350
charity ············ 206
charm ············· 91
charming ·········· 91
chat ··············· 25
cheek ··············· 5
cheerful ··········· 11
chef ··············· 451
chemistry ········· 300
cherish ············ 304
cherry ············· 30

chest ··············· 34
chew ·············· 308
chill ··············· 16
chilly ·············· 21
chimney ··········· 95
chin ··············· 99
chip ··············· 103
choir ·············· 367
choke ············· 312
chop ·············· 107
chorus ············ 272
chubby ············ 356
cigarette ·········· 111
cinema ············ 115
circuit ············· 372
circular ··········· 211
circulate ·········· 316
circulation ········ 250
circumstance ··· 256
circus ············· 119
citizen ············· 34
civil ··············· 72
civilian ············ 276
civilization ······· 216
clarify ············· 280
clarity ············· 377
clash ············· 319
classification ···· 219
classify ··········· 324
clause ············· 356

claw ·············· 329

clay ··············· 122

cleaner ············ 81

client ·············· 39

cliff ··············· 284

cling ··············· 361

clinic ·············· 42

clip ················ 85

closet ············· 127

clothe ············· 131

clown ·············· 46

clue ··············· 26

clumsy ············ 246

coach ············· 16

coarse ············ 224

cocaine ··········· 382

cock ·············· 136

cocktail ··········· 140

coconut ··········· 144

code ·············· 232

coffin ············· 388

cognitive ········· 433

collapse ·········· 211

collar ············· 148

colleague ········· 216

collection ········· 54

colonial ··········· 367

colonize ·········· 153

colony ············ 153

colorful ··········· 21

column ············ 30

combination ····· 251

comedy ··········· 228

comfort ··········· 26

comma ············ 158

commander ····· 333

comment ········· 256

commerce ······· 233

commission ····· 392

commit ··········· 288

commitment ····· 373

committee ········ 81

commodity ······· 396

communicate ······ 1

communication ·197

communism ····· 400

communist ······· 405

community ······· 186

commute ········· 410

companion ······· 292

comparable ····· 377

comparison ······· 42

compassion ····· 362

compatible ······· 417

compensate ····· 382

compete ·········· 34

competence ····· 422

competition ······ 206

competitive ······ 219

competitor ······· 337

complain ··········· 50

complaint ·········· 34

complexity ······· 388

complicate ······· 342

complicated ····· 342

component ······ 427

compose ········· 296

composer ········ 300

composition ····· 260

compound ······· 427

comprehend ···· 433

comprehensible

················· 433

comprehension ·433

compromise ····· 367

conceal ··········· 373

concentrate ····· 237

concentration ··· 261

concept ··········· 267

concerning ······· 241

concert ············ 39

conclusion ········· 11

concrete ·········· 256

conduct ··········· 437

conductor ········ 346

cone ··············· 54

conference ······ 304

confess ··········· 350

confidence ······· 177

confidential ······ 373

confirm ············· 59

conform ··········· 438

confrontation ··· 438

confuse ··········· 162

confused ········· 162

confusing ········· 163

confusion ········· 272

congratulate ···· 276

congratulation ··276

congress ········· 308

congressional ·· 308

connect ············· 6

conquer ··········· 280

conscience ······ 246

conscious ········· 64

consciousness ···64

consecutive ····· 443

consent ··········· 377

consequence ··· 267

consequent ······ 284

consequently ··· 284

conservation ···· 383

conservative ···· 251

considerable ······ 11

considerate ······ 388

consist ············ 178

consistent ········ 257

constant ··········· 39

constantly ········· 39

constitute ········· 312

constitution ······ 289
construct ········ 261
construction ····· 202
constructive ····· 191
consult ··········· 224
consultant ········ 292
consume ········· 267
consumer ········ 197
consumption ···· 373
contagious ······· 392
container ········· 182
contaminate ····· 447
contamination ·· 447
contemplate ····· 452
contemplation ·· 452
contemporary ·· 410
contend ········· 356
content ·········· 261
contentment ···· 261
contest ·········· 202
context ·········· 178
continent ········ 167
continual ········· 296
continuous ······· 182
contrary ·········· 229
contrast ·········· 212
contribute ········ 186
contribution ····· 182
controller ········· 171
controversial ···· 396

convenience ···· 316
convention ······· 212
conventional ···· 187
converse ········· 320
convert ·········· 378
convey ··········· 233
conviction ········ 362
convince ·········· 192
convinced ········ 192
convincing ······· 192
cooker ············ 91
cooperate ········ 187
cooperation ····· 192
cooperative ······ 192
coordinate ······· 368
coordination ····· 368
coordinator ······ 368
cope ·············· 237
copper ············ 300
copyright ········· 383
cord ·············· 304
core ··············· 400
corporate ········ 373
corporation ····· 378
correspond ····· 324
correspondent · 383
costly ············· 43
costume ········· 329
cottage ··········· 308
cotton ············· 86

cough ············· 95
council ··········· 197
countable ········ 99
counter ··········· 333
county ············· 1
courageous ····· 337
courteous ········ 388
courtesy ·········· 342
coverage ········· 405
coward ··········· 312
crab ·············· 103
crack ············· 346
cradle ············· 30
craft ·············· 350
crane ············· 107
crash ············· 68
crawl ············· 111
creation ·········· 216
creative ··········· 16
creativity ········· 178
creator ··········· 115
creature ·········· 39
credit ············· 34
creep ············· 316
crew ·············· 43
cricket ············ 46
criminal ··········· 46
crispy ············· 17
critic ············· 320
critical ············ 197

criticism ·········· 202
criticize ··········· 272
crop ·············· 43
crown ············· 39
crucial ············ 428
cruel ············· 119
cruelty ············ 198
cruise ············· 411
crunch ············ 324
crunchy ··········· 324
crush ············· 329
cube ·············· 333
cue ··············· 337
cuisine ··········· 388
cunning ··········· 342
cupboard ·········· 72
curiosity ·········· 202
curl ·············· 346
currency ········· 443
curriculum ······· 392
curse ············· 268
curve ············· 276
cushion ··········· 272

D

dairy ·············· 6
dam ·············· 123
damp ············· 280
dare ·············· 127
darling ··········· 131
dash ············· 136

Index

database ········ 140

dawn ············· 144

deadline ········· 284

deadly ············ 447

dealer ············· 76

debris ············· 392

decade ············ 21

decent ············ 396

deck ·············· 81

declaration ······ 400

declare ············ 207

decline ············ 452

decorate ·········· 50

decoration ······· 289

decrease ·········· 50

deed ·············· 148

deepen ··········· 153

defeat ············· 212

defend ············· 216

defense ··········· 220

defensible ········ 277

defensive ········· 224

deficit ············· 405

definite ··········· 202

definitely ········· 202

definition ·········· 11

delicacy ··········· 237

delicate ··········· 237

delicately ········· 237

delight ············· 207

delightful ·········· 281

demand ············ 262

demanding ······· 262

democracy ········ 55

democratic ········ 17

demonstrate ····· 229

demonstration · 285

dense ············· 233

density ············· 417

depart ············· 292

departure ········· 296

dependence ····· 207

dependent ······· 207

depict ············· 411

depiction ·········· 411

deposit ············· 59

depression ······· 182

derive ············· 417

descriptive ······· 388

deserve ··········· 212

designer ··········· 50

desirable ·········· 86

desire ············· 55

desperate ········· 207

desperately ······ 208

desperation ····· 208

despite ············· 224

dessert ············· 158

destination ······· 422

destroy ············· 43

destruction ······· 237

destructive ······· 422

detect ············· 55

detective ·········· 216

determination ·· 289

determine ········· 60

determined ······· 60

device ············· 257

devil ············· 163

devise ············· 300

devote ············· 304

devoted ·········· 304

devotion ········· 443

dew ··············· 292

diagnosis ········· 428

diagram ··········· 308

differ ············· 220

digest ············· 241

digital ············· 183

dignity ············· 296

dilemma ··········· 433

diligence ·········· 300

diligent ············ 225

dim ··············· 167

dime ············· 64

diminish ··········· 438

dine ··············· 2

dinosaur ··········· 6

dip ··············· 11

diploma ··········· 312

diplomat ·········· 304

dirt ················ 17

disability ·········· 187

disadvantage ··· 316

disappoint ········ 308

disappointed ···· 309

disappointing ··· 309

disappointment · 308

disaster ··········· 241

discipline ········· 229

discount ··········· 171

discourage ······· 312

discouraged ····· 313

discouragement

····················· 312

discouraging ···· 313

discriminate ····· 428

discrimination ·· 378

disguise ··········· 233

disgust ············· 320

disgusted ········· 320

disgusting ········ 320

dishonest ·········· 21

dishonesty ········ 22

disk ··············· 91

dislike ············· 26

dismiss ············· 237

dismissal ········· 237

disorder ··········· 212

disorderly ········· 212

dispute 246
dissolve 444
distinct 251
distinction 433
distinctive 444
distinguish 213
distinguished ... 216
distract 438
distracted 438
distribute 257
distribution 220
district 241
disturb 325
ditch 95
dive 30
diverse 225
diversity 268
divine 316
divorce 320
dizzy 99
dock 103
document 448
dodge 325
dolphin 108
dominant 229
dominate 329
donation 448
donkey 68
dose 26
doubtful 35

doughnut 111
downtown 31
draft 329
drag 115
dragonfly 119
drain 35
dramatic 46
dread 333
dreadful 444
drift 334
drill 246
drip 123
drought 357
drown 127
drowsy 337
drugstore 132
drunk 22
dumb 136
dump 39
dumpling 140
durable 220
dust 145
dusty 338
dye 342
dynamic 251
dynasty 225
E
eager 72
earnest 262
earphone 346

echo 148
ecological 396
ecologist 362
ecology 362
economic 217
economical 342
economics 192
economist 350
economy 246
ecosystem 400
edit 43
editor 76
educate 46
educational 47
efficiency 229
efficient 26
efficiently 26
elaborate 368
elastic 268
elbow 153
elderly 64
elect 158
election 51
electricity 40
electronic 81
electronics 257
elegance 347
elegant 347
element 163
elementary 233

elevator 55
eligible 452
eliminate 237
elimination 238
eloquent 448
eloquently 448
elsewhere 262
embarrass 350
embarrassed ... 351
embarrassing .. 351
embarrassment ·350
embassy 273
embrace 452
emerge 273
emergency 86
emotional 31
emperor 168
emphasis 234
empire 277
enable 2
enclose 277
enclosure 277
encounter 268
endanger 281
endure 178
enduring 178
energetic 171
enforce 285
enforcement 285
engage 51

engaged ············ 51

engagement ······ 51

engineering ····· 238

enjoyable ············ 55

enlarge ············· 289

enlargement ···· 289

enormous ········ 241

ensure ············· 251

entertain ·········· 281

entertainment ·· 281

enthusiasm ······ 178

entry ················· 60

envy ················· 91

epidemic ········· 383

equality ············ 183

equation ·········· 357

equip ··············· 285

equipment ······· 285

equivalent ········ 357

era ··················· 242

erase ················· 6

errand ············· 362

essence ··········· 392

essential ·········· 187

establish ·········· 187

establishment ·· 187

estimate ··········· 193

eternal ············· 369

eternally ·········· 369

ethnic ·············· 193

evaluate ·········· 247

evaluation ········ 289

eventual ··········· 198

eventually ········ 198

evidence ·········· 202

evident ············· 203

evidently ·········· 203

evolution ·········· 453

evolve ············· 373

exaggerate ······ 292

exaggeration ··· 378

exceed ············· 383

excellence ········ 60

exception ········· 208

exceptional ······ 362

excessive ········ 357

exchange ········· 68

execute ············ 396

executive ········· 363

exhaust ············ 297

exhausted ········ 297

exhaustion ······· 297

exhibit ············· 213

exhibition ·········· 43

exotic ·············· 369

expand ············· 247

expansion ········ 300

expectation ······· 47

expedition ········ 388

experiment ······· 51

experimental ···· 183

expertise ········· 392

explanation ······ 292

explicit ············· 396

explode ············· 12

explore ············· 72

explosion ········· 252

explosive ········· 213

export ··············· 64

expose ············· 257

exposure ········· 217

expressive ········ 47

extend ············· 297

extension ········· 405

extensive ········· 374

extent ············· 220

external ············ 378

externals ········· 378

extinct ············· 400

extinction ········· 400

extraordinary ··· 369

extreme ············· 17

extremely ········· 17

F

fabric ·············· 411

facial ·············· 252

facilitate ·········· 384

facility ············· 225

fade ················· 22

faint ················· 95

fairly ················· 64

fairy ················· 68

faith ················· 51

faithful ············· 300

fake ················· 99

fame ················· 257

familiar ············· 60

fancy ················· 27

fantastic ·········· 229

fantasy ············· 304

fare ················· 68

farewell ············ 305

farther ············· 73

fashionable ······· 73

fasten ············· 188

fatal ················· 309

fatigue ············· 389

faucet ············· 103

favorable ········· 309

fax ················· 313

fearful ············· 55

feast ················· 316

feather ············· 108

federal ············· 406

federation ········ 406

feedback ········· 262

fence ················· 77

ferry ················· 313

fertile ············· 320

fetch ················· 193

fiber 417	flush 342	freezer 145	gap 52
fiction 198	flute 132	frequency 273	garage 171
fierce 325	foam 347	frequent 35	gas 92
fiercely 325	foggy 137	freshman 277	gasoline 92
fighter 81	fold 40	fright 148	gathering 401
finance 317	follower 140	frighten 153	gaze 293
financial 242	fond 60	frightened 153	gear 297
financially 242	forbid 351	frightening 154	gender 217
fireplace 330	forbidden 351	frost 281	gene 188
firework 111	forecast 234	frown 285	generate 406
fist 86	forever 43	frustrate 334	generation 220
flame 115	forge 423	frustrated 334	generosity 258
flash 31	format 392	frustrating 334	genetic 397
flashlight 119	formation 257	frustration 338	genetically 397
flatter 334	formula 238	fuel 77	geneticist 397
flattery 334	fort 242	fulfill 217	genius 198
flavor 35	fortunate 330	fulfillment 217	genre 412
flea 338	fortunately 330	functional 247	genuine 263
flee 321	fortune 22	fund 81	genuinely 263
flesh 123	fossil 208	fundamental 269	geography 108
flexibility 411	foul 396	funeral 343	germ 301
flexible 203	foundation 269	fur 40	gesture 55
flip 369	founder 263	furious 252	gifted 347
float 91	fountain 99	furnish 289	gigantic 305
flock 95	fragile 178	furthermore 220	giggle 309
flood 35	frame 213	**G**	ginger 313
flour 128	franchise 433	gallery 183	glance 111
fluent 325	frank 47	gallon 158	glare 418
fluently 325	frankly 47	gamble 163	glimpse 351
fluid 417	freeze 104	gang 168	global 27

globe ·············· 273

glorious ·········· 317

glory ············· 115

glow ·············· 119

golf ·············· 123

goods ············· 225

gossip ············ 128

governor ·········· 96

gown ············· 321

grab ·············· 64

grace ············· 203

graceful ········· 326

gracious ········· 330

graduate ········· 60

graduation ······ 263

grammar ········· 277

grammatical ····· 281

graph ············ 285

graphic ·········· 374

grasp ············· 99

grasshopper ···· 132

grassy ············ 104

grateful ·········· 269

gratitude ········ 289

grave ············· 293

greasy ············ 297

greedy ············ 137

greenhouse ····· 108

greeting ·········· 334

grief ·············· 338

grim ·············· 374

grin ·············· 112

grind ············· 301

grocery ·········· 115

gross ············· 428

guarantee ······· 208

guardian ········· 343

guidance ········· 69

guilt ············· 347

guilty ············ 193

gulf ·············· 213

gum ·············· 119

H

habitat ··········· 433

habitual ·········· 179

hairdresser ····· 123

hallway ·········· 128

halt ·············· 305

hammer ·········· 132

handful ·········· 65

handkerchief ···· 137

handwriting ····· 183

handy ············ 140

hanger ··········· 145

harbor ············ 40

hardship ········· 188

hardware ········ 351

harm ············· 86

harmful ·········· 77

harmonious ····· 179

harmony ········· 179

harsh ············· 217

harvest ·········· 141

haste ············· 309

hasten ··········· 313

hasty ············· 148

hatch ············· 154

hateful ··········· 159

hatred ············ 273

hawk ············· 277

hay ··············· 145

headline ········· 163

headquarters ··· 168

heal ·············· 69

heap ············· 172

heater ············ 92

heel ·············· 148

helicopter ······· 281

hell ·············· 96

helmet ··········· 100

hence ············· 378

herd ·············· 317

heritage ·········· 389

hesitate ·········· 73

hesitation ········ 220

highlight ········· 401

hint ·············· 104

hire ·············· 154

historian ········· 108

historic ·········· 159

harmony ········· 179

hive ·············· 286

holder ············ 164

hollow ············ 2

holy ·············· 112

homeland ······· 290

homesick ········ 168

hometown ······· 44

honesty ·········· 172

honeymoon ····· 293

honor ············· 69

hook ············· 321

hooked ·········· 321

hopeful ··········· 92

horizon ··········· 297

horizontal ········ 438

horn ············· 116

horrible ·········· 96

horrified ········· 301

horrify ············ 301

horrifying ········ 301

horror ············ 100

hose ············· 305

hostile ············ 406

hourly ············ 120

household ······· 183

householder ···· 183

housekeeper ··· 123

housework ······ 309

housing ·········· 444

howl ············· 412

hug ·············· 128
hum ·············· 132
humanity ········ 194
humid ············· 104
humidity ·········· 313
humor ············· 44
humorous ········· 77
hunger ············ 108
hurricane ········· 317
hush ·············· 321
hut ··············· 137
hydrogen ········· 326
hypothesis ······· 448

I

icy ················ 112
identical ·········· 198
identification ···· 330
identify ············ 269
idiom ············· 335
idle ··············· 338
idol ··············· 343
ignorance ········ 203
ignorant ·········· 347
illustrate ·········· 208
illustration ········ 326
imaginary ········ 351
imagination ········ 6
imaginative ······ 273
imitate ············ 330
imitation ·········· 278

immediate ········ 82
immediately ······· 82
immense ········· 423
immensely ······· 423
immigrant ········ 213
immigrate ········ 282
immigration ······ 286
immune ·········· 384
immunity ········· 384
impact ············ 221
implement ········ 423
imply ············· 335
import ············· 116
impose ············ 290
impress ··········· 56
impression ······· 293
impulse ··········· 453
impulsive ········· 453
impulsively ······· 453
incentive ········· 429
incident ··········· 188
incidental ········· 188
incidentally ······ 188
including ·········· 217
incorporate ······ 357
incredible ········· 225
index ············· 434
indication ········· 338
indifferent ········ 379
indigenous ······· 429

indispensable ·· 393
indispensably ·· 393
indoor ············ 120
indoors ············ 73
industrial ·········· 82
infant ············· 217
infect ············· 363
infection ·········· 229
inferior ············ 87
infinite ············ 369
inflation ··········· 343
influential ········· 198
inform ·············· 2
information ········ 36
informative ······· 234
infrastructure ··· 434
ingredient ········ 221
initial ············· 179
initiate ············ 438
initiation ·········· 439
injure ············· 298
injured ············ 298
injury ·············· 65
inn ················ 141
inner ············· 124
innocence ········ 347
innocent ·········· 128
innovative ········ 389
input ············· 351
insert ············· 273

insight ············ 444
inspect ············ 145
inspection ········ 301
inspector ········· 149
inspiration ········ 238
inspire ············ 225
inspiring ·········· 225
install ············· 194
instinct ············ 230
institute ··········· 439
institution ········· 448
instruct ············ 234
instructor ········· 238
insult ············· 305
insurance ········· 226
insure ············· 226
intact ············· 453
intellectual ······· 242
intelligence ······ 179
intelligent ··········· 6
intend ············· 309
intended ·········· 310
intense ··········· 184
intensity ·········· 247
intensive ········· 252
intent ············· 357
intention ·········· 203
interact ··········· 209
interaction ······· 242
interfere ·········· 247

interference ····· 363	jaw ················ 172	kingdom ··········· 47	learning ············ 12
interior ··········· 374	jazz ················ 137	kit ················ 87	leather ············ 61
intermediate ···· 313	jealous ··········· 141	kneel ············· 335	lecture ············ 282
interpret ········· 199	jealousy ········· 326	knight ············ 109	lecturer ··········· 286
interpretation ··· 379	jeep ··············· 92	knit ················ 2	legend ············ 209
interrupt ········· 154	jelly ················ 145	knob ·············· 204	legendary ········ 374
interruption ····· 317	jet ················· 96	knot ·············· 112	legislation ········ 389
intimate ········· 258	jewel ··············· 22	koala ············· 116	legitimate ········ 418
intuition ··········· 278	jewelry ············· 27	**L**	leisure ············ 104
invade ············ 263	journalist ········· 444	label ··············· 31	leisurely ··········· 273
invasion ·········· 270	journey ············· 12	labor ·············· 230	lemonade ········ 109
invent ·············· 12	joyful ············· 149	laboratory ······· 184	lengthen ········· 290
invention ········· 263	juicy ··············· 100	lace ·············· 120	leopard ············ 12
inventor ············ 17	jungle ············· 104	ladder ············· 92	lest ················ 393
invest ············· 214	junior ·············· 154	lag ················ 338	lettuce ············ 112
investigate ········ 77	junk ··············· 18	landmark ········ 343	liar ················· 278
investigation ···· 217	justify ············· 449	landscape ······· 194	liberty ············· 40
investment ······· 214	juvenile ··········· 384	largely ············ 234	librarian ··········· 293
invitation ········· 159	**K**	lately ·············· 96	license ············ 184
involve ············ 221	kangaroo ········ 159	laughter ·········· 124	lick ················· 116
involved ··········· 221	keen ·············· 188	launch ············ 179	lifeguard ········· 282
involvement ····· 221	keenly ············· 189	laundry ··········· 128	lifetime ············ 133
isolate ············· 321	keenness ········ 189	lawful ············· 348	lighthouse ········ 137
isolated ··········· 321	kettle ············· 330	lawn ··············· 36	lightning ·········· 141
isolation ·········· 226	keyboard ········· 164	lawsuit ············ 453	likelihood ········ 397
issue ············· 234	kidnap ············· 369	layer ·············· 393	likewise ·········· 423
ivory ············· 164	kidnapper ········ 370	leak ················ 6	lily ················· 145
J	kidney ············· 82	lean ··············· 352	limb ················ 22
jail ················· 133	kilometer ········· 168	leap ··············· 100	limitation ·········· 298
jar ················· 168	kindergarten ···· 172	learned ··········· 230	linen ··············· 301

lipstick 286

liquor 290

literary 238

literature 218

litter 18

lively 149

loaf 120

loan 293

lobby 155

lobster 298

locate 124

location 73

lock 159

log 129

logic 305

logical 310

lollipop 164

loop 358

loose 133

loosely 133

loosen 314

lord 168

loser 137

lousy 252

lover 44

loyal 301

loyally 302

loyalty 317

luggage 22

lung 47

luxurious 258

luxury 322

M

machinery 189

magical 27

magician 172

magnet 92

magnetic 242

magnificence ... 214

magnificent 214

magnificently ... 214

maid 96

mainstream 401

maintenance 363

majority 52

makeup 194

mall 141

mammal 379

manifest 397

manifestation ... 397

manipulate 384

manipulation 385

manipulative 385

manipulator 385

mankind 145

mansion 406

manual 247

manufacture 263

manufacturer ... 199

marathon 270

marble 100

march 52

margin 180

marine 363

marker 105

marvelous 149

massive 401

massively 401

mathematical ... 109

maturity 184

maximum 189

mayor 52

meadow 155

meaningful 159

meanwhile 56

measurable 306

measure 189

mechanic 310

mechanical 326

mechanically ... 326

mechanics 310

mechanism 389

medal 32

medication 370

medium 36

melon 112

melt 116

memorable 314

memorial 199

memorize 318

mend 120

mental 69

merchant 330

mercy 322

mere 326

merely 326

merit 204

merry 124

mess 129

messenger 209

messy 330

metaphor 374

metaphorical 375

microphone 133

microscope 335

microwave 40

midst 412

mightily 61

mighty 61

migrate 418

migration 418

mild 230

mildly 230

milestone 393

mill 339

miller 339

millionaire 335

miner 343

mineral 348

miniature 397

minimum ········· 252

minister ········· 218

ministry ··········· 339

mint ················· 429

minus ············· 164

miracle ············· 44

mischief ·········· 343

miserable ········ 214

miserably ········ 214

misery ············· 169

misfortune ······· 352

mislead ··········· 274

misleading ······· 274

missile ············· 137

missing ············· 56

mission ············· 27

mist ················· 172

misty ··············· 173

misunderstand · 278

misunderstanding

·····················278

mob ················· 141

mobile ············· 87

mock ··············· 385

mockery ·········· 385

moderate ········· 204

modest ············· 221

modestly ·········· 221

modesty ·········· 282

modification ····· 401

modify ············· 401

moist ················· 92

moisture ··········· 61

monitor ············· 218

monk ··············· 146

monopoly ········· 389

monster ··········· 149

monthly ··········· 155

monument ······· 226

moral ················· 65

moreover ········· 248

mosquito ··········· 77

mostly ················· 2

motel ················· 47

moth ················· 159

motivate ·········· 348

motivation ········ 194

motor ················· 32

mount ············· 406

mountainous ···· 352

muddy ············· 274

mule ················· 286

multiple ··········· 209

multiply ············· 97

murder ··············· 52

murderer ········· 290

murmur ··········· 294

muscle ··············· 82

muscular ········· 398

mushroom ······· 100

mutual ············· 258

mutually ··········· 258

mysterious ······· 230

mysteriously ···· 230

mystery ··········· 105

N

naive ··············· 423

naively ············· 423

naked ··············· 56

namely ············· 264

nap ················· 109

napkin ············· 165

nastily ············· 413

nasty ··············· 412

nationality ········ 278

native ··············· 56

navy ··············· 113

neat ················· 169

neatly ············· 169

necessity ··········· 61

necktie ············· 173

needy ············· 222

neglect ············· 226

negotiate ········· 282

neighborhood ···· 36

nest ··················· 93

neutral ············· 418

nevertheless ···· 214

nickname ··········· 69

nightmare ········· 286

noble ············· 298

nonprofit ········· 379

nonsense ········· 302

norm ················· 423

normal ············· 22

normally ··········· 23

noticeable ········ 434

noticeably ········ 434

novelist ············· 65

nowadays ········· 194

nowhere ··········· 429

nuclear ············· 290

numerous ········· 199

nun ··················· 97

nursery ············· 306

nutrition ············· 449

nutritious ········· 310

O

oak ················· 101

obedience ········ 314

obedient ·········· 318

obediently ········ 318

objection ·········· 234

objective ·········· 222

obligation ········· 434

obligatory ········· 434

obscure ············· 439

obscurity ·········· 439

observation ······ 199

observe ············· 69

obstacle ·········· 322

obtain ············· 294

occasion ··········· 65

occasional ······· 204

occasionally ····· 204

occupation ······· 218

occupied ·········· 231

occupy ············· 230

odd ··················· 73

offend ············· 326

offense ············ 209

offensive ········· 331

offensively ······ 331

offering ··········· 429

olive ··············· 358

omit ················ 105

ongoing ············ 40

onion ··············· 77

onto ················· 73

opera ·············· 270

operation ·········· 61

opponent ········· 434

opportunity ········· 7

oppose ············· 214

opposite ··········· 82

opposition ········ 402

opt ················· 440

optimistic ········· 69

option ············· 298

optional ·········· 444

oral ················· 78

orbit ··············· 302

orchestra ········· 306

organic ············ 87

organism ········· 445

organize ··········· 73

organized ········· 74

orientation ······· 335

original ············ 78

orphan ············ 339

otherwise ········· 235

outcome ·········· 235

outdoor ············ 87

outdoors ·········· 109

outer ··············· 44

outline ············ 116

output ············· 449

outstanding ····· 238

oval ················ 344

oven ··············· 113

overall ············ 402

overcoat ·········· 348

overcome ········· 180

overlook ·········· 218

overnight ········· 222

overseas ·········· 120

oversee ··········· 453

overtake ·········· 358

overthrow ········ 238

overturn ·········· 363

owe ················ 124

owl ················· 117

ownership ··········· 3

ox ·················· 121

oxygen ············ 184

P

pace ··············· 226

pad ················· 129

painter ············· 83

pal ················· 124

palace ·············· 87

palm ················ 12

pancake ·········· 129

panel ·············· 310

panic ··············· 78

parachute ········ 352

parade ············· 133

paradise ··········· 48

paragraph ········ 180

parallel ··········· 370

parcel ············· 137

parrot ············· 142

partial ············ 274

participant ······· 375

participation ····· 243

partly ············· 449

partnership ······ 278

passage ············· 3

passenger ········ 146

passion ············· 7

passionate ······· 379

passionately ···· 379

passive ··········· 231

passport ·········· 149

pasta ·············· 282

pat ················· 133

patience ············· 3

patrol ············· 453

pause ··············· 83

pave ··············· 155

pavement ········· 155

paw ················ 286

pea ················· 160

peanut ············ 165

pearl ·············· 169

peasant ··········· 385

peculiar ··········· 248

peculiarly ········· 248

peel ················ 173

peep ··············· 290

peer ··············· 222

penalty ············ 189

penetrate ········· 385

penetrating ······ 386

penetration ······ 386

penguin ············ 93

penniless ··········· 97

penny ·············· 97

pension ··········· 358

pepper ············ 101

perceive ········· 389

percent ··········· 231

percentage ······ 195

perceptible ······ 390

perception ······· 389

perceptive ········ 390

perfection ········ 314

perform ············ 23

performance ······ 74

performer ········ 407

perfume ·········· 294

permanent ······· 235

permission ········· 13

permit ············· 138

persist ············· 393

personnel ········· 364

persuade ············· 3

persuasion ······· 318

persuasive ······· 227

persuasively ···· 227

pessimistic ······· 235

pest ·············· 322

pesticide ·········· 322

petition ············ 398

phenomenon ··· 209

philosopher ······ 298

philosophical ··· 231

philosophically · 231

philosophy ······· 227

photographer ··· 142

photography ···· 239

physical ··········· 209

physically ······· 210

physician ········· 327

physicist ·········· 302

physics ··········· 331

pickle ·············· 306

pigeon ············· 105

pile ···················· 7

pill ················· 109

pilot ················ 83

pine ················ 146

pineapple ········· 18

pint ················ 113

pioneer ··········· 310

pit ·················· 117

pitch ·············· 149

pitcher ············ 402

pitiful ·············· 156

pity ················· 155

plastic ·············· 28

playful ············· 121

plea ··············· 407

plead ·············· 370

pleading ·········· 370

pleadingly ········ 370

pledge ············· 413

plentiful ·········· 314

plenty ·············· 87

plot ················ 239

plug ················ 124

plum ··············· 318

plumber ·········· 322

plunge ············ 419

poetic ············· 424

poetically ········· 424

poisonous ········ 327

pole ················ 44

polish ············· 253

political ··········· 48

politically ·········· 48

politician ·········· 129

politics ············· 52

poll ················ 134

pollute ·············· 13

pollution ··········· 52

popularity ········ 248

porcelain ········· 138

portable ··········· 235

portfolio ··········· 375

portion ············· 142

portrait ············ 160

portray ············ 243

possess ··········· 258

possession ······ 248

postage ·········· 335

poster ············· 146

postpone ········· 150

postponement · 150

potential ·········· 239

potentially ········ 239

pottery ············ 156

pour ················ 165

poverty ··············· 3

powder ············ 160

practical ············· 7

practically ··········· 8

precaution ······· 429

precious ··········· 18

precise ············ 253

precisely ········· 253

predict ············ 199

predictable ······ 200

prediction ········ 331

preference ······· 393

pregnancy ······· 335

pregnant ·········· 339

prejudice ········· 435

prejudiced ········ 435

preliminary ······· 440

premature ········ 379

prematurely ····· 379

preparation ······· 74

prescription ······ 386

presence ·········· 13

presentation ···· 339

preservation ···· 344

preservative ····· 239

preserve ·········· 239

presidency ······· 390

presidential ······ 454

presumably ······ 445

pretend ············ 169

prevent ············· 48

prevention ······· 259

previous ············ 18

previously ········· 18

prey ················ 413

prime ··············· 204

primitive ··········· 243

prior ················ 419

priority ············ 344

privacy ············· 249

privilege ·········· 243

privileged ········· 243

probability ········· 19

probable ············ 18

procedure ········· 264

proceed ············ 348

process ············· 8

producer ·········· 165

product ············· 32

productive ········ 210

productivity ······ 394

profession ········ 214

professional ····· 270

professor ·········· 62

profile ············· 394

profit ··············· 23

profitable ········· 270

progressive ······ 449

prolong ············ 454

prolonged ········ 454

prominent ········ 243

prominently ······ 243

promising ········ 218

promote ············ 57

promotion ········ 264

prompt ············· 222

promptly ·········· 223

pronounce ······· 169

pronunciation ··· 348

proof ··············· 23

property ············ 78

proposal ·········· 270

prospect ·········· 440

prosper ············ 352

prosperity ········ 352

prosperous ······ 274

protection ········· 79

protein ············· 180

protest ············· 180

provision ·········· 359

provoke ············ 398

psychological ··· 184

psychologist ···· 190

psychology ······ 274

pub ················ 173

publication ······· 249

publicity ·········· 278

publish ············ 279

publisher ········· 195

pulse ·············· 398

pump ··············· 93

punch ··············· 97

puppet ··············· 8

purchase ········· 394

pure ················ 28

purse ··············· 28

pursue ············· 227

pursuit ············· 231

pyramid ··········· 402

Q

qualified ·········· 364

qualify ············· 364

quarrel ············ 200

quarrelsome ···· 200

queer ·············· 101

quest ·············· 371

questionnaire ··· 407

quilt ················ 282

quit ················ 13

quotation ········· 184

quote ·············· 105

R

racial ··············· 57

radar ·············· 283

radical ············· 398

radically ··········· 398

rag ················ 109

rage ················ 287

ragged ············ 375

rail ················ 402

railing ············· 402

rainfall ············· 231

raisin ·············· 287

random ············ 413

randomly ········· 413

rank ················ 173

rate ················ 66

ratio ················ 445

raw ················ 93

ray ················ 113

razor ··············· 32

react ··············· 66

reaction ············ 70

realistic ··········· 253

rear ················ 379

reasonable ······· 83

rebel ··············· 204

recall ·············· 210

receipt ············· 97

receiver ··········· 101

reception ········· 290

receptionist ····· 291

recession ········· 440

recipe ············· 259

recital ············· 407

recite ·············· 407

recognition ······ 235

recognize ········· 66

recommend ····· 449

recommendation

················· 386

recorder ········· 117

recovery ········· 215

recreation ········ 294

rectangle ········ 121

recycle ············· 299

reduce ············· 88

reduction ········· 235

refer ················· 215

reference ········ 190

reflect ············· 195

reflection ········· 291

reform ············· 200

reformation ······ 200

refuge ············· 414

refugee ············ 205

refund ············· 302

refundable ······· 302

refusal ············· 219

regarding ········ 249

regardless ······· 402

regional ············ 36

register ············ 294

registration ······ 299

regret ············· 125

regulate ··········· 302

regulation ········ 306

rehearsal ········· 390

rejection ··········· 306

relax ················· 41

relaxation ········ 310

release ············· 23

relevant ············ 311

reliable ············· 74

relief ················ 105

relieve ············· 223

relieved ··········· 223

religious ············· 88

reluctant ··········· 210

reluctantly ········ 210

rely ··················· 62

remain ············· 28

remark ············· 314

remarkable ······ 264

remarkably ······ 264

remedy ············· 271

remind ············· 44

reminder ··········· 394

remote ············· 32

removal ··········· 398

renew ············· 227

repetition ········· 318

replace ············· 3

replacement ······· 3

represent ·········· 70

representation · 215

representative ··· 19

republic ············· 32

reputation ········ 231

request ············· 74

rescue ············· 322

research ········· 185

researcher ······· 180

resemble ········· 235

reservation ····· 219

reserve ············· 48

reserved ··········· 48

reservoir ·········· 403

residence ········ 419

resign ············· 239

resignation ······· 315

resist ············· 110

resistance ········ 185

resolute ··········· 240

resolutely ········· 240

resolution ········ 240

resolve ············· 327

resort ············· 424

resource ············ 79

respectable ····· 331

respectably ····· 331

respectful ········ 318

respectfully ····· 318

response ········· 88

responsibility ····· 24

restore ············· 322

restrict ············· 130

restriction ········ 223

retain ············· 240

retire ············· 327

retired ············· 327

retirement ········ 327

retreat ············· 227

reunion ············· 336

reveal ············· 36

revenge ········· 340

revenue ········· 407

reversal ········· 414

reverse ············· 414

revise ············· 231

revision ············· 344

revolution ········ 228

revolutionary ···· 331

reward ············· 244

rhyme ············· 348

rhythm ············· 244

rhythmic ········· 244

rhythmically ····· 244

ribbon ············· 134

rid ··················· 84

riddle ············· 353

ridicule ············· 419

ridiculous ········· 419

rigid ················· 424

rigidly ············· 424

riot ··················· 430

riotous ············· 430

ripe 113	saint 420	scoop 244	shade 294
risk 4	sake 28	scout 125	shadow 150
risky 454	salary 24	scratch 249	shady 299
ritual 430	salon 435	scream 70	shallow 156
rival 435	sandal 440	screw 130	shameful 349
roar 138	satellite 195	scrub 134	shampoo 36
roast 142	satisfaction 253	sculpture 249	shave 303
rob 146	satisfactory 125	seal 142	shed 454
robber 274	sauce 101	secure 264	shelter 244
robbery 150	saucer 105	security 33	shepherd 160
robe 156	sausage 110	segment 445	shift 353
rocket 160	saving 130	seize 344	shiny 165
romance 336	scale 113	semester 33	shortage 364
romantic 165	scandal 445	senior 70	shorten 169
rot 117	scandalous 445	sensation 449	shortly 33
rotten 169	scarce 62	sensational 450	shovel 173
rough 4	scarcely 259	sensible 146	shrimp 93
roughly 41	scarf 118	sensitivity 454	shrink 150
route 190	scary 28	sentiment 450	sigh 156
routine 53	scatter 134	separation 138	sightseeing 306
rug 173	scattered 134	sequence 359	signal 41
ruin 236	scenery 240	series 380	signature 254
rumor 121	scent 420	setting 424	significance 200
rural 249	scheme 441	settler 287	significant 28
rush 93	scholar 138	severe 181	silk 45
rust 57	scholarship 66	severely 181	similarity 74
rusty 279	scientific 70	sew 291	sin 97
S	scientist 66	sewing 291	sincere 160
sack 97	scissors 121	sexual 143	sincerity 311
sacrifice 340	scold 283	sexy 146	singular 274

sink ·············· 37	solid ·············· 79	spoil ·············· 160	stingy ············· 295
sip ·············· 101	someday ········· 93	sponge ·········· 380	stir ·············· 89
site ·············· 254	somehow ········· 79	sponsor ········· 407	stitch ············· 106
situation ·············· 8	sometime ······· 138	spray ············· 166	stock ············· 408
skate ············ 106	sophisticated ··· 380	sprinkle ·········· 327	stocking ········· 299
skeleton ········· 371	sorrow ············· 48	sprinkler ········· 328	stomach ············· 4
sketch ············· 279	souvenir ········· 386	spy ················· 170	stool ·············· 8
ski ················· 110	sow ··············· 425	squeeze ·········· 53	storage ··········· 360
skillful ············· 113	spade ············· 323	squirrel ············ 174	stormy ············ 110
skinny ··············· 75	spaghetti ·········· 98	stab ················ 275	stove ·············· 62
skip ··············· 166	spare ············· 265	stable ············· 79	straightforward · 430
skull ············· 359	spark ············· 205	stadium ············ 57	strain ············· 414
skyscraper ······ 283	spear ············· 287	staff ·············· 13	strained ········· 415
slap ··············· 364	specialist ········· 390	stale ··············· 94	strap ············· 380
slave ············· 169	specialty ········· 394	stare ················ 84	strategy ············· 8
slavery ············· 371	species ············ 223	starve ············· 98	straw ·············· 13
sleeve ············· 118	specific ············· 88	statistic ··········· 331	strength ··········· 89
slender ··········· 121	specimen ········· 399	statistical ········ 371	strengthen ······· 181
slice ·············· 125	spectacular ······ 403	statue ·············· 84	striking ············ 435
slight ············· 254	spice ·············· 143	status ············· 254	strip ················ 19
slippery ··········· 174	spicy ············· 375	steady ·············· 88	stripe ············· 340
slogan ············ 315	spill ··············· 102	steal ············· 110	striped ··········· 340
slope ············· 130	spin ··············· 106	steam ············· 113	strive ············· 283
snap ··············· 135	spinach ··········· 146	steep ············· 118	stroke ············· 287
sneak ············· 359	spiritual ··········· 271	stem ··············· 279	structural ········ 441
soak ············· 375	spit ················· 151	stereo ············· 336	structure ··········· 24
sober ············· 365	spite ················ 84	sticky ··············· 4	stubborn ··········· 19
socket ············· 318	splash ············· 157	stiff ················ 121	studio ············· 126
software ········· 259	splendid ·········· 291	stimulate ········· 376	stuff ················ 24
solar ············· 259	split ··············· 271	sting ·············· 102	stumble ·········· 386

sturdy ············· 425
submarine ······· 259
subsequent ······ 430
subsequently ··· 431
substance ·········· 66
substitute ········ 390
substitution ······ 390
subtle ············· 387
subtract ··········· 114
suburb ············· 118
suburban ········· 420
suck ··············· 122
sue ················· 291
suffer ·············· 37
suffering ·········· 37
sufficient ··········· 45
suggestion ······· 303
suicide ············· 29
sum ················ 126
summarize ······· 344
summary ········· 130
summit ············· 33
superb ············· 391
superior ············· 71
superstition ······ 425
supervision ······ 445
supervisor ········ 431
supposedly ······ 435
surgeon ··········· 349
surgery ··········· 210

surrender ········· 353
surround ·········· 135
surrounding ····· 135
surroundings ··· 185
surveillance ····· 394
survey ············· 75
survivor ··········· 138
suspect ············· 37
suspicion ········· 130
suspicious ······· 265
sustain ············· 441
swan ·············· 143
sway ·············· 306
swear ············· 135
sweat ············· 146
swell ·············· 151
swift ··············· 157
sword ············· 139
syllable ··········· 275
symbolic ·········· 446
sympathetic ····· 271
sympathy ········· 181
syndrome ········ 450
systematic ······· 311

T
tablet ··············· 8
tactic ············· 399
tactical ··········· 399
tag ················· 143
tailor ·············· 161

talent ··············· 41
talented ············· 41
talkative ·········· 147
tame ··············· 166
tangerine ········· 170
tank ··············· 151
tap ················· 14
tasty ··············· 41
tease ············· 174
technical ··········· 48
technician ······· 279
technique ········· 20
technological ··· 315
teenage ··········· 94
telegraph ········· 295
telescope ········· 318
temper ············· 98
temporary ··········· 4
temptation ······· 455
tend ················· 62
tendency ········· 215
tender ············· 102
tense ············· 283
tension ··········· 299
tent ················ 106
terminal ··········· 403
terrific ············· 110
territory ············· 53
terror ············· 303
texture ··········· 408

thankful ··········· 114
theft ··············· 450
theme ············· 240
theoretical ········ 360
theoretically ····· 360
theory ············· 57
therapy ··········· 395
thirst ············· 118
thorough ·········· 323
thoroughly ······· 323
thoughtful ········ 328
thread ············· 122
threat ··············· 9
threaten ··········· 45
thrive ············· 365
thumb ············· 126
tickle ············· 287
tide ················· 62
tight ················· 29
tighten ··········· 130
timber ············· 135
timetable ········· 291
timid ············· 295
tobacco ··········· 139
tolerable ········· 185
tolerance ········· 332
tolerant ··········· 299
tolerate ··········· 336
toll ················· 371
tomb ············· 303

ton ················· 143

torment ··········· 376

tortoise ··········· 266

torture ············· 340

toss ················· 79

tough ·············· 84

tourism ············ 41

tourist ·············· 9

tow ················· 157

tower ·············· 49

toxic ··············· 415

trace ··············· 90

trader ············· 147

tragedy ··········· 190

tragic ············· 195

trail ················· 151

trait ················· 420

transaction ······· 415

transfer ··········· 219

transform ········· 201

transformation · 381

translate ········· 307

translation ········ 307

translator ········· 311

transmission ···· 436

transparent ······ 421

transport ········· 161

transportation ·· 255

trauma ············ 387

traumatic ········· 387

traveler ············ 45

tray ················· 157

tremble ··········· 205

tremendous ····· 345

trend ··············· 66

tribal ··············· 249

tribe ················· 161

tribute ············· 408

tricky ··············· 166

trigger ············· 425

triumph ··········· 211

triumphant ······· 211

trivial ··············· 431

troop ··············· 166

tropical ············· 45

troublesome ···· 315

trumpet ··········· 170

trunk ··············· 53

truthful ············· 174

tub ················· 94

tug ················· 170

tumble ············· 311

tune ················· 24

tunnel ············· 98

tutor ················ 174

twig ················· 319

twin ················· 94

twist ················· 57

U

ultimate ··········· 391

undergo ··········· 436

underlying ········ 102

undermine ······· 395

underwear ········· 62

undoubtedly ····· 441

union ··············· 67

unique ············· 41

unite ··············· 98

unity ················ 106

universal ········· 190

unprecedented ·399

update ············· 403

urban ··············· 49

urge ················· 349

urgent ············· 215

usage ············· 353

V

vacancy ··········· 275

vacant ············· 71

vacuum ··········· 399

vague ············· 408

vaguely ··········· 409

vain ················· 323

valid ················· 446

validity ············· 446

van ················· 5

vanish ············· 5

variation ··········· 450

variety ············· 53

various ············· 20

vary ················· 75

vase ··············· 102

vast ················· 223

vegetarian ······· 315

vehicle ············· 71

vendor ············· 415

venture ············· 441

verbal ············· 403

verse ··············· 106

version ············· 365

vessel ············· 195

vest ················· 110

via ················· 415

viable ············· 421

vicious ············· 425

victim ··············· 71

violate ············· 279

violation ··········· 284

violence ··········· 33

violent ············· 75

violet ················ 114

virtual ············· 455

virtually ··········· 455

virtue ··············· 328

virus ················· 260

visible ··············· 80

vision ················· 9

visual ············· 244

visualize ··········· 245

vital ················· 319

單字索引

vitamin ·············· 85

vivid ················· 29

vocabulary ········· 90

vocal ··············· 455

volcanic ··········· 360

volcano ············ 360

volleyball ········· 118

volume ·············· 9

voluntary ········· 288

volunteer ·········· 255

voter ··············· 122

voyage ············· 323

vulnerable ········ 431

W

wage ··············· 110

wagon ············· 126

waken ············· 332

wander ············ 131

warmth ············ 114

warn ··············· 14

warning ············ 14

waterfall ·········· 118

wax ················ 135

weaken ··········· 139

wealthy ············ 49

weapon ··········· 122

weave ············· 126

web ················ 58

website ··········· 266

wed ················ 144

weed ·············· 147

weekly ·············· 5

weep ·············· 152

welfare ············ 291

whatsoever ······ 436

wheat ·············· 33

wheelchair ······· 446

whereabouts ···· 442

whereas ·········· 446

whip ··············· 157

whistle ············· 37

wicked ············ 161

widen ············· 167

widespread ······ 450

wildlife ············ 409

wink ··············· 336

wipe ··············· 131

wisdom ··········· 135

wit ················· 341

witch ·············· 345

withdraw ········· 295

withdrawal ······· 295

witness ··········· 328

witty ··············· 450

wizard ············ 345

workout ·········· 349

workplace ········ 332

workshop ········· 455

worship ··········· 365

worthy ············ 360

wrap ·············· 139

wreck ············· 354

wrist ·············· 170

Y

yawn ·············· 354

yearly ·············· 9

yell ··············· 174

yield ·············· 365

yolk ··············· 80

youngster ········ 175

youthful ·········· 354

Z

zipper ············· 175

zone ··············· 14

NOTE

NOTE

跨閱英文

王信雲 編著　　車昀庭 審定

> 學習不限於書本上的知識，而是「**跨**」出去，學習帶得走的能力！

跨文化
呈現不同的國家或文化，進而了解及尊重多元文化。

跨世代
橫跨時間軸，經歷不同的世代，見證其發展里程碑。

跨領域
整合兩個或兩個以上領域之間的知識，拓展知識領域。

1. 以新課綱的核心素養為主軸
網羅 3 大面向——「跨文化」、「跨世代」、「跨領域」，共 24 篇文章，引發你對各項議題的好奇。包含多元文化、家庭、生涯規劃、科技、資訊、性別平等、生命、閱讀素養、戶外、環境、海洋、防災等之多項重要議題，開拓多元領域的視野！

2. 跨出一板一眼的作答舒適圈
以循序漸進的實戰演練，搭配全彩的圖像設計，引導學生跳脫形式學習，練出「混合題型」新手感，並更進一步利用「進階練習」的訓練，達到整合知識和活用英文的能力。最後搭配「延伸活動」，讓你在各式各樣的活動中 FUN 學英文！

3. 隨書附贈活動式設計解析本
自學教學兩相宜，方便你完整對照中譯，有效理解文章，並有詳細的試題解析，讓你擊破各個答題關卡，從容應試每一關！

神拿滿級分——英文學測總複習(二版)

孫至娟　編著

- 重點搭配練習：雙效合一有感複習，讓你應試力 UP ！

- 議題式心智圖：補充時事議題單字，讓你單字力 UP ！

- 文章主題多元：符合學測多元取材，讓你閱讀力 UP ！

- 混合題最素養：多樣混合題型訓練，讓你理解力 UP ！

- 獨立作文頁面：作答空間超好運用，讓你寫作力 UP ！

- 詳盡解析考點：見題拆題精闢解析，讓你解題力 UP ！

20 分鐘 稱霸 大考英文作文

王靖賢　編著

- 共16回作文練習，涵蓋大考作文3大題型：看圖寫作、主題寫作、信函寫作。根據近年大考趨勢精心出題，題型多元且擬真度高。
- 每回作文練習皆有為考生精選的英文名言佳句，增強考生備考戰力。
- 附方便攜帶的解析本，針對每回作文題目提供寫作架構圖，讓寫作脈絡一目了然，並提供範文、寫作要點、寫作撇步及好用詞彙，一本在手即可增強英文作文能力。

大考翻譯 實戰題本

王隆興　編著

1. 全新編排五大主題架構，串聯三十回三百句練習，爆量刷題練手感。
2. 融入時事及新課綱議題，取材多元豐富又生活化，命題趨勢一把抓。
3. 彙整大考熱門翻譯句型，提供建議寫法參考字詞，循序漸進好容易。
4. 解析本收錄單字補充包，有效擴增翻譯寫作用字，翻譯技能點到滿。

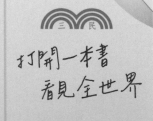

國家圖書館出版品預行編目資料

核心英文字彙力2001~4500／丁雍嫻,邢雯桂,盧思嘉,
應惠蕙編著.——三版二刷.——臺北市：三民，2024
　　面；　　公分.——（英語Make Me High系列）

　　ISBN 978-957-14-7611-7 （平裝）
　　1. 英語 2. 詞彙

805.12　　　　　　　　　　　　　　112000707

英語 Make Me High 系列

核心英文字彙力 2001~4500

編 著 者	丁雍嫻　邢雯桂　盧思嘉　應惠蕙
發 行 人	劉振強
出 版 者	三民書局股份有限公司
地　　址	臺北市復興北路 386 號 (復北門市)
	臺北市重慶南路一段 61 號 (重南門市)
電　　話	(02)25006600
網　　址	三民網路書店 https://www.sanmin.com.tw
出版日期	初版一刷 2021 年 6 月
	二版二刷 2023 年 1 月
	增訂三版一刷 2023 年 3 月
	增訂三版二刷 2024 年 1 月
書籍編號	S870920
I S B N	978-957-14-7611-7